中国当代文学研究代表作

# 中国当代新诗史

主　编　孟繁华　张清华

洪子诚　刘登翰　著

北方联合出版传媒（集团）股份有限公司
春风文艺出版社
·沈阳·

**图书在版编目（CIP）数据**

中国当代新诗史 / 洪子诚, 刘登翰著 . — 沈阳 :
春风文艺出版社，2022.2
（中国当代文学研究代表作）
ISBN 978-7-5313-5930-2

Ⅰ . ①中… Ⅱ . ①洪… ②刘… Ⅲ . ①新诗—诗歌史
—研究—中国—1950—1990 Ⅳ . ①I207.209

中国版本图书馆 CIP 数据核字（2021）第 007585 号

---

**北方联合出版传媒（集团）股份有限公司**
**春风文艺出版社出版发行**
沈阳市和平区十一纬路 25 号　邮编：110003
辽宁新华印务有限公司印刷

---

责任编辑：姚宏越　　　　　　助理编辑：平青立
责任校对：于文慧　　　　　　封面设计：陈天佑
幅面尺寸：155mm × 230mm
字　　数：450 千字　　　　　印　　张：33
版　　次：2022 年 2 月第 1 版　印　　次：2022 年 2 月第 1 次
书　　号：ISBN 978-7-5313-5930-2
定　　价：68.00 元

# 修订版序

　　《中国当代新诗史》初版本的编写，主要部分完成于1988年。由于当时出版上遇到的诸多周折，在拖了将近5年之后，才于1993年由北京的人民文学出版社刊印发行。初版印数不多，后来也再没有重印。书出来后，我们研究、写作的注意力转到另外的方面。出于对新诗，特别是"当代诗坛"的敬与畏，近10年中未敢再动过涉足新诗研究的念头。

　　2002年年初，北京大学出版社的高秀芹女士认为，我们的这本书是较早出版的"当代"新诗史，现在还有一些参考价值。她提议我们能修订再版。我们以为这是一件不很费力而能讨好的事，便轻易地忘却了当初的畏怯，接受了这个建议。确定修订范围是：一、补写20世纪80年代后期以来，大陆和台湾诗歌的状况；包括诗歌现象，诗歌艺术发展趋向，重要诗人的写作等。二、增写香港诗歌和澳门诗歌的有关章节；这是在初版本计划之中没能完成的部分。三、根据我们目前的认识，调整、压缩、修订原来不当、烦冗的部分，包括资料上的错讹。

　　这些工作，最初估计有半年的时间也就足够。但是，动手之后，才发觉我们总是过高估计自己的才智。这件事一拖就是两年多。除了有别的事要做以外，更重要的原因是，对是否有能力处理这些诗歌现象，是否能做出不太过于离谱的叙述与判断，越来越缺乏信心。在一段时间里，甚至有过放弃的打算。最后能够坚持下来的原因，大抵出于即使去做别的事情，可能会更没有成效的这个忧虑。

修订本的基本架构，章节的大体安排，叙述的展开方式，与原来的没有很大不同。但是有些部分（如大陆诗歌）有较大的改动，有的甚至是重写。这些改动与重写是不是比初版本要好一些，我们也没有把握。修订的具体分工是：刘登翰负责修订台湾诗歌部分，增写香港、澳门诗歌的章节；洪子诚负责修改、增订大陆诗歌部分。出于保存较多资料、也为我们的叙述提供依据的考虑，正文之外增加了注释的分量。初版本的"后记"也保留在本书的附录中，作为"纪念"。

修订过程中，特别是大陆诗歌部分，我们从许多诗歌批评家、诗歌史家的论著中受益。这包括研究视角、方法的运用，包括现象、思潮，以及个别诗人艺术特征的评述等。对于他们的观点，在可能的情况下我们注意尽量直接引用，注明出处。并在这里表明我们的敬意和感谢。洪子诚在北京大学中文系开设当代诗歌课程时，以及在和同事、学生的交往中，也从他们那里得益多多。他们在课堂讨论与平时交谈中发表的精辟见解，由于分散且没有形诸文字，对本书的启发就难以一一指明。这是颇为遗憾，但必须特意指出并表示感谢的。

20世纪80年代以来我们所做的这项工作，并没有增强对诗歌史写作的信心。诗歌史是否可能，同时是否必要，始终是我们的疑问。相信这一疑问，并非普遍性的问题，只是与我们的条件的欠缺相关。

洪子诚 刘登翰

2004年8月，于北京—福州

# 引言

　　本书所评述的，是 20 世纪 50—90 年代中国新诗 ① 的状况。对于这一时期的中国文学，在很长一段时间里，人们称之为"当代文学"，以和前此 30 年（从"五四"前后到 40 年代末）的"现代文学"相区别。目前，尽管不少文学史研究者对诸如"现代"和"当代"的划分提出质疑，淡化这种时期划分，从整体把握 20 世纪中国文学、中国新诗的设想，也肯定会成为文学史（新诗史）写作的前景。但是，作为一种"过渡"，也为着更深入彰显"当代"的文学、诗歌问题，把 1949 年以后的中国文学（中国新诗）作为相对独立的时期来处理，仍有其合理之处。在 20 世纪的四五十年代之交，新诗同整个文学一样，发生了重大转折。"转折"的征象，广泛表现在各个方面；而主要表现是，20 世纪 40 年代新诗多种艺术构成的关系发生重要重组，出现了在诗歌观念和艺术方法上统一规范的强大要求，并由此出现了具有"当代特征"的诗体形态。20 世纪 70 年代末"文革"结束之后（当代文学史通常称为"新时期"），诗界出现了反思、重新审视这些观念和规范性要求的潮流，在诗歌写作上出现多种诗歌向度的变革和实验。这种变革、实验的基点和走向，呈现与"当代"前 30 年诗歌的延伸、

---

　　① 对于 20 世纪以现代汉语书写的诗歌，20 世纪 80 年代以来存在多种称谓。如："新诗""现代诗""中国现代诗歌""现代汉诗"等。有的学者正式推荐"现代汉诗"作为标准称谓（奚密《新诗·现代诗·现代汉诗》，2001 年 12 月在北京大学的讲演）。本书仍沿用"中国新诗"这样的概念。

悖逆的复杂关系，因而仍与"当代"诗歌已形成的格局发生或隐或明的关联。

对于中国新诗的这一"当代"时期，本书希望勾勒出它在当代的政治、经济、文化，乃至社会心理诸种因素推动、制约下的整体演化状况，描述其间不同阶段在题材、主题、艺术方法上的特征和变化，考察某些诗歌潮流的生成、消隐过程。当然，具体诗人的写作，和重要诗歌群体、流派的状况，将是本书关注的重点。本书编写过程遇到的诸多难题中，最费心思的可能是以下两组关系的处理。一是写作者的评述，和对自身的诗艺把握能力的反省；另一是"文学史尺度"与"文学尺度"经常发生的龃龉、冲突。需要说明的是，对于"文革"后，特别是 20 世纪 90 年代以来的诗歌状况，由于缺乏必要的时间和心理上的距离，难以做出较为恰当而有深度的评述。因此，较多提供诗潮和诗人写作状况的资料线索，以为后来研究者的参考，成为这一部分编写原则的主要依据。

在讨论"当代"这一时期的诗歌现象时，本书把大陆和台湾、香港、澳门等地的诗歌加以分别处理。由于相近的文化背景，和同样以现代汉语作为写作媒介，这些地区的诗歌写作和理论活动，在诗歌想象、探索趋向上，具有相近的特征。因此，毫无疑问的是，大陆诗歌和港台等地的诗歌应该看作一个"整体"。不过，1949 年以后政权的更迭和变迁，社会政治、经济、文化发展上存在的重要差异，又使不同地域的诗歌呈现有所分别的形态和进程。这为"整合"不同地域诗歌的当代诗歌史写作带来困难。"整合"的可能性相信已经存在，只是本书作者目前眼界、能力有限，尚未获得有效的"整合"内在线索。因此，仍采取分切的方式，将它们放在不同的部分评述。

对于当代中国新诗，本书不再划分大的段落。不过，基于对当代新诗状况的基本估计，在演化的脉络上，以"文革"的结束为界的诗歌时期划分，应该说还是能够成立的。这种划分，表面看来似乎着眼于社会政治事件，其实不然。新诗在当代中国这两个既相衔接、又相区别的阶段，也表现为诗歌观念、诗人构成、诗潮流向上的显著差异。前一阶段的诗歌，以与现实政治的胶着、社会意识和政治意识的不断强化为特征。20 世纪 70 年代末期以来，上述的状况发生了改变。诗歌"本体"意识的加强和新诗艺术多样化，成为明显趋势。不过，向往"艺术自觉"的诗歌，开始面对不同的诗歌环境，特别是经受着逐渐占据主流地位的"大众文化"的"挤压"，它的生存状况和发展前景，出现了新的难题。

50余年来，当代台湾、香港和澳门地区的诗歌在不同的社会文化背景下展开，从而呈现与大陆诗歌有所区别的形态和进程。对于它们的评述，包括阶段的划分，分析模型的选取，与对大陆诗歌的分析自然不取同一的方法。但无论差异多大，其深层的文化心理结构，都与中国的诗歌传统，以及"五四"新诗的流脉相赓续，而依然表现出与大陆诗歌在内质上的紧密联系。在台湾当代诗歌中，由于从20世纪50年代起就面临西方文化和诗歌思潮的影响、冲击，在它的发展过程中，对于西方现代主义艺术的模仿、吸收，和对于民族诗歌传统的追寻、执守，构成持续的对峙、转化和互补的运动。其中尤为值得注意的是20世纪五六十年代台湾"现代诗"①运动的发生和演化，它成为当时台湾诗坛最重要的艺术流派。70年代以后，台湾诗歌跨过它的"现代主义时期"，表现出肯认传统和关怀现实，寻求诗歌"民族归属"的新意向。不过，它并非是简单的"回归"，而是向着80年代以后的复杂、"多元"的艺术方向行进。

在评述这半个多世纪的中国新诗时，本书作者承认有各种不同的诗，各种不同的艺术追求，承认不同的美学风格各有其价值。虽然并不赞赏诗成为社会政治、伦理道德、文化观念的简单、粗糙的图解"工具"，却肯定社会政治和现实生活对诗，对诗人有无法回避的影响、制约，诗同样可以表现现实人生中所包容的社会政治内容。也重视诗人把人与社会，人与自然，以及人自身生命的各种因素综合把握、体验的追求。本书肯定一些诗人加强诗的知性深度的努力，但并不认为因此诗就必须"放逐抒情"。在尊重诗的艺术特质的范畴内，繁复矛盾与单纯和谐是可以并存的美学风格。向社会性方面倾斜与向人的心理、意识层面的开放，可以构成互补的关系。日常生活语言的选择、

---

① 台湾20世纪50年代以后出现的"现代诗"的概念，并非与"新诗"可以任意替换。在许多诗人和诗论家的使用中，它指的是有"现代主义"倾向的诗。

吸收，应当成为抵抗语言僵化的重要手段，但也不发展为对日常口语的崇拜。而新诗史上已经积累的多种艺术方法，都可以成为丰富、拓展诗人对世界体验、认知的资源。当然，这种"兼容"的艺术立场，并不意味着应该放弃对诗进行基本的价值判断，尽管这种判断相当复杂、困难和微妙。诗一经投入社会（公开发表或以不同方式流传），便成为客观存在的"诗歌事实"。它作用于读者，又受有着不同文化素养、艺术观念、阅读心态的读者的制约。考虑到本书作者同样是诗的阅读者，也有自身的种种偏见与局限，因此，本书所做的描述和论析，也仅是提供一种可以作为参照的评说而已。

# 目　录

上卷　大陆当代新诗

# 第一章　新诗道路的转折

## 一、40年代后期的诗界

20世纪40年代，肇始于五四文学革命前后的中国新诗，已经走过了20余年的路程。抗日战争全面开始的一段时间里，诗歌写作出现了相当一致的配合、呼应战争的诗歌潮流。20世纪30年代初期进行"纯诗"试验的诗人，也纷纷调整路向①。大众化的写实诗歌和抗战鼓动诗，成为一时风尚。不过，到了40年代初，这种直接呼应时势的诗风受到检讨。一方面，诗人对于战争时期的社会现实和人的处境的体验深化；另一方面，表达这种体验的诗艺探索成为必要，并获得展开的各种条件。到了抗战后期，形成了多种风格、多种艺术流向生长、并存的局面。

如果做有点粗略的分析，20世纪40年代新诗主要有这样几种艺术流向。首先，是以艾青为代表的诗人，和受到艾青深刻影响的"七月派"诗人群②。在一些诗歌史论著中，他们被称为"写实"的，或"现

---

① 如戴望舒写了《元旦祝福》，何其芳写了《送葬》《成都，我把你摇醒》，卞之琳写了《慰问信》等。

② 这一诗人群在抗战后期事实上已经存在，但以"七月派"诗人群（或"七月诗派"）命名，则要迟至20世纪80年代。根据1981年出版的诗集《白色花》（绿原、牛汉编，北京，人民文学出版社）入选的诗人，"七月"诗派的成员有阿垅、鲁藜、孙钿、彭燕郊、方然、冀访、钟瑄、郑思、曾卓、杜谷、绿原、胡征、芦甸、徐放、牛汉、鲁煤、化铁、朱健、朱谷怀、罗洛。绿原在该书序中认为："即使这个流派得到公认，它也不能由这二十位作者来代表；事实上，还有一些成就更大的诗人，虽然出于非艺术的原因，不便也不必邀请到这本诗集里来，他们当年的作品却更能代表这个流派早期的风貌。"所谓"不便也不必被邀请到这本诗集里来"的诗人，应该指艾青、胡风以及邹荻帆等。他们大抵曾在胡风等创办的《七月》《希望》《呼吸》《泥土》等刊物上发表诗作，或在胡风主编的"七月诗丛"中出版诗集。

实主义"诗派。不过，由于中国新诗的各种"主义"经常处在互相渗透的状况中，因而也可以把这一"派别"，看作新诗浪漫诗潮中重视表达时代和社会现实的一脉。沉厚、开阔而又忧郁的情感基调，和给人印象深刻的意象提炼，是他们那些有较高艺术水准的作品的特征。

"七月派"诗人大都在抗战时期开始创作。他们中的许多人先后投身中共领导的革命；或者在国统区从事地下工作和进步文艺活动，或者进入解放区。对他们说来，诗歌"第一义的任务是参加战斗"，诗人要"跳跃在时代的激流里"，并且"能够在事实的旋律里找到它的史诗的形态"①。为此，他们反对诗歌创作上"与世隔绝的孤芳自赏和顾影自怜"的倾向，坚持与"唯美的追求"划清界限，强调诗是射向敌人的子弹，捧向人民的鲜花，实际上是肯认诗作为社会斗争工具的功能。但是，这种诗的目标，应在"所处时代的血肉内容"的真实上来体现，其间，"诗人自己对于时代真实的立场和态度的真实"至关重要。为此他们强调，诗人的社会职责与战斗任务，应该与诗所体现的美学上的斗争联系起来。一切客观的素材，都必须为诗人的主观激情和敏锐感觉力所穿透，所拥抱，而后方化为诗。重视诗人主观的感觉、想象、情绪的力量，是"七月派"诗人的一个基本的艺术主张。在艺术形式上，他们大都写自由体诗，接受20世纪30年代由艾青等人开拓的，"用朴素、自然、明朗的真诚的声音为人民的今天和明天歌唱"的中国自由诗的传统②。

这个时期，又存在着以"写实"和"大众化"为主要特征的诗歌流向。写实的诗，从新诗诞生之日起就受到提倡。抗战前夕，中国诗歌会的蒲风、穆木天、杨骚、任钧等，认为那种"把大时代及他的动向活生生地反映出来"的"写实"诗歌，是诗的"现今的唯一的道路"③。但是，"写实"诗歌在一段时间里，没有获得较为成熟的艺术规范，总会受到诸如浅白、粗陋等讥评。臧克家20世纪30年代初的《烙印》等，给予"写实"诗歌以有成效的艺术开拓。随着战争的爆发，这种

---

① 胡风《论战争期的一个战斗的文艺形式·集体的史诗》，希望社，1946年。
② 绿原《白色花·序》，北京，人民文学出版社，1981年。
③ 蒲风《五四到现在的中国诗坛鸟瞰》，《诗歌季刊》1卷1-2期（1934年12月15日至1935年3月25日）。

艺术经验却没能得到继续积累。不过，那种关于诗不应成为"私人"，而应是"公众"艺术的要求，由于战争的环境和一批有艺术素养的诗人的支持，而得到广泛呼应，并出现了在国统区和解放区都开展的街头诗和朗诵诗的运动。在根据地（解放区），这种写作获得另一种样式的发展。在表现战争和农村日常生活上，朴素口语和民间诗歌，成为被用以建构这一样式的资源。其代表性范例，人们通常列举的是《王贵与李香香》（李季）、《赶车传》（田间）、《漳河水》（阮章竞）、《死不着》（张志民）等[①]。在国统区，则有围绕《新诗歌》[②]等刊物，坚持"革命现实主义"路线的作者。他们写作政治讽刺诗，也侧重歌谣、方言诗、叙事诗等的创作。

　　20世纪40年代在新诗的理论探索和艺术实践上取得重要成绩的，是带有"现代主义"倾向的诗人群。这指的是冯至的《十四行集》，和生活于沦陷区的路易士、南星、吴兴华，特别是在40年代后期表现了创新的艺术活力的"中国新诗派"（"九叶派"）[③]。"中国新诗派"诗人的创作起点并不一致，他们也各有自己的艺术风格。辛笛、穆旦、唐祈等30年代就开始写诗，其他则大致在40年代中期才开始他们的写作生涯。其中许多人曾在大学里学习哲学、历史学和外国文学，穆旦、杜运燮、郑敏、袁可嘉先后就读于昆明的西南联大。他们

---

　　① 自然，根据地（解放区）的诗歌并不限于"写实"诗歌，较为集中于晋察冀边区诗人，受20世纪30年代的艾青、田间创作的影响，热心于自由体诗的写作。但他们的作品，由于没有形成独立意义的诗歌规范，加上50年代以后，确立了以李季等从民歌吸取资源的创作作为解放区诗歌传统，后来却不大受到注意。

　　② 沙鸥、李凌、薛汕编，1947年2月出刊。出至6期后停刊。1948年2月在香港重新出版。与稍后在广州出版的《中国诗坛》（黄宁婴主编），在诗歌主张、撰稿人员上，有直接关联。在这些刊物上发表诗作的主要有穆木天、柳倩、王亚平、任钧、臧克家、吕剑、袁鹰等。

　　③ 20世纪40年代后期，围绕在上海出版的《诗创造》（曹辛之、臧克家等于1947年7月创办）和《中国新诗》（1948年6月创办）两个刊物，"聚集"了一批诗人。如辛笛、唐祈、穆旦、唐湜、陈敬容、袁可嘉、杜运燮、郑敏、曹辛之、方敬、方宇晨、莫洛等。这两个刊物中的《诗创造》，并非具有单一现代主义色彩的诗刊。后因意见分歧，在出至12辑后，曹辛之退出，与辛笛、陈敬容、唐湜、唐祈等另办了具有流派风格的《中国新诗》。1981年，江苏人民出版社（南京）出版了前面9人在40年代的诗作合集，名为《九叶集》，"九叶派"因此得名。但有的研究者使用了"中国新诗派"的称谓（如孙玉石《中国现代主义诗潮史论》，北京大学出版社，1999年）。

的创作，受到我国古典诗词（如辛笛、唐祈等）和"五四"以来新诗的哺育；同时，又表现了明显的现代主义倾向。当时，最为这些具有新锐势头的青年所推崇的，是瓦雷里、T.S.艾略特、奥登等英美现代诗人，以及德语诗人里尔克。在中国新诗中，他们继承的是由戴望舒、卞之琳、冯至、艾青等所进行的新诗现代化的工作。尤其是卞之琳的传统感性与象征手法的有效配合和冯至的"更富现代意味"的《十四行集》，给他们以直接的启发。在理论探讨和写作实践中，他们形成了相近的诗歌观念。这主要表现在两个方面。一是，针对在20世纪40年代后期已成主导的诗服务于现实政治的主张，提出"在现实与艺术间求得平衡，不让艺术逃避现实，也不让现实扼死艺术"①。认为诗和现代人生与现代政治密切相关，作为人的深沉生活经验呈现的诗，当然不可能摆脱政治生活的影响。但是，二者之间并无任何从属关系，诗不应成为政治的武器与宣传工具。二是，提出"新诗现代化"，创造一种"现代化"的新诗。他们认为"现代化"新诗是一种高度综合的现代诗，高度综合是它的特质。诗应面对"人与社会、人与人、个体生命中诸种因子的相对相成，有机综合"，而"绝对否定上述诸对称模型中任何一种或几种质素的独占独裁，放逐全体"②。在诗艺上，强调从表现人的现代经验出发的"现实、象征、玄学的综合传统"："现实表现于对当前世界人生的紧密把握，象征表现于暗示含蓄，玄学则表现于敏感多思、感情、意志的强烈结合及机智的不时流露"③。对于这种"有机综合"的现代诗歌，他们突出了拒绝感伤，将感觉、心理、机智加以"客观"具象表达的"戏剧化"。

"中国新诗派"的诗人，在20世纪40年代动荡而又严肃的历史时间，尖锐地意识到现实人生的种种矛盾。他们在社会政治的背景下关怀人的处境，并执着于精神和自我意识的开掘。自觉地立足中国社会现实土壤，又受着民族文化传统不同程度的浸染，加上个人在战争期间的经历，使他们与所师承的西欧现代主义诗歌存在许多差别。以穆旦而言，与西南联大师生从长沙到昆明的步行途中，在内地农村与市

---

① 袁可嘉《诗的新方向》，《新路周刊》第1卷17期（1948年）。
② 袁可嘉《新诗现代化》，天津《大公报·星期文艺》1947年3月30日。
③ 袁可嘉《新诗现代化》，天津《大公报·星期文艺》1947年3月30日。

镇看到真实的中国；抗战后期，和杜运燮参加了中国军队在云南、缅甸同日本侵略军的作战，经历了艰辛和死亡的考验。因而，他们的"现代主义"，"是一种同现实——战争、流亡、通货膨胀等——密切联系的现代主义"①。抗日战争结束之后，这种将"现代主义"与中国急迫现实结合的努力得到进一步推动。他们认为自己面对的这个"严肃的时辰"中，"原先生活着的充满了腐朽气息的房屋在动摇"，"原先生活着的阴暗沉滞的时间在崩溃"；在这样的"历史时间"里，他们"渴望能虔诚地拥抱真实的生活，从自觉的沉思里发出恳切的祈祷，呼唤并响应时代的声音"②。他们尝试着向现实历史的纵深和个体生命的本质的深入的结合。

中国新诗到了20世纪40年代，不能说已有多么辉煌的成绩。不过，如果从诗艺流向的多样性，从新诗表达时代声影和现代人体验的艺术成效看，可以说进入了有更大拓展空间的时期。因而，有的研究者称之为新诗的"成熟的季节"③。

## 二、当代新诗道路的选择

在这个时期，"新诗现代化"为一些诗人和理论家所提出④，它代表了众多诗人对新诗"转折"的敏感。当然，在"现代化"方案上，又存在着多种设计。这根源于不同派别对所要回应的"现实生活"和有效的艺术方法的不同理解。但问题主要不在这些设计的差异，而在于它们之间的关系。当时存在着一种包容、开放的"新诗现代化"方案，如朱自清所提出的，在提高新诗对现代生活的回应能力上，"欧化""大众化""平民化"等可以兼容、结合的设想⑤。1947年创刊的《诗创

---

① 王佐良《中国新诗中的现代主义—— 一个回顾》，北京，《文艺研究》1983年第4期。

② 《中国新诗》第1集《时间的旗》代序《我们呼唤》。《中国新诗》其他各集是《黎明乐队》《收获期》《生命被审判》《最初的蜜》。

③ 孙玉石《中国现代主义诗潮史论》，北京大学出版社，1999年，第264页。

④ 参见朱自清《诗与朗诵》、唐湜《诗的新生代》等文。

⑤ 这一主张，在他的《新诗杂话》一书中又充分体现。上海，作家书屋1947年版。

造》，也体现了这种精神①。不过，这一开放的方案并未得到广泛认同；新诗内部根源于艺术理念和人事派别关系的冲突加剧。更为重要的是，在当时尖锐、紧张的社会政治纷争的历史环境中，艺术取向与政治道路选择既难以剥离，而任何艺术上的差异又很容易在政治纷争的意义上得到指认②。主张"兼容"的《诗创造》很快发生了分裂③。其实，在当时的历史情境下，不同的诗歌派别过分关注它们的差异和对立，而相当忽略它们之间的相近的趋向，即在加强新诗回应时代、现实生活的能力上，不同艺术派别的诗人所表现的关切。

因而，"新诗现代化"的多种路向，不可能同时获得生存、发展机会。对于新诗诗人和"流派"所做的选择，自然从属于整个文学选择的一部分。这种选择，在两个互相联系的方面进行。一是为当代新

---

①《诗创造》创刊号（1947 年 7 月）《编余小记》提出一种"包容"的方针："在诗的创造上，只要大的目标一致，不论它所表现的是知识分子的感情或劳苦大众的感情，我们都一样重视。不论它是抒写社会生活，大众疾苦，战争残像，暴露黑暗，歌颂光明；或是仅仅抒写一己的爱恋、悒郁，梦幻、憧憬……只要能写出作者的真实情感，都不失为好作品。"并认为，为广大的劳动人民写"山歌""方言诗"，与写"商籁诗""玄学派的诗"及"高级形式的艺术成果"，都值得珍爱。

②沈从文讥讽诗坛一些人没有创作的业绩，却"迫切"要他人"认可他们是'大诗人'或'人民诗人'"（《新废邮存底》，1947 年 3 月 22 日《益世报》"文学副刊"）。袁可嘉在 1946—1947 年论"新诗现代化"的系列文章中，批评诗的"政治感伤性"，批评诗的"拜伦式浪漫气息"，否定诗与政治的"任何主奴的隶属关系"（《论现代诗中的政治感伤性》《新诗现代化》，1946 年 10 月 27 日《益世报》"文学副刊"，1947 年 3 月 30《大公报》"星期文艺"）。这些观点，以及《诗创造》的办刊方针，受到激烈反击和来自《诗创造》内部的批评，被认为是对新诗革命传统的否定。参见初犊《文艺骗子沈从文和他的集团》（《泥土》第 3 辑，1947 年 7 月 25 日）、许洁泯《勇于面对现实》（《诗创造》第 2 辑，1947 年 8 月）、劳辛《诗的粗犷美短论》（《诗创造》第 4 辑，1947 年 10 月）等。在 1948—1949 年间，阿垅的《人与诗》和胡风的《略论战争以来的诗》等论著中，都对袁可嘉、杜运燮、郑敏、穆旦等的"现代主义"有激烈斥责。

③臧克家在《诗创造》中虽未被列为负责人，实际上起着重要作用。1948 年 7 月新的一辑，《诗创造》改为林宏等主持，方敬、辛笛、杭约赫、陈敬容、唐祈、唐湜等则另办《中国诗歌》。《诗创造》检讨了"兼容"的原办刊方针，认为那是"对于新的好的风格的形成的损害"，今后"将以一个战斗意志，一个作战目标来统一"，提倡"深入浅出"和"明快、朴素、健康、有力"。《诗创造》分裂的具体细节，目前不见许多材料。唐湜曾在《九叶在闪光》一文中提及："就为我们的诗的流派风格与这些有现代观点的评论，臧克家先生要'收回'这个由他领衔发起的诗刊。"臧克家在 20 世纪 50 年代编选新诗选，写作新诗史的论文时，对《中国新诗》的诗人无一言涉及。

诗确立其艺术规范，另一是对新诗历史进行重新评估，以分辨不同诗人、流派和艺术构成的不同位置，建立统一的对于新诗的"当代"想象。对于中国"当代文学"的设计者而言，他们所要建立的是一种新型的"人民文艺"①，文学的"思想内容"，即如何容纳、表现时代精神，是需要首先考虑的方面。与此相对应的，是文类特征和形式因素对"革命诗歌"传统的偏重。1950年3月，《文艺报》组织了"新诗歌的一些问题"的笔谈②。不少参与者特别关注新诗艺术形式中的难题，如格律、"建行"、自由体和歌谣体等。对此，何其芳在稍后指出，既要防止否定新诗有形式这个问题的偏向，也要防止"离开了内容和实际情况来孤立地主观地考虑形式"的偏向，而提出在现在，新诗"首先"有一个"内容"上的问题。表现新的人物，新的世界，诗人克服"小资产阶级知识分子的个人的主观抒情"，必须着重予以考虑③。自然，何其芳当时没有充分意识到，新诗"形式"问题，也是一个"内容"的问题。新诗的"民族化""大众化"的目标，便包含着对"形式"的要求。

在这样的前提下，对新诗历史的回顾和评价，成为建设当代新诗的重要组成部分。提出的问题有两个方面，一是有30多年历史的新诗是否已成为一个相对独立的"传统"，也即新诗作为现代诗歌的存在的合法性。另一则是针对新诗内部不同艺术构成的价值分析。就前一方面而言，自新诗诞生之日起，整体性的质疑始终存在，甚至新诗的奠基者对其必要性，后来有时也会发生犹疑和动摇④。这就引发了

---

① 郭沫若1949年7月在第一次全国文代会上的总报告《为建设新中国的人民文艺而奋斗》。

② 参加者有萧三、田间、冯至、马凡陀、邹荻帆、贾芝、林庚、彭燕郊、王亚平、力扬、沙鸥（《文艺报》第1卷12期，1950年3月10日）。何其芳当时未能参加，后撰写了长篇文章《话说新诗》（《文艺报》第2卷4期，1950年4月10日）。

③ 田间在《关于诗的问题》中，以更加确定的方式指出，"我们现在所考虑的是：诗如何表现新的群众和我们如何掌握群众新的思想情绪语言"，"新时代的人民诗人，实际上是战士的别名，是新的集体主义英雄的代号"。《文艺报》第1卷第7期，1949年12月25日。

④ 例子之一是，郭沫若1950年在回答读者关于"为什么在'五四'前后顶大胆写新诗的人又转到写旧诗来"的问题时，认为大胆写新诗在形式上固然是一种转变，而"旧瓶盛新酒"在内容上也是一种转变；"单从形式上来谈诗的新旧——是有点问题的"（《论写旧诗词》，《文艺报》第2卷第4期，1950年4月10日）。萧三认为，"和中国古典的诗脱节，和民间的诗歌也脱节，因此，新诗直到现在没能在这块土壤里生根"（《谈谈新诗》，《文艺报》第1卷12期）。

新诗诗人和理论家为此做出的辩护①。不过，当代文学界的领导者和主要成员，是五四文学革命（诗歌革命）的参加者和继承者，不会支持那种怀疑新诗的意见取得主导地位。因而，对新诗历史的审察、检讨，主要围绕后一方面的内容进行。20世纪四五十年代之交左翼文学对"反动文艺""自由主义文艺"，对"神秘主义、颓废主义、形式主义"（这是左翼文学对"现代主义"倾向的小说、诗歌所做的概括）的批判，和对胡风文艺思想的批判，为中国新诗传统不同诗人、诗派的地位定下了划分的标准。1951年，由中央教育部组织的文法学院各系课程改革小组中的中国语文小组，委托老舍、蔡仪、王瑶、李何林等，草拟了《〈中国新文学史〉教学大纲（初稿）》。大纲确定所谓"新文学的发展"，是指无产阶级思想领导的发展，新文学运动的统一战线的发展，和大众化（为工农兵）方向的发展。依这样的理解，大纲提出要批判胡适的改良主义和形式主义，并把新月派指认为"代表中国买办资产阶级的思想和利益的反动文学体"，新月派和20世纪30年代的现代派是"革命诗歌发展中的两股逆流"②。而对新诗各种艺术派别做出全面等级排列的，是1955年臧克家《"五四"以来新诗发展的一个轮廓》③的文章，和依照此文观点稍后编选出版的《中国新诗选》④。在这篇文章和选本中，按照当时确立的以阶级立场、政治态度和艺术方法来区分作家、作品的尺度，臧克家把"五四"以来的新诗划分为相互对立、斗争的两条阵线。郭沫若、殷夫、臧克家、蒲风、艾青、田间、袁水拍以及解放区诗人，作为新诗革命传统的代表，获得高度评价⑤。而从胡适开始，包括《繁星》时期的冰心、新月派

---

①何其芳指出："有的人似乎只知道旧诗是一个应该重视的传统，却忘却了'五四'以来的新诗本身也已经是一个传统，他只知道和旧诗太脱节不对，却没有想到简单抹杀了'五四'以来的新诗也不对。"（《话说新诗》，《文艺报》第2卷第4期）。

②《中国文学史教学大纲》，北京，高等教育出版社，1957年，第5-6页。

③《文艺学习》（北京）1955年第2期。

④20世纪50年代以后的第一部中国新诗选集。北京，中国青年出版社，1956年。

⑤尤其是以《王贵与李香香》为代表的解放区诗歌，获得具有方向性意义的评价。郭沫若认为《王贵与李香香》具有一种"意识的美，生命的美"，和形式上"充分的自然与健康"（《序〈王贵与李香香〉》，香港《华商报》，1947年3月12日）。何其芳认为它和《圈套》《死不着》是新诗在表现工农兵上还不很多的收获（《话说新诗》）。

的徐志摩、象征派的李金发、现代派戴望舒等等，被当作"和当时革命文学对立斗争的一个反动的资产阶级文艺作家的集体"，受到批判和否定。这是新中国成立后对新诗的第一次系统总结，并提供了总结新诗历史的一个有影响的批评视角和选择模式。不过，20世纪50年代初的历史省思留下了一些悬而未决的问题，其中最主要的是"五四"以来的"革命诗歌"与解放区诗歌之间的关系。

1958年由"大跃进民歌"运动引发的"新诗发展道路"的论争，是更大规模的对新诗的历史总结。当时的中国作协领导人邵荃麟的文章，题目虽表现了"门外"谈诗的谦逊姿态，事实上却具有结论性的权威地位①。邵荃麟文章延续了以两条路线来描述诗坛的方法："'五四'以来每个时期，都有两种不同的诗风在斗争着：一种是属于人民大众的进步的诗风，是主流；一种是属于资产阶级的反动的诗风，是逆流。"但对具体诗人、诗派的阵线归属，以及"五四"以来"进步诗歌"的评价，则有所不同。在诗坛"革命"和"反动"、"主流"和"逆流"、"东风"和"西风"两条路线中，加进了50年代反胡风集团和反右派的成果。抗战时期形成的"七月派"诗歌和1956年前后一些进行新诗思想艺术探索的诗人，也被归入"资产阶级反动诗风"的逆流中去。另一个主要点是，对于受到肯定的"五四"以来的"进步诗人"，也着重指出他们未能与群众真正结合，"基本上还是用革命知识分子的思想感情和语言来歌唱"。这也就是周扬所指出的，新诗有很大成绩，但也存在着"没有和劳动群众很好地结合"的很大缺点②。

对新诗所做的这种"历史清理"，是当代新诗规范确立的重要组成部分。在有关新诗艺术道路选择的问题上，个体、自我与公众生活、集体意识的关系，是其中的核心问题。20世纪30年代的革命诗歌和抗战以后新诗的走向，是突破诗歌的个人化和内在化，朝着倾向以"叙事"等方式来表现"公众"生活和斗争的方向发展。闻一多、朱自清、何其芳、卞之琳、徐迟等当时的理论和诗歌写作实践，在不同程度上

①《诗刊》（北京）1958年第4期。邵荃麟当时为中国作协副主席，作协党组书记。

②周扬《新民歌开拓了诗歌的新道路》，《红旗》（北京）1958年第1期。

支持了这种转化①。朱自清出版于1947的《新诗杂话》中，收入了他翻译的阿奇保得·麦克里希的《诗与公众世界》一文。他显然赞同麦克里希关于时代变迁必然引发诗歌路向转化的观点：在我们生活的时代，"公众生活冲进了私有生活的堤防——私有经验的世界已经变成了群众、街市、都会、军队、暴众的世界。众人等于一人，一人等于众人的世界，已经代替了孤寂的行人、寻找自己的人、夜间独自呆看镜子和星星的人的世界"②。在新诗诗人和诗论家看来，诗不应再是一种"个人艺术"。不过，在这种转变中，作为创作主体和表现对象的"自我"在诗歌写作上的地位，对即使支持这种转化的诗人来说，仍是个问题。忧虑着感性主体可能被忽视和被压抑，胡风一派提出了对于"主观精神"的极端强调："一切伟大的作家们，他们所经受的热情的激荡或心灵的苦痛，并不仅仅是时代重压或人生烦恼的感应，同时也是他们内部的，伴着肉体的痛楚的精神扩展的过程。"③袁可嘉在他的"新诗现代化"的构想中，也特别指出这种转变，不是模糊、抹杀自我意识："——从敏锐的自我意识出发，逐渐扩大推远，而接近群的意识；基于个体的扩展而非缩小或消灭个体价值。"④

　　寻求个体和公众、主观和客观的"平衡"的这种努力，在当代显然不被理解和接受。缩小、忽视"个体价值"和"自我意识"的诗歌观念取得支配地位。田间提出新时代的诗人应该是"集体主义英雄的代号"，而"诗歌的语言、比喻、韵律、节奏""也要带有集体主义的气息"⑤。1956年由中国作协主持编选的《诗选（1953—1955）》序言⑥，将毛泽东在《为人民服务》中的做高尚的人、纯粹的人、有

----

①参见何其芳、戴望舒、卞之琳抗战后的创作，和闻一多《新诗的前途》、朱自清《诗与建国》等文章。闻一多同意"新时代的文学动向中"，"要把诗做得不像诗"；"太多'诗'的诗，和所谓'纯诗'者，将来恐怕只能以一种类似解嘲与抱歉的姿态，为极少数人存在着"。

②《新诗杂话》，北京，生活·读书·新知三联书店，1984年。

③胡风《置身在为民主的斗争里面》（1944），引自《胡风评论集》（下），北京，人民文学出版社，1985年，第21-22页。

④《综合与混合》，《论新诗现代化》，北京，生活·读书·新知三联书店，1988年，第203页。

⑤《关于诗的问题》，《文艺报》第1卷第7期。

⑥北京，人民文学出版社，1956年。序言作者为袁水拍。

道德的人的政治伦理，作为衡量诗歌中的"诗人形象"的尺度，把诗中偏离观念和情感规范的表现当作"个人主义"的错误予以批评。上述《序言》的作者在1956年召开的中国作协第二次理事扩大会上批评艾青时，进一步提出以政治伦理标准来规范诗人身份和诗歌的"抒情形象"的主张："在社会主义时代里，个人主义对诗歌也是直接敌对的，是互相排斥的，是水火不相容的。……诗和社会主义是同义语，有社会主义的地方，就有诗。"① 当代的这种居主流地位的诗歌观念，体现的是强调政治、生活行动与诗、艺术统一的左翼激进美学。从事革命和社会行动的人把行动变成诗，而诗也就成了一种社会行动。由此，社会生活和政治伦理，也就是诗的美学伦理②。

## 三、"经典"的选定和确立

在20世纪中国，诗歌的地位已经很大下降，小说、戏剧成了更重要的文类。不过，由于当代文学与政治的紧密关系，和诗在社会生活和政治运动中可能发挥的作用，新诗在当代仍受到相当重视。在政治运动高涨的年代，诗也表现了活跃的形势，尤其是那种与鼓动、表演和群众活动能取得联系的诗歌类型③。

如前面说到的，由于当代文学观念强调的是文学的"内容"和社会功能，对文类自身的特质相当程度忽略，因而，20世纪40年代新诗诗论建设的势头，在当代反被削弱。对新诗艺术问题的研究受到阻遏。较有理论深度的是若干有关新诗格律问题的探索文字，专门的理论研究著作已相当罕见。影响最大的何其芳的《诗歌欣赏》④，但正如其名称那样，主要是以青年诗歌爱好者为对象的随感式赏析。事情

---

① 《文艺报》（北京）1956年第5、6期合刊。

② 周扬在《建设社会主义文学的任务》（在1956年中国作协理事扩大会上的报告）中说："我们需要的是人民的诗歌。我们的抒情诗，不是单纯地表现个人情感的，个人情感总是和时代的、人民的、阶级的情感相一致。诗人是时代的号角。""抒情是抒人民之情，叙事是叙人民之事。"（《文艺报》1956年第5、6号）。

③ 最突出的例子是1958年的"大跃进运动"所伴随的诗歌运动，和"文革"前夕、"文革"中的诗歌创作和诗歌活动潮流。

④ 开始在《刊物》上连载，1961年由作家出版社出版单行本。另外的新诗理论著作有安旗的《论叙事诗》、叶橹的《论抒情诗》等。

是互为因果的：新诗艺术路向选择的单一，导致理论探索、思考失去应有的空间；而理论的薄弱，又阻碍了诗歌写作和批评的进展。

在当代诗歌秩序的确立中，诗歌"经典"的选定是一项重要的工作。主要对象是"五四"以来的新诗，和对形式产生重要影响的外国诗歌。"五四"以来的诗歌的介绍、出版，主要按照当时对新诗所做的历史评价进行区分和选择。在20世纪50年代，可以见到"级别"上的区分。郭沫若、闻一多、艾青①、殷夫、田间、臧克家、袁水拍（马凡陀）、柯仲平、李季、张志民等的作品获得较多的出版机会。朱自清、冯至、何其芳、戴望舒等的创作，则有了进一步的选择和区分。冯至20世纪20年代的《昨日之歌》《北游及其他》的许多作品收入他50年代出版的诗文选集②，《十四行集》则不被提及，也未能重印。何其芳30年代早期的诗作，也被有区别地对待。在有的时候，也适度出版了在当代其他时间不可能出版的作品。如1957年前后，出版了经过细心选择的《志摩的诗》《望舒的诗》③的选本，出版了何其芳的《预言》。至于李金发、穆木天的象征诗歌，后期新月派的陈梦家、孙大雨、林徽因的诗，具有"现代主义"倾向的早期卞之琳、金克木、曹葆华、徐迟、路易士，以及40年代的"中国新诗派"的诗人的创作，都没有获得再版的机会。这些诗人的创作，在诗史、文学史中，或者被批评性地叙述，或者根本就不予提及（如穆旦、郑敏等"中国新诗派"诗人）。

这一时期对外国诗歌的评介和翻译出版，其原则大体上也和所确立的诗歌观念相适应。由于二次大战后世界的冷战政治格局，两个阵营的存在，对于社会主义的苏联和东欧国家的文学、诗，也采取一种积极的推举的态度。在20世纪50年代，苏联部分现代诗人，如马雅可夫斯基、伊萨科夫斯基、苏尔科夫、西蒙诺夫、特瓦尔朵夫斯基、吉洪诺夫、马尔夏克等获得很高评价。其中，被重新解释和限定的马

----

① 但在艾青1957年成为"右派分子"之后，他的诗也停止出版。

②《冯至诗文选集》，北京，人民文学出版社，第195页。收入时，作者对诗做了部分修改。

③ 艾青在《戴望舒诗选》序《望舒的诗》里，解释这位诗人受到肯定的主要原因是他后来发生的转变："从纯粹属于个人的低声的哀叹开始，几经变革，终于发出战斗的呼声。"《戴望舒诗选》，北京，人民文学出版社，1957年，第4页。

雅可夫斯基，由于他强调介入现实斗争，表现"重大题材"和提出诗要成为斗争的武器，而受到中国当代诗界特别的重视。他的主要作品（《好！》《列宁》《一亿五千万》等）都有单行本，还出版了共 5 卷的《马雅可夫选集》①。俄国的一些古典诗人，特别是普希金、莱蒙托夫、涅克拉索夫，他们的作品的翻译出版也受到重视②。这种选择，自然是根据当代中国所确立的诗歌观念，但同时也主要参照苏联当时的文学评价状况。因而，在四五十年代的苏联受到查禁、贬抑的诗人和流派，如 20 世纪初属于阿克梅派的古米廖夫、曼德尔斯塔姆、阿赫玛托娃，和别雷、勃洛克③、帕斯捷尔纳克、茨维塔耶娃等，在当代中国也得到同一的遭遇。像叶赛宁这样的在苏联有争议的诗人，对其评价的犹豫也在当代中国得到反映。五六十年代苏联的一些有争议的当代诗人诗作，如特瓦尔朵夫斯基在"解冻"后的作品，"第四代"的叶夫杜申科等，在 60 年代初，采用了"内部发行"的供参考、批判的方式出版④。

其实，在 20 世纪 50 和 60 年代，对西方和其他国家的重要诗人作品的翻译出版的选择，并不很狭窄；但这只限于 20 世纪以前的"古

---

① 何其芳说，"我们爱好过多种多样的诗歌；但在现代诗人中，最能激动我们的不是别人，而是马雅可夫斯基"，他的"诗和歌——这就是炸弹和旗帜"这句话，"已经成了中国革命诗歌作者的努力的纲领"（《马雅可夫斯基和我们》，《人民日报》1953 年 7 月 19 日）。袁水拍也认为，"我们要创造为人民所需要的充满战斗力量的诗歌，就应该以马雅可夫斯基为榜样"。袁水拍说，诗由于韵律等关系同散文等相比，更难超越国界，"而马雅可夫斯基则不然"（人民日报 1957 年 7 月 21 日）。人民文学出版社 20 世纪 50 年代末到 60 年代初陆续出版。第 1、2 卷为短诗，第 3 卷为长诗，第 4 卷为剧本，第 5 卷为论文、讲演、特写。另外还出版了《马雅可夫斯基论美国》等。

② 1949—1962 年，据不完全统计，出版的普希金诗集有《茨冈》《普希金童话诗》《波尔塔瓦》《高加索的俘虏》《青铜骑士》《欧根·奥涅金》《普希金抒情诗集》《普希金抒情诗二集》等，另出版有《上尉的女儿》《鲍里斯·戈都诺夫》《别尔金小说集》《杜布罗夫斯基》《普希金文集》等小说、戏剧集和综合性文集。

③1949 年出版过勃洛克的《十二个》（时代出版社）。

④ 当时由作家出版社出版"内部发行"的苏联当代诗歌作品，主要有特瓦尔朵夫斯基《山外青天天外天》（1961），叶夫杜申科《〈娘子谷〉及其他》（1963，收入叶夫杜申科、沃兹涅辛斯基、阿赫马杜林娜三人的诗作），梅热拉伊斯《人》（1964）等。

典"的范围。如英国的乔叟、弥尔顿、布莱克①、彭斯、拜伦、雪莱、济慈②、勃朗宁夫人，意大利的但丁，美国的朗费罗、惠特曼，德国的歌德、席勒、海涅，法国的雨果，以及匈牙利的裴多菲，波兰的密茨凯维支，印度的泰戈尔等。对于20世纪的外国现代诗歌，选择上要严格得多。其标准主要视其政治立场和艺术方法而定；是否属于革命，或进步的范畴，是最为重要的前提。因而，在50年代前期，法国的艾吕雅、阿拉贡，智利的聂鲁达，意大利的阿尔贝蒂等，都有诗集翻译出版③，尽管他们中有的曾属超现实主义等诗歌流派，其艺术方法显然并不能完全符合当代中国的诗歌规范。总体而论，19世纪末和20世纪有象征主义、表现主义、未来主义等"现代主义"倾向的诗人，在当代都列入被批评、否定的名单中。二三十年代在中国有较多介绍的法国象征主义诗人波德莱尔、果尔蒙、马拉美、魏尔伦、兰波、凡尔哈伦、瓦雷里，三四十年代译介较多，并对"新诗现代化"进程有重要影响的T.S.艾略特、里尔克、叶芝、奥登、衣修午德等，在50年代之后，基本上从报刊上消失，也不再出版他们诗歌和理论的译作④。而当代出版的西方文学史著作，也采取了不予评述的方式

---

① 1957年，布莱克被社会主义阵营的世界和平理事会列为该年度纪念的世界文化名人，人民文学出版社出版了《布莱克诗选》。

②因为是属于"消极浪漫主义"，华兹华斯的诗在当代这个时期没有翻译出版。虽然出版了《济慈诗选》，但评价并不高。

③ 20世纪50年代人民文学出版社等出版了《艾吕雅诗抄》《洛尔迦诗抄》《阿拉页诗文抄》《阿尔贝蒂诗选》和聂鲁达的多种诗集。罗大冈在《艾吕雅诗抄》的《译者序》中，主要是强调艾吕雅（也包括阿拉贡的"转变"）的意义。他说，艾吕雅后期的诗，"体现了革命的现实主义，即使在形式上，也是他终生作品最为明朗的部分"，这些作品，"反映了诗人广阔的政治视野域，从法国国内到全欧洲，从苏联到西班牙与希腊，有关于反对侵略、保卫和平的政治性的事件，往往在他的诗篇里得到回响"。《艾吕雅诗抄》，人民文学出版社，1957年，第1页。

④ 不多的例外是，在"百花时代"的1957年，《译文》(北京)第7期刊登了《〈恶之花〉选译》(陈敬容译)，同时刊登了法国作家阿拉贡评论波德莱尔的文章《比冰和铁更刺人心肠的快乐》。60年代初出版的《托·史·艾略特论文选》，是"内部发行"的本子。"出版说明"称，"出版这本书是为了配合反对资产阶级反动文艺思潮和现代修正主义文艺理论思潮的批判"，"为了给文学艺术研究者、批评工作者提供一点对立面的材料，以便彻底批判与揭露艾略特的反动的政治目的"。

来表现这种否定的评价①。这个时期，尽管作家和诗人被反复告知，20世纪的"现代派"文学（诗歌）的"资产阶级文化衰颓和腐朽的特征"，是"沉湎于神秘主义和僧侣主义，迷醉于色情文学和春宫画片"，是"把自己的笔出卖给了资本家的资产阶级文学，它的'著名人物'现在是盗贼、侦探、娼妓和流氓"②；俄国象征主义的阿克梅派"是艺术上一种极端个人主义的流派"，阿赫玛托娃的诗"是奔跑在闺房和礼拜堂之间的发狂的贵妇人的诗歌"，"混合着淫秽和祷告的荡妇和尼姑"③，然而，这样的文学、诗，中国当代大部分作家、诗人在20世纪80年代之前，并没有读过。这是在"经典"上的选择性封闭：它阻塞了"异质性"艺术渗透、比较、冲突的通道，也切断了新诗已经积累的部分经验，使不同形态的文化因素的参照、撞击，在大多数情况下失去其可能性。

对于这种情形，有的诗人和诗评家曾谨慎表示过忧虑。卞之琳1949年《开讲英国诗想到的一些经验》的文章，对"五四"以来新诗的过程的描述，显然与后来臧克家等的"新诗发展道路"的描述有重要不同。在新诗艺术源流的问题上，卞之琳列述了他们这些诗人所受的影响：从"西洋19世纪初浪漫派"，到"法国象征派及其后期"，到"T.S.艾略特，以至奥登的一代"，以及由艾略特"回溯到蒲伯、德莱敦、约翰·邓、弥尔顿，以至伊丽莎白时代"。之后，他委婉地说，今天，每个写诗的人都面临着一些问题："受过西洋资产阶级诗影响在本国有写诗训练的是否要完全抛弃过去各阶段发展下来的技巧才去为工农兵服务，纯从民间文学中长成的是否完全不要学会一点过去知识分子诗不断发展下来的技术？"④不过，这种声音在当时不会得到重视。

①如出版于20世纪60年代的由杨周翰主编的大学文科教材《欧洲文学史》，除有"进步"倾向的作家、诗人外，20世纪的现代作家、诗人都没有涉及。

②日丹诺夫《在第一次苏联作家代表大会上的讲演》，《苏联文学艺术问题》（曹葆华译），人民文学出版社，1953年，第24页。这本书是20世纪50年代初为中国作家学习社会主义现实主义和苏联的文艺政策而编译的，在当时广泛流行。

③日丹诺夫《关于〈星〉与〈列宁格勒〉两杂志的报告》，《苏联文学艺术问题》，人民文学出版社，1959年，第46-47页。

④《开讲英国诗想到的一些经验》，《文艺报》第1卷第4期，1949年11月10日。

# 第二章　过程及时期特征

## 一、诗人的类型分析

在 20 世纪 50 年代初，使用相当普遍的当代诗人称谓主要是，按"年龄"、文学"世代"的情况，有"老诗人""青年诗人"等的说法。从 40 年代主要生活区域，并由此形成一种模糊、却重要的诗歌群体现象，有"国统区诗人""解放区诗人"的区分。另外，当代还流行"工农兵诗人"（相对于专业的或知识分子的）、"少数民族诗人"（相对于居主流地位的汉族诗人）等。

"年龄""世代"现象，在这里不仅根据诗人出生年月的"自然"年龄，更主要指开始写作、并取得诗界公认影响的年代。在 20 世纪50 年代，被称为"老诗人"的，习惯上囊括了 20 世纪 20—40 年代（主要是 1942 年以前①）发表诗作，并已获得诗界承认的那部分作者。因而，当时被称作"老诗人"的，诸如何其芳、田间、邹荻帆、袁水拍等，其实并不够"老"，许多人正值中年。20—40 年代初开始发表作品的

---

① 在20世纪50年代，1942年曾是中国现代文学分期的重要界限。这期间发生的延安文艺整风，和毛泽东在文艺整风中的《讲话》的发表，被看作新文学进入一个新的发展阶段的标志。当时教育部颁布的中国新文学史教学大纲，1942 年至1949 年被指认为一个文学时期。茅盾主编的《文学选集》（1950 年，开明书店版），收入作家就确定为 1942 年以前就已有重要作品问世。这也成为划分"老诗人"（"老作家"）的不成文的界线。

诗人，在进入"当代"后多数都健在①，但不能说都还保持着诗歌创造上的活力。像俞平伯、王统照、郑振铎、汪静之、冰心、冯雪峰、饶孟侃、孙大雨、陈梦家、方令孺、穆木天、宗白华等，实际上在40年代，主要精力已不在诗上，有的则已停止诗歌写作②。因而，考察这一时期的诗人状况，对于"老诗人"这个范畴，还必须提出另一个限定，即在40年代是否仍在继续写诗，是否还是诗界的事实上的成员。

这样，就诗人构成上说，当代诗歌界承接的是新诗前30年所积累的，对其价值和丰厚程度存在争议的"遗产"。这包括了活动于新诗草创和其后发展的各个阶段中，具有不同艺术倾向的诗人和诗人"群体"。在20世纪40年代，由于特定的政治形势分割为"国统区"和"解放区（根据地）"的不同地域，文学工作者也被分隔在不同的社会政治环境之中（自然也存在着来往于这两个区域的诗人）。因而，50年代实现政治上的统一时，文学界（诗界）成员与这一不同社会环境相关的思想艺术特征，会在一段时间被注意和重视。"国统区作家（诗人）"和"解放区作家（诗人）"之间，虽然很难说具有创作"群体"的形态，不是诗人在当时诗歌界地位和价值的绝对标志，但也并非可有可无的"身份"。

来自国统区的"老诗人"中，有新诗开拓者之一的郭沫若，有坚持写实诗风的臧克家，有从浪漫主义走向"新古典主义"的冯至，有在20世纪30年代呈现不同艺术追求的卞之琳、何其芳、李广田、梁宗岱、孙毓棠、吴兴华、曹葆华、金克木、林庚、徐迟，有曾倡导大众诗歌的"中国诗歌会"成员王亚平、柳倩。值得重视的还有在30年代后期到40年代初走上诗坛的那部分作者，这包括力扬、袁水拍、吕剑、方殷、方敬、青勃、臧云远、炼虹等。其中，如前所述，有两个诗派成为这一时期新诗实绩的群体"标志"，一是在抗日战争期间形成、发展，被称为"七月派"的诗群，包括胡风、阿垅（亦

①新诗重要诗人和诗论家闻一多1946年被国民党特务暗杀；朱自清、戴望舒于1948、1950年相继去世。

②汪静之1927年出版诗集《寂寞的国》后，就很少写诗，只在1958年出版《诗二十一首》。冯雪峰20世纪40年代出版了诗集《真实之歌》《灵山歌》，但在当代，他更多以一个理论家和文艺界领导者的身份出现。孙大雨1935年发表续写的长诗《自己的写照》之后，基本上就停止新诗创作，主要从事英国文学教学和翻译。

门）、邹荻帆、鲁藜、绿原、牛汉、冀汸，孙钿、曾卓、彭燕郊、罗洛等[①]。另一是在40年代中后期，尝试把西方现代派诗艺与中国社会现实结合起来的"中国新诗派"，他们有辛笛、穆旦、杜运燮、袁可嘉、陈敬容、郑敏、唐祈、唐湜、杭约赫（曹辛之）等。

出身于解放区的诗人，情况也各有不同。有在抗战期间作为知名诗人进入根据地和解放区的。到了新的生活环境，接受了新的诗歌观念，他们的艺术风格多少发生了变化，有的改变则十分明显。20世纪40年代初"皖南事变"后，艾青去了延安，诗的政治色彩加强了，语言、风格也朝着明朗、理性化的方向倾斜。汉园三诗人中更具浪漫主义色彩的何其芳，进入根据地后诗风也有重要变化：加强取材上的社会性；在赞美根据地新生活的同时，也叙述知识分子寻求自我突破的内心矛盾。1938年，田间参加西北战地服务团（简称"西战团"）到了延安，参与发起街头诗运动，后来长期生活在晋察冀边区，写了不少带叙事性质的作品。20世纪20年代写过"诗剧"的柯仲平，1937年去延安后，明确主张、实践诗直接服务于现实政治，试图在民歌风格和日常口语的基础上，以"史诗"的结构来表现中国人民的斗争历史。

解放区的另一些诗人情况有所不同。他们是投身于中共领导的革命之后，才走上文学道路的，至少是，革命和诗歌同时进入他们的生活。一般地说，他们没有，或较不明显地经历了诗歌观念和艺术方法的重大转变，一开始就接受解放区所确立的诗歌观念。因此，他们写作之前的艺术准备也就比较单一。这些诗人的一个分支，是集中在晋察冀边区，受艾青、田间影响较多的一群，如邵子南、魏巍（红杨树）、曼晴、方冰、徐明、章长石、陈垅、流苏、丹辉、邢野、商展思、远千里、蔡其矫等[②]。他们是一群热血青年，手上"拿的是枪、手榴弹和诗歌"[③]。大都写自由体诗，重视作品可能产生的鼓动效应。"解放区"诗歌的另一分支，更多地从民族民间文化中取得借鉴，以艺术

---

① "七月派"诗人大多活动于国统区。但鲁藜、郑思、胡征、芦甸、徐放、鲁煤等，也先后进入陕北、晋冀鲁豫、中原、江汉等根据地和解放区。

② 另一些风格与他们相近的诗人，如陈辉、史轮、劳森、任霄等，在抗战中牺牲。

③ 田间为陈辉诗集《十月的歌》写的序言。《十月的歌》，北京，作家出版社，第195页。

风格上的"中国作风，中国气派"为目标。最突出的是《王贵与李香香》的作者李季，以及俚歌故事《圈套》、长篇叙事诗《漳河水》的作者阮章竞，《王九诉苦》《死不着》的作者张志民等。他们与后来的田间一道，以北方民歌为基础，吸收民间说唱艺术的成分，推动了表现以战争生活为背景的革命军队和农民群众生活的叙事诗创作热潮。从五六十年代的情况看，这一部分诗人表现得较为活跃，在诗歌界也获得很高评价。而晋察冀的一群除少数几人外，新诗写作在20世纪50年代后趋于沉寂，较少取得进一步的发展。

解放区出身的诗人还有严辰、公木、朱子奇，以及新四军系统的芦芒、陈山等。另外，在当代有重要影响的诗人贺敬之、郭小川、闻捷，20世纪40年代在解放区已经开始写诗，不过在当时尚未引起如后来那样的注意。贺敬之是例外，但他主要以参与歌剧《白毛女》的创作知名；因此，他50年代曾在中央戏剧学院工作，并担任中国剧协的领导职务。

当然，对相当一部分诗人来说，解放区与国统区的生活境遇，并不足以构成绝对的区分界限。他们的思想基点和艺术追求有许多相通的地方。从大的文化背景上看，他们是为争取民族独立和现代化的五四新文化运动催生的"文化产儿"。一些生活在国统区的诗人，也直接、间接地经受过民族解放战争和革命民主运动的洗礼，或者在思想感情上与这一运动相呼应。而不少解放区诗人在进入根据地之前，也有与前者相似的思想艺术经历；他们到解放区后，仍然通过各种渠道在国统区发表作品，出版诗集。而国统区的一些诗人，也到过解放区参观、访问 ①，通过多种方法了解毛泽东的文艺思想，接受解放区文艺的影响。如果不是着眼于个别诗人，而是就不同社会环境中诗歌整体特征和艺术发展的趋向看，那么，它们的重要区别在于：国统区诗歌相对来说表现出较强烈的个体意识，新诗试验与开拓过程中多样化的积累得到较多的承认，在不同诗人、诗歌流派的美学追求上，显现出较为多向的发展趋势；到了20世纪40年代后期，又经历了普遍

---

① 如卞之琳1938年曾去延安，参加文艺工作团访问过太行根据地，并在鲁艺临时任教。诗集《慰劳信集》（1940年）是这一时期的创作。

性的社会政治意识增强、诗的意旨向着社会批判方向集中的过程。解放区诗歌作为革命、战争环境中的一种文学样式，强调的是诗为现实政治（民族解放和民主革命，也会包括具体的政治运动）服务，为战争的主力（农民和穿上军装的农民——士兵）服务。不管是作为诗人，还是作为"文学青年"，他们在进入根据地之后，都经过思想感情和艺术观念上程度不同的"转变"，确立了侧重表现群体意识、情感、生活情景，和追求大众化、民族化的诗歌艺术的目标。

一些诗人在开始，可能对当代新诗前景有积极期待，即来自不同地域，有着不同诗艺追求的诗人，存在着在互补的基础上汇成繁复的艺术交响的可能性：前30年艺术积累已建立了这样的基础，诗歌能包容更多样的风格、流派，使仍嫌幼稚的新诗走向丰富和成熟。但是，这一期望并没有能实现。"老诗人"在20世纪50年代普遍遭遇令人困惑并难以处理的矛盾。许多人的艺术道路受挫。"胡风集团"的问题和1957年的反右斗争，使不少诗人失去写作的资格。而文学和诗歌艺术所实施的严格规范，又排斥了无法顺利纳入这一艺术路线的诗人。有的勉强进入这一路线，其后来写作，也大多乏善可陈。少数试图突破统一的审美规范者，总是招来不断的责难。有的预感到无法取得这种协调，便选择了沉默。当然，有的"老诗人"艺术上的受挫，不能由环境来负全责。一些负有盛名的诗人，其实相当欠缺艺术准备。他们艺术上的萎弱，在一个新的诗歌时期，是必然的事情。总之，由于各种原因，特别是政治权力通过文学界（诗界）的干预和规范，50年代是诗人在变动了的历史条件下分化、重组的时期。诗人的"世代"更迭以异常状态出现：20至40年代的许多诗人，过早地从诗界消失，或者过早地靠已有的名声维持在诗界的地位。

与"老诗人"相对应的是，在这个转折期涌现的一批青年诗人，他们是当代诗界的另一重要构成。由于对当代要求着重表现的"新生活"有更直接、具体的了解，因而对实现新的诗歌写作要求上，较少情绪上的疏隔。不过，在认知、体验的多种角度上，在主体意识的坚持上，在面对世界诗歌的背景进行选择、融会、创新上，他们也缺乏前辈诗人曾拥有的可能性。青年诗人的艺术继承，主要集中在"五四"以来新诗的传统的一个方面，即左翼革命诗歌、解放区诗歌上，苏联的革命诗歌则是这种艺术继承的重要补充。这种明确的定向借鉴，使他们诗作的某些特征得到突显，也限制了艺术创造的开拓和变化。青年诗人的出现，虽然贯穿从50年代至70年代的各个阶段，但最为集中的"涌现"是50年代前期。他们以知识青年的身份，在两个历史时期交替的社会冲突中，直接、间接参加革命战争或中共领导的民主运动①。社会历史进程与个人生活道路的某种重合，加强了他们对"新时代"的充满理想主义情怀的发掘和表现的愿望。他们的诗确立了新生活的建设者、保卫者和赞颂者的叙述身份，热情、天真、明朗，但也浅显、单一，缺少变化。50年代中期，这一"群体"也发生了一次分化：某些"革新者"拓宽新诗之路的有限努力很快夭折。这些诗人诗风的深刻变化，要发生在走过时代和个人的曲折道路之后。属于这里所说的青年诗人有公刘、邵燕祥、李瑛、白桦、顾工、胡昭、梁上泉、张永枚、雁翼、严阵、傅仇、流沙河、韩笑、未央、孙静轩、高平、陆棨、沙白、王书怀等。

作为当代的一种"文化战略"，在20世纪50至70年代，文学界十分重视在工人、农民和少数民族中发现、培养作家、诗人的工作，因此出现了"工农兵诗人"的概念。他们是：李学鳌、温承训、韩忆萍、福庚、郑成义、黄声孝、孙友田、刘镇、戚积广、李根宝、仇学宝、刘章、殷光兰、王老九等。"工农兵诗人"只是一种出身的身份，还是构成了一种诗歌特征（或艺术范式），在当代诗界表现得暧昧不明。某个时候，对他们中有的人做出的极高评价，往往出于这种身份上的考虑；因而，维持基于此种理由上的评价，在时间上相对要短暂得多。

这期间的少数民族诗人主要有：蒙古族的纳·赛音朝克图、巴·布林贝赫，藏族的饶阶巴桑、擦珠·阿旺洛桑、昂旺·斯丹珍，维吾尔族的克里木·霍加、铁衣甫江·艾力约夫、艾里坎木·艾合坦木，彝族的吴琪拉达，苗族的唐春芳，土家族的汪承栋，东乡族的汪玉良，仫佬族的包玉堂，壮族的黄勇刹、韦其麟，侗族的苗延秀，傣族的康朗甩、康朗英，朝鲜族的金哲、李旭，哈萨克族的库尔班·阿里，白族的晓雪、

---

① 公刘、李瑛、白桦、顾工、胡昭、梁上泉、张永枚、雁翼、韩笑、未央、孙静轩、高平等，都在四五十年代之交参加解放军。邵燕祥、流沙河等也参加了城市的革命运动。

张长等。他们中的有些人用本民族语言写作，但大多用现代汉语写作。由于各民族交流的广泛、深入，生活领域和艺术借鉴的扩大，汉语的普遍使用，加上写作题材、主题、艺术形式上的一致性要求，一些少数民族诗人创作的民族特色和个人风格，出现模糊的趋势。

## 二、新诗的"当代形态"

当代对于文学写作，要求表现、歌颂新的生活、新的世界，新诗也不例外。歌颂的主题要求遂转化为"颂歌"的诗歌范式，而从内心向外在生活形态的转移，推动了"叙事"繁荣的气候。同时，对于当代的时代风云和政治运动的呼应和阐释，又产生了具有当代特征的政治诗，它们在一段时间里被称为"政治抒情诗"。当代的这些诗歌"范式"，是中国新诗"传统"某些部分的延伸和"极致化"的表现。在"政治抒情诗"中，可以看到郭沫若早期《女神》的情感宣泄方式，和二三十年代左翼诗歌、抗战诗歌的艺术因子。这是中国新诗浪漫诗潮中的强势传统。这种诗歌精神和艺术方式，在50年代以后频繁的国内、国际的政治运动中，轻车熟路地有它长足的"用武之地"，并产生了贺敬之、郭小川这样的代表。自然，外国现代左翼政治诗歌，特别是苏联的政治诗，对中国当代"政治抒情诗"的形成，也有重要的作用。

在新诗的历史上，叙事诗的兴起与20世纪30年代初诗的大众化和关怀现实的提倡相关。茅盾曾把新诗"从抒情到叙事"的倾向，称为"新诗的再解放和再革命"，认为这是"新诗人们和现实密切拥抱之必然的结果"，不如此，诗就不能"从'书房'和'客厅'扩展到十字街头和田野"[①]。叙事的潮流，在抗战时期诗歌，尤其是解放区诗歌中发展。40年代，被看作最能展现解放区诗歌的实绩的，主要是叙事诗[②]；这是实践表现"新的人物，新的世界"的文学原则的必然

---

① 茅盾《叙事诗的前途》，《文学》（上海）第8卷第2期，1937年2月。

② 何其芳："自从革命的文艺运动中提出了要表现工农兵，表现新的人物、新的世界以后，在新诗方面也有了一些收获。我们可以举出《王贵与李香香》《圈套》《死不着》这样一些诗来。"（《话说新诗》，《文艺报》第2卷第4期）。邵荃麟：1942年延安文艺座谈会之后，诗风发生了巨大变化，"这种变化鲜明地表现在当时的解放区诗歌上——这可以拿李季的《王贵与李香香》作为这个变化的标志。"（《门外谈诗》，《诗刊》1958年第4期）

结果。在五六十年代，对于从诗中传来"城市、农村、工厂、矿山、边疆、海滨各个建设和战斗岗位发出来的声音"[①]的要求，为当代的诗歌"叙事"规定了明确含义，也推动叙事诗创作保持异乎寻常的势头。叙事诗作者大都是来自解放区的诗人，或当时的青年诗人。据粗略统计，这个时期长篇叙事诗接近百部。如：李季的《菊花石》、《生活之歌》、《杨高传》（三部）、《向昆仑》，阮章竞的《漳河水》《金色的海螺》《白云鄂博交响诗》，田间的《长诗三首》、《英雄战歌》、《赶车传》（七部），李冰的《赵巧儿》《刘胡兰》，郭小川的《白雪的赞歌》《深深的山谷》《一个和八个》《严厉的爱》《将军三部曲》，艾青的《黑鳗》《藏枪记》，臧克家的《李大钊》，乔林的《马兰花》，王亚平的《李秀贞之歌》，王群生的《红缨》，戈壁舟的《青松翠竹》《山歌传》，张志民的《金玉记》，高缨的《丁佑君之歌》，闻捷的《复仇的火焰》《东风催动黄河浪》，徐嘉瑞、公刘和徐迟的三部同名长诗《望夫云》，白桦的《孔雀》《鹰群》，韦其麒的《百鸟衣》，康朗英的《流沙河之歌》，张永枚的《白马红仙女》，雁翼的《英雄的矿山》，顾工的《龙头山》，梁上泉的《红云崖》，李士非的《向秀丽》，高平的《梅格桑》《大雪纷飞》，未央的《杨秀珍》，包玉堂的《虹》，王致远的《胡桃坡》，以及"文革"期间的《金训华之歌》（仇学宝等）、《西沙之战》（张永枚）等。

对"叙事"的重视，在当代不仅有了叙事诗写作的热潮，而且出现了一种后来被有的诗论家称为"生活诗"的短诗体式。诗中有着某些叙事因素，写了具体的人、事件，或生活场景。这种体式，在新诗的历史上已经存在，但在当代成为最主要两种诗体样式之一。苏联当代诗人，如伊萨柯夫斯基、苏尔科夫等的创作和理论，也为这种样式的"成型"起到重要作用。马凡陀（袁水拍）的这种意见，在当时是有代表性的："我们赞成诗歌主要是抒情的这种说法。此外，所谓诗歌中要有人，有事，也是重要的见解。民歌虽则短只有两句，也还是大多数有人、有事的。"[②]这种诗体"样式"，在李季、闻捷，以

---

① 袁水拍《诗选（1953.9—1955.12）序言》，北京，人民文学出版社，1956年。
② 《诗歌与传统的关系》，《文艺报》第1卷第12期（1950年3月10日）。

及当代多数表现"新生活"的诗人创作那里，有突出的体现。

虽说表现新生活的要求带来对"叙事"的重视，但诗与强烈的感情表达相关这一观念，由一些重要诗人的阐发在当代得到张扬①。20世纪40年代，新诗过度浪漫化的倾向，在"诗是经验""思想知觉化""新诗戏剧化"的理论和实践中受到抑制。此时，这种浪漫主义诗观重又获得释放。创作上，则在当代另一诗体"样式"的"政治抒情诗"中得到典型的呈现。"政治抒情诗"倒不"沾滞"具体生活情景和细节。所有的具象描述，大都转化为象征性意象。叙述者通常以阶级、大众的"代言人"身份出现，取材的政治性和表现上的情感铺陈，构成了当代特有的浪漫抒情风格。这种以理性思辨和激情宣泄为主要特征的抒情方式，始发于50年代，而在六七十年代成为居主导地位的诗歌潮流。

新诗诞生不久，就有重视音乐性和格律的提倡。但是，新诗的发展过程表现了明显的"散文化"趋向。这一趋向，在中国新诗的理论和实践中主要表现在两个层面。一指对格律化，对"音乐性"的怀疑；二指语言上对于华彩、雕饰的警惕。在经过了新月派的格律提倡之后，戴望舒有对自己《雨巷》时期"音乐性"追求的反省②，废名对"诗的文字"要"同散文一样"的强调③，以及三四十年代艾青、闻一多、朱自清等在"新诗现代化"命题下，对于新诗"散文化"趋向的支持（自

①1955年，艾青在《诗与感情》一文中，对诗的性质的说明是："作为诗，感情的要求必须更集中，更强烈……诉诸感情的成分必须更重。"《诗论》，人民文学出版社，1957年，第80页。何其芳1944年在《谈写诗》中，对诗所做的"定义"是："诗，是人在激动的时候，是人受了客观事物的刺激，其情感达到紧张与高亢的时候的产物。"《何其芳文集》第4卷，人民文学出版社，1983年，第59页。这一"定义"，何其芳在《话说新诗》（1950年）中征引并加以强调。1953年在一次题为《关于写诗和读诗》的演讲中，他把这一"定义"修改为："诗是一种最集中地反映社会生活的文学样式，它饱和着丰富的想象和情感，常常以直接抒情的方式来表现；而且在精炼与和谐的程度上，特别是在节奏的鲜明上，它的语言有别于散文的语言。"（《何其芳文集》第4卷，第450页）这一"定义"，提示了当代对新诗的"反映生活"和情感抒发的两个关注点。

②"诗不能借重音乐，它应该去了音乐的成分。"《望舒诗论》，《现代》第2卷第1期，1932年11月。

③废名《谈新诗》，人民文学出版社，1984年，第231页。

然，他们有关"散文化"的理解并不相同）①。到了"当代"，语言上接近日常生活口语，警惕书面化的"意象"雕琢的趋势得到继续。但是，在诗体形式上，似有明显反拨。对于诗体形式和格律的重视，是当时不少诗人的意见。这种反拨，主要从与中国诗歌"传统"的关系，从新诗"民族化"的要求上提出②。自由体诗受到批评。为自由体诗所做的辩护，相对来说声音就要显得微弱③。

但是，20世纪50年代前期，自由体诗的写作仍占有相当多的数量。但作为一种"自由"与"规范"的折中，"半自由体"（或称"半格律体"）成为一种主要的形式。对"民族形式"和民歌传统的强调，和把解放区诗歌作为发展方向，并没有使40年代解放区诗歌中盛行的民歌体推广开来。一些曾有效地运用民歌形式的诗人，如李季、阮章竞、田间、张志民，进入"当代"也没有完全沿着这条道路行进。他们中有的人解释了这种现象，认为是"生活向前发展"和描写对象的变化造成的④。李季、阮章竞等运用的那种与乡村传统的劳动和生活方式相联系的民歌，其想象方式、艺术手段、章法句式，难以用来

---

① 参见臧棣《40 年代新诗的现代性》。

② 在 1950 年 3 月 10 日《文艺报》"新诗歌的一些问题"的笔谈专栏上，对新诗缺乏"必要的形式"的批评，是重要声音。如萧三："所谓'自由诗'也太'自由'，完全不像诗了。和中国古典的诗脱节，和民间的诗歌也脱节，因此，新诗直到现在还没有能在这块土壤里生根。……我想，汉字如果暂时仍不能废除，何以不能写旧形式的诗呢？"田间："我有一个提议是，我们写新诗的人，也要注意格律，创造格律。"袁水拍："新诗歌最好要建立起一个形式来。七言以至十一个字一句的形式，是可以多多采用的。"林庚指出，要把对新诗"形式"建立的工作，从对"分行"和"叶韵"的注意，转移到对"建行"的注意。何其芳 1944 年说："从前，我是主张自由诗的……但是现在，我动摇了。因为我感到今日中国的广大群众还不习惯于这种形式"，"而且自由诗的形式本身""最易流于散文化"。（《谈新诗》，《何其芳文集》第 4 卷，人民文学出版社，1983 年，第 62 页）。

③ 艾青在《诗的形式问题》的长文里，批评了当时新诗创作和理论上的"形式主义倾向"，反对把五言和七言看作"民族形式"，并进一步把"民族形式"定位为"原则问题"的"复古主义"倾向。他认为格律诗和自由体诗都可以存在，强调形式上的"百花齐放"，并认为形式的发展与生活变革、诗人的劳动和外来影响相关。见艾青《诗论》，人民文学出版社，1957 年。但这种意见当时已不居主导地位。

④ 参见李季《热爱生活 大胆创造》，《文艺学习》（北京）1956 年第 3 期。

表达当时倡导大力表现的"经济建设"①的内容。于是，"五四"以来已存在的"半自由体"（四行、六行或八行一节，每行字数、顿数大体相近，押大致相近的脚韵）得到普遍运用。讲究自然节奏的自由体，包括马雅可夫斯基式的"楼梯体"，也在句式、节奏、押韵等方面，逐渐赋予或强或弱的"形式感"。中国作家协会编选的第一部年度诗选②所收作品，不押韵的自由体占一半左右，四行一节的"半自由体"也为数不少；民歌体只见于某些叙事诗，或为数不多的农村题材作品中。事实上，这一时期在读者中产生较大反响的作品，如郭小川的《致青年公民》，贺敬之的《放声歌唱》，闻捷的《天山牧歌》，李季的《玉门诗抄》，石方禹的《和平的最强音》，公刘的《在北方》，未央的《祖国，我回来了》等，都是自由体或"半自由体"。应该说，20世纪50年代前期的诗体形式，更偏重于承接抗战以来国统区诗歌的诗体形式。"散文化"虽受到指责，但仍是比较突出的倾向。自然，对于太过松散的自由体诗给予适当的格律、节奏的约束和限制的主张，也仍为一些诗人所坚持。但提出的方案表现为不同的路径：或者强调向民歌和古典诗歌学习，或者重视提出从英国诗歌的重音和音步借鉴，或主张从总结新诗的历史经验，以创建现代的格律诗。在这个方面，何其芳、林庚、卞之琳、周珏良、田间等，都分别提出他们的具体设想，并加以实验。不过，由于种种原因，并没有获得更多的注意，他们建设能被较广泛认可的新诗形式的努力，收效也不是很大。

## 三、发表方式和诗歌刊物

这个时期诗歌发表方式，和"现代"时期并无什么不同。报纸副刊和综合性文学刊物，是诗歌的最主要载体。许多报纸都辟有副刊性质的版面，各种文学刊物也都有一定篇幅发表诗歌作品。一般情况下，诗作会采取先在报刊上发表，再结集出版的方式。在这个

---

①20世纪50年代开始的"现代化"目标的经济建设，是当时诗歌界提倡，并吸引诗人的写作欲望的题材。除了青年诗人之外，冯至、艾青、田间、公木、严辰、徐迟、李季、阮章竞等，都热心于对经济建设的表现。中国作协1956年出版了《建设的歌》（作家出版社），收入57家的62首（组）诗作。

②《诗选》（1953.9—1955.12），人民文学出版社，1956年。此后，还出版了1956、1957和1958的年度诗选。

时期，诗人的个人选集的出版，往往表现为一种被确认为取得成就的"资格"①。20世纪50年代，曾由中国作协和后来的诗刊社组织编选年度诗选，先后出版了1953—1955年、1956年、1957年和1958年四卷②。后来因各种原因未能继续。这些年度诗选可见到当时的诗歌风尚与趋向，也承担了诗界权威机构对写作的引导和规范的任务。

在一些时候，如1958年"大跃进"运动和"文化大革命"时期，诗的发表也使用赛诗会、"大字报"、"小字报"、个人传抄、朗诵等方式。总体而言，在政治运动高涨的年月，诗歌的写作和发表，常突破个人书写和阅读的常规，而带有更多的集体参与性质，并与表演等形式结合。这延续的是中国现代诗歌中，20世纪30年代苏区的"红色歌谣"，延安和根据地的"街头诗运动"，以及40年代国统区学生运动中的"朗诵诗"。

这个时期专门的诗刊，只有同时创办于1957年的《诗刊》和《星星》两种，分别由中国作协和四川作协主办。《星星》在流沙河、石天河、白航等人的主持下，开始曾实行"多样化"的方针。这个方针因1957年的反右派运动受挫夭折，编辑部全面改组。这个诗刊出至1960年停刊，直到1979年10月得以恢复。《诗刊》③从开办到20世纪80年代，一直是权威的诗歌刊物。它的整体面貌，既集中体现了当代这个时期新诗的取向，也在一定程度上反映了刊物主持者，尤其是主编的"性格"。《诗刊》在这一阶段的大部分时间里，存在着对诗歌艺术"政治化"的迫切推重。这种取向，从1957年年中开始，表现为"专题化"的刊物编排方式。"专题"性栏目的设计，通常是围绕政治运动、

---

① 如1959年"新中国成立十周年"，人民文学出版社出版的丛书性质的个人诗选是：郭沫若《骆驼集》、严辰《繁星集》、田间《田间诗抄》、李季《难忘的春天》、阮章竞《迎春橘颂》、郭小川《月下集》、闻捷《生活的赞歌》等。1963—1964年间作家出版社出版另一丛书性质的个人诗选，对象是被认为已获得显著成绩的青年诗人，他们是严阵、李瑛、梁上泉、顾工、雁翼、韩笑、张永枚等。

② 它们的序言，分别由袁水拍、臧克家、严辰、徐迟等撰写。

③ 1951年1月创刊，月刊。1961年1月起，改为双月刊。1963年7月，恢复为月刊。1964年11月出至80期后停刊。1976年1月复刊。创刊时，主编为臧克家，副主编严辰、徐迟，编委还有田间、艾青、吕剑、沙鸥、袁水拍。后来，副主编和编委人员不断调整，但至1964年停刊，主编一直由臧克家担任。

事件，以及作者的政治身份这两者展开①。另一特征，是十分重视并企盼国家、政党的领袖的参与，以提升诗、刊物的地位②。1964年的11、12期合刊中，临时附上了致读者的停刊通知的纸片，称"在社会主义革命和社会主义建设正在蓬勃开展"的时候，"为使本刊编辑部工作人员有较长的时间深入农村、工厂，参加火热斗争，加强思想锻炼"，而决定"暂时休刊"③。

### 四、各个阶段的概况

20世纪50年代初，诗歌界情况有些沉闷④。因为新中国成立是中国现代史上的重大历史事件，按照要反映时代变革的当代诗歌要求，出现一批表现这一震撼的历史转折的作品，如何其芳的《我们最伟大的节日》、郭沫若的《新华颂》、胡风的共有五个乐章的长诗《时间开始了》、卞之琳的《天安门四重奏》等。但它们似乎都没有达到预

---

① 从1957年的第7期开始，"专题"式的专辑，成为《诗刊》的最主要编排方式。政治运动、事件方面的专辑如"反右派斗争特辑""庆祝十月革命四十周年""献给和平的诗""献给农村的诗""工厂大字报上反浪费的诗""农村大跃进""支持阿拉伯各国民族独立""共产党万岁！毛主席万岁""庆祝三八国际劳动妇女节""城市人民公社万岁""支持亚洲拉丁美洲人民的民族民主运动"等。以作者政治身份为专辑的如"兄弟国家诗人作品选译""工人诗歌一百首""歌颂党的新民歌""战士诗歌一百首""亚非国家诗选"等。20世纪60年代，专辑的形式虽不再多见，但是这种风格仍得以继续。

② 臧克家的诗《在毛主席那里做客》(《诗刊》1957年第2期)有这样的句子："会不会突然接到一封邀请谈诗的函件？／我想起了列宁读了马雅可夫斯基的诗句，／称他为当代最伟大的天才，／斯大林微笑着倾听高尔基朗诵诗的情景，／又生动活泼地映到我的眼底来，／我会不会也有这样的幸运？／我会不会也有这样的时刻？"1957年1月14日，毛泽东接见了臧克家和袁水拍。在《诗刊》创刊号上刊登毛泽东的旧体诗词18首之后，臧克家很快写出解说(《毛泽东诗词18首解说》，中国青年出版社1957年10月出版)。

③ "文革"前夕，在中国作协主办的几份刊物中，《诗刊》是最早停刊的。《文艺报》《人民文学》等，都出至1966年夏天。

④ 如何其芳当年所说："虽说也有一些写诗的人，然而却零零落落，很不整齐；其中有些人并没有经过认真的专门训练还不能熟悉地使用他们的乐器；有些人偶尔拿起乐器来吹奏几声马上又跑到后台里面做别的事情去了；剩下几个人在那里勉强撑持局面但也是无精打采地吹奏着。"《关于写诗和读诗》，《何其芳选集》第4卷，人民文学出版社，1983年。

期的成功①。这个阶段出现的后来较多被人们提及的作品有《有的人》（臧克家）、叙事长诗《漳河水》（阮章竞）、《韩波砍柴》（冯至）、《我们爱我们的土地》（邵燕祥）等。稍后，诗歌写作的情形有了改善。一方面，三四十年代开始写作的"老诗人"陆续有新作发表（艾青、冯至、田间、徐迟、苏金伞、李季、沙鸥、蔡其矫等），尤为引人注意的是一批新的作者的出现，如贺敬之、郭小川、闻捷、公刘、邵燕祥、严阵、白桦、梁上泉、孙静轩、傅仇、高平、顾工等。但他们的写作，一开始便被纳入当代已形成的艺术规范之中，其诗艺的展开，显然受到很大的拘束。

20 世纪 50 年代前半期，南方（云贵川、康藏）和新疆、甘肃等地的自然风光、生活习俗，以及这些地方的少数民族的诗歌传统，给当时颇显沉滞的汉语诗歌写作注入了某些活力。当时出现的最有特色的作品的相当部分，都与此存在关联。这种影响，一方面是"题材"的开放上的：一些以个体情感为对象的抒情诗在民族风情的框架下取得合法位置。另外是想象力上的：观念、主题获得感性想象的支持，使僵硬的面目有所松弛和展开。这一期间搜集、整理的少数民族的多部叙事诗和抒情作品（《阿诗玛》《望夫云》《花儿与少年》《康定情歌》以及多种少数民族民歌等），应该看作这一时期诗界的重要成绩。

不过，新诗写作思想艺术的单一、狭窄，却是总的趋向。在 20世纪 50 年代中期的文学"百花时代"的形势下，诗界也出现了变革的要求。诗歌题材、主题和艺术方法的"多样"，是普遍、总体的争取。而诗歌介入现实生活，诗人的"启蒙"精神的发挥，是另一方面的争取的焦点。《诗刊》的创刊号及其后的几期，多少表现了一种较为开

---

① 何其芳自己很快就对《我们最伟大的节日》的"情绪不饱满，形象性不强，有些片段又写得不够精练"不满（《写诗的经过》，《何其芳选集》第 5 卷）。《天安门四重奏》在《新观察》2 卷 1 期（1951 年 1 月）发表后，有读者批评它的"难懂"，"支离破碎的印象""迷离恍惚的感觉"，"把诗变成谜语"（《文艺报》1951 年 3 卷 4 期）。卞之琳随后发表了《关于〈天安门四重奏〉的检讨》（《文艺报》1951 年 3 卷 12 期）。

放的态度①。《星星》创刊之初的打破单一规范的举动，表现得更为明显。在创刊号的"稿约"中写道："我们的名字是'星星'。天上的星星，绝没有两颗完全相同的。人们喜爱启明星、北斗星、牛郎织女星，可是，也喜爱银河的小星，天边的孤星。我们希望发射着各种不同光彩的星星，都聚集到这里来，交映着灿烂的光彩。"②诗人李白凤③写了《给诗人的公开信》，批评这些年来"诗歌创作被限制在如此狭窄的领域里"，认为原因在于"某种宗派情绪"。显然，"宗派"在他的论述中，指的是诗人身份和诗歌流派在当时所做出的政治价值划分。

这期间，在《诗刊》《人民文学》等报刊上，出现了已变得"陌生"的诗人和诗论家的名字，如饶孟侃、汪静之、徐玉诺、陈梦家、吴兴华、孙大雨、梁宗岱、穆旦、杜运燮等④。而有争议的徐志摩和早期的戴望舒的诗歌，1957年也出版了他们的诗选，并发表了有限度的肯定性评价的文章⑤。何其芳早期的作品《预言》，也以精致的面目⑥与读者见面。在思想和艺术上显示某些变化与拓展的诗作陆续出现。它们是：艾青的《在智利的海岬上》《礁石》，郭小川的叙事诗《白雪的赞歌》《深深的山谷》和当时没能公开发表的《一个和八个》，流沙河的《草

---

① 创刊号使用了二三十年代常见、而当代已消失的"毛边本"，使许多读者感到惊异。《诗刊》最初几期，发表的作品和评论，都体现了某些"多样"的特点。如刊载的马雅可夫斯基的译诗，选择的是他的《穿裤子的云》。

② 不过，这个"稿约"在第2期上就消失了。

③ 李白凤20世纪30年代开始在《现代》等刊物发表诗作。曾在西南联大任教。50年代任河南大学中文系教授，讲授外国文学。1957年因发表《给诗人的公开信》等事由，成为"右派分子"，被开除公职，在开封市街头拉板车谋生。1976年去世。

④ 他们在此时被冷落，有各种原因。最主要是过去的创作、理论的思想艺术倾向，在当代已处于被否定，或"边缘化"的位置。陈梦家在当代的处境，显然根源于他跟"新月派"的关系。因此，在1957年5月的一次座谈会上，他努力想加以澄清："我很不愿意别人老把过去的招牌挂在我的头上。而且这块招牌对我也不大合适，当时我只不过是喜欢写诗，和'新月派'诗人接近罢了。有一些诗人像何其芳等比我更接近'新月派'却因为他改造了思想，入了党而不再给他挂这块招牌……"《文艺报》1957年第11期：《作协在整风中广开言路》。

⑤《诗刊》1957年第2期刊出艾青的《望舒的诗》、陈梦家的《谈谈徐志摩的诗》二文。

⑥ 小32开半精装的绿色封面。在20世纪50年代，这种"精致"的"小资情调"的设计风格，并不多见。

木篇》，穆旦的《葬歌》，邵燕祥的《贾桂香》，公刘的《迟开的蔷薇》，蔡其矫的《山水》等。自然，这种变化、拓展，从范围和深度上看，还是很有限的。

反右派运动使这一诗歌变革的潮流中断。继1955年"胡风集团"事件使"七月"诗人艺术生命受挫之后，诗歌界又经历另一次的重大挫折。因成为"右派分子"而失去写作和发表作品权利的有：艾青、陈梦家、孙大雨、公木、吕剑、苏金伞、李白凤、吴兴华、青勃、唐湜、唐祈、公刘、邵燕祥、白桦、流沙河、昌耀、孙静轩、胡昭、高平、周良沛、梁南、岑琦、张明权、林希……

1958年以后，总的趋势是诗歌的"政治化"的加剧。从大的诗歌事件上说，主要有20世纪50年代后期的"新民歌运动"，和1963年以后到"文革"中的政治诗潮流。其中的具体情形，把"民歌"和古典诗歌作为救治新诗药方，以及在这期间的实践的效果等，将在后面相关章节中涉及。

# 第三章　走进"当代"的诗人

　　20 世纪 40 年代以前开始新诗写作的诗人，在进入"当代"的前后，有多种不同的情况。1946 年闻一多被暗杀。1948 年、1950 年，朱自清、戴望舒相继病逝。新诗界失去了几位重要人物。有的诗人则与诗歌界的关系已经疏远，在 40 年代（或更早时间）已不大写新诗，在"当代"，他们的"新诗诗人"的身份已不明显。如陆志韦、徐玉诺、康白情、宗白华、王统照、俞平伯、冰心、穆木天、杨骚、冯乃超、于赓虞、饶孟侃、孙大雨、邵洵美、曹葆华、孙毓棠、金克木 [①]。他们中有的专注于其他文类（小说、散文、外国文学翻译等）的写作，有的则主要从事学术研究或教学工作。有一些诗人，在 40 年代末去台湾、香港或国外定居，如胡适（其实，《尝试集》之后，他与新诗界已少有关联）、李金发 [②]、覃子豪、路易士（纪弦）、钟鼎文、何达。纪弦、覃子豪等在台湾当代现代诗运动的起始阶段，起到引领潮流的作用。

　　基于这样的情况，这里所说的"走进'当代'的诗人"，指的是在"当代文学"发生的 40 年代，继续或开始新诗创作的，活跃于诗歌界的部分。这既指活动于国统区的，也包括出身于解放区的诗人。

---

　　① 他们与"当代"的诗歌界的关系已不密切，但也偶会撰文对新诗问题发表意见，如陆志韦、宗白华、王统照、俞平伯、穆木天、饶孟侃等。
　　② 李金发抗战时期仍有诗发表。1941 年在国民党外交部任职后，先后担任驻伊朗、伊拉克使馆外交职务，新诗写作便已少见。1951 年后定居纽约。

## 一、"老诗人"的艺术处境

面对当代对于新诗提出的规范性要求，是否继续写诗，接着是如何写，是那些已有多年写作经历的诗人必须面对的问题。对于这一问题，做出应对的难易程度因人而异。一般地说，那些通过多年的诗艺追求已建立了创作个性，有着自己的"题材"领域和艺术方法者，他们在与当代诗歌规范的关系上，情况要较为复杂，处理的难度也更大。通常做出的反应方式是：努力更新自己，调适与当代写作要求和审美规范的矛盾；意识到矛盾的难以协调，逐渐停止新诗创作；在适应中对原先的艺术信念有所坚持，因而受到批评指责。后面的一种情形，结果也各不相同：或者放弃诗歌写作，或者改弦易辙，或者继续在矛盾和摇摆中行进。

作为新诗开拓者之一的郭沫若[①]，在20世纪20—40年代，以诗人、学者、政治活动家相兼的身份出现。50年代以后，在史学、诗歌和话剧创作上仍有不少成果，但国家事务和社会政治活动在他的生活中已占居主要部分[②]。和那些竭力将政要、社会活动家身份与诗人身份分开的人不同[③]，郭沫若同当代的许多诗人、作家一样，不仅自觉建立这两者的联系，而且要读者记住这一联系。而事实上，他的诗歌创作（也包括历史剧和《李白与杜甫》的写作），在很大程度上属于其政治活动的构成部分。他在当代的新诗创作已不再具有重要价值，不过，由于他曾经有过的文学业绩，和他在现实的政治、文化领域上的地位，

---

① 郭沫若（1892—1978），四川乐山人。有诗集《女神》《瓶》《前茅》《恢复》《战声》《蝴蝶集》等。当代出版诗集有《新华颂》、《毛泽东的旗帜迎风飘扬》、《百花集》、《百花齐放》、《潮汐集》（其中"潮"集收40年代旧作）、《长春集》、《骆驼集》、《蜀道奇》、《东风集》、《邕漓行》等。

② 郭沫若20世纪50年代开始担任的国家和社会团体领导职务主要有：全国文联主席、政务院副总理、中国科学院院长、中国科技大学校长、全国人民代表大会常务委员会副委员长等。

③ 如法国现代诗人圣琼·佩斯，原名阿历克西·莱热，40—50年代担任法国外交部部长。他极力禁止在他的社会角色和诗歌之间建立任何联系，说："实际上，圣琼·佩斯和阿历克西·莱热之间的任何联系都不可避免地要使读者的看法产生错觉，要使读者对诗歌的理解陷入歧途。"转引自罗杰·加洛蒂《论无边的现实主义》，天津，百花文艺出版社，1998年，第77页。

他对当代诗歌运动仍保持一定的影响：一、经常从各个阶段的政治需求出发，以权威的方式发表有关新诗问题的谈话和文章[1]；二、作为毛泽东诗词的权威阐释者，不仅发掘这些作品的思想和艺术精醇所在，而且揭示这些作品对新诗发展的榜样性价值。

郭沫若在五六十年代写了大量配合现实政治和社会运动的诗。其中，旧体诗词约占三分之一。他和另外一些诗人一道，建立了诗与政治生活重要事件的当代的联结方式，读者几乎可以从其作品的编年中，来寻找当代社会政治重要事件的线索。50年代初的保卫世界和平运动，朝鲜战争，"三反"、"五反"，过渡时期总路线的颁布，长江大桥和十三陵水库的建成，"大跃进"和"大炼钢铁运动"，农村开展的扫文盲学文化、防治棉蚜虫、除"四害"，等等，都进入他取材的视域。在他的诗集中，大量出现这样的标题：《史无前例的大事》《庆亚太和会》《记世界人民和平大会》《十月革命与中国》《访"毛泽东号"机车》《纪念孙中山》《先进生产者颂》……这是他当时诗歌观念的体现。1948年，他认为"今天的诗歌"，"必然要以人民为本位，用人民的语言，写人民的意识，人民的情感，人民的要求，人民的行动。更具体地说，便要适应当前的局势，人民翻身，土地革命，反美帝，挖蒋根，而促其实现"[2]。一首题为《鸭绿江》[3]的写朝鲜战争的诗中，出现这样的句子，在他这个时期的诗中并非仅有：

鸭绿江发电站的被炸，震动了全世界渴望和平的人民，他们好意地担心着战争会从此扩大起来。

美国政府和美国将军们准备扩大战争，是他们早就决定了的独霸世界的政策，倒不是从轰炸鸭绿江电力站才开始。

这种创作倾向的产生，虽然有这个时期强调诗的社会功用的原因，

---

① 如在1958年的新诗发展道路的讨论的后期,发表《就当前诗歌中的主要问题答〈诗刊〉社问》，载《诗刊》1959年第1期。

②《开拓新诗歌的路》，见《郭沫若谈创作》，哈尔滨，黑龙江人民出版社，1982年。

③ 收入《新华颂》，人民文学出版社，1953年。

但也存在郭沫若艺术观念演化的内在缘由。《女神》时期的郭沫若，信奉重视灵感、直觉和情绪的"自然"流露的浪漫诗观。他把诗称作"命泉中流出来的 strain，心琴上弹出来的 melody，生的颤动，灵的喊叫"。①20 世纪 20 年代中后期，这种艺术方式能很容易和左翼诗歌的表现社会矛盾和阶级意志的要求相结合。1936 年，在《我的作诗的经过》一文的结尾，郭沫若表示，有一天，"我要以英雄的格调来写英雄的行为，我要充分地写出为高雅文士所不喜欢的粗暴的口号和标语。我高兴做个'标语人''口号人'，而不必一定要做'诗人'"②。这一针对当时诗坛"脱离现实"诗风的言论，包含了那些企图催生的新型诗歌者在与"艺术传统"关系上的激进态度。

1958 年，郭沫若为宣传"百花齐放"的方针，用了 10 天的时间，选择一百种花作为题目，写了 101 首诗，并结集为《百花齐放》③。写这些诗时，作者翻阅了有关花卉的图册、书籍，请教园艺工匠，并在最初的三首发表时写的"小引"上，广征读者帮助，"把各地的奇花异卉的详细情况开出些给我"。这样，无论是对政治时势的配合，创作过程的"群众路线"，还是 10 天百首的"大跃进"速度，以及诗的艺术"范式"，都吻合那一时代的"诗歌精神"，而受到很高推崇。《百花齐放》具有当代典型的"形象—观念"的结构公式：从花的形态、肌理特征的描述，上升为对政治命题的说明④。

20 世纪 40 年代起，旧体诗词在郭沫若诗歌创作中的地位渐趋显要。全面抗战初期的《战声集》（1938 年）就编入少量的旧体诗词（《归国杂吟》7 首）。1948 年的《蜩螗集》中旧体诗词占有更大的分量（25 题 52 首）。50 年代以后，除《百花齐放》等个别诗集外⑤，都是将新诗与旧体诗词合编。实际的情形是，这期间郭沫若的旧体诗词的水

---

①《论诗》，见《文艺论集》，上海光华书局，1925 年。

②《质文》第 2 卷第 2 期。

③这些诗在当时受到重视。《人民日报》用近三个月的时间全部连续刊载。后由人民日报出版社、江苏文艺出版社、上海文艺出版社、扬州人民出版社和荣宝斋分别出版不同版本，其中有刘岘木刻插图本。

④如由水仙花的"只凭一勺水，几粒石子过活"，而联结起当时提出的"总路线"的"多快好省"的口号，并说这是"活得省，活得快，活得好，活得多"的"促进派"。

⑤《百花齐放》附录的二、三、四也应是旧体诗词。

准和影响，倒是超过他同时期的新诗创作。

在臧克家（1905—2004）[①]创作 30 周年时，诗人徐迟著文认为，"他的诗歌，大体上可分为四个时期，好像一个交响乐的四个乐章。第一，激情的快板，第二，深沉的慢乐章，第三，谐谑调，第四，欢乐颂"[②]。虽然他 1933 年的处女诗集《烙印》似不属"激情快板"之列，但徐迟的概括大体上符合臧克家的实际情形。抗日战争全面爆发后，臧克家曾在战地做救亡工作，写了大量以抗日军民为抒情对象的诗：热烈、宽畅，也泛漫冗长。1944 年以贫病之身来到后方重庆，过着艰苦的卖文为生的日子。战地军旅生活体验到的艰辛，与战时"陪都"和战后上海的种种黑暗现象的对比，推动他转向对现实的控诉和讽刺。1948 年底，臧克家从上海转到香港，4 个月后，与一批文化人从海路北上到已为解放军控制的北平。对这一经历，他认为是意味着："从地域上讲，从一个旧世界踏进了一个新世界，从时间上讲，从一个旧时代跨入了一个新时代。一切都光华耀眼，新鲜动人。"[③]1949 年底，为纪念鲁迅而写的短诗《有的人》，表达了他此时对世界，对人生的那种新与旧、光明与黑暗的对比性理解[④]。正如把他的自选集命名为《欢呼集》（1959）那样，臧克家五六十年代以至 70 年代末的作品，和当代其他相类的作品一样，常常显得浮泛。在这种情况下，1956 年重返青年时代读书故地的青岛的《海滨杂诗》，和 1961 年回顾病院生活的《凯旋》，这些短诗，似较有一些韵味。

臧克家五六十年代的诗并不多，却在诗歌界有重要地位。这种地位，通过他在诗界的组织、批评工作来实现。他编选了《中国新诗

---

① 臧克家（1905—2004），山东诸城人。1932 年开始发表新诗，次年出版第一部诗集《烙印》。三四十年代出版的诗集还有《罪恶的黑手》《自己的写照》《运河》《从军行》《淮上吟》《泥土的歌》《古树的花朵》《感情的野马》《宝贝儿》《生命的零度》《冬天》等。五六十年代出版的诗集主要有《一颗新星》《春风集》《欢呼集》《凯旋集》《李大钊》。"文革"后的诗集有《忆向阳》《今昔吟》《臧克家长诗选》《放歌新岁月》等。另有诗歌评论、随笔集《在文艺学习的道路上》《学诗断想》。山东文艺出版社出有《臧克家文集》6 卷。

② 《臧克家诗选·序》，北京，人民文学出版社，1978 年。

③ 《臧克家诗选·序》，北京，人民文学出版社，1978 年。

④ 这首诗选入多种新诗选本，在许多时候也入选中学语文课本，成为臧克家"当代"的代表作品。

选》——20世纪50年代出版的第一本中国新诗选集，并对前30年新诗发展过程做了系统评述①。在中国作协编选的1956、1957年度《诗选》的两篇序言中，他对当时诗歌创作状况进行分析，并提出"指导性"意见。1957—1979年，一直担任全国最主要的（在一些时候是唯一的）诗歌刊物《诗刊》的主编。经过努力，他争取了在《诗刊》1957年创刊号正式发表毛泽东的诗词，并刊发了毛泽东致臧克家谈诗信函的手迹。其后，又成了当时为数不多的毛泽东诗词阐释者②。臧克家一贯主张诗要反映现实斗争，描绘大时代雄伟壮烈的光影，抒写革命者呼号振奋、鼓舞人心的宏声。在三四十年代的"现实主义"诗人中，他其实并未忽略诗歌技艺。30年代《烙印》的写作，其诗艺的潜在批评指向，既针对当时的"纯诗"论者，也包含了对"中国诗歌会"一些诗人艺术上的粗糙简陋。不过，他对诗歌艺术的理解，主要限定在词语搭配、锤炼和诗的结构上，而拒斥另外的诗歌艺术探索取向——如对40年代后期"中国新诗派"③。到了当代，对于"明白晓畅、顺口顺耳"的诗歌标准的信奉，又很大削弱了他原先在严谨、深沉风格指标上的语词锤炼的成效。这导致了他在"当代"失去了明晰的诗艺目标。臧克家50年代以后在诗歌界的工作，使人想起朱自清等在新诗前期发展过程中的功绩。不过，他似乎久缺朱自清那样的开放性学养和对待新诗多种取向的开放态度。因而，对他在当代诗歌界的影响的褒贬，一直存在诸多的争议。

　　冯至④和卞之琳在文学道路上有某些相似之处。他们都是西方文

　　①《中国新诗选》（1919—1949），北京，中国青年出版社，1953年。《"五四"以来新诗发展的一个轮廓》，载《文艺学习》（北京）1955年第2期，收入《在文艺学习的道路上》（上海，新文艺出版社，1955年）。

　　②在五六十年代，毛泽东诗词的阐释者主要有郭沫若、臧克家、周振甫。

　　③臧克家和曹辛之（杭约赫）等曾一起主持《诗创造》，后因艺术主张和其他问题的分歧，曹辛之等另外创办了《中国新诗》刊物。

　　④冯至（1905—1993），河北涿州人。1923年开始发表新诗作品。20世纪20年代出版的诗集有《昨日之歌》《北游及其他》。1942年出版《十四行集》。50年代的诗集有《西郊集》和《十年诗抄》。著有诗和文学论集《诗与遗产》。

学的研究者和翻译者。不仅在各自的领域——冯至对德语文学[①]，卞之琳对英美文学——多有建树，而且，在诗歌创作上，都注意吸收西方诗歌的艺术经验，在扩大新诗的艺术借鉴、建立新的审美观念和审美手段上做过认真的探索。另一相似之处是，他们虽然都以诗作为自己生命的一部分，但创作是时断时续，作品的风格也呈现阶段性的变化。

冯至新诗写作主要集中在三个时期。诗集《昨日之歌》和《北游及其他》出版于20世纪20年代末，不久赴德国求学，回国后在大学任教，10年间很少写诗。直到1941年在昆明西南联大任教时有了《十四行集》，连同他40年代的其他作品，构成第二时期的创作。50年代是他创作的第三时期。这期间，他用颂歌的基调，来对他所认为的"没有一件事不好，没有一件事不可爱"的社会的赞美。当时的经济建设和社会新貌，如刘家峡水库和西北石油城，成为他主要的诗题。同许多诗人一样，新旧的历史性对比，是观察、思考和抒情的基本角度。自然，这个时期的作品，如《韩波砍柴》《人皮鼓》《登大雁塔》《半坡村》等，也还保留着他《十四行集》的某些特征：回避主观激情的直接倾诉，把感情规范在内敛的形式里，努力在明白、朴素与凝重、沉思之间找到契合点[②]。个别的诗，在观照世界和体验人生上，也可见出某些接续的依稀痕迹。《半坡村》中，写在新建的纺织厂的近旁，发现新石器时代村落的遗址，是从新旧对比来显示历史变迁的主题。但《十四行集》中曾经有过的对原初朴素的生命形态的向往，又隐约可见：

---

① 冯至1930年去德国留学，1935年获海德堡大学博士学位。50年代以来，先后任职于北京大学西语系和中国科学院外国文学研究所，主要从事德语文学和诗歌的翻译和研究。翻译过里尔克的《给一个青年诗人的十封信》（1938）、《海涅诗选》（1956）、海涅的《德国，一个冬天的童话》（1978）。著有《论歌德》。

② 对于冯至50年代的诗，何其芳当年曾有这样的评论："1941年他写了一本《十四行集》，文字上的修饰好像多了一些，技巧上的熟练好像也增进了一些，然而如作者后来所很不满的，这些诗'内容和形式都矫揉造作'。解放后所写的诗，矫揉造作的毛病没有了，但多数都写得过于平淡，缺乏激情。"《诗歌欣赏》，北京，作家出版社，1962年，第92页。

用石头磨成了斗争的武器，

用兽骨磨成了钓钩，磨成了针，

不要笑当时的人愚昧无知，

这里同样有灵巧的手，真诚的心。


成年的死者都葬在村外，

夭亡的儿童却在屋内掩埋，

还装在彩色的陶土罐里——

他们对新的生命是多么的怜爱！


　　冯至在 40 年代初，曾经怀着与宇宙万物息息相关的爱心，在日常生活现象里倾听万物的或有声或无语，体验它们生命的跳动，发掘、沉思其中精微的哲理，并把"心理的戏剧"与"意象的戏剧"加以交错，把对事物的默察凝结成意象的有形结晶。哲理性的沉思，是当时诗评家对其风格的相近概括①。但是，冯至后来在自我批判中，转而对"当代"主导性的诗歌观念的趋近和认同，必然伴随他的自我批判。他觉得他 20 世纪 20 年代的"这个开端不是健康的"，"诗里也向往光明，诅咒黑暗，但基本的调子只表达了小资产阶级知识青年的一些稀薄的、廉价的哀愁，很少接触到广大人民的苦难和斗争"②。而对于 40 年代的作品，更做出这样的自我批判，"……1941 年写的 27 首'十四行诗'，受西方资产阶级文艺影响很深，内容与形式都矫揉造作"③，认为他这些诗"不过是写些个人主观上对于某些事物的看法；这个'个人'非常狭隘，看法多是错误的，和广大人民的命运更是联系不起来"④。可以看到，在"个人"情感、体验的合法性上，在诗和现实的关系，以及有关"现实"的含义上，他离开甚或否定了《十四行集》的基点。

---

　　① 参见朱自清的《诗与哲理》（《新诗杂话》），李广田的《沉思的诗》（《诗的艺术》），唐湜的《沉思者冯至》（《意度集》）。

　　②《西郊集·后记》，北京，作家出版社，1958 年。

　　③《冯至诗文选集·序》，人民文学出版社，1955 年。

　　④ 冯至《漫谈新诗努力的方向》，《文艺报》1958 年第 9 期。另见《诗与遗产》，作家出版社，1963 年，134 页。

因此，1955年出版的《冯至诗文选集》中，《十四行集》全被排除在外；选集收录的20世纪20年代诗作，他也做了许多修改，以删削其中的"不健康"的部分①。晚年的冯至回顾他的事业时的喟叹，其中可能更多是在指向"当代"，包括他的新诗写作：

> 我常常漫不经心地说，
>
> 歌德、雨果都享有高龄，
>
> 说得那高龄竟像是，
>
> 难以攀登的崇山峻岭；
>
> 不料他们的年龄我如今已经超过，
>
> 回头看走过的只是些矮小的丘陵。②

卞之琳③20世纪50年代的诗歌创作，数量和影响均不及冯至。30年代初开始写诗。读到20年代西方"现代主义"文学，据他自己说，"好像一见如故，有所写作不无共鸣"。波德莱尔、T.S.艾略特、叶慈、里尔克、瓦雷里、奥顿、阿拉贡等诗人，他都有所借鉴，并有所侧重地体现于不同阶段的创作中；自然，中国古代诗人李商隐、姜白石诗词影响的痕迹，也可以看到④。写作抒情诗，却回避"自我"，冷静地借景、托物、拟人、抒情，通过"戏剧性处境"和灵活口语的"戏剧独白"，亲切地传达象征性的暗示。然而，对于他30年代的诗，他后来承认格局过于狭小，思绪又埋藏得过于隐曲。1940年的《慰劳

---

① 修改的具体情形，参见洪子诚《冯至诗的艺术个性》，载《当代文学研究丛刊》第5辑，北京，中国社会科学出版社，1984年。

② 《读〈距离的组织〉赠之琳》中的一节，写于1990年。

③ 卞之琳（1910—2000），祖籍江苏溧水。30年代出版的诗集有《三秋草》、《鱼目集》、《汉园集》（何其芳的"燕泥集"、李广田的"行云集"和卞之琳的"数行集"的合集）。1938年曾去延安，并访问太行山抗日根据地，写作《慰劳信集》。1942年出版《十年诗草》。1951年出版诗集《翻一个浪头》。1978年出版自选诗集《雕虫纪历1930—1958》。另翻译有《阿左林小集》、《窄门》（纪德），及多种莎士比亚戏剧。50年代后，先后任职于北京大学西语系和中国科学院（中国社会科学院）外国文学研究所。

④ 《雕虫纪历·自序》，北京，人民文学出版社，1979年。

信集》，表现了他的"转向"。

卞之琳 50 年代写的诗并不多。10 年中，只有时间极短的三个段落。开始是朝鲜战争初期的一组作品，"这些诗，大多数激越而失之粗鄙，通俗而失之庸俗，易懂而不耐人寻味"[①]。第二个段落是他在江浙参加农业合作化试点时的作品，如《采菱》《搓稻绳》等，带有江南田园诗的风味。再有就是写于 1958 年的《十三陵水库工地杂诗》。时隔 20 年后，卞之琳对它们的评论是："除了感性和理性认识开始有了质的不同，坚信要为社会主义服务，除了由自发而自觉地着重写劳动人民，尤其是工农兵，此外诗风上基本是前一个时期（指《慰劳信集》时期——引者）的延续，没有什么大变：同样基本上用格律体而不易为读者所注意，同样求精炼而没有能做到深入浅出，同样要面对当前重大事变而又不一定写真人真事而已。"这些苦心经营的作品，确实不为读者所注意。他虽有"面对当前重大事态"的热情，却缺乏对"重大事态"的体验和处理"重大事态"的艺术准备。离开了较为得心应手的取材天地，面对他很难有所发现的领域，靠尽心费力的淘洗雕琢，无法弥补诗的根本性缺陷。《采菱》一诗，用江南民歌调子，融进旧词意味，并吸收吴语农谚，含蓄而不须诠释地用新格律来表现新事物，是诗人自己给予较多肯定的作品：

　　莲塘团团菱塘圆，
　　采莲过后采菱天，
　　红盆朝着绿云飘，
　　绿叶翻开红菱跳。

　　"采菱勿过九月九"，
　　十只木盆廿只手，
　　看谁采菱先采齐，
　　绿杨村里夺红旗。

---

[①] 1950 年写的 26 首诗，收入《第一个浪头》，上海，平明出版社，1951 年。

相比起卞之琳以前的作品来，自然是"很不相同"了。《采菱》一诗的艺术高低暂且不论，问题是这样格式的诗，似也不必由他来写。1979年出版卞之琳自选诗集《雕虫纪历》时，50年代写的诗只收14首，选入的有的也显得勉强。

卞之琳对建立现代格律诗做过许多理论探索。50至70年代，写有涉及新诗形式、格律的文章多篇，如《哼唱型节奏（吟调）和说话型节奏（诵调）》《对于新诗发展问题的几点看法》《谈诗歌的格律问题》《说"三"道"四"：读余光中〈中西文学之比较〉，从西诗、旧诗谈到新诗律探索》《完成与开端：纪念诗人闻一多八十生辰》等文章[1]。他根据自己的创作实践和研究英诗的体会，提出以顿（或称音组）作为格律的基本要素，并提出了这样的"现代格律诗"的构想：由几个顿组成诗行，由几个划一的或对称安排的诗行组织诗节，由一个诗节，或几个划一（或对称）安排的诗节组成一首诗。他的理论还涉及押韵、跨行以及奇数顿、偶数顿的不同节奏等。

何其芳和李广田是"汉园三诗人"的另两位。李广田[2]在50年代以后，主要从事教育工作[3]，只是在1957—1958年间写了一些诗，结集为《春城集》；他与诗歌界的联系似乎不多。何其芳[4]20年代末开始写诗。出版的诗集有《汉园集》（合著）、《预言》[5]。1938年去延安，经历了思想艺术的重大变化。1940年和1942年春天，他写了

---

① 上述文章均收入《人与诗：忆旧说新》，北京，生活·读书·新知三联书店，1984年。卞之琳50年代参加新诗发展道路讨论的文章，本人没有结集。

② 李广田（1906—1968），山东邹平人。1930年在北京大学读书时开始新诗创作，出版有诗集《汉园集》（与何其芳、卞之琳合著）。作品还有散文集《画廊集》《银狐集》，长篇小说《引力》，诗论集《诗的艺术》，文学评论集《文学枝叶》《创作论》等。1958年出版诗集《春城集》。另有《李广田诗选》《李广田文集》等。

③ 担任过清华大学中文系主任。1952年高等院校院系调整后，任云南大学副校长、校长。1968年去世。

④ 何其芳（1912—1977），四川万县人。30年代与李广田、卞之琳合著集《汉园集》，另出版散文集《画梦录》。40年代出版诗集《预言》《夜歌》。50年代以后的诗歌作品，收入《何其芳诗稿》。另有诗论和文论集《关于写诗和读诗》《诗歌欣赏》《文学艺术的春天》等多种。《何其芳文集》收入诗、散文、评论等作品。

⑤ 《预言》收入何其芳1931—1937年的诗，上海，文化生活出版社，1946年。

一些作品，结集为《夜歌》①。30 年代初那种梦幻的"唯美"追求当然已被丢弃，吸纳着初到根据地时"众多的云，向我纷乱地飘来"的新生活气息，他以即兴般的流畅句子，以"散文化"的方式，写他的喜悦，也表现他"新旧矛盾的情感"②。此后，何其芳很少再写诗。1949 年 10 月，在新中国成立的热情中，诞生了长诗《我们最伟大的节日》。虽然昂扬的政治热情和对事件意义的认识，未能转化为个性化的情感经验和表达这种经验的完整的艺术形式③，但在好诗不多的当时，不妨碍它成为经常被提及的重要作品。不过，何其芳的这个开端也可以看作结束，在他的诗歌道路上，不再有一个新的创作期。倒是重版的《夜歌和白天的歌》中的某些诗，在当时爱好诗歌的知识青年中有较为广泛的流传，使他成为 50 年代受欢迎的诗人之一。

何其芳表示，他爱好诗这一文学样式，并不打算放弃它。但他对自己写得不多总是不满意。他对自己，但更可能是对读者一再做出解释。说到 1942 年以后很少写诗的原因，他认为是有更为重要的事情要他去做，即"学习理论和参加实际斗争"④。另一方面，也可能是对于诗他有很高的要求，如他写于 1954 年的《回答》所说：

> 如果我的杯子里不是满满地
>
> 盛着纯粹的酒，我怎么能够
>
> 用它的名字来献给你呵

---

①1945 年诗文学社（重庆）出版，1950 年文化生活出版社（上海）第 2 版，2 版增收了"当时未能收入的几篇"。1952 年人民文学出版社版删去 10 首，对其他几首做了修改，并收入延安文艺整风后写的 3 首，书名改为《夜歌和白天的歌》。

②《夜歌》后记一。《何其芳文集》第 2 卷，人民文学出版社，1982 年，第 253 页。

③何其芳对他的这首诗的评论是："我自己是不满意的。它情绪不饱满，形象性不强，有些片段又写得不精炼。"（《写诗的经过》，《何其芳文集》第 5 卷，第 152 页。）

④"在 1942 年春天以后，我就没有再写诗了。有许多比写诗更重要的事情要去做。——我过去的生活、知识、能力、经验，都实在太狭隘了。而在一切事情之中，有一个最紧急的事情则是思想上武装自己。就是写诗吧，要使你的歌唱不是一种浪费或多余，而与劳动人民的事业血肉相连，成为其中的一个部分也非从学习理论与参加实践着手不可。"《〈夜歌和白天的歌〉初版后记》（即《夜歌》后记一），《何其芳文集》第 2 卷，人民文学出版社，1982 年，第 255-256 页。

对于诗，他坚持认为，它是"从生活的泥沙里淘洗出来的金子，是从生活的丛林里突然发现的奇异的花，是从百花的精华里酝酿出来的蜜"[①]：这是他对于"纯粹"的理解。在四五十年代之交，何其芳在多处地方一再反省旧作的缺陷和弱点[②]，说《预言》是"脱离时代、脱离当时中国的革命斗争的产物"，表达的只是"一个政治上落后的青年的一些幼稚的欢欣，幼稚的苦闷"，而《夜歌》"流露出许多伤感、脆弱、空想的情感"，"带着浓厚的旧中国气息"。在何其芳看来（也是当代诗歌的普遍性认识），知识分子在"时代"中产生的社会与个人、理想与现实、理智与情感的内心冲突，已经失去了诗的思想和审美价值。那么，再去写这种情感，不仅自己不愿意，也不为当前的文学环境所允许[③]。问题似乎不仅是"由于否定了过去的风格而新的风格又还没有形成，由于否定了过去的艺术见解而新的艺术见解又比较简单"[④]，而还在于"新的"风格和艺术见解，其实并没有提供让何其芳信服和"入迷"的艺术目标。这样，何其芳除了沿着《我们最伟大的节日》的路子，用直白的抒情与议论的方式写过几首歌颂宪法和献给与洪水搏斗的军民的诗外，再也没有更多的作品。他的精力放在古典文学研究和文学研究的领导工作上[⑤]。五六十年代的诗（包括一些未发表的作品），在他去世后才以遗稿的形式汇集为《何其芳诗稿》（1979）。

不过何其芳对新诗的热情始终未减。他继续在理论方面关注新诗的发展道路问题，在50年代写了不少谈诗的文章。出版了《关于写诗和读诗》（1956）、《诗歌欣赏》（1959）等著作，回顾自己

---

①《写诗的经过》，《何其芳文集》第5卷，人民文学出版社，1983年，第140—141页。

②参见《夜歌和白天的歌·初版后记》（《何其芳文集》第2卷）、《〈夜歌〉后记二》（《何其芳文集》第2卷）、《〈夜歌和白天的歌〉重印题记》（《何其芳文集》第3卷）、《写诗的经过》（《何其芳文集》第5卷）等文。

③例子之一是，何其芳发表于《人民文学》1954年第10期的《回答》，就因思想感情不健康而受到批评。见曹阳《不健康的感情》，《文艺报》1955年第6期。

④《何其芳散文选集·序》，北京，人民文学出版社，1956年。

⑤写了批判胡风文艺思想的文章《现实主义的路,还是反现实主义的路?》,写了《论〈红楼梦〉》《论阿Q》等有影响的研究论文。在五六十年代,一直担任中国科学院文学研究所所长。

写诗的经过，分析中外古今诗歌名篇，作为青年诗歌爱好者的借鉴。他提出的诗的"定义"，在这一时期被广泛引用。他热衷于"现代格律诗"的建设，也写诗进行实验，虽说响应者寥寥，但始终没有放弃。在1958年席卷全国的"新民歌运动"中，他为护卫心目中的诗艺的一角生存空间，而激动地投入争论，却因"态度"欠佳受到毛泽东的批评。

袁水拍[①]抗战时期开始写诗。在当代，他作为一个诗人的影响，主要是20世纪40年代下半期在国统区以"马凡陀"的笔名所写的讽刺性"山歌"。在40年代的国统区，对诗歌中的"反讽""讽刺"等有过提倡和讨论。这被看作新诗现代化的一种标志。不过，不同诗人对此的理解和阐释各有不同。在臧克家、任钧、袁水拍等看来，讽刺更多关联着现实的政治因素，强调的是暴露、揭发的功能。而"马凡陀山歌"也主要是在这一维度上展开的。由于马凡陀山歌所受到的高度评价[②]，50年代以后，袁水拍的创作也更侧重沿着政治讽刺诗的路线发展。然而，"讽刺"对于他来说，主要不是一种诗歌意识和艺术态度。仅从题材和政治立场上来理解和运用，在新的情势下遇到难以克服的难题就理所当然。在40年代他得以施展的领域，到了50年代却似乎束手无策。袁水拍作为诗人的"悲剧"又表现为另一种形态，也遇到如何处理"政坛"和"诗坛"的双重身份的问题。50年代他任《人民日报》文艺部主任、中宣部文艺处处长等职，到"文革"后期（1976），担任了文化部副部长。对于这个问题，徐迟做过这样的评论：地位逐渐上升，政治上的汲汲以求和对政治潮流的追踪依附，使他的诗才不可避免地逐渐销蚀、枯竭；实际上，"他已不再是一个唱谐谑

---

①袁水拍（1916—1982），江苏吴县人。抗战期间开始新诗写作，40年代出版的抒情诗集有《人民》《冬天，冬天》《向日葵》《沸腾的岁月》《解放山歌》，以及讽刺诗集《马凡陀山歌》《马凡陀山歌续集》。五六十年代的诗集有《华沙、北京、维也纳》（诗和通讯集）、《歌颂与诅咒》《煤烟与鸟》《春莺集》《政治讽刺诗》等。另有《袁水拍诗歌选》。

②茅盾1949年7月在第一次全国文代会总结40年代国统区文艺工作的报告中，谈到抗日战争前后民主运动激流中的文学实绩，列举的作品为"诗歌方面的《马凡陀山歌》，戏剧方面的《升官图》，小说方面的《虾球传》"，它们在风格上表现了一种"新的倾向"，即根据群众对新文艺作品的反映，打破了小资产阶级知识分子的趣味和嗜好的狭隘圈子。

调的山歌歌手，更谈不上做一个热情奔放的抒情诗人。他只能写一点不免淡而无味的政治讽刺诗，说教式的论说文……"①

徐迟②20世纪30年代的《二十岁人》是"现代派"风格的作品③。40年代初的诗集《最强音》，诗风已有变化。50年代初期在担任《人民中国》（英文版）编辑期间，曾造访包头、青海、柴达木等不少地方；1956年又与方纪溯长江西行，南下云南，北上青海。他这个时期的诗，与这些访问和游历有关。徐迟的诗作，有记者的敏锐观察和行吟诗人即兴歌唱的特点。在一些较出色的抒情短诗中，琐细却又是新鲜的生活细节，会统摄在具有概括力的时代氛围和主题中。随意、平淡的叙述间，有时出现活泼的语句。到云南，他去过一些美丽的地方，会见了一些美丽的人，"唱一些美丽的歌，带回来一些美丽的见闻"④。在50年代限制日多的诗歌环境里，不少诗人借助少数民族地区奇丽的山水风情来丰富诗作的色彩。徐迟的《美丽、神奇、丰富》这部诗集，也呈现他另外的作品中罕有的活泼、灵动，和对于诗歌模式的一定程度的偏移。

> 云南的撒尼人人口不多，
> 他们可有两万多音乐家，
> 还有两万多舞蹈家，
> 还有两万多诗人。

---

①《袁水拍诗歌选·序》，北京，人民文学出版社，1995年。

② 徐迟（1914—1996），生于浙江吴兴。1933年开始在《现代》发表诗作，著有诗集《二十岁人》《最强音》。50年代出版的诗集有《战争、和平、进步》《美丽、神奇、丰富》《共和国的歌》等。影响最大的特写（报告文学）有《祁连山下》《哥德巴赫猜想》。

③徐迟在20世纪30年代的"现代派"诗风，在五六十年代是他"不光彩"的往事，对他的写作构成一种精神压力。1958年在河北南水泉乡诗歌座谈会的发言谈道："我过去也是西风派。上海的《现代诗风》上我写过稿。……但从1940年以后，我就坚决与它割绝了，只是难免还残余留下来。……最近我写的诗中，有这么两句：'蓝天里大雁飞回来，落下几个蓝色的音符。'自己检查出来了，赶快划掉。那两句就是现代派表现方法的残留的痕迹。"《新诗歌的发展问题》第1集，北京，作家出版社，1959年，第65-66页。

④《美丽、神奇、丰富》序诗，北京，作家出版社，1957年。

他们有两万多农民，

还有两万多牧羊人，

可不要以为他们有十万人，

他们的人口只有两万多。

——《撒尼人》


这部诗集中的《山林之歌》与《望夫云》两首长诗，前者与作曲家马思聪同名的交响诗一样，共5个乐章，里面有阿细人、撒尼人的古老习俗和"梦一样幻异"的歌舞。后者根据民间传说创作。在此之前《望夫云》已有徐嘉瑞、公刘和鲁凝等的几种整理本。徐迟舍弃了对复杂情节的正面描述，把主人公的心理情感作为直接的抒写对象，使这部长诗成为体现徐迟艺术风格的个性化创作。60年代以后，徐迟将更多精力转向报告文学创作。他的报告文学作品（如以常书鸿在敦煌的事迹为素材的《祁连山下》）洋溢着诗的激情，其影响超过了他的诗。

邹荻帆[①]三四十年代的诗歌主张和创作活动，与"七月诗派"有密切关系。早期的诗（长诗《在天门》《木厂》），以湖北家乡人民的苦难生活和斗争为题材。1940年从湖北流浪到四川，曾一度与臧克家、于黑丁等参加抗日救亡的文化工作团。在重庆读大学期间，与曾卓、冀汸、绿原、姚奔等合办过刊物《诗垦地》。邹荻帆的诗以自由体为主。直接抒情的主干上，配合经过选择的细节，并嵌入情绪化的议论，是他常用的方法。

50年代以后继续有诗作发表的"老诗人"还有萧三、柯仲平、严辰、朱子奇、公木、光未然、沙鸥、吕剑、芦芒、方殷、方敬、韩北屏、芦荻、骆文、王亚平、晏明、青勃等。有的诗人创作的数量相当可观，如严辰[②]、沙鸥等，有的则在进入"当代"后不久就去世，像戴望舒（1950）、

---

① 邹荻帆（1917—1995），湖北天门人。1934年开始发表诗作。三四十年代出版的诗集有《在天门》《尘土集》《木厂》《青空与林》《意志的赌徒》《雪与村庄》《噩梦备忘录》。50年代以后的诗集有《总攻击令》《走向北方》《祖国抒情诗》《金塔一样的麦穗》《都门的抒情》《如果没有花朵》《布谷鸟与紫丁香》《浪漫曲》《情诗种种》等。

② 严辰在"当代"出版的诗集有《战斗的旗》《最好的玫瑰》《繁星集》《青青的林子》《山丹集》《春满天涯》《玫瑰与石竹》等。

林徽因（1955）。也有的只是偶有所作，如林庚、废名、方敬。每个人都在经历着"新时代"要求的创作转变的考验。有的似乎适应了这种要求，继续活跃于诗界，有的则渐渐消隐下来，或转向其他领域。有的因诗，或因其他的原因，而历经磨难。

1956 年春天，在中国作协创作委员会诗歌组召开的座谈会上，曾对 50 年代前期诗界状况做了回顾和检讨。发言者普遍不满意跨越两个历史时期诗人的创作，认为"老诗人写得太少，热情蓬勃的诗也太少"[1]。同年，中国作协第二次理事扩大会上，臧克家的发言在检讨自己近年创作不多、质量粗糙之后，着重批评了艾青、田间等的状况：

> "大堰河"的时代已经一去不复返了，艾青同志为什么不给"大堰河"儿子的时代创造一个令人难忘的典型形象呢？田间同志是有名的"擂鼓诗人"，可是现在，多数人感觉着田间同志的鼓声不够响亮！过去在诗创作方面有过很多贡献的冯至、袁水拍、何其芳等同志，这两年也写得太少！诗人是时代的吹号者和鼓手。一个吹号者和鼓手是要战斗在最前列的，如果在沸腾的生活后边跟跟跄跄，怎么能吹奏出令人振奋的雄壮的大进军的音响？[2]

臧克家指出了"老诗人"创作的普遍性迟滞这一事实。至于"为什么"的发问，当时可能做出的回答，是归结为诗人政治热情和深入生活的欠缺，一如臧克家所做的那样。

## 二、"中国新诗派"和"七月诗派"的隐失

"七月诗派"和"中国新诗派"（或"九叶诗派"），是形成于抗战期间和 20 世纪 40 年代后期的重要诗歌流派。前者诞生于抗日战争的风雨中，在四五十年代，这一流派的名称已被使用。后者作为一个流派被广泛认可，则要到 80 年代。这两个诗派的诗人，在进入"当代"时大多数都尚年轻，其中有的且显示了深厚的艺术潜力，有可能活跃

---

① 《沸腾的生活和诗》，《文艺报》1956 年第 3 期。
② 臧克家的发言，载《文艺报》1956 年第 5、6 期合刊。

于当代诗界。但是，他们在 50 年代前期先后从诗界消失：或失落于冷漠之中，或为一场他们始料不及的政治风暴所摧垮。

"中国新诗派"诗人们的创作起点自然并不一致，也各有自己的艺术风格。辛笛、穆旦、唐祈等 30 年代就开始写诗，而其他大致在 40 年代中期才开始诗歌创作生涯。他们中的大多数人曾在大学里学习哲学、历史学和外国文学，杜运燮、穆旦、郑敏、袁可嘉先后就读于昆明的西南联大①。"中国新诗派"诗人们的创作，受到我国古典诗词和"五四"以来新诗的哺育；同时，又表现了鲜明的"现代主义"倾向。西方"现代派"诗歌，也包括法国的象征派诗等对他们的影响很大，但最为这些具有新锐势头的青年所推崇的，是 T.S. 艾略特、奥登等英美现代诗人，以及德语诗人里尔克。他们认为自己在尝试一种"现代化"的新诗，这一"改变旧有感性的革命"所接续的是戴望舒、冯至、卞之琳、艾青等的"先例"。卞之琳的传统感性与象征手法的有效配合，冯至的"更富现代意味"的《十四行集》，给他们以直接的启发。他们在创作实践中，在与另外的诗派的复杂关系中，逐渐形成相近的诗歌观念。这些具有"流派"性质的诗观，主要由袁可嘉等撰写的诗论来表达②。在袁可嘉的《新诗的现代化——新传统的寻求》③一文里，提出了这一新诗"现代化"改革行动的"理论原则"。这主要是：第一，针对左翼诗歌强调诗是斗争武器、诗必须服务于现实政治的主张，认为诗与政治可以有密切关联，但"绝对否定二者之间有任何从属关系"；现代人生与现代政治密切相关，作为人的深沉的生活经验的呈现的诗，不可能摆脱政治生活的影响，但是，这并不

①此外，辛笛曾就读于英国爱丁堡大学，并曾在光华大学和暨南大学任教。唐祈曾就读于西北联合大学历史系。

② 袁可嘉在 1946 年底到 1948 年在北京大学任教期间，写了一系列有关新诗的评论文章。它们大多刊发在天津和上海的《大公报》"星期文艺"副刊，天津《益世报》"文学周刊"，上海的《文学杂志》《诗创造》和《中国新诗》上，如《新诗现代化》《新诗现代化的再分析》《新诗戏剧化》《诗与民主》《对于诗的迷信》《论现代诗中的政治感伤性》《从分析到综合》《综合与混合》等。这些文章的大部分，在 80 年代结集为《论新诗现代化》，由生活·读书·新知三联书店（北京）于 1988 年出版。另外，唐湜在这期间也写了许多诗人创作研究和新诗问题的论文，1950 年结集为《意度集》（上海，平原出版社），也传达了这一诗派主要的诗歌观念。

③1947 年 3 月 30 日《大公报·星期文艺》（天津）。收入《论新诗现代化》，北京，生活·读书·新知三联书店，1988 年。

等于诗就是政治的武器与宣传的工具。诗有其独立的艺术品格，诗也不可能引致直接的"行动"。第二，"绝对强调人与社会、人与人、个体生命中诸种因子的相对相成，有机综合，但绝对否定上述诸对称模型中任何一种或几种质素的独占独裁，放逐全体"。显然，这里不满意的是诗歌取材的单一政治化和诗人视角的"阶级分析"的垄断地位。第三，在诗篇"优劣鉴别"上，承认有不同的诗，也肯定诗应包含、解释、反映人生现实性，但坚持艾略特有关"取舍评价的最后标准"的观点："文学作品的伟大与否非纯粹的文学标准所可决定，但它是否为文学作品则可诉之于纯粹的文学标准。"并认为这种鉴别，"依赖作品从内生而外现的综合效果"，"而无所求于任何几近虚构的外加的意义"。第四，依循当时西方现代诗的艺术路线，即基于"内发的心理需求"而确立"现实、象征、玄学的综合传统"："现实表现于对当前世界人生的紧密把握，象征表现于暗示含蓄，玄学则表现于敏感多思、感情、意志的强烈结合及机智的不时流露。"显然，与左翼诗歌强调明朗和直接性不同，"中国新诗派"不排斥甚至重视文体的曲折和复杂性。另外，在"艺术媒介"的应用上，主张"极端重视日常语言及说话节奏的应用"，以"有效地""表达现代诗人感觉的奇异敏锐，思想的急遽变化"，但也否定"对于民间语言、日常语言，及'散文化'的无选择、无条件的崇拜"。

"中国新诗派"的诗人，在40年代严峻、动荡的历史时期，尖锐地意识到现实人生的种种矛盾。他们在社会现实的背景下关怀人的处境，表现他们的执着的精神探索要求。他们的诗歌观念与创作所表现的"现代主义"特征，因立足于中国社会现实土壤，又受着民族文化传统不同程度的浸染，而与所师承的西欧"现代主义"诗歌存在许多差别。因而，有的研究者称"这是一种同现实——战争、流亡、通货膨胀等——密切联系的现代主义"①。尤其是抗战结束、内战全面

① 王佐良《中国新诗中的现代主义—— 一个回顾》，《文艺研究》（北京）1983年第4期。80年代以来，在"中国新诗派"的研究上，存在一种有影响的看法，认为这一派别是将"现实主义"与"现代主义"加以融合，或称"现实的现代主义"。对此，有研究者认为，袁可嘉等仅限于在创作前提的意义上强调诗歌应关注现实，而他们无论在写作动机方面，认知现实的态度方面，艺术表现论方面，"都同现实主义的艺术旨趣格格不入"；这种论断是"没能辨析40年代新诗语境中的关注现实的艺术倾向和现实主义诗潮之间的差异"。臧棣《40年代中国新诗的现代性》，博士学位论文，北京大学，1997年，第83-84页。

爆发的40年代后期，这些诗人表现了更强烈的关切社会现实的倾向。这推动了他们建设与中国急迫的现实矛盾联结的"现代主义"诗歌的努力。于是，围绕着创办《诗创造》，尤其是《中国新诗》①等刊物，辛笛、陈敬容、杜运燮、杭约赫（曹辛之）、郑敏、唐祈、唐湜、袁可嘉、穆旦等的艺术追求的共通点得到肯定，并进一步丰富、明确。《中国新诗》第一集代序《我们呼唤》②中说："我们面对着的是一个严肃的时辰……我们原先生活着的充满了腐朽气息的房屋在动摇，我们原先生活着的阴暗沉滞的时间在崩溃……几千万年来在地下郁郁地生长的火焰冲出传统的泥层了，它在大笑着，咀嚼着一个世界，也为这个世界吐出圣洁的光焰。"在这样的"历史时间"里，他们表达了如下的追求：

我们是一群从心里热爱这个世界的人，我们渴望能拥抱历史的生活，在伟大的历史光辉里奉献我们渺小的工作，我们都是人民生活里的一员，我们渴望能虔诚地拥抱真实的生活，从自觉的沉思里发出恳切的祈祷，呼唤并响应时代的声音。

在40年代后期，"自由主义"作家受到来自左翼文艺界的批判，而西方"现代主义"也已被确认为颓废、反动文学。在这种情形下，"中国新诗派"在"当代"不可能获得正常的写作处境③。在50年代，并没有展开对这一流派的系统的批评，文学界采取的是从"历史"中清除的、不予置评的方法。无论是一些重要的文学史著作，还是权威的新诗史的评述文章和作品选集，都将之排除在外。而"中国新诗派"的诗人，在这种"历史压力"下，也普遍产生浓重的负罪感，并一直

---

①《中国新诗》1948年6月在上海出版，"编辑人"署方敬、辛笛、杭约赫、陈敬容、唐祈、唐湜。一年间，出版了《时间与旗》《黎明乐队》《收获期》《生命被审判》和《最初的蜜》5集，并以"森林诗丛"的名称出版诗集，如唐祈的《诗第一册》、莫洛的《渡运河》、陈敬容的《交响集》、杭约赫的《火烧的城》等。

② 代序由唐湜执笔。

③ 冯至的《十四行集》和有其他有"现代主义"特征的诗歌创作，在40年代后期也受到胡风一派的批评。参见阿垅的《"现代派"片论》等文，见《诗与现实》第2分册，上海，五十年代出版社，1951年。

延续到 80 年代①。在五六十年代，他们中有些人不再写诗（袁可嘉、杭约赫），其他的则只偶有作品发表（辛笛、唐祈、陈敬容、唐湜、杜运燮、穆旦）②；公开发表的诗作，大多失去原来的风采。这种情形，如辛笛后来所说："即使偶尔动笔，现今可以看得过去的也只是零星有数的几首"，"当我从个人内心走入广阔社会时，不可避免地偏到另一个极端。我的写作在艺术方面大大地忽视了……"③

50 年代中期的"百花时代"，这些被压抑的诗人有了艺术禁锢将获解除的感觉。于是有人便跃跃欲试，试图有限度地联结已经阻断了的艺术线索：

春风伸出慈爱的手，温柔而有力，
推醒了沉睡的，抹掉不必要的犹豫，

使一个个发现新的信心而大欢喜。
吹过草根，吹过了年轮，
吹过思想的疙瘩和包袱，
在冰层上画图画，在脸上加深笑纹。

---

①在五六十年代，T.S.艾略特被称为"当代资产阶级反动文学的主要代表之一"，参见《托·史·艾略特论文选》（内部发行）"出版说明"。60 年代，王佐良（《艾略特何许人》，《文艺报》1962 年第 2 期）、袁可嘉（《托·史·艾略特——美英帝国主义的御用文阀》，《文学评论》1960 年第 6 期）都发表了批判艾略特的文章。文章谈到 40 年代艾略特等的影响时，袁可嘉说："在旧中国一小撮资产阶级知识分子中间，艾略特也有过一些影响。40 年代中，一小部分研究英美文学的资产阶级知识分子也受到艾略特文艺思想的侵蚀，有的还在创作和批评中表现出这种思想的危害。由于党所领导的进步文学界，即使在解放前，也始终起着主导作用，艾略特的影响也一直局限在大学界极少数人们中间，并未形成什么社会影响。"1987 年，袁可嘉在《论新诗现代化》的《自序》中还检讨说，在 40 年代后期，"我当时的根本立场是超阶级的'人的文学'的立场，对'人民的立场'的理论和创作都缺乏全面的理解——在指陈流弊时，不少地方失之偏激——在对待西方现代诗派和批评理论上，我处处引述它们的主张来支持自己的论据，对它们的唯心主义思想体系和某些片面见解，视而不见，毫无批判——"

②郑敏、穆旦于 1948 年赴美留学，分别于 1955 年、1952 年归国。唐湜 60—70 年代虽写有不少作品，但当时大多没有公开发表。

③《辛笛诗稿·序》，人民文学出版社，1983 年。

于是，被遗忘，并因此迟疑的歌者，也有了一些自我肯定的勇气：

野花没有被忘记，它也不自卑，
迎风歌唱着丰盛的光和热，
一个姑娘摘下一朵："它陌生，但是也美！"[1]

这期间，唐湜发表了《维吉尔的〈牧歌〉》的诗评，并开始写作后来未能刊出的诗《南方乐章》。穆旦发表了一组引起注意的作品：《葬》《问》《我的叔父死了》《"也许"和"一定"》等[2]。其中有对新时代的赞颂（《三门峡水利工程有感》《"也许"和"一定"》），有对美国制度和意识形态的批判（《美国怎样教育下一代》《感恩节，可耻的债》），有对现实生活中存在的"偏差"的揭露（《九十九家争鸣记》），而最主要部分，是表现原先持"个人主义"价值观的知识分子，在历史变革中汇入"集体"时的内心冲突，试图获得生命蜕变，在痛苦的"平衡"中建立新的生命的愿望：

哦，埋葬，埋葬。埋葬！
"希望"在对我呼唤：
"你看过去只是骷髅，
还有什么值得留恋？
他的七窍流着毒血
沾一沾，我就会瘫痪。"
　　　　——《葬歌》

我的欢欣总想落一滴泪，
但泪没落出，就碰到希望。

平衡把我变成一棵树，

---

① 杜运燮《解冻》，《诗刊》（北京）1957年第5期。
② 穆旦1957年写的诗，刊于《诗刊》1957年第5期，《人民文学》1957年第7期，《人民日报》1957年5月7日。

它的枝叶缓缓升向春天，

从幽暗的根上升的汁液，

在明亮的叶片不断回旋。

　　　——《我的叔父死了》


　　在反右派斗争及随后的"大跃进"民歌运动中，重建艺术创造的信心和希望破灭。唐湜、唐祈成了"右派分子"。穆旦则因"历史问题"受到审查、批判[1]，上述的那组作品多次受到指责，称它们是采用"沙龙式的语言"，表现沙龙式的思想感情[2]，是"很典型的西风派"[3]，是"知识分子有气无力的叹息和幻梦"[4]，是"污蔑现实生活攻击新的社会"[5]，诗人们对此做了检讨[6]。这一诗派的诗观和艺术方式在"当代"存在的合法性，再次受到否定。

　　根据 1981 年出版的流派性质诗集《白色花》[7]入选的诗人，"七月诗派"的成员有阿垅、鲁藜、孙钿、彭燕郊、方然、冀汸、钟瑄、郑思、曾卓、杜谷、绿原、胡征、芦甸、徐放、牛汉、鲁煤、化铁、朱健、朱谷怀、罗洛等。当然，如绿原在《白色花》序中所说："即使这个流派得到公认[8]，它也不能由这 20 位作者来代表；事实上，还

---

　　① 穆旦 1952 年自美归国后，任教于天津南开大学外文系。1942 年 2 月，穆旦参加中国远征军，任司令部（杜聿明）随军翻译，后到 207 师，出征缅甸抗日战场。因这一经历，1958 年被定为"历史反革命"，下放南开大学图书馆。

　　② 邵荃麟《门外谈诗》，《诗刊》1958 年第 4 期。

　　③ 徐迟《南水泉诗会言》，《蜜蜂》（河北保定）1958 年第 7 期。

　　④ 郭小川《我们需要最强音》，《文艺报》1958 年第 9 期。

　　⑤ 黎之《反对诗歌创作的不良倾向及反党逆流》，《诗刊》1957 年第 9 期。

　　⑥ 对《九十九家争鸣记》一诗，穆旦检讨说："我的思想水平不高，在'鸣放'初期，对'鸣放'政策体会有错误，模糊了立场，这是促成那篇坏诗的原因。"《我上了一课》，1958 年 1 月 4 日《人民日报》。

　　⑦ 绿原、牛汉编，人民文学出版社，1981 年。卷首录有阿垅写于 1944 年的诗《白色花》："要开作一支白色花——/ 因为我要这样宣告，我们无罪，然后我们凋谢。"绿原在《序》中称："作者们愿意借用这个素净的名称，来纪念过去的一段遭遇：我们曾经因为诗而受难，然而我们无罪。"

　　⑧ 50 年代"胡风集团"事件中，"七月"诗派已作为诗歌流派受到批判。邵荃麟在《门外谈诗》中指出，40 年代和解放区新的诗风相对立的，是"以胡风、阿垅（S.M.）为代表的'七月派'。……这一派的影响，一直到反胡风的影响之后，才逐渐被肃清"。

有一些成就更大的诗人，虽然出于非艺术的原因，不便也不必邀请到这本诗集里来，他们当年的作品却更能代表这个流派早期的风貌。"虽然没有指明这些"不便也不必邀请到这本诗集里来"的诗人的名字，但了解情况的人会明白，这里指的是"七月派"的创导者胡风，和早期的艾青、田间以及邹荻帆等人。他们大抵都曾在胡风等创办的《七月》《希望》《呼吸》《泥土》等刊物上发表诗作，或在胡风主编的《七月诗丛》中出版诗集①。

　　"七月"诗人大都是在抗日战争时期开始写作的。他们中的许多人先后参加中共领导的革命。有的在国统区从事进步文艺活动和地下秘密工作，或者在不同年代进入解放区。对他们的许多人说来，"第一义的任务是参加战斗，用他的文艺活动，也用他的行动全部"，诗人要"跳跃在时代的激流里"，并且"能够在事实的旋律里找到他的史诗的形态的"②。在社会身份、生活经历，以及诗歌观念上，他们与跟大学有密切关系的"中国新诗派"有明显不同。"七月诗派"的诗人大多反对写作上"与世隔绝的孤芳自赏和顾影自怜"，坚决与"唯美的追求"划清界限，认为诗是射向敌人的子弹，捧向人民的鲜花；诗人的社会职责与战斗任务，应该与诗所体现的美学上的斗争联系起来。③ "七月派"对诗的"自我"和"主体性"十分强调。在这方面，他们既与主张诗要反映社会现实的另一左翼诗派相异，也与"中国新诗派"重视"节制""客观性"相冲突。"七月"的理论家，如胡风、阿垅等，都把诗人的"自我"，不仅作为诗歌写作的前提，而且作为诗歌文类"本体"特征来对待。诗人的主观激情、敏锐感觉力，对于对象的穿透、拥抱，主体精神的燃烧，诗人的感觉、想象、情绪的力量，

---

　　①《七月诗丛》由胡风主编，第1辑收《我是初来的》（胡风编选）、《向太阳》（艾青）、《给战斗者》（田间）、《为祖国而歌》（胡风）、《醒来的时候》（鲁藜）、《预言》（天蓝）、《北方》（艾青）、《跃动的夜》（冀汸）、《意志的赌徒》（邹荻帆）、《无弦琴》（亦门）、《旗》（孙钿）、《童话》（绿原），共12种，出版于1942—1944年间。第2辑收《集合》（绿原）、《彩色的生活》（牛汉）、《有翅膀的》（冀汸）、《暴雷两岸轰轰然而至》（化铁）、《望远镜》（孙钿）、《并没有冬天》（贺敬之）6种，1951年出版。
　　②胡风《论战争期的一个战斗的文艺形式》，写于1937年，收入《民族战争与文艺性格》。见《胡风评论集（中）》，人民文学出版社，1984年，第23页。
　　③参见绿原《白色花·序》。

这些构成了"七月"派诗人的基本的艺术主张 ①。在艺术形式上,"七月"诗人大都写自由体诗,接受30年代由艾青等人开拓的,"用朴素、自然、明朗的真诚的声音为人民的今天和明天歌唱"的中国自由诗的传统 ②。由于这一诗人群当时所处的社会生活环境和个人普遍的坎坷经历,诗常侧重表现人生斗争中的痛苦,和通过痛苦斗争去争取光明,有一种严峻、苦涩的基本色调。

由于胡风这一文学派别在当代的困难处境,进入50年代以后,"七月"诗人的创作明显减少,他们的诗歌创作和理论,也一再受到了批评。作为一个诗人群体的存在和影响,已经极大削弱。

胡风被看作"七月诗派"的创导者和最主要诗人之一 ③。不过,他的诗在诗界("七月诗派"内部又当别论)并未获得较高评价。在现代中国,他的功绩会在批评理论家、文学运动组织者和新文学书刊出版家方面受到强调。50年代初,他写了几部长诗。《为了朝鲜,为了人类!》④ 标明为"集体朗诵诗",叙述日本军国主义对朝鲜的40多年的统治,朝鲜民众经受的屈辱、灾难以及他们的反抗和斗争。对于所表现的对象,胡风只是根据几篇作品,和他在日本留学时对朝鲜侨民的有限了解,因此,这是他以一种"战斗的要求"和"感情的要求"进行写作的结果,使它更像分行的政治论文。同作于这一时期的另一部长诗,以《时间开始了》为总题共5个"乐篇",

---

① 参见阿垅《诗与现实》(第一至第三分册),上海,五十年代出版社,1951年。胡风《论战争期的一个战斗的文艺形式》(1937)、《关于诗和田间的诗》(1940)、《今天,我们的中心问题是什么?》(1940)、《四年读诗小记》(1942)、《关于风格(其一)》(1942)、《关于人与诗,关于第二义的诗人》(1942)等文。在1940年,针对诗界"对于抒情的讨伐"和徐迟的"抒情的放逐",胡风认为,抗战以来诗歌创作出现的"空洞的叫喊,灰白的叙述",其根源并不在"孤独地沉溺在个人意识里面的'感伤主义'","而是没有通过诗人个人情绪的能动作用和自我斗争,对于思想概念的抢夺和对于生活现象的屈服"(《今天,我们的中心问题是什么?》,《胡风评论集》中册,第115–116页)。

② 同上。

③ 胡风(1902—1985),湖北蕲春人。三四十年代出版的诗集有《野花与箭》《为祖国而歌》。1950年出版共5部的长诗《时间开始了》。

④ 上海,天下图书公司,1951年。

被作者称为"英雄史诗五部曲"①。这部共三千多行的长诗，记述作者参加"开国大典"时的感受，"发出了被我们的历史的艰巨而伟大的行程和我们的人民的高尚而英勇的品德所引起的心声"②。他追求着"史诗"的规模和可能有的历史深度。但是，在这些规模宏大的长诗中，胡风对自己的"内心经验"的把握和表达，总是未能找到合适的"形态"；理念化，同时又缺乏控制的情感倾泻，是它们的突出倾向。

50年代初，"七月"诗人中写诗较多的是鲁藜③。他1938年以后一直在根据地和解放区工作。50年代初，写有不少颂歌性质的政治抒情诗，大多也存在空泛、理念化的弱点。一些亲切、在平易的语言中包含清新情感的作品，似乎较为动人，如《冬之歌》《雪之歌》《给邻居》《希望》《种子集》等。在《希望》中，"希望"成为诗的叙述者：

多么幸福，当我出现在你的目光里
就像日光出现在波浪里
那泪滴就变为星光
那痛苦就融化为花朵


绿原和牛汉在这一时期也发表了一些作品。绿原④50年代初在武

---

①《时间开始了》写于1949年11月到1950年1月，5个"乐篇"分册出版，计《欢乐颂》《光荣赞》《青春颂》《安魂曲》《胜利颂》，共三千多行，分别由海燕书店（上海）和天下图书公司（上海）于1950年出版。
②《〈胡风评论集〉后记》，《胡风评论集（下）》，北京，人民文学出版社，1985年，第420页。
③鲁藜（1914—1999），福建同安人。幼时侨居越南，1932年归国。1938年到延安后写的《延河散歌》发表在胡风主编的《七月》上。先后在鲁艺、晋冀鲁豫边区文联、北方大学文学系工作。主要诗集有《毛泽东颂》、《时间的歌》（收1939—1952年的诗）、《星的歌》（收1941—1950年的诗）、《红旗手》等诗集。80年代初"复出"后出版的诗集有《天青集》《鹅毛集》等。
④绿原（1922—2009），湖北黄陂人。1942—1944年曾就读于在重庆的复旦大学。50年代初在《长江日报》文艺组和中共中央宣传部国际宣传处工作。出版有诗集《童话》《又是一个起点》《集合》《从1949年算起》等。80年代"复出"后的诗集有《人之诗》《人之诗续编》《另一支歌》《我们走向海》等。另有诗论集《葱与蜜》。

汉《长江日报》文艺组工作时，写了不少歌颂新时代的诗，发表于当时武汉出版的报刊上。后来，配合国内外政治事件的作品，编成诗集《从1949年算起》。集中的诗与他原来的艺术风格，已有很大不同。1952年到北京工作，曾与牛汉约定，要以普通人的生活做素材，用日常口语做手段，用自己独特的想象做媒介，来表现新生活，表现人民群众的热情和信心。他陆续在《人民文学》等刊物上发表《沿着中南海的红墙走》《到公园去》《雪》等清新的抒情诗。不过，他和牛汉虽然写得很多，在当时的环境下，发表出来的却很少 ①。

"七月派"的其他诗人在这期间，也有一些作品问世，如国共内战时担任随军记者的胡征，以1947年解放军渡过黄河，挺进鲁西南，进军大别山区的战役为素材写作了长篇叙事诗《七月的战争》和《大进军》。

作为胡风文艺理论的组成部分，"七月派"的诗歌理论在50年代也受到许多批评。受到最多责难的是胡风的一段论述。1948年6月，北平几家大学的《诗联丛刊》创刊，胡风为该刊撰写了《给为人民而歌的歌手们》一文 ②。从革命诗歌的基本立场出发，胡风认为诗应是对于人民受难的控诉的声音，是对于人民前进的歌颂的声音，在前进的人民里面前进。不过，"在前进的人民里面前进，并不一定是走在前进的人民中间以后才有诗，前进的人民和任何具体的环境也不能够是绝缘体，而是要有深沉地把握这个前进，真诚地信仰这个前进，坚决地争取这个前进的心"。接着，胡风讲了著名的，后来被反复批判的几段话：

> 因为，历史是统一的，任谁的生活环境都是历史的一面，这一面连着另一面，那就任谁都有可能走进历史的深处。……哪里有人民，哪里就有历史。哪里有生活，哪里就有斗争，有生活有斗争的地方，就应该也能够有诗。

---

① 参见绿原《人之诗·自序》（人民文学出版社，1983年）、罗惠《我与绿原》（《新文学史料》1983年第2期）。

② 收入胡风《为了明天》，作家书屋，1950年。此处引自《胡风评论集》下册，人民文学出版社，1985年，第237—239页。

..........

　　人民在哪里？在你的周围。诗人的前进和人民的前进是彼此相成的。起点在哪里？在你的脚下。哪里有生活，哪里就有斗争，斗争总要从此时此地前进。

　　对"七月派"诗歌观念的批评，还主要针对其诗人、理论家阿垅（亦门）。阿垅<sup>①</sup>在这期间集中出版了多种诗论和诗评专著，包括《人和诗》（1949）、《诗与现实》（三个分册，1951）、《诗是什么》（1954）。对胡风、阿垅的批判，主要一点是针对他们对"自我扩张"、诗人主观体验的强调的方面。胡风等虽然信仰"现实主义"，但认为诗人必须通过主观体验来达到对现实的深入认知和诗人情绪的直接表达。"在诗，只是我们生活情绪昂扬、突进；没有别的更好的东西，也不同时需要别的。"<sup>②</sup>这和当代主流诗观对"自我"的怀疑和挤压，对诗的"正确性"和"客观性"立场，形成了冲突。对"七月派"诗歌观念的批评，在当时还围绕以下的方面：从诗歌民族形式和大众化的前提出发，批评他们对于"自由体"的崇尚；批判对诗人"真诚"的强调，认为这是对作家坚持阶级立场和学习马列主义的重要性的否定；而"到处有生活"、起点"在你的脚下"的观点，是对于诗表现工农兵生活，表现火热斗争的否定<sup>③</sup>。1955年，在有关"胡风反革命集团"的事件中，"七月派"许多诗人或被投入狱中，或在一段时间内被"隔离审查"；他们的诗歌写作权利被剥夺。这种处境，要到"文革"后的70年代末才开始改变。

---

　　① 阿垅（1907—1967），原名陈守梅，又名陈亦门。出版有诗集《无弦琴》，诗论集《人和诗》《诗与现实》《诗是什么》等。1955年因胡风集团案件被捕，1967年病死于狱中。

　　② 阿垅《诗与现实》第2分册，五十年代出版社，1951年，第336页。

　　③ 在50年代前期，何其芳的《话说新诗》（《文艺报》第2卷第4期，1950年4月）等涉及对胡风等的诗歌主张的批评。在胡风等成为"反革命集团"之后，诗歌创作和理论上存在的分歧，在政治对立的层面上被重新构造。后来的主要批判文章有袁水拍《从胡风的创作看他的理论的破产》（《人民日报》1955年2月20日）、臧克家《胡风反革命集团的诗的实质》（《人民文学》1955年第8期）、霍松林《批判阿垅的反动的诗歌"理论"》（《人民文学》1955年第8期）等。

### 三、艾青和田间的"危机"

艾青和田间在新诗史上，有时会被批评家并举加以谈论[①]。其实，他们对中国新诗史所做的贡献、发生的影响，有很大差别；正如胡风肯定地引述他人的话，"在'完成'度上也相差得很大"[②]。在50年代中期，评论界普遍对他们进入"当代"之后的创作失望，尤其是对艾青，有不少尖锐的批评。批评的原因不完全是诗歌方面，但也与诗有关。1956年春，在中国作家协会第二次理事扩大会上，周扬的报告以颇为特别的方式，提出艾青"能不能为社会主义歌唱"的问题[③]。艾青对此的回答是："没有理由可以怀疑，我能为社会主义歌唱，参加革命就是为了实现社会主义。""但在我前进的道路上存在着危机；这种危机，我有信心去克服它。"差不多同时，田间的创作也受到一些批评。茅盾在一篇短文里也使用了"危机"这一说法："就田间而言，我以为他近来经历着一种创作上的'危机'：没有找到（或者正在苦心地求索）得心应手的表现方式，因而常若格格不能畅吐，有时又有点像是直着脖子拼命地叫。"[④]

1950年到1957年，艾青出版了5部诗集[⑤]，诗的数量并不太少。但普遍认为，能够和三四十年代有影响的作品相提并论的确实不多。艾青对此的解释是，受到行政工作等杂务的影响：在抗战时期，"可以全心全意地写诗。那时候，早晨醒来，脑子上像沾满露水，现在有时像是一块柚子皮"[⑥]。不过，在50年代前期，他个人婚姻、爱情生

---

①在20世纪30年代中期，胡风所推举的诗坛两位新人是田间和艾青（见胡风《田间的诗》和《吹芦笛的诗人》，收入《密云期风习小纪》）。1946年，闻一多写有《艾青和田间》（6月22日昆明《联合晚报》）。

②《关于诗和田间的诗》，《胡风评论集》中册，人民文学出版社，1984年，第102页。

③《建设社会主义文学的任务》，《文艺报》1956年第5、6期合刊。同期发表了艾青在这次会议上的发言。

④《关于田间的诗》，署名玄珠，《光明日报》1956年7月1日。收入茅盾《鼓吹集》，北京，作家出版社，1960年。

⑤《欢呼集》（收入1945年到50年代初的作品）、《宝石的红星》、《黑鳗》、《春天》和《海岬上》。

⑥《沸腾的生活和诗》，《文艺报》1956年第3期。

活遇到的麻烦，和1955年被牵扯进"丁陈反党集团"，对他的写作都不可能没有干扰①。在当时，作为评判诗人创作道路和艺术成就标志的表现"新生活"的诗，艾青的作品大多不能尽如人意。这类题材的作品，可以追溯到他1948年在河北束鹿写的表现解放区农村生活的组诗《播谷鸟集》。他尝试用朴素简洁的语句、白描的写实方法来描述新的生活图景。50年代的《官厅水库》《女司机》《滇池啊》《乌珠穆沁马》等，都延续了这种有些乏味的平淡记述的特征。以民歌体式讲述抗日战争中家乡浙东游击队的长篇叙事诗《藏枪记》，也没有成功②。不过，他重返浙东家乡的另一些作品，如《双尖山》，其忧郁基调和抒情方式，倒是与他三四十年代作品的抒情个性有更多的连接。但它在当时与后来一再受到批评③。

艾青这一时期写了不少"国际题材"的作品。1950年艾青出访苏联，以赞颂第一个社会主义国家和中苏人民友谊为主题，写了一组作品④。它们在当时曾获好评，其实水平并不一致。作者后来也说，"大都是浮浅的颂歌"⑤。但有的研究者指出，在一些歌颂苏联的诗中，"透露的多半是在恋爱之中的作者本人生命的光彩"⑥。1954年，为祝贺诗人聂鲁达寿辰，艾青取道莫斯科、布拉格、维也纳，飞越大西洋前往智利。这期间和稍后写下的《维也纳》《大西洋》《南美洲的旅行》《在

①在婚姻、爱情生活方面，先是与陈琳，后来与高瑛的关系，受到"留党察看"的处分，和法院"重婚罪"的判刑。参见程光炜《艾青传》第9章，北京十月文艺出版社，1999年。

②《藏枪记》刊于《人民文学》1953年第11期。后来，艾青也承认"以民歌体写的叙事长诗却失败了"（艾青《在汽笛的长鸣声中》，北京，《读书》1979年第1期）。

③中国作协创作委员会诗歌组在1956年初召开的座谈会上，臧克家、严辰、吕剑、郭小川、邵燕祥等，都批评了《双尖山》等作品，认为"思想感情是陈旧的"，"听到他过去诗作中旧的腔调"。《沸腾的生活和诗》，《文艺报》1956年第3期。

④收入《宝石的红星》，人民文学出版社，1953年。

⑤艾青《域外集·序》，石家庄，花山文艺出版社，1983年。

⑥艾青出访苏联时，意外遇到在华北联合大学时的女学生、当时任驻苏使馆翻译的陈琳。艾青陷入对陈的爱情之中。"在《菩提树的林荫路上》这首诗里，明眼人一看，就知道它表面写中苏友谊，而实质上已带上了个人情感成分：'我们什么时候见过面？／为什么我们这样相亲？／每个人都好像是兄弟，／两个民族像一个家庭。／……'""终于，这种危险的诗人游戏败露了……艾青回国后，这段绯闻传到妻子韦嫈耳朵里，两人的感情遂出现无法弥合的裂痕……"程光炜《艾青传》，第418—419页。

智利的海岬上》《礁石》《珠贝》等，应该是艾青50年代的重要收获。值得注意的是，这些写实与象征的渗透的诗，在处理现实斗争和人生道路的问题上，表达了在当时的诗歌中罕见的复杂性：斗争的热忱，对未来的信心，和意识到的悲剧命运的忧郁的交融。

> 你是胜利归来的人，
> 还是战败了逃亡的人？
> 你是平安的停憩，
> 还是危险的搁浅？

《在智利的海岬上》这首诗，以显要的位置刊发于1957年《诗刊》创刊号上。它既受到热情的称赞，也引来了惊愕和不解。有评论者认为："新的手法，新的风格在这首诗中出现了。""'它'使我们回想到艾青初期的某些作品，回想到《芦笛》，回想到《马赛》，艾青已经和这样的手法，这样的风格，告别了许多年，现在它们回来了。这却不仅是回来，这是艾青对自己创作的一个突破……"[①] 这里有着对艾青和过去的风格、方法有更多继承的期待。这一时期，艾青还写了《黄鸟》等讽刺诗，和《养花人的梦》《画鸟的猎人》《蝉的歌》《偶像的话》等寓言，讥讽文艺界的宗派争斗，销蚀、排斥个性化创造的现象，并表达他在精神和艺术创造上的自主性的理想：这是延安时期《尊重作家，了解作家》的思路的延伸。在《礁石》中，他勾画了轻蔑侵犯、打击的高傲者的形象：

> 一个浪，一个浪
> 无休止地扑过来
> 每一个浪都在他脚下
> 被打成碎沫，散开……

---

① 沙鸥《艾青近来的几首诗》，《诗刊》1957年第4期。半年之后，在艾青成为"右派分子"时，沙鸥负疚地检讨自己，在《艾青近作批判》（《诗刊》1957年第10期）中说，在当时，"是把这首诗的缺点当作优点肯定下来了"，是对艾青的近作做了"不切实际的评价与过分的赞扬"，并认为艾青的诗"句句成了臭狗屎"。

它的脸上和身上

像刀砍过的一样

但它依然站在那里

含着微笑，看着海洋……

在 1957 年夏天的政治风暴中，艾青成了"右派分子"。他被指控与"丁玲、陈企霞反党集团"、"吴祖光反党集团"和"江丰反党集团"关系密切。

一天，一只船沉了

你捡回了救命圈

好像捡回了希望

风浪把你送到海边

你好像海防战士

驻守着这些礁石

你抛下了锚

解下了缆索

回忆你所走过的道路

每天瞭望海洋

——《在智利的海岬上》

和艾青不同，田间对自己 50 年代以来的创作，总是充满自信。对于批评者，他曾有这样的回应："好些年来，我常常在两种读者之间，来对照和分析他们的看法。他们好像站在两极，意见、趣味及论断，是那样地分歧，像是两个世界上的人。而我是一边倒的，决不迎合某些人的口味。"在虚拟了理想的"读者"之后，他明确表示："我重视劳动群众的看法。"[1]一直到 80 年代，他始终不改这种信心，不

---

①《写在〈给战斗者〉的末页》，《诗刊》1958 年第 1 期。

曾对自己的艺术道路有所怀疑。

田间在"当代"写了大量的诗，诗集有近20部①。除"文革"期间一度中断外，从未停止过写作。继续了40年代在解放区的写作，农村生活仍占有很大分量。不过，也和当代的多数诗人一样，靠旅行、访问所获取的感受来表现生活新貌；因而，也写朝鲜战争，写到内蒙古草原、云南边境，以及西北和东南沿海的见闻。而国内外的众多重大事件，也能在他的诗中寻到踪迹。比较起来，写内蒙古和云南的见闻的《马头琴歌集》《芒市见闻》，较有特色。50年代流行着一种"写实"的诗风，田间试图以跨度很大的构思，加强诗的深度和想象空间，来克服这种描摹生活表象所缺乏的光彩。

但就整体看，田间的工作和所取得的艺术成就，并不相称。在三四十年代，胡风、闻一多等肯定他的创作"所成就的那点"，即"是生活欲，积极的、绝对的生活欲"，指出这是诗的"先决条件"②。但"先决条件"不是一切，批评家还指出，"田间还是一个没有完成自己的诗人"，他是"最不知道自己的缺点的诗人，如果他不能获得向生活深处把握的力量，也就是把握生活的思想性和拥抱情绪世界的力量，那他就会在感觉世界里面四分五裂，终于溃败而已"③。显然，对自己的"缺点"毫无知觉，使他的"溃败"不可避免。

田间最初的抒情方式，是借助浪漫激情的表达，来实现他所追求的对时代情绪的概括。在40年代解放区诗歌的叙事倾向中，也转向对于人物、事件、场景的表现。不过，他仍会将对于时代情绪把握的抒情倾向，融入对具体事件、人物、场面、细节的描写中，寻求表现这些事件、人物、场面、细节所蕴含的时代意义。这使他的诗在不同程度上，带有明显的"象征性"，他也希望以诗的"象征性"来达到"史

---

① 收入50年代之后新作的诗集有《短歌》、《一杆红旗》、《向日葵》、《汽笛》、《马头琴歌集》、《芒市见闻》、《东风歌》、《英雄歌》（再版时改名为《火颂》）、《1958歌》、《田间短诗选》、《非洲游记》、《太阳和花》、《清明》、《田间诗抄》，还出版了多部长篇叙事诗：《长诗三首》《天安门赞歌》和《赶车传》（共7部，分上、下两卷）。

② 闻一多《时代的鼓手》，《闻一多全集》第3卷。

③ 胡风《关于田间和田间的诗》，《胡风评论集》中册，人民文学出版社，1984年，第101页。

诗性"的目标。他追求的是作为"世界一个缩影"①的诗，是事件的"延展性"效果。无论是抒情诗，或者叙事诗，在处理"前景"（事件、人物、场面、细节）和"背景"（价值、意义）的关系上，他更重视对于"前景"的超越。这种艺术倾向，在他写于1958—1961年的长诗《赶车传》中达到"极致"。写于1946年，曾获某些好评的民歌体叙事诗《赶车传》，被他扩展为包括《石不烂赶车》《蓝妮》《石不烂》《毛主席》《金娃》《金不换》《乐园歌》七部、近两万行的鸿篇巨制。支配诗人的是一种概括时代、写作"史诗"的强烈欲望②。他沉迷于不断削弱"前景"具体特征的"象征"之中，用它来表现对于中国农村的"人间仙境"和"伊甸园"的乌托邦想象。

田间在诗体、格律方面做了许多探索。为了诗的"大众化"目标，他重视新诗对于民歌的学习、借鉴。40年代，组诗《名将录》和长叙事诗《赶车传》，是这一努力的重要收获。这种学习在50年代以后，呈现更广泛的范围。除了汉族民歌外，还有他有所了解的内蒙古和西南少数民族民歌；除了五七言和在五七言基础上演化的六言的诗体形式外，也包括民歌的比喻、象征体系和想象方式。这使田间的创作纳入节律匀称、简括、白描的轨道。在这方面，他遇到的难题是，在当代一段时间的"民歌崇拜"潮流中，如何以艺术创造的个性魄力去吸取民歌艺术的某些经验。就这一问题而言，田间的矛盾和失误并非特有的现象。

## 四、进入"当代"的解放区诗人（1）

40年代的"解放区诗歌"，自然包括多种诗人和诗歌方式，除了李季等人的创作外，还有艾青、何其芳等"进入"解放区的"成名"诗人，

---

① 田间认为，"诗是一种风声，诗是一种火光，诗是一种雷电"，"每一首诗，似乎是世界的一个缩影"（《田间诗抄·小引》，人民文学出版社，1959年）。这里表现了田间的诗观：诗的方式与小说的方式的区别在于，诗的目的并不是事物（人物、过程）本身，而是事物"背后"的意义、价值、影响；借助于对于意义、价值的阐释，才发现了事物。

② 田间在《赶车传·上卷后记》（北京，作家出版社，1959年）中说，中国农民命运的变化具有重大的世界性的历史意义，诗人有责任"来记录我们时代的变化"，"有义务来歌颂，中国历史上的一个大事变，把斗争的历史告诉全世界的人们，把革命的歌唱给我们的子孙"。他要这部长诗写成中国革命斗争的史诗——劳动人民在中国共产党领导下寻找"乐园"的过程。

以及偏重于写自由体抒情诗、主要活动在晋察冀边区的蔡其矫、远千里、邵子南、曼晴、魏巍等。不过，在四五十年代，谈到解放区诗歌的实绩时，作为重要举例的，常是李季、田间、阮章竞、张志民等的叙事诗。这种评价方式，为诗歌取材、艺术方式和诗人的艺术道路等理由所支持。李季等40年代的作品，主要表现当时正在进行的战争，以及战争背景下根据地农民命运的变化。他们的叙事诗，在艺术形式上主要以北方民歌为创造的基础。不过，这些诗人在进入城市之后，面临了新的问题，既自动又有些"被迫"地做出转移性的选择。选择的"压力"来自两个方面。一是他们所信奉的反映现实的诗歌观念推动他们在题材和方法上的调整。另一是，50年代初文学界虽然确立了解放区文学的榜样位置，事实上却实践着对于解放区"民间""大众化"路线某种程度的偏移。

50年代初，李季等沿袭原先熟悉的题材写了一些作品[①]后，便纷纷把目光投向新的生活领域，从题材的转移中寻求拓展。50年代初，联结着建立现代化国家的梦想的大规模经济建设，吸引了众多关注"现实"的诗人的注意力。这是中国新诗过去很少触及的题材。于是，他们纷纷加入了这一有关劳动和工业建设的合唱。

李季[②]最初遇到的困难是，当他选择表现经济建设题材时，原先熟稔的陕北信天游的民歌，已经很难在新的创作中施展[③]。因此，

---

[①]50年代初，李季的《报信姑娘》《菊花石》，阮章竞的《漳河水》，戈壁舟的《延河照样流》，李冰的《赵巧儿》《刘胡兰》等，都是写战争和战争背景下农民命运的叙事诗，不少也仍采用民歌的形式。

[②]李季（1922—1980），河南唐河人。1938年去延安，叙事诗《王贵与李香香》写于1945年。出版的诗集主要有《短诗十七首》《菊花石》《生活之歌》《玉门诗抄》《致以石油工人的敬礼》《西苑诗草》《心爱的柴达木》《杨高传》《难忘的春天》《向昆仑》《石油大哥》等。

[③]李季在《热爱生活，大胆创造》（北京，《文艺学习》1956年第3期）一文中用"……生活向前发展了，当我们还没有来得及研究生活的这种巨大的变化时，我们的描写对象（也是我们的读者对象）——广大人民群众的思想感情，已经发生了根本的变化。过去三边运盐大道上成百成千头毛驴，变成了成队的汽车，变成了拖拉机……一句话，过去个体农民的汪洋大海，变成了合作化的新农村。

"这时候，你要用'五谷里数不过豌豆圆，人群里数不过咱俩可怜！庄稼里数不过糜子光，人群里数不过咱俩凄惶。'的调子，来描写这些正在形成中的社会主义新型农民那会是多么不协调啊！"

1952 年的《短诗十七首》，在诗体形式上他采用四行一节的"半格律体"。随后的叙事诗《菊花石》①，由于题材上提供的可能性，又转而运用南方的五句头山歌和盘歌的民歌形式，以施展李季在吸收民间艺术形式上的才能。但是，当他简单地套用《王贵与李香香》的构思的模式——以革命胜利来圆满人生（在《菊花石》中主要指艺术的夙愿）——的时候，"革命"和"艺术"在当代的矛盾，使这一"圆满"的设计出现不协调的生硬。1952 年冬开始，李季到甘肃玉门油矿"落户"。玉门一带的自然风貌与他熟悉的陕北三边相近，而油矿的一些建设者曾是当年战争时期他在陕北和太行山的伙伴。他尝试以这样的方式来连接诗人的生活积累②。从此，油田、石油工人的生活和劳动，成了李季 50—70 年代创作的主要内容。在这期间被誉为"石油诗人"，被当作实践"诗与劳动人民相结合"的榜样③。

李季曾说他是"缺乏才华的笨拙的歌者"④。他以真诚的谦逊，指出自己创作的特色和弱点。重视生活事实和细节，使他的诗较少空泛和浮华。但对事实和细节的"屈服"，又削弱了必要的发现和超越。"三边—玉门"和"战争—建设"这种互相联结和转换的视角，几乎是他不变的体验和构思的支点。这一思想视角，以及艺术上对民间诗歌的借鉴，在他写于 50 年代的长诗《杨高传》⑤中，其成效和存在的

---

① 这部长诗发表于 1953 年，后经修改，1957 年由长江文艺出版社出版。1978 年再次修改重版。

② 参见李季的小说《戈壁伙伴》（西安，《延河》1958 年第 4 期）和他写的文章《我和三边、玉门》（《文艺报》1959 年第 18 期）。

③ 将李季当作"方向"性的诗人来对待，因而，在五六十年代，就不容许对他的创作的"实质性"弱点的批评。一个典型的事例是，1959 年，有研究者在肯定李季 50 年代创作成绩的基础上，指出他的诗也有不甚成功甚至失败的地方，认为李季并未形成鲜明的艺术风格（卓如《试论李季的诗歌创作》，北京，《文学评论》1959 年第 5 期），便引起文学界权威批评家的指责，说这是对李季所坚持的"诗与劳动人民结合的道路"的否定，是一种从资产阶级艺术教条出发的虚无主义的论断。见冯牧《一个违背事实的论断》（《诗刊》1960 年第 2 期）、安旗《沿着和劳动人民结合的道路探索前进》（《文艺报》1960 年第 5 期）。

④《难忘的春天·后记》，人民文学出版社，1959 年。

⑤《杨高传》共 3 部：《五月端阳》《当红军的哥哥回来了》《玉门儿女出征记》。长诗的主人公从陕北三边到了甘肃玉门，从战争到经济建设；在把追求爱情幸福与寻求阶级和民族解放斗争的交织上，其实是《王贵与李香香》的主题和艺术经验的延伸。

问题都得到突出的展现。

阮章竞[①]的写作开始不是诗，而是戏剧。40年代著有话剧《未熟的庄稼》和歌剧《赤叶河》，后者在40年代末的解放区曾产生广泛影响。这使他最初的诗歌创作存在明显的戏剧因素，如注意戏剧性的情节和有性格特征的人物。作者曾认为，"一定要有故事性，没有就不成为文艺作品"[②]。这一以无可置疑的语气说出的可以置疑的话，是阮章竞早期诗歌创作的追求。这表现在他40年代后期创作的长诗《圈套》（作者自称为"俚歌故事"）和叙事性很强的短诗《送别》和《喜报》等作品中。阮章竞最重要的诗是《漳河水》。这首叙事长诗，在后来的"现代"文学史中，被当作解放区诗歌的代表性作品，而在"当代"文学史中，则被看作新中国成立后诗歌的重要收获[③]。

就其内容讲，《漳河水》表现的是建立民主政权后的生活变迁这一解放区文学的特征。它写太行山下漳河畔三个农村女性对婚姻幸福的追求，讲述新的社会、经济因素对传统观念和陈腐习俗的有力冲击。叙事诗在情节安排和人物刻画上，有着明显的戏剧因素。三个女性不同的性格特征和命运，借助她们婚前和婚后两次在漳河沿相聚互诉心曲的场面加以展示，人物的遭遇与由遭遇所激发的情感交融互织。在诗体上，《漳河水》主要以太行山一带的民歌为基础。发表于《太行文艺》的初稿，一一标明所用民歌小调的曲牌，如"开花""四大恨""割青菜"等，目的是促成它在群众中传唱或演出。除此之外，还吸收了戏曲唱词和古代诗词的一些成分。诗中人物的对话与独白，主要采用以口语为基础的民间说唱艺术的陈述语言，而环境描写及气氛渲染，则有较明显的古典诗词的语言因素。

---

① 阮章竞（1914—2000），广东中山人。1937年去太行山区根据地，先后在地方游击队和八路军中任职。主要作品有歌剧《赤叶河》，长诗《圈套》《漳河水》。50年代以后出版的诗集有《虹霓集》《迎风橘颂》《勘探者之歌》《白云鄂博交响诗》《漫漫幽林路》等。

② 《我怎样学习写诗》，《文艺报》第5卷第3期（1951年11月28日）。

③ 这是因为，在一段时间里，1949年7月的第一次文代会和中华人民共和国的成立，被看作"现代文学"和"当代文学"的分界。而《漳河水》最初发表于1949年5月出版的《太行文艺》第1期上。后经作者修改，又刊发于1950年《人民文学》第6期。

《漳河水》之后，阮章竞曾一度放弃用他熟悉的民歌形式写叙事诗。他以略加控制的自由体写作《祖国的早晨》等政治抒情诗，也以散文化的语言和详略得当的结构，在《金色的海螺》中讲述一个传统的民间故事。50年代中期，阮章竞到了塞外，在内蒙古草原开始建设的钢铁工业基地建立生活"据点"。后来连续发表了《新塞外行》《乌兰察布》《万里东风古塞行》《新黄河赞》《钢都颂》等，以及系列组诗和叙事长诗《白云鄂博交响诗》。用民歌小调来处理这样的题材已不合适，他转而从我国古代苍凉雄浑的边塞诗以及音韵铿锵的五七言歌行上寻求艺术依据，从传统的意象和境界中，发掘表达新的时代意蕴的可能性。这一努力开始曾引起诗界注意。但是，对古典诗歌意象、音韵的表面模仿，思想感情内涵的空疏，以及诗的意象、结构的不断重复，是当时评论界就已经指出的现象。

　　张志民①40年代后期参加土地改革运动时写的叙事长诗《王九诉苦》《死不着》，是当时有影响的作品。进入"当代"以后，仍坚持更多借鉴民歌来写农村生活。在写诗的同时，还出版了多种中、短篇小说集，以及剧本、散文和报告文学集。诗作主要表现北方农村的人物和新生活风貌。在50年代获得好评的《社里的人物》和《公社一家人》，是对"大跃进"和"人民公社"的颂歌。朴素的北方农村口语，大体整齐均等的诗行和诗节，勾勒带有"喜剧"色彩的生活画面和人物侧影。由于大都按照当时的政策观点来写农村的"新人新事"，虽有生活气息，作品的生命力却不长。60年代初，在记游的《西行剪影》中，尝试从传统的古代诗词寻找表达方式，创作出现了较大的变化。

　　解放区诗人戈壁舟、李冰②等，在继续了一段时间的革命和战争题材之后，也都把他们的目光转向建设的场景和建设者的形象。

--------

　　① 张志民（1926—1998），河北宛平人（今属北京市）。40年代末创作叙事诗《王九诉苦》《死不着》。五六十年代的主要诗集有《将军和他的战马》《金玉记》《家乡的春天》《社里的人物》《英雄颂歌》《村风》《公社一家人》《西行剪影》《红旗颂》。"文革"后出版的诗集主要有《边区的山》《祖国，我对你说》《今情·往情》《"死不着"的后代们》《梦的自白》等。另出版有散文、小说集多种。
　　② 戈壁舟（1916—1986），著有诗集《别延安》《延河照样流》《登临集》《宣誓集》，叙事诗《青松翠竹》《三弦战士》《山歌传》等。李冰（1925—1995）除长诗《赵巧儿》和《刘胡兰》外，另有诗集《巫山神女》《波涛集》等。

## 五、进入"当代"的解放区诗人（2）

　　另一些来自解放区的诗人，他们并没有写出如李季、阮章竞等的有影响作品。40年代的解放区时期，大体上是他们文学准备的阶段；他们在50年代才成为诗坛的中坚，并从不同方面影响这一时期的诗歌写作。这些诗人不同程度地经历了战争生活，也有实际工作经验，普遍具有"中国历史变革的参与者"的感情心态。在根据地和解放区，又多在鲁艺、陕北公学、华北联大学习、工作过，解放区革命学院体制所实施的教育，对他们后来的写作有不可忽视的影响。他们在40年代的"试验"阶段，不仅写诗，也写戏剧、小说、通讯、杂文和政论。不同文类的艺术经验对他们后来专注的诗歌创作的介入，也是一个重要的事实。这些诗人中，较突出的有郭小川、贺敬之、闻捷、蔡其矫等。郭小川、贺敬之走向了激情和政论结合的政治抒情诗；闻捷侧重以描述生活现象来表现新时代的感受；蔡其矫则转向人的内心世界（主要是感情的层面）对于社会、人生的体验和思考。对郭小川、贺敬之的诗，本书将有专节评述，这里不再涉及。

　　闻捷[1]作为一个诗人被发现，是在1955年。这一年，《人民文学》发表了他的5个组诗（《吐鲁番情歌》《博斯腾湖滨》《水兵的心》《果子沟山谣》《撒在十字路口的传单》）和一首叙事诗（《哈萨克牧民夜送"千里驹"》）[2]。这些作品，呈现了闻捷当代诗歌创作的两个路向。一是写新疆少数民族有特殊风情的生活，来表现这一地区的历史变化。正是这一题材的诗作，奠定他在当代诗界的地位。二是紧密联系现实政治的抒情。如组诗《水兵的心》《撒在十字路口的传单》这类作品。

　　《天山牧歌》是闻捷第一本、也是他最重要的诗集[3]。其中作品

---

　　[1] 闻捷（1923—1971），江苏丹徒人。参加过抗日救亡运动。1940年去延安，进陕北公学学习。后在陕北文工团、《群众日报》等部门工作。1949年以随军记者身份到新疆，曾任新华社新疆分社社长。有诗集《天山牧歌》、《东风催动黄河浪》、《第一声春雷》（与李季合著）、《我们插遍红旗》（与李季合著）、《祖国，光辉的十月》、《河西走廊行》、《生活的赞歌》，以及叙事诗《复仇的火焰》等。
　　[2] 分别刊登在《人民文学》1955年第3和第11期。
　　[3] 北京，作家出版社，1956年。收《博斯腾湖滨》《吐鲁番情歌》《果子沟山谣》《天山牧歌》等组诗和其他作品。

写于1952年到1955年间，但大都迟至1955年以后才在报刊上发表。这些诗具有50年代初期的颂歌格调。汉族叙述者对奇丽风情、习俗的欣喜惊羡的视角，用柔和的牧歌笔调来处理颂歌的主题，和对聚居于和硕草原、吐鲁番盆地、博斯腾湖畔的少数民族劳动者的情感特征和表达方式的捕捉，是对读者更具吸引力的因素。这些诗在当时受到读者喜爱，还因为写到在50年代诗歌很少触及的爱情[①]。大约是在何其芳于1936年宣布"我再不歌唱爱情／像夏天的蝉歌唱太阳"（《送葬》）之后，倾向革命的诗歌主流就开始"不爱云，不爱月，／也不爱星星"（何其芳《云》）。50年代不多的诗写到爱情时，或者把爱情作为新的价值观和某种政治性原则的证明，或者以神话或民间传说的方式来表现。后者如童话诗《金色的海螺》（阮章竞），根据民间传说整理的《阿诗玛》《望夫云》，在民间传说基础上创作的《百鸟衣》（韦其麟）、《孔雀》（白桦）、《黑鳗》（艾青）等。由于有"神话"和"传说"作为屏障，当代在爱情生活表现上的禁忌，相对来说有所松动。自然，严格地说，闻捷也借助了类乎"神话"和"传说"的少数民族风情的外在因素作为依托，而且，这些情歌，也是作为新生活的赞歌来写的：通过男女的感情生活，表现新型的社会政治理想[②]。

《天山牧歌》创造了单纯、明朗、和谐的牧歌风格。闻捷的艺术功力偏于描绘和"叙事"。他的爱情诗，有着苏联当代诗人伊萨可夫斯基影响的痕迹[③]。对生活现象、事件加以提炼，使之单纯化，并

---

① 力扬谈到这一状况时指出，在50年代，诗对爱情一般都表现得"过分地胆怯和拘谨"，"就好像惧怕一块烧红了的烙铁会灼伤我们的手指头似的"。《谈闻捷的诗歌创作》，《人民文学》1956年第2期。何其芳也讲道，闻捷这些诗受到注意，是它们"柔和而又清新的抒情风格，很久在我们的诗歌里就不大出现的对青年男女们的爱情的描写"。《诗歌欣赏》，作家出版社，1962年，第102页。

② 闻捷在《种瓜姑娘》中写道："枣尔汗愿意满足你的愿望，／感谢你火样激情的歌唱；／可是，要我嫁给你吗？／你的衣襟上少着一枚奖章。"这种把爱情作为政治观点和劳动态度的表现形态，并对爱情选择的政治标准做点题式提示的方式，被50年代中期有的批评家讥讽为"奖章＋爱情"的公式，并主张把奖章从爱人的衣襟上摘下来。

③ 何其芳认为，《吐鲁番情歌》在写法上"和伊萨可夫斯基写苏联青年男女们的爱情的短诗有些相似"（《诗歌欣赏》，作家出版社，1962年，第103页。在《何其芳文集》中，改为"和外国有的诗人写青年男女们的爱情……"《何其芳文集》第5卷，人民文学出版社，1983年，第464页）。

在叙述中留下感情表现空间，是偏重于叙事的闻捷诗歌的艺术特征。

然而，在当代诗歌环境中，闻捷并不满足于这种单纯、和谐。在1958年的"大跃进"运动中，在给报纸写通讯、特写的同时，和李季一起用诗宣传鼓动，表现群众治理风沙、兴修水利、大炼钢铁；并常配合当天报纸（《甘肃日报》）的头条新闻写"报头诗"。这些活动，类似苏联20世纪20年代提倡的"事实文学"（诗"介入新闻领域"，以加强社会干预）和按照"社会订货"来生产作品，并直接受马雅可夫斯基"罗斯塔之窗"和"广告诗"的创作实践的影响。这段时间并不很长，在社会生活和自身创作经过一次曲折之后，50年代末，闻捷又回到他所熟悉的题材上，开始创作酝酿了七八年之久的叙事长诗《复仇的火焰》。《复仇的火焰》写1950—1951年新疆东部巴里坤草原的一次叛乱及平息的过程。全诗计划写3部，但第3部未能完成①。《复仇的火焰》结构复杂，追求恢宏气势。在第1部，就用三分之一的篇幅铺叙事件发生的社会背景，并安排了三条交错的人物（情节）线索。除了复杂的情节外，人物性格的刻画也为他所重视。考虑到纷繁的事件和众多的人物可能导致对"诗"的窒息，闻捷做出许多弥补：将事件通过跳跃性的生活画面加以串联，作为事件进程的每一点，叙事的笔画不致特别拥挤；在情节行进中，留出感情、心理活动刻画、咏叹的空间②。第1部《动荡的年代》发表后，受到一些批评家热情然而也稍有保留的肯定③，而主要的疑问是，在现代，是否还应该以诗的

---

① 第1部《动荡的年代》刊于1959年第3期《收获》，同年稍作修改后出版。第2部《叛乱的草原》出版于1962年，同时第1部做了较大修改后再版。第3部《觉醒的人们》只在刊物上发表了一些章节，由于"文革"的发生被迫中断。

② 第1部的《鹿之歌》《相思曲》，第2部的《草原婚礼歌唱》，都可以看作独立成篇的抒情诗。

③ 何其芳："如果不是就每一个具体的部分去进行批评，而是从它的总的效果来说，这部长诗是造成了雄伟的感觉的。一个大的建筑物已经在我们的面前竖立了起来，只是有些部分还显得粗糙一些而已。这样广阔的背景，这样复杂的斗争，这样有色彩的人民生活的描绘，好像是新诗的历史上还不曾出现过的作品。"（《诗歌欣赏》第108页）徐迟把这部叙事诗称为"史诗"性质的作品，称为"诗体小说"（《读〈动荡的年代〉》，《人民日报》1959年7月21日）。有的肯定则包含了疑惑："文学艺术在有了小说、戏剧、电影等独立样式的现代……不要忘记诗歌艺术有它的特长和局限性。"（安旗《读闻捷〈动荡的年代〉》，见《论叙事诗》，作家出版社，1962年）。

形式来处理小说的题材。

　　蔡其矫[①]在解放区的诗歌创作，集中在 1941—1942 年和 1946—1947 年两个阶段。他早期获得晋察冀边区鲁迅诗歌奖的《乡土》《哀葬》，都是叙事诗。但是，叙事并非他的所长，描述可见明显的累赘。后来的作品（《兵车在急雨中前进》《张家口》《一九四七年》）转向自由体抒情诗的方式，在题材处理和诗体样式上，都可以看到惠特曼美国南北战争时期作品的影响。在解放区诗人中，蔡其矫表现了比较开阔的视野和广泛接受人类文化成果的自觉意识[②]。

　　蔡其矫 50 年代初重新发表的作品，大都与海（海岛、渔村、军港）有关，是"献给保卫海疆的士兵、水手和渔夫的歌"[③]。这期间，在艺术道路上显然有过犹豫和矛盾。作为"革命"所培育的诗人，他的创作自然会迎合 50 年代的颂歌潮流，也加入了反映新生活风貌的合唱。不过，因为个性和对艺术理解的不同，他明白在这方面，他的才能其实并没有多大的施展空间[④]。后来，他不再把精力放在缩短与工农大众生活的距离上，而更重视创作主体在感知、体验和思考的能动性：对蔡其矫来说，意味着从人道主义的立场，关注生活世界和人的心灵、情感的健全、美和纯洁。而这一切又与自然风物紧密相连：大自然不仅是所要表达的思想情绪的"对应物"，而且造就了对人的理想生活的"万千暗示"。

　　　　南海上一棵相思树，
　　　　在春天的雨雾中沉沉入梦；

---

　　① 蔡其矫（1918—2007），福建晋江人。幼年随家往印尼，11 岁回国。30 年代中期开始写诗。1938 年到延安，进鲁艺学习。在根据地当过编辑、记者，曾任华北联合大学文学系教员。50 年代以后出版诗集有《回声集》《回声续集》《涛声集》《祈求》《双虹》《福建集》《生活的歌》《迎风》《醉石》《倾诉》《蔡其矫诗集》等。

　　② 40 年代在华北联大任教时，热爱惠特曼的诗，并将部分译成中文。50 年代初在中央文学讲习所工作时，又较多阅读中国古典诗词，并尝试绝句的今译。

　　③ 蔡其矫《回声集·后记》，作家出版社，1956 年。

　　④ 他承认，"虽大体上还是在企图反映人民的生活和斗争"，但"写出来的东西究竟和工农兵的实际生活还有一段距离，这是我和我的诗歌的最大的缺点"。同上注。

它梦见一株北国的石榴花，
在五月的庭院里寂寂开放。
它梦见那里的阳光分外明亮，
是因为它把雨雾留在南海上；
但它的梦永远静默无声，
为的是怕花早谢，怕树悲伤。
——《南海上一棵相思树》①

在 50 年代前期，蔡其矫考虑较多的还有如何与中国古典诗歌传统衔接的问题。有一些四行诗，如《福州》等，学习绝句的结构；《中流》等作品，则运用律诗的方式。在《莺歌海月夜》里，尝试区分上、下阕的词的方法。这种试验后来没有继续下去，"这些形式上的模仿也仅是一种偶然的尝试，但已感到它对思想感情的束缚过甚"，而想更多"从精神上，从表现意境上去学习古典诗歌"②。

蔡其矫 50 年代最受责难的是《川江号子》《雾中汉水》等作品：这是他 1957 年冬末，赴长江水利规划办公室任职期间写下的。它们的偏离规范之处是，在诗界几乎都沉迷于对"大跃进"的乐观歌唱时，蔡其矫于长江汉水，听到了另一种声音：来自万丈断崖下和飞箭般的船上的川江纤夫的悲歌。

我看见眼中的闪电，额上的雨点，
我看见川江舟子千年的血泪，
我看见终身搏斗在急流上的英雄，
宁做沥血歌唱的鸟，
不做沉默无声的鱼；
但是几千年来
有谁来倾听你的呼声，

---

①这首诗也许会让读者想起何其芳的《预言》,尤其是当时冯至翻译的海涅的诗《一棵松树在北方……》："一棵松树在北方 / 孤单单生长在枯山上。/ 冰雪的白被把它包围，/ 它沉沉入睡。""它梦见一棵棕榈树，/ 远远地在东方的国土，/ 孤单在火热的岩石上，/ 在默默悲伤。"（冯至译《海涅诗选》，人民文学出版社，1957 年）。

②《生活之歌·自序》，人民文学出版社，1982 年。

除了那悬挂在绝壁上的
一片云，一棵树，一座野庙？
——《川江号子》

　　尽管诗中留有"光明的尾巴"（"那新时代诞生的巨鸟，／我心爱的钻探机，正在山上和江上／用深沉的歌声／回答你的呼吁"），并且在到了长江水利工地后，蔡其矫也尝试"改了洋腔唱土调"，写了模仿"大跃进民歌"的《水利建设山歌十首》等作品，但也没能免除对他的指责。这两首诗，连同《红豆》《南曲》《灯塔管理员》《船家女儿》，以及他50年代出版的三个诗集（《回声集》《回声续集》《涛声集》）的思想倾向、艺术方法，受到多次严厉的批评。列举的理由有不触及重大政治事件、"脱离政治"和"形式主义"的倾向和严重的"资产阶级腐朽意识"①。蔡其矫60年代初只好离开北京，回到故乡福建。虽然发表作品的机会渐少，但仍执着于自己的生活信念和艺术追求，继续坚持写作。六七十年代写的诗，大都要到"文革"结束后的80年代，才得以公开发表。

---

　　① 对蔡其矫诗的批评文章主要有：《文艺报》1958年第5期沙鸥《一面灰旗》、陈聪《不能走那条路》。《诗刊》1958年第7期肖翔《什么样的思想感情》、第10期吕恢文《评蔡其矫反现实主义的创作倾向》。《诗刊》1960年第2期肖翔《蔡其矫的创作倾向》。袁水拍在《新民歌中的革命现实主义和革命浪漫主义的结合》一文（袁水拍《诗论集》，作家出版社，1958年）中，也涉及对蔡其矫的批评。

# 第四章　50年代的青年诗人

## 一、生活道路和文化背景

20世纪40年代末到50年代初，一批青年诗作者的出现，是这一时期诗界有重要意义的事情。他们后来逐渐成为当代诗歌创作的主要力量。其中有的在40年代后期开始发表诗作，但出版个人的第一部诗集，普遍在50年代初[①]。这些青年诗人的情况当然并不相同，成就也各有差异。但是他们的生活、创作道路，诗歌观念和作品的最初形态，又有许多相似点。甚至可以说，之间的共同点比起其个性差异来，要更突出：这是当代诗歌很长时间中都存在的"群体性"现象。

这些青年诗人大多参加中共领导的革命，不少人在军队中服役。雁翼、顾工、韩笑等在1942—1946年间加入八路军、新四军和后来的解放军。公刘、白桦、李瑛、未央、梁上泉、张永枚、高平、胡昭、周良沛等，则在四五十年代之交入伍。其中有的经历过淮海战役、渡

---

①邵燕祥的《歌唱北京城》、韩笑的《血泪的控诉》、李瑛的《野战诗集》出版于1951年。公刘的《边地短歌》、张永枚的《新春》出版于1954年。白桦的《金沙江的怀念》、胡昭的《光荣的星云》、梁上泉的《喧闹的高原》、傅仇的《森林之歌》、雁翼的《大巴山的早晨》、顾工的《喜马拉雅山下》、严阵的《淮河边的姑娘》、孙静轩的《唱给浑河》等出版于1955—1956年间。唯一例外的是李瑛，他40年代末与同学一起已出版过诗合集《石城的青苗》。

江战役，不少人随军队进入四川、云南、西藏。在他们看来，诗与革命具有天然的联系，而无条件地接受把诗当作革命的旗帜和武器的观点①。这使他们的写作，很快与中国新诗三四十年代的革命诗歌、解放区诗歌，和苏联当代革命诗歌相连接，并从艺术精神和方法上，倾向于西方和俄国浪漫主义的诗歌传统。

这些青年诗人在参加革命和写诗时，比起工农兵作者自然有较高的文化素养。然而，相对于新诗史上有成就的诗人，他们的艺术准备普遍不足②。"营养不良"对这一代诗人的大多数来说是普遍状况。个别诗人在后来虽有所弥补，但在当时文学界强调政治和生活的整体情况下，不可能获得实质性的改变。五六十年代有的诗人的"成功"，在诗艺上的成分不是很充足，另一些青年诗人的语言敏感，则在缺少足够的文化基础的支持，和失去更新可能性的情况下，在不断的自我复制中逐渐蜕化。

艺术借鉴的狭隘、单一，以及将独特的发现和探索当作"个人主义"加以责难的社会思潮，规定了青年诗人艺术努力的方向，是寻找对已确立的政治观念、社会情绪的稍有特色的表现方式。对生活、人生的独特体验和艺术方法上多样的试验的合法性问题，在当代并不能获得解决。因而，他们的个性特征和诗歌风格或者没有确立，或者未能充分展开。从整体上说，我们很难从思想美学追求的层面加以区分。而这也形成了以诗歌取材领域和表现对象的职业性质来划分这些诗人的独特的分类现象。于是，出现了

---

① 公刘在当时的诗中说："因为我是士兵，我才写诗，因为我写诗，我才被称为士兵。"李瑛后来回顾当年的生活和写作说，"那时，在我的信念里，战斗和创作是我最早的思想方式和行动方式"，而"一个诗人的任务就是一个战士的任务"（《李瑛诗选·自序》，成都，四川人民出版社，1981年）。

②1953年，何其芳对当时的青年创作者的情况做过如下分析："现在爱好文学并想学习写作的人的成分，和过去比较起来是有很大的变化的。过去大致都是一些文化水平较高的青年知识分子，现在却有很多人是人民解放军战士，是工人，是各种各样实际工作岗位上的干部。这说明新文学所达到的社会层扩大了很多，作家的后备队伍也扩大了很多"，但是，"随着这，自然也就有这样一种情况，许多想学习写作的同志准备还很不够。其中有些同志不但文学修养不高，而且文化水平也较低"。何其芳还特别"劝学习写诗的同志学一二种外国语"，以领会经过翻译而受到损伤的迷人的诗篇。（《写诗的经过》，《何其芳文集》第5卷，人民文学出版社，1983年，第141-142页）。

诸如"石油诗""森林诗人""军旅诗""经济建设赞歌"等诗歌和诗人概念。当然，在当代的某些时候，这些青年诗人的艺术前景也出现过新的选择的可能性。在50年代中期，一部分富于探索精神的作者尝试题材和艺术方法的创新。不过，他们只迈出了很有限的一步。

按照这些青年诗人创作的实际情况，下面的评述也不能完全摆脱50年代的分类方式。取材领域和表现对象的职业性质仍是需要考虑的因素。

## 二、军队中的诗人

在当代新诗"发生"的四五十年代，战争是中国最为重要的社会事实。这包括国共内战，和虽然发生在国境之外，但极大地影响着中国现实政治与社会生活的朝鲜战争。许多参加革命的知识青年投身军队，因而，具有革命倾向的当代新诗的青年作者大量来自军中，成为一种不难理解的现象，战争和军中生活，也就成为50年代诗歌创作题材的一个重要方面。他们中不少人后来离开军队，作品取材范围也相应变化，但最初作为军人的生活体验，成为重要的精神因素存在于他们的诗中。另外一些人，则几十年保持军中诗人的身份，对士兵生活和思想感情的表现，始终是他们关注的重点。这些青年诗人有公刘、白桦、李瑛、顾工、张永枚、韩笑、胡昭、周良沛、高平等[1]。

李瑛[2]40年代后期在北京大学中文系读书期间，在北平、上海、天津等地的《文学杂志》《中国新诗》《大公报》文艺副刊上发表诗作。

---

[1] 事实上，雁翼、梁上泉、傅仇、孙静轩、周纲等，在50年代初也都是军人。不过他们或者不久就离开了军队，或者在写作题材上有了明显的转移，而不把他们放在这里评述。

[2] 李瑛(1926—2019)，河北丰润县人。读中学时开始写诗，曾与朋友出版诗合集《石城的青苗》（1944）。1945—1949年就读于北京大学中文系。50—70年代出版的诗集有《野战诗集》《战场上的节日》《天安门上的红灯》《友谊的花束》《早晨》《时代记事》《寄自海防前线的诗》《颂歌》《花的原野》《红柳集》《静静的哨所》《献给火的年代》《红花满山》《枣林村集》《北疆红似火》《进军集》《站起来的人民》等诗集。"文革"后出版的诗集有《难忘的1976》《早春》《在燃烧的战场上》《我骄傲，我是一棵树》《南海》《春的笑容》《美国之旅》《春的祝福》《望星》《江和大地》《睡着的山和醒着的河》《李瑛诗选》《李瑛抒情诗选》等。

早期的作品，表现了处于历史"分界点"上的热情的生命对"历史转折"时期的意识和体验。他歌唱"燃烧着一群奴隶的命运"的脊背（《脊背》），赞美作为"奴隶们的武器"的石头（《石头：奴隶们的武器》），并表示了这样的坚定信念："凡是陈旧的姿态都该改变，凡是不堪积压的都急速突破……"（《春的告诫》）鲜明的时代感奋和强烈的政治意识，避免做直白的宣示，而努力通过艺术想象，运用更多的现代诗的技巧。李瑛诗的开端，表现了他在当时有过的艺术训练和较开阔的艺术借鉴的视野。

1949年春天解放军进入北平后，李瑛未及结束最后几个月的学业，便加入军队，作为新华社部队总分社的记者随军队南下。他从北方来到长江边，又跨越鄂赣，到了广州。后来还到了朝鲜前线。此后的四五十年里，一直在军队中任职①。在六七十年代的诗中，直接写军人生活的占相当大的部分。士兵的形象是李瑛作品中最突出的抒情形象。他开始通过战火，后来通过士兵和平时的日常生活（授枪、放哨、巡逻、潜听、戈壁行军……），展示他们的气质和情思，尤其是表现近于神圣的责任感、自豪感，和他们的爱国主义、英雄主义的精神气概。以"革命士兵"的胸怀来感受和思考，是当时诗界对李瑛艺术特征的概括和对他的创作的肯定的基点②。

李瑛的诗并不能跨越当代诗歌的思想和艺术的限定。不过，和另外一些青年诗人相比，也具有他的优长的特色。这来源于他沉静中的细致的感受力和对中外诗歌较为广泛的储备。自然界的色彩、音响、情态在他的诗中，虽是到达社会性主题的路径，但由细微感觉所达到的对景物的层次区分，有助于增加诗的感性内容。这种努力使李瑛在

---

① 曾长期担任军队中的文艺刊物（《解放军文艺》）、出版社（解放军文艺出版社）的编辑和负责人。"文革"后担任过解放军总政治部文化部部长等职。

② 张光年为李瑛诗集《红柳集》（作家出版社，1963年）撰写的序言《李瑛的诗》中指出："他学会了用革命战士的眼光来观察世界，观察人，用战士的心胸来感受、思考现实生活中许多动人的事物，并且力求作为普通战士的一员，用健美的语言，向广大读者倾吐自己认真体验过、思考过、激动过的种种诗情画意。"这些话，在很长时间里，成为对李瑛诗的"经典性"评价而被引用。

六七十年代形成了他的个性①。李瑛的短诗，努力建立一种单纯、和谐，而又意旨确定的风格。这一风格，不仅是他的诗歌美学的追求，也是他对社会、人生的理解；是他的世界观与艺术观结合的产物。他运用浪漫化的意象和起承转合的完整结构，将生活现象加以"诗化"。在一个强硬和粗糙成为主流诗风的时期，由于李瑛对当代这种"生活抒情诗"的模式有较熟练的把握，也由于这种柔和、细致的色调所产生的深刻印象，在一段时间里（60年代初和"文革"后期），他的诗曾产生较大影响，特别是对当时军队中更年轻的诗歌作者。

未央、张永枚、胡昭、韩笑等，都是以朝鲜战争题材作诗开始诗歌道路的。

未央②，1949年参加解放军，次年到朝鲜前线，从事文艺宣传工作。1953年回国后开始写诗。为当时读者所注意的，是只有11首的诗集《祖国，我回来了！》中的作品，尤其是其中的《驰过燃烧的村庄》和《枪给我吧！》。诗常以到朝鲜参战的志愿军军人身份作为叙述人。在口语化的独白式抒情和相对自由的形式里，通过单纯而又蕴含强烈爱憎的场景描写，表现士兵的感情世界。这种不事雕凿的语言和呈现真切场面的构思，有时虽然显得提炼不够，却有强烈的亲切感和现场感。50年代初，人们对朝鲜战争的关心，对英雄主义的热烈向往，有助于这些创作受到欢迎③。不过，未央作为诗人的艺术基础显然十分薄弱，他后来虽也出版多部诗集，却不再为读者所注意。

张永枚④的第一部诗集《新春》（1954）也是写朝鲜战争的。从朝

---

① 他这个时期最具特色的诗，收在《红柳集》（1963）、《花的原野》（1953）、《红花满山》（1972）、《枣林村集》（1972）。

② 未央（1930—2021），湖南临澧人。著有诗集《祖国，我回来了！》《杨秀珍》《革命干劲歌》《大地春早》等。

③ 何其芳在《诗歌欣赏》中认为，未央"善于用简短有力的句子把激动人心的场面或感情表现出来"。他联系田间抗战时期的诗，说田间那些更简短有力的诗句，由于那时读者和作者有共同的时代背景和共同的情绪激动，因而能够鼓舞人，"然而时过境迁，今天看来……或许就不会满足于它们内容的单薄了"（第98-99页）。这种情况，对于未央及其他许多诗人的作品，也是存在的。

④ 张永枚（1932— ），生于四川万县。40年代后期开始发表作品。1949年入伍，后来一直在军队中任职。著有诗集《新春》、《海边的诗》、《南海渔歌》、《骑马挂枪走天下》、《檀香女》（诗剧）、《椰子树的传说》、《将军柳》、《雪白的哈达》、《螺号》、《二十把锄头》，童话诗集《神笔之歌》《白马红仙女》，诗报告《西沙之战》，并参加舞剧《五朵红云》、歌剧《红松店》、京剧《平原作战》的创作。

鲜归国后，主要生活在南方，诗以表现南海渔民和驻守海防的军人的生活为主要内容。他的写作有明显的叙述性和吟咏性的特点。在对事态的叙述中，加强概括力的简洁、直接，并追求"谱曲能唱，离曲可读"的"民歌风味"①。他的许多诗同时是为谱曲而写。《骑马挂枪走天下》是他流传较广、也体现了他的写作风貌的作品：生活细节的选择、铺陈，安排在具有谣曲韵律的节奏之中，使之可读可诵②。在当代强调诗的政治功能的情况下，张永枚"文革"期间的诗歌行为，包括他写作长篇的《西沙之战》③的"诗报告"的事件，在"文革"后受到广泛非议，被认为是为"错误的政治路线张目"，失去"诗人和战士应有的良知"。

50年代的军中诗人还有胡昭、韩笑、柯原等。胡昭④的第一部诗集《光荣的星云》也写朝鲜战争。有别于未央、张永枚的是，他更多以对和平、对日常幸福生活的珍惜，来表现对这场战争的意义的理解。后来的写作取材比较广泛，表现了长于感受和描绘新生活的特点。1957年在反右派运动中被定为"右派分子"，被迫中断创作，直到70年代末才得以复出。韩笑⑤最早的诗集《血泪的控诉》写日本军国主义对中国劳工的迫害。1953年以后，一直生活在南方，作品大都写南方的渔岛、农村、兵营，南国的景色、风光是他用以表现士兵品质和情怀的主要凭借。60年代以后，致力于阐释流行的政治观念的政治抒情诗的写作，早期作品的感性体验受到极大削弱。

### 三、西南边疆诗群

这里的"诗群"，是着眼于这些诗人在生活经历、艺术特点的相

---

① 张永枚《将军柳·后记》，北京，解放军文艺出版社，1959年。
② 由于政治情势和诗歌风尚的变化，后来作者对这首诗做了切合风尚的修改，成为当代诗歌政治文化的典型事例。
③ 1974年3月15日《光明日报》（北京）头版起刊载《西沙之战》。3月17日《文汇报》（上海）等多家报纸转载。
④ 胡昭（1933—2004），吉林呼兰人。1947年入伍。50年代初曾在北京的中央文学研究所（后改名中央文学讲习所）学习。著有诗集《光荣的星云》《草原夜景》《小白桦树》《山的恋歌》《从早霞到晚霞》《瀑布与虹》等。
⑤ 韩笑（1929—1996），生于吉林。著有诗集《血泪的控诉》《歌唱韶山》《从松花江到湘江》《战士和孩子》《红旗之歌》《南海花园》《春天交响曲》《我歌唱祖国》《英雄战南海》《绿色的边疆》等。

近之处。事实上，他们之间并未发生任何思想、诗艺上的沟通和认定。需要指出的还有，这一"诗群"的成员，至少在50年代前期，也都在军中服役，属于"军中诗人"的范围。50年代初，一批青年知识分子随着南下西进的人民解放军来到云南和康藏高原。他们在实际工作（包括军事、组建政权、生产开发、文化教育等方面）中，开始诗歌创作。他们的诗歌观念，作品的地域特点和想象方式，对少数民族民间诗歌的借鉴，使他们的创作具有相近的特点。这些作者主要有公刘、白桦、顾工、高平、周良沛、梁上泉、杨星火、高缨等。50年代中后期，他们中大多数人先后离开西南边疆，但这一诗歌起点，对他们来说仍有深远的影响。

云贵川和康藏，在主要来自东部的青年诗人眼中，是自然风光和民族风情奇丽、独特的地区。当时的一位初来者曾以惊喜的语调做这样的描述：雨水和阳光都十分充沛的热带雨林，青苍的岩石上常年莹白的积雪，夜晚淡红色的月亮和燃烧的星星，马帮的风尘和山民的炊烟……这里有阿诗玛的传说，有玉龙雪山和望夫云的故事；这里的纳西人爱在夜晚用悲怆的音调吟唱他们的"游悲"，撒尼人在公房中吹奏用竹片做成的口弦来抒发他们爱慕之情，而傣族、景颇族也都有各自的表达内心感情的音乐和舞蹈："这是一片诗的土壤，孕育着无数动人的诗篇。这里的云南山水，一草一木和一朵朵的云影，都有他们自己的诗歌和传统。"[1] 在西南边疆的风物习俗中，他们不同程度地获得了特殊的地域色彩和情绪氛围的感受。另一重要的事实是，这些青年诗人大都参与了对西南边地少数民族的神话、传说、故事和诗歌（古歌、史诗和民歌）的搜集、整理工作，有的还据此进行再创作[2]。这些艺术实践，增强了他们的艺术想象力，也丰富了他们的表现手法。

特定地域的生活内容和文化背景，给这些青年诗人的重要影响

---

[1] 周良沛《云彩深处的歌声》，《诗刊》1957年第2期。

[2] 公刘参加了民间叙事诗《阿诗玛》的搜集和整理，并根据大理民间传说创作了长诗《望夫云》。白桦根据傣族的召树屯的故事，创作了长篇叙事诗《孔雀》。周良沛搜集、整理出版了《藏族情歌》和《古老的傣歌》。高平根据藏族民间传说写了长诗《紫丁香》……

是：致力于军人革命精神揭示与民族生活、感情变迁表现的结合；将自然景色和民族风情作为所要凸现的观念和感情的背景（或投影）；试图创造豪迈、热烈与奇丽、清新融合的诗美品格。在 50 年代诗歌取材与艺术方法受到很大限制的情况下，少数民族诗歌传统的引入，对增强诗人的敏感与想象力产生一定的成效。当然，这一"诗群"存在的时间短暂①。除了他们陆续离开西南省份的原因外，还由于不久后发生的政治"风暴"对他们产生的打击。

在 50 年代的青年诗人中，公刘②是最早获得较高评价的青年诗人之一。40 年代后期他参加革命的学生运动和文化工作。1949 年 10 月加入军队来到云南，开始了他所说的"用整个的心去歌唱亲爱的边疆和亲爱的战友"③的写作时期。1955 年，《人民文学》连续发表了他的三个组诗：《佤佤山组诗》《西双版纳组诗》《西盟的早晨》。它们"受到读者的赞美"④，《文艺报》随即刊发了多篇评介文章。

我推开窗子，
一朵云飞进来——
带着深谷底层的寒气，
带着难以捉摸的旭日的光彩。
——《西盟的早晨》

这些诗行，很快成为评论家对公刘早期诗歌风格的说明："'带着难以捉摸的旭日的光彩'，正好用来形容公刘的诗"，"公刘的诗是长

---

① 其实，对这一"诗群"的认定，主要是在 80 年代才做出的，在很大的程度上是诗歌研究者对那个比较缺乏差别的诗歌年代挖掘出来的差别和个性。

② 公刘（1927—2003），江西南昌人。曾就读于中正大学。1949 年参加中国人民解放军，以随军记者身份来到云南。1955 年到北京任总政治部创作员。1957 年被定为"右派分子"。50 年代的诗集有《边地短歌》《神圣的岗位》《黎明的城》《在北方》，另整理出版了少数民族叙事长诗《阿诗玛》（与黄铁等合作）、《望夫云》（与林予合作）。"文革"后出版的诗集有《尹灵芝》《白花·红花》《离离原上草》《仙人掌》《母亲—长江》《骆驼》《大上海》《南船北马》《刻骨铭心》《相思海》《公刘诗选》等。另有诗论集、杂文随笔集多种。

③ 公刘《边地短歌·后记》，中南文艺出版社，1954 年。

④ 臧克家《1956 年诗选·序言》，人民文学出版社，1957 年。

期生活在战士中间的，感染了我们部队的高贵素质的，通身都是健康的一种新的歌唱"①。他写红色的圭山，写到处都感觉到音乐、感觉到辉煌的太阳和生命的呐喊的勐罕平原，写蓝玻璃一样的母亲澜沧江。他的诗里有撒尼人的军号声和佤伍人的木鼓声，有民族仇杀的血泪所灌满的池塘，也有岩可、岩角的舞蹈和赞哈的诵诗……他在特定的生活背景上，来表现军人的思想感情，表现对新的生活的"梦幻和情思"。奇丽的想象，清新的语言，抒情角度的多种转换，以及在整体构思上的重视，是他早期诗作留给读者的深刻印象。

1956 年，公刘离开了他生活 7 年的云南，到设在北京的解放军总政治部文化部任职。南北方自然风光和历史内涵的对比，催生了他收入《在北方》集中的那组作品。黄河和长城，西北的黄土高原，在千佛洞和古战场，公刘感受到由泥土和水的颜色所表征的民族历史的浑厚、庄严。视野扩大和情感深化，使他艺术素质中刚健、理性色彩的一面得到发挥。他尝试一种细致和雄浑、情思与哲理结合的诗歌风格②，并"创造"了一种由实到虚，由具象描述到"哲思升华"的诗歌结构方式。这种方式在以前的作品中就出现过，如写云南的《山间小路》：

一条小路在山间蜿蜒，

每天我沿着它爬上山巅；

这座山是边防阵地的制高点，

而我的刺刀是真正的山尖。

这种构思方式，切合了当代所推重的文学表现上的思想逻辑和感情推进逻辑，而产生了持续的影响。这种诗歌想象方式和结构方式，是一个重视最终到达对某一观念的直接揭示的诗歌时代的产物。

尽管《在北方》《上海抒情诗》等给公刘带来许多赞誉，但他好

---

① 艾青《公刘的诗》，《文艺报》1955 年第 13 期。

② 公刘对这种风格的追求是自觉的。他在诗集《在北方》(作家出版社，1957年)的"代序"中说，"在匆忙中，我失落了南方带来的叶笛，但北方送给我唢呐，并且说：这是你的乐器"。

像没有打算停留在这里。1956 年下半年到 1957 年上半年，公刘又做了多方面的尝试。《岳王坟前有一棵古柏》等怀古诗，语言和意象更多借鉴自古典诗词，感情基调也略带沉郁。《我在 1956 年除夕的奇遇》明显受到马雅可夫斯基诗体形式的影响。他的另一些诗又有回到采用西南民歌韵致的迹象，在少量的讽刺诗和寓言诗中，则出现了"干预"社会现实的精神①。1957 年初刊于《诗刊》的组诗《迟开的蔷薇》，显示了 50 年代爱情诗少见的样式，追寻、思念和痛苦，似乎没有附加政治道德的因素。这些有些纷乱的诗艺探索，其开端很快成为终结。1957 年夏天，公刘失去了写作的权利，他从诗歌界消失②。

白桦③1947 年加入中原野战军，参加过洛阳、平汉、豫东、淮海、渡江等战役。40 年代末随军队进入大西南。他的文学活动开始于入伍前一年：在家乡的报刊上发表诗和散文。在军中担任宣传员、宣传干事、俱乐部主任和军区创作组长时，写诗，也写小说、戏剧和电影文学剧本。白桦的诗有着当时西南诗人群共同的主题。在对驻守边防的士兵生活和士兵与边疆人民关系的描述中，来宣告新时代美好生活的降临。白桦的诗有着明显的叙事性。特定情景中的人物、事件、细节，是诗中不可或缺的构成。他较少像公刘那样，以士兵形象作为抒情主体，象征性的意义提升也不是那么着力，追求的是诗中的生活气息。

---

① 1957 年初，公刘在《文汇报》（上海）上发表了讽喻现实弊端的寓言诗《乌鸦和猪》《刺猬的哲学》《公正的狐狸》等。它们在当时和后来都没有被收入公刘的诗集。

② 关于公刘成为"右派分子"的原因，从当时报刊提供的资料看，主要是：因在 1955 年的肃反运动中受到审查而对肃反运动不满；在 1956 年第 22 期《新观察》（北京）上发表了他写于杭州的《怀古二首》的诗，是对现状不满，"射向党和社会主义的毒箭"（《怀古》第二首中有"昏庸当道，戕尽了男儿志气；报国无门，何处能跃马杀敌"等句子）；1956 年 10 月在上海《文汇报》发表的四首寓言诗，"是影射肃反和攻击党的"；在 1957 年《诗刊》第 2 期和《北京文艺》第 4 期上发表的爱情诗《迟开的蔷薇》《小夜曲》，宣扬资产阶级"爱情至上"；等等。参见《文艺报》1957 年第 27 号何施良《我们不需要这样的"诗人"——记总政治部宣传创作室对"右派分子"公刘的斗争》。

③ 白桦（1930—2019），河南信阳人。著有诗集《金沙江的怀念》《热芭人的歌》，长篇叙事诗《鹰群》《孔雀》《白桦的诗》《情思》等。另著有电影文学剧本《曙光》《苦恋》《今夜星光灿烂》和多部长篇小说。电影《苦恋》在 20 世纪 80 年代初曾受到严厉批判。

这种特色，很大程度上与他同时进行的小说和电影文学剧本创作相关。

1956年白桦出版了《鹰群》《孔雀》两部长诗。近四千行的《鹰群》，写滇康边境一支藏族骑兵游击队的成长，结构、情节颇为复杂。国共的内战，民族矛盾，牧主与奴隶的冲突，以及个人的爱情与牺牲……多条线索交织。作者有意将小说和电影的表现手段移植进叙事诗中，自称它是"诗体故事"①。将战争生活放到边境充满民族风情和奇诡风光的环境中展开，赋予了严峻主题以传奇性形式，对增加诗的可读性有所帮助。但是，忙于对拥挤的事件和细节的讲述、交代，使长诗在大多数时候都显得琐碎和沉闷。

《孔雀》在某种程度上克服了《鹰群》上述的缺陷。它的有利条件是，傣族的召·树吞和喃·穆鲁娜爱情的民间传说本来就相对完整。1956年，白桦在他人帮助下，用散文翻译了这一传说的傣历1293年（公元1931年）召·比召翁的抄本，并参照其他整理本进行创作。除了艺术上的提炼之外，他最主要的工作是如何根据当代思想意识确定诗的主题，对杂糅于传说中的"消极思想"加以辨识、剔除，而发掘、彰显其"积极因素"。白桦后来对这一故事的阐释是，"表面上它是个尊佛劝善的故事，实际上它却充满了非神的光辉。……阴谋借助愚昧和迷信才能轻易施展，勇敢和坚定才能获得幸福和爱情"②。在白桦的笔下，《孔雀》讲述为在专制、愚昧和忌妒构成的阴谋中的爱情失而复得的故事。在艺术结构上，白桦不必像《鹰群》那样，把大部分精力用于情节的编排。在当代，相比起"现实"题材，以传说的虚拟状态来投射人世的真实，也提供了较开阔的想象空间。因而，这部作品似乎也具有较强的艺术生命力。

顾工、高平、周良沛、高缨、杨星火等最初的诗歌创作，也都和西南少数民族，特别是当时军队从事的康藏公路的修筑有关。

顾工③1944年由上海到皖北参加新四军。内战期间参加了鲁南、孟良崮、莱芜、淮海等战役。在军队中从事宣传工作，写过秧歌剧、小戏等。1950年随军队入川，后到西藏。1955年出版了他的第一部

---

① 《鹰群·后记》，中国青年出版社，1956年。
② 《孔雀·重版后记》，中国青年出版社，1981年。
③ 顾工（1928— ），生于上海，在北平上中学。著有诗集《喜马拉雅山下》《这是成熟的季节》《寄远方》《怒潮澎湃》《军歌·礼炮·长虹》《火光中的歌》《鲜花·乐器·酒杯》《在生活的海洋里》《征战集》《爱情交响曲》等。

诗集《喜马拉雅山下》。最初的作品带有明显的叙事风格，大多围绕康藏公路的建设工程，来写士兵和新时代藏族人民的生活情绪。50 年代中期，顾工离开西藏到了北京，诗的题材发生了变化，作品数量也大大增加。除诗外，还写小说、散文、戏剧和电影文学剧本。

高平 ①1949 年参军后进藏，康藏公路的修筑工程是他早期诗歌取材的主要来源。50 年代的三部诗集中，《大雪纷飞》是能表现他的创作个性，也是 50 年代有较高艺术水平的诗集之一。它包括三首长诗：《紫丁香》《梅格桑》和《大雪纷飞》。《紫丁香》有"藏族民间传说作依据"②，讲述怒江两岸为奔腾江水阻隔的青年男女，踏着想象中的紫丁香花铺成的路走向江心相会。这一表现坚贞爱情的传统故事被并非很融洽地导引到对新时代的歌颂上。《大雪纷飞》写的是现实的故事：藏族女奴央瑾为主人所差遣，孤身一人到遥远的冈斯拉寻找"最好的羊群"。经历了陡峭高山、狂暴风雪和疾病折磨，未及到达目的地，就"冻僵在雪山中"。长诗对事件的叙述交代尽量压缩，而以人物的感情和心理内容作为中心。人生悲剧性质与阶级压迫的现代主题交错在一起。央瑾从照料重病的她的孤苦伶仃的老人身上，看到自己的未来：

> 他至今不告诉我他的姓名，
> 他皱紧了眉头说，
> 生活恼怒了他！
> 他不愿让任何人知道，
> 有他这样一个人曾经活过。

高平这个时期的诗，有意识地以藏族民歌作为自己艺术借鉴的重要对象。《紫丁香》中，藏布与巴珍"两岸情歌"的对唱，以及诗中

---

① 高平（1932— ），山东济阳人，生于北京。1949 年参军后来到西藏、四川。写诗，也从事戏剧创作。50 年代出版的诗集有《珠穆朗玛》《拉萨的黎明》《大雪纷飞》，80 年代以来的诗集有《山水情》《康藏公路之歌》《古堡》《冬雪》等。另著有歌剧多部。

② 高平《大雪纷飞·后记》，北京，作家出版社，1958 年。

所显示的想象方式和语言组织方式，都可以看到藏族民歌的明显痕迹。而《大雪纷飞》中，这种借鉴主要不表现为比喻方式和吟咏格调的模仿，追求的是深沉、忧郁的情调与质朴、少雕饰的陈述语言的结合。对于少数民族民歌和传说的复杂内涵和与此相关的艺术方法，如何进行适应表达当代生活和观念的"改造"，这是来到西南省份的青年诗人面临的问题。高平有一些好的尝试，同时也存在一些不很协调的裂痕。

周良沛[1]50年代初的诗，也大都写驻守云南、西藏的军人和当地少数民族的生活。比较起来，写少数民族的作品较有特色。这方面的诗，他特别关注的是对残酷的奴隶制度的揭发、控诉，和表现奴隶强悍的性格与灵魂上。这一点，显出与其他西南诗人群作者的不同。不过，在生活经验和诗歌经验的转换上，周良沛似乎没有能找到较为有力的方式。他在当时的主要贡献，是搜集、整理的《藏族民歌》和《古老的傣歌》；并在这些民歌的基础上，创作抒情长诗《游悲》和《猎歌》。

在1957年夏秋的反右派政治运动中，周良沛和公刘、白桦、高平，都因相似又不同的原因，被定为"右派分子"。他们大多要到"文革"后的70年代末，才获得重新发表作品的资格，并由此进入创作的新阶段。

## 四、当代"经济建设的歌者"

20世纪50年代初开始的大规模经济建设，很自然地成为当代新诗最受关注的题材。在经历长期的战争之后，以建设现代化富强国家为目标的经济建设，满足着人们历史性的期待和梦幻，这赋予这一社会生活以理想主义的色彩；也吸引、造就表现这一生活内容和社会情绪的诗人。

事实上，当时热衷这一题材的，并不限于青年作者。冯至、徐迟、严辰、田间、李季、阮章竞等，也做出同样的努力。自然，和"新生活"

---

[1] 周良沛（1933— ），生于江西九江。1949年参加解放军，后到云南、西藏。50年代著有诗集《枫叶集》。"文革"后出版的诗集有《饮马集》《雪兆集》《往昔的时光》《雨窗集》《挑灯集》《铁笛集》《野人集》等。整理编选民歌集《藏族情歌》《古老的傣歌》《红豆集》。著有《丁玲传》，并有散文集多种。

的联系更加紧密的青年诗人，在处理这一具有时代特征的主题上，有他们的优势。他们中有当时主要生活在四川一带的雁翼、梁上泉、傅仇、高缨、流沙河、孙静轩；有表现铁道兵生活的魏钢焰、周纲；有写农村生活变迁的严阵、苗得雨、王书怀；还有工人出身的李学鳌、温承训、韩忆萍、福庚、郑成义。50年代初在中央人民广播电台工作，而有条件经常到各建设工地去采访的邵燕祥，在这方面的成绩最为突出。于是，在一段时间里，诗中大量出现这样的情景：深山夹谷中的勘探队帐篷，灿烂如星汉的工地灯火，伸向蓝空的石油井架，开山的炮声和硝烟，森林一般的烟囱……这成为当代诗的新的"形象体系"和象征客体。作为对这一主题创作的"检阅"，中国作协还出版了专门反映经济建设的诗歌合集《建设的歌》①。

邵燕祥②1946年开始在北平、上海和天津的报刊上发表作品。翌年，加入中共领导的地下外围组织青年民主同盟。1948年就读于北平中法大学法文系。1949年春北平解放后经华北大学短期学习，到中央人民广播电台工作。1951年出的第一本诗集《歌唱北京城》，主要采用写实的，并更多吸收民间说唱艺术的形式。但他并没有继续这样的道路。邵燕祥说："我所从事的新闻工作，使我必须面对当前的急迫的主题。从1954年以后，我有较多的机会出差到一些工厂、矿山和建设工程，因而反映祖国社会主义建设者的形象，就成了我一天比一天强烈的愿望。"③这方面的诗，分别收入出版于1955年、1956年的《到远方去》和《给同志们》这两部诗集中。作者以直白、有些散漫的自由体方式，描述沸腾的建设景象和工地的青春和献身热情，表现了他对时代诗意的理解。他在诗中创造了青年建设者（拓荒者）的"抒情形象"，他

---

① 《建设的歌》，作家出版社，1956年。收入57家的62首（组）作品。
② 邵燕祥(1933—2020)，原籍浙江萧山，生于北平。50年代出版的诗集有《歌唱北京城》《到远方去》《给同志们》。"文革""复出"后出版的诗集有《献给历史的情歌》《含笑向70年代告别》《岁月与酒》《在远方》《为青春作证》《如花怒放》《迟开的花》《邵燕祥抒情长诗集》《也有快乐也有忧伤》，和多部选集、自选集（《邵燕祥诗选》《邵燕祥自选集》等）。80年代中期以后，主要致力于杂文、随笔的写作，出版的杂文随笔集主要有《蜜和刺》《忧乐百篇》《绿灯小集》《小蜂房随笔》《无聊才读书》《捕捉那蝴蝶》《改写圣经》《自己的酒杯》《大题小做》《杂文作坊》《真假荒诞》《热话冷说集》《邵燕祥随笔》等。
③ 《给同志们·后记》，作家出版社，1956年。

们的青春，与"远方"联系在一起：

> 收拾停当我的行装，
> 马上要登程去远方。
> 心爱的同志送我，
> 告别天安门广场。
> ——《到远方去》

"远方"在邵燕祥诗中不仅是确定的地域，而且成为象征性意象：那里是未开垦的荒山、僻野……但沸腾的生活就要在那里展开。"在我将去的铁路线上，／还没有铁路的影子。／在我将去的矿山，／还只是一片荒凉"，"但是没有的都将会有，／美好的希望不会落空"。热烈、纯真，带着那一年代青春期的天真梦幻，并严肃地思考着有关责任、功勋的意义：这是邵燕祥诗所表现的浪漫理想的基调。邵燕祥这个时期的自由体抒情诗，受到艾青等的重要影响[1]。在这种直白的叙述中，如何摆脱对现象的浮光掠影式描述，是他要着力解决的问题。借助流畅而热烈的语感或许能弥补有时的平淡，而在适当地方自然出现的"超越性"句子，在提升对事件、情景描述的诗意上，也起到重要作用。

1955 年夏天，在这两部诗稿交付出版之后，邵燕祥意识到他所表达的浪漫诗情的不足。和当时试图革新的诗人、作家相似，他也开始关心认识"现实"的"深度"，和对现实加以"干预"的问题[2]。这使他的创作发生一些变化。一方面，是主动揳入社会现实矛盾，写了《贾

---

[1] 这种影响，在诗的取材方式、诗体样式、叙述语调和意象构成诸多方面，都可以看到。一个较为直接的例子是，艾青写有《我爱我们的土地》，邵燕祥的《我们爱我们的土地》，在题名和主题上，都有明显的延续性质。

[2] 邵燕祥在一篇文章中说："我们的诗应该有助于新人和新事物的成长和胜利。那些阻碍我们前进的旧社会的残余还在发着臭味，我们必须用笔来把它扫除干净"（《做好写诗的准备》，《文艺学习》1955 年第 8 期）。诗对这种责任的承担，是当时一些主张探索的青年诗人普遍的理解。

桂香》①以及一些讽刺诗；另一方面，表现了突出个性化感受，把现象记叙转到意象和象征方法运用上的趋向。后者有《地球对火星说》《时间的话》《北京湾》等。"搜人"与"超越"，看来朝着不同方向，但在诗的表现领域和方法的拓展上，又存在一致的地方。不过，对于后一方面的艺术变化，当时和后来的评论并未给予更多注意，倒是前一类作品（特别是《贾桂香》），由于它的现实批判性质而获得较大的反响，作者的生命也为此付出沉重的代价。他原来的生活和创作轨道被切断，直到 20 年后，才得以在这些"突破点"接续自己的探索。

雁翼、梁上泉、傅仇、高缨、流沙河、孙静轩等的创作，与他们 50 年代初川藏等地的生活经历有密切关系。他们的诗大都取材于这一地区的建设（包括川康、川滇边界的少数民族生活）。他们以其一定的阵容，成为 50 年代出现在一个省区的引人瞩目的诗歌现象。在当代，四川似乎有着对诗的格外的热情，这种情况，在后来的八九十年代也是如此。

不过，雁翼②并不属于川籍。他出生于山东馆陶，1942 年参加八路军。国内战争期间，随部队渡过黄河、长江，跨过秦岭蜀道，进入康藏高原，1953 年转业到铁道部西南工程局，在四川落户。他认为，少年时代"没有琴声和花朵，却有着枪声、硝烟相伴"的生活是重要的："倘若我是一条诗的小河，河里的水就在那里发源。"（《我愿……》）最早的两部诗集（《大巴山的早晨》《在云彩上面》）写的是巴山秦岭的筑路工程。早期作品拘泥于生活细节与场景的铺陈。

---

① 发表于 1956 年 11 月 17 日的《人民日报》。《贾桂香》的素材来自《黑龙江日报》上对一个真实事件所做的调查。佳木斯园艺示范农场青年女工贾桂香，在私生活上为流言诬陷，遭到种种打击而自杀身亡。读了调查记，邵燕祥"心怦怦然，因写这首诗呼吁：不许再有第二个贾桂香"（《贾桂香》一诗作者的"附白"）。这一在艺术上缺乏提炼的作品，因表现一个血性诗人的勇气，直到后来，仍为作者所偏爱："这首诗写得不够深刻，也还有失于天真之处，但确是从我的血管中流出的血，真诚的血。"（邵燕祥《献给历史的情歌·后记》，人民文学出版社，1979 年）

② 雁翼（1927—2009），山东馆陶人。著有诗集《大巴山的早晨》《在云彩上面》《黑山之歌》《胜利的红星》《黄河帆影》《红百合花》《展翅高飞》《白杨颂》《彩桥》《唱给祖国》《画的长廊》《激浪集》以及《雁翼抒情诗选》《雁翼诗选》等。另有小说、散文、戏剧、电影作品多种。

后来艺术概括力有了提高。雁翼虽在蜀中落户，情感却更多地眷恋跟自己青春联结的中原。50年代和80年代出版的两部自选集都以"白杨"命名①，可见一斑。

梁上泉②1950年参加解放军，最初的诗大部分取材于康藏高原公路的修建和西南民族生活的变迁。1957年转业到地方后，主要表现巴山蜀水新的生活风貌。傅仇③50年代初曾随部队在川黔边界参加剿匪战斗。他当时被认为最有特点的作品，多以大森林为背景，主要是岷山、大渡河流域的林区。对森林、森林中的劳动者的歌唱，使他当时获得"森林诗人"的称号。他的诗虽有对于林中的露珠、嫩叶、浓雾、雀鸟、细雨的细致感觉，但和当时的诗人一样，主要是借助这种描述，来表现森林建设者的胸怀和热情。屡受好评的《告别林区》也是在表现伐木者的精神境界上，给我们留下了那个历史时期理想主义激情的印记。

孙静轩④的作品大多写在各地漫游所唤起的情思，尤其是故乡山东。针对50年代诗人转向对事件和生活场景描述的倾向，他当时曾主张要回归"抒情诗"："抒情诗的特点就在这里：它不一定要描绘出一种实实在在的事物，也不一定宣布一种明显的思想意义；它往往只是抒发一种感情，流露一种情绪，或散播一种气氛，总之，它的意义或力量是隐藏在诗的内层的。"又说："诗人的主观世界在诗中表现得比任何文学形式都更直接，更突出，诗人总是通过自己的主观感受，以这种或那种的方式来反映现实生活的。"⑤这一主张，在孙静轩1957年成为"右派分子"时作为一种"反动的见解"遭到批判⑥。

①《白杨颂》，作家出版社，1963年；《白杨林风情》，人民文学出版社，1981年。
②梁上泉（1931— ），四川达县人。著有诗集《喧腾的高原》《云南的云》《开花的国土》《寄在巴山蜀水间》《从北京唱到边疆》《我们追赶太阳》《大巴山月》《长河日夜流》《山泉》和长篇叙事诗及同名歌剧《红云崖》。
③傅仇（1928—1985），出版的诗集有《森林之歌》《伐木者》《种籽·歌曲·路》《竹号》《伐木声声》等。
④孙静轩（1930—2003），山东肥城人。1943年参加八路军。50年代初，在四川担任报刊编辑。著有诗集《唱给浑河》《沿着海洋，沿着峡谷》《海洋抒情诗》《母亲的河流》《抒情诗一百首》《孙静轩抒情诗集》以及长诗《黄河的儿子》《七十二天》等。
⑤孙静轩《谈谈抒情诗的问题》，《草地》（四川成都）1956年第6期。
⑥余音《批判孙静轩的诗》，《诗刊》（北京）1958年第12期。

他在"文革"结束后才重新发表作品。

流沙河①50年代初在《川西日报》副刊任编辑时开始诗歌创作。他在50年代出版的两本诗集,在诗歌界并未引起更多注意。他成为引人瞩目的人物,主要因他参与创办、编辑刊物《星星》,和他发表散文诗《草木篇》。1957年1月,由石天河、流沙河、白航等任编辑的诗刊《星星》在成都出版②。创刊号上,刊载了曰白的短诗《吻》和流沙河的散文诗《草木篇》。它们立即受到批判。在二三月间,四川的文学刊物《草地》《红岩》,特别是《四川日报》,发表了几十篇批评文章。《吻》被指责为"色情"作品,《草木篇》则有严重的思想立场错误,它"写的不是诗,而是向人民发出的一纸挑战书",诗中表现的"个人感受",表明作者是"站在已被消灭的阶级立场,与人民为敌"。在这组作品中,流沙河借"草木"(白杨、藤、仙人掌、梅、毒菌)寓"性情",写他对某些社会现象、人生态度的理解。如《白杨》:

她,一柄绿光闪闪的长剑,孤零零地立在平原,高指蓝天。也许,一场暴风雨会把她连根拔去。但,纵然死了吧,她的腰也不肯向谁弯一弯!

又如《藤》:

他纠缠着丁香,往上爬,爬,爬……终于把花挂上树梢。丁香被缠死了,砍作柴烧了。他倒在地上,喘着气,窥视着另一株树……③

---

① 流沙河(1931—2019),四川金堂人,生于成都。1948年开始发表作品。50年代出版的诗集有《农村散曲》《告别火星》。"文革"后出版的诗集有《流沙河诗选》《游踪》《故园别》等。另有《台湾诗人十二家》《写诗十二讲》《隔海说诗》《十二象》《流沙河诗论》等评论集。

② 1957年1月,中国作协主办的《诗刊》和四川成都的《星星》同时创刊,改变了新中国成立后没有专门的诗歌刊物的状况。《星星》这一刊物,带有某种程度的同人刊物的性质。

③ 批判者指责《白杨》的歌颂和今天的社会、党和人民群众对立,是向人民挑战的"硬骨头"。《藤》被认为是攻击那些走在前面的共产党员以及忘我劳动的先进工作者。

当时，尽管有个别的评论者为流沙河辩护①，却无济于事。反右派斗争开展之后，《星星》编辑部主要成员都成了"右派分子"。流沙河更因其父的历史问题②，指认《草木篇》写作是出于"杀父之仇"③，而被开除"公职"，遣送原籍劳动改造。

比起表现工业建设来，50年代青年诗人对农村的关注在热情上显然较为逊色，作品的数量也少得多。这方面被注意的作者有严阵、王书怀等。严阵④1953年以歌颂治理淮河水利工程的劳动模范的处女作《老张的手》，获诗歌界好评。早期几部诗集主要表现淮河边农村生活的变化。后来的创作常依据政治情势和审美风尚的变化而改变。60年代初，诗的模仿对象从对民歌转向古典词曲和小令，出版了诗集《琴泉》《江南曲》。诗中出现了大量如"五月江南碧苍苍，蚕老枇杷黄""肩上一片月，两袖稻花香""十里桃花，十里杨柳，十里红旗风里抖。江南春，浓似酒"之类描绘当时农村生活的句子。对这些作品，当时和后来存在相异的评价⑤。"文革"前夕，阶级斗争和继续革命成为

---

① 在1957年6月反右派运动开始前，撰文为流沙河辩护的有张默生（四川大学中文系教授）、范琰（上海《文汇报》记者）、周煦良（上海复旦大学教授）等。他们认为不应把文学问题等同于政治问题，并对"穿凿附会致人入罪"的方法提出批评。张默生等后来也都成为"右派分子"；为《草木篇》辩护是"罪行"之一。

② 流沙河原名余勋坦。其父余营成在40年代，为四川省金堂县政府军事科长。1951年开展的镇压反革命运动中，被判死刑。参见《流沙河诗选·自序》，四川人民出版社，1981年。

③ 在1957年3月召开的第一次全国宣传工作会议上，毛泽东严厉地批评了《草木篇》，说"《草木篇》不好，四川的同志，我同意你们向它开火。有杀父之仇，隔些日子给你来一篇《草木篇》……印一下让大家看看"。参见黎之《文坛风云录》，河南人民出版社，1998年，第86页。

④ 严阵（1930—），山东莱阳人。1946年在胶东解放区参加革命工作。1949年到安徽从事文学编辑和写作。著有诗集《淮河边上的姑娘》《乡村之歌》《春啊，春啊，播种的时候》《江南曲》《长江在我窗前流过》《琴泉》《竹矛》《花海》等，并出版有长篇小说多部。

⑤ 称赞者说，"这些诗篇，像一幅一幅情真意切的水墨画"，"它们像朝霞在天，它们像含苞初放，它们像泉水涓涓，它们像月笼平沙。读着这些诗，像尝着葡萄酒一般醉人"（臧克家为严阵诗集《琴泉》所作序，作家出版社，1963年）。不满者则认为，在我国处于严重经济困难的60年代初，这些诗把形势极为严峻的农村，描绘成"花的墙。花的院。花的小径"，"到处都粉白，透明，到处都芬香，寂静"，极不真实。见徐迟为张万舒诗集《黄山松》所作序，上海文艺出版社，1983年。

中国社会的主题，严阵的诗歌再次发生急变。轻盈的乡间小曲，变为对社会矛盾、斗争的呼唤。《竹矛》集中的作品，是托物言志的观念演绎，与铺陈、排比的章法句式结合的模式，汇入了60年代政治抒情诗潮流。

## 五、少数民族诗人的创作

我国是个多民族的国家。许多兄弟民族都有自己丰富的民间诗歌传统。但是，由于社会政治、经济、文化等条件的限制，在过去，少数民族诗人数量不多。一些在三四十年代开始写作的诗人，他们的成就也主要体现在50年代以后。在当代的这一时期，少数民族诗歌创作有了较大发展，出现了一批青年诗人，他们的创作是我国当代诗歌队伍的重要构成。

三四十年代开始写诗的少数民族诗人有纳·赛音朝克图、尼米希依提、艾里坎木·艾合坦木、库尔班·阿里、波玉温、康朗英、康朗甩等。蒙古族的纳·赛音朝克图[①]不仅为本民族读者所熟悉，在我国当代诗界也有一定的影响。1937年曾留学日本，30年代末开始写诗。早期的作品表现了对人民贫困、苦难的关切，对光明的热切呼唤。后来的创作主要写蒙古族人民的新旧生活对比，民族之间的情谊，和对中国共产党及领袖的赞颂。

维吾尔族诗人尼米希依提[②]也在30年代开始写诗。他是新疆拜城人，1956年他到麦加朝觐，在《无尽的想念》诗中，表达了身处异国时对家乡的深切怀念。另一位维吾尔族诗人艾里坎木·艾合坦木和哈萨克族诗人库尔班·阿里，也分别在三四十年代写出他们最初的作品。艾里坎木·艾哈坦木的诗集有《希望的浪涛》《斗争的浪涛》等。库尔班·阿里的哈萨克文诗集有《快乐之歌》《天山之歌》，另有汉译诗集《从小毡房走向全世界》。

---

① 纳·赛音朝克图(1914—1973)，内蒙古锡林郭勒盟正蓝旗人。著有《心之友》《我们前进的杵臼之声》《幸福和友谊》《我们的太阳毛泽东》《狂欢之歌》《正蓝旗组诗》《笛声和喷泉》《红色的瀑布》《纳·赛音朝克图诗选》等约20部诗集。

② 尼米希依提(1906—1972)，新疆拜城人。出版的诗集有《集市和牧场》《智慧的光辉》《祖国之恋》《诗集》等。

在西南边疆，傣族的诗人、民间歌手（"赞哈"）中，为人们所熟悉的有波玉温、康朗英、康朗甩。他们出身贫苦，少年时代都曾在佛寺里当过"小和尚"，对佛经故事、对本民族的民歌传说有较多了解。这为他们以后的创作打下基础。康朗英最主要的作品，是写于1959年的长诗《流沙河之歌》。虽然采取叙事诗体式，但并没有完整的故事情节。通过修建流沙河水库，对比傣族劳动者在不同社会的相异命运，歌颂他们从苦难走向欢乐。诗中，傣族的古老传说与现实的生活图景常互相交错。康朗甩在新中国成立前留存下来的作品仅有《开端》《砍大树》等六篇情歌。50年代出版的诗集有《从森林眺望北京》、长诗《傣家人之歌》。《傣家人之歌》由七支歌组成，描述、赞颂西双版纳地区在新中国成立后出现的巨变。波玉温的主要作品也是一部长诗，即出版于1962年的《彩虹》。与上述两首长诗不同，它注重情节的构思和人物的刻画，表现了傣族妇女在旧时代的苦难，以及她们在与封建领主斗争中的觉醒。1960年，康朗英、康朗甩和波玉温还一起出版了诗集《三个傣族歌手唱北京》。

上述的少数民族诗人，都从三四十年代开始诗歌创作。从50年代开始，一批年轻的少数民族诗人陆续加入当代诗歌创作者的行列。他们在社会环境、生活道路和文化素养上，与汉族青年诗人有共同的地方，但也有他们自身的特点。民族生活变迁和民族民间文化传统，是他们建立创作民族特性的基点。朝鲜族的金哲，蒙古族的巴·布林贝赫，土家族的汪承栋，侗族的苗延秀，藏族的饶阶巴桑等，都参加过人民解放军，有的又参加过少数民族地区的土地改革、民主改革和农村各项运动。巴·布林贝赫在谈到民族文化对自己创作的滋养时说，他的母亲是位民间歌手，"她用自己的眼泪、奶汁和歌声，哺育了自己的孩子。因此，我幼小的心灵常常被民间文学的魅力迷住"[①]。50年代，一些少数民族青年诗人在开始创作之后，参加过对民族民间诗歌、传说的搜集、整理，他们的一些重要诗歌作品，便是在民族民间

---

①《中国少数民族现代作家传略》，西宁，青海人民出版社，1980年。

诗歌、传说的基础上改编，或重新创作的。这种情况，可以举韦其麟的《百鸟衣》，包玉堂的《虹》，胡昭的《响铃公主》，金哲的《晨星传》，晓雪的《望夫云》《美人石》等作为例子。

巴·布林贝赫[1]出生于内蒙古昭乌达盟巴林右旗的一个贫苦牧民家庭。1948年参加革命，在冀察热辽联合大学鲁迅文学艺术院学习后，参加人民解放军，并开始文学创作。1958年起到内蒙古大学任教。布林贝赫说："辽阔草原的自然之美，纯朴牧民的心灵之美，摔跤手们的体态之美，是我诗歌创作的美感源泉。"[2]他用蒙古文写作，后来也用汉语写作。第一首诗《心与乳》[3]，用朴素的语言，表达民族新生的诚挚喜悦：

> 我们对心里的爱，用乳来表示。
> 我们对自由和解放，用乳来献礼。
> 我们对健康和兴旺，用乳来祝贺。
> 我们对未来和幸福，用乳来迎接。

此后，他在辽阔草原的背景上，通过对有鲜明民族和地域色彩的风俗画、风景画的描绘，来赞美草原的新生活，赞美纯朴勇敢的人民。蒙古族的英雄史诗和民间诗歌的感情气质在他的作品中得到继承，形成了粗犷、朴实、明朗的特点。

蒙古族另一位诗人查干[4]，1956年开始发表蒙古文诗歌。60年代以后主要用汉语写作。诗中有对于内蒙古草原的深挚感情。羊群，雁阵，盛开的莎日娜花，馥郁的奶香……在其中构成令人向往的图景。

铁依甫江和克里木·霍加都是维吾尔族诗人。铁依甫江·艾里也

---

[1] 巴·布林贝赫（1928—2009），内蒙古昭乌达盟（今赤峰市）人。1948年到冀察热辽联合大学鲁迅艺术文学院学习，后加入解放军。50年代初开始写作蒙古文诗歌。著有诗集《你好！春天》《黄金季节》《生命的礼花》《凤凰》《喷泉》《命运之马》《巴·布林贝赫诗选》等诗集。

[2]《巴·布林贝赫诗选·自序》，人民文学出版社，1983年。

[3] 该诗的汉译刊于《人民文学》1955年第10期。

[4] 查干（1940— ），出版的诗集有《爱的哈达》《彩石》等。

夫①1930年出生于新疆霍城县。40年代后期参加革命，并开始他的文学活动。出版有《东方之歌》等多部诗集。克里木·霍加②是维吾尔族著名革命诗人黎·穆特里夫诗选的汉译者，他又参加把《红楼梦》译成维吾尔文的工作。他写诗开始于50年代中期。在朝鲜族诗人中，任晓远、李旭等在40年代开始写诗。新中国成立后的青年诗人中，金哲取得较为突出的成绩。金哲③幼年时曾随父亲流徙于日本和南洋。1950年参加朝鲜战争，担任过翻译及文工团的编导。同众多少数民族诗人一样，金哲用许多篇幅歌唱民族的时代变迁。长达一万五千行的叙事诗《晨星传》，取材于朝鲜族民间传说，写农民起义军与豪绅地主的斗争，塑造英勇机智、在爱情上忠贞不渝的晨星这一朝鲜族女英雄的形象。

五六十年代活跃在西南各省（区）的少数民族青年诗人有汪承栋、包玉堂、韦其麟、张长、晓雪、饶阶巴桑等。包玉堂和韦其麟开始都以根据民间传说改编创作的叙事诗而知名。仫佬族的包玉堂④，1955年发表了根据苗族民间传说创作的叙事诗《虹》。这首以五、七言句式为主，夹以杂言的叙事诗，塑造了苗寨中聪慧、美丽的姑娘花姐的形象。包玉堂的较有特色的诗是那些与民族风情有关的作品，如《走坡组诗》等。

壮族诗人韦其麟⑤的创作，和民族民间诗歌、传说的关系密切。发表于1953年的《玫瑰花的故事》，以及《百鸟衣》《寻找太阳的母亲》《山泉》等，都与民间传说有关。在韦其麟的诗中，《百鸟衣》⑥可以看作他的代表作。故事来源于壮族民间传说《百鸟衣的故事》（或《张

---

①铁依甫江·艾里也夫（1930—2001），生于新疆霍城县。著有诗集《东方之歌》《和平之歌》《唱不完的歌》《祖国颂》《迎接更美好的春天》《铁依甫江诗选》等。

②克里木·霍加（1928—1988），新疆哈密人。有诗集《第十个春天》《克里木·霍加诗选》等。

③金哲（1932— ），黑龙江海林县人。五六十年代的诗集有《边疆的心》《东风万里》。"文革"后出版的诗集有《拂晓》《山乡路》《金波荡漾》《晨星传》《伽椰琴集》等。

④包玉堂（1934—2020），仫佬族，生于广西罗城。出版的诗集有《歌唱我的民族》《凤凰山下百花开》《在天河两岸》《回音壁》等。

⑤韦其麟（1935— ），壮族，广西横县人。1957年毕业于武汉大学中文系。主要诗集有《百鸟衣》《凤凰歌》《寻找太阳的母亲》《含羞草》《山泉》《童心集》等。

⑥发表于《长江文艺》（武汉）1955年第6期。中国青年出版社1957年单行本。其故事来源，参见《壮族民间故事资料》，壮族文学史编辑室1959年编印。

亚源和龙王女》），韦其麟对故事情节和人物，做了若干重要的改造。《百鸟衣》写古卡和依娌的爱情，和与土司的斗争，歌颂劳动者淳朴的生活理想，他们的力量和智慧。在艺术方法上，《百鸟衣》以西南少数民族民歌作为基础。以宣叙语调为主、包含复沓结构的句式，将叙事与抒情加以结合。里面有民歌中常见的浪漫色彩的渲染，也有对民族民间日常生活情景的描述。在五六十年代，《百鸟衣》是根据民间传说重新创作的叙事诗中，成就较为突出的一部。

土家族诗人汪承栋[①]1951年参加人民解放军。1956年到西藏工作，同年开始发表诗歌作品。他的大部分诗，表现藏族农奴的苦难和在新的时代发生的变化，歌颂在艰苦条件下活跃在高原的垦荒者，以及青藏、康藏公路的建设者。汪承栋写有多部长篇叙事诗（《昆仑垦荒队》《黑痣英雄》《雪山风暴》等），着重揭示民族的历史过程。除诗外，他也写小说、散文。

晓雪和张长都是白族诗人。晓雪[②]50年代中期在武汉大学读书时开始写诗，但作品结集迟至"文革"后。晓雪青少年时期在苍山洱海边度过。美丽的山川景色，动人的民间故事传说，影响到他后来的诗歌创作。他的一些较有特色的诗，大多与对家乡的感受记忆有关。有相当一部分诗作以白族民间故事为题材，如《蝴蝶泉》《望夫云》《美人石》《大黑天神》等。

白族诗人张长[③]说："我的文学道路的第一步，正是从边寨那茂密的森林，崎岖的山径，滴绿的田野走过来的"[④]。他的诗写得明丽，讴歌边疆的新生活，描绘绿色的西双版纳密林和傣家村寨的喜悦，是诗的主要内容。

---

① 汪承栋（1930—2018），土家族，湖南永顺人。出版的诗集有《从五指山到天山》，《雅鲁藏布江》《边疆颂》《昆仑垦荒队》《高原放歌》《雪莲花》《黑痣英雄》《雪山风暴》《拉萨河的性格》等。

② 晓雪（1935— ），云南大理人。1956年毕业于武汉大学中文系。出版的诗集有《祖国的春天》《采花节》《晓雪诗选》《大黑天神》等。诗歌研究论著有《生活的牧歌》《诗的美学》等。

③ 张长（1938— ），白族，云南龙县人。1957年开始发表作品。诗集有《澜沧江之歌》《勐巴纳西》《凤尾竹的梦》《边寨的爱》。另有散文和小说集《紫色的山谷》《三色虹》《张长小说选》等。

④ 张长《边寨的爱》，昆明，云南人民出版社，1982年。

50 年代开始写诗的藏族青年诗人有丹正公布、饶阶巴桑、伊丹才让、格桑多杰等。其中，饶阶巴桑①的诗在当时表现的想象力，引起人们的关注②。饶阶巴桑 1935 年生于云南德钦县。少年时代曾随父亲赶过马帮，当过仆役。1951 年参加了人民解放军，此后一直在军队中工作。"藏族民歌的熏陶和部队的不平凡经历"，是他创作的两个重要条件。1956 年发表了第一首诗《牧人的幻想》。他的许多作品，表现藏族人民昔日的悲苦和今天的欢乐。另外一些诗，则赞颂了边防军战士的情操、责任感。饶阶巴桑的诗有比较鲜明的独创性风格。他自觉地回避雷同化的构思，回避对感情、意旨做直露的陈述。依靠他丰富的想象力，他努力探求有表现力的描述角度，也追求着感情的多层折光。这使他的一些作品，建立起细致、含蓄，而又富于幻想的特色：

　　　他对白云幻想，
　　　用去了半生时间。
　　　——《牧人的幻想》

　　　夜在旋转、旋转，
　　　好像正和江里的金鱼谈情的水碾
　　　它低声地、低声地絮语，
　　　这声音灌满了我的弹仓，
　　　催我甜甜入眠。
　　　——《夜》

---

　　①饶阶巴桑（1935— ），原籍云南德钦，后移居西藏。诗集有《草原集》《西窗集》《石烛》《爱的花瓣》《对生叶之恋》等。
　　②他的第一首诗《牧人的幻想》发表于《边疆文艺》（昆明）1956 年第 3 期。随后，北京的《解放军文艺》和《人民文学》都加以转载。

# 第五章　新民歌运动与新诗道路的讨论

## 一、1958 年的"新民歌运动"

从 1958 年春天开始，出现了全国范围的、声势浩大的"大跃进"新民歌运动。这是当代文学运动中的重要事件。它是当时政治、经济形势的产物，并转而构成对 1958 年"大跃进"运动的配合和支持。但也是一次大规模的大众文艺实践。1957 年的冬天，"批判资产阶级右派"的运动已告尾声，开始出现经济建设的热潮。这一热潮首先在农村开展：当年冬天各处的兴修水利运动是"大跃进"的先声。许多地方为了动员群众，将政治、生产口号歌谣化①。1958 年 2 月，在第一届全国人民代表大会第五次会议上，一些代表在发言中引用这些歌谣化的口号和民歌，来论述工农业生产的"跃进"形势和群众的劳动热情。诗人萧三挑选了其中一部分，集中在报刊上登出，并称它们是"最好的诗"②。3 月 22 日，毛泽东在成都召开的一次中央工作会议上谈到诗歌问题时说："我看中国诗的出路恐怕是两条：第一条是民歌，第二条是古典，这两面都要提倡学习，结果要产生一个新诗。现在的新诗不成型，不引人注意，谁去读那个新诗。将来我看是古典同民歌这两个东西结婚，产生第三个东西。形式是民族的形式，内容应该是

---

①如四川永叙县在兴修水利的群众运动中提出"不怕冷，不怕饿，罗锅山得向我认错""山顶戴帽子，山腰缠带子，山脚穿鞋子，鞋底钉钉子"的歌谣式口号。

②刊于 1958 年 2 月 11 日《人民日报》第 8 版。

现实主义与浪漫主义的对立统一。"①毛泽东还倡议在全国范围内搜集民歌。这些看法，当时虽没有以毛泽东的名义发表，但在一些文章或重要报刊社论中加以披露②。根据毛泽东的倡议，《人民日报》于4月14日发表了《大规模搜集全国民歌》的社论，强调这是"一项极有价值的工作，它对于我国文学艺术的发展（首先是诗歌和歌曲的发展）有重大的意义"，号召"需要用钻探机深入地挖掘诗歌的大地，使民谣、山歌、民间叙事诗等等像原油一样喷射出来"③。从4月开始，全国文联以及各省、自治区、市和各地、县党委，都发出相应的通知，要求成立"采风"的组织和编选民歌的机构，开展规模浩大的"社会主义采风运动"，并强调"这是一项政治任务"。5月，当时分管文艺的中共中央宣传部副部长周扬，在中共八届二中全会上以《新民歌开拓了诗歌的新道路》为题发言，认为"新民歌"是毛泽东提出的"革命现实主义和革命浪漫主义相结合"创作方法的范例，高度评价"新民歌"的思想艺术价值及对新诗发展的意义，称它"开拓了民歌发展的新纪元，同时也开拓了我国诗歌的新道路"④。在毛泽东的倡议和各级政权机构的具体操持下，新民歌创作和对民歌的搜集，遂成为一项规模浩大的群众性运动。

试图确定为"当前"和"今后"诗歌主流⑤的"新民歌"，与"五四"以来的"新诗"显然不同。第一，它将主要不是"文人"、知识分子

①《建国以来毛泽东文稿》第七册，北京，中央文献出版社，1993年，第124页。

② 1958年4月，中共四川省委在关于搜集民谣、民歌的通知中，不提毛泽东名字最早披露了他的这些观点："中国诗的出路，第一是民歌，第二是古典诗词歌曲，在这个基础上产生出来的新诗，可能更为人民群众所欢迎。"1958年4月20日《四川日报》。

③ 此后，毛泽东在郑州会议和中共八届二中全会上，又两次谈到搜集民歌问题，并谈到搜集的方法。《人民日报》在7月3日和8月2日，又相继刊出《要抓紧领导文艺工作》和《加强民间文艺工作》的社论。

④ 周扬的发言刊于中共中央在1958年创办的理论刊物《红旗》创刊号。另见《诗刊》编辑部编《新诗歌的发展问题》（第一集），北京，作家出版社，1959年。

⑤ "新民歌"应该成为诗歌的"主流"，是当时的普遍看法。如郭沫若在《就当前诗歌中的主要问题答〈诗刊〉社问》（《诗刊》1959年第1期）中说："新民歌都是从生产和劳动实践出发的，它表现了劳动人民的革命乐观主义和共产主义的风格。……它不仅是今天的主流，同时也是今后的主流。"

的写作，"工农大众"是这种新诗歌的创作主体；它将更能表达"大众"集体的意志、情感①，并更能容纳政治运动、国家政策等内容。第二，在语言、格式和表达上，它的明朗、口语化，大体整齐，易诵易记的特点，与大多数以书面语作为媒介，和某种程度的曲折、晦涩的新诗构成对比，在大众接受和承担政治动员上，将发生更有效的功用。第三，在写作和传播方式上可能引起的改变，也是重要的依据。在更多情况下它使用的是公众参与的方式，个人阅读将不再是唯一，甚至不是主要的接受方式②。不过，这个时期出现、提倡的"新民歌"，和"传统"意义上的民歌有重要区别。当权力政治将"民歌"纳入其文化建构视野时，重新解释、定义"民"和"新"的含义，就是一项前提性的工作。具有悖论意味的情况是，"民歌"虽然以相对于知识分子、专业诗人的写作而获得自我确认，但此时的"新民歌"的性质、形态，及运动展开过程，是为政治、文学"精英"所决定的③；而且，知识分子、诗人也参与其中④。"精英"为大众提供"新民歌"需要依循的范式，而不少"新民歌"也出自"文人"之手，或经由他们修改加工。此时的不少"新民歌"也失去"口传"的特征，书面写作和投寄报刊成为"新民歌""发表"的重要方式。更重要的是，因而，1958年的"新

---

① 在1958年的新民歌中，《我来了》被认为是有代表性的作品："天上没有玉皇，/地上没有龙王，/我就是玉皇，/我就是龙王，/喝令三山五岭开道：/我来了。"这首诗是在这样的方面获得高度评价的："这个'我'，自然不是'小我'，而是'大我'，是集体农民的总称。"（周扬《新民歌开拓了诗歌的新道路》）

② 在1958—1959年间，"新民歌"创作和"发表"的主要方式有下列几种。一是举办各种赛诗会、民歌演唱会、诗歌展览会、诗播台、诗街会等，以口头演唱、诵读为主。赛诗会的规模，小的可以是家庭范围，大的曾出现有几万人参加的"广播赛诗会"。这种赛诗会，常根据政治运动和中心工作确定专题，如"丰收年赛诗会""总结麦播、加强麦田管理赛诗会""反对美帝侵略中东赛诗会"等。二是开辟各种报刊之外的民歌发表园地，其名目有诗棚、诗亭、诗窗、诗栏、诗碑、田头山歌牌、献诗台等等。三是成立各种新民歌的创作组，采取"集体创作"的方式。据天鹰《1958年中国民歌运动》（上海文艺出版社，1959年）提供的资料，江西一省到1958年7月，已成立五千多个山歌社，四川、湖北则达到两万多个。

③ 这一"民歌"运动，事实上是在国家政党和文化界精英知识分子的组织下进行的。中央、各省市以至基层的政权组织，以及各级文联、作协机构，都参与了对这一运动的具体组织。

④ 如郭沫若写的"新民歌"："不怕大渠工程大，/咱们的雄心比天大，/齐心劈开黄羊山，/要把龙王来拿下。"冯至写的"新民歌"："山丹丹花开满山坡，/延安的人民快乐多，/党中央十载住延安，/领导全国抗日战，/响亮的歌声震山河。"

民歌"在有的时候，仅意指一种具体的诗体样式；而从更大的方面看，是当代文化激进力量创建新文化和文化运动方式的重要试验。

在1958年和随后一段时间里，全国各地报纸、刊物，纷纷以大量篇幅刊登"新民歌"作品。数十个县、乡、村被树为"诗县""诗乡""诗村"的典型。"新民歌"的各种出版物，数量惊人[①]。除了中央和地方出版社正式出版的大量民歌选外，各地，包括工厂、机关、学校、军队、农村等基层单位，也都编印了大量的选集。1959年，仿照《诗经》诗三百的"经典式"编纂体例，由郭沫若、周扬署名编选的《红旗歌谣》，精选了这一时期的"新民歌"三百首出版[②]。《红旗歌谣》将入选的"新民歌"按当代通常使用的题材分类方法，区分为四大类："党的颂歌""农业大跃进之歌""工业大跃进之歌"和"保卫祖国之歌"。这一分类，提示了这个时期"新民歌"的"题材"概况和意识形态内涵。《红旗歌谣》在当时，被看作新民歌的精品结集，是社会主义时期的"诗三百"[③]。

## 二、民间歌手和工农诗人

在当代，文艺的工农兵方向，一方面要求作家、诗人"深入"群众的生活和斗争，另一方面则是从工农大众中发现、培养诗人和作家。在20世纪50年代初，这项工作就得到重视。1958年的文艺"大跃进"和新民歌运动，更强调了工农作家在创造"社会主义新文艺"上的主导地位。

---

① 周扬在《新民歌开拓了诗歌的新道路》一文的开头，引了安徽的一首民歌来说明当时"新民歌"的"不计其数"："如今唱歌用箩装，／千箩万箩堆满仓，／别看都是口头语，／搬到田里变米粮。"《诗刊》编辑部编选的《1958年诗选》序言（作家出版社，1959年。序言作者为徐迟）有这样的描述："到处成了诗海。中国成了诗的国家。""几乎每个县，从县委书记到群众，全都动手写诗；全都举办民歌展览会。到处赛诗，以至全省通过无线电广播来赛诗。……诗写在街头上，刻在石碑上，贴在车间、工地和高炉上。""诗传单在全国飞舞。"据天鹰《1958年中国民歌运动》提供资料，1958年安徽省在几个月里，就创作了三亿一千万首民歌；四川一省这一年出版的新民歌集，达三千七百余种。

② 红旗杂志社1959年9月版。1979年人民文学出版社版更换其中的26首。

③ 袁水拍指出，《红旗歌谣》"是社会主义时代的'三百篇'，是中国革命诗歌的瑰宝，中国革命文学的骄傲。……它的作者，集体的诗人，是超越了屈原、李白和杜甫的，在当前世界诗坛上，也可以称得上是个出类拔萃的大诗人。许多优秀的民歌肯定是不朽之作"。《成长发展中的社会主义的民族新诗歌》，《文学十年》（《文艺报》编辑部编），北京，作家出版社，1960年，第136-137页。

在 50 年代初开始创作的青年诗人中，有一部分直接来自工厂、车间。他们集中在政治文化中心和工业基础较为雄厚的城市（如北京的李学鳌、温承训、韩忆萍，上海的福庚、郑成义）。李学鳌[①]少年时代是晋察冀边区印刷厂工人，1949 年随厂（改为北京人民印刷厂）到北京。1954 年创作的《每当我印好一幅新地图的时候》获得好评，并继续从工人因祖国新生而喜悦的角度进行创作。60 年代初成为"专业作家"，写作题材有所扩大。福庚和郑成义是 50 年代上海主要的工人作者。他们共同署名出版了几部诗集（《上海组诗》《烟囱下的歌》《河山春色》），表现劳动的自豪感和责任感。他们后来都离开工厂，从事文学编辑工作，并各自出版个人的诗集。

1958 年的民歌运动中，发现、扶植了一批民间歌手和工农诗人；这被看作工农兵走上诗坛的创举。受到突出举荐的有王老九、霍满生、殷光兰、刘章、黄声孝、李根宝等。这些在民歌运动中进入诗界的工农诗人，大致有两种情况。一是本来活动于民间的歌手，他们的创作（或演唱）可以推至 50 年代初或更早时间。作品保留着更多的民间文学的特色，主要借鉴民间说唱和戏曲唱词的艺术方法，并采用民间口语。他们经历了从口头到书面创作的过程。另一种情况是受过一定文化教育的知识青年，后来回到家乡，或到工厂，在民歌运动的推动下开始执笔。他们所受的影响，既有民间艺术方面的，也有古典诗歌和"五四"以来的新诗的传统。他们的创作后来发生了更多的变化。作为一项重要任务，从工农中发现、培养诗人，在 60 年代和"文革"中仍在继续，后来就出现了刘镇等工农诗人。

王老九[②]一直在家乡务农，只在 16 岁读过一年私塾。曾逃荒、要饭，因交不起苛捐杂税被毒打。为了抒发愤慨和不平，编诗唱快板。作品多以揭露、讥讽横行当地的土匪恶霸为主题。他所编快板受到当地政府的重视，当地政府派人帮助整理发表。他是在政治上翻身之后

---

[①] 李学鳌（1933—1989），河北灵寿人。诗集有《印刷工人之歌》《北京的春天》《北京晨曲》《太行炉火》《放歌长城岭》《英雄颂》《列车行》《乡音集》《李学鳌诗选》《李学鳌长诗选》等。

[②] 王老九（1891—1969），陕西临潼人。著有《王老九诗选》。

获得文化上的翻身的。写于 1951 年的《想起毛主席》，无疑是他在五六十年代流传最广的作品①。和王老九有相似经历的霍满生，辽宁海城人，雇农出身，主要从民间流传的唱本中学会编歌写诗。揭露地主的剥削欺压，配合各项政治运动和生产活动，表达对新生活的喜悦和对领袖的感恩之情，是作品的主要内容。

黄声孝②14 岁就在码头做苦力，新中国成立后边学文化，边配合政治和生产活动写鼓动性的快板诗。1958 年写的《我是一个装卸工》，常被举例作为"大跃进新民歌"的代表作。他的创作一直延续到 70 年代，但基本维持鼓动式快板的方式，内容和表现方法没有大的变化。刘章③中学毕业后回家乡当教师，在文化馆工作。在五六十年代，有时也被作为工农诗人看待。在 1958 年的民歌运动中，发表了不少民歌体诗。不过，他也受到"五四"以来新诗的影响，并从古典诗歌取得借鉴，较之当时的"新民歌"，艺术上显得较为细腻。

到了"文革"发生之前的一两年和"文革"期间，工农和士兵出身的诗人受到更多关注和重视，数量也比 50 年代增多。其中，来自工厂的占有更大的分量。1964 年一篇评述工人诗歌状况的文章，列举的工人出身的诗人有数十名④。他们大多是 50 年代中期以后进入工厂的青年学生，在生活经验和文化素养上，有别于李学鳌、温承训等的工人作者。他们能更熟练把握当代表达政治思潮的诗歌方式，即以政治抒情诗大量使用的转喻、象征的方法，把身边事物和日常劳动的意义和价值加以延伸。在诗体形式上，则在民歌和"半格律体"的基础上，变化为长短诗行交错的自由体。60 年代中期到 70 年代的工人诗歌作

---

① 这首快板诗的一段是："梦中想起毛主席，/半夜三更太阳起。/种地想起毛主席，/周身上下增力气。/走路想起毛主席，/千斤担子不知累。/吃饭想起毛主席，/蒸馍拌汤添香味。"

② 黄声孝（1918—1995），湖北宜昌人。"文革"期间发表作品曾一度署名"黄声笑"。出版的诗集有《装卸工人现场鼓动快板》《歌声压住长江浪》，长诗《站起来的长江主人》（第一部 1963 年，第二部 1966 年），《挑山担海跟党走》，《黄声孝诗选》等。

③ 刘章（1939—2020），河北兴隆人。著有诗集《燕山歌》《葵花集》《映山红》《燕山春》《枫林曲》《北山恋》等。

④ 宋垒《评近年来工人诗歌创作的发展》，《诗刊》1964 年第 11、12 期合刊。

者，主要有刘镇①、晓凡②、孙友田③、戚积广、王方武、王恩宇等。

当代工农诗人、民间歌手的另一类型，是各民族中原来的民间艺人和歌手。他们在新中国，一般都经过了思想意识和艺术观念的变化，"由旧艺人以至宗教职业者"变成了"红色歌手和诗人"④。这些民间歌手、诗人，除前面已提及的生活于西南省区的朗康甩、朗康英、波玉温之外，还有韩起祥、琶杰、毛依罕等。韩起祥⑤是陕西民间盲人说书艺人。除说唱传统长篇大书外，也说唱、弹奏民间小调，并编创演唱大量新书段。毛依罕⑥和琶杰⑦都是蒙古族民间歌手、诗人。他们主要采用好来宝和民歌的演唱形式，也创作了许多表现现实生活的作品。

### 三、民间诗歌的搜集和整理

在五六十年代，对民间诗歌，包括抒情诗、叙事诗、史诗等的搜集和整理十分重视，将民间文艺作为建构人民文艺的重要资源，是延安时期就确立的方针。在解放区的文艺创作和文艺活动中，对民间文艺的思想和艺术形式的借用、改造、创新，取得了显著成果，诗歌创作是其中突出的一项。50年代以后，在新诗发展与民歌的关系上，诗歌界一段时间里虽然犹豫不定，但对民歌的搜集整理，仍采取积极态

---

① 刘镇（1938— ），江苏泰县人。1953年进沈阳的机床厂当工人。1958年开始发表作品。出版的诗集有《满天飞霞》（与人合著）、《红色的云》、《眼泪与微笑》、《蓝色的探戈》等。

② 晓凡（1937— ），生于沈阳，曾为沈阳重型机器厂工人。著有诗集《春天的颂歌》（合著）、《铁匠抒情曲》、《美的诱惑》、《晓凡诗选》等。

③ 孙友田（1936— ）安徽萧县人。五六十年代曾在淮南贾汪煤矿工作。出版诗集有《煤海短歌》《矿山锣鼓》《煤城春早》《石炭歌》《花雨江南》《孙友田煤矿抒情诗选》等。

④ 贾芝《民间文学十年的发展》，《文学十年》，北京，作家出版社，1960年，第177页。

⑤ 韩起祥（1915—1989），生于陕西横山。小时失明，13岁开始学说书。是陕西著名说书艺人。

⑥ 毛依罕（1906—1979），蒙古族民间歌手。内蒙古自治区扎鲁特旗人。出版有《毛依罕好来宝选集》（作家出版社，1959年）。

⑦ 琶杰（1902—1962），蒙古族民间歌手。内蒙古自治区扎鲁特旗人。小时当过王爷奴隶和寺庙喇嘛。在寺庙和集会上演唱。除说唱传统作品外，也编了大量现实题材故事、诗歌。

度，并形成一定的规模①。1958 年以后，由于毛泽东的提倡，这项工作的重视程度极大提高②。其中，对少数民族民间诗歌的搜集、整理，成绩更为明显。这些民间诗歌，有的过去曾有过记录，大都是在口头流传，而民间歌手在流传中起到重要作用。五六十年代的整理搜集，除了记录它们"原貌"的方式外（其成果大多作为研究、借鉴的"资料"看待），大多强调必需的加工，清理"不健康"的"杂质"，"突出主题"，在思想和艺术上"提高"，以接近当代思想意识和艺术审美的某种规范③。民歌搜集整理这项工作，在 1958 年民歌运动中成为"热潮"。民间诗歌在当代诗歌创作中的地位，虽不及在解放区诗歌中那么显要，但也参与了"当代诗歌"的建设；不仅为诗歌爱好者所阅读，而且影响了一些诗人的创作。

　　五六十年代对少数民族诗歌，特别是民间诗歌的搜集、整理、汉译，有的曾发生较大影响，虽然当时的整理所依据的原则和使用的方法，使整理本与原貌出现很大距离。如刊载于 1950 年《人民文学》上的《嘎达梅林》（整理汉译本）④，是流传于内蒙古东部地区的蒙古族民间叙事诗。它以唱为主，唱白结合，表现发生于 1929 年哲里木盟的牧民起义。长诗后来改编为歌剧、交响诗等艺术形式。另一影响广泛的

---

　　① 50 年代初，对各地民歌的出版就很重视，如《西北民歌集》（擎天等编，商务印书馆，1950 年）、《陕北民歌选》（何其芳等编，新文艺出版社，1951 年）、《信天游》（严辰编，新文艺出版社，1951 年）、《东蒙民歌选》（安波编，新文艺出版社，1952 年）、《爬山歌选》（韩燕如编，中国民间文学研究会，1953年）、《青海民歌选》（纪叶编，人民文学出版社，1954 年）等。

　　② 周扬："一面鼓励群众的新创作，一面大规模地有计划地搜集、整理和出版全国各地方、各民族的新旧民歌，这对于我们现在文学的进一步民族化、群众化，将发生决定的影响，它将开一代诗风，使我们诗歌的面貌根本改变。"（《新民歌开辟了诗歌的新道路》，《红旗》杂志 1958 年创刊号）

　　③《〈阿诗玛〉第二次整理本序言》（《中国当代文学研究资料·阿诗玛专集》，广西师范学院中文系编，1979 年出版）讲述的整理方法，在当代民间诗歌的"整理"中很有代表性：对《阿诗玛》采取的是"总合"的方法，即"将 20 份异文全部打散、拆开，按故事情节分门别类归纳，剔除其不健康的部分，集中其精华部分，再根据突出主题思想，丰富人物形象，增强故事结构等的需要进行加工、润饰、删节和补足"。

　　④《嘎达梅林》载《人民文学》1 卷 3 期（1950 年 1 月）。根据长诗改编和创作的艺术样式有歌剧、电影文学剧本、交响诗等。1979 年，上海文艺出版社出版了陈清漳、赛西、芒·牧林整理、翻译的汉文本。

民间叙事诗是《阿诗玛》。《阿诗玛》流传于云南圭山一带彝族支系撒尼人中间，讲述一个反抗阶级压迫的悲剧故事。1953 年，由云南省文工团圭山工作组搜集，在多份原始资料基础上，由搜集者黄铁、杨知勇、刘绮、公刘整理出第一部整理本出版，此后又陆续有新的整理本出版 [①]。长诗本身的成就，整理、加工所体现的艺术水准，以及后来被改编为京剧、滇剧、歌舞剧、电影等各种艺术形式，使《阿诗玛》在当代广为流布，一段时间几乎家喻户晓。另一部流传于西南省份的叙事长诗是傣族的《召树屯》，50 年代出版了它的汉译整理本 [②]。白族的《望夫云》是民间传说，有十多种异文。它虽然不是诗歌形态，但在 50 年代吸引了徐迟、公刘、徐嘉瑞、鲁凝等诗人，他们都曾以它为素材，各自创作了以《望夫云》为题的叙事诗。另有较大影响的是 17 世纪的藏族六世达赖喇嘛仓央嘉措写作的情歌。这些作品在 20 世纪 30 年代曾有汉、英等译本出版。1957 年，《人民文学》选登了新译的部分作品。在 50 年代初，对康藏民歌的搜集、整理，也取得重要成绩。整理出版的其他重要的民族民间诗歌，还有《江格尔》（蒙古族）、《英雄格尔斯可汗》（蒙古族）、《创世纪》（纳西族）、《梅葛》（彝族）、《玛纳斯》（柯尔克孜族）、《重逢调》（傈僳族）、《逃婚调》（傈僳族）、《阿细的先基》（彝族）、《娥并与桑洛》（傣

---

① 最初刊载于 1954 年 1、2 月的《云南日报》，1954 年 4 月《人民文学》转载。并由云南人民出版社出版单行本。1955 年、1956 年，又分别由人民文学出版社和中国青年出版社等多家出版社出版。云南人民出版社、人民文学出版社 1960 年出版修订本时，由于原来整理者中多人在反右运动中成为"右派分子"，取消原整理者名字，改署"云南人民文艺工作团圭山工作组整理，中国作家协会云南分会重新整理"，李广田执笔。关于《阿诗玛》的搜集整理情况，孙剑冰在《〈阿诗玛〉诗论》中指出，1953 年 5 月至 7 月，云南省人民文工团圭山工作组深入路南县撒尼人聚居区，"实地采录了 20 份《阿诗玛》的唱词和口头传说。这些采录稿大部分是根据口译用汉文笔录的，只有一份是先以撒尼文记录下来，然后才进行翻译"，"先由黄铁、刘绮、杨之勇等同志分头做了整理，后来又由公刘总起来进行了加工润饰"。"由于工作组和后来参加整理工作的同志都不懂撒尼话，当地担任翻译的同志汉文程度也不高，因此，《阿诗玛》的汉译就无法直接根据原话、原文，而只好依照其中介人的口译记录来加工、整理了。"在整理过程中，整理者显然进行了许多"创作"性质的加工。这种整理方法在当时就引起争议。参见孙剑冰的《〈阿诗玛〉诗论》（北京大学文学研究所编《文学研究集刊》第3 册，北京，人民文学出版社，1957 年）。

② 北京，作家出版社，1959 年。由岩叠、陈贵培等整理翻译。

族）、《艾里甫和赛乃姆》（维吾尔族）、《哭嫁歌》（土家族）等等。

## 四、诗歌发展道路的讨论

1958年毛泽东对中国新诗道路所发表的意见 [①] 和全民动员性质的民歌运动，推动了有关中国诗歌发展道路的争论。在中国文化的现代化设计上，毛泽东从 30 年代开始，就高度重视民间大众的意义。在正式文章中，他对新诗的成绩有所肯定，但实际上对中国诗歌史上出现的"革命"及由此诞生的成果，都持很大的保留态度。他的"中国诗"出路的主张，基本上是一种不承认新诗已建立自身"传统"的"重建"的意识。如果谈到"古典"和"民歌"对新诗建设所具有的意义，事实上过去不少诗人、诗歌理论家已多有关注，且有许多试验（关注的程度与写作试验的成果，自然还存在许多问题）。因而，在1958年出现的"民歌"热和对"民间"的崇拜，在政治文化层面上包含了强烈的"否定""五四"新诗革命的趋向，则引起诗歌界和文化界许多人的忧虑，并爆发了有时名、实不一定很相符合的论争。

这场争论，从参与者的身份（作家、诗人、文化界人士、工农群众等）、人数，报刊组织的讨论专栏的数量、规模，持续的时间（1958年至1959年两年）等方面看，在 20 世纪新诗历史上，实属罕见 [②]。在 1958—1959 的两年间，《诗刊》等各种文学杂志和其他报刊，都纷纷开辟讨论专栏，发表了大量有关这一问题的文章 [③]。

问题的焦点是中国诗歌的发展道路。其中涉及对"新民歌"的看

---

① 1958 年 4 月，中共四川省委关于搜集民谣、民歌的通知，在不提毛泽东名字的情况下，最早公开毛泽东当时关于中国诗歌发展道路的意见。1958 年 4 月 20 日《四川日报》载文称："中国诗的出路，第一是民歌，第二是古典诗词歌曲，在这个基础上产生出来的新诗，可能更为人民群众所欢迎。"

② 当时出版的《新诗歌的发展问题》第二集"编辑说明"的描述是，讨论"盛况空前"，"参加的人数之多，争论之热烈，是我国诗歌史上所没有的"。作家出版社，1959 年 9 月。

③ 最早开设讨论专栏的刊物有：《诗刊》（北京）讨论诗歌发展道路问题，《星星》（成都）讨论"诗歌下放"问题，《处女地》（黑龙江）讨论新诗发展问题。此后《萌芽》（上海）、《文艺报》（北京）、《人民文学》（北京）、《蜜蜂》（河北）、《火花》（山西）、《红岩》（成都）、《长江文艺》（武汉）、《雨花》（南京）都设置了讨论专栏。《人民日报》《光明日报》《文学评论》《文汇报》、《文艺红旗》（沈阳）等报刊，也刊发了讨论文章。在讨论过程中，《诗刊》编辑部将其中重要文章，陆续选编为《新诗歌的发展问题》（共四集），由作家出版社于 1959 年初至 1960 年初出版。

法，对新诗的历史评价，民歌在新诗建设上的地位，以及新诗发展的艺术基础等。在这次讨论中，当时文艺界的主要领导人，知名诗人和批评家，如郭沫若、周扬、邵荃麟、张光年、何其芳、臧克家、袁水拍、卞之琳、力扬、田间、阮章竞、郭小川、贺敬之、徐迟、方冰等，都发表了意见①。其中，在一些问题上，出现了不同看法的激烈争议。

在有关诗歌道路的讨论中，"新民歌"的思想艺术价值得到大多数人的高度评价，认为它将成为中国诗歌的主流。"新民歌""显示着新诗的一个方向"②，"开拓了民歌发展的新纪元，同时也开拓了我国诗歌的新纪元"，"将开一代的诗风"③，"民歌应该是诗歌中的主流"④等观点，为当时所普遍接受。这些判断，在另一些更激进的文章中，发展为主张民歌对新诗的取代："新民歌""它们正是新诗。翻过来说也一样，新诗也应该是这样的民歌"⑤。这种"新纪元"式的预言，似乎不仅针对新诗，而且针对中国整个诗歌历史而言："大跃进民歌的出现……已经使我们看到：前无古人的诗的黄金时代揭幕了。这个诗的时代，将使'风''骚'失色，'建安'低头，使'盛唐'诸公不能望其项背，'五四'光辉不能比美。"⑥

对于"新民歌"的高度肯定的背景因素，显然是普遍存在的对中国新诗地位的怀疑。新诗的历史，在很大程度上是努力证明自身"合法性"的历史。它不仅背负着辉煌的古典诗歌的巨大压力，而且因其"欧化"、与大众的距离远而受到责备。因而，在热烈赞扬"新民歌"的同时，对"五四"以来新诗的"历史性缺点"在讨论中有相应的批判。"开一代诗风"和"开拓诗歌新道路"的命题的提出，暗含了对新诗历史和现状的不满和寻求出路的动机。自然，那种对新诗的激烈否定

①发表文章和参加讨论的有郭沫若、周扬、邵荃麟、茅盾、何其芳、臧克家、张光年、袁水拍、冯至、卞之琳、林庚、力扬、田间、阮章竞、徐迟、郭小川、贺敬之、萧殷、傅东华、赵景深等。
②郭沫若《大跃进之歌·序》，《诗刊》1958年第7期。
③周扬《新民歌开拓了诗歌发展的新道路》，《红旗》1958年创刊号。
④邵荃麟《民歌·浪漫主义·共产主义风格》，《文艺报》1958年第18期。
⑤徐迟《新诗找到了道路》，徐迟《诗与生活》，北京出版社，1959年，第18页。
⑥贺敬之《关于新民歌和"开一代诗风"》，《处女地》(黑龙江)1958年第7期。

的观点并不为大多数人赞同①。普遍认同的，是周扬等的折中的看法：在肯定新诗取得"很大成绩"，在与群众接近上"革命诗人做了很多努力"之后强调，"新诗也有很大缺点，最根本的缺点就是还没有跟劳动群众很好地结合。群众感觉许多新诗并没有真实地反映出他们的生活、思想和感情"，"群众不满意诗读起来不上口，特别不满意那些故意雕琢，晦涩难懂"的"洋八股"；"醉心于模仿洋诗的格调，而不去正确地继承民族传统，发挥新的创造，这就成为新诗脱离群众的重要原因"②。三四十年代的新诗"大众化"和"民族化"的问题，再次以更强调的方式提出。以这样的诗歌观念作为衡诗标尺，文学界再次对"五四"以来的诗歌做出路线划分：主要的诗人和诗派，都被分属"主流"的"人民大众的进步的诗风"，和"逆流"的"资产阶级的反动的诗风"之中。对于"进步诗风"的分析，比起50年代初来也有更多保留，即指出其"基本上还是用革命知识分子的思想、感情、语言来歌唱"，未能达到以劳动人民的思想、感情、语言来歌唱的"高度"③。基于这一认识，"在创造过程中与劳动人民通了心，因而能够更真实地表现了劳动人民的思想感情"的《王贵与李香香》，被誉

---

① 当时对新诗持激烈否定态度的，当推诗人欧外鸥。他认为，"'五四'以来的新诗，本来是一次划时代的革命。可是这个革命，越革越糊涂，尽管它的流派不少，五花八门，但大多数都是进口货（从18世纪到20世纪）的仿制品。如果不是签上中国人的姓名，几乎教人认为是翻译过来的东西。换句话说，'五四'以来的新诗革命，就是越革越没有民族风格，越写越脱离（不仅是脱离而且是远离）群众"（《也谈诗风问题》，《诗刊》1958年第10期）。另外，方冰在《贯彻工农兵方向，认真学习民歌》（《处女地》1958年第7期）中，也表达了相类似的意见："总的说起来，新诗的名誉是不怎么好的，群众不喜欢它，说得苛刻一点，只是几个知识分子写给知识分子看，群众不买账、不承认作者是自己的诗人。"柯仲平用"顺口溜"来表达对新诗的不满："新诗新民歌，好比两台戏，对台唱来对台比；新民歌如同海起潮，新诗如同水在滴，你把几滴水来尝一尝，嘴里尝着碎玻璃。"当时讨论中，欧外鸥这种看法受到许多人的批评。

② 《新民歌开拓了诗歌的新道路》。

③ 在1958年的"开一代诗风"的语境中，"五四"以来"文人"的新诗写作的具体评价，诗歌有争议的问题。1958年7月作家出版社出版的《诗风录》的诗选，入选五十几位诗人的具有"中国作风和中国气派的民族风格"和"民歌风味"的作品。其中大部分写在延安文艺整风之后，解放区诗人作品也居大部分。这反映了当时这样的一种主流认识，"在新诗园地里能够创造出真正为群众服务和为群众所传诵的作品，为数是并不太多的"，"新诗还没有能够很好地和工农群众相结合"（《诗风录·序》）。

为中国新诗诗风发生巨大变化的"标志"①。

对于在民歌和古典诗歌基础上发展诗歌的主张，由于它为毛泽东所提出，讨论中未见有明确表示反对的观点。但在事实上，持怀疑、保留态度的不少。他们的观点，主要通过辨析"基础"一词的含义来曲折体现。不过，大量文章的普遍看法是，提出诗歌发展的"基础"问题，并非指新诗要从民歌和古典诗词那里取得借鉴，而是质疑新诗已建立的历史基础，因而含有"另辟蹊径"的意味。在作为"基础"的两项之间，当时对"民歌"，尤其是"新民歌"的重要性有更多强调，对于古典诗歌如何能成为新诗的艺术构成的基础，则大多语焉不详；因而在一些讨论者那里，实际上是主张新诗走民歌化的道路。

诗歌发展道路讨论中对新诗合法性的怀疑，和新诗民歌化的主张，引起一些诗人和批评家的忧虑。重要的分歧点在于，"新诗"是否已形成了自身的"传统"？新诗发展道路是否也应以新诗自身的"传统"作为基础？何其芳在50年代初提出，"'五四'以来的新诗本身也已经是一个传统"②。他们由此认为，不赞成为新诗另设"基础"，与此相关也不赞成过高评价"民歌"（或"新民歌"），反对以民歌来规范、统一新诗。上述这些观点，在讨论中有或隐或现的表现，并出现了几次引人瞩目的争论。第一，1958年诗刊《星星》（成都）上

---

① 在邵荃麟《门外谈诗》（《诗刊》1958年第4期）一文中，属于"逆流"诗风的有胡适的《尝试集》（"在内容上，只能说是封建文化的糟粕与西欧资本主义文化的糟粕的糅杂"），"新月派"和"现代派"（"都是宣扬空虚、颓废、伤感等等资产阶级的世界观和艺术思想上唯美主义或象征主义等反动倾向"），以胡风、阿垅为代表的"七月"诗派（"个人主义的丑恶灵魂的燃烧"，"对于革命仇恨的火焰的燃烧"），以及1957年前后出现的"晦涩的，矫作的""恶劣倾向"，和"以诗歌来进行反党反人民的""右派分子和修正主义者的诗歌"。这种描述，大体上与1954年臧克家的《"五四"以来新诗发展的一个轮廓》的描述相似。

②1950年，何其芳《话说新诗》（《文艺报》2卷4期，1950年4月10日），"有的人似乎只知道旧诗是一个应该重视的传统，却忘却了'五四'以来的新诗本身也已经是一个传统。他只知道和旧诗太脱节不对，却没有想到简单抹杀了'五四'以来的新诗也不对。"

关于"诗歌下放"的争论①。第二，诗人、学者何其芳、卞之琳、力扬等质疑以民歌作为新诗发展基础的意见。第三，1959年夏秋，青年作家吴雁（王昌定）在《创作，需要才能》短文中对"大跃进民歌"艺术质量的嘲讽所引发的轩然大波②。

何其芳、卞之琳、力扬都是现代知名诗人，当时均任职于中国科学院哲学社会科学部的文学研究所③。50年代以后，转向学术研究，诗歌写作渐少。但是，对中国新诗的现状与前景仍十分关切。由于他们（尤其是何其芳、卞之琳）在50年代对新诗形式建设的重视，也可能因为具体条件的限制，他们对新诗发展道路的意见集中在"形式"问题上。他们都强调新诗发展道路"基础"的广泛性："民歌体虽然可能成为新诗的一种重要形式，未必就可以用它来统一新诗的形式，也不一定就会成为支配的形式，因为民歌体有限制"（何其芳④）；"我们学习民歌，并不是要我们依样画葫芦来学'写'民歌"，主要是学

----

① 1958年，《星星》开辟"诗歌下放"的讨论专栏，认为应该把诗"下放"到工农群众中去，为此，诗的内容和形式都必须有重大变革。诗人雁翼批评了在"诗歌下放"的口号下对新诗成绩的否定，说这一口号的提出，是为了肯定，同时也发展过去诗歌的成绩（《对诗歌下放的一点看法》，《星星》1958年第6期）。青年学生红百灵在《让多种风格的诗去受检验》中，在肯定民歌的同时，批注民歌唯一、独尊的理解。见《星星》1958年第8期。

② 《创作，需要才能》，载《新港》（天津）1959年第8期。文章从强调创作需要才能出发，批评了"大跃进"期间人人写诗，人人成为作家的说法，认为没有创作才能为基础，"敢想敢干实际上是吹牛"；"说是一天写出三百首七个字一句的东西就叫作'诗'，我宁可站在夏日炎炎的窗前，听一听树上知了的叫声，而不愿被人请去作这类'诗篇'的评论家。我唯一钦佩的只是'三百'这个数目字"。文章刊出后，受到广泛的严厉批评。《文艺报》1959年第21期刊出题为《创作，需要才能吗？》（署名华夫）的批评文章。接着，《人民文学》《文汇报》《光明日报》《中国青年报》《新港》《天津日报》《河北日报》等报刊，都刊出了批判吴雁的文章。天津作协分会还召开了"批判吴雁资产阶级观点"的座谈会。茅盾的批评文章《从创作和才能的关系谈起》，刊于《人民文学》第12期。

③ "文革"后的80年代，哲学社会科学部独立，以它为基础成立中国社会科学院。

④ 对于民歌体的限制，何其芳的解释是："它的句法和现代口语有矛盾。它基本上是采用了文言的五七言诗的句法，常常要以一个字收尾，或者在用两个字的词收尾的时候必须在上面加一个字，这样就和两个字的词最多的现代口语有些矛盾。"何其芳又指出，"民歌体的体裁是有限的"，远不如现代格律诗变化多，样式丰富。他主张"批判地吸收我国过去的格律诗和外国可以借鉴的格律诗的合理因素，包括民歌的合理因素在内，按照我们现代口语的特点来创造性地建立新的格律诗"。见《关于新诗的"百花齐放"的问题》，《处女地》1958年第7期。

习它的风格、表现方式、语言，"以便拿它们作为基础，结合旧诗词的优良传统，'五四'以来新诗的优良传统，以至外国诗歌可吸取的长处，来创造更新的更丰富多彩的诗篇"（卞之琳[①]）；"是只能从一个'基础'上建立呢？还是可以从几个'基础'上建立呢？是只能从民歌的'基础'上建立呢？还是同时也可以从新诗的'基础'上建立呢？"民歌"自然应该作为一种重要的民族形式的诗歌，并作为诗歌发展的基础之一。但是，为什么有将近40年的历史，并为很多读者所接受了的新诗，就不能成为诗歌的新的民族形式之一？不能成为诗歌的发展基础之一呢？这首先是粗暴地抹杀中国诗歌发展的这段历史，也是不从发展的观点来看待民族形式的问题"（力扬[②]）。何其芳、卞之琳等的看法，自然招致来自不同方面的批评。除了论证民歌的形式并无限制之外，还指出他们的"轻视民歌"，是走上"主观唯心主义"的"歧途"，表现了"资产阶级的艺术趣味与脱离群众的个人主义倾向"[③]。针对这些批评，何其芳、卞之琳又写了答辩文章，进一步阐述他们的观点[④]。

## 五、新诗形式和现代格律诗问题

"新诗革命"打破了古典诗词的体制、格律，实行"诗体大解放"，同时，也开始面临对其散漫、"没有形式"的攻击。从新诗自身的建设上说，"形式"的问题，也从一开始就为新诗写作者和诗论家所关切。从20世纪20年代到40年代，发生过一系列的探索、实验。虽然有的时候，问题似乎集中在"格律诗"与"自由体"之间的关系、优劣上，

---

① 《对于新诗发展的几点看法》，《处女地》1958年第7期。
② 《生气勃勃的工人诗歌创作》，《文学评论》1958年第3期。
③ 比较重要的批评文章有：宋垒《与何其芳、卞之琳同志商榷》（《诗刊》1958年第10期），萧殷《民歌应当是新诗发展的基础》（《诗刊》1958年第11期），张先筮《谈新诗和民歌》（《处女地》1958年第10期），张光年《在新事物面前》（《人民日报》1959年1月19日），赵景深《民歌—新诗的道路》（上海《文汇报》1959年1月15日），田间《民歌为新诗开辟了道路》（《人民日报》1959年1月13日），以及《萌芽》杂志组织的工农兵诗人李根宝、仇学宝、黎汝清等的笔谈。
④ 如何其芳的《关于诗歌形式问题的争论》（《文学评论1959年第1期》）、《再谈诗歌形式问题》（《文学评论》1959年第2期），卞之琳的《分歧在哪里》（《诗刊》1958年第10期）、《关于诗歌的发展问题》（《人民日报》1959年1月13日）、《谈诗歌的格律问题》（《文学评论》1959年第2期）等。

其实涉及的问题要广泛得多。

在 50 年代初，"形式"问题为众多诗人所特别关注。新诗形式的问题，在 50 年代的诗歌讨论中，占有相当突出的位置 ①。1950 年由《文艺报》组织的《新诗歌的一些问题》的笔谈 ②，不少诗人、诗论家都着重谈到新诗的"形式"（自由诗与歌谣体，格律，诗的"建行"等）问题，如萧三、田间、冯至、马凡陀（袁水拍）、邹荻帆、贾芝、林庚、力扬等。普遍的意见是，不满新诗上的过分自由，认为必须有所规范。提出的建构新诗艺术形式的方案，则主要是继承古典诗歌传统，和向民间文艺形式、民间歌谣学习两个方面。对形式的重视，在当时，应该看作新诗"民族化"和"大众化"的题中之义。不过，重视形式的问题，其"源流"并不完全相同。一是更为偏重根据地和延安文艺传统的主张和解放区诗歌的口语、民歌化的艺术经验。另一则可以看作 20 年代以来，新诗形式、格律广泛探索的继续 ③。形式探索的这两个侧重方面，在 1958 年的以"民歌"作为主流诗风的情况下，在有关诗歌发展道路的问题上构成尖锐冲突的方面。

在当代，积极提倡"现代格律诗"的，主要是何其芳、卞之琳等人。何其芳的"现代格律诗"提出于 1953 年 ④。此后，又专门撰写《关于现代格律诗》⑤ 的文章。他对于"现代格律诗"必要的论述，并不是建立在否定"自由诗"已是新诗重要的诗体形式的基础上。他主张形式基础上的"多元"。在有关新诗形式的理论上，他的主要贡献在

---

① 有关五六十年代新诗形式问题的讨论、探索，於可训的《当代诗学》一书，有系统、深入的评述。参见该书第 3 章《回归传统：对新诗格律的再度探索》。长沙，湖南人民出版社，2000 年。

② 载《文艺报》（北京）1950 年第 12 期。笔谈撰稿者有萧三、田间、冯至、马凡陀、邹荻帆、贾芝、林庚、王亚平、彭燕郊、力扬、沙鸥等。在 50 年代前期，有关新诗形式问题的较集中的讨论，尚有多次。如 1953 年 12 月至 1954 年 1 月，中国作协创作委员会诗歌组召开的关于诗歌形式的三次讨论会，以及 1956—1957 年《光明日报》等报刊刊载的讨论文章。

③ 胡适、陆志韦、闻一多、孙大雨、叶公超、吴兴华、林庚等，都对新诗形式、格律有过建设性的思考、试验。

④ 1953 年 11 月 1 日，在北京图书馆所做的《关于写诗和读诗》的演讲中，首先提出这一概念。

⑤《话说新诗》《关于现代格律诗》等文章，均收入《何其芳文集》第 5 卷，北京，人民文学出版社，1983 年。

两个方面，一是自觉以他所提出的"五四"以来的新诗"本身也已经是一个传统"这一前提，"来展开反思和建构"；另一点，"是通过论述古代诗歌与现代汉语诗歌在'顿'与收尾音组两个方面的不同，开放了现代格律诗建构思路"①。50年代有关格律诗的探索，过去往往是何其芳、卞之琳并提。"实际上是何其芳命名了'现代格律诗'，提出了以'顿'为核心的建构和分析原则。卞之琳则突破、发展了这一原则，使之趋于具体、严密和完整，有了实践和理论的可操作性。"

在50年代中前期的形式问题探索中，"林庚是比较活跃也是卓有建树的一位"②。林庚从30年代就开始思考新诗的形式问题。他关于新诗形式的实验，中心是有关"建行"的理论，同时提出"半逗律"③的问题。他着重探讨"半逗律"所划分的作为"节奏单位"的"下半行"的音组结构。在认真研究现代汉语特点，并从中国古典诗歌形式规律上着眼来思考形式的问题上，林庚也做出有启发性的贡献。不过，无论是林庚，还是何其芳、卞之琳，他们所创作的对应这些形式建构主张的实验，并没有出现较有影响的文本。

---

① 王光明《现代汉诗的百年演变》这一论著对中国新诗形式探索的历史，有系统的清理。对何其芳以"顿"作为基本要素来建构新格律诗的设想，比较与闻一多（"音尺"）、孙大雨、叶公超（"音组"）、林庚（"字组"）等的异同。参见该书第8章"形式探索的延续"。河北教育出版社，2003年，第401—402页。

② 於可训《当代诗学》第80页。林庚有关新诗的文章，主要有《再论新诗的形式》（《文学杂志》1948年3卷3期）、《新诗的"建行"问题》（《文艺报》1950年1卷12期）、《九言诗和"五四体"》（《光明日报》1950年7月12日）、《关于新诗形式的问题和建议》（《新建设》1957年第5期）、《五七言和它的三字尾》（《文学评论》1959年第2期）、《再谈新诗的"建行"问题》（《文汇报》（1959年12月27日）、《问路集》（北京大学出版社，1984年）。

③ 林庚认为，"中国诗歌根据自己语言文字的特点来建立诗行，它既不依靠平仄轻重长短音，也不受平仄轻重长短音的限制；而是凭借于'半逗律'"；"'半逗律'乃是中国诗行基于自己的语言特征所遵循的基本规律，这也就是中国诗歌民族形式上的普遍特征"。所谓"半逗律"，林庚指出，"那就是让每个诗行的半中腰都具有一个近于'逗'的作用"。

# 第六章　60年代诗风和"政治抒情诗"

## 一、"政治抒情诗"的特征

广义地说，20世纪50—70年代这一时期的大部分诗歌作品，都有明显的政治诗的性质：或直接取材于当代的政治事件、现象，或提炼、表达某种政治观念和情感。不过，这里所说的"政治抒情诗"指的是有更确定的思想、艺术规范的"诗体"样式。"政治抒情诗"这一概念出现在五六十年代之交，但它的典型样态在50年代初（甚至更早一些时候）就已存在。如1950年石方禹的长诗《和平的最强音》①、1955年郭小川以《致青年公民》为总题的组诗，以及1956年贺敬之的《放声歌唱》等，是体现这一诗体特征的一批"代表作"。

"政治抒情诗"是当代政治与文学之间特殊关系的产物。它表现了诗作者关注社会运动、政治事件的巨大热情，和以诗作为手段介入现实政治的信念②。题材、主题的"宏大"政治性质，是它的首要特征。

---

①《和平的最强音》刊于《人民文学》1950年3卷1期，后收入石方禹同名诗集（人民文学出版社，1959年）。该诗传达了对冷战格局下的世界的基本认识，在当时是一首有影响的长诗。石方禹，1925年生于印尼爪哇，1926年定居福州。40年代后期就读于北平的燕京大学新闻系，并开始发表作品。

②当代政治诗的最主要诗人郭小川和贺敬之都坚持这样的写作立场。郭小川说："我所向往的文学，是斗争的文学。我自己，将永不会把这一点遗忘。"（《月下集·权当序言》，人民文学出版社，1959年）。贺敬之1940年在延安写的《不要注脚》一诗中称："在艺术的／兵营和工厂，／我们是／战斗员和突击者／工作不息！"

与此相联系的是，诗的叙述者（"抒情主人公"）作为阶级的、社会集团的代言人的身份出现，并倾向于排斥个体情感、经验的加入。因而，在这一诗体样式中，如何处理个体经验是当代诗歌敏感的、一再引发争论的问题①。在艺术结构上，往往表现为观念演绎的展开方式。有关现实政治与社会问题的某一主流观点，成为统驭诗的各种因素的线索。徐迟曾称郭小川的《致青年公民》是"针对青年而发的谈思想的诗，说理诗"，指出它使用了"许多警句"，并用了"许多形象化的语言"来表达"抽象的思维，抽象的概念"。对提炼"警句"的重视和广泛使用以阐释观念为目标的喻象，是这一诗体的基本特征②。徐迟所说的"形象化语言"，其构成主要靠象征性意象和大量转喻的运用。在60年代到"文革"期间，"政治抒情诗"逐渐建构了属于自身的稳定的象征体系③。

"政治抒情诗"在某种意义上说是一种"广场诗歌"。它主要不是指向个人阅读。它的写作目标和艺术形式，主要是在诉诸朗诵和剧场式的集体感情反应。为了强化情感效果和使观念表达产生"雄辩"的气势，它经常使用反复渲染、铺陈的句式和章法，并讲究强烈的节奏。其风格是鲜明、直接、充分，而非曲折、内敛、节制。从艺术渊源上看，这种诗体承接了中国二三十年代的革命诗歌以及抗战时期的鼓动性作品④。艾青三四十年代的自由体诗，是当代政治诗重要的艺术资源。他的写作在建立象征的"公共性"方式上，给当代诗人以启发。而苏联现代诗人，尤其是被称为"当

---

① 郭小川在《致青年公民》组诗中，使用了"我"的叙述人称和"我号召"的说法，因此受到了"突出自己"等的批评。郭小川为此辩护说，"我所用的'我'，只不过是一个代名词，类如小说中的第一人称，实在不是真的我……请求读者予以谅解"，见《〈致青年公民〉几点说明》。《致青年公民》，作家出版社，1957年。

②《谈郭小川的几首诗》，徐迟《诗与生活》，北京出版社，1959年，第88-89页。

③ 当代"政治抒情诗"的象征性意象构成的两个主要方面，一是来源于"自然物象"，如红日、青松、灯火、海涛、北斗星、乌云、火炬。另一是与中国现代革命运动相关的事物，如延河水，宝塔山，八角楼，天安门，红军长征的雪山、草地等。

④ 如蒋光慈的《血祭》、殷夫的《我们》、田间的《给战斗者》、高兰的《我的家在黑龙江》，以及艾青和七月诗派一些诗人的自由体诗。

代政治诗的创始人"①的马雅可夫斯基，有更直接的影响：从"直接参加到事变斗争中去"并"处于事变的中心"，贴紧现实政治的主题，"像炸弹、像火焰、像洪水、像钢铁般的力量和声音"，到"楼梯体"的诗体形式。后来，中国当代政治诗人改造了"楼梯体"形式，融进中国古代诗歌的排比、铺陈的技巧，试图让这种"自由体"纳入一定的形式轨道，以适应读者的欣赏习惯和阅读心理。

"政治抒情诗"在当代的生长，为中国新诗的艺术积累提供了值得重视的经验。它肯定并加强了新诗中关怀社会现实，以诗人的体验去概括时代的"大哲理"的这一可能。但诗歌艺术和当代政治之间，诗与行动之间，诗人和"战士"之间的差异和冲突，当时也已经暴露②。不过，它的写作者对此并没有获得清醒的意识。他们宁愿把这种矛盾看作偶然发生的龃龉，而坚持原先确立的信念："按照诗的规律来写和按照人民的利益来写相一致。诗人的'自我'跟阶级、跟人民的'大我'相结合。'诗学'和'政治学'的统一，诗人和战士的统一。"③"政治抒情诗"在"文革"前夕和"文革"中成为最主要的诗体样式，其影响一直持续到 80 年代前期。

## 二、郭小川等的创作

当代很多诗人都写过这种被称为"政治抒情诗"的作品，如阮章竞、张志民、闻捷、严阵、李瑛、韩笑等。但最具代表性的诗人，是郭小川和贺敬之。他们的创作不仅成为描述这一诗体特征的主要依据，而且在一段时间广泛影响着同代诗人的创作。

---

① 阿拉贡在 50 年代初的评价。还指出，马雅可夫斯基的道路，"从今以后便成了全世界诗人的道路"。

② 具体例证是，现实政治的变易，使贺敬之很快便修改、删削其配合政治运动的作品（《东风万里》《十年颂歌》等）；而郭小川的一些作品，受到严厉批评。

③ 贺敬之《〈郭小川诗选〉英译本序言》。探索、解决诗与行动的完美结合，是左翼诗歌最重要的诗学命题之一。法国诗人阿拉贡认为，马雅可夫斯基的创造性贡献在于，他的诗歌道路解决了"诗人们那古老的二者择一的难题，行动和思想的矛盾"，使这一难题"从今以后永远解决，诗歌和事业永远融为一体"。见《从彼特拉克到马雅可夫斯基》。

郭小川①在北平读中学时写的诗留存下来的不多②。进入根据地后的作品，大部分在渡黄河时散失，剩下的保存在1950年出版的诗集《平原老人》中。三四十年代的生活经历，对他的诗歌创作一些基本因素的确立，具有重要意义。他确信，从青年知识分子到"革命战士"，就是不断面对复杂思想、感情矛盾的过程。这决定了他的诗歌的自我剖析的抒情方式。强烈的政治意识，使他坚定地追求"斗争的文学"。一段时间的理论宣传工作，又使他的抒情，一开始就具有思考、评论生活的特征③。

1955年，郭小川以《致青年公民》为总题目，创作了一组"楼梯体"的鼓动诗。它们虽受到欢迎和赞赏，但作者不久就认为它们是"浮光掠影"，甚至"粗制滥造的产品"。为了做一个"自觉的诗人"，确立"自己观察生活的方法"，表达"作者的创见"④，郭小川在50年代中后期进行了许多探索。在他的创作经历中，这是最富光彩也最富争议的阶段。他多少离开了叙说"现成的流行的政治语言"⑤的立

----

①郭小川（1919—1976），河北丰宁人。在北平读中学时开始写诗。1937年到延安，先在八路军359旅的奋斗剧社工作，后任该旅的宣传干事、政治教员和司令部秘书。1941—1945年在延安马列学院学习，其间列席延安文艺座谈会。抗战胜利前夕，作为派赴新解放区的干部，到冀察热辽地区的热河省，任丰宁县县长和热西专署民政科长等职。1948—1954年，在新闻和宣传部门工作。1954年7月，调任中国作家协会书记处书记兼秘书长，并开始专业文学创作。著有诗集《平原老人》《投入火热的斗争》《致青年公民》《雪与山谷》《鹏程万里》《月下集》《将军三部曲》《两都颂》《甘蔗林—青纱帐》《昆仑行》等。1985年人民文学出版社出版《郭小川诗选》及其续篇，收入大部分诗作。2000年广西师大出版社（南宁）的《郭小川全集》第1—3卷，收已发表和未发表的全部诗作。4—10卷为散文、杂文、报告文学、小说、书信、日记。11、12两卷收郭小川的笔记、检查交代、批判会记录。

②《郭小川全集》第1卷收入《女性的豪歌》《夏》两首。《女性的豪歌》下附的作者"旧作复记"称：这些习作，"经过反复回忆，才勉强整理出来，同原来的相比，不能没有出入。"《郭小川全集》第1卷，第3页。

③郭小川1948—1954年，在《天津日报》《长江日报》、中共中央中南局宣传部、中共中央宣传部等部门工作。这段时间，写了不少时事政策评论文章。1950年8月30日起的两年中，在《长江日报》开辟《思想杂谈》专栏，与张铁夫、陈笑雨合作以"马铁丁"笔名，写作大量思想时事主题的杂文，并结集为《思想杂谈》（1—10辑，武汉通俗出版社）出版。这些杂文在当时影响颇大，多次再版。

④郭小川认为这些诗是"以一个鼓动宣传员的身份"写下的"一行行政治性句子"（《月下集·权当序言》，人民文学出版社，1959年）。

⑤《月下集·权当序言》。

场和方法，把生活矛盾和人的思想感情作为开掘的对象；致力于提出某些独特的思考和发现。个人—群体，个体—历史，感性个体—历史本质的关系，是郭小川50年代一系列重要作品的主题。如《山中》（1956）、《致大海》（1956）、《望星空》（1959）等抒情诗，和这个时期的几首叙事诗。

出于对复杂生活的思考的专注，郭小川在1956—1959年间，写了一组以战争生活为题材的叙事长诗，它们是《白雪的赞歌》《深深的山谷》《严厉的爱》《一个和八个》，以及《将军三部曲》。战争在作品中大都不做正面描述，而是作为个人愿望、情感与历史运动之间潜在矛盾表面化的背景。这些作品表现了这一时期，郭小川对讲述战争经验的热情。它们都在构造一种特殊的环境，来检验他的人物的精神高度，并给细致的心理刻画以空间。《白雪的赞歌》和《深深的山谷》写参加革命的青年知识分子的感情经历，有趣的是都以女性为叙述者。《雪》①中的夫妻在一次战事中失散，诗中细致讲述的是漫长的等待中，孤独、绝望等感情考验。《山谷》则是对一个坚持"个人主义"的"叛徒"的谴责。郭小川坚持的是个人情感、生活的政治伦理原则，他无可置疑地坚持个体生命要完全地融入无限历史之中，从而获得与历史发展相通的灿烂人生。但他对这一过程中的裂痕、冲突有感性的敏锐。知识个体的精神"危机"及其转化，个人的感情生活，他的欢欣、焦虑、困惑，在诗中获得细微曲折的展示，也获得"审美"（有时也是"伦理"）层面上的尊重。因此，对这两首诗，当时的批评界的态度比较审慎。有的评论文章在肯定其成绩的同时，希望像郭小川这样"在战斗中成长"、对革命有丰富经验的诗人，多写《向困难进军》一类"战斗性强烈"的作品，而不要在这样的爱情题材上"多费精力"②。

郭小川这一时期的创作，受到激烈非议的是写于1957年的叙事诗《一个和八个》和写于1959年的《望星空》。从整体的结构上看，《望星空》仍保持郭小川不少抒情诗的思想框架，即在社会集体参照下，

---

① 这两首长叙事诗作者曾把它们放在一起，以《雪与山谷》的名字出版。中国青年出版社，1958年。

② 臧克家《郭小川的两首长诗》，《人民文学》1958年第3期。

来剖析个体生活道路和精神世界的缺陷。但是，引起当时批评家恼怒的是，它引入了另一非历史性的参照物（"神秘""浩大"的星空），而发现"缺陷"的普遍存在，包括他曾神圣化的社会集体。诗中因此"惆怅"地感喟"人间远不辉煌"。诗的后一半虽然对这种"越轨"的思绪做了"自我谴责"，试图重新回到合乎规范的逻辑上，但"越轨"本身仍引发了"轩然大波"①。

叙事诗《一个和八个》的写作，对郭小川来说是更严重的事件。这首长诗当时并未公开发表，多数读者知道这首诗，要到 22 年以后②。它写到革命内部"冤案"这一"当代"的题材"禁区"，作者的写作"动机"也与此有关③。但是，诗的着重点，其实不在对"阴暗面"的揭露。被怀疑为敌人派遣的奸细而被投入八路军随军监狱的革命者，既受到同狱的八名罪犯的挑衅、欺辱，也被他所忠诚的革命组织所鄙弃。但他在这一境遇中，仍坚持其抱负，试图以自己的言行所体现的性格力量，去影响、感化、改造这些罪犯，给"黑暗的角落以亮光"。这部长诗和《白雪的赞歌》等，在 50 年代关于革命将建立怎样的"新世界"的争辩中，提出了一种肯定人道主义和个体精神

---

① 当时的批评家认为,诗中相当投入地抒发这种有关个体生命和人间事物有限的感叹,并不能为后面的批判所消除。《望星空》刊于《人民文学》1959 年第 11 期（11 月出版）。次月出版的《文艺报》1959 年第 23 期迅速做出反应,刊登了署名华夫的批评文章《评郭小川的〈望星空〉》,指责诗的前两章表现的是"极端陈腐"和"极端虚无主义"的感情,认为在庆祝革命事业取得辉煌成就,并以"万寿无疆"来表达对伟大形象的祝福之际,郭却写出"无法卒读"的诗句,而"令人不能容忍"。批评《望星空》的重要文章还有《人民文学》1960 年第 1 期萧三的《谈〈望星空〉》。1959 年 12 月 27 日南斯拉夫的《解放报》《消息报》发表了南通社驻北京记者专稿,报道华夫对其的批评,对此表示惋惜,并说郭"开始遭到不幸"。郭小川在 1960 年第 7 期《文艺报》（4 月出版）上发表《不值一驳》作了回应,称"南斯拉夫现代修正主义者们无耻地利用我们中国作家的某些错误及对它的批评……虚伪地为我的《望星空》一诗的受到公正批评表示'惋惜',无非是他们的修正主义的反动宣传和对马克思主义文学和文学家们的恶意攻击、污蔑和挑拨的整个阴险谋划的一部分而已"。

② 诗写成于 1957 年。1979 年,香港的《文汇报》和武汉出版的文学期刊《长江》,才先后刊发了该诗的全文。

③ 郭小川在 1959 年 11 月 25 日会议的检查中说到,这首叙事诗的写作,和他 40 年代初在延安听到的"'王明路线'或'张国焘路线'肃反"的问题,和延安的"审干",以及 1955 年的肃反运动有关。参见《郭小川全集》第 12 卷,第 29-30 页。

价值的社会想象。这种想象的动人之处，以及它的脆弱、矛盾的"乌托邦"性质，在诗中都得到充分的展示。对《一个和八个》的评价，开始文学界还有分歧，不久，就在文艺界高层内部受到严厉批判，郭小川也为此做了检查，真诚地检查了自己的"过错"①。

60 年代，郭小川离开了中国作协的领导机关，作为"专业"的写作者，足迹遍及内蒙古，东北的抚顺煤都，大兴安岭林区，北大荒，西北的昆仑山，以及南方的福建、云南等地。他停止了叙事诗写作，对于叙事和关注现实的热情，他部分精力放在报告文学写作上。在诗歌写作方面，他停止了 50 年代的探索。"继续革命"的主题在《林区三唱》（《祝酒歌》《青松歌》《大风雷歌》）、《甘蔗林—青纱帐》、《乡村大道》、《厦门风姿》、《昆仑行》等作品中，得到充分表达。与当时的社会思潮相吻合，在诗中，战争年代的生活经验和思想原则，提供了解决现实精神矛盾问题的依据。

郭小川重视艺术独创性。在五六十年代，他在诗体形式上所做的多种试验，主要在这样的方面进行：第一，作为一个重视表达思想理念和政治激情的诗人，他寻找观念在感性形象中的新鲜、独创的象征、寄寓方式，而避免早期《致青年公民》的那种"思想"呈现干枯赤裸的难堪。第二，是重视激情表达如何纳入节奏、韵律的轨道，通过诗的"音乐性"，来创造"雄浑而壮丽的气势"。对诗的"音乐性"，他主要理解为押韵和鲜明的节奏，他在诗体形式（句式、章法等）上的试验，基本以节律为中心进行。郭小川诗的建行主要以长句为基础。在 60 年代，曾在半逗律的方式中来处理排比和对偶，形成了被有的

① 主持《诗刊》的臧克家、徐迟读过《一个和八个》，"赞不绝口"，《人民文学》的陈白尘则提了"一些意见"，上海《收获》的靳以则代表编辑部认为，作品"歪曲了部队生活、歪曲了现实"。郭小川把诗交给周扬，后来周说，"他没有看，苏灵扬同志看了，她不赞成写这个题材"。1959 年 6 月起，郭小川因"个人主义"和《一个和八个》等问题，在中国作协党组会上受批评。这一年的 11-12 月，中国作协党组召开的七次十二级以上党员干部会上，又因"个人主义""不安心工作"、《一个和八个》和《望星空》、反对"驯服工具论"等受到批判。次年年初中共中央宣传部召开的全国文化工作会议上，陆定一、周扬、张子意、许立群、林默涵等在发言中又再次批判郭小川的错误。1962 年 6 月，中国作协党组为批判做了甄别，认为郭的作品虽有错误，但对他的批判是不妥当的。参见郭小川的检查材料和年表。《郭小川全集》第 12 卷，第 29-31 页，380-382 页。

人所称的"新赋体"。

贺敬之[①]在50年代初的文艺界，是以歌剧《白毛女》主要作者之一知名。事实上，他40年代就写过不少诗。在从四川到延安途中和初抵延安时，以少年的明朗、轻快的调子表现对革命圣地的向往之情，和"歌唱在每个早晨和晚上"的喜悦。署名艾漠的《跃动》等5首写于赴延安途中的作品，被胡风收入诗合集《我是初来的》，作为"七月诗丛"的第一集出版。稍后，他还根据对家乡农民生活命运的感受，写了近二十首人物素描式的小叙事诗，记录他"对旧中国农村的悲惨生活的记忆"。作者称它们是"在革命圣地延安的温暖怀抱中，带着向母亲倾诉冤屈的心情，把它作为一去不复返的往事来写的"[②]。40年代另一阶段的作品，写于抗战胜利后在冀中根据地工作期间。内容多为表现解放区民众的生活和斗争，如土改、反霸和参军热潮，以及对新生活的喜悦心情。40年代贺敬之的诗，后来结集为《并没有冬天》《笑》和《朝阳花开》（诗集《笑》的增删本）。

50年代贺敬之重新写诗的第一首作品，是1956年的《回延安》。到1977年发表《八一之歌》，20多年间诗的数量不算多。它们大多收入1961年初版、1972年再版的《放歌集》中。贺敬之在当代的诗，从"体制"看，大体上可以分为两种类型。一类是篇幅相对而言比较短小，内容与具体情境相关，更多从民歌、古典诗词借鉴艺术形式的作品。它们有《回延安》《桂林山水歌》《三门峡歌》《又回南泥湾》《西去列车的窗口》等。1956年，贺敬之参加西北五省（区）青年造林会议，回到离开十年的延安。他采用陕北民歌信天游的形式，在现实与历史的交错中，从战争年代往事的追溯中，发掘推动现实发展的精神力量。《回延安》这样的主题和抒情方式，成为贺敬之此后多数作品的主题和抒情方式。

另一类作品是政治性的抒情长诗：《放声歌唱》《东风万里》《十

---

① 贺敬之（1924— ），山东峄县（今枣庄市）人。曾就读于山东省立第四乡村师范和湖北国立中学。1940年去延安，入鲁艺文学系学习。后到文工团工作，当过华北联合大学教员。50年代以后，在戏剧、文学部门担任领导工作。著有诗集《并没有冬天》《笑》《朝阳花开》《乡村之夜》《放歌集》《雷锋之歌》《贺敬之诗选》等，并创作歌剧《白毛女》（集体创作，与丁毅等共同执笔）、《栽树》《周子山》、《秦洛正》。

② 《贺敬之诗选·自序》，济南，山东人民出版社，1981年。

年颂歌》《雷锋之歌》《中国的十月》《八一之歌》等①。这些作品大都呼应当时社会思潮，从某一政治命题出发，在强烈的情感宣泄的框架中，去思考、回答现实的问题，阐发其政治理想、人生信念。这些作品更能体现贺敬之在当代的抒情风格，它们在当代诗界也发生更大的影响。其中，《放声歌唱》，尤其是《雷锋之歌》在当代"政治抒情诗"体式的建立中，有重要的位置。60年代，在构造雷锋作为阶级和时代精神的"共名"的社会运动中，贺敬之的这部长诗发挥了重要作用。它由于在这种象征性的"提纯"工作中具有的抒情力量，在当时产生热烈反响。从"政治"的视角来关注现实问题，是贺敬之长篇政治诗的自觉追求。不过，作为认识现实、把握时代的出发点，"政治"在他的诗里，常常表现为现时性的政治概念、政策，和具体的政治运动。这一创作路线留下的问题是，这些诗受到的"时间"检验，首先不是来自诗艺，而是来自"政治"自身：变幻莫测的当代"政治"，常常置贴紧它的诗作于尴尬的境地。这就迫使诗人出于"政治"上的考虑，在后来不断删改自己的作品②。这一创作路线的另一方面问题是，执着于肯定现实政治的热情，使作者难以获得如马雅可夫斯基"政治诗"的那种超越的视界和体验，因而，表象上的开阔和历史深度，难以掩饰其思想境界的浅表和狭窄的一面③。

激情和形象，是贺敬之这些以思想逻辑发展为主干的诗得以"腾飞"的两翼。为了淋漓尽致地抒发，诗中常运用复沓和铺陈的手段。但也考虑了激情不致过分泛滥，也使外来的诗体形式"民族化"，又借鉴古典诗词中的排比、对偶，和古典诗歌意象的并置方式。将自然

---

①这些诗的写作，贯穿50年代到"文革"后的各个历史时期。它们都有很大的篇幅，短的有几百行，长的有一二千行。

②贺敬之五六十年代的《东风万里》《十年颂歌》《雷锋之歌》等诗中，写有反对右倾机会主义、歌颂"大跃进"等"三面红旗"、强调"以阶级斗争为纲"、歌颂中国是"世界革命中心"等内容。这些后来都由作者做了删改。参见《贺敬之诗选·自序》。具体删改情况，可对照不同版本的《放歌集》，以及"文革"后出版的《贺敬之诗选》。

③在贺敬之的颂歌中，常能见到这样的抒情："五千年的白发，一万里的皱纹，一夜东风全吹尽""看不完的麦山稻海，望不尽的铁水钢花""一天 —— 二十年的行程，十年 —— 一个崭新的天下""望不尽的——东风……红旗……朝霞似锦，大道……青天……鲜花如云""举红旗，天地开，史书万卷脚下踩"等等。

物象转化为象征符号，成为思想陈述的载体 ①，这种因贺敬之的写作得到加强的艺术方法，在 60 年代和"文革"的政治诗写作中，成为最基本的模式而被广泛运用。

### 三、60 年代前期的诗风

60 年代初，特别是 1962 年底开始，政治运动在社会生活中占有最主要的位置 ②。社会日常生活的高度政治化，自然地影响、制约着对社会情绪反应敏捷的中国当代新诗的创作，决定了新诗艺术潮流的走向。

这个时期的一个重要现象是，不少诗人都投入"政治抒情诗"的写作热潮中。像张志民、闻捷、严阵、李瑛、韩笑、阮章竞等，在当代是具有叙事风格的诗人。尤其是张志民和闻捷，他们的写作主要建立在描述具体的生活事象的基础之上。张志民 60 年代初曾一度离开他所熟悉的民歌体方式，在远游新疆的诗集《西行剪影》③ 中，更多融入词曲小令的句式和节奏，追求古典诗歌的"意境"的营造。但在 1963 年以后，突然中断这一试验，也放弃原来的描述生活现象的路子，转而写作豪放、激情直抒的政治抒情诗，于 1965 年结集出版了《红旗颂》。严阵 1961 年出版的诗集《江南曲》，一反他"大跃进"时期创作的粗疏和狂放，也走向对古典诗词模仿，写乡村的宁静、安恬。同样，从 1963 年开始，他的诗风骤变，以相当快的速度连续发表一批由一系列排比句组成的政治抒情诗（《冬之歌》《船长颂》《大旗歌》《宣誓》《英雄碑颂》《淮河评论》等），结集为《竹矛》出版。沙白 ④ 1962 年发表的《水乡行》，写江南水乡人家的"诗意"生活，风格与严阵的《江南曲》相近。后来收录这些作品的集子就命名为《杏

---

① 如《放声歌唱》中的"省港罢工的／呼号声，／在我们的／鼓风炉里／呼呼作响""南昌起义的／鲜血／在我们的／炼钢炉中／滚滚跳荡！"《雷锋之歌》中的"长征路上／那血染的草鞋／已经化进／苍松的年轮……／淮海战场／那冲锋的呼号／已经飞入／工地的夯声……"

② 包括思想文化领域开展的批判运动，在城市和乡村进行的"社会主义教育运动"（"四清运动"），等等。

③《西行剪影》出版于 1963 年，但集中的诗均写于 1961—1962 年间。

④ 沙白（1925—　），江苏如皋人。曾任《萌芽》《雨花》等杂志编辑。著有诗集《走向生活》《杏花·春雨·江南》《大江东去》《砾石集》《南国小夜曲》等。

花·春雨·江南》。1963 年起，他也迅速做了调整，发表了《递上一枚雨花石》《大江东去》等长篇政治抒情诗。陆棨[1]1961 年的诗集《灯的河》，着意取法古典诗词，来表现西南重庆城乡的生活景象。1963年开始发表组诗《重返杨柳村》，强调农村"阶级斗争"的尖锐激烈，是最早"配合"当年开始的"社会主义教育运动"。这种敏感和反应的迅捷，受到当时诗歌界的好评。除了"专业"诗人外，这一时期"群众"诗歌创作又出现繁盛局面。自然，其声势远不如 1958 年的诗歌运动，也并不再突出民歌的主流地位。但诗坛新人中的工农作者受到重视和举荐，如孙友田、晓凡、刘镇、戚积广、王方武、王恩宇等。

　　适应着对政治主题和情绪表现的需要，这个时期主流诗歌的艺术方法形成了某种统一的格式。诗的表现角度，普遍离开对具体人、物的体验，而转到"宏观"的概括上。从"时代"的高度去俯瞰览视，并营造纵横捭阖的结构，把情绪铺陈纳入有铿锵音调的句式中。除了直接写进大量的政治概念、口号之外，最通常的构思方法，是从具体描述走向抽象。树木、花草、竹矛、石子、溪流、炼钢炉、草鞋……都不再具有"自足性"地迅速赋予与现行政治观念相通的象征内涵。当时的评论者概括这种构思方法，是"从'实'到'虚'——也就是从现实到理想"[2]。

　　和"政治抒情诗"兴盛同时，这期间在大中城市出现了诗歌朗诵的热潮，尤其是 1963 年后的两三年间。这个时期的诗歌朗诵，有剧场等场合的演出，也包括国家广播电台的诗歌朗诵节目。1963 年这一年间，北京正式的朗诵演出达四十余场（工厂、学校等举办的朗诵演出活动不包括在内），并出现了经常性的"星期朗诵会"[3]。朗诵的诗歌，"绝大多数是反映当前革命斗争和工农业建设的"作品，

---

　　①陆棨（1931—　），生于北京。著有诗集《灯的河》《重返杨柳村》，以及歌剧、散文等作品。
　　②宋垒《评近年来工人诗歌创作的发展》，《诗刊》1964 年第 11、12 期合刊。
　　③这些朗诵会属文艺演出性质，采用发售门票的方式。最著名的"星期朗诵会"在星期天举行，固定地点是东华门的北京儿童剧院。

其他的有"革命烈士遗作，某些富有革命精神的外国翻译诗"①。朗诵者一般为电影、话剧演员，或诗作者本人。来自学校、工厂的个人或集体，有时也参加演出②。朗诵诗的活动的展开，与一种适于朗诵、具有诗的体式特征的"朗诵诗"的出现，相互推动。可以这样说，这个时期及"文革"期间，进入了一个"朗诵诗"为主调的诗歌时期。

在中国新诗的历史上，朗诵诗活动早就存在。但正如朱自清40年代后期所说，抗战前的"诗歌朗诵"，"目的在乎试验新诗或白话诗的音节"，而且主要是"诵读"，即靠"独自一人默读或朗诵，或者向一些朋友朗诵"，"出发点主要是个人"。抗战时期开展的诗歌朗诵，则是面对民众，而且产生了具有独立地位的"朗诵诗"的体式。按朱自清的说法，这种"朗诵诗"是一种"听的诗"，"是群众的诗，集体的诗"，它在表达"大家的憎恨、喜爱、需要和愿望"，"不是在平静的回忆之中，而是在紧张的集中的现场"，"它不止于表示态度，却进一步要求行动或者工作"③。60年代的诗风，承接的正是抗战时期的以"朗诵诗"为主调的诗风。

---

① 诗刊社《朗诵诗选·编选说明》，北京，作家出版社，1965年。《朗诵诗选》收入"近些年广泛开展诗歌朗诵活动"中，"大都经过多次朗诵，在群众当中产生了一定影响"的近八十首作品。如《雷锋之歌》（贺敬之）、《难忘的航行》（东海舰队梅明亮等）、《接班人之歌》（徐荣街、钱祖承）、《让青春闪光》（北大"五四"文学社）、《甘蔗林—青纱帐》（郭小川）、《西去列车的窗口》（贺敬之）、《黄山松》（张万舒）、《爱情的故事》（张天民）、《擂台》（张志民）、《重返杨柳村》（陆棨）等。

② 如北京大学"五四"文学社集体创作，并集体朗诵的《让青春闪光》，应邀在北京的"星期朗诵会"演出。《让青春闪光》就是按朗诵的格式写作的，诗中标明"女领""男领""女齐""男齐""合"等朗诵提示。载《诗刊》1964年2期。另见诗刊社编《朗诵诗选》，第69-80页。

③ 朱自清《论朗诵诗》，《论雅俗共赏》，北京，生活·读书·新知三联书店，1983年，第43-47页。朱自清在《今天的诗——介绍何达的诗集〈我们开会〉》一文中谈到抗战后新诗前景时说，"这时代需要诗，更需要朗诵诗。……今天的诗是以朗诵诗为主调的"。载《文讯》第8卷第5期，1947年。转引自《朱自清序跋书评集》，北京，生活·读书·新知三联书店，1983年，第288页。

# 第七章　"文革"时期的诗歌

## 一、诗界的"分裂"

"文革"期间的一个重要现象，就是原先"统一"的诗界"分裂"为不同的部分。对这种"分裂"的分析，可以引入不同的尺度。从诗歌作品的"发表"方面，存在着"正式"和"非正式"发表方式的区分。前者指国家"正式"出版物上的诗歌作品，包括国家正式批准出版的报刊登载的诗和国家控制的出版社出版的诗集。后者则指"非正式"出版物上的诗，如"文革"初期"红卫兵""造反派"等组织出版的报刊发表的作品，和这些组织印行的诗集。"文革"中、后期主要存在于"知青"中的诗歌传抄活动和与此相关的诗歌"手抄本"，也属于这种"非正式"的范围。当然，上述的"非正式"的发表方式之间，有的在性质上有重要区别。从诗歌作者的身份看，与"文革"前"专业"诗人主导诗界的状况不同，"工农兵"作者（或非"专业"诗人的群众写作）成了主要构成。当时报刊发表的诗，大多标明作者的"工人""战士"或"公社社员"的身份；各出版社出版的诗集，作者主要也标明是"工农兵"作者。从诗歌写作与现实政治控制的关系方面看，诗界的"分裂"则表现为"公开"和"非公开"（或称为"地下"[①]）的区分。后者的写作、流播，处于秘密或半秘密的状态。在这些分析

---

①　如杨健《文化大革命中的地下文学》，北京，朝华出版社，1993 年。

角度中，相对地说，"公开"与"秘密"（"地下"）的分析，对揭示这一时期的诗歌特征，较为有效。"文革"期间诗界的不同部分，在人员构成，写作、发表方式，作品思想情感和艺术方法等方面，都存在重要差异。它们之间也基本上不存在实际的"交往"。"地下诗歌"相对于"公开"的诗界，在当时特定情境下具有"异端"的性质，它们之间也构成潜在的对立状态。对于这种"异端"性质的判定，需要放在一定的历史语境中去考察。

诗界"分裂"产生的原因，主要来自"文革"期间逐渐加剧的思想、精神上的动荡、冲突。秘密的、"地下"的文学（诗歌）活动在当时存在的可能性，则与"文革"中政治权力和社会结构出现的分裂有关。这导致了某些较少控制的社会空间的出现。这些"空间"，包括"革命造反组织"内部，城市中的某些"沙龙"式活动，以及后来乡村的知青聚居点：它们成为孕育某种"异端"的思想、文学（诗歌）产品的场所。

## 二、公开的诗界

1966 年夏天以后，所有的文艺刊物相继停刊，文艺作品（诗集等）的出版也告中断①，大多数诗人受到不同程度的批判、冲击，失去写作和发表作品的权利。在 1966 年到 70 年代初期这段时间，在国家正式出版物上发表的诗歌作品，主要出现在各地报纸上。1970 年以后，才有诗、小说等文学书籍的出版，有的文艺刊物也得以恢复②。1972

---

①由军队的总政治部主管的《解放军文艺》，在 1968 年 5 月之前仍继续出版。"文革"开始后不久，诗集等的出版遂告中断，这种情况一直延续到 1970 年。据刘福春的考证（岩佐昌暲、刘福春编《"红卫兵"诗选·后记》，日本福冈，中国书店，2001 年），1966 年 8 月至 1968 年 12 月，这一时期由正式出版社出版的诗集仅见3 种：《毛主席，我们心中的红太阳》（云南人民出版社，1966 年 11 月）、《毛主席万岁——战士诗歌一百首》（中国人民解放军战士出版社，1968 年 8 月）、《红太阳照亮安源山——上海工农兵献诗选》（上海人民出版社，1968 年 9 月）。

②《解放军文艺》1972 年 5 月复刊，后来，陆续有地方的文艺刊物如《广东文艺》、《河北文艺》、《辽宁文艺》、《北京文艺》（复刊时改名《北京新文艺》）等复刊。原由中国作协主办的《人民文学》和《诗刊》的复刊则迟至 1976 年。

年以后，诗的发表和诗集的出版情形，从数量上说得到了改善①。"文革"期间正式发表的诗，其内容均涉及当时开展的政治运动，具有明显的政治宣传品的性质。政治事件、观念，是诗的取材、主题的依据；流行的政治语汇、口号，直接成为诗的主要用语。因为是一种政治宣传、鼓动性质的诗，诗的个人风格特征已难辨识，其结构、语言、体式多是陈陈相因的格式。这种格式的主要来源，是当代在五六十年代成为主流的"政治抒情诗"，和1958年的政治性"新民歌"。诗与街头、广场的表演、朗诵之间的关系，更加得到突出②。"文革"间的政治力量除了重视戏剧、电影、歌舞等艺术手段外，也会直接运用诗歌来表达、宣传其政治主张，成为其政治活动的组成部分。重要事例是对张永枚的"诗报告"《西沙之战》所做的罕见处理③，以及对天津的小靳庄"民歌"的宣传。④

公开的诗界的另一部分作品，出现在各地"红卫兵"和"造反组织"所办的刊物、小报上⑤。它们的诗体样式，表达的思想情感，和国家正式出版物上发表的作品，一般并无很大不同。但"红卫兵"等"非正式"

①据不完全统计，1970—1971年两年中，全国正式出版的诗集只有十余部。1972年以后到1976年，每年出版的诗集增至几十部到一百多部。

②当时各地分属各级组织的"毛泽东文艺宣传队"，除了歌舞、戏剧小品之外，也有大量诗朗诵、诗表演的节目。

③长诗《西沙之战》写当时我国与越南在西沙海上发生的军事冲突。为当时江青等的政治集团直接组织撰写。发表于1974年3月15日的《光明日报》头版头条位置。其后，《人民日报》和各省、市报纸纷纷全文转载。显然，这是以当代处理重要政治性文章的方式来处理。

④"文革"间出现许多"革命民歌"，其中最被渲染的是天津宝坻县小靳庄的民歌创作。"文革"期间，江青多次到这里活动，"小靳庄诗歌"是这些活动所组织的产物之一。小靳庄农民，用顺口溜、快板等民歌体形式，宣扬"文化大革命"的功绩，配合"评法批儒""反击右倾翻案风"等政治运动。当时，除报刊载外，出版了《小靳庄诗歌选》（天津人民出版社，1974年）、《十二级台风刮不倒——小靳庄诗歌选》（人民文学出版社，1976年）等诗集。

⑤"文革"期间的各派政治组织的"红卫兵小报"和刊物，集中在1966年夏天"文革"开始后到1968年夏天军队进驻学校之前的这段时间。此后，这类小报渐少。当时的红卫兵自办小报、刊物，大多为政治综合性质，但也有一些专门的文艺刊物，如《"红卫兵"文艺》（首都大专院校"红卫兵"代表大会）、《毛泽东思想战斗文艺》（首都毛泽东思想文艺造反兵团）等。另外，也出版过"红卫兵"诗歌选集。较有影响的是《写在火红的战旗上——"红卫兵"诗选》，由首都大专院校红代会编，1968年12月出版。

报刊上的诗，由于"审查"的方式和程度与国家正式出版物不同①，作品因此也会有"越轨"的表现。这种"越轨"，主要不表现为对立、异端的观念和艺术形式，而是在表达"文革"的信仰、理想、激情上的极端化，和个人的某种自由的发挥。因而，从这些作品中，更能发现当时青少年革命献身者对世界、自我的想象方式、语言构成和情感状态。

从70年代初开始，一度停止写作的诗人中的一部分，逐渐获准可以在报刊上发表作品，出版诗集。作品如果在正式的报刊上发表，自然也会自觉纳入当时政治思潮与创作模式的规范之中。"文革"期间发表作品、出版诗集的诗人，有李瑛、李学鳌、臧克家、严阵、顾工、张永枚、阮章竞、刘章、峭岩、纪鹏、孙友田、梁上泉、包玉堂、王致远等，以及60年代初开始写作的一批工人作者。一些在"文革"结束后写出有影响的作品的诗人，如雷抒雁、梅绍静、章德益、叶文福等，在"文革"后期也开始发表诗作。在这期间，还重版了极少量的"文革"前出版的诗集，如贺敬之的《放歌集》，张永枚的《螺号》②。

①"文革"初期，虽说"红卫兵"和"造反组织"有了创办自己的小报和刊物的自由，但并不意味着不存在任何的审查和控制。这种审查，主要表现为组织内部的"自我审查"，即根据当时政治情势的允许限度，来进行自我调节。各派政治力量之间的紧张冲突，也加强了自身审查的必要性。但相对而言，这种控制的程度有很大放松。

②重版诗集有贺敬之的《放歌集》和张永枚的《螺号》，重版时，由作者做了删改。张永枚写于50年代初的《骑马挂枪走天下》中的一段是：

我们到珠江边上把营扎，
推船的大哥为我饮战马，
采茶的大嫂为我沏茉莉花茶，
小姑娘为我把荔枝打。
东村西庄留我住，
张家李家喊我进来坐会吧！
家务事和我唠，
天天道不完知心话。

这一段在1973年重版时改为：

我们到南海边上把根扎，
乡亲们待我们胜过一家，
阿妈为我们补军装，
阿爹帮我们饮战马，
渔家姐妹举双桨，
风雨同舟过海峡，
军民联防去站岗，
同心协力保国家。

这个时期的诗歌创作，如王致远、仇学宝的叙事诗《胡桃坡》《金训华之歌》，以及集体创作的《理想之歌》①等，曾得到较高评价，有的还产生较大的反响。《理想之歌》的作者曾在陕北农村"插队"，写作这首长诗时，已是城市中著名大学的工农兵学员。《理想之歌》显然表现了这种政治身份获取和确认之后的优越感；其主题和诗歌方式，则和郭小川《致青年公民》，贺敬之《雷锋之歌》《西去列车的窗口》等连贯，讲述的是当代青年"个体"的人生道路是如何有效地组织进各个时期的国家意识形态的框架之中的过程。

在"专业"诗人的创作中，李瑛作品数量最多，在当时的影响也最大。从1972年到1976年，出版了《红花满山》《枣林村集》《北疆红似火》等诗集。它们都以北方为背景。《枣林村集》写农村开展政治运动的情景，其他大部分作品，则以驻守北国深山和林区中的军队士兵的生活为表现对象。这些作品保留了李瑛发掘"日常生活"中的重大意义的构思方式，把已做提纯处理的生活现象与"路线斗争""世界革命"加以连接。不过，在这一"升华"的过程中，李瑛有时处理得比较从容，也较多保留一些生活色彩。相对于诗中大量的陈言套语和夸饰，其语言、格调多少显出清新柔和的气息，并一定程度地显示出抒情主体的个性化色彩。对李瑛的诗在当时的读者和写诗的青年中产生的喜悦和追随的考察，应该放在这一特定环境中去理解。

### 三、"地下"的诗歌写作

从"文革"后发表的资料（当事人自述、回忆录和研究著作等）所提供的情况，在"文革"中，存在着秘密的诗歌写作活动。这既表现为写作的带有不同程度的秘密性质，也表现为作品在当时没有公开发表（很小部分在极有限的范围内阅读）。因而，这些诗歌活动和与此相关的作品，当时不为较多的人所了解，只是在"文革"结束后才得以逐渐披露，并赋予"秘密"的，或"地下"诗界的名称。

"文革"中秘密写诗的，有一部分是在当代因不同原因受到迫害，

---

①作者署名"北京大学中文系七二级创作班工农兵学员集体创作"，收入人民文学出版社，1974年版的《理想之歌》中。

被剥夺写作权利的诗人。如因胡风集团案件罹难的胡风、牛汉、绿原、曾卓；在"十七年"多次受到批判，"文革"中被下放到闽北山区劳动改造的蔡其矫；"文革"中被关押在山西监狱中的聂绀弩；50年代成为右派分子、"文革"中再次受到迫害的昌耀、流沙河、公刘、周良沛；"中国新诗派"（或"九叶派"）诗人穆旦、唐湜等。有的人的诗，或写于监狱，或写于"牛棚""五七干校"等特殊环境。这也决定了作品写作、保存采取的特殊方式。有的用"反复默念"以达到"在记忆中保留"[1]。有的用只有本人读得懂的符号"压缩"在纸片上，"苦待着得见天日的机会"[2]。牛汉的诗《改不掉的习惯》写道：

> ……他想写的诗，
> 总忘记写在稿纸上
> 多少年
> 他没有笔没有纸
> 每一行诗
> 只默默地
> 刻记在心里
> 我认识这个诗人

有批评家在评论牛汉这期间的诗时，称它们是"写在一个最没有诗意的时期、一个最没有诗意的地点"，却"为我们留下了一个时代的痛苦而崇高的精神面貌"[3]。这个概括，也可以用来说明其他诗人。

秘密诗歌写作活动的另一部分成员，是青年中的诗歌爱好者，尤其是其中的知青成员。在全国各地，都有这样的写作活动，有的且形成了群落的性质。"知青"的"地下"诗歌写作，主要发生于上山下

---

[1] 曾卓《生命炼狱边的小花》，见《曾卓文集》第一卷，武汉，长江文艺出版社，1994年。

[2] 公刘《仙人掌·后记》，成都，四川人民出版社，1980年。流沙河："我用我发明的缩语偷写在香烟盒纸背面，藏入衣袋。"《锯齿啮痕录》，北京，生活·读书·新知三联书店，1988年，第254页。

[3] 绿原为牛汉诗集《温泉》所作的序《活的歌》。可以移用来概括这个时期的这些写作。《温泉》，上海文艺出版社，1983年。

乡运动展开之后。它们与"文革"初期的"红卫兵诗歌",与公开诗界的"知青诗歌"①,都有明显的区别。重要的不同不仅是其中表达的情感、思想的性质,更重要的是知青"地下诗歌"开始表现了叙述主体的某种转换,"个体"经验有限度地被发掘。另外,诗中的忧郁、痛苦等"悲剧"色彩,对封闭、整饬的当代诗体结构的破坏,诗歌语言的革新,都是当代诗歌中的新的质素。这些青年作者主要有黄翔、食指、多多、芒克、北岛、根子、顾城、江河、舒婷、严力等。这些诗人的作品,部分在当时小范围读者中阅读,大量披露、发表则是在"文革"后的80年代。

1976年春天的"四五天安门事件"中诗的写作和发表,也是"文革""地下"诗界中的一次重要事件。发生在北京、上海、南京、杭州、郑州等城市的政治抗议运动,表达了当时民众的政治选择。而对当年1月去世的周恩来的悼念,成为这一大规模事件的导火索。从4月初到4月5日清明节的几天里,先后来到天安门广场悼念的民众多达数百万人次。他们使用了花圈、挽联、标语、诗词、祭文等方式,而诗歌是重要且占有主要位置的手段。写有诗词的纸片、布条,结在花圈上,贴在广场灯柱、纪念碑的护壁与栏杆上,挂在松柏枝叶间。有人在广场的人群中朗诵自己的诗作,或宣读广场上"发表"的诗文。这些诗文同时为一些人所抄录,并以手抄的方式传播。天安门诗歌的主要内容,一方面,是对周恩来的革命功绩和品格的赞颂,表达对他的去世的哀痛。另一方面,以暗示和影射的方法,嘲讽、攻击当时政治激进派的主要代表人物(后来被称为"四人帮"的江青等人,在有的诗中,被称为"魔怪""豺狼")。

民众在政治抗议活动中选择诗这一形式,根源于当代中国对诗可能成为"斗争武器"的理解:这是左翼诗歌观念在当代的延伸和强化。另外,简短、精练的这种韵文形式,在这一特殊环境中也有可利用的

①"文革"后期,报刊上发表为数不少的"知青诗歌",各出版社也出版了这类诗集。如《新芽集(知青诗集)》,江苏人民出版社,1973年;《火焰般的年华——上山下乡知识青年诗歌集》,广东人民出版社,1973年;《我是延安人(知青诗选)》,人民文学出版社,1974年;《广阔天地新一代》,河南人民出版社,1975年;《新绿集(知青诗选)》,上海人民出版社,1975年;《边陲花正红——云南农垦知识青年诗歌集》,云南人民出版社,1976年;等等。

方便之处。其中，歌谣式的体式和旧体诗词，则受到格外的钟爱，尽管大多数作品并不遵守格律上的限制，它们具备可供模仿的框架。古代诗歌和现代人写的旧体诗词的语词、比喻、典故，甚至现成的句子，也都是可以被搬用或翻新的材料①。更为重要的是，70年代进行政治抗议的人们，借助古代诗词，可以找到其认识现实问题的思想材料，将社会政治和历史过程，人物的历史地位等，归结为清与浊、忠与奸、贤良与宵小的对立和较量。这种历史观和道德观，构成"天安门诗歌"中最基本的思想线索。

　　"四五天安门事件"发生不久，就被宣布为"反革命政治事件"，天安门诗词也被宣布为"反动诗词"，是"是彻头彻尾的反革命煽动"②。在此后的几个月里，写作、传抄、保存这些诗词的人的一部分受到追查、定罪、拘禁等迫害。但是，仍有人冒着危险，搜集、保存了其中的一部分。1976年年底，在江青等"四人帮"被关押，"文革"宣布结束之后，童怀周③等把他们保存的"天安门诗歌"誊录张贴于天安门广场，并发出倡议书，向社会广泛征集散失的作品。这一举动得到响应。后来，童怀周在征集的数以万计的作品中选出1500多篇，编成《天安门诗抄》于1978年底出版④。《天安门诗抄》所收作品，有一部分严格地说并不属于诗词的范围，如第一辑中的挽联，第三辑中的悼词、祭文等。在所收的诗词中，旧体诗、词、曲数量占绝大多数，新诗并不很多。《诗抄》入选作品的这种情况，据估计，基本上符合1976年天安门诗歌中旧体诗词与新诗所占的比例。

---

　　①"天安门诗歌"中，翻用古代诗词和现代人写的古体诗歌的词句很常见。如"一夜替风来，万朵白花开""骨沃神州肥劲草，心头处处发春华""清明每到泪纷纷，天下几家哭断魂""创业艰难百战多，承志继业路坎坷""四月天兵冲霄汉""八亿神州尽诸葛"……庄于套用的比喻、典故等，则比比皆是。

　　②《人民日报》1976年4月8日社论《天安门广场的反革命政治事件》。

　　③北京第二外国语学院汉语教研室16位教师的集体笔名，取"同怀周（恩来）"的谐音。

　　④北京，人民文学出版社，1978年12月。由当时任中共中央主席的华国锋题写书名。"四五天安门事件"也被中共中央正式宣布"平反"。

### 四、白洋淀等地的诗歌活动

"文革"中知青的秘密诗歌写作，较早并最有影响的是郭路生（食指）。1968年12月，他从北京到山西汾阳县杏花村"插队"。他开始写诗的时间应该更早，但"插队"后写的作品，如《四点零八分的北京》（另名《我的最后的北京》）和《相信未来》等，有广泛的流传，并影响、启发了其他知青写作者[1]。

"文革"中，青年的"地下"诗歌写作者的分布范围很广，而后来最负盛名并形成某种"群落"性质的，是白洋淀的"知青"诗歌活动。1968年以后，北京的一批中学生先后来到位于河北安新县境内的白洋淀（包括毗邻地区）"插队落户"。他们中有岳重（根子）、栗士征（多多）、姜世伟（芒克）、张建中（林莽）、宋海泉、孙康（方含）等。由于白洋淀地区知青写作、读书活动的影响，在北京、山西等地的一些青年，如赵振开（北岛）、于友泽（江河）、严力、郑义、甘铁生、陈凯歌等，也不时造访白洋淀，交流看法，讨论读书心得和诗艺，之间建立了程度不同的联系。白洋淀这一文化、诗歌"群落"，与同时或稍后的北京带有"先锋"性质地下文学艺术小团体，有紧密的联系：不仅有的成员来往于北京和白洋淀之间，而且活动方式和思想艺术倾向也具有一致性[2]。

这个时期活动于北京、白洋淀的地下诗歌写作者，大多原来就读于北京各著名的中学，不少出身于知识分子或高级干部家庭。由于家庭和社会关系的便利条件，在"文革"期间，曾较广泛涉猎在当时列

---

[1] 戈小丽："他的诗不但在陕西内蒙古广为传抄，还传到遥远的黑龙江兵团和云南兵团。"（《郭路生在杏花村》，廖亦武主编《沉沦的圣殿》，新疆青少年出版社，1999年，第68页）阿城："60年代末我喜欢他的诗，那时候，郭路生的诗歌广为流传。"（《昨天今天，或今天昨天》，《今天》1991年第3期）多多："要说传统，郭路生是我们一个小小的传统"（引自崔卫平《郭路生》，《今天》1994年第4期）。

[2] 北京在70年代到"文革"结束的这段时间，存在以多多、岳重（根子）、徐浩渊、依群、彭刚、史嘉保、芒克、严力等为主要成员的"沙龙"。他们写诗，讨论诗歌，也一起"唱歌、看画展、交流图书、过生日、出游"。多多《1970—1978北京的地下诗坛》，刘禾编《持灯的使者》，香港，牛津大学出版社，2001年，第117页。

为禁书的各种读物，包括文学、政治、哲学等方面。除了中外古典文学名著外，对他们的精神发生较强烈震撼的，是60年代出版的供高级干部和一定级别的专业研究者阅读的"内部发行"书刊[①]：这提供了一定时期在情感、心智和诗艺上超越的凭借。他们当时的阅读和诗歌写作，既不可能获得公开诗界的认可，也不存在公开发表的任何可能，甚至活动和写作本身就可能带来风险。写作与他们的生活之间的关联，具有另外的时间里不同的性质：它成为他们精神、生活道路探索的重要构成。就如芒克在《十月献诗·诗》（1974）中所言：

那冷酷而又伟大的想象
是你在改造着我们生活的荒凉

北京和白洋淀的青年诗歌写作，表达了感受到足下土地发生断裂、错动时的迷惘、孤独、痛苦的精神体验，写到他们生命的受挫。有不少作品，对现实社会秩序，对暴力、专制提出了激烈的批判。情感的直接抒写和精神、心理刻画，是大多数诗的主要方式。在艺术"资源"上，虽然也明显受到当代主流诗歌的影响，但更积极地多方面从中外诗歌和文学中寻找启发。这使他们这个时期的创作，艺术上虽显得驳杂，却呈现了当代不多见的开放的诗艺境界。他们诗中的意象，许多来自所阅读的诗、小说，与当时作者生活的具体情景的联系并不很密切；其感受和表达方式，更多地与他们一个时期的阅读和"文化积累"相关。由于实际生活境遇和心理上存在的"流浪"或被放逐的感觉，他们中的一部分人对美国五六十年代"垮掉一代"的作品表现出某些认同感。但是，当代的文化精神的影响，在事实上，使他们更靠近俄国诗人（普希金、叶赛宁、茨维塔耶娃等）的诗歌精神和艺术方法。北京和白洋淀地下诗歌（以及存在于别的地区的诗歌写作圈子），在当时的社会情势下，有特殊的"发表"和传播方式。由于正式出版物的严格控制和书刊制作、印刷等条件在当时的欠缺，很少见到自印的

---

①据当事人讲述，当时阅读的书籍主要有：凯鲁亚克《在路上》、塞林格《麦田里的守望者》、阿克肖诺夫《带星星的火车票》、叶甫图申科《娘子谷及其他》、贝克特《椅子》、加罗蒂《人的远景》、萨特《厌恶》，爱伦堡《人、岁月、生活》。

书刊（即使是蜡纸刻写油印）。传阅和手抄成为最主要的传播手段。在"文革"以后发表的一些回忆文字中，也记载了在城市或乡村的聚会中，朗读自己或他人作品的情景。

"文革"中"地下诗歌"的具体情形，当时并不为人们所了解，也不存在许多可供稽核的材料。大部分作品"文革"后才得以公开发表；他们的经历、活动的情形，也才由当事人陆续讲述与编织。"文革"中"地下诗歌"的发现和叙述，事实上成为"文革"后"新诗潮"建构的重要构成。本书在后面相关章节中将有更多涉及。

# 第八章  80年代的诗歌状况

## 一、诗歌"复兴"的想象

长达十年的"文革"在 1976 年底宣告结束。当时人们普遍认为，中国将进入一个与当代前 30 年（1949—1976）相区别的"新时期"。对诗歌，文学界也有同样的期待。事实上，当代新诗从 20 世纪 70 年代末开始，也确实进入一个与前 30 年既有联系又有重要区别的新阶段。由于对"文革"期间诗的"窒息"的强烈不满，诗人和批评家对当代诗歌普遍持反省、实行"断裂"的态度，并期望在"新时期"实现"复兴"与"重建"。不少诗人尽量淡化、削弱其写作和当代诗歌的联系的方面，强调的是诗歌的"重临"和"新生"。1978 年初邵燕祥的《中国又有了诗歌》和次年郑敏的《如有你在我身边（诗呵，我又找到了你）》，各自从当代诗史和诗人处境的方面，表达了这种看法。

从垃圾堆、从废墟、从黑色的沃土里，
苏醒了，从沉睡中醒来，春天把你唤起，
轻叹着，我的爱人，伸着懒腰，打着呵欠。
葬礼留下的悲痛，像冰川的遗迹，
冰雪消融，云雀欢唱，它沉入人们的记忆。

呵，我又找到了你，我的爱人，泪珠满面，

…………

——郑敏《如有你在我身边》

作为划分界限的标准，这时主要强调的是诗的"真实"问题，它成为"诗"与"非诗"的首要标准。这一带有写作伦理色彩的标准，虽然也涉及诗的情感性质和语言方式等多层含义，但最主要的是与对当代历史，尤其是"文革"历史的评价相关。在为新版《艾青诗选》①撰写的序言中，艾青对此有着重的申明。两年后，他摘出这篇序言的第六节，加上《诗人必须说真话》的题目，作为他"复出"后第一本收录新作的诗集《归来的歌》②的序。其中写道："诗人必须说真话……人民不喜欢假话。哪怕多么装腔作势、多么冠冕堂皇的假话都不会打动人们的心。"他把那种凭"政治敏感性""谁'得势'了就捧谁，谁'倒霉'了就骂谁"的人，比喻为"看天气预报在写'诗'"，"像一个投机商奔走在市场上"③，并不无偏激地强调："全面地说，某人的诗受欢迎，是因为某人说了真话——说了心里话。"这是在重申他1957年的主张。在此期间，公刘在《诗与诚实》④中，也同样认为诗的第一要义是"真实性"，并认为它的实现首先取决于诗人的"诚实"："诚实无罪，诚实长寿，诚实即使被迫沉默依然不失为忠贞的诚实，而棍子在得意呼啸中也不过是没有心肝的棍子。"在强调诗歌时期断裂的诗人那里，"虚假"和"虚伪"被作为否定"文革"（以至"文革"前）主流诗歌的主要根据。这一经常借助"人民"名义提出的"真实"尺度，秉持的是当代"政治诗"的尺度；它指向的是诗（诗人）与当代政治的关系：对于"文革"及当代政治现实是否持批判的质疑的态度。因而，在中国当代诗歌语境中，这一在一定时间中看来是理所当然的命题，又肯定存

————————

① 艾青《艾青诗选》，北京，人民文学出版社，1978年。序言题目为《在汽笛的长鸣声中》。

② 艾青《归来的歌》，成都，四川人民出版社，1980年。序言题目为《诗人必须说真话》。

③ 这里，艾青重申了他在1957年写的那组后来受到批判的寓言的思想。

④ 公刘《诗与诚实》，《文艺报》1979年第9期。

在不确定的复杂方面；在诗的"真实"更多被归结为诗人的"道德"问题的时候，更是如此。

比较起"复出"诗人来，这期间开始的"新诗潮"的诗人，在与当代诗歌实行的"断裂"上，引进了另外的重要因素。诗歌与当代政治现实的关系仍是主要关注点，但"个体"的情感，特定环境下生存困境的体验，包括从诗歌语言的层面的诗歌"真实"吁求（大面积清除、替换已经僵硬的诗歌语汇、意象系统、象征方式），都显示了更具生长力的空间。而这一切得到实现，在当时的"新诗潮"那里更多理解为诗歌"资源"的开放。

在"文革"后的80年代，对中国新诗史轨迹，出现与五六十年代有很大差异的描述。一种得到抱有诗歌"复兴"想象的诗人、批评家认同的意见是，新诗60年来，特别是在当代，"不是走着越来越宽广的道路，而是走着越来越窄狭的道路"；而"新时期"，被看作有可能重返"五四"最初十年那个"多流派多风格的大繁荣"的时期①。不过，在后来，这种"五四"想象并不被许多"新诗潮"诗人所接受。他们有的倾向于中国新诗传统其实并未提供充足的可供借鉴的资源；有的则依据不同诗歌理想，重新发掘曾被遮蔽的诗人的意义②，而失去对新诗史整体轨迹描述的热情。

## 二、"文革"后的活跃诗人

在70年代末到80年代初，显示写作的某种程度的创造力，构造诗界新的特征的诗人，主要是两个诗歌"群落"。一是"青年诗人"，另一是"复出"（或"归来"）诗人。

在80年代，尤其是前期诗歌"复兴"的潮流中，"复出"（或"归来"）诗人起到重要作用。"复出"（或"归来"）的用语，相当准确地标示当时某种诗歌现象、诗人身份和诗歌主题（风格）的特征。"文革"期间，大多数诗人都经受过程度不同的挫折、打击，写

---

①这在谢冕等批评家这个时期的论著中，有持续的表达。参见谢冕的《在新的崛起面前》《新世纪的太阳》等论著。

②"九叶派"，特别是其中的穆旦，还有冯至、卞之琳等，受到重视中国新诗经验的诗人特别的关注。

作和作品发表都有过障碍。因此，可以将绝大多数诗人称为"复出"诗人。但诗界更愿意有一种较为确定的理解，即主要指在50年代就受挫的那部分诗人。这种指认方式，部分原因基于诗人在"当代"前30年的不同遭遇（受过迫害而有坎坷、苦难经历的诗人、作家，在"文革"后具有的"文化英雄"的身份），但也是根据目前写作的思想艺术特征所做的归纳。从实际情形来看，在五六十年代能够连续写作的诗人，"文革"后的诗歌创造力也普遍逊色。"严格意义"的"复出"诗人主要指下述几个部分。1955年因"胡风集团"事件而陷落的"七月诗派"（胡风、鲁藜、绿原、牛汉、曾卓、冀汸，彭燕郊、罗洛等）；1957年反右派运动中的"右派分子"诗人（艾青、公木、吕剑、唐祈、唐湜、苏金伞、公刘、白桦、邵燕祥、流沙河、胡昭、梁南、昌耀、孙静轩、岑琦、孔孚、周良沛等）；在40年代后期与"左翼"诗歌保持批评性距离、在诗歌观念和艺术方法上受西方现代主义影响的诗人（辛笛、杜运燮、郑敏、陈敬容等）[1]。除上述几个部分外，还有在五六十年代屡受批判，60年代初已不能公开发表作品的蔡其矫。"复出"诗人以个人坎坷经历印证中国当代历史（也包括诗歌历史）的"曲折"；而他们作品中普遍的"归来"主题，使当代新诗的历史反思，以个人的方式得到表现。这种"自传"色彩，在特定诗歌语境中，有助于对当代诗歌个性化道路的推动。这个诗歌"群体"80年代最初几年的写作，在主题、情感基调和艺术方法上有惊人的相似点；他们的作品引起的社会热烈反响，和当时的历史反思潮流有关。80年代初是他们中多数人能够取得诗歌高度的时期；此后，停滞不前或下降是普遍现象。反过来，他们中个别人诗歌创造活力的保持和开拓，要视其对"群体"当初的相似点"超越"的程度和那种"文化英雄"的自我想象在多大程度上得以挣脱。由于年龄上和诗歌实践上的

---

[1] "中国新诗派"（"九叶派"）诗人中，在五六十年代有的还发表不多的诗作，如陈敬容、唐祈等。但艺术风格已有很大改变。唐祈、唐湜在1957年被定为"右派分子"。穆旦在1958年被定为"历史反革命分子"。

原因①，也由于诗歌观念和艺术积累上的限制，"复出"诗人的大多数，在80年代中期以后作品日渐减少，思想艺术的拓展也不明显。因此，作为诗歌"群体"的这一现象，也不复存在。

"青年诗人"作为一个"群体"式的分类概念使用，是年龄（自然生理、也是诗歌生态的）再一次在确定诗人类属上发挥作用②。这一分类方法，显然继续了五六十年代诗人代际区分的理解，即"整一性"地被赋予当代新诗未来的希望，而未能看到这一概念所包容的对象的复杂和多样。与五六十年代不同的是，此时的"青年诗人"不再可能处于长期受提携、庇护（因而也必定是受"压抑"）的状态③。在这个时间，"青年诗人"成为诗界事实上的中坚力量所需的时间，比当代以前时期要短得多。另一个与之前不同的情况是，被当作"群体"看待的青年诗人，包含相当庞杂；开始人们未及细辨其间的差异。这种差异有诗歌经历上的，也包括艺术取向方面。当时的"青年诗人"涵盖自20岁左右到近40岁的年龄段的作者。他们有70年代初（或

---

① 到80年代中期，"复出"诗人中艾青、辛笛、鲁藜、吕剑等已70多岁，"年轻"者如公刘、白桦、流沙河、邵燕祥等，也都已50多岁。他们在被诗界"放逐"的20年里，诗歌写作的状况各不相同。有不少人在这期间很少写诗，但也有的仍坚持写作。

② 在1979—1980年间，不少刊物，都以《新人新作小辑》《青年诗人专辑》《青春诗会》等栏目，来刊发有不同艺术倾向的青年诗人作品。有的诗人在他们的诗中，也以《一代人》（顾城）、《一代人的呼声》（舒婷）的概括方式，来表达他们当时对于"青年"的整体性想象。1979年第10期的《安徽文学》，以"青年"作为专辑的名目，集中发表了30位作者的诗歌作品。《诗刊》1980年第4期以《新人新作小辑》栏目，刊发15位青年诗人的创作，并有当时该刊主编严辰的举荐文字："今天诗坛成长起来的新秀……他们摒弃空洞、虚假的调头，厌恶因套、陈腐的渣滓，探索着新的题材，新的表现方法，新的风格，给诗坛带来了一股清新的气息。"当年8月，《诗刊》社组织的青年作者"改稿会"，将舒婷、江河、顾城、梁小斌、张学梦、杨牧、叶延滨、高伐林、徐敬亚、王小妮、陈所巨、才树莲、梅绍静等17位青年诗人邀集一起，并在10月出版的第10期上，以《青春诗会》的专辑，集中发表他们的作品。这种处理，表现了各种艺术倾向的"青年诗人"被当作整体来对待的事实。

③ 四五十年代之交开始写作的青年诗人的"突出者"，过了十三四年，其地位仍要由"老诗人"加以举荐和肯定。1963—1964年间，由中国作家协会筹划，作家出版社以丛书方式出版的李瑛、严阵、梁上泉、雁翼、顾工等的个人诗集，分别由臧克家、严辰、张光年等老诗人作序推荐。

更早）已有作品问世的，也有的80年代初才开始写诗①。被列入"青年诗人"行列的，有叶文福、徐刚、李松涛、雷抒雁、张学梦、杨牧、章德益、周涛、骆耕野、傅天琳、叶延滨、李小雨、陈所巨、梅绍静、芒克、北岛、舒婷、梁小斌、江河、杨炼、顾城、王小妮等。这种涵盖不同的年龄段、不同艺术取向的概念使用，延续了当代诗歌那种关于薪火代代相续的"一体化"想象，并填补了因"文革"在诗人"谱系"上出现某一年龄段"空白"的遗憾②。很快，"朦胧诗"等的论争将原已存在的裂痕显露扩大。分裂不仅在"青年诗人"内部，而且也在某些"青年"和老一辈"掌门人"之间。人们意识到，"青年诗人"不再如五六十年代那样是一个"整体"，而且，其中一些人已表现出"先锋"式的对"监护者"的强烈离心倾向。这样，这一概念便逐渐淡出，即使有时还在使用，也已相当地削弱其"同质性"的"群体"含义。

### 三、诗界状况与诗歌运动

由于政治、艺术上的集权式控制和当代的写作、出版等的制度上的原因，"文革"期间出现了秘密（或"半公开"）的诗歌写作、传播的现象。这种情况，在80年代以来的文学史叙述中，有所谓"地下诗歌""潜在写作""民间写作"等多种说法，以与"公开""正式""官方"的诗歌写作、活动区别开来。诗界这一存在不同而且有时呈现对立的"分裂"状况，"文革"结束后也没有消失③。在最初几年，青年的"新诗潮"与"主流诗界"曾有过互相接近的尝试。各地的文学领导机构和刊物的主持者中，都有主张以开放态度来处理分歧者：他们提出对青年人的"先锋写作"应加以理解，有所接纳。"新诗潮"的一些作者，也有不同程度的对权威诗人和"主流诗界"认可的期待。但这一有限

---

① 张学梦、雷抒雁、杨牧、傅天琳、周涛等均出生于40年代初、中期。叶文福、李松涛、雷抒雁、北岛、芒克、舒婷等在70年代初就开始写诗或已发表作品。

② 这一点，年近40岁的杨牧在《我是青年》一诗中，不无苦涩地写道："哈，我是青年！／……既然你因残缺太多，／把我们划入了青年的梯队，／我们就有青年和中年——双重的肩。"这种情况，与小说界把王蒙、从维熙、李国文、刘绍棠等也列入"青年作家"相同。

③ 在另外的文类中，如小说、报告文学、散文等，也存在着某种分化的情形。但它们大多是个别的，没有形成诗歌的"整体性"分裂状况。

度的互相发现和接近，不久就难以继续。在这一过程中，《今天》在1980年的被迫停刊，一些权威的老诗人对朦胧诗的拒斥态度，特别是1983年间中国作协、《诗刊》等对"崛起论"的批判，是分裂的标志性事件。在80年代中后期到90年代初，分化的诗界的不同部分，有基本上属于自己的诗歌"区域"（写作、交流、评价的圈子和不同的发表、传播的渠道、方式）。不被"主流诗界"（对大多数刊物和出版的控制）承认的"新诗潮"，处境一度困难。在"正式"报刊上发表诗作的可能性很小，诗集出版更是罕见。到了90年代中期以后，这种状况有了改变。原先占据主导地位（至少在表面上）的诗歌力量，其权威性和影响力已大大削弱。结果是，一方面，具有不同取向的诗人争取其承认的欲望大为降低，另一方面，"主流诗界"也不得不吸纳"新诗潮"的某些被读者广泛认可的诗人，以改变其保守、缺乏活力的不良形象。

20世纪中国新文学的历史，是以"运动"的方式展开的历史。新诗也不例外，甚或表现得更显明①。新诗就是诞生于被称为"新诗革命"的运动中的。这里所称的"运动"，意指某种预设的目标，运作上的群体性质，以及其过程与动员、引导、组织的手段相联系。在当代的50—70年代，诗歌运动大多与政治运动密切相连，或就是政治运动的组成、延伸部分。它们主要由政治、文学的权力机构发动，但有的也带有某种"自发"的性质（如1976年的"天安门诗歌"，事实上也与某种政治力量的发动有关）。"文革"后的诗歌运动在性质、方式上的重要变化是，第一，"运动"特别集中在"新诗潮"内部。第二，越来越趋近于现代中国的那种通过刊物（包括编选诗歌选本、诗歌年鉴）组织社团、建立流派、发表宣言的方式。"新诗潮"虽然一再标明其与当代诗歌脱离干系，但在对"运动"的热衷和操作方式上，继承的是"当代"的重要"遗产"。

"新诗潮"内部频繁发生的"运动"，虽说常被诟病，但从另一角度看，其实也在指明此时诗界的活力所在。只不过鱼龙混杂、泥沙

---

① 新诗历史中出现的"街头诗运动""朗诵诗运动""大跃进民歌运动""天安门诗歌运动"等，都是显明的例子。

俱下，人们往往缺乏耐心（也常失去标准）加以分辨。在中国新诗史上，从未有如八九十年代的如此多的诗歌社团、刊物像走马灯般轮番出没，争吵、攻讦的声响如此震天动地，而有的诗人之间又如此誓不两立。"新诗潮"的弄潮儿接过当代群体性运动这一重要遗产，以"团伙"集结的方式，来引起对其主张和作品的关注，改善其受压抑的处境，在狭窄的诗歌空间中谋求一席之地。在 80 年代，以刊物为中心成立社团（或"准社团"），是最主要的"运动"方式。除此之外，以"代际"的方式构造"群体"也经常使用。虽然"新诗潮"倾向于拒绝带有被"监护"意味的"青年诗人"的指称，但并不妨碍他们在内部做"代际"的划分。从 80 年代中期到 90 年代，相继出现的有"第三代""60 年代出生""第四代"①"中间代"②"70 年后"等名目。曾在"新诗潮"内部广泛流传的那种"后来居上"的时间神话，到了 90 年代，信仰的热情已大为减弱；因而，这种"代际"区分，更主要出自对被"遮蔽"的焦虑和"去蔽"的"野心"③。但"代"的尺度并不总是有效；诗界构成划分的另外尺度被引入。"京城"与"外省"，"南方"与"北方"④，"民间写作"和"知识分子写作"等二元对立式的概念，在一个据称已进入"后现代"的社会里出乎意料地照样流行。这既表现了当代诗歌未曾有过的多样性状貌，也透露了敏感诗人内心深藏的

---

①四川文艺出版社 2000 年出版《中国第四代诗人诗选》。代序《遮蔽于凸现》（龚静染）中称，"第四代诗人"是相对于"第三代诗人"之后的一个新生的诗歌群体，"这个群体是以出生于 60 年代中后期及少数生于 70 年代的诗人为主体，其较有诗学价值的作品出现在 90 年代中后期，并在可以预设的未来诗坛产生重要影响的一批诗人"。

②《诗歌与人——中国大陆中间代诗人诗选》（自印，2001 年版）中说，"中间代诗人"是近十年来中国诗坛最为优秀出众的中坚力量，"他们介于第三代和 70 后之间，承上启下，兼具两代人的诗写优势和实验意志"。

③"可以肯定地说，'第四代诗人'的提出同当今诗坛对这一群落的遮蔽有关。"（《中国第四代诗人诗选》代序）"……做这本书是有野心的，我们希望借着本书的编选与出版为沉潜在两代人阴影下的这一代人做证。谁都无法否认这一代人即是近十年来中国诗坛最为优秀出众的中坚力量……"（《中国大陆中间代诗人诗选》，第 1 页）。

④钟鸣的论著《旁观者》（海南出版社，1998 年）对于八九十年代"北方诗歌"和"南方诗歌"是重要的描述线索。程光炜在《中国新锐诗人诗选·时间的钻石之歌》（长江文艺出版社，2000 年）的序中，对 90 年代诗歌状貌采用"新京派诗人""上海及周边地区""外省"等中国现代诗歌地域"生态"的描述方式。

怨恨和不满。当然，也有不少诗人对这 20 多年层出不穷的"运动"持批评并与之划清界限的态度。他们坚持诗歌写作完全是"个人"的事情。持这样的看法的，大多是有自己的见解和目标，也不畏惧一个时间的寂寞的写作者；当然也有已获"成功"的诗人。

### 四、政治诗的最后热潮

"介入"社会现实和政治的诗，无论从诗歌主题，还是诗体样式上看，都是当代诗歌的重要存在方式。"文革"后一段时间，这一写作趋势得以延续。从大量的诗歌现象（写作、发表、传播等）上看，诗继续成为政治情绪、观念的重要载体，并和小说、戏剧等文类一起，参与了对当代历史"断裂"的建构。这种情况，在中老年诗人那里有突出的表现。通常，在诗歌主题上，会涉及对"文革"的批判，赞颂"老一辈革命家"，以及"文革"中抗争的英雄，揭露负有历史罪责的政治势力和人物，并表达带有伤感的获得"解放"的快感[①]。最初流传广泛的作品，有郭小川的《团泊洼的秋天》、贺敬之的《中国的十月》[②]、李瑛的《一月的哀思》、柯岩的《周总理，你在哪里？》、白桦的《群山耸立盼贺龙》、张志民的《边区的山》等。随后，因为"思想解放"潮流的涌动，以及在当代受到不公正待遇的诗人的"复出"，在 1979 年到 80 年代初，政治诗的主题转向了对于历史和现实社会的"反思"，

---

①中国作协的《诗刊》社主持的"文革"后首次诗歌创作评奖（1979—1980 年全国中、青年诗人优秀新诗）中，获奖作品绝大多数是上述相关主题的政治诗。获奖作品共 35 首，其中有《呼声》（李发模）、《沉思》（公刘）、《春潮在望》（白桦）、《不满》（骆耕野）、《现代化和我们自己》（张学梦）、《关于入党动机》（曲有源）、《祖国啊，我亲爱的祖国》（舒婷）、《小草在歌唱》（雷抒雁）、《重量》（韩瀚）、《对一座大山的询问》（边国政）、《请举起森林一般的手，制止！》（熊召政）、《无名河》（林希）、《寻觅》（朱红）、《干妈》（叶延滨）、《我是青年》（杨牧）、《故园六咏》（流沙河）、《雪白的墙》（梁小斌）、《我爱》（赵恺）、《为高举的和不高举的手歌唱》（刘祖慈）等。

②贺敬之在"文革"后写了几首政治长诗，除《中国的十月》外，尚有《八一之歌》等。仍采用"楼梯体"的形式，但其质量和《雷锋之歌》《西去列车的窗口》已难以相比。《中国的十月》中大量的是"1976 年——/ 中国的十月。/ 历史的巨笔，/ 将这样书写：/ 无产阶级继续革命的 / 又一重大战役，/ '文化大革命' / 新的光辉的一页"之类的语句。

情感基调也趋于"沉郁"。这在诸如艾青的《光的赞歌》《古罗马的大斗技场》，公刘的《沉思》《哎，大森林》，白桦的《春潮在望》、《阳光，谁也不能垄断》、《珍珠》，邵燕祥的《假如生活重新开始》《中国的汽车呼唤高速公路》等作品中，有"典型"的表现。与此相关，诗歌朗诵、与歌舞配合的诗表演，在各大城市中又一次成为热潮[1]。国家政权出于历史叙述和民众政治动员上的需要，也重视这类政治诗的写作、传播。其中的一些作品，常和与中国革命的红色历史相关的歌舞[2]一起，成为大型晚会的主要节目，并在电视和电台中现场转播。

"文革"后的青年诗人的写作，许多也延续这一线索。他们和"复出"诗人中的邵燕祥、公刘等一起，对政治诗的面貌做了重要调整。这种调整表现为，一是强调对社会现实的"干预"和诗的批判色彩——这一处理"现实"的立场和相关的美学风格，在当代前此的时间里总是受到压制[3]。另一是，个人的体验对于政治诗的加入：这是郭小川50年代为获取这一空间而受到非议的探索。政治诗在此时的调整，还表现为社会现实问题在处理上深延"超越"的追求；虽说这种"超越"相当有限。后面这种情形，特别体现在80年代初一批表现社会历史的"史诗"性作品中，诸如艾青的《罗马的大斗技场》《光的赞歌》，邵燕祥的《我是谁》《走遍大地》，流沙河的《太阳》《理想》，骆耕野的《不满》《车过秦岭》，杨炼的《大雁塔》《乌篷船》，江河的《祖国啊，祖国》《纪念碑》《葬礼》等。

---

① 戏剧、歌舞和诗朗诵的演出，在"文革"后的一段时间里成为热潮；这与"文革"前夕的1964—1965年的情景相似。最早是1976年11月，《诗刊》编辑部和中央人民广播电台文艺部于北京的工人体育馆联合举办了"纵情歌颂华主席，愤怒声讨四人帮"的诗歌朗诵演唱会。这些表演、朗诵的节目，后编为《胜利的十月》一书出版（北京，人民文学出版社，1976年）。后来，这种大型的诗歌朗诵演唱会多次举行。如1978年11月25日《诗刊社》和中央人民广播电台在北京首钢礼堂和工人体育馆举行的"为真理而斗争"诗歌朗诵演唱会，12月25日在工人体育馆举行的"纪念毛主席诞辰85周年诗歌朗诵会"等。在广播电台中，配乐诗朗诵是当时受听众喜爱的节目。

② 如秧歌剧《兄妹开荒》，歌曲《南泥湾》《绣金匾》《洪湖水，浪打浪》，等等。

③50年代邵燕祥的《贾桂香》，流沙河的《草木篇》，蔡其矫的《雾中汉水》《川江号子》等的遭遇，可以说明这一点。

不过，这种为"革命"所催生，伴随着"革命"推进的诗体，在"后革命"的时代里，已失去其大规模存在的历史条件，从诗艺上也难有继续展开的空间。以后虽然会有类似作品出现，其中甚或会有佳作，但是，作为一种诗歌潮流，80年代初的"集体性"出演，应该说属于"最后"的现象。

"文革"后青年诗人政治诗写作的主题，有两个不同的向度。一是对"社会问题"的干预，另一是呼应当时开展的"现代化"进程。揭露社会弊病的作品，部分针对要"彻底否定"的"文革"，部分则涉及"文革"后的社会、政治现象和体制。后者在当时最引起争议，反响也最热烈；有的且演化为超出诗歌范围的"公众事件"。揭发社会问题的政治诗，在读者中影响最大的有《关于入党动机》（曲有源），《呼声》（李发模），《小草在歌唱》（雷抒雁），《将军，不能这样做》（叶文福），《请举起森林般的手，制止！》（熊召政），《为高举的和不举的手歌唱》（刘祖慈），《对一座大山的询问》（边国政）等。

雷抒雁[1]的长诗《小草在歌唱》发表于1979年。那一年，媒体披露了"文革"中的政治异见者（张志新）受到残忍杀害的事件。围绕这一事件，报刊发表了大量诗文[2]。在大量相关诗作中，《重量》（韩瀚）[3]、《小草在歌唱》广为人知。对《小草在歌唱》的肯定，主要基于它在当时所表现的批判锋芒，以及诗的叙述者在历史反思中自省的真诚态度。一些评论认为，诗"塑造"了走出"蒙昧"的觉醒者的

---

①雷抒雁(1942—2013),1967年毕业于西北大学中文系后,曾一度在军队服役。著有诗集《沙海军歌》《漫长的边境线》《小草在歌唱》《云雀》《春神》《绿色的交响乐》《父母之河》《跨世纪的桥》等。《小草在歌唱》发表于《诗刊》（北京）1979年第8期。

② 对于张志新事件,不少诗人都写了诗。如公刘的《刑场》《大森林》,韩瀚的《重量》,流沙河的《哭》,梁南《谁之罪》等。

③ 韩瀚(1935—2020),山东苍山人。著有诗集《寸草集》《阳春的白雪》。《重量》："她把带血的头颅,／放在生命的天平上,／让所有的苟活者,／都失去了——／重量。"

抒情形象。曲有源①七八十年代之交的一系列作品，如《我歌颂西单民主墙》《为了明天的回想》《关于入党动机》《打呼噜会议》《权力的"退赔"》等，都直接回应当时的政治、社会问题。在诗体形态上，借鉴了苏联诗人马雅可夫斯基的讽刺诗。叶文福在《将军，不能这样做》②的诗前"小序"中，有关于诗的"本事"和写作缘由的讲述。这明显越过当时题材的边界，而受到指责。

对"现代化"的想象、呼唤的政治诗中，骆耕野③的《不满》无疑是当时最有影响的作品。诗中"大声喊叫出"在当代许多时候都属于违禁的"可怕思想"："我不满。"如"当代"政治抒情诗那样，《不满》也采用大量排比句式，串联起密集的并列喻象，来质疑满足现状的精神状态。

另一热情拥抱"现代化"的诗人，是运用楼梯体的张学梦。他的诗和50年代前期的"建设的歌"相似，其情感来源于"富国强兵"的百年梦想。在赋予"知识""科学""经济"以诗意的时候，高炉、电流、市场、高速公路、摩天大厦，和真理、民主、法制一起，成为歌唱的对象。张学梦甚至在作品中使用了诸如《休息吧，形而上学》《致经济学家》《啊，经济规律》的题目。

由于人们普遍认为，"当代"的一些时间里（尤其是"文革"期间），国家的现代化进程受到阻滞，人的"现代化"问题也没能解决。因而，比起50年代欢快的"建设的歌"来，这时有关"现代化"前景的表达中，加入了对历史、自我"反思"的成分。诗歌主题的这种历史延续和变异，从一些诗人诗题的关联性联系中也可见一斑。邵燕祥在50年代初，

---

① 曲有源（1943—　），吉林怀德人。著有诗集《爱的变奏曲》《句号里的爱情》《曲有源白话诗选》等。

② 刊于《诗刊》1979年第8期。延续这一题材，叶文福后来又写了《将军，好好洗一洗》（《莲池》1981年第1期）。叶文福（1944—　），湖北赤壁人。1964年到80年代初，在人民解放军服役；写作《将军，不能这样做》时，为工程兵政治部文工团创作员。1969年开始发表作品。著有诗集《山恋》《雄性的太阳》《天鹅之死》《苦恋与墓碑》《牛号》等。

③ 骆耕野（1951—　），四川成都人。70年代开始写诗，首次发表作品是在1979年。《不满》这首诗刊于《诗刊》（北京）1979年第5期。除此之外，还写有《车过秦岭》《沸泉》等作品。著有诗集《不满》《再生》等。

以《我们爱我们的土地》（1954）呼应、对照艾青的《我爱这土地》（1937），来表明中国开始了"新的命运"。在80年代，他又以《中国的汽车呼唤着高速公路》（1978），来连接他20多年前的《中国的道路呼唤着汽车》（1954）。从对于现代化"高速度"的"呼唤"中可以看到，历史的错动，构成这一不绝如缕的浪漫诗题的多种"变奏"。不过，后来诗人看到现代化的"市场""经济规律"降临的复杂"真相"，中国新诗史绵延多年的这一主题才逐渐淡出。"现代化"由此出现了某种痛苦的"回应"：

> 红尘已洞穿沧海。
> 眩惑：夜天的华衮镶满铜灯。
> 钻戒使腕臂浸润富贵。
> 长筒丝袜在风中干瘪。
> 游牧部落失传他们的土风。
> 钦差祭海的神庙游离海隅。
> 淘金者的脑颅筛漏淘金的山水。
> ——昌耀《眩惑》

## 五、新诗历史的重叙

虽说诗界普遍存在诗歌"复兴"的期待，但对其理想前景和如何开启新的局面，很快就发生争论。涉及的问题纷繁芜杂，有许多其实是旧话重提。这些问题包括：诗与"现实"，"反映现实"与"自我表现"，诗的"自主性"与社会功能承担，"传统"与外来影响，新诗的艺术形式的建立，等等。而"新诗危机"这一"永恒性"的说法，自然也再次出现。关于这些问题的争论，在1980年"朦胧诗"出现后，围绕"朦胧诗"的评价更为激烈。

对中国新诗前景的不同想象，当时也通过对新诗历史的重新整理来展开，出现了几种不同的趋向：一是强调重振"现实主义"的，"革命"的诗歌传统。在这一前提下，"革命诗歌"维护者内部此时也出现分歧：焦点是诗在"现实"批判、干预上的可能和限度。但有更广泛基础的诗歌"复兴"要求，则要求开放地处理中国新诗史上的多种倾向，包括在"当代"被压抑的、带有现代主义特征的线索。自然，多数人的认识是，中国新诗远未获得佳绩，需要在中外诗歌参照下释放诗的创造力。这种雄心，更普遍存在于青年的诗歌钟情者之中。

诗歌"复兴"的想象，推动了对"五四"以来的新诗历史的重评①。在50—70年代受到批判、"掩埋"的诗人、诗歌流派和诗学理论，得到重新发现。这集中在如下的线索上：一是中国新诗浪漫抒情传统中，侧重传达个人曲折、幽微的情感和内心世界，风格趋于柔和的一派，如徐志摩、朱湘，早期的何其芳等。另一是包括艾青在内的"七月诗派"，他们的把握"时代"情绪的独特方式。受到最多关注的，则是带有"现代主义"倾向的诗人或诗群。不少诗歌革新者认为，他们的艺术实践最有可能转化为当代创造的"资源"，能从中获得最有效的借鉴。如二三十年代的李金发、戴望舒、卞之琳的写作，40年代的"中国新诗派"（或称"九叶派"）②。在80年代，"七月诗派"的受到重视，除了这一诗派（包括艾青）在"当代"的遭遇的因素外，主要是强调其诗歌批判精神，和关注社会现实时写作"主体"真诚生命的"介入"。对"中国新诗派"（"九叶派"）等的重视，则是现代语境中个体心理、经验的开掘和现代诗歌技术的运用。由于80年

---

① "重评"的方式，主要通过个人诗集、诗群诗集的出版，以及对诗人、诗歌流派的研究来开展。由此引起新诗史面貌的调整和改观。

② 徐志摩、戴望舒的诗选和全集，80年代以来，各出版社有多种版本出版。"中国新诗派"诗人的作品，特别是穆旦的诗的出版，也受到格外重视。在新诗研究界，在八九十年代，对徐志摩，对李金发，对"现代派"和"中国新诗派"诗歌的研究，成为热潮。除了发表大量研究论文外，还有多种资料集和研究专著出版。如《中国初期象征派诗歌研究》（孙玉石，北京大学出版社，1983年），《一个民族已经起来——怀念诗人翻译家穆旦》（杜运燮等编，江苏人民出版社，1987年），《正统的和异端的》（蓝棣之，上海文艺出版社，1987年），《中国现代诗导读1917—1938》（孙玉石主编，北京大学出版社，1990年），《中国现代诗歌艺术》（孙玉石，人民文学出版社，1992年），《中国现代主义诗歌流派史》（罗振亚，北方文艺出版社，1993年），《现代诗的情感与形式》（蓝棣之，华夏出版社，1994年），《中国现代主义诗潮论》（王泽龙，华中师大出版社，1995年），《中国现代诗歌史论》（张德厚、张福贵、章亚昕，吉林教育出版社，1995年），《丰富和丰富的痛苦——穆旦逝世二十周年纪念文集》（杜运燮等编，北京师大出版社，1997年），《九叶诗派研究》（游友基，福建教育，1997年），《中国现代主义诗潮史论》（孙玉石，北京大学出版社，1999年）等。

代中期以后新诗潮的探索趋向，因而，诗史中现代主义倾向的线索，其地位、价值迅速上升，并在 80 年代后期至 90 年代诗歌研究界那里，成为最具价值的线索。对台湾诗歌的处理，大体上也依循这样的轨迹：对五六十年代以"现代派""创世纪""蓝星"为中心的"现代主义"诗潮，做出积极的评价。

70 年代末开始，外国哲学、文学、诗歌理论和创作的翻译介绍，也进一步打开当代诗人的视野。不管做出怎样的估价，在八九十年代，俄国和西方诗歌和诗学理论，是中国"新诗潮"的重要"资源"。除了五六十年代已有许多介绍、翻译的诗人（如惠特曼、密茨凯维奇、拜伦、雪莱、济慈、泰戈尔、普希金、歌德、海涅、聂鲁达等）之外，在"当代"前此未曾得到有效介绍的现代诗人，也纷至沓来。或间歇交替，或持久不断，或因人而异地让众多青年诗人兴奋的外国诗歌手艺人，可以开列长长的名单。诸如波德莱尔、兰波、魏尔伦、马拉美、瓦莱里、庞德、弗罗斯特、T.S.艾略特、叶芝、里尔克、奥登、斯蒂文森、拉金、埃利蒂、曼德尔施塔姆、茨维塔耶娃、阿赫马托娃、帕斯捷尔纳克、金斯堡、普拉斯、帕斯、米沃什、希尼、布罗茨基……如有的诗人所说，在中国现代汉语诗歌的建设中，"对西方诗歌的翻译一直在起着作用"，"已在暗中构成了这种写作史中的一个'潜文本'"[①]。在外国诗歌的影响中，俄国 20 世纪由曼德尔施塔姆、茨维塔耶娃、帕斯捷尔纳克、布罗茨基等所体现的俄国诗歌精神，和美国 20 世纪 50 年代以后的当代诗歌，有更大的"影响"。自然，和另外的时间一样，对新诗与西方诗歌的这种紧密关系总是褒贬不一；90 年代之后，更是中国现代诗再次受到激烈批评的主要理由。至于对我国古典诗歌的继承和在写作上对"传统"的创造性转化，其重要性在 80 年代中期以后也得到反复申明。但在实践上产生值得重视的成效还有很长的路要走。认为与中国古典诗歌的断裂造成新诗根本性质的损害的观点，又一次成为重要主张。然而，如何从古典诗歌中发现、寻求艺术创造的根基，在此基础上建立现代的诗歌美学境界，仍是一个令

---

① 王家新《取道斯德哥尔摩》，《特朗斯特罗姆诗全集·跋一》，海口，南海出版公司，2001 年。

人困惑的话题。

## 六、诗的发表、阅读方式

80年代之后，除一般的文学报刊刊登诗歌作品和评论外，"正式"出版的诗歌报刊比起五六十年代有了很大增加[①]。以1985年为例，当年发行的诗歌报刊，除"文革"前已有的《诗刊》《星星》外，还有《诗神》《诗选刊》《诗潮》《诗人》《青年诗人》《诗林》《绿风》《诗歌报》《华夏诗报》等。另外，从1981年开始，还创办了诗歌理论刊物《诗探索》。上述诗歌报刊此后有的停办，但又有新的刊物出现。

在80年代和90年代中期，诗集的出版不是易事；特别是带有"探索"色彩的诗。不仅是一些初涉诗界的作者，有的知名诗人也是如此[②]。不过，在90年代后期，情况似乎有所改善。一方面，某些出版机构注意到一些诗人已具有一定的影响力，也看到诗歌仍拥有相当数量的读者。除了"正式"出版的诗集外，80年代以来，"自印"诗报、诗刊和诗集，成为很普遍现象。在现代出版业已确立其地位之后，过去的那种个人（或诗歌社团）自行印发书刊的方式，逐渐成为"例外"。不过，20世纪20—40年代，这种情况仍然存在，虽说已不很普遍[③]。80年代以后，诗歌社团或个人自印诗刊和诗集的方式，成为

---

[①] 五六十年代的诗刊、报纸副刊和综合性文学刊物，都有一定篇幅刊登诗歌作品。专门的诗刊则只有同时创刊于1957年1月的《诗刊》和《星星》。《星星》（成都）1960年停刊，1979年10月复刊。中国作协主办的《诗刊》（北京）1964年12月停刊，1976年1月复刊。

[②] 90年代，郑敏先生在谈话中多次抱怨出版诗集的不易。于坚："我经历了一个漫长的不能出版诗集的时期。1989年我出版了第一本诗集《诗六十首》，它们出版后运到我家里，我是通过邮寄的方式把这些小册子卖掉的。1993年在朋友的资助下，我印行了另一部诗集《对一只乌鸦的命名》，它同样从来未进入发行渠道，乌鸦们是一只一只从我家里飞走的。此后7年之间，我再也找不到愿意出版我的诗集的出版社，很多出版社都把出版诗集看成是对诗人的一种施舍。"（《于坚的诗·后记》）

[③] 如应修人、冯雪峰、汪静之、潘漠华合著的诗集《湖畔》《春的歌集》，由他们创建的"湖畔诗社"出版。王辛笛的《珠贝集》（1935），纪弦的《易士诗集》（1934）、《行过的生命》（1935），《穆旦诗集（1939—1945）》（1947）等，均为自费印行。

普遍现象①。这在"朦胧诗"时期已经存在，如贵州的《启蒙》，北京的《今天》等。到80年代中期以后，更是诗歌界难以无视的重要方式，出现了诸如《今天》《他们》《非非》《倾向》《南方诗志》《现代汉诗》《象罔》《反对》《发现》等重要的自办诗刊。这些"民刊"，有的是杂志类的，另一些则主要用以展示某一诗歌"流派"、社团的写作成果。早期的"民刊"，大多是打字油印，后来发展为铅印。90年代中后期，自印的诗报、诗刊大多是电脑排版印刷。它们一般是"非卖品"，在一定的圈子里流传②。由于不是通过图书市场的渠道流通，读者面有很大限制，而诗界和文学史写作对自行印刷、出版的诗刊、诗集，出于各种原因（情况的庞杂混乱和资料获取的困难），也不可能给予足够关注。因此，谋求作品再度刊发于"正式"书刊，或"正式"出版诗集，是许多人的愿望。事实上，诗人同时在"正式"出版书刊和自印书刊上发表作品，已是普遍现象；而"正式"出版物选载"民刊"的创作，也十分经常。自行出版的书刊由于"审查"和筛选由个人或在小圈子里进行，其中诗作的艺术水平必然参差悬殊；但另一方面，也使那些探索性的成果容易得到发表。

70年代末到80年代，诗的发表的另一重要现象是，一部分以前从未公开问世，但标明写于五六十年代或"文革"期间的作品，在此时的刊物上发表。其中一部分是在"十七年"中受到压制的诗人的作品，包括被列为"胡风集团"的成员（曾卓、牛汉、绿原），被定为"右派分子"或其他原因不能发表诗作的诗人（穆旦、唐湜、公刘、流沙河、昌耀），以及诗的内容和艺术方式与当时诗歌规范并不符合的作品（林子的爱情诗、灰娃的作品）。另一部分作品，则属于"文革"期间的青年诗人的创作（黄翔、食指、多多、芒克、根子、北岛、顾城、舒婷等）。上述的诗作，有的有当时的手稿保留，有的则没有；有的曾在一定范围中传阅，有的在公开发表前从未有过读者；有的诗人说明，在"文革"后公开发表时有过修改，有的则对是否修改、改动情况未做任何说明。有的标示写于"文革"前和"文革"中的作品，

---

① 这些出版物有各种称谓，如"地下刊物""非正式出版物""民间刊物""民办刊物""内部交流资料"等等，90年代较常用的概念是"民刊"。

② 在90年代后期，出现个别"民刊"标明定价，在固定的书店发售的现象。

是诗人在"文革"后凭记忆补写的。在当前中国的历史语境下，"文革"前、后这一时间界限，被看作当代历史的重要转折；事实上，此前与此后的政治、艺术氛围与写作条件，也都发生明显的变化。因而，写作时间、具体细节的认定，就不是可以完全忽略的事情。对于读者和诗歌史叙述来说，问题的困难之处是，在多数情况下，并没有足够的根据对写作时间和修改情况做出较为可信的判断。

# 第九章 "复出"的诗人

## 一、一种诗歌现象

在当代诗歌的前一阶段（20世纪50至70年代中期），多次的政治和文艺批判运动，把一些诗人卷出正常的生活和创作轨道，失去写作和发表作品的权利。"文革"后，他们的写作得以陆续恢复。这一现象，在"文革"后的诗界，被称为诗人的"复出"（或"归来"）。对"复出"诗人的身份存在不同的认定。一种广义的理解是指当代不同时期（包括"文革"期间）写作、发表权利受到剥夺、限制的那些诗人。也就是说，五六十年代一直活跃于诗界，只是"文革"期间才被迫辍笔者也包括在内。不过，诗界在使用"复出"这一概念时，大多认可下面的这种说法：应指在"文革"发生以前就受到各种打击而停止写作和发表作品的那一部分诗人。这也是本书所使用的"复出"概念的含义。但是，在本章和其他的章节中，也会谈及其他的诗人的写作情况。

五六十年代因为政治和与政治有关的艺术等原因而被迫离开诗界的诗人，在时隔20多年之后重新出现。在一个相对集中的时间里（大约是1978年到80年代初），他们纷纷把自己生活道路的坎坷和在坎坷道路上获取的感受，投射在归来之后的诗篇中。最初的创作普遍带有某种"自叙传"的性质。他们把个体的"复出"与"新时期"的到来联系在一起。也把这种"复出"看作对原有生活、艺术位置的"归来"：

从被"遗弃"而回归文化秩序的中心。艾青把他复出后收录新作的第一部诗集命名为《归来的歌》，流沙河有诗《归来》，梁南也写了《归来的时刻》。几乎所有"复出"诗人都有有关"归来"主题的歌唱。他们庆幸"历史的巨手"为曾经以"一道无声的泪痕划过群星灿烂的夜空"的"天庭的流浪儿"[1]洗刷去不白之冤，让他们得以回归原先的轨道：

> 我回来了，我回来了，
> 我活着从远方回来了，
> 远得就像冥王星的距离，
> 仿佛来自太阳系的边缘。
> ——流沙河《归来》

这种混合着欣喜、感伤和骄傲的"归来"意绪，成为"复出"诗人的诗情核心。他们在诗中构造了这段历史，也构造了自身的"形象"：

> 然而玫瑰花在额顶盛开，好一顶荆棘的王冠
> 褴褛衣衫，通体焕发着光艳的新鲜……
> ——公刘《爆竹》

他们中的多数人，在走向诗歌时就怀有强烈的社会责任意识，因而，"自白"式地描述那段异常岁月里的生存状态，也就自然地追求历史光影的投射，从而使以"历史反思"为核心的理性思辨倾向也成为"归来"诗作的另一重要特征。"复出"诗人觉得，虽然对祖国"母亲"的"第一声爱还没落地，就凝成一颗苦涩的泪滴"[2]，但历史的"误解"使他们获得更深入体察和思考的机会。这使他们归来的歌唱，在保持当初忠贞的爱和信念的基础上，增加了因个人和历史的创伤所产生的沉郁。"复出"诗人作品的理性思辨色彩，与50年代公

---

① 林希诗《流星》中的句子。
② 赵恺诗《我爱》中的句子。

刘、邵燕祥的《在北方》《到远方去》有很大的不同。当年单纯的热情已不可能重复，围绕着既定的政治观念来结构作品的方法也受到怀疑。他们"归来的歌"的思辨倾向，突出地表现为两个向度：其一是前面已提及的揭示自身经历中凝聚的历史创伤，思考个人与历史的关系，这在梁南、林希、曾卓、绿原、牛汉、流沙河的创作中有明显的体现。其二是从民族和国家的"历史悲剧"出发，探寻导致曲折行程的社会历史原因。艾青、公刘、白桦、邵燕祥的这类作品，有更切近于对现实问题的批判锋芒。这里，创作的动因呈现为个人与社会历史的交互推动，正如公刘在《沉思》中所写的：

> 既然历史在这里沉思，
> 我怎能不沉思这段历史？

"沉思这段历史"的主题在不同的诗人那里，呈现了相似或相异的情感色调的"变奏"。有欣喜，也有痛楚；有挚爱，也有憎恶；有信念的坚守，也有失落和茫然；有"文化英雄"式的自豪幻觉，也有被拯救、获"赦免"的感恩戴德；有倔强和冷静，也有不堪回首的唏嘘……这些情愫，在诗中也许各自生长，也许互相纠结盘缠。但是，一般来说，没有过度的冷峻、过度的哀伤，当然也少有超越冷峻、哀伤的彻悟式的平静。在艾青那里，追求的是在近于平淡、机智、哲理化的句子中包含更多的历史概括。在牛汉、曾卓的诗中，凝聚着许多的苦涩；但曾卓偏于感伤，而牛汉有热烈包裹的冷峻。梁南、流沙河在表现"归来"主题时，都流露出浓重的忧伤；但流沙河表现的是青春无法追回的失落，梁南表现的却是身陷囹圄、遍体鳞伤也不改初衷的执迷……为了新的诗情表达的需要，"复出"诗人各自寻求新的艺术手段。虽然，从"文革"后的诗歌状况看，艺术探索、革新的重任，主要由青年一代诗人承担，但是，对当代诗界有着深刻影响的"复出"群体，也对80年代诗歌艺术格局的变化起到了积极的推动作用。

## 二、晚年的艾青

1978 年 4 月 30 日，上海《文汇报》刊出艾青的短诗《红旗》。

这是艾青在时隔 21 年之后第一次在报刊上正式出现。它预示着艾青创作生涯中另一阶段的开始。善于创造"寓言"和"象征"的敏感者，也由此发现：诗界一个新的时期已经到来①。

1958 年，艾青成为右派之后，离开北京到北大荒的 852 农场劳动。一年多以后，由王震安排，他转到农垦部所属的新疆垦区。艾青从诗界消失，但并没有完全停止写作。在 852 农场，写了《踏破荒原千里雪》和《蛤蟆通河上的朝霞》两部长诗（诗稿均佚失）。在新疆除写诗外，还写了一部长篇小说初稿，并用另外的名字出版过长篇报告文学《苏长福的故事》②。他"复出"后写的短诗《鱼化石》，一般被看作对这一段岁月的自述：

不幸遇到火山爆发，
也可能是地震，
你失去了自由，
被埋进了灰尘；

过了多少亿年，
地质勘查队员
在岩层里发现你，
依然栩栩如生。

---

① 艾青的《红旗》刊出后，有读者致信称："……我们找你找了 20 年，我们等你等了 20 年。现在，你又出来了，艾青！'艾青'，对于我们不再是一个人，一个名字，而是一种象征，一束绿色的火焰！——它燃起过一个已经逝去了的春天，此刻，它又预示着一个必将到来的春天。"艾青后来在他的《艾青诗选》（人民文学出版社，1979 年）《自序》中，摘录了"我们找你找了 20 年，我们等你等了 20 年"的话。这封给艾青的信，为贵州青年诗人哑默（伍立宪）所写。但后来，艾青和这些青年诗人的关系发生变化。1980 年，哑默在致艾青的另一封信中说，我"想告诉你，艾青在我的心里已经死去了……一本'开后门'买来的新版的《艾青诗选》放在我的桌子上快一年了，但我连翻都没有翻过。尽管上面第一页上印着的第一句话是我给你的第一封信里的第一句话"。见《伤逝》，贵州民刊《崛起的一代》（油印本）1980 年第 2 期。

② 关于艾青在当代的生活和写作情形，可参见程光炜《艾青传》，北京十月文艺出版社，1999 年。

但你是沉默的，

连叹息也没有，

鳞和鳍都完整，

却不能动弹；


你绝对地静止，

对外界毫无反应，

看不见天和水，

听不见浪花的声音。


这里最值得注意的，是"依然栩栩如生""却不能动弹"的现实与心理的困境。但艾青不相信会有这样的困境。对于坚持把自己的写作与民族、人民的命运联系在一起的诗人来说，这并没有损坏他一贯的信念："活着就要斗争，/在斗争中前进，／当死亡没有来临，／把能量发挥干净。"

1978 年后 5 年多的时间里[①]，艾青共写了 200 多首诗，出版了多部收入新作的诗集[②]。大致的情形是：一类诗主要围绕当代现实政治事件或问题取材。它们有《在浪尖上》[③]《听，有一个声音》《清明时节雨纷纷》《窗外的争吵》《迎接一个迷人的春天》等。第二类作品，以人生体验为起点，引向对中国以至人类历史和大千世界

---

① 此后艾青诗作渐少。艾青在 80 年代中期以后，诗作渐少。1991 年，花山文艺出版社（石家庄）出版了《艾青全集》。1996 年艾青逝世。

② 收入"复出"后作品的诗集有《归来的歌》《彩色的诗》《雪莲》，并出版了诗论集《艾青谈诗》。此外，人民文学出版社于 1978 年和 1983 年两次再版的《艾青诗选》，也都收入部分新作。1980 年重版的《诗论》，对原书也做了较大的增删修改。同期出版的《域外集》，则收入作者 20 世纪 30 年代到 80 年代半个世纪来"在国外写的和写国外的诗"（艾青《域外集·序》，花山文艺出版社，1983 年）。

③ 写于 1978 年秋天的，以 1976 年"四五天安门事件"为对象的长诗《在浪尖上》，与白桦的《阳光，谁也不能垄断》等作品，在当时受到热烈欢迎。在 1978 年《诗刊》于北京工人体育馆举行的有一两万人参加的诗歌朗诵演唱会上，诗中的宣言式判断句（"一切政策必须落实，／一切冤案必须昭雪，／即使已经长眠地下，／也要恢复他们的名誉"），每一句都引发全场听众的欢呼，有的"甚至失声痛哭"。参见程光炜《艾青传》，北京十月文艺出版社，1999 年，第 495 页。

的历史经验的把握。它们衔接着他三四十年代《火把》《向太阳》《时代》等抒情诗的思想艺术脉络，表现出对宏阔视野和哲理概括的追求。其中不乏处心积虑的鸿篇大构；最为知名的有《光的赞歌》《古罗马的大斗技场》。还有一类看来像是随意的发挥，却有或深长、或浅显的寄托，如《酒》《镜子》《关于眼睛》《蛇》《山核桃》《鱼化石》《互相被发现》《盆景》等。艾青"复出"后的几年里，频繁出访①。他的"域外题材"的作品，也与50年代访问苏联、欧洲、南美的作品发生自然的联系。这些诗有《墙》《慕尼黑》《重访维也纳》《芝加哥》《纽约》等：它们表现了艾青自20世纪30年代开始的对世界和人类历史关注的热情。

在三四十年代，艾青以含泪的、忧郁的声音，使他对光明的赞颂带有震撼力量。他说，"我们是担载了历史的多重使命的"，因为，"我们是悲苦的种族之最悲苦的一代，多少年月积压下来的耻辱和愤恨，将在我们这一代来清算"②。自觉地从对民族命运和人类未来的关怀上来观察生活、处理题材，是艾青为自己的艺术确立的基点。"揭示和同情苦难人民"，与"确信人类的再生"，是他作品并行和交错的两个基本主题。艺术个性中的这一核心内容，在他"复出"后的创作中，得到自觉的继续。发生于当代中国的政治纷乱和现实冲突，在80年代被普遍看作"光明和黑暗的搏斗"。艾青也持这种判断，他也因此开启连接过去诗情的闸门。如聂鲁达那样去关注一个激荡的时代并给予评说，一直是他难以释然的抱负③。因而，和另外的"复出"诗人不同，他既较少处理具体的社会事件，也很少在诗中涉及个人的经历和生活细节（《致安娜的亡灵？》等是少数的例外）。他有意识地要超越具体事象，以写作具有广阔空间和纵深历史时间的"大诗"，阐释由生命过程所感悟的历史哲学。《光的赞歌》《古罗马的大斗技场》

---

① 先后出访了法、奥、意、美、新加坡等国家。

② 艾青《诗与宣传》，《诗论》，复旦大学出版社，2005年，第63页。

③ 参见他写于1957年的长诗《在智利的海岬上》。诗中写道："我问巴勃罗：/ '是水手呢？/ 还是将军？'/ 他说：'是将军，/ 你也一样；/ 不过，我的船 / 已失踪了，/ 沉落了……'"

是这种努力的主要成果。它们也被批评界看作"里程碑"式作品[①]，并以此证明艾青的写作出现另一个"高峰"。不过，实际情形并非如此。在当代的诗歌过程中，他的新作并没有提供更多新的艺术经验。受囿于日见显露的思想和艺术方法的限制，艾青的抱负其实在很大程度上落空。一个主要的问题是，50年代形成的僵硬而狭窄的视境和由此形成的论断、宣谕式的语句，常拘束、阻遏感觉、思考的开放。比较起来，倒是一些从眼前事象出发的短章，给人较深的印象。摒弃雕饰的质朴、简洁的语句，有更多的人生体验的融入，观念框架也有所挣破；有一种饱经忧患的豁达，也有不经意流露的沉痛。

在四五十年代的文学环境中，艾青曾一再伸张"独立精神""写作自由"的主张[②]，并因此在延安文艺整风和1957年反右派斗争中，受到批评和打击。他认为，诗人是"一切时代的智慧之标志"，他们"给一切以生命"，"给一切以性格"；"他们要审判一切——连那些平时审判别人的也要受他们的审判"；"作者除了自由写作之外，不要求其他的特权。他们用生命去拥护民主政治的理由之一，就是因为民主政治能保障他们的艺术创作的独立精神"……对于诗人职责、社会地位和独立权利的这种基于精英启蒙意识的想象，在现代社会的（政治、经济、文化）格局中，必然引发严重的冲突。正如诗人冯至在1958年对他的批判所说的，这种"个人和时代相抵触、'天才'和'世俗'相对立的情绪"，不可避免地引导他在当代"沦入""一个难以想象的深渊"[③]；虽然他表示不畏惧，纵使"脸上和身上""像

①《光的赞歌》发表后，评论界给予高度赞扬。"和38年前的《向太阳》相比，《光的赞歌》显然是一脉相承的，然而，后者深刻的思想，是诗人在长期斗争的烈火熔冶下的结晶"（罗君策《一位执着地追求光明的诗人——读〈艾青诗选〉》，《读书》1983年第3期）；"《光的赞歌》是艾青的一篇力作，是他的又一座里程碑"，并说，"老当益壮，老而弥高，一句话，他在思想上、艺术上更加成熟了……"（吕剑《艾青〈归来的歌〉读后》，《归来的歌》，四川人民出版社，1980年。

②有关"写作自由"和诗人的"独立性"的主张和想象，艾青在《诗论·诗人论》中有集中的阐述。另外，延安时期撰写的文章《了解作家，尊重作家》（1942年3月12日延安《解放日报》），和50年代写的诗、寓言（《礁石》《黄鸟》《蝉的歌》）等，都反复表达了这一观点。

③冯至《论艾青的诗》，《文学研究》（北京）1958年第1期。另见冯至《诗与遗产》，北京，作家出版社，1963年，第125页。

刀砍过的一样",

> 但他依然站在那里,
> 含着微笑看着海洋……
> ——艾青《礁石》

无论如何,艾青塑造的这一诗人"形象",成为中国现代独立的诗歌精神的象征。

除艾青外,老诗人公木、吕剑、苏金伞、青勃等在"复出"后也各有新作问世。公木[①]于 1981 年出版了《公木诗选》,这是作者半个世纪创作的自选集,其中也包括"复出"后写的诗。作者自称,"自从 1958 年以后,便再不曾真正写过诗",因为,"附和真情的实感无由表达;而说真话,只有自语或耳语……即或'情动于中而形于言',也多半用些隐晦的语言,更基于习惯和历史的惰性,还外加上道平平仄仄的障眼法"[②],因此,50 年代中期以来以旧体诗居多,新诗反而是偶尔为之。吕剑[③]出版于 1978 年的诗集《喜歌与酒歌》,实际上是他 20 年前两次漫游内蒙古时写下、并已编定的作品集。当年,由于成为右派而不得出版。1983 年,他把 30 年代以来的创作选出 100 首,编成《吕剑诗集》。其中数量几占一半的第三辑,是他"复出"以后的新作。他说,"最近三年中,我的创作总数,甚至超过了新中国成立初期的几年间。产量多并不一定就是成熟的表现,但无论如何,也许总可以从它们身上,多少窥见一些生活的真实、历史的真实打下的烙印吧!"[④]吕剑善于用回复的诗体形式,来表现激荡在心头的由哀

---

① 公木(1910—1998),生于河北束鹿。1928 年开始发表诗作。1957 年被定为"右派分子"。著有诗集《鸟枪的故事》《中华人民共和国颂歌》《十里盐湾》《黄花集》《崩溃》《我爱》等。

②《公木诗选·后记》,长春,吉林人民出版社,1981 年。

③ 吕剑(1919—2015),山东莱芜人。30 年代末开始新诗写作,并出版诗集《进入阵地》(与鲁丁、风磨合著)。50 年代的诗集有《草芽》《诗歌初集》《溪流集》。80 年代后的诗集有《喜歌与酒歌》《吕剑诗集》等。

④《吕剑诗集·序》,北京,人民文学出版社,1983 年。

婉而昂奋的情绪。

苏金伞①1983年也出版了自己半个世纪诗的选集《苏金伞诗选》。他早期的作品，曾因"天然去雕饰"的朴素的乡土风格受到称赞。他的诗常以叙述的语调，以细致的生活细节来表现情感和心理内容。50年代，写有表现农村新生活情景的作品。80年代重新写作后，作品的主要部分仍是散发着泥土气息的农村生活的篇章。晚年的诗作，语言更趋质朴，而且常使用平缓的、自语独白的语调，来表现一种平易的"栩栩然"的境界。

## 三、"青春历劫，壮岁归来"的一群

公刘1977年重新发表作品以后的十余年间，表现了喷发般的写作状态，先后出版了十余部诗集②。其中，《尹灵芝》是长篇叙事诗，初稿于"文革"后期，被毁后于1978年重新改写。《离离原上草》是30年诗作选集，收入20世纪50年代《边地短歌》《神圣的岗位》《黎明的城》《在北方》等集的部分作品，以及1957年后无法结集的部分诗作和"复出"后的部分新作。这些诗集中，最重要的是《白花·红花》《仙人掌》。

比起50年代来，公刘新作的情感基调发生明显变化。这自然与社会历史，特别是个人的经历有关。"不幸，过去了的30年，竟有多一半的时间我被驱赶于流沙之中；生命为大饥渴所折磨，喑哑了"；"但也有幸……流沙覆盖着的下层依旧有沃土膏壤"，"因而可望扎根之处还是有的，虽则很深"。在这种情况下，"并未弃我而去"的多情而有义的歌声，"只是由于缺乏活命的水，连它都变成火了"③。

--------

① 苏金伞（1906—1997），河南睢县人。著有诗集《地层下》《窗外》《入伍》《鹁鸪鸟》《苏金伞新作选》等。1926年开始发表诗作。先后在开封的专科学校与河南大学任教。1948年进入解放区。1957年被定为"右派分子"。

②1978年出版《尹灵芝》后，相继出版的诗集有《白花，红花》《离离原上草》《仙人掌》《母亲—长江》《骆驼》《大上海》《南船北马》《刻骨铭心》《相思海》《我想有个家》《公刘诗选》等。另有诗论集《诗路跋涉》《诗与诚实》《乱弹诗弦》，及杂文随笔集多种。于2002年病逝。

③ 公刘《离离原上草·自序》，北京，人民文学出版社，1980年。公刘在《自序》中，讲述了他成为"右派"后的遭遇：妻子弃他而去，留下不满一岁的女儿，自己又被遣送到山西等地从事重体力的"劳动改造"，只好将女儿托付老母抚养。"文革"期间再次受到迫害，父母经受不了反复打击，相继亡故。

评论者普遍认为，30年前那朵升自西南边疆、带着"旭日光彩"的"云"，遂变成炽烈喷射的"火"了①。

公刘"复出"后对于诗的第一声呼唤是"诚实"。"诗人可以不写诗，但不可以背叛诗"，"诗必须对人民诚实"。在公刘看来，这包含着直面现实的严峻态度，也意味着诗人对待自己灵魂的坦诚。在《为灵魂辩护》中写道：

> 我把好诗当好友，一如结交知音，
> 他们不仅有血有肉，也有活的灵魂，
> 他们大哭大笑，真爱真愤，
> 日日夜夜吸引我的眸子，占领我的心。

这种与虚伪、粉饰抗争的让人感动的思想立场，在他那里偏激地推导为一种不加掩饰、锋芒毕露的艺术态度。长时间郁积胸间的情感，常采取类乎"大哭大笑"的喷发方式。诗的取材和主题，执着于政治性领域，诗风有鲜明的理性思辨倾向。这种思辨倾向在他50年代的诗中已经确立。他习惯于以一个警句式的句子作为构思的核心，作为抒情展开的"逻辑"依据。"复出"后的作品承续了这一点。不同的是，由于"遍布大脑皮层的沟回呵，谷何其深，峡何其长！／多少事，和着血掺着汗在这里层层沉积，深探蕴藏……"②，情感思辨趋于深沉，也增强了批判的锋芒。《星》《12月26日》《刑场》《哎，大森林》《上访者及其家族》等是紧贴现实事态和政治情势的作品，《车过山海关》《关于〈摩西十诫〉》《乾陵秋风歌》《假如这些秦俑们突然间活过来》等虽是对历史的返视，也完全为现实问题所驱策。即使是描景写物的《冻雨》《雪景》《竹问》，也完全纳入现实政治内容。公刘这一时期的作品，涉及"新时期"思想政治思潮的那些重要命题：现代迷信与造"神"运动、民主与法制，人的"异化"，等

---

①参见黄子平《从云到火》，见《沉思的老树的精灵》，杭州，浙江文艺出版社，1986年。

②公刘《铁脚歌》中的句子。

等。痛苦是这些情感炽热的诗的最基本的元素。

为了寻求激情获得充分、酣畅的表达，以形成逼人的气势，公刘在此期间写的政治诗，常使用大量的排比句。《乾陵秋风歌》第一部分的近30个排比句，就是典型一例。另外，呼唤、设问、反诘等，也是频率很高的句式。这使他的某些诗，显得缺乏控制而过于直露。比较起来，构思于"文革"后期的那些短诗（《家乡》《皱纹》《象形文字》），以及《绳子》《空气和煤气》《假如……》等，就显得内敛含蓄；它们在公刘这一时期的诗中并不很多见。

公刘通过激情宣泄方式对社会政治问题做近距离透视的作品，在当时曾获得热烈的社会反响。但是，社会生活、思潮后来的变化，使这种看取现实的角度和方式难以为继。稍后出版的《骆驼》《大上海》《母亲 — 长江》等集，上述的风格已不再那么典型。然而，公刘的调整似乎没有找到新的方向。在这种情况下，原先的风采反而有些黯淡；他也把更多的力量转到杂文、随笔的写作上。

邵燕祥"复出"后，也有大量作品问世①。但他的诗歌创作集中在70年代末到80年代中期，此后，诗作渐少，精力放在杂文随笔的写作上，成为八九十年代有影响的杂文随笔作家之一②。

邵燕祥也是社会意识和责任感强烈的诗人。他所竭力寻求的，是对一个时代的诗情概括。50年代前期，邵燕祥曾经以歌唱青年拓荒者动人的创业豪情，来表现新生的共和国蓬勃的时代气氛。他又在《贾桂香》等作品中，抨击存在的社会病症，也因此遭遇厄运。"复出"之后，仍继续50年代的这两大主题。开始是一组表现劳动者在艰苦环境中的献身精神的作品。但他很快明白，"历史"不能简单重复，

---

①1980年以后，邵燕祥出版的诗集有《献给历史的情歌》《含笑向70年代告别》《在远方》《为青春做证》《如花怒放》《迟开的花》《邵燕祥抒情长诗集》《岁月与酒》《也有快乐也有忧愁》《邵燕祥自选集》《邵燕祥诗选》，和诗论集《赠给18岁的诗人》。其中，《献给历史的情歌》等是诗歌选集；《为青春做证》是作者以青春为主题的作品选，除收有《到远方去》一集中的篇章外，也包括一些未发表、结集的新作；《岁月与酒》则收录1947—1983年大部分未发表过的、写在日记本上的诗。

②80年代以来邵燕祥出版的杂文随笔集有《蜜和刺》《忧乐百篇》《绿灯小集》《小蜂房随笔》《无聊才读书》《捕捉那蝴蝶》《改写圣经》《自己的酒杯》《大题小做集》《杂文作坊》《真假荒诞》《热话冷说集》，以及多种杂文随笔选集。

50年代单纯的抒情难以容纳复杂了的经验。与当时文学潮流走向相一致，他转而反思和剖析社会现实和历史；他获得一个连接历史，也开放现实的诗歌通道。在《含笑向70年代告别》集的政论式作品中，"告别"既指向一个历史时期，在某种程度上也指向一种诗歌风格。诗的原先透明乐观的情感素质，让位于一种无法宁静的情绪。他在读了绿原为牛汉诗集《温泉》所作序之后写下的《愤怒的蟋蟀》，可看作"夫子自道"：不是那只"在窗下鸣琴""在阶前鼓瑟"的"快乐的蟋蟀"，也不是"在灯阴绷线""织半夜冷露"的"悲哀的蟋蟀"，而是五百年前那个"苦孩子的魂"，为了救人，为了补过而化成的"愤怒的蟋蟀"：

> 因愤怒而忘了纺织
> 因愤怒而忘了唱歌
> 因愤怒而张翅，而伸须
> 而凝神，而抖索，而跳起角逐
> 而叮住不放的
> 那一个！

这种"愤怒"，在诗中成为"叮住不放"的论辩；在《中国又有了诗歌》《历史的耻辱柱》《关于比喻》《历史是公正的》《诚实人的谎话》《我们有行乞的习惯吗》《中国的汽车呼唤着高速公路》中，可看到这样的特征。1982年之后，这一社会性的诗歌主题，在当时诗界遍刮的"史诗"风中，又尝试以抒情长诗的方式加以表达，以加强时空延展的概括力和思想深度。它们表现了两条基本线索：一是侧重民族历史的反思（如《长城》《海之歌》），另一是对社会现实的评述（如《走遍大地》），并在时空交错、历史与现实融通的建构中，来探索创造历史和改造现实的人的处境和命运（《我是谁》《与英雄碑论英雄》《命运》）。邵燕祥的这种提升当代政治抒情诗"深度"的努力（在立意上摆脱对具体政治命题和事件的依附，期望取得相对独立的文化价值；意象、象征方法的运用更加自觉），从整体而言，并没有取得预期的成效。

但邵燕祥毕竟"祖籍"江南，南方给他明丽细致的一面；虽说这一面常为他的另一"自我"所压抑，也不大为人所重视。50年代的《走敦煌》《地球对着火星说》这一线索，在80年代终于得到展开。一些过去较少纳入视野的对象出现在他的笔端。这种时候，思想感情的袒露得到一定程度的控制。会用心去感受、捕捉南国的"微凉的雨""温暖的雨"（《山那边有雨》），深谷无可捉摸的回声（《回声》），透明又朦胧的山水（《阳朔》），夜雨芭蕉矜持的沉默（《沉默的芭蕉》），也有了对"钩沉着零星传闻"的故乡的怀想（《山阴道》），以及生命中"渺小的悲欢"的珍惜（《银婚》）。陆续写于八九十年代之交的组诗《五十弦》①，里面有"珍藏"的情感和体验。在这些断续散乱的有关爱情、青春思念的"碎片"中，连缀起的是悲剧的人生历程：

　　我们只是在节日相逢
　　你就是我的节日
　　你的裙摆与风中的旗
　　激荡着一样的波纹
　　舞会上的陀螺　旋转于
　　灯火通明处

　　那时不能想象
　　节日如花凋落
　　不复见你如花
　　那时不能想象
　　一个人能长久地
　　在别人的节日里生活
　　　　　　——《五十弦·第53首》


　　"文革"后，白桦的主要兴趣和贡献在小说、戏剧和电影方面。

_____

①"80年代后期陆续草成"，"1992年7月开始在大公报的'文学'周刊连续发表"：邵燕祥在《五十弦》篇末写的"附记"。《邵燕祥诗选》，天津，百花文艺出版社，1999年，第299页。

不过，作为50年代有影响的诗人之一，他也有不少诗歌作品发表[1]。"关于诗，时至今日，我仍以为根本的问题还是如何满足最大多数需要诗的人民群众的需要"[2]，因此，他强调，只要是说出"人民群众想要说的话"，"剖析了现状，提出了问题，预言了未来"，就是好的、有思想的诗。这种现在看来有些奇怪，但为当时人普遍认可的诗观，使白桦在急剧变动的历史时间，自然地选择"时事性""政治性"的题材。他把注意力集中在概括、传达历史转折期的社会情绪上。《群山耸立盼贺龙》《我歌唱如期归来的秋天》《阳光，谁也不能垄断》《春潮在望》《珍珠》等作品，虽说稍嫌冗长散漫（在那时，诗要是没有足够的长度，会觉得不过瘾，不足以抒发满腔淤积的情感），也时时拘滞于具体政治事件的评说，不过，在时代情感的历史概括上，在表达那种挣脱束缚、禁锢的热烈愿望上，白桦真诚的叙说无疑做得较为出色。

> 我们就像蜷伏在蛋壳里的鹰，
> 苏醒了的鹰，怎么能容忍窒息和黑暗？！
> 成长着的血肉之躯必须冲破束缚，
> 现状已经不能使我们羽翼丰满。
> 听！我们正在用嘴敲响通往蓝天的门，
> 就需要那么一点！
> ——《阳光，谁也不能垄断》

白桦的散文化叙说方式的作品，给读者留下的印象，主要并不是思想的穿透力（尽管这是他所追求的），而是诗中充沛的情感：热烈、真挚、坦诚。就像《春夜的歌》表白的："我的诗像融化了的冰雪那样透明的诚恳。"虽历经磨难，却仍未泯赤子之心；说"愿做敲破坚

---

① 白桦"复出"后，出版了诗集《悲歌与欢歌》《情思》《我在爱和被爱时的歌》《白桦十四行抒情诗》，和诗选集《白桦的诗》等。70年代末以后，著有话剧剧本《曙光》，电影文学剧本《苦恋》《今夜星光灿烂》《最后的贵族》，长篇小说《妈妈呵，妈妈》《远方有个女儿国》。

② 白桦《情思·自序》，南京，江苏人民出版社，1980年。

冰的春雨中的一滴水，／像一颗欢乐的热泪洒落在待放的花间"（《春潮在望》）。对祖国、人民的爱，是他的生命，也是他的诗的情感动力。有不少作品，都在反复渲染这种为爱而生，因爱而受难，为爱而一生凄凉，然而仍然执着、毫无追悔地"自动投入情网"的"苦恋"。这也是他在电影文学剧本《苦恋》①中所表达的情感和观念。

　　流沙河1957年因写作《草木篇》（以及编辑有争议的诗刊《星星》等）获罪。成为右派之后，被开除公职，作为"地主阶级的孝子贤孙"遣送原籍②。他当了十多年的拉大锯、钉木箱的"体力劳动者"。在"复出"诗人中，他的"归来"的诗，有最明显的自叙传色彩，也流露了因岁月不再的浓重的失落感：

岁月，岁月，你到哪里去了？
我像蠢笨的哑巴被扒了巨款。
　　　　——流沙河《归来》

这种怅然若失的伤感，在《故园别》《文学讲习所旧址》《人和船》中，都一再呈现。即使是有幸重逢，"我的黑发悄悄白，／你的直脊渐渐弯"（《重逢》）；即使是人和船经过漂泊，回到海港，也是"海港忘记了那只船／船的油漆已经脱光／故乡忘记了那个人／人的头发已经雪亮"（《人和船》）。在表现往昔的遭遇和内心体验时，流沙河采用反差很大的不同方式。一是委婉、缠绵，如《情诗六首》（1966），《梦西安》（1972），以及写于"复出"后的《蝶》。它们是对坎坷的人生之路上无法忘怀的梦的追寻。有甜蜜，也有苦味，

---

①电影文学剧本《苦恋》刊载于《十月》1979年第3期。后由白桦、彭宁编剧，彭宁执导，长春电影制片厂拍摄出品，名字改为《太阳与人》。影片未获公开放映，却被以"违反四项基本原则"为由展开批判。白桦后来做了检讨。
②流沙河原籍四川金堂县。《流沙河诗集·自序》（上海文艺出版社，1982年）中写道：在40年代，流沙河父余营成任四川金堂县政府军事科长。1951年镇压反革命运动中被处死刑。1957年反右派运动中，认为他的《草木篇》是出于发泄"杀父之仇"对新社会的攻击。"复出"后出版的诗集有《游踪》《故园别》，诗选集《流沙河诗集》等。另有诗论集和散文随笔集《锯齿啮痕录》《流沙河随笔》《台湾诗人十二家》《写诗十二讲》《隔岸说诗》《十二象》《流沙河诗论》。

因为随风飘逝而凄清：

> 我记得最后的一次抬头看你
> 你扶着大桥的栏杆向我俯望
> 花衫黑裙临风飘动
> 一只瘦蝶病于秋凉
> 停歇在高高的铁篱之上
> ——流沙河《蝶》

另外的方式，则是诙谐的谣曲，如《故园九咏》①。这里没有金刚怒目式的愤怒，也没有哲人式的痛苦凝思。以日常生活的琐屑写历史的不幸，寄深沉悲哀于谐谑、调侃、揶揄的笔调之中。其中有贫贱夫妻的恩爱，相依父子的苦中作乐，被迫焚书的无言痛苦。同当代有"更大抱负"的诗人一样，流沙河也不满足于写作这种个人"传记"式的作品。某个时候，还产生这样的激动："坎坷徘徊，忧国忧民，盼望了这么多年，终于能为国家民族放声呼号了，实在是中国诗人的荣幸！"②于是，便有《太阳》《老人与海》《一个知识分子赞美你》《理想》等试图把握时代的长篇政治诗的诞生。它们有更多的理念，更多的知识，更宏阔的视野和更乐观的豪情，更积极的对现实政治（包括它的领导者）的呼应。但是，他所着力汇入的，不过是当代政治诗渐近衰歇的余波；即使是"主流诗界"，对这些诗的反应也相对平淡。

　　胡昭③、周良沛、孙静轩，都是在50年代因成为"右派分子"而中断写作的诗人。周良沛70年代末之后出版的诗集中，除《西窗集》和自选集《雪兆集》有一部分新作外，《饮马集》《挑灯集》和《往昔的时光》收录的，是五六十年代的已发表和未发表的旧作，其中有

---

①最初发表时题为《故园六咏》（《诗刊》1980年第9期），收入集子时增加3首，并改为"九咏"。

②与贺敬之的通信，见《星星》（成都）1981年第1期。

③胡昭80年代以来出版的诗集有《山的恋歌》《从早霞到晚霞》《瀑布与虹》《人生之旅》等。

的是他被囚禁①时写的。他的许多诗，主要写在异常岁月中的痛苦体验，也着重表现对历史的深情和对未来的确信。周良沛在中外诗歌选本和资料的编纂上，做了许多值得重视的工作②。

孙静轩"复出"后除长诗《黄河的儿子》外，还出版了《抒情诗一百首》和《孙静轩抒情诗集》。后者是作者30年来的抒情短诗选。从早期的《海洋抒情诗》《森林抒情诗》感情的单纯、热烈，到现在《天涯草》《七弦琴》的凝重、低沉。80年代初，他的政治长诗《一个幽灵在中国大地上游荡》，谴责当代"封建主义"和"现代迷信"产生的危害。在有关当代历史的描述和评价上，与当时规范性叙述要求存在抵触，因而引起争议，受到批判③。

梁南、林希、赵恺、王辽生等在50年代中期开始写诗，但还没有引起注意就在反右派运动中"沉没"。"复出"时，他们的名字对大多数读者来说是陌生的。其实，梁南④写诗的历史颇长。他70年代末到80年代初的作品，可以说是同一主题的变奏：对于"祖国""人民"的爱，如何在苦难中生根、开花，结成虔诚的果实。一方面是对人生之路的"炼狱"性质的渲染：纤绳深勒进渗血肩胛的"一代纤夫"，"穿过忧患、拮据、惊恐，穿过劫难、暗狱、乌坟、黑土蒙面、苦棘满身"；另一方面是在这种情景下"爱"的绝对、虔诚："纵然贝壳遭受惊涛骇浪的袭击，/不变它对海水忠实的爱情"（《贝壳》）；"泥

---

① 周良沛1957年成为右派，"文革"期间一度入狱。他"文革"后出版的诗集，尚有《拼命迪斯科》《铁窗集》《野人集》，散文集《白云深处》《流浪者》《香港香港》，以及诗论多种。并著有《丁玲传》。

② 编辑出版了波德莱尔、聂鲁达等的汉译诗选，编辑出版了《新诗资料丛书》《台湾香港新诗窗》《中国新诗库》。

③ 刊于《长安》(西安)1981年第1期。该刊同年多次开辟对这首诗的讨论专栏。1981年底，中共四川省委召开的"思想战线问题"座谈会上，孙静轩做了检讨，称该诗是"资产阶级自由化思潮的产物"，"充满了对社会主义的怀疑情绪和对党的怒气……错误的性质是相当严重的"（见《文艺报》1981年第22期《危险的倾向，深刻的教训》；《长安》1981年第12期《〈幽灵〉作者认真做自我批评》）。

④ 梁南(1925—2000)，四川峨眉人。1945年，与罗洛等办《成都晚报》诗副刊，开始发表诗作。1949年参加人民解放军。成为右派后，在东北北大荒劳动20余年。"文革"后重新发表作品。著有诗集《野百合》《爱的火焰花》《天鹅栖息地之歌》《热恋与诱惑》等。

土纵然干涸得没有一丝水分／眷恋它的树枯萎了也站在怀里"(《树》)；目及你的伟岸，"我就狂热地奔向你"，"即使你给我的奶汁淡薄／即使你给我的摇篮是一蓬荆棘"；

> 诱人的黎明，
> 以玫瑰色的手
> 向草地赶来剽悍的马群。
> 草叶看到了自己的死亡，
> 亲昵地仍伸向马的嘴唇。

> 马蹄踏倒鲜花，
> 鲜花
> 依旧抱住马蹄狂吻；
> 就像我被抛弃，
> 却始终爱着抛弃我的人。
> ——梁南《我不怨恨》

这种情态，由于联系着当代历史评价和人们的遭际，在很长时间里引发争议。梁南在表达这种真挚而扭曲的情态时，使用的是细致优雅的抒情方式，并调动听觉、触觉、视觉等感知手段，以期增强诗的感染力。

林希①"复出"后的作品，大多带有"叙事"的性质，有的就标为"叙事诗"，如《无名河》《夫妻》《水手》《马克西姆的黄昏》《雪夜维也纳》。不过，"叙事"在他那里，往往是容纳情感和心理揭示的框架。代表作《无名河》就是循着一个故事脉络，由 60 首抒情短诗构成的；作者称之为"抒情叙事长诗"。它讲述一个在 50 年代"落难"来到无名河边"洗涤有罪的灵魂"的青年的精神经历；显然，诗的"情节"和表现的心理内容，都和作者的经历相关。

---

①林希(1935— )，天津人。50年代初开始发表作品，并出版诗集《高高的白杨树》。80年代后出版的诗集有《无名河》《海的诱惑》《柳哨》等。另著有长篇小说《爱的荒原》等多部。

赵恺[①]"复出"后的诗，最先写的是交错着爱和恨的复杂感情，"我的第一声爱还没落地，/就凝成一颗苦涩的泪滴"（《我爱》）。他80年代初另一受到好评的诗是《第五十七个黎明》：这大概是由于它能在普通人的日常生活中，于严峻中发掘了温馨，从劳累和艰辛中肯定信念和奋进的缘故。

### 四、昌耀等的诗

蔡其矫在20世纪50年代后期和60年代初多次受到批评。虽出身解放区，但对"美"（山水的和女性的）的耽迷并未完全擦去。最初因《红豆》等诗被认为是宣扬"资产阶级腐朽意识"，继而《雾中汉水》《川江号子》被指责为"大跃进"中的"一面灰旗"。到了1959年，他的当代整个创作被归结为"反现实主义倾向"，是资产阶级的"唯美主义""形式主义"。他被迫离开北京回到故乡福建。60年代以后，很难再公开发表作品。"文革"期间，一度以"现行反革命"身份，下放闽西北山区8年。但没有放弃写作；未公开发表的一些诗不胫而走，在当地青年文学爱好者中传抄。1979年重获发表作品权利后，写于60年代和"文革"间的诗，陆续与"复出"后的新作一起发表，并结集出版[②]。

50年代的批评，固然使蔡其矫在1958年的一段时间里，"改了洋腔唱土调"，用民歌体的形式去歌唱水利建设的热潮，但这次并无成效的实践却产生了积极效果：帮助他终止在写作之路上的犹豫徘徊。对此他后来做了这样的表述："艺术是人生的浓缩"[③]；"个人一段人生经验或一时感触，加上全人类的文化成果，等于诗"[④]；"诗，贮藏了人类体验的一切：美、感动、欢乐、顿悟、希望以及惊恐、厌恶、困惑、焦虑、失望"，它"必须是从我们整个心灵、希望、记忆和感

---

①赵恺（1938—　），生于江苏淮阴。50年代中期开始文学创作。后成为右派。"复出"后的诗集有《我爱》《赵恺诗选（1979—1989）》等。
②80年代以后出版的诗集有《祈求》《双虹》《福建集》《迎风》《醉石》《倾诉》，和自选集《生活的歌》《蔡其矫诗选》等。
③《蔡其矫诗作朗诵会自序》，《福建文学》（福州）1986年第8期。
④《生活的歌·自序》，北京，人民文学出版社，1982年。

触的喷泉里喷射出来的"①。这些看起来杂乱的对诗的界定，强调的是创作主体心灵对表现对象介入的把握和包容，也强调诗歌精神和艺术形式与人类文化成果之间的继承关系。蔡其矫的作品，从题材处理和艺术方法上看，有明显的浪漫主义诗歌的特征。他深爱美国诗人惠特曼（也许还有普希金、莱蒙托夫、海涅等），从精神到艺术都可看到他们影响的痕迹。中国新诗浪漫主义潮流中，追求力、宏大、热烈，和趋于柔美，侧重"自我"内心感情揭示这两个方面，复杂地交错在他的创作中。但从其发展状况看，后者逐渐成为他的主要倾向。

和许多经历过革命、战争的诗人一样，蔡其矫也有很强的政治意识和社会感。他曾热情歌唱中国的新生，曾为现实生活中存在的缺陷、苦难而忧愁。1962年，他赞颂作为人民力量象征的波浪（"对水藻是细语，／对风暴是抗争"），表现了他对政治情势的一种判断。"文革"期间也写了不少具有强烈的政治意识的作品，如《悼念》（1973）、《屠夫》（1973）、《哀痛》（1974）、《木排上》（1974）、《玉华洞》（1975）、《祈求》（1975）、《丙辰清明》（1976）等②，表达对压抑人性、残害生命的力量的抗争，和对愚昧、贫困、灾难的深切忧虑；贯穿其间的是人道主义的精神线索。他曾引用惠特曼的诗句来表明自己的感情意向："无论谁心无同情地走过咫尺道路／便是穿着尸衣走向自己的坟墓。"③"人道主义"精神，在蔡其矫那里，既是一种社会理想，一种伦理态度，同时也是他对诗的目的、动机的理解：诗人经过斗争，甚至是孤立的挣扎，创造一个心灵上自由与快乐的"诗的世界"，以达到"诗化生活"的目的。因而，诗和诗人可能就是一座桥梁：

在现实和梦想之间
你是晶莹皎洁的雕像

---

① 《福建集·前言》，福州，福建人民出版社，1982年。
② 这些诗，包括下面涉及的《祈求》等，均署写于"文革"和"文革"前的60年代，但都在1979年以后才公开在报刊上发表。这一当代诗歌写作和发表上的带普遍性的现象，已在本书"'文革'后诗歌状况"一章中做了说明。
③ 《生活之歌·自序》。

是幸福照临的深沉睡眠；
你是芬芳，是花朵
是慷慨无私的大自然。
　　　　——蔡其矫《距离》

对女性、山水的美的欣赏，在蔡其矫的生活中占有重要位置。他也因此写了许多爱情诗、山水诗和表现故乡人文地理、历史习俗的风物诗。对女性的赞美可能是他极为乐意的，但由于当代的社会和诗歌状况，这方面显然受到压抑。60年代以来，受聂鲁达的启示，蔡其矫希望像有计划地描述南美洲的历史、现状那样[①]，系统地写故乡福建的近代历史，它的人文地理，甚至风景、花木、习俗和艺术。这些诗后结集为《福建集》（另有一些散见于其他集子中）。这是中国现代诗人有意识写作的系统的"乡土诗"。"乡土"并非一般意义上的"农村"，"乡土诗"也不是形式上的民歌谣曲。诗人力图以现代意识来观照故乡的历史和现状。走向世界的泉州风帆，缠绵忧郁的南曲，旖旎但也壮美的戴云山、九曲溪，富于南国色彩的凤凰木、水仙花、玉兰花树……这些诗写得真挚，色彩鲜明。但由于对故乡历史和民俗的探索缺乏深度，并未达到他想象的概括一个地域的人文历史那样的内涵。

因为情感的难以抑制和政治观点表达的急切，蔡其矫的一些作品，更多地使用陈述和议论的手段。但是，后期他几乎是以严厉的态度，排拒纯粹议论的侵入[②]。他努力为自己的体验和情感寻找到恰当的"形式"，通过意象和意象的组合，光和色的调配，直观和联想的飞跃，努力达到内象与外象的和谐。一些抽象而难以把握的情感活动，也在贴切的意象中展开。在借鉴西方现代诗的艺术方法时，蔡其矫并不故作神秘和炫耀新奇。他称自己是处在"传统和创新的中途"，说他的历史任务是"过渡"：既不向传统帖然就范，也不转向退出，而是在

---

[①] 指聂鲁达出版于1950年的《诗歌总集》。该书的中文译本（王央乐译），于1984年由上海文艺出版社出版。1951年版的《聂鲁达诗文选集》中，有《诗歌总集》的部分选译。

[②] 他在《蔡其矫诗作朗诵会自序》（《福建文学》1986年第8期）中说："作品的说教性愈浓，便愈不是好文学。这是花费了大半辈子时间，才终于明白的一个道理"。

两者之间自立境界。他珍视中国诗歌的艺术经验，但当"传统"成为窒息的模式时，他起而"反叛"，提倡广泛吸收融汇。而当"创新"成为一种盲目追求的时髦，他又力戒自己，为了"创新"而牺牲可读性及清晰的风格，也不能算是上策。

　　在当代，甚至在中国新诗历史上，昌耀[①]都是一位重要的，但其价值很难说已被充分认识的诗人。和50年代初的许多青年诗人一样，他曾投笔从戎，曾到过朝鲜战场。1955年，响应"开发大西北"的号召来到青海，从此，这个长期的栖居地成为他更真实的家乡。一开始，他就表现出对青藏高原特殊的兴趣，大部分的诗取材于此。保存下来的写于50年代前期的诗篇（均在80年代才得以发表），表现着他对于这块有着原始野性的荒漠以及"被这土地所雕刻"的民族的奇异感受：写到"以奶汁洗涤"的柔美的天空，篝火燃烧的"情窦初开"的处女地，品尝初雪滋味的"裸臂的牧人"，在黄河狂涛中决死搏斗的船夫……在此期间，昌耀还搜集、编选青海民歌，结集为《花儿与少年》[②]。1957年，因两首总共16行的小诗《林中试笛》被定为右派，而有了长达20余年的监禁和颠沛流离的经历[③]。"复出"后，在《寓言》等作品里，也曾有回顾这段遭遇时的浓重哀伤，但他的写作很快就与50年代的诗歌主题相衔接，继续表现对这心魂所系的高原的挚爱。在《乡愁》里，那个思乡人思念的不是江南的家乡，而是"自己的峡谷"。长诗《慈航》和《雪，土伯特女人和她的男人及三个孩子之歌》，无疑有着诗人经历的投影。比起那"疯狂的一瞬""镀金的骗局""横扫一切的暴风"，以及个人"黄金般岁华"的葬送来，诗的叙述者，

_____

　　① 昌耀（1934—2000），湖南桃源人。1950年弃学从军，参加过朝鲜战争。1953年负伤归国，开始文学创作。著有诗集《昌耀抒情诗集》、《命运之书——昌耀40年诗作精品》（编年体自选集）、《昌耀的诗》（人民文学出版社"蓝星诗库"）、《昌耀诗文总系》等。

　　② 因为后来昌耀成为"右派分子"，该书1958年由青海人民出版社出版时，编选者改署他人的名字。

　　③ 关于这一经历在他的思想性格和诗歌写作上留下的印记，昌耀说："与泥土、粪土的贴近，与'劳力者''被治于人者'的贴近"，使"我追求一种平民化，以体现社会公正、平等、文明富裕的乌托邦作为自己的即使是虚设的意义支点。……也寻找这样的一种有体积、有内在质感、有瞬间爆发力、男子汉意义上的文学。"《诗探索》（北京）1997年第1辑，中国社会科学出版社，1997年。

一个"摘掉荆冠"踏荒原而来的青年，在土伯特人中找到生命、爱情的依归，在"超度"自己的"慈航"中，做出了自己的选择。他称那些"占有马背的人""敬畏鱼虫的人""酷爱酒瓶的人"，那些"围着篝火跳舞的""卵育了草原、耕作牧歌的"，是他所"追随的偶像"。个人坎坷的人生体验融入一个民族的历史生活之中，使他很快将自己诗中的历史意识，从对某一历史过程做简单评判中解脱出来，而倾心于贯穿各个历史时代的古老然而新鲜的命题：对爱和生命的审视和吟咏。他从古老的带有原始表征、并且世代绵延不息的生活中，寻找生命的美，尤其是在艰苦、充满磨难的人生境遇中发挥的生命的勇武、伟力和韧性，灵魂中躁动不安的对到达彼岸的渴求。在这种时候，昌耀冷峻、雄浑的诗行中，流贯着英雄的血脉。与这种体现伟力和"内在质感"的诗质相伴随的，是昌耀诗中强烈的悲剧性的因素，对生命的不幸，对或悲哀，或壮烈的死亡（"旋风在浴血的盆地悲声嘶鸣"的战死者，被误杀的蜜蜂，角枝做成工艺品的鹿的被害……）的深切不安与关切。

在昌耀的诗中，有一种如邵燕祥所说的来自"心灵深处"的"形而上的孤独感"①。这种"孤独感"，在80年代后期到他去世这十余年中，越发扩大、加深，而达到可说是"刻骨"的悲剧境地。在很大程度上，这是由于他强烈意识到，怀乡人、朝圣者、东方的勇武者、为太阳和巨灵召唤的赶路者、硬汉子、负笈山行的僧人，此时已感到眩惑。在"红尘已洞穿沧海""神已失踪，钟声回到青铜""游牧部落失传他们的土风"的这个时代，他"再也寻找不回那些纯金"，并发现"红嘴鸭飞走了"（《眩惑》）。于是，他"孤愤"，"无话可说。/ 激情先于本体早死"（《生命体验》），"体内膏火炙烤"。"烘烤"是这些扮演"孤儿浪子""单恋情人"的诗人的现代处境和他们在这个时代所承受的"酷刑"：

> 烘烤啊，烘烤啊，永怀的内热如同地火。
> 毛发成把脱落，烘烤如同飞蝗争食，
> 加速吞噬诗人贫瘠的脂肪层。

---

① 见邵燕祥为昌耀《命运之书》所作的序。

他觉着自己只剩下一张皮。

…………

我见他追寻皇帝的舟车，
前倾的身子愈益弯曲了，思考着烘烤的意义。
烘烤啊。大地幽冥无光，诗人在远去的夜
或已熄灭，而烘烤将会继续。

…………

——昌耀《烘烤》

　　昌耀诗歌的重要价值，是从50年代开始就离开当代"主流诗歌"的语言系统，抗拒那些语汇、喻象，那些想象、表述方式。为着不与诗界的"流俗"和"惰性"相混淆，也为了凸现质感和力度，他的诗的语言是充分"散文化"的。他拒绝"格律"等的"润饰"，注重的是内在的节奏。常有意（有时不免过度）采用奇崛的语汇、句式，并将现代汉语与文言词语、句式相交错，形成突兀、冲撞、紧张的效果。诗的意象构成，一方面是高原的历史传说、神话，另一方面是实在的民族世俗生活和细节。人类最基本的生活追求和最高贵的精神品质，就存在于现实的日常生活形态中——这是昌耀的哲学意识，也转化为诗的情感内涵和形态的构成因素。因而，高原的自然图景、生活事件和细节，在他的诗中不是"植入"的比喻和象征，而是像化石般保留着活的生命印记。在短诗的构思上，以及一些长诗的局部细节上，他倾心捕捉，并凝定某一瞬间，以转化、构造具有雕塑感的空间形象[1]。昌耀对诗有一种"殉道者""苦修者"的执着态度。他向着所确立的"仅有""不容模拟"的方向而"废寝忘食""劳形伤神"[2]。

　　可是我在自己的作坊却紧扶犁杖

---

　　① 昌耀在诗《听候召唤：赶路》中写道："你，旅行者／沿途立起凿刀／以无名雕塑家西部寻根的爱火／——照亮摩崖被你重铸的神祇。"骆一禾、张夫在评论昌耀的文章中指出，这几乎是昌耀创作的"精炼而概括的自道"。"在这里赶路的旅行者，同时也就是执有凿刀的人，是创造雕塑的雕塑者……"见《太阳说：来，朝前走》，《西藏文学》1988年第5期。昌耀在一首诗中写道："时间是具象。可雕刻。可冻结封存。可翻检传阅而读。"（《旷原之野》）
　　② 见邵燕祥为昌耀《命运之书》所作的序。

赤脚弯身对着坚冰垦殖播种。

每一声坼裂都潜在着深渊或大恸。

而我前冲的扑跌都是一次完形的摩顶放踵。

还留有几滴鲜血、几瓣眼泪。

　　　　——昌耀《播种者》


　　昌耀在当代诗界，是"真实"（在"边缘"已成为另一种时髦的时候）的边缘者。八九十年代颇长的时间里，他不被诗界普遍认可，诗也少有结集出版的机会。这是因为诗的语言、形态，与当代涌动不息的各种诗歌潮流无涉；也从未卷入诗界各种派别的纷争之中。加上身处距政治文化权力中心遥远的"外省"，直到1986年，才有"跨度有28年之遥"的第一部诗集（《昌耀抒情诗集》）问世。1994年第二本诗集《命运之书》①出版，书前邵燕祥作序。从《有个诗人叫昌耀》的题目看，也可窥见当时仍不具"知名度"。所幸的是他有"知音"，对于他的诗的价值肯定的读者也日渐增多②。重要的是，他对于诗美，对于诗歌"宗派"，对于荣辱兴衰所持的态度，实在有可引发思考的地方："我总是基于美的直觉以定取舍，而不盲从举荐或服从胁迫。我总是乐于保持一种自由的向度，一种可选择的余地。其实，一切事理都是以一种被选择的动态过程呈示，所谓'天下理无常是，事无常非'，唯时间一以贯之。"又说："……一切宜在一定的时间截面去量取、把握，凡是得以发生、存在或延续者必有其这一切的缘由。反之亦然。我于艺术方法、风格、个性的态度仅是：暂且各行其是，衰

--------

　　① 与《昌耀抒情诗集》同为青海人民出版社出版。《命运之书》印刷、装帧和纸张，都十分简陋。邵燕祥在《命运之书》的序中说："昌耀是我钦美的诗人。还有什么比'独具风格'对一个诗人更重要的吗？在众多因袭的、模仿的、赝造的大路货中间，昌耀的诗，如诗人本人一样，了无哗众取宠之心地，块然独坐于灯火阑珊处。"在昌耀逝世后的2002年，北京的人民文学出版社在"蓝星诗库"中出版了《昌耀的诗》，他的"故乡"青海，出版了《昌耀诗文总系》，给予这位一生孤独、寂寞者迟到的慰藉。不过，邵燕祥说得好："比起他心灵深处的形而上的孤独感来，日常生活中形而下的'寂寞'、冷落又算得了什么呢？"

　　② 在90年代前期以前，对昌耀诗的评论研究文章不多，主要有叶橹、李万庆、骆一禾等的几篇。骆一禾和张夫认为："我们尤其感到必须说出长久以来关注昌耀诗歌世界而形成的结论：昌耀是中国新诗运动中的一位大诗人。"（《太阳说：来，朝前走》，《西藏文学》1988年第5期）。

荣听任天择。取极端说,世间并无诗名的不朽者。"①——这是千真万确的。

## 五、"西部诗歌"和"新边塞诗"

20 世纪 80 年代,曾有过创建"新边塞诗"②（或"西部诗歌"）的设计。最初是生活在新疆的几位青年诗人（周涛等）受到注意,由此引发一些诗评家和刊物的倡导③。为了使这一倡议显得更有理据,提倡者往往援引历史。通常会讲到唐代的"边塞诗",也会讲到五六十年代李季、闻捷等的创作④,和那时"西部""边疆"如何成为新诗取材的富于成效的领域:田间、郭小川、贺敬之、张志民、李瑛等都曾以"西部"（或"边疆"）为题,留下不少作品⑤。自然,更重要的是,对当时生活在"西部"的某些诗人的作品,从"地域性"上所做的特征归纳。80 年代,被评论界列入"西部诗人"的,有老一辈的唐祈,有 50 年代初开始写作的高平、昌耀,也有周涛、章德益、杨牧、林染、马丽华、李老乡、魏志远等"新时期"的作者。当时有

---

① 昌耀《以适度的沉默,以更大的耐心》,《命运之书》,第 305 页。

② 在 20 世纪 50 年代,阮章竞也曾把他在 1958—1959 年的一些诗,称为"新边塞诗"。这些诗,有意识地仿照盛唐边塞诗的格调和意象,写当代内蒙古的建设风情。

③ 1981 年,有批评家提出:"是不是可以这样说,一个在诗的见解上,在诗的风度和气魄上比较共同的'新边塞诗派'正在形成。"（周政保《大漠风度,天山气魄——读〈百家诗会〉中三位新疆诗人的诗》,《文学报》,上海,1981 年 11 月 26 日。这一想法,为新疆的一些诗人所赞同。 1982 年 3 月,新疆大学中文系就"新边塞诗"问题召开学术讨论会,并编选了收入不同时期作品的《边塞新诗选》。接着,甘肃出版的文学刊物《阳关》呼吁创立"敦煌艺术流派",以"丝路上飞天的花瓣"为专栏名字,集中发表"新边塞诗"。谢冕为 1982 年最后一期的《阳关》撰写了《阳关,那里有新的生命》一文。1983 年春天,兰州出版的《当代文艺思潮》刊出《试谈"新边塞诗派"的形成及其特征》一文,并在当年该刊上展开"新边塞诗派"的讨论。此后,甘肃的《飞天》、新疆的《绿风》和《中国西部文学》等刊物,都致力于"新边塞诗"的提倡。在新疆石河子市出版的《绿风》诗刊,1986 年开辟了《西部坐标系》栏目,集中刊发 15 位诗人的作品和对这些诗人的评论文字。"新边塞诗"的提倡,还得到青海、宁夏、西藏等省区一些诗人的响应。在名称上,也逐渐倾向"西部诗歌"的说法。

④ 如李季写甘肃玉门石油工人的诗,闻捷的《天山牧歌》,以及他们 1958 年写甘肃"大跃进"运动的作品。

⑤ 出版于 60 年代的郭小川的《昆仑行》、李瑛的《花的原野》、张志民的《西行剪影》等诗集,都主要取材于他们对西部的生活感受。

关"新边塞诗"（或"西部诗歌"）的谈论，涉及一些有价值的问题，如引发人们对生活在边远的"西部"的诗人的注意，也会谈到在诗歌主题、语言、风格上多样的思考。不过，从后来的事实看，并没有出现作为"诗群"存在的"西部诗歌"。原因其实不需细察。一个能说明问题的简单例子是，如果说有什么"西部诗歌"的话，"代表性"诗人当推昌耀。但昌耀一贯特立独行，从不与他人结成或名义上或事实上的"流派"；况且，他在当代诗歌上的杰出成就，也不应以所谓"西部诗歌"来概括。

当时作为边塞"西部诗歌"的主要举例的，是周涛、杨牧和章德益[1]的创作。周涛[2]9岁时随父母从北京到新疆，后来一直生活在这里。作为当代"屯垦戍边"者的后代，新疆的自然、历史、现实生活状况，对他的写作有重要的影响。1972年开始发表作品。受到注意的是出版于1983年以后的《神山》等几部诗集。他的诗基本上表现为两条线索。一是写生活在边疆的军人的刚毅、狂放、忠贞的品格，另一是表现他对这块冷峻、神秘而又多彩的土地的挚爱。这两者，有时得到结合：大漠、雪山、草原的自然山川和古老历史，与戍边者、开拓者的精神风貌相交错。他追求崇高感的力度，有犷悍、苍凉的格调，并在诗中自觉地进行有关自然、历史、人生问题的思考。在总体粗犷的理性中，那"突厥铁骑的子孙"，桀骜不驯、"兀立荒原"的野马群，有时也会有：

　　于暮色降临之时
　　悄悄地
　　接近牧人的帐篷
　　…………

---

[1] 在80年代中期的诗歌批评中，他们三人常被放在一起谈论，并出版过三人的诗歌合集《边塞三人集》。

[2] 周涛（1946— ），山西榆社人。1970年毕业于新疆大学中文系。1979年进入军队工作。著有诗集《八月的果园》《牧人集》《神山》《鹰笛》《野马群》《幻想家病历》等。出版的散文集有《稀世之鸟》《人生与幻想》《兀立高原》《游牧长城》《深夜倾听海》等。另有自编散文选《当代散文名家精品珍藏本丛书·周涛卷》《周涛散文选》等多种。

隐藏于血液的深情
在野性的灵魂中被唤醒
一种浪子对乡土的怀恋
使它们久久地
默然凝神
　　　——周涛《野马群》

从 80 年代后期开始，周涛的主要力量转到散文写作上。作为散文家，他获得比作为诗人更高的评价。大概是他抑制在诗歌中的那种理性抒发，而注意了事物的细节与特征；但也许是散文这一文体对他的体验、思考的表达更为有效。另外的原因则是，诗在 90 年代在不断走向"穷途"，而散文总有多得多的读者；诗人向另外的文类"转向"，毕竟是聪明的选择。

杨牧①20 岁时从四川流浪到新疆，在古尔班通古特大沙漠南缘的准噶尔盆地垦区，有过一段艰难的日子。"文革"后最初的诗主要表现"一代人"的社会使命，随后才逐渐把银亮的伊犁河、绛紫的克拉玛依，辽阔大漠上燃烧的夕阳，纳入他关注的对象。也有深情，但总体格调呈现比周涛更强烈的理念化；诗的精神气质也属于宏大、豪迈、剽悍一类。曾自称他的诗情是在一块"缺乏爱的盐和糖分的地方"提炼出来的"芒硝"。

篝火，并非为烧荒而燃
那是为煮沸我的血液
血。爱。诗和历史
拔节而上。我的目光
长成了扇形。流云。飞鹰
汗血马，于是成了

---

　　①杨牧（1944—　　），四川渠县人。1964—1989 年，在新疆生活、工作。1989 年后回到原籍四川。1958 年开始发表诗作。著有诗集《绿色的星》《复活的海》《夕阳和我》《野玫瑰》《山杜鹃》《雄风》《边魂》《荒原与剑》《黑咖啡，紫咖啡》《西部变奏曲》、《塔格莱丽赛》（长篇神话诗）等，另有小说、散文创作多种。

我诗的吕律，成了

我的爱的铁骑

　　　　——杨牧《痴情》


　　章德益①60年代初由上海"支边"到新疆生产建设兵团当"农工"。
70年代初开始写诗。"新时期"的作品，也具有那种因神奇大漠所升
华的幻想色彩。作品中，经常出现有宏大特征的诗题（如《地球赐给
我一角荒原》《人生，需要这么一个空间》《我应该是一角大西北的
土地》等②），并在一系列作品中塑造边疆的拓荒者形象。这个"拓
荒者"在撒播种子的手臂画出大大的圆圈时，听到的是"一个新世纪
的胎音""正叩响在古老中国的腹间"，并成为"新世纪"来临的时
间"断裂"的"寓言"：


他的头颅高昂着，

给中国的过去

点了一颗多么伟大的句点。

　　　　——章德益《他播完了，听了听大地的回声》


　　主要在90年代写作的沈苇，虽然出生于江南，但已把新疆当作
自己的故乡③。他的诗歌风格，与昌耀、周涛等诗人有内在联系，也
明显超越周涛、杨牧诗作粗犷，但也有粗糙的理性叙说的倾向。在中
亚这块土地上，自然风貌和民族生活似乎培育了独特的体验方式：对
"瞬间"的敏感。沈苇的诗，也偏爱具有力度的诗境，阔大、浪漫的
想象方式，并热衷于直接表达生命起源与再生、死亡与永恒，人和世

---

　　①章德益（1946—　），生于上海。1954年高中毕业后"支边"到了新疆。90年
代初回到上海。著有诗集《大汗歌》《绿色塔里木》《大漠与我》《生命》《黑
色戈壁石》《西部太阳》等。
　　②《地球赐给我这一角荒原》中写道：地球"赐给我一个——大漠万里的铁砧／
托起我赤心的锻件，燃烧在砧面／赐给我一个——天地铆合的锅炉／容我血汗的
蒸气，回旋其间"。
　　③沈苇（1965—　），生于浙江湖州。著有诗集《在瞬间逗留》《高处的深渊》等。
现居乌鲁木齐。在《自然之女》的诗中，沈苇说："我，一名游子，一个自我放
逐者／出门迎娶，热泪盈眶，已把异乡当作故乡"。

界的关系等的哲思。仅有四行的《一个地区》得到不少诗评家的赞赏：

中亚的太阳、玫瑰、火
眺望北冰洋，那片白色的蓝
那人傍依着梦：一个深不可测的地区
鸟，一只，两只，三只，飞过午后的睡眠

有时候，当作者"记忆低垂，像南方谦卑的屋檐"（沈苇《从南到北》）的时候，他对词语的把握，有了更多的"经验的切身性"①。这时候，诗的叙述者和语词的"高度"有所下降，这表现了沈苇平易的方面：

在一个名叫滋泥泉水的小地方，我走在落日里
一头饮水的毛驴抬头看了看我
我与收葵花的农民交谈，抽他们的莫合烟
他们高声说着土地和老婆
这时候，夕阳转过身来，打量着
红辣椒、黄泥小屋和屋内全部的生活
　　　　　——沈苇《滋泥泉水》

## 六、"迟到"的写作者

在当代，黄永玉②的"身份"主要是画家；他任教于北京的中央美术学院。20世纪40年代后期曾有诗发表，但此后一直辍笔。直至"文革"后期，以诗为自己"做点鼓舞和慰藉"。1979年，《幸好我们早

①耿占春语。他在评述沈苇的诗时说，一个趋于成熟的诗人的可以辨认的标志是，他所特有的语汇，和语汇的联结方式的"经验切身性"的独特。《瞬间在持续——读沈苇诗札记》，《诗探索》2000年第1-2辑，天津社会科学院出版社，2000年。
②黄永玉（1924— ），湖南凤凰人。在流浪的青少年时代，当过瓷场工人，中小学教员、记者、编辑等。40年代，他作为画家和美术编辑，在为诗歌做木刻插图时，也断续发表过一些诗。在当代写新诗，主要是70年代末到80年代初这几年。出版有诗集《曾经有过那种时候》《我的心，只有我的心》《我心中的歌》，另有散文、随笔集多种。

动手》（组诗）"破门而出"，此后几年一发而不可收。这期间的作品，都与对"文革"的"清算"的主题相关，主要勾勒那个"畸形年月"的各式情状和心态。作为一个画家，捕捉对象的形态特征是他的本领和习惯，这在诗中也得到体现。另外也写一些在当时相当流行的，用概括的判断句构成的作品。《曾经有过那种时候》因为对"文革"荒诞的生存境遇的有力揭发，受到赞赏：

> 一列火车就是一列车不幸，
> 家家户户都为莫名的灾祸担心，
> 最老实的百姓骂出最怨毒的话，
> 最能唱歌的人却叫不出声音。
> 传说真理要发誓保密，
> 报纸上的谎言倒变成圣经。
> 男女老少人人会演戏，
> 演员们个个没有表情。

黄永玉这个时间的诗，呈现为嘲讽与抒情的两种风格系列。与此时相当普遍的激烈和宣泄性诗风有异，他的诗的用语大多平实、朴素，情感也受到控制。嘲讽笔调写的诗，常带着谣曲的节奏，用素描的笔法，来勾勒制造灾难的"丑类"——出卖朋友的告密者、阿谀奉迎的"马屁客"的相貌。如：《不如一索子吊死算了》《擦粉的老太婆笑了》《混蛋已经成熟》《这家伙，笑得那么好》等。另一类作品却表现了真挚和柔情。它们是《我认识的少女已经死了》《献给妻子们》《一个人在院中散步》等。其中，对于普通人，对于不幸者，对于所敬仰的品格和人性，有深切的同情和敬意。

80年代初，林子① 发表了抒情组诗《给他》。作者说明这是1958年的旧作；当时只作为个人感情生活一个真实组成部分，并不期望（也

---

① 林子（1935—　），生于云南昆明。1957年开始发表诗作。出版的诗集有《给他》《绿色的梦》《诗心不了情》等。《给他》发表于1980年第1期《诗刊》。

不大可能）发表。这是一组类似白朗宁夫人 [①] 那样风格的十四行诗，写热恋中少女的内心隐秘爱情所激起的细致、曲折的感情波纹，以内心独白的方式表现。即使是这样"古典"的感情形态和表达方式，在当代也属禁忌之列（但作为"文化遗产"的"本土"和域外的作品，在"十七年"仍有出版的可能）。因而，它们在 80 年代初发表时，才会引发如此热烈反响。其中的一首是：

只要你要，我爱，我就全给，
给你——我的灵魂、我的身体。
常春藤般柔软的手臂，
百合花般纯洁的嘴唇，
都在等待着你……
爱，膨胀了它的主人的心；
温柔的渴望，像海潮寻找着沙滩，
要把你淹没……
再明亮的眼睛又有什么用，
如果里面没有印出你的存在；
就像没有星星的晚上，
幽静的池塘也黯然无光。
深夜，我只能派遣有翅膀的使者，
带去珍重的许诺和苦苦的思念，
它忧伤地回来了——你的窗户已经睡熟。

80 年代，林子继续以《给他》为总题写爱情诗。不过，后续之作引起的反响，似乎不及当年的这些"旧作"。

任洪渊 [②] 虽然在求学的 1956 年就开始写诗，但作为一位诗人和诗

---

① 白朗宁夫人的十四行诗（《抒情十四行诗集》），1955 年由方平翻译出版，在不到三年的时间里，三次重印。1982 年，由四川人民出版社出版新版本，并改名《白朗宁夫人抒情十四行诗集》。
② 任洪渊（1937—2020），四川邛崃人。1961 年毕业于北京师范大学。1956 年开始诗歌创作。著有诗和诗学合集《女娲的语言》，诗学理论专著《墨写的黄河——汉语文化诗学导论》等。

歌理论家被重视，是80年代中期以后的事。他的作品（诗和理论文字）并不多，只是一册诗与诗论合集《女娲的语言》和一册诗学理论《墨写的黄河——汉语文化诗学导论》。但这也许胜过一些人的"车载斗量"。

任洪渊的诗歌道路，与当代八九十年代的诗歌潮流，是既在之外，又在其中。他的努力，汇入这一时期诗界为恢复汉语诗歌（特别是诗歌语言）的活力和生命所做的艰苦探求；但他不属任何派别，而独自潜心于他认定的目标。他的诗和诗论的核心——如他所反复阐明的——是对于生命本体的感悟体验。与对于"生命自由"的博取相关，在语言上，则是对"自由汉语"的追求。在他看来，汉语文化"在青铜时代之后"，过早地失去歌舞和生命的狂欢，"生命的肉身"被儒释道等所压断，汉语也已经衰老①。这是任洪渊对中国诗歌现状所做的判决，也是他对"中国人""需要一次文化 / 生命、头 / 心的革命"，需要给语言以生命还原的呼唤。为此，在《司马迁的第二创世纪》的组诗里，他开掘了十个被遗忘的生命原型（项羽、高渐离、伍子胥、聂政、孙膑、虞姬、简狄……），以生命体验的冲动，来"激活"被历史、文化掩盖的个体生命能量。《庄子妻随她逍遥，游在日神的光之上》：

随她逍遥 游回
第一次呼吸和心跳
最年轻的节奏
　　翻
　　　滚
　　　世界

---

① "汉语虽然还没有完全死在语法里，但是几千年来它已经衰老：名词无名。动词不动。形容词失去形容。数词无数。量词无量。连接词自缚于连接。前置词死在自己的位置上。……语言的衰老不能靠衰老的语言去复苏。让语言随生命还原：还原在第一次命名第一次形容第一次推动中。"《女娲的语言》，北京，中国友谊出版公司，1993年，第21页。

世界

海洋淹没不了的那一叠 浪

飞成天空又飞掉天空的 翱翔

静寂撞响的悠远无尽的 回声

穿越宇宙的律动

把终点击落成起点

…………

另一组诗《汉字：2000》，则在于表达他对生命、诗、语言之间的"三位一体"的理解。他对已"衰老"的汉语开出了疗救药方，就是以鲜活的生命来拓展语言的边界。任洪渊的诗和诗论，处于相互印证、阐释的"互文性"关系中。他的诗基本上是在解释他的诗学理论，表达他对于如何使"汉语诗歌"获得生命活力的设想。因而，它们也可以称作"元诗歌"，或者说是以诗的方式写的诗论。他的诗论则有着浓重的"诗化"特征。由激情和诗意驱动的语流，酣畅而自信地向前延展。他自称十分厌弃"书房写作"和"图书馆写作"，而要试试"把'观念'变成'经验'、把'思索'变成'经历'、把'论述'变成'叙述'"。作为一位有自己独特追求的诗人，任洪渊的问题可能是，在用诗充分阐释他的诗学理论之后，诗的写作将如何进一步展开。

屠岸 [①] 是诗人，也是诗歌翻译家。1941 年开始发表诗作。但个人诗集的出版，也迟至"文革"以后。抗战胜利后，他曾有一个诗歌写作的"高潮"。但在当代的 50—70 年代，作品很少。这与他在胡风事件和反右派运动中受到一些"牵连"有关。根据屠岸的说明和实际的情形，屠岸的诗受英诗（莎士比亚，以及济慈、雪莱等浪漫派诗人）的影响很大 [②]。从上中学起，就为"语言的鬼魂"所缠绕，"语言的

---

① 屠岸（1923—2017），江苏常州人。40 年代就读于上海交通大学。曾任人民文学出版社（北京）总编辑。著有诗集《萱荫阁诗抄》《屠岸十四行诗》《哑歌人的自白》、《诗爱者的自白》（散文和散文诗集）、《屠岸短诗选》《深秋有如初春》等。翻译的诗集有惠特曼《鼓声》《莎士比亚十四行诗集》《济慈诗选》《英美著名儿童诗一百首》等。

② 参见《诗歌是生命的撒播——屠岸访谈录》，《深秋有如初春》，387–388 页。

魔杖击倒了一名梦游者／把他困进几十年不能自拔的泥淖"①。他是执着的"美"的不懈追求者。细心且有耐性地去发现事物中的美，圣洁，欢愉。直至晚年，屠岸的诗也仍保持着年轻的心态，一种毫不做作的诚挚的童心；他也给自己诗集命名为《深秋有如初春》。正如他的40年代诗友在诗中说的，虽然半个世纪过去，岁月偷梁换柱，但"仍以他百灵的歌雨，雪莱／浇透我们的衣裳；／仿佛济慈古瓮上的少年／你何曾改换模样？"②下面屠岸这首诗，也许可以用来说明他的诗的性质：

> 黄刺梅得意地站着，一脸喜悦。
> 满树花朵仿佛是满树光明；
> 每一朵都是金子，却如此柔嫩；
> 花心含朝露，不是泪，是盛酒的笑靥。
>
> 一团团火焰，不灼手，只给人温煦。
> 静静地燃烧，寂静里有管弦交响。
> 在清晨，放射出诚挚浓烈的希望，
> 把热情和天真掷向人们的忧郁。
> ——屠岸《黄刺梅》

不过，90年代后期，由于社会生活的变动，几十年相濡以沫的妻子的病故，他的诗风也出现一些变化。开始处理此前诗作中少有的梦魇、幻觉等心理过程，诗中也出现嘲讽、焦虑、惶惑、惊恐等因素。对信奉济慈的"客体的感受力"③诗歌信条的屠岸来说，变化是不可避免的。它并不导致诗的质素的混杂，而是增加它的韧性。屠岸向往一种"凝练、精致、思想浓缩和语言俭省"④的诗歌，他也一直朝这

①屠岸诗《语言的鬼魂》中的句子。
②成幼殊《回应》。
③济慈"提出一个著名的诗歌概念 negative capability，有人译作'反面的能力'、'消极感受力'或'否定自我的才能'等，我参考各种翻译，揣摩济慈的原意，把它译为'客体感受力'"。《深秋有如初春》，第394页。
④《十四行诗形式札记》，《深秋有如初春》，北京，人民文学出版社，2003年，第381页。

个方向前行。他用词讲究，对节律的探求更是孜孜不倦。事实上，他的最好的作品，也是那些"格律诗"，尤其是十四行诗。在中国，他是全部的莎士比亚十四行诗最早的译者，并一直在汉语十四行的写作上进行卓有成效的探索。

## 七、其他诗人的写作

在当代诗界，有的诗人一直活跃于20世纪五六十年代。他们"文革"期间虽也有过挫折，或受到不同程度的迫害，但在和当代诗歌所建立的联系上，与后面要谈到的"复出"诗人有许多不同。一个重要的区别是，他们与当代的"主流诗歌"没有形成紧张甚至对立的关系。因而，面对70年代末以后社会生活和文学潮流的激荡，在艺术观念和方法上，只是会做出相应的调整。这些诗人有李瑛、张志民、严辰、邹荻帆、方冰、沙鸥、雁翼、严阵、梁上泉、韩笑、张永枚、纪鹏、柯原、韦丘、野曼、晏明、张万舒等。从个人的诗歌道路看，"文革"后取得的成绩，超过了自身的前期；而且，后期的年轻者的写作，也有不少在延续他们的艺术路线。但诗界的整体格局已出现剧变，诗歌艺术的中心也发生重要转移。因而，他们中多数人的创作，与此时诗歌所达到的水准，已不能并列。这种"大面积"的诗人更替（也包括一部分"复出"诗人），在一个"转折"的诗歌时期，是无法避免且必须承认的事实。

在当代诗人中，李瑛诗歌写作持续的时间最长，"产量"也最多。在文学活动有所恢复的1972年之后，又开始发表诗作，并陆续出版多部诗集①。虽然力图尽可能保持自己的特色，但难免烙有那个时期诗风的印迹。"文革"刚结束，他最受欢迎的是以周恩来逝世为题材的长诗《一月的哀思》②。铺排的句式所达到的情感倾泻，切合当时

---

①1972—1976年间，出版的诗集有"文革"前已写就的，表现农村"社会主义教育运动"的《枣林村集》，和"文革"中创作的写军队生活的《红花满山》《北疆红似火》，以及政治抒情诗集《进军号》《站起来的人民》等。

② 据作者的说明，该诗初稿写于1976年年初，1976年年底补写最后一章。

迫切打开感情闸门的读者需求。此后20余年，有大量的诗集面世①。他的诗，继续着感应社会现实的态度。不过，善于依据时势和诗风的变化，在取材和艺术方法上进行调节，是他的诗歌道路最重要的特征。四五十年代之交是这样，80年代以来也不断做出这种调整。这表现为在感应、思考层面向着历史、生命、自然转移的迹象，以及想象方式、艺术方法在原有基础上的变化。在自然物象的借喻上来展开想象，以避免描述上的平淡琐细，四五十年代致力于诗歌意象丰富性的发掘和围绕意象所展开的想象的超越，等等。这种为时势所推动的，小心的调整，使李瑛保持着写作的活力，但也是活力和创造性有限的缘由。后期的一些作品，原先明丽乐观的基调受到削弱。因岁月累积而加深的人生感喟，对比起以前的诗作，好像是看到了另一个李瑛：

> 这一天，揭开隐痛和伤口的人几乎死去
>> 而死去的人都将回到家里
> 使生存和死亡的界限
>> 变得模糊
> 这一天，在人间，本来是有限的距离
>> 却凝成无限的痛苦
>>> 时间和空间酿成一碗烈性酒
>>>> ——李瑛《清明》

张志民"文革"期间被投入监牢数年②。狱中和出狱后到汉江边"监督劳动"期间，在"一切自由都失掉了"，"唯有'头脑'这块地盘，

---

①1979年后，李瑛出版的诗集有《难忘的一九七六》《早春》《在燃烧的战场上》《我骄傲，我是一棵树》《南海》《春的笑容》《美国之旅》《望星》《春的祝福》《战士们万岁》《江和大地》《多梦的高原》《生命是一片叶子》等，另有《李瑛诗选》《李瑛抒情诗选》等选集。连同"文革"前和"文革"中出版的，李瑛的诗集应有四五十部之多。

②关于这段生活，张志民后来以诗的方式追叙，这就是共43首的组诗《梦的自白》（《诗刊》1986年第10期）。张志民"复出"后到1998年去世，出版的诗集有《边区的山》《祖国 我对你说》《江南草》《"死不着"的后代们》《今情，往情》《七月走关东》《梦的自白》等近20部。在80年代张志民自编的诗集，如《死不着》中，对自己四五十年代的旧作，做了许多修改。

他们还无法占领"的情况下，口占心记，"写"了一批后来以"自赏诗"为总题整理发表的短诗。它们有点像绝句，又有点像民歌；写危难中的性情，也不时有幽默、调侃和对时势的针砭。除此之外，大量作品，是对他所亲历的战争年代精神传统的回顾，《边区的山》《江南草》，《今情，往情》等集，大多是这类"历史怀恋"的主题。他的诗，基本上沿着五六十年代《村风》《西行剪影》的诗体形式。但记游、感怀类的诗中，古典诗歌的因素要浓厚些。

与50年代兼及小说创作和翻译不同，邹荻帆70年代末以来，专注于诗歌的写作、评论和编辑。出版了《如果没有花朵》《布谷鸟与紫丁香》《邹荻帆抒情诗》等诗集；后两部集子收入自30年代到80年代的作品。此外还有诗论集《抒情诗的旋律》。邹荻帆早期的诗主要是浪漫派的诗风。诗是他投身争取民主斗争的方式之一，这形成了他关注现实、执着于理想的抒情风格。"文革"后的诗虽大多是记游之作，但也多负载有对社会、时代和人生问题的思考。总的看来，多数作品存在过于急切的意念直白的弊病。

老一辈诗人中的严辰、方冰，在继续着从解放区开始到50年代的诗歌传统基础上，加强了思考特色和历史容量。严辰在80年代初主持《诗刊》工作的同时，出版了诗集《玫瑰与石竹》《风雪情怀》《严辰诗歌六十年选》。在40年代出版过多部诗集的方敬①，50年代后新作品不多。"文革"后重又执笔，诗集有《拾穗集》《花的种子》《飞鸟的影子》等。沙鸥、雁翼、严阵、梁上泉、韩笑、晏明等诗人，在八九十年代，也各有多部收入新作的诗集出版。

---

① 方敬（1914—1996），四川万县人。1934年开始发表新诗。40年代，出版有诗集《声音》《受难者的短曲》《行吟的歌》。

# 第十章　已凋谢诗群的确认

## 一、流派的重新确认

"文革"之后，一些在"当代"受到"埋没"和"压抑"的诗人和诗歌流派，被发掘和重新评价。它们的存在的确认和这些流派价值、经验的阐释，既是一项新诗史的工作，更重要的是，它直接参与了"新时期"诗歌的"复兴"运动，成为它的重要组成部分。其中，对"七月诗派"和"中国新诗派"（"九叶派"）的确认，是20世纪80年代前期重要的诗歌事件。

这两个诗群，是40年代后半期最有活力的诗的"新生代"。有的诗评家当时就把它们放在一起比较。唐湜在《诗的新生代》[①]一文中指出，绿原和他的朋友，"私淑着鲁迅先生的尼采主义的精神风格，崇高，勇敢，孤傲，在生活里自觉地走向了战斗"，他们"一把抓起自己掷进这个世界，突击到生活的深处去"。而穆旦们，"气质是内敛又凝重的，所要表现的与贯彻的只是自己的个性"，"永远在自我和世界的平衡的寻求与破毁中熬煮"。不过，在新中国成立后，这两个"诗群"因不同的原因，相继消失。

1980年，在时隔20多年之后，发生于1955年的"胡风反革命集

---

①《诗创造》第8辑，1948年2月。该文后收入唐湜《意度集》，上海，平原出版社，1950年。

团"案件终于平反，被迫害的作家（大多数为诗人）所蒙受的冤情得以更正。他们中的一些人陆续重返诗界，"七月诗派"的名誉也得到恢复。1981年，人民文学出版社出版了由绿原、牛汉编选的这一诗人群体20人的诗合集《白色花》①，扉页以阿垅写于40年代的诗《无题》为题词：

> 要开作一支白色花——
> 因为我要这样宣告：我们无罪，然后我们凋谢

虽说这一引用，诗的内涵的阐释已有转移，但这仍是一个让人感慨的"谶语"②。

"七月诗派"的诗人，大多在抗战时期开始写诗，且大多有着曲折的人生道路。他们在苦难的年代写诗，又为诗蒙受苦难。因此，当他们"复出"而回顾自己的经历时，某些经验竟是如此相似："我……可以说是生长于忧患里的，也可以说我是忧患的宠儿"（鲁藜），"我和诗从来没有共过欢乐，我和它却长久共过患难"（绿原），"是人生和诗冶炼并塑造了我这个平凡的生命。……为了这个难题，一再地蒙受屈辱和灾难"（牛汉），"当我真正懂得人生的严肃和诗的严肃时，却几乎无力歌唱了。这是我的悲哀"（曾卓）……他们"复出"后的

---

①《白色花》入选的诗人是：阿垅、鲁藜、孙钿、彭燕郊、方然、冀汸、钟瑄、郑思、曾卓、杜谷、绿原、胡征、芦甸、徐放、牛汉、鲁煤、化铁、朱健、朱谷怀、罗洛。绿原在《白色花·序》中说："即使这个流派得到公认，它也不能由这20位作者来代表；事实上，还有一些成就更大的诗人，虽然出于非艺术的原因，不便也不必邀请到这本诗集里来，他们当年的作品却更能代表这个流派早期的风貌。"这里所说的诗人，当指艾青、胡风，也可能还有邹荻帆和早期的田间等。另外，《白色花》中没有收入伍禾的诗，据主编绿原说，是因为"他的家属不同意，心有余悸"。见黎之《文坛风云录》，郑州，河南人民出版社，1998年，第21页。
②《白色花》出版等活动，不仅是针对历史旧案，而且带有这一诗歌流派重新聚集的设想。但是，由于诗人之间艺术创造力的差距，特别是在现实政治问题上立场的分裂，这一流派很快分崩离析。1994年，牛汉在一次座谈会上，对《中国当代新诗史》（洪子诚、刘登翰著，人民文学出版社，1993年）在评述20世纪80年代诗歌时，把他放在"七月诗派"之中很不满，说"我就是我，我不是七月派，七月派已不存在，50年代就不存在（大意）"。后来牛汉在文章中也再次表达这一观点。

作品，因此具有相近的特征：常以人生的苦难体验作为基点，去把握时代的历史过程；而个人的曲折遭遇，也反射着历史的一部分曲折。"复出"后他们的作品，有一些标明是写在50—70年代。这些诗的写作，主要是"迫于一种沉重的激情，不是为了发表，而且完全没有想到可能发表"①。作品的情感色调偏于冷峻。但困苦中并不绝望，总是在自我审察中，寻求个人与时代、与认定的生活目标的相通；因而也避免了过分的感伤。在诗体形式上，仍然依循他们的自由体诗传统，追求感情表达和语言运用上的自然、朴素、流畅；但与他们早期的诗相比，也看出对"控制"的重视。在"复出"后的"七月"诗人中，牛汉、曾卓、绿原、鲁藜、罗洛、冀汸等，写得较多，也较有成绩。特别是牛汉，写作持续不断，成为八九十年代重要的诗人之一。

　　和"七月诗派"不同，"中国新诗派"（"九叶派"）在80年代的确认，具有更明显的重新"构造"的性质②。"文革"结束后，这一诗派的个别诗人陆续发表新作。诗界开始将他们作为群体看待，则要迟至1981年《九叶集》③（即辛笛、陈敬容、杜运燮、杭约赫、郑敏、唐祈、唐湜、袁可嘉、穆旦9人作于40年代的诗合集）的出版。借助这部诗集，读者看到"在那个黎明前的黑暗年代里，除了人们经常提及的讽刺诗、山歌和民歌体诗之外，还有这么一些不见经传的美丽叶片在呼啸，在闪光"④。这些诗人在40年代中后期的写作和诗歌活动，自然有明显的群体意识。但作为一个已不容置疑的"流派"，又是80年代之后，当事人和研究界叙述与阐释的结果；就连它的最通用的名称"九叶"，也是80年代所给定⑤。袁可嘉在《九叶集》的

<hr>

　　① 绿原《白色花·序》。

　　② 在50年代，"七月诗派"在有关中国新诗历史的叙述（包括对它的批判）中，已得到普遍承认。而穆旦等的"九叶"诗人，不管是作为诗人个体，还是诗歌群体，都未进入任何诗史（文学史）的论述中。

　　③ 南京，江苏人民出版社，1981年。此后他们除各自整理、出版收入新、旧作的诗集外，还出版了除杭约赫外的8位诗人50—80年代作品合集《八叶集》（三联书店香港分店，1982年），作为对《九叶集》的补充。

　　④ 孙玉石《带向绿色世界的歌》，《文艺报》1981年第24期。

　　⑤80年代及以后，对"中国新诗派"（"九叶派"）及其诗人的研究，成为中国新诗史、文学史研究的热点之一，有大量论著发表。在最初阶段，蓝棣之在研究和资料上都有出色的工作。参见《正统的和异端的》（浙江文艺出版社，1987年）。

序中，以确认流派的自觉意识，来描述、归纳他们这一群在 40 年代后期的诗歌实践。后来，袁可嘉又把他 1946—1948 年写的诗论选辑出版①。人民文学出版社在 1992 年出版的《九叶派诗选》②，列为"中国现代文学流派丛书"的一种。这种自觉的"构造"，和"文革"后当代诗歌的艺术取向具有直接的关联。"九叶诗派"提供的诗歌经验，在后来的诗歌建设中持续发挥积极效果。"九叶"诗人，特别是穆旦在中国现代诗歌史中的地位被不断彰显和提高③。不过，让他们有可能继续中断多年的诗艺探索的时间来得稍晚。穆旦已于 1977 年去世。杭约赫 50 年代起不再写诗，继续他 40 年代的部分工作，成为专注于书籍装帧艺术的曹辛之。袁可嘉则专事外国文学研究。辛笛、陈敬容、郑敏、唐湜、唐祈、杜运燮等，各有新作问世，但多数人的成果，已难以和他们 40 年代的相比。唯一的例外是郑敏，她在最近 20 多年写的诗和她的诗歌理论研究，都产生了很大影响。

## 二、牛汉等的诗

从 20 世纪 30 年代到 1944 年，是曾卓④诗歌创作的第一阶段。此后，相当长的时间里没有诗集问世⑤。1955 年因为"胡风集团"案件被捕后，狱中曾用诗来缓解孤独的煎熬。这些标明写于 50—70 年代的作品，据作者所说，当时没有纸笔，只是默记，后来才补录公开发表。一部分是为孩子们写的 30 多首《给少年朋友们的诗》，另一部分则是有关受难者情感和信念的记载；后者后来仍是他写作的基本主题。在这些诗中，会惊异于这突然袭来的风暴，期待着理解、友谊、爱情之手

---

①《论新诗现代化》，北京，生活·读书·新知三联书店，1988 年。

②由蓝棣之编选。

③在 90 年代初北京师范大学教授王一川等评选的"20 世纪中国文学大师"名单中，穆旦名列第四。他的诗全集被列入"20 世纪桂冠诗丛"（中国文学出版社）出版。各种新版现代文学史，都给以很高评价。

④曾卓（1922—2002），祖籍湖北黄陂，生于武汉。1941 年曾与邹荻帆等编《诗垦地》诗刊，后就读于中央大学（重庆、南京）。1944 年出版第一本诗集《门》。1955 年因胡风集团案被捕入狱。出版的诗集另有《悬崖边的树》《老水手的歌》《曾卓抒情诗选》《给少年朋友们的诗》等。

⑤在 40 年代后期，胡风对他的诗不满意，他的诗未能列入胡风主编的"七月诗丛"出版。50 年代后则因被列入"胡风集团"，写作、发表受阻。

伸出。有的时候，思绪情感寄托于自然"物象"。身心遭受困厄，便礼赞高飞的鹰（《呵，有一只鹰⋯⋯》）；以临近深谷的悬崖边的树，创造了一个有着沉重"时代感"的，挣扎然而不屈的形象：

> 它倾听远处森林的喧哗
> 和深谷中小溪的歌唱
> 它孤独地站在那里
> 显得寂寞而又顽强
>
> 它的弯曲的身体
> 留下了风的形状
> 它似乎即将倾跌进深谷里
> 却又像是要展翅飞翔⋯⋯

这首题为《悬崖边的树》的诗，在80年代常被诗评家引述。落寞而不甘沉沦，遭遗弃而不倦重新确定位置，品尝孤独而渴望被重新接纳，有所怨恨但更多的是爱和信念：这正是众多"复出者"相通的典型心态。

比较其他"七月"诗人"复出"后的诗，曾卓有温煦的一面。牛汉说："他的诗即使是遍体鳞伤，也给人带来温暖和美感。不论写青春或爱情，还是写寂寞与期待，写遥远的怀念，写获得第二次生命的重逢⋯⋯节奏与意象具有逼人的感染力，凄苦中带有一些甜蜜。"又说："他的人与诗都没有自己的甲胄，他是一个赤裸的'骑士'。"[1]80年代以后的作品，增加了沧桑感。仿佛"搏斗而战胜死亡"归来的老水手，坐在岩石上回望来路，在对生命的执着和肯定中，有着浓重的悲凉慨叹。

按照曾卓的说法，绿原[2]的生活道路充满了坎坷，没有什么浪漫色彩和玫瑰芬芳。他16岁开始过流亡的学生生活。读高中时因受到

---

①牛汉《一个钟情的人——曾卓和他的诗》,《文汇》月刊(上海)1983年第3期。此文为《曾卓抒情诗选》"代序"，中国文联出版公司，1988年。

②绿原(1922—2009)，湖北黄陂人。40年代初曾就读于重庆的复旦大学。1955年因"胡风集团案件"受隔离审查。1942年开始诗歌写作。著有诗集《童话》《又是一个起点》《集合》《人之诗》《人之诗续编》《另一支歌》《我们走向海》等。另有散文集、外国文学论文集和外国文学翻译多种。

迫害，从家乡逃亡到重庆。后来在那里考入复旦大学。未及毕业，再次流落到川北一个小县当教师。第一部诗集是由胡风出版的《童话》（1942）：在阴冷的背景中，仍葆有纯真心灵，构撰梦幻般的童话境界。其后，诗转向直面现实、揭发时弊的风格。50年代前期的诗作明显减少。对此，绿原后来有颇为晦涩的解释：由于当时那种"一些不应有而竟有，亟待克服而又无从着手的分歧意见"，和"艺术见解的分歧一搞不好，就被视作政治立场的分歧"①。

80年代绿原引人瞩目的几首诗，是标明写于受难年月里的《又一个哥伦布》（1959）、《重读〈圣经〉》（1970）等。他把与他命运相似的受难者，比作20世纪航行在"时间的海洋上"的哥伦布。不过，

　　他的"圣玛丽亚"不是一只船
　　而是四堵苍黄的粉墙

20世纪的"哥伦布""形锁骨立，蓬首垢面"，但坚信"即使终于到达不了印度"，也定会发现新大陆；但其实，所等待的是"时间"对他们的"公正判决"：这是这个时代的"英雄"姿态。《重读〈圣经〉》却不是"自况"，而转向对"文革"中各式人等的面目的刻画；《圣经》中的故事、人物成为现实政治的隐喻和比附②。这里，有"为人民立法的摩西""推倒神殿的沙逊"，有"可惜到头来难免犯老年痴呆症"的所罗门，有"拯救一切痛苦的灵魂"的拿撒勒人，"心比钻石坚贞"的玛丽亚，有处决耶稣却敢于宣布他"无罪"的罗马总督彼拉多，有最后自缢以谢天下的叛徒犹大……在作者看来，历史虽然如此相像，但现实政治和世态人情似乎更加险恶：

　　今天，耶稣不止钉一回十字架，
　　今天，彼拉多决不会为耶稣讲情，
　　今天，玛丽亚，马格黛连注定永远蒙羞，

———————————

① 绿原《人之诗·自序》，北京，人民文学出版社，1983年。
② 以历史事态、人物来写现实政治的诗，此时还有公刘的《乾陵秋风歌》，一首把唐代的武则天和江青放在一起谈论的作品。

今天，犹大决不会想到自尽。

后来绿原还陆续发表了许多作品，如组诗形式的《西德拾穗录》《酸葡萄集》《1986年诗抄》等。由于环境和心理因素的变化，以往的直率、热烈的风格，为冷静的语调所取代。有的诗，确有如牛汉和曾卓所指出的"理念化"和"书卷气"的倾向。绿原自己似乎也不太满意这一点。不过，选材与表现都更走向平淡、自然，哲思更多包含在信手拈来的吟咏中，总会是一个学者、一个年老者更容易趋近的诗艺境界。

鲁藜[①]幼年随父母从福建老家流落南洋，在湄公河畔做过各种小工。30年代初回国读中学，并参加抗日救亡运动。1938年去延安，入抗日军政大学。他写生活在新世界的喜悦的组诗《延河散歌》，被胡风刊在《七月》上。《泥土》一诗表达的奉献精神，曾为40年代一些追求光明的青年所喜爱，"老是把自己当作珍珠／就时时有被埋没的痛苦／把自己当作泥土吧／让众人把你踩成一条道路"。1979年重新写作时，鲁藜已65岁，但仍以这种青春热情为特征的奉献精神，作为自己诗的主要题旨。他发展了过去诗作的"哲理化""格言化"的倾向，以格言的方式来凝聚人生体验。组诗《春蚕集》《复苏集》《方寸集》《片言集》《补白集》等都为这一体制。他的一些较长的作品，大都选取自然中的卑微事物（泥土、草叶、贝壳、蚯蚓……）作为吟咏的题材，把"广阔背景的隐在和眼前小东西的鲜明"统一起来。

彭燕郊、冀汸、胡征、徐放、罗洛等，80年代都有新作发表。1984年出版的彭燕郊自选集《彭燕郊诗选》，第五辑写在1976年以后。冀汸"复出"后出版了《我赞美》《没有休止符的情歌》。在大西北成了自然科学家的罗洛也出版了诗集《雨后》《阳光与雾》等。

---

①鲁藜（1914—1999），福建同安人。幼年时曾侨居越南，1932年归国。1934年开始发表诗文。著有诗集《醒来的时候》《锻炼》《毛泽东颂》《时间的歌》《红旗手》，"复出"后出版的诗集有《天青集》《鹅毛集》，和自选集《鲁藜诗选》。

在"复出"诗人中，牛汉①是成绩显著，并对自身的局限做出不断调整和超越者。在中国现代诗人中，牛汉属于那种坚持诗和人生一体的诗人②。他说，"我的诗和我这个人，可以说是同体共生的"："经历过战争、流亡、饥饿，以及几次的被囚禁……幸亏世界上有神圣的诗，使我的命运才出现转机"，而"诗在拯救我的同时，也找到了它自己的一个真身（诗至少有一千个自己）。于是，我与我的诗相依为命"③。诗不仅是人的生命的表现，而且是生命的构成和生命的实现。在80年代初，牛汉影响最大的，是那些"文革"间写于湖北咸宁"五七干校"，而在80年代才公开发表的作品④。牛汉在谈及这些诗时说，在古云梦泽劳动了整整5年，"大自然的创伤与痛苦触动了我的心灵"⑤。但也可以说，他所体验的人生创伤和刚强，在创伤的"大自然"中找到构型和表达的方式。枯枝、芒刺、荆棘构筑的巢中诞生的鹰（《鹰的诞生》），荒凉山丘上，被雷电劈去半边仍挺立的树（《半棵树》），受伤但默默耕耘的蚯蚓（《蚯蚓的血》），美丽灵巧，却已陷于枪口下的麂子（《麂子，不要朝这里奔跑》）……它们是对于美丽生命因毁灭引起的悲伤和陷于困境而不屈的精神的颂赞。《华南虎》一诗，常被看作"新时期"牛汉的"代表作"，并一定程度被看作诗人精神性格的"自我写照"。面对动物园里那只被囚禁，用绞碎的趾爪和牙齿，

---

① 牛汉（1923—2013），生于山西定襄。1940年开始发表诗作。40年代曾就读西北大学。1946年因参加学生运动入狱。1955年因胡风案件被拘捕。50年代初出版的诗集有《彩色的生活》《祖国》《在祖国面前》《爱与歌》，"复出"后的诗集有《温泉》《海上蝴蝶》《蚯蚓和羽毛》《沉默的悬崖》和诗选集《牛汉抒情诗选》《牛汉诗选》等，并有多种诗论集和散文集出版。在八九十年代，牛汉参与了重要的新文学史料刊物《新文学史料》（人民文学出版社）的编辑工作，并担任1985年创刊的《中国》的执行副主编。

② 这当然也是"七月诗派"的一个基本信念。"人与诗"是他们常用的一个词组。

③《谈谈我这个人，以及我的诗》，《牛汉诗选》代自序。《牛汉诗选》，北京，人民文学出版社，1998年。

④ 这些诗写于1970—1976年间，发表于1980—1982年间。主要有《鹰的诞生》（《哈尔滨文艺》1980年5月）、《毛竹的根》、《蚯蚓的血》（北京，《诗刊》1980年5月）、《半棵树》（上海，《文汇》增刊1986年2月）、《华南虎》（《诗刊》1982年2月）、《悼念一棵枫树》（西安，《长安》1981年1月）、《麂子，不要朝这里奔跑》（《文汇》增刊1980年7月）、《改不掉的习惯》等。

⑤ 指1969年9月到1974年12月，在湖北咸宁文化部"五七干校"的劳动。《蚯蚓和羽毛》代序：《对于人生和诗的点滴回顾和断想》。人民文学出版社，1986年。

在水泥墙上留下"像闪电那样耀眼刺目"的一道道血淋淋的沟壑，并发出"石破天惊的吼哮"的华南虎，诗的叙述者产生了精神上的呼应：

> 有一个不羁的灵魂
> 掠过我的头顶
> 腾空而去，
> 我看见了火焰似的斑纹
> 火焰似的眼睛……

另一些作品，传达的更多是忧伤。而且，诗情会如水流溢般均匀地散布在同样以自然作为客体的诗歌形象中。情感，与作为这些情感、体验的映象的自然物，超出简单比喻、象征的关系。这类"情境诗"在艺术上显得更为平衡。《悼念一棵枫树》写寒冷的秋日，高大的枫树被伐倒，家家的门窗屋瓦，每棵树，每根草，每朵野花，蜂，鸟，湖边停泊的小船，"都颤颤地哆嗦起来"，这时，整个村庄都弥漫着大树发出的清香：

> 清香
> 落在人的心灵上
> 比秋雨还要阴冷

这种"阴冷"，是因为无限依恋大地与大自然结成整体的生命的被毁灭。死亡的悲剧性并不以尖锐、激烈的形态出现，而是以它内在素质——它的芬芳气息得到充分释放来反衬，从而赋予这种悲剧性以交织着感伤情绪的崇高感。

这种物我对应的诗意构成方式，是牛汉那些出色作品的基本形态。在 80 年代中后期，牛汉意识到它已趋于"固化"，并可能成为束缚。他开始了对已形成的"模式"的挣脱和超越[①]。由此出现了写作上的"裂

---

①任洪渊当时就敏锐地指出："牛汉这类主／客同构的诗，不断重复的物／我对应的直线，只能是同一生命平面的延展。牛汉意识到这仍然是对生命的一种囚禁，他必须打破它。"《"白色花"：情韵·智慧·生命力——谈曾卓、绿原、牛汉》，《诗刊》1997 年第 7 期。

变"。这主要指《梦游》《空旷在远方》《三危山下一片梦境》等作品的发表。"裂变"根源于这样的事实："文革"中他的"悲剧的生命形式和反抗的诗学立场产生于现实的灾难和生存的不自由",在80年代,"困扰则主要来自个体灵魂深处的宿命的纠缠"①。历史语境的变化确是重要因素,另外的并非不重要的原因是,对生命的挖掘在层面、深度上的转移。考虑到《梦游》1976年就已动笔(前后共三稿,1987年改定),显然,那时自我生命中的某些方面已被关注,但也被忽略和压抑。80年代后期写作上的变化,表明牛汉已超越40年代"七月诗派"对完整的生命个体的自信,察觉了它的内在裂缝和它的限度。这一体验、认知,自然会导致诗歌经验和想象力空间的开拓,导致新的词语、表现方式的出现。牛汉曾说,他是"命定属土的","每一个词语下面都带着一撮土,土是我的命根"。但他又说,"真渴望我的沙土一般苦涩而燥热的语境和情境里,能有一条小河潺潺有声地流过"②。如果不只是从一般的风格特征的意义上来理解的话,那么,是在拥有确定、执着、坚韧的诗性品格的同时,也对另一品格的倾慕:流动扩展,谦虚,探询,随物赋形……

　　空旷总在最远方
　　那里没有语言和歌
　　没有边界和轮廓
　　只有鸟的眼瞳和羽翼开拓的天空
　　只有风的脚趾感触的岸和波涛
　　空旷是个恼人的诱惑
　　　　——牛汉《空旷在远方》


　　在八九十年代,牛汉与许多青年诗人建立了密切、平等的关系。特别是"新诗潮"诗歌探索处境艰难的时候,他坚决地伸出扶持之手。

---

　　① 孙晓娅《跋涉的梦游者——牛汉诗歌研究》,北京,北方妇女儿童出版社,2003年,第156页。
　　②《谈谈我的土气》,《命运的档案》,武汉出版社,2000年,第221-222页。

在和丁玲一起主编文学刊物《中国》（1985—1986）期间（牛汉任执行副主编兼编辑部主任），积极支持"新生代"诗歌。在《中国》上，连续刊载北岛、舒婷、江河、残雪、格非、刘恒、西川、翟永明、唐亚平、廖亦武等的诗和小说。牛汉在《诗的新生代》[①]的文章里，指出"近三五年来""浩浩荡荡出现"的诗的"新生代"，是诗界"令人振奋"的局面。这一做法，惹恼了上级主管部门。1986年10月，中国作协党组做出"关于调整《中国》文学月刊的决定"，《中国》被迫在12月出版"终刊号"[②]。在中国当代诗界的诗人"代际"复杂关系上，牛汉的态度值得重视[③]。

### 三、穆旦、郑敏的当代诗歌

"九叶"多数诗人在"复出"后的诗作，不及他们20世纪40年代取得的成绩。这应该是自然的事情；这一情况，也不单"九叶"为然。辛笛[④]是这一诗群中的年长者。30年代初就读清华大学外文系时，开始新诗写作。1935年与其弟辛谷合出的《珠贝集》，是他的第一本诗集。全面抗战期间，为了使自己"从缠绵的个人感情中走出来"，"以促成个人风格的转变"，曾一度搁笔。40年代后期，在激荡的年代里，觉得"必须把人民的忧患溶化于个人的体验之中，写诗才能有它一定的意义"[⑤]；这是他写作最为活跃的时期。50年代以后，由于各种原因离开了诗，在上海先后担任卷烟厂、啤酒厂、食品公司的副厂长、副总经理。1979年重新发表作品时已近70岁高龄。

辛笛认为"诗歌要表达浓缩的真情实感，也可以说要有七情六

---

① 《中国》（北京）1986年第3期。

② 在"终刊号"上，刊登了牛汉和编辑部同人写的《〈中国〉备忘录——终刊致读者》，披露被迫停刊的经过。参见《牛汉诗选》附录《牛汉生平创作年表简编》，孙晓娅《跋涉的梦游者》附录《牛汉访谈录》。

③1952年2月3日，牛汉在给胡风的信中说，"许多'老前辈'们都衰老了，他不理解新的东西了"，他们"停滞不前"，"还挡住我们的路"（《命运的档案》第45—46页）。晚年的牛汉，并不因年岁、诗界角色的改变而忘记这些话。

④ 辛笛（1912—2004），祖籍江苏淮安，生于天津。30年代，曾就读于清华大学外文系和英国爱登堡大学。著有诗集《珠贝集》（与辛谷合著）、《手掌集》、《辛笛诗稿》、《印象·花束》等。

⑤《辛笛诗稿·自序》，北京，人民文学出版社，1983年。

感"①。"六感"（真理感、历史感、时代感、形象感、美感、节奏感）的讲法和分类虽说有些奇怪，却也延续了他寻求个人情感对时代、社会呼应的主张。他80年代初的诗，少有"复出"诗人常见的苦涩追忆和沧桑慨叹，更多是讲述春天归来的喜悦。因而，有论者认为，"他的诗结束在一个'希望'的感叹号中"②。

　　诗艺上，辛笛主要还是继续他三四十年代的探索，即在意境创造和意象把握上的"印象主义"的方式。感情意旨的表现，往往融合在对于周围事物的色彩和光影的捕捉中。例如"海外诗简"之一的《风景画片》：

　　飞过蓝天大海
　　落脚在千水的湖边
　　山鸟和海鸥来来去去
　　亲切忘掉了语言

　　走进明丽的山川
　　一心却去捡风景画片
　　寄去时间和地点
　　伴着对祖国深情的思念

这里，潜在的事件过程为情感过程所取代，而情感又借助有色彩的意象加以传达。意象所表现的空间距离和心理距离重叠、对峙和互换，使诗具有较深长的蕴藉。不过，较之《手掌集》时期的作品，辛笛的新作常有急迫的叙说、议论的冲动，某些既定概念的纠缠，也抑制了感觉、情绪触角的伸张。这一特征当然不是辛笛独有的。那些"从个人内心走入广阔的社会"的当代诗人，都会向这一端偏移：这是一种带有"时代"征象的艺术取向。

---

　　①《谈谈我这个人，以及我的诗》，《牛汉诗选·代自序》。《牛汉诗选》，北京，人民文学出版社，1998年。

　　②木令耆《八叶集·序》，香港，生活·读书·新知三联书店香港分店，1984年。

杜运燮[1]和穆旦一样毕业于西南联大外文系。他开始写诗也受到英国现代诗人奥登的影响，重视运用心理分析的手段和反讽的方法，来处理日常生活的或社会性的主题。1946年出版第一本诗集《诗四十首》。1951年在北京定居后，一直从事新闻工作，极少写诗。80年代以后诗作增多。1980年发表于《诗刊》的《秋》，曾被作为"朦胧诗"的举例而引起注意。诗中运用他40年代就尝试过的，把官能感觉和抽象观念联结的艺术手段，表达对新生活的喜悦：

> 连鸽哨也发出成熟的声音，
> 过去了，那阵雨喧闹的夏季。
> 不再想那严峻的闷热的考验，
> 危险游泳中的细节的回忆。
>
> 经历过春天萌芽的破土，
> 幼叶成长的扭曲和挫伤，
> 这些枝条在烈日下也狂热过，
> 差点在雨夜中迷失方向。

重新写作以后的杜运燮，大都以这一抒情方式表现他对现实和历史的感受与认知。在打开久闭的"心灵窗子"之后，蜂拥而来的意象既亲切又庄重：从阳光下沉思的树叶，笑吟吟的花，到窗外闪着泪花的眼睛，恢复伤口的生命，每一意象都有某种政治含义的指向，但不过分黏滞于具体的社会政治事实。有的作品更重视知性深度，联想、比喻、推断追求一种理趣。在《占有》和《火》中，时而平行，时而悖逆地写对人生的理解，"当你占有了一个东西／它同时也占有了你"：
"你占有房子，房子也占有你，／安于在封闭的墙壁内幻想和生气"；"你给道路以方向，它也给你以方向，／满足于在规定的轨道

① 杜运燮（1918—2002），祖籍福建古田，生于马来西亚。1939年就读于西南联大外文系，开始发表诗作。1946年出版《诗四十首》。40年代后期生活在新加坡等地。出版的其他的诗集有《南音集》、《晚稻集》、《你是我爱的第一个》、《杜运燮诗精选一百首》、《海城路上的求索》（杜运燮诗文选）等。

上迈进或彷徨"……当然，诗的"理"与"趣"的处理，有时并不容易找到融合的平衡，因而，观念阐释的滞涩现象，有时也难以避免。

"九叶"的"女诗人"中，比起郑敏来，陈敬容[①]的诗更具中国古典诗词的韵味和节律感。不过，她不是那种崇拜情感和感觉的抒情者，她愿意在诗中融入更多的理悟。也常以对人生、宇宙的探寻作为主题，但其表现没有凝重的哲学思辨的意味，而多从诗人的感觉出发，化为时空旷远的冥想。早期，曾从太阳、云彩和风的翅膀，写背负屈辱和苦役、渴求飞升的灵魂(《飞鸟》)。袁可嘉称这种抒情方式是"外景触发内感"。五六十年代，只发表过不多的几首诗[②]。1979年后重新写作后，诗的总体水准已难以与40年代相比，但这种抒情方式仍得以继续。她把"复出"后的诗集取名《老去的是时间》，传达了对自己和世界的信心。从她的80年代的作品看，事实也正是这样。在表现对"灾难的年代"的沉重记忆和悲慨时，一些凝重的社会主题被处理得细腻，富有感性色彩，也常寄寓于自然山川的风物描写中。作者曾以"季节的寓言"作为一组作品的总题。既然她能够发现"空气将由于／静谧／而变得／蔚蓝"，那么当忘却那些因流行而生厌的观念时，反倒有开启某种境界的可能。

唐湜[③]是"九叶"诗人在当代作品最多者。40年代参加了《诗创造》《中国新诗》的工作期间，除写诗外，在《文艺复兴》《诗创造》《中国新诗》等刊物上，发表杜运燮、辛笛、陈敬容、郑敏、唐祈、莫洛、杭约赫、穆旦、冯至等人的诗评，以及《论风格》《论意象》[④]等诗论。这些评论文字，以其亲切的散文笔调，和通过艺术分析以塑

---

① 陈敬容(1917—1989)，四川乐山人。1935年开始发表诗文。40年代后期，参与刊物《诗创造》和《中国新诗》的工作，出版诗集《交响集》《盈盈集》。50年代以后很少写诗。1979年重新写作后，出版有《老去的是时间》《陈敬容选集》等。

② 如《送小女儿上学》《芭蕾舞素描》等。

③ 唐湜(1920—2005)，浙江温州人。1943年开始新诗写作。40年代后期参加《诗创造》和《中国新诗》编辑工作。1948年毕业于浙江大学外文系。出版有诗集《骚动的城》《英雄的草原》和诗论集《意度集》。1958年被定为"右派分子"。"文革"后重新发表作品，著有诗集《海陵王》《幻美之旅》《泪瀑》《遐思——诗与美》《霞楼梦笛》《春江花月夜》《蓝色的十四行》，及诗论集《新意度集》。

④ 这些文章大多编入《意度集》。上海，平原出版社，1950年。

造诗作者的精神风格，在当时受到注意和好评。他因此成为这一诗群的有创造性的批评家之一。1957年成为"右派"之后，离开北京回到家乡浙江温州。虽然失去公开发表作品的可能，但诗歌写作仍接续不断。这个时期诗的取材，大多与家乡的习俗和传说相关。"我的故乡在古代是一个蛮荒的百越之国，'怪力乱神'的巫风历来很盛"[①]。这些神话和传奇故事，提供了多首长诗（《明月与蛮奴》《边城》《海陵王》《划手周鹿之歌》《泪瀑》《魔童》[②] 等）的素材。除此之外，在窘迫生涯的孤寂长夜里，"拿诗的沉思来代替自己想象的旅行"，用十四行的形式，"把自己静谧的晚年写成一串闪光的珍珠，或一片蓝幽幽的小湖，叫意象的风帆不断地往来闪耀！"[③] 这些十四行诗结集为《幻美之旅》。他的历史、传说题材的叙事诗，有许多浪漫的情调、色彩，其中也能感受到悲剧式的心理激情和对人生的思索。不过，它们大都写得较为平淡，似乎欠缺更锐利的透视，因而，它们在诗界并未引起较多的注意。

相对而言，记录诗人在"非常年月"的沉思和精神追求的十四行诗较有特色。由于采用外来的诗歌体制，诗的意象构成也常与西方的神话、传说、名著有关。但其中的意绪、情调，同时有着中国古典诗歌的明显印迹。那种寄情山水式的抒情，对游子心理的摹状，和对于和谐的、人与自然同一的"彼岸"世界的向往，在诗中占有相当的分量。

唐祈[④] 的成名作是写西北风情与人民苦难的组诗《遥远的故事》。在西北联大历史系读书期间，曾观察、体验过甘肃、青海一带游牧民族的生活风情，写古代蒲昌海边羌女的忧愁和游牧人笛孔里流不尽的热情乳汁。80年代初唐祈"复出"后，一直在甘肃兰州的学校任职。他继续这类题材的写作，并支持表现西北现实与历史的"新边塞诗"。《敦煌组诗》《西北十四行组诗》等都写到对旷漠土地的倾慕。不过，当年游牧人故事的忧郁，已为对雄奇的追求所代替。虽说"撒拉族姑

---

① 唐湜《泪瀑·前记》，北京，人民文学出版社，1985年。
② 写于"文革"前的叙事诗，都在80年代才得以出版。
③ 唐湜《幻美之旅·前记》，银川，宁夏人民出版社，1984年。
④ 唐祈（1920—1990），江苏苏州人。1935年读中学时开始新诗写作。1942年毕业于西北联大历史系。1948年出版诗集《诗第一册》。50年代在北京的《诗刊》工作时，被定为"右派分子"。1978年重新发表作品。另出版有《唐祈诗选》。

娘像荒原上一棵绿树／想把绿色的眼泪滴落在我们心里"（《驼队向西》），但更多的是感受到"广阔的地下海"的"汹涌奔突"（《沙漠》），并夜夜在帐幕的地毯上"听见古老的地下河"的歌唱。在《猎手》中，他刻画了不管是在寂静还是在狂暴中，都小心翼翼守候的勇者的形象：

> 他的棕褐色面孔像岩石刻成。
> 深深的皱纹里隐藏着青春、粗犷的力，
> 在锁闭的浑身肌肉中隆起。
>
> 现在人们对他惊奇，
> 看见他从未珍惜的青铜的肢体，
> 舒展在帐篷的爱情的夜里。

唐祈的另一部分作品（如写于50年代的组诗《北大荒短笛》和写在"复出"之初的《北京抒情诗及其他》），也表现受难知识分子在突然降临的不幸中的惊惧、悲苦和依然不变的信念，它们汇入当时的"归来的歌"的合唱。

1949年，穆旦[①]赴美国芝加哥大学研究院学习，1952年底归国，在南开大学任教。1958年，因1942年任赴缅甸抗战的中国远征军翻译，被定为"历史反革命"，失去正常的教学、研究的权利，此后一直在大学图书馆工作。从50年代中期到他去世的20年间，以查良铮的本名和梁真的笔名，翻译、出版了外国诗歌作品十余种[②]。直到生命最

---

① 穆旦（1917—1977），原名查良铮，祖籍浙江海宁，生于天津。在天津南开中学学习时开始新诗写作。1935年到40年代初，在清华大学、西南联大学习。著有诗集《探险队》《穆旦诗集》《旗》等。去世后，出版的诗集有《穆旦诗选》《穆旦诗全集》等。

② 穆旦50—70年代翻译的文学理论和诗歌作品有：《文学概论》（季摩菲耶夫）、《怎样分析文学作品》（季摩菲耶夫）、《文学发展过程》（季摩菲耶夫）、《波尔塔瓦》（普希金）、《青铜骑士》（普希金）、《高加索的俘虏》（普希金）、《欧根·奥涅金》（普希金）、《普希金抒情诗集》、《普希金抒情诗二集》、《加普利颂》（普希金）、《拜伦抒情诗选》、《布莱克诗选》、《济慈诗选》、《云雀》（雪莱）、《别林斯基论文学》、《雪莱抒情诗选》、《唐璜》（拜伦）、《普希金抒情诗选集》、《拜伦诗选》、《普希金叙事诗选》、《英国现代诗选》、《丘特切夫诗选》等。

后的半年多里，才又拿起笔，留下了数十首诗稿①。

在40年代，处于创作高潮的穆旦，是最能表现中国"现代知识分子令人痛苦的自觉性"的那种诗人。他对于民族、历史的审察，常常深入对内心的剖析中。"对于穆旦，现代主义的重要性在于它多少能看到表面现象以下，因此而有一种深刻性和复杂性"，同时，"这也是他的语言的胜利"②。他力避陈词滥调，以自觉的态度和"新月"等浪漫诗风的语言保持距离，把对那个时代的控诉深入内心"近乎冷酷"的解剖，揭示"一个平凡的人"里面蕴藏的"无数的暗杀，无数的诞生"（《控诉》）。对个体探索这一主题，在后来的写作中继续伸展，如发于1957年的《葬歌》《我的叔父死了》③。

1976年，穆旦在《秋》中写道：

你肩负着多年的重载，
歇下来吧，在芦苇的水边，
远方是一片灰白的雾霭
静静掩盖着路途的终点。


也许是源于一种预感，在中断近20年后，穆旦在他生命临近终点的这一年，重又动笔写诗，留下了《智慧之歌》《演出》《冥想》《自己》《停电之后》《秋》《冬》等二十几首作品。这是走过曲折的人生之途，"歇脚"时的回望和沉思。其中也有一些诗直接剖析当时的

--------

① 这些作品，均公开发表在穆旦去世后的八九十年代。1980年《诗刊》（北京）第2期在"穆旦遗作选"的总题下，刊发《演出》《春》《友谊》《有别》《自己》《秋》《停电之后》《冬》等。随后，《诗刊》等报刊陆续刊发这批主要写于1976年的诗。

② 王佐良《论穆旦的诗》，《穆旦诗全集》，北京，中国文学出版社，1996年，第5页。

③ 穆旦1957年这些诗，在后来受到批评。如邵荃麟在《门外谈诗》中引述了穆旦这些诗句后认为，这里的思想感情和语言都是"沙龙式"的，"不但工农群众听不懂，就是知识分子听了也要皱眉"（《诗刊》1958年第4期）。徐迟说，穆旦的"'平衡把我变成一棵树'，写得很隐晦，很糟糕。他是有老祖宗的，可以指出他模仿英国的那几个诗人。穆旦的诗确是很典型的西风派"（《南水泉诗会发言》，河北保定，《蜜蜂》1958年第7期）。

社会情势，更多的则仍是对现代生存境遇中个体生命的质询，对现代知识者的心理悲剧的揭示。

> 另一个世界招贴着寻人启事，
> 他的失踪引起了空室的惊讶，
> 那里另有一场梦等他去睡眠，
> 还有多少谣言都等着制造他，
> 这都暗示一本未写出的传记，
> 不知我是否失去了我自己。
> ——穆旦《自己》

晚年穆旦的诗，已少有40年代的尖锐、紧张，节奏趋于平缓，用语也朴素、冷静，为回想的语调所笼罩（"寂静的石墙内今天有了回声"）。然而，也处处闪着因时间而"堆积"于内心（"每一片叶子标记着一种喜欢，／现在都枯黄地堆积在内心"）的睿智，怀疑、反讽的精神态度和语言方式也随处可见。明白"沉默是痛苦的至高的见证"，却不愿让痛苦在沉默中随身而没；骄傲于那"智慧之树不凋"，又"诅咒它每一片叶的滋长"；爱、青春、友谊"使那粗糙的世界显得如此柔和"，但对于"永久的流亡者"来说，"美"会很快"从自然，又从心里逃出"，幻想的尽头不过是"一片落叶飘零的树林"[1]。不过，生命的回顾虽近于哀痛，仍不放弃对于温暖的期待。在《春》《夏》《秋》《冬》四首诗中，借自然现象隐喻社会、人生；作者以严冬为基点去回望有过的春绿和秋熟，追寻生命的价值和意义，使这一组诗有着繁复交错的多重情绪的结构。然而，犹如王佐良所说："他没有能够尝到'感情的热流'所能给的'温暖'。1976年初，他从自行车上摔下，腿部骨折了。1977年2月，在接受伤腿手术前夕，他突然又心肌梗死。一个才华绝世的诗人就这样过早地离去了。"[2]

这是他远行前柔情的告别，

---

① 引用诗句，见穆旦诗《智慧之歌》《秋》等。
② 王佐良《论穆旦的诗》，《穆旦诗全集》，第8页。

然后他的语言就纷纷凋谢；

…………

经过了融解冰雪的斗争，

又经过了初生之苦的春旱，

这条河水渡过夏雨的惊涛，

终于流入了秋日的安恬；

…………

——　穆旦《秋》


郑敏[①]20世纪八九十年代在诗歌写作和诗歌理论上，都有显著的建树。50年代自美归国后，因多种缘由而不再写诗。1979年秋，在参加了与辛笛、曹辛之、唐祈、陈敬容等为编辑诗合集《九叶集》而举行的聚会后回家的路上，构思了在沉默20多年之后的第一首诗：《诗呵，我又找到了你》[②]。"又找到"的这种重逢、重现、重归的历史性感情，在"文革"后的"复出"者那里，是一种共同性的反应。郑敏恢复写作的最初作品，所表现的情感、主题与当时一些作品并无很大的差异。她关注的首先是政治性的命题：急切地要表白对祖国、对土地的深挚的爱，追叙在"寒冬"时节对春天的热切期待[③]。在初期总体还缺乏特色的诗中，值得称道的是对青年时代的记忆。在这里，

① 郑敏(1920—2022 )，福建闽侯人，生于北京。1943年毕业于西南联大哲学系。1952年获美国布朗大学英国文学硕士学位。回国后，在中国科学院文学研究所工作，1961年后，任教于北京师范大学。著有诗集《诗集1942—1947》《寻觅集》《心象》《早晨，我在雨中采花》《郑敏诗集》。翻译《美国当代诗歌》。另有《英美诗歌戏剧研究》等论文集。2000年出版的《郑敏诗集》，收入她"重返诗的国土"之后作品。在编排方式上，采用了"以反映自己内心性灵和情感"，"打破时间顺序，将各时期的诗重新按类拼贴"的方法，因此，这本诗集是她"在1979—1999年这20年间心象的记载"。

② 收入郑敏诗集时，题名为《如有你在我身边（诗呵，我又找到了你）》。郑敏后来说："当时我正在公共汽车上驰回西郊。我们刚开过第一次'九叶'碰头会，我也是第一次见到唐祈、陈敬容和曹辛之这几位在京的'叶'友。由于大家的鼓舞，我觉得仿佛又回到了诗的王国，在汽车里这首'诗呵，我又找到了你'突然连同它的题目、声调、情感、诗行，完整地走入我的头脑。"《郑敏诗集·序》，《郑敏诗集》，北京，人民文学出版社，2000年，第9页。

③ 很快，郑敏就对包括她在内的"复出"诗人在这一时期诗作中"或多或少地染上了自欺的'光明'的光辉"做了反省。见《自欺的"光明"与自溺的"黑暗"》，《诗刊》1983年第3期。

她寻找到与"年轻"时期的艺术的衔接点，并转化为创造的起点。

建立与细致宁静的哲思的联系，有赖于作者艺术个性中某些支柱的修复。一是与自然、与人的生活所建立的默契，一种身心参与的亲切感，用心去捕捉自然呼吸的气息和脉搏的跳动，借感觉的尖锐和细腻达到灵智上的呼应相通。二是战胜观察、思考上的狭窄视角，挣脱固化的观念束缚，从纷纭的现象中体会到平凡，又从平凡中探寻深奥，在事物面前保持虚心、坦率的探寻的态度。诗艺"修复"上所要建立的连接，除了自身的创作实践外，也包括曾私淑的里尔克、冯至等的诗歌经验。这种创作意识，以及由此形成的抒情格调和冥想的哲理氛围，在《古尸》《昙花又悄悄地开了》《白杨的眼睛》《第二个童年与海》《冬天怀友》等作品中，开始得以呈现，而写于 1986 年的《心象》组诗，是她"走出早期的诗歌语言，找到适合新的历史时期的自己的风格"的标志[1]。这种"风格"的最重要之点，是将身心（观察、感觉、情绪、思考）向着更广大的领域的开放，对事物给予重新思考和探索的机会。

于是，在这些新作中，有对历史运动（同时也是个体生命）的"太强的生是死的亲吻"的体认。有对"不再存在的存在"——诗歌、音乐、宗教中力量的踪迹的探寻。有对预置的逻辑程序的偏离，有接受无意识的暗示和指引，而摆脱"预设的逻辑程序控制"。形式上也有耐心的试验，"相信诗的格律可以助你，迫使你打开自己灵魂深处的粮仓"。从《心象》开始，"超验力量"，特别是"死亡"，便是郑敏诗歌的不断涉及的主题。但并不以无奈、畏惧的态度处理，而以宗教式的虔诚，与这"谜样的力量"展开对话：

> 人们能从我沐着夕阳的脸上
> 知道我又遇到了你
> 听见你的呼吸
>
> 虽然我们从未相见
> 我知道有一刹那

---

[1]《郑敏诗集》，第 2 页。

一种奇异的存在在我身边
我们的聚会是无声的缄默
然而山也不够巍峨
海也不够盈溢
　　　——郑敏《我从来没有见过你》

　　组诗是郑敏常用的写作方式，有许多思绪和哲理，作者觉得需要有一种阻断但又连绵延续的形式加以表达。它们在郑敏的诗中，总能达到较高的水准。如《诗的交响》《裸露》《心象组诗》《不再存在的存在》《蓝色的诗》《秋的组曲》《生命之赐》等。写于90年代初的十四行组诗《诗人与死》①，是评论界和作者本人都重视的作品。她的诗的写作缘于"九叶诗人"陈敬容和唐祈的相继辞世，但它不是单纯的悼亡诗。郑敏在其中显然放置了过多的有关时代、有关历史和个人的众多情感和思考。要由它来承担的有，对于亡友真挚的哀念，对于特定社会历史的批判，对于死亡的探询，以及诗在当代的命运和可能的探索：这些，围绕着中国现代知识分子的命运这一中心展开。《诗与形组诗》被作者称为"试验的诗"。这种试验包括"让诗有画的形"的"具象诗"，借用中国古典绝句新诗写的短诗，和在"口头白话"中加入"古典诗语"。这些试验当然不是郑敏首创，试验本身也不见怎样出色。但这种具有创新活力的年轻心态，实在让人感动。

　　在八九十年代郑敏的诗歌理论中，值得注意的是她对中国新诗所做的反思、检讨。她的《世纪末的回顾：汉语语言的变革与中国新诗

---

　　①共19首。组诗在《人民文学》刊发时，题目误为《诗人之死》。作者说："……'与死'的原因，是死对于我来说本身就是一个重要的主题，可以独立于诗人，又与诗人的死有关。"（《读郑敏的组诗〈诗人之死〉》，北京，《诗探索》1996年第3期）。组诗收入《早晨，我在雨里采花》和《郑敏诗集》中时，恢复《诗人与死》的题目。

创作》①等文章。它们是新诗历史上持续不断的反省的回声与延续②。郑敏所表达的，是"重新体认汉语传统和古典诗歌的魅力，为现代中国的诗歌寻找解困的策略"，主张建构今天的诗歌，"必须回接传统的血脉，包括重新占有被边缘化和'遗忘'的语言珠宝"③。由此，在90年代，引发了从语言、形式上对新诗"局限"和发展道路的新一轮争论。

---

①刊于《文学评论》(北京)1993年第3期。此外她的相关文章还有《中国诗歌的古典与现代》(《文学评论》1995年第6期)、《语言观念必须变革》(《文学评论》1996年第4期)。

②有批评家把郑敏的这些论文，与50年代以来反省新诗的重要论著排列在一起，称为"当代自觉反思'新诗'语言、形式问题的新古典主义理论主张"(王光明《现代汉诗的百年演变》第659—660页)。这些论著有林以亮《论新诗的形式》(署名余怀，香港《人人文学》1953年第15期)，《再论新诗的形式》(署名余怀，香港《人人文学》1953年第18期)；梁文星(吴兴华)《现在的新诗》(台北《文学杂志》1956年第一卷第4期)；胡菊人《论新诗的几个问题》、《文化反刍：中文革命与伊萨·庞德》(均收入《文学的视野》，台北，远景出版事业公司，1986年)；余光中《谈新诗的语言》(收入《掌上雨》，台北，大林出版社，1984年)；叶维廉《比较诗学》(台北，东大图书公司，1983年)、《中国诗学》(北京，生活·读书·新知三联书店，1992年)。

③王光明《现代汉诗的百年演变》，第660页。

# 第十一章　朦胧诗与朦胧诗运动

## 一、《今天》与朦胧诗

"文革"后到 20 世纪 80 年代初，当代诗歌中的创新活力，主要来自"崛起"的，以青年诗人为主体的"新诗潮"。60 年代中期至 70 年代的"文革"期间，一些地方存在后来被称为"地下诗歌"的"潜流"。"文革"结束之后，社会政治、诗歌文化环境出现重要变化。在目标上，带有与"当代"前 30 年的诗歌主流"断裂"的诗歌思潮开始涌动；在当时呈现"反叛"的性质和姿态。这种"断裂"，既是诗歌内容（取材、表达的观念、情绪）上的，也表现在艺术方法方面。这种被"新诗潮"当事人和诗界都估计过度的"反叛"性质的写作，自然难以为当时的主流诗界所认可。不过，在主要是城市知识青年和大学生的阅读群体中，已迅速蔓延，并产生强烈反响。作品难以在由国家控制的报刊上登载，因而，最初大多采用"非正式"的发表方式："文革"期间延续下来的传抄仍是手段之一；而自办诗报、诗刊、自印诗集，也开始成为重要方式。许多城市，特别是各地的大学，在 80 年代初，都出现同人性质的诗刊，并形成各种诗歌"小圈子"。最早创办、影响广泛，并成为"新诗潮"标志的自办刊物，是出现于北京的《今天》。

在《今天》之前，已存在与"新诗潮"相关的民间组织。如贵州省以黄翔、路茫、方家华、哑默等为主要成员的"启蒙社"。他们于

1978年10月来到北京，在王府井大街贴出总题为《启蒙：火神交响诗》的共一百多张的诗歌大字报。接着，12月到次年3月间又五次到北京。除继续张贴诗歌和政论的大字报外，还散发、出售他们自印（油印）的诗歌作品集，如黄翔《狂饮不醉的兽形》、哑默《哑默诗选》等。黄翔等"外省青年"的"呼啸而来"，影响、鼓舞了北岛等，是其后《今天》诞生的推动因素之一①。但黄翔和"启蒙社"的这些活动和创作，在此时涌动的新诗潮中，其作用并没有得到延续，影响也远不及《今天》。原因是多方面的。他们认识到北京在政治文化格局中的重要地位，但"远道而来"的突击性举动本身就带有很大的局限。他们的写作及所持的诗歌观念，延续着强烈的政治意识形态的"工具"式理解。另外，大字报、演讲等的这种"发表"方式（有限的时空范围，和"文本"的难以存留的性质），也限制其影响的扩大。至于黄翔等的诗及他们的诗歌活动是否可以列入朦胧诗的组成部分，后来一直存在争议。

《今天》创刊于1978年12月23日，由北岛、芒克等主办②。它并不是纯粹的诗刊，而是一份综合性的文学刊物，刊登小说、诗、评论和少量外国文学译介文字③。小说虽然占据不小的分量，不过，

---

① 北岛语。他1992年在伦敦的"中国当代诗歌研讨会"上说："……到了1978年的时候，突然政治气候转变了。我记得一个转变的最重要的迹象，就是1978年10月11号，在王府井大街贴出了黄翔和几个贵州青年人的诗。……他们起了很重要的作用，虽他们的诗是非常政治性的。……当时他们这种狂妄态度，对北京人来说，可以说是呼啸而来的，所以，对我们可以说是一个很大的鼓舞。"转引自钟鸣《旁观者》第二卷第769页。海口，海南出版社，1998年。1986年，黄翔等带着他们编印的诗报《中国诗歌天体星团》再次到北京开展他们的活动。

② 关于《今天》的主办者、编委，以及参加工作的人员，前后发生许多变化。据《鄂复明访谈录》称，"创办人"为北岛、芒克、黄锐、陆焕兴、孙俊世、张鹏志、陶家楷、马德升："他们把架子搭起来了"（《沉沦的圣殿》第149页）。另一种说法是："第一届编委：芒克、北岛、黄锐、刘禹、张鹏志、孙俊世、陆焕兴。《今天》第一期后，因文学及社会见解，编辑部发生分裂，五人退出。遂由芒克、北岛重新牵头成立第二届编委，有北岛（主编）、芒克（副主编）、周郿英、鄂复明、徐晓、陈迈平（万之）、刘念春。后黄锐复来……赵一凡为幕后编委。"（《沉沦的圣殿》第321页）另外，有多人指出（包括后来在国外出版的《今天》编辑部），赵一凡是《今天》的"创始人之一"。

③ 如刊登万之的多篇短篇小说，北岛的中篇《波动》、短篇《在废墟上》《稿子上的月亮》《归来的陌生人》（均署石默）、《旋律》（署艾珊），刊登格林（英）、叶夫图申科（苏）、小库尔特·冯尼格（美）等的短篇小说，多篇评论文字，以及摄影和美术作品等。

主要影响是诗歌。开始除了装订成册散发、征订出售外，还采用"文革"中常见的，在他们认定的"重要"地点（西单、天安门广场、王府井、人民文学出版社、文化部、《诗刊》社、北京大学、中国人民大学等）张贴的方式①。创刊号上署名"本刊编辑部"的《致读者》（代发刊词，由北岛执笔），表达了参与者的社会、诗歌理想。在引用了马克思的论述来批判"文革"期间实行的"文化专制"之后，《致读者》也描述了"断裂"的历史图景，表达了"创世纪"式的激情，认为，

> ……"四五运动"②标志着一个新时代的开始，这一时代必将确立每个人生存的意义，并进一步加深人们对自由精神的理解；我们文明古国的现代更新，也必将重新确立中华民族在世界民族中的地位，我们的文学艺术，则必须反映出这一深刻的本质来。

之后的宣告是："今天，当人们重新抬起眼睛的时候，不再仅仅用一种纵的眼光停留在几千年的文化遗产上，而开始用一种横的眼光来环视周围的地平线了。……我们的今天，植根于过去古老的沃土里，植根于为之而生、为之而死的信念中。过去的已经过去，未来尚且遥远，对于我们这代人来说讲，今天，只有今天！"③

《今天》共出版 9 期。它发表了食指、芒克、北岛、方含、舒婷、顾城、江河、杨炼、严力等写于"文革"期间或写于当时的作品。如

---

① 他们在 12 月 23、24 日两天，将《今天》第 1 期张贴于上述地方。关于出发张贴时的情形，芒克后来回忆说："外面情况复杂，要冒很大的风险，很可能一去不回。商量的结果是由我、北岛、陆焕兴三人去。我和北岛那时都还没有女朋友，没有顾忌，又是发起人；陆则是自告奋勇。头一晚熬好了糨糊。23 日出发前大家都来告别，很悲壮，大有'壮士一去不复还'的劲头。"（《芒克访谈录》，《沉沦的圣殿》第 344 页）

② 发生于 1976 年 4 月间的"天安门事件"，在"文革"后一段时间，被许多人称作与"五四运动"同样具有伟大意义的"四五运动"——引者注。

③《致读者》对"今天"的强调，钟鸣认为"在被遗忘的职业革命家李大钊那里，就已经存在了"。刊于《新青年》第 4 卷第 4 号的李大钊的《今》写道："我以为世间最可宝贵的就是'今'，最容易丧失的也是'今'。……为什么'今'最可贵呢？最好借耶曼孙所说的答这个疑问：'尔若爱千古，尔当发现在。昨日不能唤回来，明天还不确定，尔能确有把握的就是今日。'"见钟鸣《旁观者》第 2 卷第 613 页。

舒婷的《致橡树》《中秋夜》《四月的黄昏》《呵，母亲》，北岛的《回答》《冷酷的希望》《太阳城札记》《一切》《走吧》《陌生的海滩》《宣告》《结局或开始》《迷途》，芒克的《天空》《十月的献诗》《心事》《路上的月亮》《秋天》《致渔家兄弟》，食指的《相信未来》《命运》《疯狗》《鱼群三部曲》《四点零八分的北京》《愤怒》，江河的《祖国啊，祖国》《没有写完的诗》《星星变奏曲》，顾城的《简历》，杨炼的《乌篷船》，方含的《谣曲》等。其中，不少后来被看作朦胧诗的"代表作"。除刊物外，还出版《今天》文学资料3期，《今天》丛书4种①。其间，还在玉渊潭公园组织过两次诗歌朗诵活动②，并两次协助举办当时的先锋美术活动"星星画展"。到了1980年9月，《今天》被要求停刊。其后成立"今天文学研究会"，但很快也停止了活动③。作为一份当代最早出现的诗歌"民刊"，它的"出版形式为中国诗歌写作开了一个小传统。从此一部分青年诗人们对赢得官方或国家出版物的赞许失去了兴趣。有一段时间诗人们甚至私下认为，要出名就得在民刊上出名，在官办刊物上出名不算数。那时民间诗坛的权力在某些诗人看来的确大于官方诗坛的权力"。④

《今天》和《今天》的诗，在读者中引起"震荡"；其范围不限于青年诗歌爱好者。有论者后来回忆说："就在我们心灵发生危机的时刻，'今天'诗人应运而生"，他们"发出最早的光芒。这光芒帮助了陷入短暂激情真空的青年迅速形成一种新的激情压力方式和反应方式，它包括对'自我'的召唤、反抗与创造、超级浪漫理想及新英雄幻觉。我们的激情自觉地跟随'今天'的节奏突破了思想的制度化、

---

①芒克诗集《心事》，北岛诗集《陌生的海滩》，江河诗集《从这里开始》，艾珊中篇小说《波动》。

②1979年4月8日和10月21日，均于北京玉渊潭公园八一湖畔的小松林举行。

③9月，北京市公安局根据政务院1951年的法令"刊物未经注册，不得出版"，要求《今天》杂志停刊。后申请注册复刊，不被允许。12月再次通知《今天》停止一切活动。

④西川《民刊：中国诗歌小传统》。

类同化……我们发现了新词、新韵，甚至新的'左派'……"①。《今天》和在它的周围的一些作者，在后来被看成具有诗歌"群体"性质的聚合，而有了"诗群"或"诗派"提法。有的更认为，"存在的只是'今天派'，而所谓朦胧诗只不过是它在历史上形成的某种'氛围'"②。80年代末北岛移居海外之后，《今天》1990年夏末在海外"复刊"。随着社会情势的变迁，出版地和读者的更易，它自然已不是原先《今天》的简单延续，面貌的改变是必定的。

## 二、朦胧诗论争

在1979—1980年间，《今天》诗人的作品的广泛流传，已是无法视而不见的事实。1979年10月的《星星》（成都）刊登了当代著名诗人公刘对顾城诗的评论。《诗刊》继选载北岛、舒婷作品之后，1980年第4期又以"新人新作小辑"刊登青年诗人的作品。一些为国家管理的"正式"出版的文学刊物，也开始慎重、有限度，同时混杂地选发他们的作品。这使由《今天》所引领的诗潮影响进一步扩大。1979年3月，《诗刊》刊出发表于《今天》创刊号上的北岛的《回答》；继之，舒婷同样刊于《今天》的《致橡树》《呵，母亲！》等诗也为《诗刊》所登载。诗歌理论刊物《诗探索》，在《请听听我们的声音》的总题下，刊登了江河、舒婷、顾城、梁小斌、徐敬亚、高伐林、张学梦等的笔谈。中国需要"全新的诗"，需要调整和改善人们对诗的感受心理，应该允许进行探索——是笔谈的主要观点。在此期间，全国各地的刊物，如《星星》（成都）、《上海文学》《萌芽》（上海）、《青春》《丑小鸭》（南京）、《芒种》（郑州）、《春风》（沈阳）、《长江文艺》（武汉）、《四川文学》（成都）等，也都陆续发表青年诗人的作品。在这些刊物中，"新人"（"青年诗人"）的范围相当广泛，作品的

<hr>

① 柏桦《左边——毛泽东时代的抒情诗人》，香港，牛津大学出版社，2001年，第37页。欧阳江河在《有感于〈今天〉创刊15周年》中说："我当时基本上是把《今天》当作启示录、写作范本来阅读的……早期《今天》诗人在当时扮演了带来启示，带来异端思想和带来怀疑精神的青年宗师这样一种历史角色。"（《站在虚构这边》，北京，生活·读书·新知三联书店，2001年，第287—288页）

② 王家新《回答四十个问题》，《中国诗选》，成都科技大学出版社，1994年，第417页。

性质也不属同一类型，但其中也包括了集结于《今天》的诗人的作品。

对以《今天》为代表的"新诗潮"的评价，很快成为诗界的中心问题。意见歧异的程度出人意料，激烈的冲突不可避免。最早在"正式"出版物上发表看法的，是"复出"诗人公刘，在诗刊《星星》的复刊号上发表了《新的课题》①一文。曾因进行过思想、文学探索而命运坎坷的公刘，对顾城等的作品，基本上持理解、同情的态度。但基于他的政治、文学观，也为这些诗在历史叙述上的"片面"、情绪的"悲观"而忧虑。他主张要给予"引导"，"避免他们走上危险的道路"②。不过，"新诗潮"诗人中的激进探索者，不能认可这种被"引导"的位置③。1980 年 4 月在南宁召开的以新诗现状和展望为主题的"全国诗歌讨论会"上，《今天》诗人作品的评价成为争论焦点。有趣的是，不论是认为新诗将出现繁荣前景，还是认为已陷于难以摆脱的危机者，都把很大一部分原因归结为这类诗的出现。

南宁会议后不久，诗评家谢冕发表了《在新的崛起面前》④一文，对"不拘一格、大胆吸收西方现代诗歌的某些表现方式……越来越多的'背离'诗歌传统"的"一批新诗人"给予支持。这种支持的根据，来自他对诗歌"适应社会主义现代化生活"的想象（这一前提，其实也是朦胧诗反对者所坚持的）。他还以"历史见证人"的姿态对诗界

---

① 文章的副标题是"从顾城同志的几首诗谈起"。《星星》1979 年复刊号，10 月出版。《文艺报》1980 年第 1 期转载。

② 《文艺报》转载公刘文章所加的《编者按》也认为："他们肯于思考，勇于探索，但他们的某些思想、观点，又是我们所不能同意，或者是可以争议的。如视而不见，任其自生自灭，那么人才和平庸将一起在历史上湮没；如加以正确引导和实事求是的评论，则肯定会从大量幼苗中间长出参天大树来。"

③ 针对公刘和文学界有关的"引导"的说法，青年诗人和一些支持他们探索的批评家曾私下议论说，还不知道应该由谁"引导"谁！是顾工引导顾城，还是顾城引导顾工？（顾工为顾城之父，50 年代初开始写诗的军队诗人。）

④ 为谢冕在"全国诗歌讨论会"上的发言，经整理后刊于《光明日报》（北京）1980 年 5 月 7 日，和《诗探索》（北京）1980 年第 1 期。

的态度提出规劝："对于这些'古怪'①的诗,有些评论者则沉不住气,便要急着出来'引导'。有的则惶惶不安,以为诗歌出了乱子了。这些人也许是好心。但我主张听听、看看、想想,不要急于'采取行动'。我们有太多的粗暴干涉的教训(而每次粗暴干涉都有着堂而皇之的口实),我们又有太多的把不同风格,不同流派,不同创作方法的诗歌视为异端,判为毒草而把它们斩尽杀绝的教训。而那样做的结果,则是中国诗歌自五四以来没有再现过五四那种自由的、充满创造精神的繁荣。"在这里和此后多篇诗论中,这位批评家以他理想的"五四"精神作为标尺,提出了他的中国新诗的主要历史经验,认为营造自由的艺术创造空气、支持多元并立的艺术创新,是发展、繁荣的前提。他的立场,既为一些人所赞同,也受到许多的诘难②。

到了1980年下半年,这些备受争议的诗获得一个同样备受争议③,却延续下来的命名——"朦胧诗"。1980年第8期《诗刊》刊载了《令人气闷的"朦胧"》(章明)的文章,对那些"写得十分晦涩、怪僻,叫人读了几遍也得不到一个明确印象,似懂非懂,半懂不懂,甚至完全不懂,百思不得其解"的诗,称为"朦胧体"。文中的引述的虽不是《今天》诗人的作品④,但谈及的现象和后来争论举证的诗例,则主要与"新诗潮"的探索者有关。"这位批评家虽然不中要害,却

---

① 诗评家丁力等早就把这些有争议的诗称为"古怪诗"。后来,《新诗的发展和古怪诗》(《河北师院学报》1981年第2期)中,正式肯定了这一说法:"'朦胧诗'这个提法很不准确,把问题提轻了。……我的提法是古怪诗,也就是晦涩诗。""现在的古怪诗,不是现实主义的,有的甚至是反现实主义的。它脱离现实,脱离生活,脱离时代,脱离人民。"在此之前又把支持朦胧诗的观点,称为"古怪诗论"(《古怪诗论质疑》,《诗刊》1980年第12期)。

② 文章发表后,臧克家十分激动,致信谢冕(未公开发表),激烈而恳切地提出批评与规劝。

③ 许多诗人、诗评家后来指出,"朦胧诗"的称谓,并不能概括《今天》诗人为主的诗歌内涵和特征。有的说"朦胧诗""是由外行发明的一个低智商术语"。但这一称谓仍被广泛接受。其实,文学史的命名历来都有复杂的情形,常有"约定俗成"的成分。

④ 章明文章中的举例,一是"九叶诗人"杜运燮的《秋》,另一是青年女诗人李小雨的《海南情思·夜》。后面一首全文为:"岛在棕榈树下闭着眼睛;/梦中,不安地抖动肩膀,/于是,一个青椰子掉进海里,/静悄悄地,溅起/一片绿色的月光,/十片绿色的月光,/一百片绿色的月光,/ 在这样的夜晚,/使所有的心荡漾、荡漾……/隐隐地,轻雷在天边滚过,/讲述着热带的地方/绿的家乡……"

也不是无的放矢"①，因而，争论的最初阶段，是围绕艺术革新与阅读习惯、鉴赏心理之间的矛盾展开。

1980年，诗歌争论的热点之一发生在福建。《福建文学》（福州）从这一年年初开始，开辟了"新诗创作问题"讨论专栏，时间持续达一年多。开始虽然围绕本省诗人舒婷展开，但目的并不限于此。正如编者在专栏按语中所言，"舒婷的创作，不是偶然出现的个别现象，而是当前诗坛上一股新的诗歌潮流的代表之一。如何分析这股新诗潮，是目前诗歌界普遍关注和思考的中心，也是我们这场讨论争议的焦点"②。讨论后来从对这一"新的诗歌潮流"的分析，进而涉及中国新诗60年来的经验和问题。

"新诗潮"要获得当时诗界的承认，重要一点是取得有威望的前辈诗人的支持。这个愿望部分得到实现（如蔡其矫、牛汉等），更多时候则是落空。五六十年代一直担任《诗刊》主编的臧克家坚决认为，所谓"朦胧诗"，"是诗歌创作的一股不正之风，也是我们新时期的社会主义文艺发展中的一股逆流"③。被看作诗坛旗帜的艾青，基于诗歌观念，也可能是某种误解，措辞、态度也相当严厉。说朦胧诗的"理论的核心，就是以'我'作为创作的中心，每个人手拿一面镜子自照自己"，"排除了表现'自我'以外的东西把我扩大到了遮掩整个世界"。艾青认为，"朦胧诗作为一种文学现象，不足为奇"，他和臧克家最不满的是，"奇就奇在一些人吹捧朦胧诗，把朦胧诗说成诗歌的发展方向"④。艾青的态度很让原本期望甚高的青年诗人失望，

---

① 卞之琳《今日新诗面临的艺术问题》，《诗探索》（北京）1981年第3期。

②《福建文学》1980年第2期。

③《关于朦胧诗》，《河北师院学报》1981年第1期。在1982年《诗刊》等召开的多次会议上，臧克家总是"语调急促，词锋锐利"地讨伐"朦胧诗"等在"诗歌领域内刮起的一股黑风"。1982—1983年间，激烈讨伐"朦胧诗"和支持"朦胧诗"的"崛起"论的，还有柯岩、朱子奇、周良沛等。1983年9月，在新疆石河子的"绿风诗会"上，周在痛斥了"三个崛起"的"自由化谰言"之后说："……我们是不是太天真了啊？你给他们讲学术，人家可不跟你讲学术。不是说要用不同的方法解决不同性质的矛盾吗？那好，是学术的就用学术的方法来解决，不是学术，就用不是学术的方法来解决……"参见唐晓渡《我所亲历的80年代〈诗刊〉》，"诗生活"网站："诗生活文库"。

④ 参见艾青《从"朦胧诗"谈起》，《文汇报》（上海）1981年5月12日。

甚至恼恨，关系一度相当紧张；对此做出最激烈反应的是贵州的刊物《崛起的一代》①。

在论争中，支持朦胧诗的另一有影响的文章出自孙绍振之手。他的《新的美学原则在崛起》认为，"与其说是新人的崛起，不如说是一种新的美学原则的崛起"。个体独立价值的确立，人的觉醒，被阐述为"新诗潮"美学特征的"哲学基础"："新诗潮"被看作80年代前期思想主潮的重要构成。孙绍振的文章招致保守的"主流文学界（诗界）"的批评。《诗刊》发表时加的按语，《人民日报》转载《诗刊》第4期程代熙的《评〈新的美学原则在崛起〉》时加的按语，以及此后许多刊物、报纸相继出现的多篇批评文章，都认为文章的观点具有政治方向严重错误的性质。两年之后，徐敬亚的长文《崛起的诗群》的发表，在更大范围和更严重的程度上受到批判②。在1983年前后的"清除精神污染"中，对"'崛起'论"者的批判是其中重要一项。谢冕、孙绍振、徐敬亚的题目都出现"崛起"一词的三篇文章，被并称为"三崛起"。批评者认为："它们程度不同并越来越系统地背离了社会主义的文艺方向和道路，比起文学领域中其他的错误理论

①艾青曾在给青年诗人的讲话中，批评北岛的《生活》（《太阳城札记》中的一首）。北岛在《彗星》一诗中有这样的句子，"回来，或永远走开／别这样站在门口／如同一尊石像／用并不期待回答的目光／谈论我们之间的一切"。据说这是在暗指艾青。参见程光炜《艾青传》，北京十月文艺出版社，1999年，515-520页。《崛起的一代》是黄翔和贵州大学学生编辑的诗歌"民刊"。1980年11月出版，1981年3月第3期后被要求停刊。编者和主要撰稿人有黄翔、哑默、张嘉彦、吴秋林等。顾城、舒婷、高伐林、杨牧、梁小斌、徐敬亚、王小妮、吕贵品等在上面发表过作品。该刊第1期《代前言》中说："人总是要死的，诗也会老的。……从某种意义来说，诗同一株茶树。茶树隔年是要剪枝的，时间久了，老化了，要连根拔掉种上新苗。"黄翔并在声讨艾青的"檄文"中，声称要把艾青"送进火葬场"。哑默（伍立宪）在刊于第2期的《伤逝》一文中说："诗人艾青：……想告诉你：艾青在我的心里已经死去了……一本'开后门'买来的新版《艾青诗选》放在我的桌子上快一年了，但我翻都没有翻过。尽管上面第一页上印着的第一句话是我给你的第一封信里的第一句话……"（哑默在读到艾青复出发表在《文汇报》的第一首诗后，给艾青去信，称"我们找你找了20年，我们等你等了20年"。这些话被艾青引用在1979年版《艾青诗选》的"自序"中）

②对徐敬亚文章的批判情况，可参见刊发于1984年第4期《文艺报》的综述文章《一场意义重大的文艺论争》。徐敬亚将"现代化"与"现代主义"加以等同，宣告中国新诗将在否定"现实主义"、接纳"现代主义"的基础上，继续推动诗歌的"现代"变革的步伐。

更完整、更放肆。对它们给诗歌创作和诗歌理论带来的混乱和损害是不能低估的"；并说，"我们和'崛起'论者的分歧"，"不但是文艺观的分歧，也是社会观、政治观、世界观的分歧，是方向、道路的根本分歧"①。警告虽说相当严厉，批判也有颇大的声势，但时势迁移，已难以产生如50—70年代批判运动那样的威慑效果。事实上，此时"新诗潮"已确立了它在诗界的显要且稳固的地位；言辞激烈的批判也难以动摇。它所达到的效果，只能是加强艺术探索者审度、建设自身的意识，由此反省存在的不足和缺陷。

《今天》或朦胧诗都不是传统意义上的诗歌流派。但他们在诗歌精神和探索的主导意向上具有共同点。其时代意义和诗学贡献是多方面的。在社会生活、诗歌写作上对"个体"精神价值的强调，是人们重视的一点。朦胧诗的"启蒙主义"激情，历史承担的崇高但也有些自恋的姿态，突破"当代"诗歌语言、想象模式的变革，对当时的诗界都形成强烈冲击。虽说"朦胧"的这一命名常为人所诟病，但它的价值也许又正在于"朦胧"。朦胧、晦涩在"当代"中国，并不是"纯技术"或单纯的风格层面的问题。朦胧诗与当时"环境"构成的紧张冲突，主要根源于它的语言的"异质性"，它表现了某种程度的"语言的反叛"；"反叛"的价值在于："拒绝所谓的透明度，就是拒绝与单一的符号系统合作。"②

---

① 见吕进《重庆诗歌讨论会》，《文艺报》（北京）1983年第12期。重庆诗歌讨论会由中国作协、《诗刊》社和四川、重庆诗歌界一部分人联合于1983年10月4—9日召开。参加者有当时任中国作协书记处书记的朱子奇、柯岩，以及北京、成都、重庆的诗人、诗歌批评家30多人。会上集中批判了"对马克思主义、毛泽东思想严重的挑战"的"'崛起'论"，也对"近年出现"的"颠倒美丑、混淆新旧、空虚绝望、阴暗晦涩"的一类"有严重错误"的诗，如《诺日朗》（杨炼）、《墙》（舒婷）、《彗星》（北岛）、《流水线》（舒婷）、《空隙》（顾城）等，"进行了批评"。这期间对"'崛起'论"的重要批评文章有：郑伯农《在"崛起"的声浪面前——对一种文艺思潮的剖析》（《诗刊》1983年第6期。由于该文的"重要性"，后被《文艺报》《光明日报》和兰州的《当代文艺思潮》等报刊转载），程代熙《给徐敬亚的公开信》（《诗刊》1983年第11期），柯岩《关于诗的对话——在西南师范学院的讲话》（《诗刊》1983年第12期）等。在强大的批判声浪中，徐敬亚于1984年3月5日，在《人民日报》上发表《时刻牢记社会主义的文艺方向——关于〈崛起的诗群〉的自我批评》（《诗刊》1984年第4期转载）。

② 刘禾《持灯的使者·编者的话》，第ⅩⅥ页。香港，牛津大学出版社，2001年。

### 三、"地下诗歌"的发掘与食指

朦胧诗在论争中确立其地位，同时也建构其自身的"秩序"。这涉及朦胧诗的定义、"代表性"成员、"经典"文本的确立等诸多方面；也涉及对朦胧诗与《今天》、与"文革"中的"地下诗歌"等的关系的理解。20世纪80年代初到90年代后期，对这些问题所做的不同阐释，一直在进行①。其中最主要的是，朦胧诗指称的范围（是否指70年代末至80年代初特定诗歌现象、诗歌文本，还是可将"文革"中的"地下诗歌"也加以涵括），哪些诗人可被看作朦胧诗最出色的"代表诗人"等。影响这些问题认定的因素有：作品发表的时间、方式；作品与当时社会、诗歌主潮的切合程度；论争中作品引例的"频率"；重要批评家和当事人的阐释；诗人与当时诗歌运动的关系；各种有关朦胧诗的选本的编选和出版情况；大学文学史和文学理论教科书的叙述……朦胧诗"秩序"建构与重叙的情况，一定程度折射了近20年来，"新诗潮"内部在诗歌观念、诗歌探索方向和在"诗歌场域"中位置等的差异和矛盾②。

---

① 赵寻《80年代诗歌"场域自主性"重建》一文对此有深入讨论。见《激情与责任》，人民文学出版社，2002年。该文也载于《今天》2002年秋季号（总58期），今天文学杂志社，2002年。

② 在80年代，哪些诗人可以看作"朦胧诗人"，或可以被列入朦胧诗的范围，特别是谁被看作"代表性"诗人，在看法上有一些差异。在《今天》上发表诗作的作者，在朦胧诗论争中并没有都被看作"朦胧诗"的"成员"，如食指、方含等。1982年辽宁大学中文系编印的《朦胧诗选》（油印本），收入舒婷、芒克、北岛、顾城、江河、杨炼、梁小斌、王小妮、吕贵品、徐敬亚、杜运燮、傅天琳12人。徐敬亚在《崛起的诗群》一文中列举的诗人名单，比起《朦胧诗选》来，少了芒克、徐敬亚、吕贵品、杜运燮，增加了孙武军。1985年《朦胧诗选》（阎月君编）的修订本（春风文艺出版社），比起油印本，删去杜运燮，增加孙武军。1986年作家出版社出版了诗合集《五人诗选》，北岛、舒婷、顾城、江河、杨炼似乎成了朦胧诗的最重要代表诗人。在1985年以前，多多并未被看作朦胧诗诗人。徐敬亚等编的《中国现代主义诗群大观1986—1988》（上海，同济大学出版社，1988年）中，列为"朦胧诗派"的成员是：北岛、江河、芒克、多多、舒婷、杨炼、顾城、骆耕野、梁小斌、王家新、王小妮、徐敬亚12人。在80年代后期到90年代的多种当代文学史、诗歌史著作、教科书中，相当一致地将北岛、舒婷、顾城、江河、杨炼作为最重要的评述对象。1993年的《中国当代新诗史》（洪子诚、刘登翰，初版本，人民文学出版社）和1996年的《中国朦胧诗人论》（陈仲义，江苏文艺出版社）评述的朦胧诗主要诗人均为北岛、舒婷、顾城、江河、杨炼。春风文艺出版社的《朦胧诗选》2002年再版时，增加了食指和多多。

80 年代初的"朦胧诗"时期，多数读者并不了解在"文革"期间，存在后来所称的"地下诗歌"的写作活动，虽然他们当时读到的一些作品，篇末写作时间有时会署"文革"间的某一年份。事实上，《今天》（尤其是最初几期）所登载的诗，不少据说是"文革"间的旧稿[1]。这些诗，除作者本人提供外，许多由当时参加《今天》编辑工作的赵一凡提供。在"文革"期间和"文革"后，赵一凡在搜集、保存各种文稿、资料上做出重要贡献，他因此也付出极大代价[2]。

由于在论争中朦胧诗地位开始显赫，并在很大程度上成为当代诗歌"复兴"的标志，有关朦胧诗的"起源"的追索与发掘，受到重视；零碎、杂乱的记忆与不多的资料，在"历史"构造的目标下加工、串联、整合起来，在从事这项工作的诗人、诗评家（文学史家）那里，存在一种复杂、矛盾的态度。一方面，他们愿意为中国当代的"现代主义"倾向的诗歌建立一条连贯的线索，这样，60 年代初开始存在的"地下诗歌"，被描述为对朦胧诗的准备的"前史"，其中暗含一种趋向"成熟"的进化过程。但重叙与发掘的另外动机，又来自对现有叙述（高度肯定"朦胧诗"的同时，遮蔽、降低了"文革""地下诗歌"的价值）的不满，怀疑这种有关"准备"和"成熟"的理解。

重建原先被压抑的诗歌的工作从相关的两个方面展开。一是对"地下诗歌"作品的搜集、整理和出版，另一是"新诗潮"历史脉

---

[1] 如芒克、北岛、食指、方含、齐云等的作品。

[2] 赵一凡（1935—1988），浙江义乌人，生于上海。自幼因伤致残，只上过三年小学，靠自修学完大学中文学科课程。为商务印书馆等担任辞书和古典文学书籍校对工作。他"最重要的贡献是进行私人性质的文化资料的收存和整理"，在"文革"期间，因保存了被称为"地下文坛"的大批资料，在 1975 年 1 月，以"交换、搜集、扩散反动文章"和参加并不存在的反革命组织"第四国际"的罪名，被捕入狱。1976 年 12 月出狱。两年后获平反恢复名誉。1988 年病逝。生平资料参见廖亦武主编《沉沦的圣殿——中国 20 世纪 70 年代地下诗歌遗照》第三章赵一凡专辑。《沉沦的圣殿》第 129 页称："至少《今天》前 4 期或前 5 期的绝大部分稿件是赵一凡提供的。"

络的"清理"。1985年，上、下两册的《新诗潮诗集》<sup>①</sup>出版。这部流传甚广的选本的贡献之一，是收入不少芒克，尤其是多多的诗。芒克不少诗在《今天》已刊出，也出版过"自印"性质的诗集《心事》（《今天》丛书）。但在80年代中期呈现的朦胧诗"秩序"中，他并不属"核心诗人"之列<sup>②</sup>。多多的作品，此前的报刊中未曾出现，《今天》也未刊发他的诗。在80年代后期之前，他不被纳入朦胧诗范围，是自然的。《新诗潮诗集》中他的近30首（组）诗，应是首次的集中"面世"。与此同时，回顾"文革"中的"地下诗歌"的文章开始出现<sup>③</sup>。

在历史的发掘与重叙中，1988年发表、后来被经常征引的《被埋葬的中国诗人》（多多）一文<sup>④</sup>，起到重要的作用。追述"历史"的动机在这里有了清晰的表白："常常，我在烟摊上看到'大英雄'牌香烟时，会有一种冲动：我所经历的一个时代的精英已被埋入历史，倒是一些孱弱者在今天飞上天空。因此，我除了把那个时代叙述出来别无他法。"这里显然拒绝当时对朦胧诗的那种叙述，认为有责任显露已被掩埋的"历史"。文章为后继的讲述者规划了基本路线。至于"时代的精英"，提的有郭路生（食指）、芒克、岳重、徐浩渊、依群、史保嘉、马佳、彭刚等。

在"地下"诗歌脉络的确立中，"文革"前（60年代前期）发生于北京的，至今仍语焉不详、也缺乏必需的资料支持的"秘密诗歌活

---

① 由当时是北京大学中文系学生的老木（吕林）主编，上、下两册，为"内部交流"的"非正式"出版物。"北京大学五四文学社未名湖丛书"。收80余位作者的诗作。作为附录的"中国现代诗20首"，分属李金发、朱湘、戴望舒、卞之琳、穆旦、艾青、郑敏、废名、陈敬容、杭约赫、唐祈、纪弦、辛笛、袁可嘉、唐湜、郑愁予、洛夫、余光中、杜运燮、蔡其矫。这可以看作编辑者当时对"新诗潮"的中国"源泉"的理解。

② 芒克虽然是《今天》的主要创办者之一，但他在与"官方诗坛"的关系上，采取了与其他诗人不同的态度。他的作品很少为"正式"的刊物刊载，朦胧诗论争基本没有涉及他的作品。这使他不为更多读者所熟悉。

③ 贝岭刊于国外中文报纸的《作为运动的中国新诗潮》（纽约，《华侨日报》）是较早的一篇。其中讲到白洋淀的"小团体"式的读书和写作活动的情况。

④ 刊于《开拓》1988年第3期。收入廖亦武主编的《沉沦的圣殿》一书时，篇名为《被埋葬的中国诗人（1972—1978）》，收入刘禾主编的《持灯的使者》中，篇名为《1970—1978北京的地下诗坛》。

动"，被作为"地下诗歌"的"根"提出①。其中有北京的中学生郭世英、张鹤慈等为成员的"X 小组"（有的文章称"X 诗社"）②，以及同样出现于 60 年代初北京的"太阳纵队"。这些诗社（诗歌沙龙）当年的作品已不存，无法了解其思想艺术面貌。只是个别相关人士的回忆文字，提供其构成和活动的简略、含糊的情形③。因而，把它们作为当代诗歌历史一个重要环节的设想，存在许多困难。

与此相仿的，是南方的一些诗人、诗评家对贵州黄翔等在朦胧诗（或"地下诗歌"）中被忽略的不满。据黄翔自己的陈述，他在 50 年代末、60 年代初就已写出"异质性"的诗。因为这些作品都迟至 80 年代才与读者见面，史实也缺乏多方面来源的支持，因而读者与诗评家在处理上颇显犹豫。不过，对于以黄翔为首的"启蒙社"的活动及其影响，人们却记忆犹新。启蒙社不是单纯的"诗社"，诗在许多时候是一种政治抗争的方式（另外手段还有演讲、政论文字等）。黄翔④遭遇坎坷，除诗外，也写小说、随笔。大多数作品都难以"正式"发表。80 年代读者读到的《独唱》《长城》等诗，标明写于 1962 年。

---

①这是《沉沦的圣殿》一书所表现的理解，该书把"X 诗社"等的活动，称为"时代之根"，第 1-3 页。这一诗歌线索，为许多 80 年代末以来出版的当代诗歌史（文学史）论著所采纳。如将 60 年代初北京的"X 小组"和"太阳纵队"，以及"文革"中的"白洋淀诗群"，看作《今天》的"前驱诗歌"；认为"中国现代主义诗歌，经李金发、戴望舒、卞之琳、冯至等肇起到 40 年代末的'九叶派'止，即告人为斩断"，直到 60 年代初至 70 年代中期的"地下诗歌"，才得以赓续；《今天》的"'组织基础'乃是 70 年代的'白洋淀诗群'和与其关系密切的北岛、江河等人。从'X 小组''太阳纵队'，到'白洋淀诗群''今天'，有一条现代诗的连续文脉可循。而《今天》的出现，标志着中国当代文学史上"具有"成熟的现代主义倾向的诗歌群体的出现"（陈超《精神肖像或潜对话》，《打开诗的漂流瓶》，第 284-285 页），洪子诚、刘登翰《中国当代新诗史》（初版本，1993 年）、王光明《艰难的指向——"新诗潮"与 20 世纪中国现代诗》（1993 年）、《现代汉诗的百年流变》（2003）、程光炜《中国当代诗歌史》（2003）等，对这一问题有相近的处理。

②郭世英当时的诗已不存。张鹤慈的仅存 4 首。1963 年 5 月，郭、张与孙经武因"组织反革命集团，编印非法刊物"被拘捕。"文革"中，郭世英被迫害致死，张鹤慈被判劳改 15 年，1978 年平反出狱。

③《X 诗社与郭世英之死》（牟敦白）、《"太阳纵队"传说及其他》（张郎郎）。收入《沉沦的圣殿》一书。

④黄翔（1941— ），湖南桂东人。除诗歌外，还从事小说、散文等的写作。多次被监禁，作品一直未能在报刊"正式"发表。现旅居国外。著有诗集《狂饮不醉的兽形》《黄翔禁毁诗选》，随笔集《梦巢随笔》等。

"文革"初期，则有《预言》《白骨》《野兽》等。短诗《野兽》被看作他的自况式的表白：

> 我是一只被追捕的野兽
> 我是一只刚捕获的野兽
> 我是被野兽践踏的野兽
> 我是践踏野兽的野兽

1978 年，与贵州几位朋友一起到了北京，创办《启蒙》杂志，并以大字报、自印诗集等方式，发表写于 1969—1976 年的《火神交响诗》（包括《火炬之歌》《火神》《我看见一场战争》）。八九十年代的诗作，有作者自己称为"现代大赋"的组诗《大动脉》《中国诗歌摇滚》《"弱"的肖像》《喧嚣之外》。黄翔诗的语言是咆哮、狂放的，是被压抑的身心的情绪、意识的宣泄，是对集苦难、仇恨、抗争于一身的"自我"的塑形。在新诗中，他更多承接那种"自我"扩张式的"传统"。有评论认为，这延续了那种"虚假的意识形态的人格化"的浪漫诗风[1]。

在"地下诗歌"的发掘中，对食指[2]重要性的指认，是取得明显成效的一项；同时也常被作为揭发诗歌史经常掩埋有价值诗人的有力例证。80 年代前期，虽然《诗刊》登载过他的《我的最后的北京》，1978—1980 年的《今天》也刊登他的一些作品，但在朦胧诗运动中，很少提到他的名字。当时编集的朦胧诗选集和相关诗选，也没有或很少选入他的作品。这种现象，引起那些认为"食指是开辟一代诗风的先驱者"者的忧虑[3]。出于一种"还原"历史"真相"的动机，从 80年代后期开始，有了重新"发现"这一"当年在一代青年中广为传颂的、

---

① 钟鸣《旁观者》第 2 卷，第 666 页。
② 食指（1948—　），祖籍山东鱼台，生于山东朝城。本名郭路生，1978 年开始使用笔名食指。"文革"前的 1965 年开始新诗创作。1967 年写《鱼儿三部曲》，《相信未来》《这是四点零八分的北京》《海洋三部曲》等，均完成于 1968 年。"文革"中曾在山西杏花村插队，后入伍从军。"文革"后期患精神分裂症。著有诗集《相信未来》《食指　黑大春现代抒情诗合集》《诗探索金库·食指卷》《食指的诗》等。
③ 林莽《食指论》，《诗探索金库·食指卷》序，北京，作家出版社，1998 年。黑大春在其诗论中将"大诗人"食指的命运，概括为"过早的先驱，过迟的春天"，说"你犹如时代的抹布／擦去灰尘，又被弃于尘土"。见黑大春编《蔚蓝色天空的黄金·诗歌卷》，中国对外翻译出版公司，1995 年，第 116 页。

传奇式的诗人"①的工作。多多《被埋葬的中国诗人》首先提到的就是郭路生，说从他"早期抒情诗的纯净程度上来看，至今尚无他人能与之相比"。1988年，漓江出版社（南宁）出版了他的诗集《相信未来》。1993年，他与黑大春的诗歌合集出版；北京作协分会的诗歌委员会举行了食指作品讨论会。同年出版的"当代诗歌潮流回顾丛书"②的《朦胧诗卷》中，选入食指的诗10首。次年，《诗探索》（总第14期）开辟了"食指专栏"，刊发了食指创作谈和林莽的《并未被埋葬的诗人——食指》的论文。在后来的几年里，北京多种报刊刊发了对食指的专访，和诗评家、他的朋友的评论、回忆文章多篇③。食指因此成了"新诗潮"的前驱式人物，其诗歌艺术也得到极高的评价。

据一些当事人的回忆，"文革"间食指的诗在北京、河北、山西等地文学青年中，有范围不小的流传④。他的写作的贡献，主要是在个体经验发现的基础上，对当时诗歌语言系统的某种程度的背离。这一点，对后来革新者有重要的启发。在诗体形式和抒情方法上，食指与当代"十七年"诗歌有更直接的联系，他自己也讲过，当代贺敬之、何其芳的诗对他有直接影响。写于1968年的《相信未来》和《这是四点零八分的北京》⑤，最为读者熟悉。后者记录了青年学生下乡"插队"，离开城市居住地时的情感和心理反应。诗中出现了有着深刻精

---

①文章的副标题是"从顾城同志的几首诗谈起"。《星星》1979年复刊号，10月出版。《文艺报》1980年第1期转载。

②谢冕、唐晓渡主编，北京师范大学出版社出版。

③这些由林莽、戈小丽、何京颉、崔卫平、李恒久等撰写的文章，后来收入《沉沦的圣殿》一书，成为该书的第二章《平民诗人郭路生》。在此期间，《黄河》《家庭》《幸福》《华人文化世界》《中华文学世界》《中华文学选刊》《中华读书报》《北京青年报》和中央电视台等，刊发多篇文章和专访，播出有关的专题节目。有的文章指出，为其诗歌价值做出有力证明的事件之一，是他于1997年"加入中国作家协会"。在对食指诗的价值阐释上，这里显然存在有关对抗"体制"与获得"体制"认可之间的矛盾。

④这种流传、影响的程度，今天不容易做出较准确的判断。这在一定程度上与讲述的方式有关。如有的文章称："郭路生的名声和诗歌很快传遍了方圆百里。附近公社及大队的北京知青纷纷来拜见诗人，和他谈诗，使我们杏花村快成了诗圣朝拜地了。"又说："郭路生的诗很快如春雷一般轰隆隆地传遍了全国有知青插队的地方。"（戈小丽《郭路生在杏花村》，收入《沉沦的圣殿》）

⑤《这是四点零八分的北京》"正式"刊登于《诗刊》1981年第1期，题为《我的最后的北京》。

神体验的"细节"（当时公开发表的诗，语言、象征意象的程式化、空洞化是普遍现象）：当尖厉的汽笛声长鸣时，北京车站高大的建筑"突然一阵剧烈地抖动"：

> 我的心骤然一阵疼痛，一定是
> 妈妈缀扣子的针线穿透了心胸
> 这时，我的心变成了一只风筝
> 风筝的线绳就在妈妈的手中

"也许对心灵来说，能受伤才能表示它是一颗心"[①]：它表现了有着历史印痕的对于疼痛、依恋和因脚下土地飘移而惶恐的感觉。在八九十年代，因为精神分裂症，食指多数时间生活在北京的社会福利院，但仍坚持诗歌写作。后期的作品显得沉稳和有更多的哲理意味。他经常涉及诗人的责任与荣誉、写作持续的可能和写作的有效性等问题。另一个持续出现的主题，是关于孤独、痛苦、死亡方面的；他表达了以诗"跨越了精神死亡的峡谷"的信心。

### 四、"白洋淀诗群"与多多的诗

在20世纪80年代中后期，"文革"间白洋淀知青聚居地的诗歌写作和诗歌活动已为人们所了解。但更多的"史料"的集中发掘，发生在90年代前期。1993年出版的《"文化大革命"中的地下文学》[②]一书提供了相关的资料。在这前后，陆续有回忆文章面世。1994年5月，《诗探索》（北京）编辑部组织了"白洋淀诗歌群落寻访"的系列活动。曾经与白洋淀诗歌有关的原来的"知青"，集体"寻访"故地，举办讨论会，撰文讲述当年的情景，披露"有研究价值的原始资料"，继续了多多等开始的对自身"历史"的叙述。这一工程的主要成果是，为这一诗歌事实做出为许多人认可的"诗群"的定位，巩固了它在当代新诗史的具有开创性的地位。他们自己出面纠正曾有过的"白洋淀

---

① 崔卫平《诗神眷顾受苦的人》，《沉沦的圣殿》，第91页。
② 杨健著，北京，朝华出版社，1993年。

诗派"的"欠妥"说法，宣布"白洋淀诗歌群落"的称谓"最为准确"。对"群落"特征也做出细密的定义①。这种由"当事人"提供以前未公开发表的作品，讲述当时的事实细节，规定对这一诗歌"群落"的"定位"和叙述方式的情形，在中国新诗史上尚不多见。这是特殊的历史情境的产物：没能留下足够的资料，只有靠当事人的"回忆"来填补。但也为特定心理状态所推动："敏感的作家总是对逝去的光阴表现出这样或那样的焦虑。"②这一建构，虽说穿过某些细节的"追忆"也许不能重返故地，却建立了具有完整意义和秩序的叙事：这合乎我们对完整、清晰的"历史"的期待。

在 20 世纪 90 年代余下的时间里，"地下诗歌"发掘和"新诗潮"重叙的成果，除食指的诗和"白洋淀诗群"的"发现"外，还出版了作品集《中国知青诗抄》和《沉沦的圣殿——中国 20 世纪 70 年代地下诗歌遗照》。在《今天》创刊 20 周年的时候，《持灯的使者》③——一部集合当事人回忆文字的"细节文学史"在香港出版。上述的诸种努力，对"文革"的"地下诗歌"（特别是"白洋淀诗群"）和《今天》的精神价值和诗歌史地位，做出具有权威意义的强调④。

---

① 对这一诗歌"群落"所做的"定义"，刊于《诗探索》1994 年总第 16 期上。该期的"当代诗歌群落"专栏集中刊登一组回忆"文革"白洋淀诗歌活动的文章，作者有宋海泉、齐简、甘铁生、白青、严力等。专栏的"主持人的话"（林莽执笔）以"这段诗歌活动的亲历者"的身份，对这一"群落"加以"定位"。认为：这一"群落"发生时间"应是：1969—1976 年"；人员构成"应是：在白洋淀下乡的各个村落间形成的松散的共同追求诗歌艺术的文学青年群体"；诗艺特征是"以现代诗为主要标志"。

② 刘禾《持灯的使者·编者的话》，《持灯的使者》第 XⅪ 页。

③《中国知青诗抄》，郝海彦主编，北京，中国文学出版社，1998 年。《沉沦的圣殿——中国 20 世纪 70 年代地下诗歌遗照》，廖亦武主编，新疆青少年出版社，1999 年。《持灯的使者》，刘禾编，香港，牛津大学出版社，2001 年。《中国知青诗抄》一书所刊的"续编"的"约稿启事"，要当年的知青"努力回忆、翻找旧作"，"一般不要修改"，并"注明创作日期"。这无意中提示了这些"旧作"面貌可疑的一面。

④ 当然，对这种似乎已"固化"的叙述也仍有不同的意见。举例来说，黄翔在给钟鸣的信（时间不详，大约是 90 年代中期）中抱怨说："北京的一些人把中国当代诗歌的缘起总是尽可能回避南方，老扯到白洋淀和食指身上，其实是无论从时间的早晚、从民刊和社团活动、从国内外所产生的影响都风马牛不相关，食指的意识仍凝固在 60 年代末期……他当时的影响仅局限在小圈子里，而不是广泛的社会历史意义……"转引自钟鸣《旁观者》第 2 卷第 668 页。

"白洋淀诗歌群落"许多作者当年作品大多佚失，因而多多所称的"时代的精英"的诗歌风貌，我们已无从见识。留存的诗中，较出色的是根子的长诗《三月与末日》[①]。除此之外，据有关资料，在1972—1973年间，根子还写有《白洋淀》《橘红色的雾》《深渊上的桥》等作品。

　　1969年初，19岁的芒克[②]和多多"同乘一辆马车来到白洋淀"，他在这里一直居住到1976年初，是在白洋淀乡村居住时间最长、后来又仍保持联系的诗人。芒克现存的作品，最早的标明写于1971年。白洋淀期间的诗，有对于美、温情，对于有着耕种、成熟和收割的生活的幻梦，写到这种向往与"时代"发生的冲突；诗中能清晰看到针对"时代"压力所做出的想象性反应。但一般来说，芒克并不直接对"历史""政治"发言。虽然也和这个时期的诗人一样，喜欢赋予作品哲理、思索的色彩，但他的突出之处，是诗中所呈现的"感性"。评论家普遍认为，芒克是个"自然的诗人"，"他诗中的'我'是从不穿衣服的、肉感的、野性的"；"无论从诗歌行为还是语言文本上，都始终体现了一种可以称之为'自然'的风格"[③]。"自然的风格"，或"自然诗人"的说法，可以发掘的多层含义是：率真、任性的生活和写作态度；重视感性的质朴、清新的语言和抒情风格；想象、诗意上与大自然的接近和融入；一种较少掩饰的"野性"。"太阳升起来，/天空——这血淋淋的盾牌。"（《天空》）"即使你穿上天空的衣裳，/我也要解开那些星星的纽扣。"（《心事》）"从死者骨头里伸出的枝叶/在把花的酒杯碰得叮当响"（《春天》），"躺在你隆起的怀里/我愿意变成阳光"（《爱人》），"只见灯光的利爪/踩着醉汉们冰冷冷的脸"（《灯》），"那已拭去泪珠的云/还一动不动地卧在床上……如同临产的孕妇"（《清晨，刚下过一场雨》）……这

---

　　① 根子（岳重）常被提及的作品，是他的《三月与末日》。该诗被收入牛汉、谢冕主编的《新诗三百首》。

　　② 芒克（1950—　），生于辽宁沈阳。1969—1976年在河北白洋淀"插队"。1970年开始文学写作。著有诗集《心事》（《今天》丛书）、《阳光中的向日葵》、《芒克诗选》等，并出版有长篇小说《野事》。

　　③ 参见多多《被埋葬的中国诗人》（《开拓》1988年第3期），唐晓渡《芒克：一个人和他的诗》（《诗探索》1995年第3期）。

样的诗句，这样的语言处理，在那个时间里，对当时的生活伦理和诗歌想象规范，肯定都是一种冒犯。不过，这种"冒犯"总归还是温和的，并不刻意以"震惊"的效果出现，如果我们拿它来和多多的诗比较的话。当然有的时候，这种反叛的"野性"也颇为执拗：

> 你看到了吗
> 你看到阳光中的那棵向日葵了吗
> 你看它，它没有低下头
> 而是在把头转向身后
> 它把头转了过去
> 就好像是为了一口咬断
> 那套在它脖子上的
> 那牵在太阳手中的绳索
> ——芒克《阳光中的向日葵》

在80年代，芒克发表了两部长诗《群猿》和《没有时间的时间》，另外还出版了长篇小说《野事》。

多多[①]在70年代初就开始写诗，而且一开始就写出具有个人独创风格的作品[②]。但他被诗界较多谈论和重视，则要晚至80年代末至90年代。这种"迟到"的现象，据有的批评家分析，是因为像多多（芒克也是）这样的诗人，在他们的诗歌写作过程中，不被迷惑，也拒绝卷入"各种主义、流派和标签"中去；待到诗界这种不为主义、流派、标签所规限者形成一股力量，"比较诚实地对待和比较准确地判断诗歌"时，就会有"突出好的，顺便清除坏的"的总结和清理。这需要

---

① 多多（1951— ），生于北京，本名栗世征。1969年到河北白洋淀插队。1972年开始写诗。著有诗集《行礼：诗38首》《里程》《阿姆斯特丹的河流》。

② 据《新诗潮诗集》（老木主编）和多多的诗集对作品写作时间的标示，《蜜周》写于1972年，组诗《陈述》（其中包括《当人民从干酪上站起》）、《能够》、《手艺》、《致太阳》等均写于1973年。

一个过程，据说是十年的时间①。这种信任"时间"筛选的公正性有它的道理。虽说卷入主义、流派、标签者并非意味着导向写作的失败，但主义、流派、标签在一个时间里，也确实会形成强有力，却是可疑的评价标准。抛开对这一复杂的问题不论，上面的说法至少有一点是确定无疑的，就是在八九十年代，多多一直自外于"文革"后不自觉或自觉的诗歌潮流（包括"朦胧诗运动"各种先锋诗歌实验各种"社团""流派"），作品本身也难以看到卷入的痕迹。不过，多多较晚受到关注，也不能完全归咎于诗界一个时间在评价上"诚实"与"准确"的欠缺。其中难以忽略的因素是，他的作品的"发表"时间、发表方式上的问题②。

多多白洋淀时期的诗尚存 40 余首。其中有一些作品，如《无题》《当人民从干酪上站起》《能够》《致太阳》③等，都有不难分辨的社会政治的主题。"一个阶级的血流尽了 / 一个阶级的箭手仍在发射"（《无题》）等，有着在后来北岛那里趋于"成熟"的宣告的句式。但后来多多对他的这类作品并不特别重视。写于 1973 年的《手艺》（副题是"和玛琳娜·茨维塔耶娃"）的重要性在于，它表明了多多在当时和后来相当一段时间，对语言与自我，诗与世界的关系的理解：

我写青春沦落的诗

（写不贞的诗）

写在窄长的房间中

被诗人奸污

被咖啡馆辞退街头的诗

---

① 见黄灿然《最初的契约》（多多诗集《阿姆斯特丹的河流》代序），山西太原，北岳文艺出版社，2000 年。唐晓渡《芒克：一个人和他的诗》对这一诗歌现象出现的原因也有过讨论。

② 在《今天》和 80 年代前期的刊物上，未发现有多多的诗发表。大多数读者较多读到他的诗，是"非正式"出版于 1985 年的《新诗潮诗集》（老木主编）。多多个人诗集出版，也晚至 1988 年。至今，文学史家也无法为多多那些标示写于 70 年代初的作品的系年找到足够的史料依据。

③ 多多有的作品在不同诗集中系年有不同。如《当春天的灵车穿过开采硫黄的流放地》《北方闲置的田野有一张犁让我疼痛》，《新诗潮诗集》标明写于 1976 年，而在《阿姆斯特丹的河流》中，则标明写于 1983 年。

对于处境的怨恨锐利的突入，对生命痛苦的感知，想象、语言上的激烈、桀骜不驯，这些趋向，构成他的诗的基本素质，并在后来不断延续、伸展，挑战着当代读者对中国新诗语言可能性的设定。但也不乏以机智的反讽来控制这些感情和词语的"风暴"。诗中随处可见的"超现实"的"现代感性"，不完全出于技巧上令人目眩的考虑，而有更深层的对于"诗歌真实"的理解。他想象和表达上的怪异和难以捉摸，肯定让一些读者望而生畏，但也得到另一些读者的激赏；后者会认为，对多多来说，生活、个体生命的复杂内涵的揭示，需要采用这种"暴力"的干预方式：

歌声是歌声伐光了白桦林
寂静就像大雪急下
　　　　——多多《歌声》


北方的海，巨型玻璃混在冰中汹涌
一种寂寞，海兽发现大陆之前的寂寞
土地呵，可曾知道取走天空意味着什么
　　　　——多多《北方的海》


多多诗的技艺探索十分自觉。在诗题上，常使用一些陈述句（"一个故事有他全部的过去"，"北方闲置的田野有一张犁让我疼痛"，"我始终欣喜有一道光在黑暗里"……）。一些副词、形容词在诗中的反复出现，诗的可吟诵的音乐性也是他所追求的，这"使他跟传统诗歌接上血脉"[1]。1988年，"今天文学社"授予他首届"今天诗歌奖"。"授奖理由"是："自70年代初期至今，多多在诗艺上孤独而不断的探索，一直激励着和影响着许多同时代的诗人。他通过对于痛苦的认知，对于个体生命的内省，展示了人类生存的困境；他以近乎疯狂的对文化和语言的挑战，丰富了中国当代诗歌的内涵和表现力。"[2]

---

① 黄灿然《最初的契约》，《阿姆斯特丹的河流》，第10页。
② 见多多诗集《里程》，今天文学社刊行。

## 五、北岛等的诗

北岛[①]在20世纪70年代初开始写诗。"文革"后期也写过《波动》《幸福大街十三号》等中短篇小说[②]。他被看作《今天》（或朦胧诗）的主要诗人之一。在朦胧诗论争中，他也是最具争议的一位[③]。七八十年代之交的作品，最主要的是表达一种怀疑、否定的精神和在理想世界的争取中，对虚幻的期许，对缺乏人性内容的苟且生活的拒绝："我不相信天是蓝的；／我不相信雷的回声；／我不相信梦是假的；／我不相信死无报应"（《回答》）；"我不想安慰你／在颤抖的枫叶上／写满关于春天的谎言"（《红帆船》）；"走向冬天／唱一支歌吧，／不祝福、也不祈祷，／我们决不回去，／装饰那些漆成绿色的叶子"（《走向冬天》）。《回答》这首影响很大的诗，普遍认为写于1976年春天，与当时发生的"天安门事件"有关[④]。在《回答》连同《宣告》《结局或开始》等中，诗的叙说者，在悲剧性的抗争道路上，表现了"觉醒者"的内心紧张冲突、历史"转折"的意识和类乎"反抗绝望"的精神态度，表现了在批判、否定中寻找个体和民族"再生"之路的激情。

---

① 北岛(1949—　)原籍浙江湖州，生于北京。"文革"中学毕业后在北京当工人。《今天》（1978—1980）的创办者之一。现旅居海外，并主编在海外出版的文学刊物《今天》。著有诗集《陌生的海滩》、《北岛诗选》、《北岛顾城诗选》（合著）、《太阳城札记》、《在天涯》（香港，牛津大学出版社，1993年）、《午夜歌手——北岛诗选1972—1994》（台北，九歌出版社，1995年）、《零度以上的风景线》、《北岛诗歌集》等。另有小说集《波动》《归来的陌生人》。翻译《现代北欧诗选》。

② 《波动》"文革"后刊于《今天》和在武汉出版的文学刊物《长江》，《幸福大街十三号》80年代初刊于《山西文学》。北岛在《今天》发表他写于"文革"时期的小说和诗时，有时使用艾珊的署名。这是为怀念1976年7月在湖北因下水救人而罹难的妹妹。北岛为此还写了《小木房的歌》等作品。

③ 《一切》被指责为"绝望主义者的号叫"；组诗《太阳城札记》最后一首《生活》，诗只有一个字："网"。因为题目比诗还长也受到责难。

④ 90年代，齐简(史保嘉)在《诗的往事》中指出，《回答》并不是写在1976年春，初稿应写在1973年3月15日，题名《告诉你吧，世界》，这是《回答》的"原型"。《告诉你吧，世界》的开头和最后一节分别是："卑鄙是卑鄙者的护心镜，／高尚是高尚人的墓志铭。在这疯狂的世界里，／——这就是圣经。""我憎恶卑鄙，也不稀罕高尚，／疯狂既然不容沉静，／我会说：我不想杀人，／请记住：但我有刀柄。"齐简保存有当时这首诗的手稿。见刘禾编《持灯的使者》，香港，牛津大学出版社，2001年，第14-15页。

大体而言，严肃、悲壮是北岛此时诗的主调。偶尔也会有稍嫌笨拙的柔情；而沉重的主题也会出现另外的处理方式：

> 我曾正步走过广场
> 剃光脑袋
> 为了更好地寻找太阳
> 却在疯狂的季节
> 转了向，隔着栅栏
> 会见那些表情冷漠的山羊
> 直到从盐碱地似的
> 白纸上看见理想
> …………
>
> ——北岛《履历》

80年代初，北岛的写作也曾有过中断。这与当时"朦胧诗"的论争有关，也因面对变化着的现实和诗艺，需要对原来的路径有所调整。再次执笔，否定的锋芒并未减损，但诗中明确的社会政治取向已趋于模糊。这其实是发展了前期诗中不被读者更多注意的部分，如《界限》中对于个体"超越"的困境的体验。北岛可能更深切意识到，就人性的"本质"而言，现实与历史的差异，仅体现为时间上的；对于社会、人生的弱点和缺陷的批判，希望能到达人类历史的普遍本质。《另一种传说》《空白》《可疑之处》《寓言》《触电》《期待》等，写到英雄的愿望与人的平庸一面构成的冲突，写到万花筒般的历史转换中人的孤立的永恒性质，也写到人类基于种种欲求导致的历史盲目性。而且，代替《宣告》《走向冬天》中的"冰山"那个决绝的悲剧形象的，是发现"我""不是无辜的／早已和镜子中的历史成为／同谋"（《同谋》）。不过，其中有的在感性体验上有所削弱。而北岛也并未彻底怀疑历史的意义，抗争者和受难者的悲剧意境仍然存在。因而，对于生存境况的困惑和对于悲剧精神的坚持的矛盾，是诗意的内在构成。

北岛开始写诗时，更多受益于浪漫派诗人。苏联"第四代"诗人，

特别是叶夫图申科 60 年代的政治抒情诗，与他 70 年代中后期的写作
有一定联系。他的有明显感情线索的"骨架"的作品，由于使用大量
象征性意象，有的批评家称为"象征诗"。"朦胧诗"时期的作品，
诗的象征意象往往指向明确，形成可以做意义归纳的象征符号"体系"。
春天、花朵、天空等成为暗示人性内容的、值得争取的理想情景，而
黑夜、栅栏、深渊、残垣，作为对合理生活进行阻滞、分割、禁锢的
力量的象征。这种有着确定内涵和价值取向的象征符号的应用，虽然
有时使表达过于直接，但在北岛那些最好的作品里，因为意象组织的
巧妙 ①、情感的庄严和丰盈，这些弱点得到弥补。价值取向差异或对
立的象征性意象密集并置所产生的对比、撞击，在诗中形成了"悖谬
性情境"，常用来表现复杂的精神内容和心理冲突，这是这个时期北
岛最重要的诗艺特征：

岁月并没有从此中断
沉船正生火待发
重新点燃了红珊瑚的火焰
　　　——北岛《船票》

来自热带的太阳鸟
并没有落在我们的树上
而背后的森林之火
不过是尘土飞扬的黄昏
　　　——北岛《红帆船》

走向冬天
在江河冻结的地方
道路开始流动
乌鸦在河滩的鹅卵石上

---

①北岛在 80 年代初谈到自己的诗歌技巧时，说过他常用类乎电影的蒙太奇的意
象组织方式。显然，这种"组织"而产生的呼应、对比，激发了这些看来并不特
别新颖的意象的活力和新鲜感。

孵化出一个个月亮

谁醒了，谁就会知道

梦将降临大地

　　　　——北岛《走向冬天》


80年代末之后，北岛一直生活在国外。他在国外的写作出现重要变化。这种变化延续的是80年代中后期的写作。前期那种预言、判断、宣告的语式，为陈述、"反省"、犹疑、对话的基调所取代。作者与世界，与诗的关系，和他所扮演的"角色"，显得复杂起来[1]。前期写作强烈的社会政治意识，变化为期望处理普遍的人性问题。意象、情绪与观念之间的较为单一的联结方式得以改变，而语言、情感也朝着简洁、内敛的方向发展。

　　顾城[2]"文革"开始时还在上小学，他目睹了这场政治风暴。不久，随父亲（军队的诗人顾工）下放农村，在山东的荒凉河滩，过着孤独的生活。1974年回到北京之后，当过木匠、搬运工等临时工。他的诗集中收入的最早作品，标明是写于1964年，当时顾城不满十岁[3]。早期的诗是一些片断句子，记录对纷乱的社会生活的反映（"我们幻想着，／幻想在破灭着；／幻想总把破灭宽恕，／破灭却从不把幻想放过。""在那边，权力爱慕金币；／在这边，金币追求权力。／可人民呢？人民／却总是他们定情的赠礼。"）后来，还借因"灼热的仇恨"

---

　　① 欧阳江河指出,北岛在国外的诗,与他前期和中期的诗比较,表现了当代诗人"身份"和"角色"上的不同选择："是通过写作成为同时代人的代言人和见证者,还是相反,成为公众政治的旁观者和隐身人,这一问题贯穿北岛的几乎所有作品。"《站在虚构这边》,北京,生活·读书·新知三联书店,2001年,第193页。

　　② 顾城(1956—1993),籍贯上海,生于北京。1969年随父亲顾工下放山东农村,1974年回到北京。80年代末以后,生活在新西兰等国。著有诗集《舒婷顾城抒情诗集》《北岛顾城诗选》《黑眼睛》《顾城诗集》《顾城童话寓言诗选》《顾城诗全编》等。

　　③《黑眼睛》(北京,人民文学出版社,1996年)集中作品,最早标明写于1968年。《顾城诗全编》(顾工编,上海三联书店,1995年)最早作品标明写于1964年。但这些作品(包括全部写于"文革"中的诗)与读者见面,都在"文革"结束之后。

而燃烧的石壁"在倾斜中步步进逼"（《石壁》），来概括他对人类历史过程的理解。这些诗因思想情绪的"偏激""片面"，受到一些人的非议。他的另一些诗，如《远和近》①《弧线》等，在当时有关诗的"朦胧""晦涩"的争论中，常被不同论者作为或正面或反面的例子。不过，他的"黑夜给了我黑色的眼睛，／我却用它寻找光明"（《一代人》），因既包含了对"文革"的批判，又没有失去对未来的信心，受到各界异口同声的推崇。

顾城的写作很快离开了直接观照社会问题的视点。他以一个"任性的孩子"的感觉，在诗中创造一个与城市、与世俗社会对立的"彼岸"世界。他因此在80年代初被称为"童话诗人"②。他认为，"诗就是理想之树上，闪耀的雨滴"，他"要用心中的纯银，铸一把钥匙，去开启那天国的门"，表现那"纯净的美"③。这种诗观，建立在这样的信念之上：现实世界的矛盾、分裂、不和谐的痛苦，可能在诗中得到解决，到达梦幻式的心灵的自由。诗的世界，对顾城来说，不仅是艺术创造的范畴，而且是人的生活范畴。大自然，既为他所要建造的理想世界提供蓝图，也是构建这一诗的世界的主要材料。而实际上，他的诗的感觉，他对外部世界的感知能力，对心灵和精神空间的关怀，是少年时代在乡村"塑造成型"的：那时，"候鸟在我的头顶鸣叫，大雁在河岸上睡去，我可以想象道路，可以直接面对着太阳，风，面对着海湾一样干净的颜色"④。虽然他执拗地讲述他的绿色的故事，在诗和生活中偏执地保持和现实的间隔，实行"自我放逐"，不过，与现实世界的这种紧张关系，使他的诗为有关人生归宿、命运等问题所缠绕，"无限和有限，自然和社会，生的意义"，特别是"死亡——那扇神秘的门"成为后期诗歌的持续性主题，并越来越散发

---

①《远和近》是争论中常被提到的作品。全诗如下："你／一会看我／一会看云""我觉得／你看我时很远／你看云时很近"。

②舒婷写给顾城的诗《童话诗人》中说，"你相信了你编写的童话／自己就成了童话中幽蓝的花／你的眼睛省略过／病树、颓墙／锈崩的铁栅／只凭一个简单的信号／集合起星星、紫云英和蝈蝈的队伍／向没有被污染的远方／出发"。

③《请听听我们的声音》，《诗探索》（北京）1980年第1期。

④《光的灵魂在幻影中前进》，《当代文艺探索》（福州）1985年第3期。

神秘的悲剧意味。"超现实"的梦境的想象方式，也有更多的应用。这开始出现于写于80年代初到80年代中期的短诗中（如《应世》《内画》《方舟》《如期而来的不幸》《狼群》《河口》《周末》等），并一直延续下来。

> 我知道永逝降临并不悲伤
> 松林中安放着我的愿望
> 下边有海，远看像水池
> 一点点跟我的是下午的阳光
>
> 人时已尽，人世很长
> 我在中间应该休息
> 走过的人说树枝低了
> 走过的人说树枝在长
> ——顾城《墓床》

比起其他的"朦胧诗"诗人来，顾城可能更尖锐地意识到当代诗歌语言所受到的"污染"。他想清除这种积垢，努力使用简单、平易的词和句子。在一些场合，他表白自己对洛尔迦、惠特曼等诗人的"纯粹"的赞赏。对于前者，他喜欢洛尔迦那些朴素的谣曲的"纯净"。在惠特曼那里，顾城倾慕的是超乎诗艺范畴的那种"直接到达了本体"的能力，并说学到发现人与世界之间的未知的联系的审美方式。基于这一诗观，他倾向于诗的技巧并不具独立的价值，追求的是用心去感应事物"本体"的综合能力。1987年以后，顾城主要生活在国外。诗歌写作和现实生活的双重困境越发尖锐。为维护他确立并已昭示给人们的那种诗的和诗人的"姿态"，显然他付出太大的代价，并加剧了内心的分裂。1993年10月，在新西兰的激流岛寓所，他在杀害了妻子谢烨之后自杀身亡。诗人、诗歌与"残暴"的连接，出乎人们的想象，震动了当时的中国文学界，成为广泛谈论、争辩的话题。在一段时间里，顾城的死被从生命、道德、文学、哲学、诗歌等形而上层面不断加以阐释，从中引申各种寓言和象征①。

舒婷②在70年代末认识了北方这群探索中的青年诗友之后，很快成为《今天》的撰稿者之一③。读初中二年级时"文革"开始，17岁到闽西山村"插队"。1972年返回厦门后做过各种临时工。虽然70年代初就开始写诗，正式发表则在1979年。当年4月，刊载于《今天》的《致橡树》被《诗刊》转载；此时她的诗已在各地流传。1980年《福建文学》"关于新诗创作问题"围绕她的作品展开的讨论，把她放到"新诗潮"的中心位置。由于多种原因，在"新诗潮"的这批有争议的诗人中，她最先得到主流诗界有限度④的承认，也最先获得出版诗集的机遇。题为《双桅船》的集子，还获得了中国作协第一届（1979—1982）全国优秀新诗（诗集）评奖的二等奖。

同其他"朦胧诗"诗人不同，舒婷不是偏于理智型的诗人。但在当时的社会和诗歌潮流中，她也很愿意去承担"重大主题"，写带有理性思辨特征的作品（《土地情诗》《这也是一切》《祖国啊，我亲

①顾城事件的始末，以及各种反应和评论，可参阅《顾城弃城》（萧夏林主编，北京，团结出版社，1994年）、《顾城绝命之谜》（文昕编，北京，华艺出版社1994年）等书。在1993年第4期的《今天》，有纪念顾城的小辑。张枣在其中写道："人类所有的艺术和历史、传统与智慧都是帮助和教导人们生而不是死的。可悲的是，在这严峻的时刻有些人竟故作高深，大谈什么诗人之死是入禅得道，是惊世骇俗的殉美之举……我们真望这些伪学的喽啰们少讲几句走火入魔的昏话，更不要再往祖国文化的脸上抹黑。若死可以选择，如同生一般，那么这种选择就必然承担道义之责任。除此之外，别无他说。"钟鸣指出："正因为有人要抽象地在字面上，在精神上把握一切，遂就有了禅啊，荷花啊，而也恰恰就有了帕斯卡尔下面的命题：要向过分象征性的东西论战。""这是真正哲人的思考，帕斯卡尔和加缪一谈到杀人，便马上形而上调子降到了常识性论述上来。毕竟，哲学的基本任务，是帮助人们掌握事物，而不是服从命题。"《旁观者》第3卷，第1494页。海口，南海出版社，1998年。

②舒婷（1952— ），原籍福建晋江。1969—1972年在闽西上杭"插队"。回厦门后，在铸造厂、灯泡厂等当工人。1971年开始诗歌写作。著有诗集《双桅船》《舒婷顾城抒情诗选》《会唱歌的鸢尾花》《舒婷的诗》《最后的挽歌》等，并著有散文集多种。

③对于认识北岛、江河、顾城、芒克，舒婷后来回忆说："他们给我的影响是巨大的，以至我在1978—1979年间一直不敢动笔。"（《生活、书籍和书》）

④在80年代初，主流诗界大体上能接纳她的作品，尤其是思想、情绪"积极、昂扬"的《祖国啊，我亲爱的祖国》《这也是一切》这类诗受到较高评价。但她的另一部分诗，也受到批评，如《流水线》《墙》等。诗集《双桅船》出版于1982年。

爱的祖国》等），但那并非她的所长，这方面的作品也总是较为逊色。自我情感和心理过程的揭示，是她的作品较有特色之处。她通过内心的映照来辐射外部世界，捕捉生活现象所激起的情感反应，写个人内心的秘密，探索人与人的情感联系。

> 第一次被你的才华所触动
> 是在迷迷蒙蒙的春雨中
> 今夜相别，难再相逢
> 桑枝间呜咽的
> 已是深秋迟滞的风
> ——舒婷《秋夜送友》

在艺术方法、抒情风格的渊源上，可以看到舒婷和普希金、泰戈尔，和新诗中的何其芳、戴望舒、蔡其矫的联系；她写诗的最初阶段，也确实较多阅读上述诗人的作品。舒婷的诗接续了中国新诗中表达个人内心细致情感的那一线索（这一线索在50—70年代受到压制）。这一写作"路线"，使她的诗从整体上表现了对个体价值的尊重。由于大多数读者对浪漫派诗歌主题和艺术方法的熟稔，由于"文革"结束后社会心理普遍存在的对温情的渴望[1]，比起另外的"朦胧诗"诗人来，她的诗更容易受到不同范围的读者的欢迎。

舒婷的一些诗，也写青年在"文革"中情感上的"伤痕"，写迷惘和觉醒的内心冲突。在"朦胧诗"时期，"历史责任"既是精神压力，也是普遍性的承担。在她的诗中，与对"不曾后悔过"的"承担"这一幻觉[2]相伴随的，是女性对关于疲倦、忧伤、需要保护的愿望的倾诉（"要有坚实的肩膀／能靠上疲倦的头"；"在你的胸前／我已变成会唱歌的鸢尾花"；"流浪的双足已经疲倦／把头靠在群山的

---

① 舒婷说："我通过我自己深深意识到，今天，人们迫切需要尊重、信任和温暖。我愿意尽可能地用我的诗来表现我对'人'的一种关切。"（《生活、书籍和书》）

② 这种有关"历史承担"的动人、浪漫、自我夸张的幻觉与姿态，在此时的朦胧诗中普遍存在。舒婷写有不少表现这种情感的作品，如《也许》《献给我的同代人》《群雕》《礁石与灯标》《土地情诗》等。《在诗歌的十字架上》有这样的诗行："我钉在／我的诗歌的十字架上／为了完成一篇寓言／为了服从一个真理／天空、河流和山峦／选择了我，要我承担／我所不能胜任的牺牲……"

肩上"）。在另外的诗中，她表达对独立个体（尤其是女性）的人生价值的追求。用一连串的比喻性判断句来强调这一意旨的《致橡树》，常被看作她的重要作品。以这样的体验和视角为出发点，她因此从习见现象和惯常的审美趣味中，揭示其中包含的漠视人的尊严的心理因素：写到已"成为风景，成为传奇"的福建惠安女子被忽略的苦难（《惠安女子》），并在同样被当作风景的三峡神女峰上，"复活"了那美丽而痛苦的梦，表现了对女性长期受压抑的愤慨和悲哀：

> 美丽的梦留下美丽的忧伤
> 人间天上，代代相传
> 但是，心
> 真能变成石头吗
> 为眺望远天杳鸿
> 而错过无数次春江月明
>
> 沿着江岸
> 金光菊和女贞子的洪流
> 正煽动新的背叛
> 与其在悬崖上展览千年
> 不如在爱人肩头痛哭一晚
> ——舒婷《神女峰》

舒婷诗单纯的外观中，蕴含较丰富的情感层次；温柔宁静的抒情形态中，有着探求、激动不安的心。这是和另一些女诗人（如傅天琳）不同之点。她的诗有时不很精练，形式的创新程度也不很明显。但总体而言，她"抵制"了当代浪漫诗的套式，保持了语言的清新。诗的意象，多来自她生活的地域的自然景物。她偏爱修饰性的词语，也大量使用假设、让步、转折等句式：这与曲折的内心情感的表达相关。1982年以后，舒婷曾有一段时间搁笔，三年后再执笔时，诗的内容和形式都有了更鲜明的"现代"倾向，感情状态已趋于平静，离开了前期的青春期的激情。不过，从此她的诗作渐少，部分的兴致转向了散文。

在《今天》的诗人中，杨炼和江河①在最初的一段时间里，常被诗评家放置在一起谈论。这多半是当时他们的诗具有某些相似点。在"文革"后"新诗潮"的初始阶段，内涵含混不清的"自我表现"，被认为是崛起的"新的美学原则"。江河、杨炼等对此却存在异议。他们当时提倡、实践的，是表现时代和民族历史的"史诗"。杨炼说："我的使命就是表现这个时代……对于我，观察、思考中国的现实，为中国人民的命运斗争是理所当然的事情。具体地说，就是表现长期被屈辱、被压抑的中国人民为争取彻底解放而进行的英勇斗争以及由此带来的精神领域的巨大变革。"②江河也有类似的表示，"我最大的愿望，是写出史诗"。他们说的"史诗"，当然不是传统文类意义上的范畴。基于这样一种理解，杨炼、江河等后来使用"现代史诗""史诗性""抒情史诗"等概念。这些追求，体现在江河的《祖国啊，祖国》《纪念碑》《遗嘱》《葬礼》《没有写完的诗》，杨炼的组诗《土地》《太阳，每天都是新的》③等作品中。

这些诗表明了介入"历史"的强烈欲望，同时也表现了鲜明的社会政治视角：试图通过对民族历史和文化传统的探寻，来获得对现实问题，同时也是对历史的认知。以"自我"的历史来归纳民族历史，既是感知角度，也是由这一视角转化的抒情方式。诗中，叙述者与叙述对象交叠、转化、重合。土地、山川、纪念碑、大雁塔等形象，是常见的用以象征历史时间的空间形象。经由"文革"的现实来思考历史，坚信存在，并参与塑造痛苦而又不屈的民族灵魂。这些作品，有在沉郁基调上的澎湃气势和崇高感，也洋溢对创造、变革的信心。自由体

---

① 杨炼（1955— ），生于北京，"文革"后期曾在北京郊区插队。在"今天"的诗人中，他开始写诗的时间较晚，迟至1976年初。著有诗集《荒魂》、《黄》、《杨炼作品：1982—1997》（包括诗歌卷：大海停止之处，散文·论文卷：鬼话·智力的空间）、《杨炼新作1998—2002：幸福鬼魂手记》等。江河（1949— ），北京人。"文革"期间在乡村"插队期间开始写诗。出版的诗集有《从这里开始》《太阳和他的反光》等。

② 参见《请听听我们的声音》（《诗探索》1980年第1期），和《诗刊》1980年第10期《青春诗会》的相关部分。

③ 这都是大型组诗。《土地》包括《秋天》等4首；《太阳，每天都是新的》包括7首长诗：《自白》《大雁塔》《栀子花开放的时候》《乌篷船》《火把节》《古战场》《长江，诉说吧》。

的长诗（或组诗），是它们的基本体式。在意象构成、展开方式和语势上，可以看到来自惠特曼、艾青等的诗歌经验。可以明显看到这些作品与中国当代政治抒情诗之间的联系，包括英雄激情、理性思辨的特征和铺陈排比的句式章法等。但奔放的想象力和语词的组织能力，已极大超越当代此前政治诗的限度。但是，这些作品"个性"特征的相对模糊，诗的感知和抒情方式的单一的缺憾，作者自己也很快意识到，而有了写作方向上的调整。

80年代初，江河有几年的沉默。重新发表的作品，面貌发生很大变化。除了读一些清新的抒情诗外，最受注意的是取材中国古代神话传说的组诗《太阳和他的反光》。理性叙说和激情冲突的风格明显淡化；从喧腾、躁动走向温情和外表的平静。同时，也有些"衰老"的忧郁（当然，中国当代"先锋"诗人一般会很快"衰老"，不是江河独然）。组诗中，夸父追日、精卫填海、吴刚砍树……他们与自然的抗争，很大程度上已失去了英雄主义的姿态：

> 那被砍伐的就是他自己
> 他和树像两面镜子对视
> 只有一去一回的斧声
> 真实地哐哐作响
> 断了又接上砍了又生长
> 伤势在万籁俱寂的萌萌之夜
> 悠然愈合
> ——江河《斫木》

在人与历史、与自然关系上的这种改变，从诗歌美学上，是对"民族审美特征"的"回归"；从另一角度看，则是一种"挫败感"[1]。在英雄主义逐渐失效的年月，它的伤感也许更能打动读者。

江河80年代中期以后再不见有新作问世。和他不同，"心高气傲"的杨炼始终精力充沛，写作不曾有过间断；"转向"也在行进之中实

---

[1]江河在他最初的英雄史诗中写道："土地说：我要接近天空 / 于是,山脉耸起""人说：我要生活 / 于是，洪水退去"（《让我们一起走吧》）。

现。离开了《大雁塔》等的社会性主题之后，也开始从古代神话传说，从古迹，从史书典籍取材，从现代观照中来"再现民族遥远的往昔"，让"传统""重新敞开"。他雄心勃勃地构建了一系列的"体系性"的长诗。它们是《礼魂》《西藏》《逝者》《自在者说》《与死亡对称》等，以表现对人类生存、人的存在与自然的存在的关系的理解。这些大型组诗，有着作者苦心经营的"智力"结构。按作者本人的解说，《礼魂》是一个"总体结构"，里面包括三个不同"层次"，每一层次分别由一个组诗来完成。《半坡》表现人类的生存，《敦煌》探索人类的精神，而《诺日朗》①揭示人的生存和自然的关系。一组诗中又包含若干首诗，每首诗中又有若干章节、意象，都处于这一"总体结构"中建立意义的关联。至于《自在者说》《与死亡对称》，都各由16首诗构成，是"以《易经》做结构的一部大型组诗"的两个组成部分。作者讲解说，前者"以'气'为内在基调贯穿处理'自然的语言'，由'天'和'风'两大单元结构而成"；后者"以'土'为内在基调处理'历史的语言'，由'地'和'山'两大单元结构而成"。这些诗，据说是为了通过对天人关系的"明察"而到达超越天人界限的"智者的自在境界"②。它们结构的庞大繁复，诗歌意象的密集艰涩，让大多数读者望而却步；况且，以诗的手段来演绎、阐释古代哲学观念的必要，也受到怀疑。然而，读者从中也能见到作者的活跃的想象力，对热烈、辉煌的氛围、节奏的营造，和处理感觉、观念、情绪的综合能力。

> 高原如猛虎，焚烧于激流暴跳的万物的海滨
>
> 哦。只有光，落日浑圆地向你们泛滥，大地悬挂在空中
>
> 强盗的帆向手臂张开，岩石向胸脯，苍鹰向心……
>
> 牧羊人的孤独被无边起伏的灌木所吞噬
>
> 经幡飞扬，那凄厉的信仰，悠悠凌驾于蔚蓝之上
>
> ——杨炼《诺日朗·日潮》

---

① 组诗《诺日朗》最初发表于《上海文学》1983年第5期。刊出后引发争议，在当时开展的政治运动中，作为"精神污染"一例受到批评。

② 上述引文，见《自在者说》《与死亡对称》的总注，和杨炼论文《智力的空间》。

在村庄北面，路消失，宁静开始，我是谁？

在村庄北面，混浊的人流蒙着夜色，双手托起我的是谁？

被太阳回避，像潮水袭来，代我走完最后一步的是谁？

一首挽歌，给我阴郁祖先的节奏的是谁？

大地，在我之外，那些面孔像石头的同行者是谁？

骤然陌生了，异乡人！为我挖掘墓穴的是谁？

匆匆汇合，远远流浪，与我分享这温热黑暗的是谁？

肉体沉默了，灵魂激荡着，环绕我哀号的是谁？

——杨炼《半坡·送葬行列》


　　杨炼的这些长诗，被有的评论者看作 80 年代文学"寻根"潮流的较早表现，后来有人略带贬义地称之为"文化诗"。杨炼的这些写作，与 80 年代中期四川的"新传统主义"和"整体主义"的诗歌实验存在关联，作者多少从这里得到启发。杨炼在这期间，也写一些抒情短诗，如《房间里的风景》《墓园》等。对于他的大型组诗和"智力"结构缺乏耐心的读者，会更喜欢（但他自己不见得重视）那种"纯净"的抒情："这宁静渗透了水，水缓缓穿过那些身体 / 水缓缓带走那棵最后的白桦树 / 你们的墓碑，被风声、鸟儿和新的一年忘记……"1988 年夏天，杨炼开始了他自己所称的"世界性漂流"，足迹遍及欧、美、大洋洲各地。诗中继续了他冥想、哲思和想象奔放的风格。组诗仍是经常采用的形式，"死亡""鬼魂"仍是他诗歌写作（《大海停止之处》《同心圆》《十六行诗》《幸福鬼魂手记》《李河谷的诗》）和诗歌外谈论（散文《鬼话》、《那些一》、《骨灰瓮》）的主题。诗的展开方式却与 80 年代的长诗不同，走向节制、简约。杨炼 90 年代在域外的写作，读者了解不多。20 世纪末上海才出版了包括他写于国外的诗的作品集①。然而，"当杨炼在国外频频获奖，不停地参加各种学术和节庆活动，被誉为当代中国最有代表性的声音之一时，他的作品

---

　　①《杨炼作品 1982—1997》（两卷本：诗歌卷《大海停止之处》，《散文·文论卷：鬼话·智力的空间》，上海文艺出版社，1998 年。《幸福鬼魂手记》（收 1998—2002 的诗、散文、文论），上海文艺出版社，2002 年。

在母语语境中则仍然延续着多年来难觅知音的命运"①。意识到有这样的"强烈的反差和悖谬",出版者在杨炼国内诗集的扉页、封三、封底上,列出多则他的诗在国外受到崇高评价的记录,以便引导读者认识它们在国内尚未被发现的价值②。

七八十年代之交在《今天》发表诗作,或在 80 年代被看作朦胧诗人的,还有梁小斌、王小妮、孙武军、徐敬亚、林莽、田晓青、严力等。

梁小斌③1980 年以《雪白的墙》《中国,我的钥匙丢了》④两首诗引起注意,并在后来不断入选各种当代诗歌选集。它们(以及他这一时期的大多数作品)都以刚刚结束的"文革"的历史作为心理背景。诗的"叙说者"常以一度道路迷失,但仍坚持追寻"雪白"的人生理想的少年身份出现。那面"曾经那么肮脏,写有很多粗暴的字"的墙和一个流浪的少年丢失开启"美好的一切"的钥匙的惶惑,其包含的社会历史内容是显而易见的。他曾经说过:"单纯性是诗的灵魂。不管多么了不起的发现,我都希望通过孩子的语言来说出。"⑤—— 这是他对自己这个时期作品艺术特征的说明。

有的评论者认为,田晓青和林莽是"'朦胧诗'核心诗人之外"的、

---

① 唐晓渡《杨炼:回不去时回到故乡》,《中华读书报》2004 年 2 月 25 日。

② 在《杨炼新作 1998—2002:幸福鬼魂手记》(上海文艺出版社,2002 年)一书的扉页、封三、封底上,列有国外的诗人、批评家、国外报刊、辞典对他的诗的评价多则,和他获得 1999 年度意大利 FAIANO 国际诗歌奖等的记录。如:"在当代中国诗人之中,杨炼以表现'中央帝国'众多历史时期的生存痛苦著称。"(美国诗人艾伦·金斯堡)"他令人震惊的想象力,结合以简洁文字捕获意象和情绪的才华,显示出杨炼是我们时代最伟大的诗人之一。……这不是一部仅仅应该被推荐的作品。它是必读的。"(英国《爱丁堡评论》)"杨炼的主题是当代的,但他的作品展示了一种对过去的伟大的自觉,以及对怎样与之关联的心领神会。"(英国《当代作家词典》)

③ 梁小斌(1955— ),生于安徽合肥。1979 年开始发表诗作,著有诗集《少女军鼓队》等。

④ 均刊登于《诗刊》1980 年第 10 期。

⑤《我的看法》,见《青年诗人谈诗》,北京大学五四文学社,1985 年。

"相对不太显著的、特异的诗人"①。林莽②在20世纪八九十年代发掘、重构"文革""地下诗歌"的秩序上，做了大量工作。1985年的《新诗潮诗集》中的他的十余首诗，应该都是写在"文革"结束之后。他在白洋淀期间的诗，1998年出版的《中国知青诗抄》③收入一组作品。风格较为鲜明的作品产生于80年代中期以后；当然，这些与"地下诗歌"，与"朦胧诗运动"都已没有什么关系。如《雪一直没有飘下来》《滴漏的水声》等。它们关注人的心灵，关注隐秘的情感、心理的波纹。诗中，有由回想"往事"所形成的宁静、沉思、细致的抒情基调，启发我们注意"命运"中可能被忽略、遗漏的东西，去把握那飘忽的声音、意象、情绪。

> 有时在一阵阵无名的节奏和忧郁的情调中
> 有一种声音比诱惑更神秘
> ——《雪一直没有飘下来》

田晓青④作为一个诗人，不为更多的人所知道。诗作数量不多（约四五十首），只出版过一本诗集。相对他的诗，有的读者可能更多记住他回忆《今天》的出色的散文⑤。其实，《今天》上他的一些短诗，以及收于《新诗潮诗集》中不多的作品，有它们的特色。"强烈的格言化的倾向，清晰直接。"但确有"缺乏感性的遗憾"；而他的最主要成就，推重者认为主要表现在未完成的长诗《闲暇》上⑥。

---

① 苇岸《写诗是我保留的一个权利——诗人田晓青访谈录》，《诗探索》1998年第4期。

② 林莽（1949— ），生于河北徐水。1969年到河北白洋淀插队。著有诗集《林莽的诗》《流过这片土地》《永恒的瞬间》等。

③ 郝海彦主编，北京，中国文学出版社，1998年。

④ 田晓青（1953— ），生于北京。1969年入伍服役，后在工厂当工人。1980年开始写诗。用"小青"的名字在《今天》上发表诗作。著有诗集《失去的地平线》。

⑤《十三路沿线》，《沉沦的圣殿》和《持灯的使者》两书均收入。在对于已成为"经典"的《今天》的回顾中，这是对"历史"有所警惕的不多的一篇。

⑥ 李大卫《在隐喻的流放地守望》，《诗探索》1998年第4辑。

# 第十二章　80年代中后期的诗

## 一、"朦胧诗"退潮之后

20世纪70年代后期开始的"新时期"的诗歌潮流，到1983年前后已呈现退潮之势。一方面，"复出"诗人在发表了有着长期情感积累的作品，在"归来"激情的无限制喷发与消耗之后，普遍呈现难以为继的困窘。他们中的多数未能顺利解决诗歌经验、技艺遇到的难题，写作呈现停滞、自我重复的状况。另一方面，青年诗歌的"新诗潮"也面临诸多问题。在1983年前后，大多数"朦胧诗"诗人的个人诗集仍未得以出版[①]，支持它的理论、批评家遭到诗界抱残守缺者借"清除精神污染"运动之势的猛烈攻击；"朦胧诗"的"合法性"似乎仍是问题。但事实上，不论是作为诗歌革新运动，还是若干代表诗人的作品，都已确立其难以动摇的位置。能说明问题的征象是，"朦胧诗"的某些艺术经验，已扩散到当初的某些怀疑者的写作中。而且，在"新诗潮"的后继者那里，北岛、舒婷等这时已成为"传统"，成为内部发生裂变，酝酿新的"革命"所针对的对象。

但是，这里所说的"退潮"，不仅指诗歌潮流自身发生的演变，而且是诗与社会生活、与现实政治、与群众情绪心理的关系的调整；尽管这种调整，要到90年代才表现得更为清晰。诗歌(文学)在"文革"

---

①除了舒婷外，北岛、芒克、江河、杨炼等的个人诗集的出版都要迟至1986年以后。

后一段时间承担的社会职能，发挥的政治能量，在公众社会生活中的位置，由于情势的变更，已逐渐后撤、收缩。而这也由当时诗界的革新者有关诗歌"回到自身"的诉求所支持。此时，80年代前期作为整体出现的诗歌"群体"普遍分化。"复出诗人""青年诗歌"，甚或"朦胧诗人"等称谓，已经只能用来指认某种"历史"现象。"复出"诗人有的仍处于原有轨道上，另一些则已离开有很大相似度的主题和情感方式，寻求变化与开拓。此后到90年代，邵燕祥、李瑛、苏金伞、蔡其矫，特别是昌耀、郑敏、牛汉等的诗，在现实经验的提取和艺术方法的把握上，取得更具个性的重要进展。至于一度被作为具有同质特征使用的"青年诗人"（"青年诗歌"）的概念，在"朦胧诗"发生时就已不再有效。诗歌的分化，如上面已提及的，还表现在"新诗潮"内部。既借助"朦胧诗"的势能，又叛离"朦胧诗"的"更年轻的一代"，在80年代中后期实施更为激烈的、以"断裂"为特征的诗歌"暴动"。在这四五年间，令人眼花缭乱的诗歌社团、流派、实验纷纷登场，其"喧哗与骚动"的声势，是新诗历史上罕见的景观。这种结为"团伙"呼啸而行的活动方式，一直延续到据说已是"个人化"写作的90年代。

80年代后期诗歌的另一特征，是写作上为寻找新的可能的广泛实验性质。诗歌实验，在郑敏、牛汉等老一代诗人那里，有令人印象深刻的表现。当然，在被称为"第三代"的青年作者那里，"实验"更成了写作的同义语。实验本身不一定产生许多丰厚的成果，却为后来的写作打开了多条通道，并为90年代的诗歌写作积累了经验。

因"朦胧诗"论争出现的诗界分裂，在80年代后期并没有消失弥合。但表现的方式已不同。因互异的诗观，因权力、利益形成的对立诗歌"圈子"①之间不仅失去"对话"的可能，连冲突、论争也不再多见。各有自己的交往对象，不同的读者群，各自的刊载作品的媒体。在这个阶段，"新诗潮"中的实验诗歌，"第三代诗"的写作，主要在自办的"民刊"上出现。个别由作协等机构管理的"正式"

---

①在某种诗歌研究、批评论著中，分裂的诗歌"圈子"有时被不很准确地表述为"官方"与"民间"的区分。

出版的刊物，曾试图接纳不同"圈子"的创作，但很快受到制止[①]。当然，这种界限分明的情况也只存在一段时间，90年代之后，"圈子"的分立和"割据"，其界限呈现不稳定的、更加错综复杂的状态。

## 二、"第三代"，或"新生代"

1983年以后，《今天》作为"诗群"已不存在，"朦胧诗"的新锐势头已在衰减。"衰减"的部分原因，在于"朦胧诗"影响扩大所带来的模仿、复制的诗歌时尚。诗艺本来有限的革新，遂被过度挥霍。正如当时有人描述的那样："他们把'意象'当成一家药铺的宝号，在那里称一两星星，四钱三叶草，半斤麦穗或悬铃木，标明'属于''走向'等等关系，就去煎熬'现代诗'。"[②] 当然，最为主要的因素是，受惠于"朦胧诗"，而对中国新诗有更高期望的"更年轻的一代"认为，"朦胧诗"虽然开启了探索的前景，但远不是终结；在诗歌表现领域和诗歌语言上，尚有广阔拓展的可能。"朦胧诗"显然是被过早"经典化"了，对由此导致的束缚，他们感到忧虑和不满。他们需要加以反抗和超越[③]。

此时，社会生活的"世俗化"的程度加速，公众高涨的政治情绪、意识已有所滑落，读者对诗的想象也发生变化。国家、政治力量要求诗承担政治动员、历史叙述责任的压力明显减小。从"新诗潮"后续者"身份"看，他们大多出生于20世纪60年代，"文革"期间尚未达到充分参与这场"革命"的年龄。80年代进入"社会"时，面对的是更为复杂的现实。他们所获得的体验，和"朦胧诗"所表达的政治

---

① 一个能说明问题的例子是，中国作协主办刊物之一《中国》，由于主编丁玲、牛汉在1987—1988年间，刊发了一批"新生代"诗人的探索性作品，而被中国作协要求停刊。

② 王小龙《远帆》，《青年诗人谈诗》（老木编），北京大学五四文学社，1985年，第106页。该文谈到1982—1983年诗界"悄悄地发生了变化"："北岛等人的诗在许多青年的作品中投下了影子。大学生们差点向舒婷唱起《圣母颂》。长辈们开始认真地倾听青年人的声音……"

③ 臧棣："1983年前后，尽管朦胧诗受到不公正的批评，但在为它辩护的批评中，它已被总结成一种关于中国现代诗歌的写作范式。……这是新一代诗人所难以容忍的。在他们的写作意识深处，中国现代诗歌所面临的写作的可能性，还远未被充分地涉猎。"《后朦胧诗：作为一种写作的诗歌》。

伦理判断不尽相同；"朦胧诗"那种雄辩、诘问、宣告的浪漫的叙述模式的重要性也已降低。更多地感受到生活琐屑、平庸一面的"更年轻的一代"，在试图写下对这个世界的感应和认知时，要保持悲壮的英雄激情，继续怀有殉道者式的崇高感，不再那么容易。而在80年代中期前后，"纯文学"和"纯诗"的想象，成为文学界创新力量的主要目标。这种想象，在当时的历史语境中，既带有"对抗"的政治性含义，也表达了文学（诗）因为"政治"长久过多缠绕而谋求"减压"的愿望，而离开"政治"与"非政治"的二元方式，表现了对诗歌美学的新的见解。"回到"诗歌"自身"，"回到"语言，回到个体的"生命意识"，这些含混的口号，成为"新诗潮"在这一期间的新的支撑点①。"新诗潮"的后继者，他们对诗的理解，思考、阅读的范围，有了更大的拓展，这是早期"朦胧诗"写作者所难以比拟的。其中也包括对20世纪中外现代诗歌的了解诸方面。

"新的诗歌"便应运而生。各地（尤其是大学）自办的诗歌刊物虽然仍有许多"朦胧诗"的仿作，但也出现不少有意与"朦胧诗"拉开距离的作品。例如，1982年钟鸣等在成都创办"民刊"《次生林》②上所载的柏桦、欧阳江河、翟永明等的诗作，已明显有别于北岛、舒婷式的"朦胧诗"。刊于其上的柏桦《表达》（1981）的开头写道：

> 我要表达一种情绪
> 一种白色的情绪
> 这情绪不会说话
> 你也不能感到它的存在
> 但它存在
> 来自另一个星球

---

① 1986年9月《诗刊》社于兰州召开的诗歌理论研讨会上，语言意识和生命意识，成为当时"新诗潮"支持者最热衷的谈论话题。

② 《次生林》创办于1982年。名字的寓意（"毁灭后的生长，繁殖"）来自卧龙保护区一位林业技术员的话："……我国保存完好而未被利用的原始森林……大部分都趋于过熟，真正有生命力的，能代表未来的……是富有朝气的次生林。"即"原始森林在经过自然或人为的干扰破坏后，在原来的林地上重新生长起来的次代森林"。钟鸣《旁观者》，第855页。

只为了今天这个夜晚
才来到这个陌生的世界①

　　和这种离开政治反叛意识的凄迷、暧昧的感性有异的，则是韩东、于坚的那种放逐副词、形容词的"旁观者"的冷静风格。在诗歌观念和艺术形态上与"朦胧诗"有异的诗，到了80年代中期，已蔚为大观。它们如柏桦的《春天》，张枣的《镜中》《何人斯》，陈东东的《语言》《雨中的马》《点灯》，于坚的《尚义街六号》《作品39号》，吕德安的《沃角的夜和女人》《我和父亲》，韩东的《温柔的部分》《有关大雁塔》，翟永明的组诗《静安庄》《女人》，梁晓明的《各人》，以及张真、欧阳江河、陆忆敏、王寅、小君等的一些作品，都在显示探索方向转移的征兆。"新诗潮"后继者作品的发表、传播，也不得已地主要采取自办诗报、诗刊，自印诗集的方式。虽然后来"正式"的报刊、出版社，也有限地发表、出版他们的一些作品②，但总体上说，他们处在不被承认，被漠视的状态下。"团伙"的集结方式虽然于诗艺的建设无关（有时甚或受到损害），但在这种情况下，为了"突围"，便选择群体的方式制造大规模"哗变"的景观。这期间，各地相继出现了"大学生诗派""非非主义""他们文学社""海上诗群""撒娇派""星期五诗群""整体主义""新传统主义""莽汉主义""极

　　①钟鸣在谈到这首诗时说，它没有70年代末到80年代初"那种启蒙主义式的东西，也不是反叛气氛中那种简单的反叛——因为，它是一种感觉和某种更深的情绪，带有遗忘而试图恢复的特征，南方式的多愁善感和厌烦"。《旁观者》第2册，海南出版社，1998年，第680页。张枣认为，北岛的《回答》与这首诗，可以"看出作为不同的诗学宣言的一种对称：虽然两者都是关涉言说的，但一个是外向的，另一个却内倾；北岛更关心言说对社会的感召力，并坚信言说的正确性；柏桦想要的是言说对个人内心的抚慰作用，质疑表达的可能"。《左边》序：《消魂》。

　　②1986年，上海文艺出版社出版收有50多位诗人作品的《探索诗集》；这部面貌有些庞杂的选集，也收入一些这里所称的"第三代诗"。1987年，唐晓渡、王家新编选的《中国当代实验诗选》，则是第一册初步总结"第三代诗"的诗选，其中收31家121首。本拟想继续编二、三集，但未能实现。1991年，由牛汉、蔡其矫主编的《东方金字塔——中国青年诗人13家》，则是经过一段时间"沉淀"之后，牛汉等老诗人对"第三代诗"部分诗人所表现的"内在生命力和创作锐气"的展示。《出版者言》认为，入选作品"并不意味着尽为精粹"，"不过，通过这些诗篇倒是不难读到那一个个洋溢着智慧和才华的生动而又真挚的灵魂。他们锐意进取的人生追求和艺术探索，充分表现出智慧的精神锋芒对人生和艺术的冲击与贴近"。

端主义""圆明园诗群"等各种名目的诗歌社团和刊物。在地域上，与"朦胧诗"主要以北方（北京）为"基地"不同，这一新的浪潮则分布于南方诸省，如贵州，东南沿海省份，尤其是四川。另一重要的特点是，各地大学以学生为主体的诗歌社团，与诗的"新生代"的诗歌活动关系紧密；它们成为策划"运动"的"密室"，也成为演出的舞台。带有"先锋"色彩的诗与大学的这种关系，一直延续到90年代。

出于"诗的位置将由诗与诗人共建"的理解，1986年，具有"新诗潮"阐释者、守护人意识的徐敬亚[①]等，利用他们一段时间掌握的媒体，策划了以"诗群"方式"推出"这一浪潮的展示、推广活动。当年10月，由《深圳青年报》和《诗歌报》（安徽合肥）联合，用了7个整版的篇幅，举办"中国诗坛1986现代诗群体大展"[②]。在这个诗歌"集市"上，陈列了"朦胧诗"之后由100多位诗人组成的60余家自称的"诗派"[③]。主持者在"大展"的"广告语"里对当时"民间"的诗歌景观用浪漫语言做了这样的描述："……要求公众和社会给以庄严认识的人，早已漫山遍野而起。……1986年——在这个被称为'无法抗拒的年代'，全国2000多家诗社和十倍百倍于此数字的自谓诗人，以成千上万的诗集、诗报、诗刊与传统实行着断裂，将80年代中期的新诗推向了弥漫的新空间，也将艺术探索与公众准则的反差推向了一个新的潮头。至1986年7月，全国已出的非正式打印诗集达905种，不定期的打印诗刊70种，非正式发行的铅印诗刊和诗报22种。"[④]

---

①筹划、实行"两报"大展的积极人物，还有后来不大为人提起的《诗歌报》（安徽合肥）的姜诗元。

②"大展"在1986年10月21日和24日分3辑刊出。《诗歌报》刊第一辑，《深圳青年报》刊第二、三辑。因为使用六号字，总字数达到13万字。参加"大展"工作的，还有吕贵品、曹长青、王小妮、贝岭等。

③展示的"诗派"的名目有：非非主义、整体主义、大学生诗派、流派外离心分子、野牛诗派、新传统主义、莽汉主义、莫名其妙派、他们、新口语派、日常主义、海上诗派、撒娇派、阐释主义、男性独白、深度意象、地平线诗歌实验小组、八点钟诗派、病房意识、体验诗、生活方式、三脚猫、黄昏主义，等等。"大展"的主持者认为，人们将从这里"饱览和对比突进在不同诗艺空间的本时代中国现代诗的各路中坚"。两年后，由徐敬亚、吕贵品、曹长青等将这些材料整理、补充，出版了《中国现代主义诗群大观1986—1988》一书，由同济大学出版社（上海，1988年）出版。

④见1986年9月30日的《深圳青年报》和安徽《诗歌报》。

即使这里的统计要打出折扣（有的诗刊、诗社可能有名无实，纯粹为了"大展"的征集而临时拼凑；有的诗报、诗刊出一两期就不见踪影），也仍是中国新诗史上既严肃，也"嬉皮"的罕见现象。

"朦胧诗"之后的这一诗歌潮流，一直延续到 80 年代末。其间和事后，当事人和研究者相继给以命名。命名本身，以及对这些称谓的阐释，当时和后来（尤其在 90 年代），一直成为"新诗潮"内部确立诗歌"秩序"的焦点问题之一。命名最初虽说是为了廓清与"朦胧诗"的界限，但在处理与"朦胧诗"的"断裂"问题上，显然有较为温和、较为激烈的差异①。开始曾使用"更年轻一代"②的颇为含混的说法。接着，又有"第二次浪潮"③"后崛起"④"后新诗潮"的名称出现。1986 年，主持文学刊物《中国》的牛汉，把当时进行探索的"20 岁上下"的青年诗人，统称为"新生代"⑤。后来，有研究者又

---

① 由称谓上显示的划分的急迫的要求，主要来自当事人。他们所要区分的对象是"朦胧诗"，显示了先锋艺术强调"断裂"，强调差异的策略。对这一情形，后来诗评家有这样的描述："围绕'朦胧诗'展开的论争余波未消，'北岛之后'已经成为一个热门话题。认为北岛们已经成为传统还是一种相当温和的提法，更极端的，则有'pass 北岛''打倒北岛'云云。"（唐晓渡《中国当代实验诗选·序》，沈阳，春风文艺出版社，1987 年）。由尚仲敏执笔补写的"大学生诗派宣言"，表明他们对"朦胧诗""反叛"的强烈意识："当朦胧诗以咄咄逼人之劫覆盖中国诗坛的时候，捣碎这一切！——这便是它动用的全部手段。它的目的也不过如此：捣碎！打破！砸烂！"（《中国现代主义诗群大观 1986—1988》，上海，同济大学出版社，1988 年，第 185 页）当然，"新生代"与"朦胧诗"之间的"断裂"式关系，事实上诚如陈超所言："'第三代诗'恰恰是在饱吸了北岛们的汁液后，渐渐羽毛丰满别铸一格的……这个事实有的朋友羞于承认，但它存在着。"（《第三代诗的发生和发展》，《打开诗的漂流瓶》第 257 页）

②1986 年，贝岭编选了《中国当代诗三十八首》，第二年，他和孟浪在此基础上加以扩充，编选了《当代中国诗歌七十五首》（油印本）。此书《序》中指出，收入诗选的"有中国新诗潮运动最早的优秀代表，也有从事诗歌创作才一两年的新锐，更多的则是 80 年代初开始创作，被称为'更年轻一代'诗人"。

③1986 年 3 月，"四川省大学生诗人联合会"主办的《中国当代诗歌》"推出""朦胧诗"之后的"第二次浪潮"的作品。

④"后崛起"是徐敬亚在 80 年代中后期使用的概念。见他在此时发表的文章《历史将收割一切》《圭臬之死》等。

⑤《中国》(北京)1986 年第 6 期"编者的话"。该刊主要负责人牛汉还撰写《诗的新生代》一文，刊于《中国》1986 年第 3 期。

使用了诸如"实验诗""后朦胧诗"①等概念。在诸多称谓中，"第三代"（"第三代诗"）较为流行，也得到许多身置其间的诗人的认可②。但对"第三代诗"这一概念的理解存在差异。一种意见是，它专指始于80年代前期由韩东、于坚等提倡，由"他们""非非主义""莽汉主义"等社团继续展开的诗歌线索。主张诗与"日常生活"建立有"实效"性质的连接，与"浪漫主义"模式（诗意性质、语言构成等）保持警觉的距离，在诗歌风貌上呈现"反崇高""反意象"和口语化的倾向③。其他的理解，则倾向于将"第三代诗"看作"朦胧诗"之后的青年先锋诗写作的整体，即"泛指'朦胧'诗之后的青年实验性诗潮"④。因而"新生代诗""后朦胧诗""实验诗"与"第三代诗"是可互换的概念。就后面的理解而言，"反崇高""口语化"等特征并非"第三代诗"的全部；粗略而言，与此并存的还有另一倾向的展开，即继续着"现代主义"的艺术态度，将超越的浪漫精神和诗艺的"古典主义"结合，在展开的现实背景上，执着于人的精神的提升。

---

① 唐晓渡、王家新选编的《中国当代实验诗选》（沈阳，春风文艺出版社，1987年）。虽然编选者认为"实验"是诗的本质属性之一，但选集编入的诗，都是"朦胧诗"之后青年诗人的作品。1993年，万夏、潇潇编辑、出版了两册的《后朦胧诗全集》。臧棣在90年代写了《后朦胧诗：一种写作的诗歌》的论文。

② 显然，"新生代"的称谓主要标示一个具有活力的诗歌群体的出现，而"第三代诗"明确地指出诗歌"代际"关系的状况。据柏桦的回忆，"第三代诗人"是1982年10月，由四川的万夏、胡冬、廖希等提出的。当年暑假，成都的四川大学、成都科技大、四川师大，南充的南充师院，重庆的重庆师院、重庆大学、西南师大等学校诗社的代表30余人在重庆聚会，将他们"这一代"命名为"第三代诗人"。第一代为郭小川、贺敬之，第二代是北岛等的"今天派"。《现代诗内部交流资料》（民刊，四川省东方文化研究学会、整体主义研究学会主办）1985年第1期的《第三代诗会》专栏的题记称："随共和国旗帜升起的为第一代，十年铸造了第二代，在大时代的广阔背景下，诞生了我们——第三代人。"另外的划分方式则是："朦胧诗"的北岛们是第一代，杨炼、江河等的"文化诗派"是第二代，之后是第三代。

③ 徐敬亚："朦胧诗把诗写得充满人文美……因此，要使它成为起点就很难办。把极端的事物推向极端的办法就是从另一个角度反对它。崇高和庄严必须用非崇高和非庄严来否定——'反英雄'和'反意象'就成为后崛起诗群的两大标志。"《历史将收割一切》，《中国现代主义诗群大观1986—1988·前言》。周伦佑1991年写的《第三代诗人》一诗开头写道："一群斯文的暴徒／在词语的专政之下／孤立得太久／终于在这一年揭竿而起／占据不利的位置，往温柔敦厚的诗人脸上／撒一泡尿／使分行排列的中国／陷入持久的混乱／这便是第三代诗人／自吹自擂的一代……"

④ 李振声《季节轮换》，上海，学林出版社，1996年，第1页。

但这种处理方式，后来受到另一些诗人的激烈反对[1]。在80年代中期，"第三代诗"的诗人对"代"的理解，较侧重于标明不同的诗歌倾向。但后来被普遍看作包含"诗歌进化"含义的代际关系[2]。这也是这一概念在理解上出现的变异。

下面的说法应有它的根据：朦胧诗的发生地与活动中心，是在以北京为中心的北方，而80年代中期以后的"第三代诗"，其活动区域和诗人出身地主要在南方。后来的一些研究者，从诗歌的"地缘美学"方面来清理这种变异，认为"朦胧诗"和"后朦胧诗"（"第三代诗"），在一定程度上也可以看作"北方诗歌"和"南方诗歌"的区分[3]。

这里所说的"南方"，主要指江浙的南京、上海，和西南的云贵川，尤其是四川。提出诗歌的"地域"问题，不仅是为诗歌批评增添一个分析的维度，而且是因为"地域"的因素在80年代以来诗歌状貌的构成中是难以忽略不计的因素。在诗歌偏离意志、情感的"集体性"表达，更多关注个体的情感、经验、意识的情况下，"地方因素"对写作，对诗歌活动的影响就更明显。偏于高亢、理性、急促的朦胧诗

---

[1] 如唐晓渡、王家新主编的《中国当代实验诗选》(1987)，万夏、潇潇主编的《后朦胧诗全集》(1993)的编辑方针都体现了这种理解。陈超在《第三代诗的发生和发展》一文中也注意到"第三代诗"的复杂性，认为它"粗略划分可有两大类型：个人日常生活方式体验类型和现代野性类型。另外还有两种情况也值得注意：一种是目前被称为'新古典主义'的探求，一种是对'超语义''超情感'的探求"。不过，这种理解方式受到另一些诗人和诗评家的反对："第三代诗歌并非所谓后朦胧，从对旧的意识形态的反动上看，第三代诗歌与朦胧诗是一致的，但第三代的出发点是语言，朦胧诗的出发点是意识形态。从美学品质上看，第三代诗歌所要反对的就是'朦胧'。'后朦胧'这个企图涵盖80年代以来的一切的词乃是对第三代诗歌之历史贡献的抹杀和歪曲。"于坚《穿越汉语的诗歌之光》，见杨克主编《1998中国新诗年鉴》，广州，花城出版社，1999年。

[2] 参与"非非主义"的杨黎说："第三代人实质是用一个数词来指三种创作倾向：北岛式、杨炼式、万夏杨黎式，特别以第三种区别北岛的朦胧和杨炼的史诗，并不是断代的意思。所以今后不再会有什么第四代、第五代之类了。"（柏桦《左边——毛泽东时代的抒情诗人》，香港，牛津大学出版社，2001年）。但其实，第三代往往被看成一种取代的"断代"标识，因而，后来理所当然地又出现"第四代""70年后诗人"等称谓。

[3] 钟鸣在他的《旁观者》一书中观察80年代诗歌时的看法。于坚等在谈论80年代中期以后的诗时，也多次谈到"第三代诗"属于"南方诗歌"。在90年代，这一区分得到某种程度的承认。1996年《诗神》10、11月合刊"南方·北方青年诗人对抗赛特大号"。

之后，诗歌革新的推进需要来自另外的因素作为动力：比如世俗美学的传统，现代都市中人的生存境遇，对"感性"的更为细致的感受力，等等。"南方"提供了这样的可能性。除了上海、南京等地之外，80年代中后期四川的诗歌实验似乎爆发了更大的能量，以至被称为"'第三代'的策源地"①。这个现象，当时就引起了注意，有的报刊辟出"巴蜀专页"之类的篇幅②。相对于"首善之区"在朦胧诗时期形成的对政治、大事物的关注，南方的"日常生活"，特别是巴蜀"渗透了神秘巫术的地貌"，"痉挛向上的断壁"，"匪徒般劫掠空峡的棕云，归真返璞的水与城与人"③，以及它的敏感、潮湿、细节、阴影、内向性、颓废……提供了推动这场"运动"继续"飞行"的新的（当然并非唯一的）想象力。从中国新诗而言，这个地区的文化传统，也经常为诗歌写作注入活力。这种情况和50年代初有某些相似点：当时，也是西南地区（云南、川西、西藏等地）的诗歌（主要是少数民族民间诗歌），自然风貌，生活习俗，为当代已趋僵硬、单调的诗歌提供了某些活跃因素④。

### 三、"非非"和"莽汉"

四川（主要是成都、南充等地）及重庆的诗歌写作和诗歌活动，在20世纪80年代初已很活跃。诗刊《星星》已经复刊，其面目虽然与中国作协主办的《诗刊》一样，常常暧昧不明，但在一段时间里，也还是表现了一定的活力（在一定程度上，这与编者想延续这份刊物

---

①"如果说北京是中国'新诗潮'的大本营的话，那么西南的四川则可以说是'第三代'诗歌的重要策源地。"（李怡《现代：繁复的中国旋律》，北京，中央编译出版社，2001年，第295页）

②1986年，《诗歌报》（安徽合肥）编发了"巴蜀诗页"的专刊。同年，牛汉主编的《中国》（北京）第10期也编发了"巴蜀现代诗卷"。90年代末，敬文东对四川地域的习俗、方言特征与先锋诗歌写作的关系，有专门、深入的论述。见《指引与注视》一书中的《在火锅与茶馆的指引下》，北京，中国文史出版社，2001年。

③参见1986年《诗歌报》"巴蜀诗页"专刊上巴铁的文章。

④在这里受益的，不仅指出生于此地，而且也指50年代初活动于这一区域的作者。如公刘、白桦、流沙河、木斧、王尔碑、沙鸥、高平、周良沛、孙静轩、梁上泉、顾工、雁翼、傅仇等。

当初的某种"异端"色彩有关）。80年代初，在大多数读者的视界中，四川的诗歌大体上是"复出"后的流沙河、孙静轩（新作，连同他们苦难、传奇性的经历），以及傅天琳、骆耕野（连同稍后的李钢）的写作。这时，更具生命力的，以大学为中心的诗歌活动和那些主要通过油印书刊发表作品的作者，还未"浮上地表"。在著名的"非非""莽汉"引人瞩目之前，这里的青年诗人已雄心勃勃地策划着诗歌"暴动"①。新的诗歌观念和新的感性，在探索中浮现并逐渐成熟。更为重要的是，从这里走出的一些诗人，后来成为诗界的中坚力量。可以开列的名单至少有翟永明、欧阳江河、萧开愚、柏桦、孙文波、钟鸣、张枣②、万夏等。他们中的一些人，在1986年的"诗歌大展"中，以"四川七君"③的名目出现。在一个不附属某一"流派"也就失去价值的年代④，"四川七君"（以及后来缩编的"五君"），都不过是社团、流派钟情者一时的创意发挥。

但是，社团和"主义"在一个时间里的"重要性"也是不容分辩的。再次"革命"需要潮流推动，即使其中有许多泡沫。四川这个"策源地"便急速地出现各种"主义"和社团。1984年前后有"整体主义"（石光华、杨远宏、宋渠、宋炜、刘太亨等）和"新传统主义"（廖亦武⑤、欧阳江河）。在诗歌方法、取材等方面，受到杨炼等的影响。不少人喜欢写作有若干章节的、庞大的"现代史诗"。这些作品有宋渠、宋炜的《大佛》《大曰是》，石光华的《呓鹰》，廖亦武的《巨匠》

---

① 据李怡《现代：繁复的中国旋律》，1982年10月，在重庆的西南师范学院（现在的西南师大）曾有一次青年诗作者的聚会，会上诞生了《第三代诗人宣言》。参与者有万夏、廖希、胡冬、赵野、唐亚平等。第296页。

②张枣虽然出生于湖南，但他的诗歌活动与写作主要在重庆，并与柏桦、钟鸣等有密切交往。

③1986年，香港中文大学翻译文学中心的刊物《译丛》集中介绍了欧阳江河、柏桦、翟永明、钟鸣、张枣、廖希、孙文波七人的作品，遂有"四川七君"的称呼。

④因为在当代，"流派"（即使是文学的）的存在不符合思想、艺术的"一体化"规范而被取消。作为一种"反拨"，80年代出现了文学研究和写作的"流派热"。

⑤廖亦武（1958—　），四川盐亭人。90年代以后，著有《中国底层访谈录》，主编《沉沦的圣殿——中国20世纪70年代地下诗歌遗照》。另出有音乐光盘《汉奴》《叫魂》等。对当今诗界持激烈批判态度，认为"从精神上，诗人全死光了，或者说现在的诗人相当于某种程度上的阴谋家"。参见他2000年致《倾向》编者贝岭、孟浪的信（"诗生活"网站，或"灵石岛"诗歌网站）。

《大循环》、"先知三部曲"（《死城》《黄城》《幻城》），欧阳江河的《悬棺》，万夏的《枭王》等。在一些诗中，巴蜀的远古习俗、神话传说、山水地貌等由诗人的生命所激活，呈现高远、雄浑的境界：

啊，大盆地！你红颜色的泥土滋养了我们
你群山环抱的空间是我们共鸣音很强的胸膛

岁月诞生自你的腹部，奥秘和希望诞生自你的腹部
你是世界上血管最密集的地方，平原上遍布橘树、
血橙、红甘蔗等血液丰富的植物
你翻耕过的泥块像火苗蔓延开去，洋溢着一千种炽热
而复杂的感情
　　　　　　——廖亦武《大盆地》

自然，另一些作品则常拥挤着各种典故，浓缩了许多传说，生造诸多怪异的词语。它们显示了作者的不被控制的才情和不被规范的"创造力"，但有时炫耀式的艰涩、杂乱的程度，也是新诗史前所未见的。

与"整体主义""新传统主义"的"文化诗"路向相异的，是"莽汉""非非"们所实行的对"文化"的反叛、颠覆与"超越"。与"现代史诗"的艰涩大异其趣的"莽汉"诗歌，则绝对"通俗易懂"；对作为"常识"的社会生活伦理和诗歌伦理的撼动程度，是他们发动的这场"诗歌暴动"成功的标尺。"莽汉"的主要诞生地是四川小城南充；主要成员万夏[1]、马松、李亚伟都就读于这里的一所大学[2]。他们和胡冬[3]等在1984年写出一批"不合时宜"的惊世骇俗的作品：《打击乐》《莽汉》（万夏），《女人》《我想乘上一艘慢船到巴黎去》（胡冬），《中文系》《硬汉们》（李亚伟），《咖啡馆》（马松）……并发表了"莽汉主义宣言"。在诗歌方面，列入"莽汉们"所要"捣乱、破坏以至炸毁"的名单的，有"吹牛诗""软绵绵的口红诗""艰涩的象征体系"。

---

① 万夏（1962—　）生于重庆。作品收入《后朦胧诗全集》。
② 南充师范学院。"莽汉"的另一主要成员胡冬，来自四川大学。
③ 胡冬（1962—　），生于四川成都。1984年毕业于四川大学。

"诗人们自己感觉'抛弃了风雅，正逐渐变成一头野家伙'，是'腰间挂着诗篇的豪猪'，认为诗就是'最天才的鬼想象，最武断的认为和最不要脸的夸张'。他们甚至公开声称这些诗是为中国的打铁匠和大脚农妇而演奏的轰隆隆的打击乐，是献给人民的礼物"①。这些诗以玩世不恭的调侃姿态，随意性、口语化的语言，来冒犯他们认为需要冒犯的语言、习俗、制度、观念。在"莽汉"的写作中，李亚伟的《中文系》②有广泛的流传。李亚伟在《二十岁》中有这样的宣言：

听着吧，世界，女人，二十一岁或者

老大哥，老大姐等其他什么老玩意

我扛着旗帜，发一声呐喊

飞舞着铜锤带着百多斤情诗来了

我的后面是调皮的读者，打铁匠和大脚农妇

对于"莽汉"的写作，批评家常与美国艾伦·金斯伯格的《嚎叫及其他》联系起来，指认它与"垮掉的一代"之间"影响"的关系。不过，李亚伟对此予以否认，说他读《嚎叫》已是1985年夏天，"洋莽汉"的"影响"并不存在③。事实上，中国"莽汉诗"的"危险"和"毒素"，比起《嚎叫》等来，也确实温和、文雅许多；其思想依据与批判指向也不大相同。"莽汉们"的激情和逻辑，是80年代倾慕西方的开放潮流，与六七十年代造反风暴遗产的奇怪混合。乘坐慢船驶往巴黎的"莽汉"，要查清波德莱尔、毕加索隐瞒的"家庭成分"，要洗劫"罗浮宫凡尔

---

①《现代诗内部交流资料》1985年第1期。李亚伟后来回顾当初高举"莽汉"大旗时说："莽汉主义幸福地走在流浪的路上，大步走在人生旅程的中途，感到路不够走，女人不够用来爱，世界不够我们拿来生活，病不够我们生，伤口不够我们用来痛，伤口当然也不够我们用来哭……"转引自柏桦《左边——毛泽东时代的抒情诗人》第153页。

②写于1984年、曾刊于《中国现代诗群大观1986—1988》中的《中文系》，在进入《新诗三百首》（中国青年出版社，2000年）成为"经典"时，已做了大量修改。

③《英雄与泼皮》，《诗探索》1996年第2辑，中国社会科学出版社。据说，李亚伟后来读到《嚎叫及其他》时，曾用川东乡音"嚎叫"说："他妈的，原来美国还有一个老莽汉。" 李亚伟（1963— ），生于四川酉阳。

赛宫其他××宫"的收藏，是"要以一个中国佬的智慧"去没收巴黎超市、百货公司的香水白兰地，然后：

> 去最好的疗养地享受日光浴蒸气浴
> 去最好的花店买一大捧郁金香
> 我要穿上最新式的卡丹时装
> 然后带着兴奋带着黄种人的英俊面容
> 坐快班直接回到长江黄河流域
> 我要拥抱母亲拥抱姐妹拥抱我的好兄弟
> ——胡冬《我想乘上一艘慢船到巴黎去》

"莽汉主义"存在的时间短暂。它的发动者万夏在几个月后，便改弦更张沉入"古典"，写作"汉诗"。它作为一个"诗潮"在1986年夏天就已消散。但它的余波绵延不绝，既然存在足够多的需要"反叛"的人、事、物、语词、诗歌、情感、观念，为"破坏欲"所驱使的宣泄和抗争，便总是无师自通。只是，它的90年代的后继者落入了缺乏内在、一贯的精神支撑的境地，而一味地以比赛"粗俗"程度作为炫耀的本钱。

四川的诗歌实验活动，最具影响、持续时间最长的当属"非非主义"。1986年5月，周伦佑、蓝马、杨黎等① 编辑、印行了名为《非非》的"诗歌交流资料"和《非非年鉴》，介绍他们的诗学理论、代表作品和成员构成。后来，还出版了两期报纸形式的《非非评论》。先后在"非非"的刊物上发表诗作的，还有何小竹、尚仲敏、吉木狼格、刘涛、敬晓东、陈小繁、梁晓明、小安、叶舟等。"非非"表现的"反传统"的极端性，令许多人感到惊讶。其理论主张和诗歌实践的核心，

---

① 据周伦佑文章，"非非""以四川为主体，包括杭州的梁晓明、余刚、刘翔，兰州的叶舟，云南的海男，湖北的南野等同为中坚的""诗群"。《异端之美的呈现——"非非"七年忆事》，《诗探索》1994年第2辑。但杨黎等坚决否认这一说法。他认为，他、吉木狼格、何小竹、小安等，与周伦佑的"人生态度、写作态度和价值观"有"巨大矛盾"；如果周伦佑是"非非"，"我肯定不是"，"我宣布我退出，我希望大家今后不要说我是非非主义诗人，就说我是废话诗人杨黎。"（《杨黎：诗歌小说，我都无话可说——杨黎访谈录》"橡皮文学"网刊第6期）。

是"前文化"的"还原"，即感觉、意识、语言获得原初的存在状态；而其现实指向，是对"既有"知识、思想、逻辑、价值、语言的"逃避""超越"和"拆解"①。他们的出版物中，理论文章占重要部分。周伦佑、蓝马、敬晓东都写作系列长文阐述其主张。这些文章有《前文化导言》《非非主义诗歌方法》《变构：当代艺术启示录》《语言作品中的语言事件及其集合》《人与世界的语言还原》《反价值》等，并编写了《非非小辞典》，释义"非非"的关键词。这种以对抗"文化"对人的意识、感觉、语言的束缚的表达，在80年代的社会文化语境中，成为引人瞩目的乌托邦文化姿态和精神现象。因而，应该相信"非非"的说明："非非主义"并不纯然是诗歌理论，而且可以说，它并非一种诗歌理论。其实，"非非"的发动者与参与者的文化、诗歌诉求一开始就存在差异。以口语的方式来消解"文化"的禁锢与压力上，杨黎的《冷风景》（《街景》）、《高处》，蓝马的《世的界》，何小竹的《组诗》等，有更"典型"的体现。后来，"非非"发生分裂，《非非》也几度停刊②。1992年，分裂的"非非"由杨黎、蓝马编印《非非作品稿件集》，周伦佑则编印《非非》复刊号。"非非"已变为"复数"，并存在谁为"正宗"的"非非"之争。即使以周伦佑的"非非"而言，与80年代的相比，也已面目全非了。

无论从年龄，还是艺术主张、诗歌风格，周伦佑③是更接近高扬理想意志的"朦胧诗人"；却"误入"了"第三代"④。他的诗歌观念其实与"非非"倡导的"前文化"大异其趣。70年代初开始写诗。

---

①1989年出版的《当代青年诗人自荐代表作选》（周俊编，南京，河海大学出版社）中周伦佑、蓝马撰写的《非非主义》一文，对"非非"有简要的说明。

②从1986年5月到1988年9月，《非非》共出版4卷。1989—1991年停刊。1992年9月，出版复刊号（主编周伦佑）。其后，在出版了6、7卷合刊后，第二次停刊。2000年8月后到2002年，出版了8—10卷。从1992年以后，在这份刊物上提出、阐发的"流派"诗歌写作命题，前后有"红色写作""21世纪写作""后非非写作""体制外写作"等。

③周伦佑（1952—　），生于四川西昌。1970年开始新诗写作。写作《变构：当代艺术启示录》《反价值》《拒绝的姿态》《红色写作》等论文。1986年开始，一直担任《非非评论》《非非》主编。著有诗集《在刀锋上完成的句法转换》。

④刘翔《周伦佑：当代诗歌的变构者》，《非非》2001年第9卷。香港，新时代出版社。

从 80 年代的论文《变构：当代艺术启示录》《反价值》，到 1992 年提倡《红色写作》①，诗歌立场看似变化激烈，其实，内在的精神气质和诗歌方法始终一贯。即使是在"非非"早期，对周伦佑而言，对抗现实的制度化理性秩序就是他诗歌活动与写作的确定宗旨。因而，如果说到"转变"，那可能是这样的一个过程：

> 语言从果实中分离出肉
> 留下果核成为坚韧的部分
> 　　　　——周伦佑《果核的含义》

周伦佑的诗凌厉、强悍、刚烈，但也欠缺弹力与韧性。主要作品有《带猫头鹰的男人》《狼谷》《头像》《刀锋 20 首》等。

杨黎②在"非非"诗人中，是较少作长篇理论陈述者。在"非非"时期，最为人所知的作品是《冷风景》（又名《街景》），并且被看作"非非"的代表作。在这首献给阿兰·罗布－格里耶的诗中，"物"被不动声色地陈列；意义、情感被放弃，至少是减到最低程度。这大概是实践了杨黎所称的"能指对所指的独立宣言"。这类疏离"意义"、隐喻、情感，让"物"直接呈现的"静观"的诗，还有《怪客》《撒哈拉沙漠上的三张纸牌》等。何小竹③发表在《非非》创刊号上的共 10 首的组诗《鬼城》，

> 我仍然没有说
> 大房屋里就一定有死亡的蘑菇
> 你不断地梦见苹果和鱼

①在这篇论文中，周伦佑把 80 年代后期到 90 年代初的诗歌称为"白色写作时期"："缺乏血性的苍白、创造力丧失的平庸……做清淡状、做隐士状、做嬉皮状、做痞子状"，而提倡反对闲适、拒绝逃避的，表现"大拒绝""大介入""大牺牲"勇气的"红色写作"。见《非非》1992 年 9 月复刊号。

②杨黎（1962—　），生于四川成都。出版的诗集有《小杨与马丽》等。90 年代也写小说，办"橡皮文学"网刊。

③何小竹（1963—　），苗族，生于四川彭水。出版的诗集有《梦见苹果和鱼的安》《回头的羊》《六个动词，或苹果》等。

就在这样的大房屋

你叫我害怕

　　　　——何小竹《梦见苹果和鱼的安》

诗所表现的强烈的"风格化"特征，似乎很少"非非"的"前文化"的痕迹。有了这些与梦境相关的作品，他很快被做了"超现实主义"和"巫术诗"的归纳；也因此获得"鬼才"的称号。但此后的一些作品似乎逐渐进入"非非"的境界，这便是1988年的《组诗》的出现。90年代以来，何小竹的写作在实践他所称的"减法"：减掉意义、诗意、语感："我只有躺在床上／让词语也平躺着／一切的动作／尽可能减少对氧气的／消耗"（《我只有躺着才能写诗》）——这可以理解为追求另一种强烈的"风格化"。这些被作者称为"新作品"的诗，大多收入《六个动词，或苹果》的集子中。诚如何小竹所言，这种写作既是"发现"，又是"绝境"[①]；归根结底要视在减去这一切之后，究竟还能留存些什么。

## 四、"他们"和南京的诗人

　　《他们》既是一份刊物，也可以说是一个诗歌社团。这个"诗群"，在20世纪80年代中后期，以至90年代都产生广泛、深刻影响。它的前身，可以追溯到1983年韩东在西安编辑的刊物《老家》。1985年初，《他们》在南京创刊，"韩东是这份刊物实际上的主编和'灵魂'人物，他对诗歌的理解和个人趣味对刊物有很大影响"[②]。1985—1995年，共出版9期。主要发表诗歌，也有小说、评论和美术作品刊载。主要作者[③]有韩东、于坚、普珉、翟永明、丁当、小海、小君、吕德安、于小韦、封新成等。先后在《他们》上发表作品的，

--------

[①]《加法和减法》，《山花》（贵州）2003年第3期。

[②]小海《〈他们〉后记》，《他们——〈他们〉十年诗歌选》，南宁，漓江出版社，1998年。

[③]根据1988年出版的《中国现代主义诗群大观1986—1988》一书，第33页。

还有陈东东、王寅、陆忆敏、吴晨骏、朱朱、刘立杆等人①。说是"文学社团"，其实只是一群自视甚高、美学趣味相近②的青年诗人松散的联络。没有发布过纲领和宣言，也不曾举行过社团性质的活动。其"成员"散布全国各地，有的在很长时间里都未曾谋面；韩东等后来也不认为它是诗歌团体或诗歌流派③。在《他们》上发表作品的诗人，也不都是趋同于这份刊物所营造的诗歌趣味。不过，就《他们》的最主要成员及其影响而言，在八九十年代的诗歌语境中，其诗歌品质取向的共同点，却可以予以清晰辨认④。韩东1988年对此曾试图加以概括：

> 我们关心的是诗歌本身，是诗歌成其为诗歌，是这种语言和语言的运动所产生美感的生命形式。我们关心的是作为个人深入到这个世界中去的感受、体会和经验，是流淌在他（诗人）血液中的命运的力量。我们是在完全无依靠的情况下面对诗歌和世界的，虽然在我们的身上投射着各种各样观念的光辉。但是我们不想、也不可能用这些观念去

---

① 小海、杨克编选的（《他们——〈他们〉十年诗歌选》）一书，收入46位诗人的作品。除这里列举的外，还有鲁羊、杨键、杨克、侯马、李冯、伊沙、张枣、柏桦、杨黎、唐丹鸿、朱文、徐江等。一种说法是，"他们"前后有3个诗歌"方阵"：早期的韩东、于坚、丁当、小海、小君、于小韦、吕德安，中期的朱文、鲁羊、刘立杆、吴晨骏、李冯、翟永明，后期加盟的伊沙、杨克、侯马、李森、徐江；"他们"是"从80年代中期持续深入至世纪末的一方重镇"，它"不仅有力地改变了朦胧诗后中国诗歌的发展格局，于诗学和诗歌作品都提供了富有影响力的经典文本，还以其既具凝聚力、号召力，又具延展性的艺术气质，滋养了当代小说和散文的新的生长……极大地改观了当代文学的样貌"（沈奇《秋后算账——1998：中国诗坛备忘录》，《诗探索》1999年第1辑）。

② 吕德安在谈到他与"他们"的关系时说："也谈不上美学观点，只不过大家趣味相近。开始由韩东发起，1983—1984年准备'他们'第2期，韩东向我约稿，写信说，我们诗刊现在拥有目前9个第一流的诗人，就差你一个。"

③ "《他们》仅是一本刊物，而非任何文学流派或诗歌团体。它只是提供了一块园地，让严肃的富于才能的诗人、作家自由地出入其间"（韩东《〈他们〉略说》，《诗探索》1994年第1辑）。

④ 徐敬亚等举办"现代诗大展"时（1986），韩东说"我们有必要总结一下"，而撰写了"他们文学社"的《艺术自释》（《中国现代主义诗群大观1986—1988》第52—53页）。1994年韩东在《〈他们〉略说》（《诗探索》1994年第1辑）中，也总结了《他们》三个方面的艺术主张。

代替我们和世界（包括诗歌）的关系。世界就在我们的面前，伸手可及。

"回到诗歌本身"和"回到个人"，对个体的生命形式和日常生活的强调，对观念、理论的干预的警惕，将个人与现实生活所建立的"真实"联系作为写作的前提，以及语言上对于"日常口语"的重视①——在纷繁杂乱的"第三代诗"的"诗歌暴动"中，"他们"确立了自身的诗学基础和实践路向。这些主张，无论是作为诗歌指向，还是作为诗歌风格，都推动了朦胧诗之后的当代诗歌的"转变"。"他们"中的某些诗，呈现一种"满不在乎"的，"存心抹杀想象与本质的界限"的倾向，是"表现出更刻骨的阴影、疲竭和黑暗"的"日常还原主义"集团②。许多作品的干净、清晰、具体的语言形态，呈现了中国新诗此前并不多见的风貌。

韩东③在诗歌写作之初受过朦胧诗的影响，发表过一些北岛式的具有沉重历史感的作品。诗风的转变的标志，是《你见过大海》《山民》《有关大雁塔》等作品的出现。平淡、甚至近于冷漠的陈述语调，对修饰语、形容词的清除所达到的诗的质地的具体、清晰，在这组诗中有集中体现。这种反刻意的，强调生活的琐屑、平庸的"日常性"的诗歌方式，在当时的诗界，产生了震撼力"革命"效应。

有关大雁塔

① 韩东后来在《〈他们〉略说》中指出："回到诗歌本身是《他们》的一致倾向。'形式主义'和'诗到语言为止'是这一主张的不同提法。"（《诗探索》1994年第1辑）关于"他们"一词，韩东后来说，它透露了"那种被隔绝同时又相对独立的情绪"（《〈他们〉，人和事》，《今天》1992年第1期）。在《他们》创办的初期，韩东与于坚在《现代诗歌二人谈》（《云南文艺通讯》1986年第9期）中，阐述了他们相近的诗歌主张。特别强调他们所说的"个人"不是抽象的"自我"，而是"具体的独立的人"，具有"生命的具体性、自足性、现时性和不可替代性"。

② 陈超《打开诗的漂流瓶》，河北教育出版社，2003年，第308页。

③ 韩东（1961— ），原籍湖南，生于南京。8岁时随父亲、小说家方之下放苏北农村。1982年毕业于山东大学哲学系。曾在西安、济南等地的大学任教。1980年开始写诗。出版诗集《白色的石头》。另有小说集《西天上》《我们的身体》《我的柏拉图》等。

我们又能知道些什么

有很多人从远方赶来

为了爬上去

做一次英雄

也有的还来第二次

或者更多

　　　　——韩东《有关大雁塔》

朦胧诗的诗歌方式，其实也就是当代的历史想象方式。以象征、隐喻的网络为构架，作为抒情、想象的基本依托，"意义"由此得以发掘或粘贴、附着。对这样的诗歌文化背景有所了解的读者，从"就是这样……顶多是这样"（《你见过大海》）的语调中，能清楚意识到其中包含的争辩、质疑和离弃。因此，从写作与阅读的关系与效果看，坚决剔除隐喻的诗歌在阅读中会不由自主地被存放在另一隐喻的框架内。

由于韩东这种"客观""中性"的叙述方法的影响，《有关大雁塔》等在后来的当代评论中，便被看作韩东本人再难以超越的"代表作"。作者虽然对此感到无奈①，但它们也的确构筑了韩东诗艺的若干基点：主张诗歌更直接、更具体地触及人的生活情状，和日常生活保持审美的诗意敏感中，来探索诗与真理的关系，以及对清晰、朴素、简洁的语言的重视，用"口语化"来改写当代诗歌语言等。"反诗意"的直接，在90年代初的《甲乙》等作品中，有更尖锐、细致的表现。韩东曾说："我反对在诗歌名义下的自我膨胀、侵略和等级观念……弃绝自我不仅是诗人在其神奇的写作中所一再体会和经验的，同时也是贯穿东方艺术始终的最高的精神原则"②。对"自我"的"侵略"所造成的"破坏性"能量的警觉，在他那里不仅指向诗的技巧（语言、情绪等的节制与"还原"），而且更是与日常生活场景、个人具体体验之间的关系。他设法在生活"本质"的破解、发现，与对已知经验、自我的虚妄干

　　①韩东在他的中篇小说《我的柏拉图》的序中说："就像当年《有关大雁塔》发表以后，我的诗歌写作似乎再无意义。尽管我自认为诗越写越好，别人却不买账。由此我知道所谓'代表作'的有力和可怕。"

　　②《1996年度刘丽安诗歌奖获奖诗人诗选》，陈东东、黄灿然等编，第1-2页。

预的回避、控制上，建立必要的平衡。他重视生活中习见的隐微细节，却能从习见中发现新鲜，甚至陌生的体验。"在自己的家里／像倒在途中的一个客店"；有一些未明的复杂和陌生，有时也呈现了犹疑的生涩。这种精神的贯注，犹如那透过窗帘的阳光：

它不改变事物
却让事物改变了自身
　　——韩东《下午的阳光》

　　韩东的诗清晰[1]，用语朴素平易，却也不乏"温柔"、真挚的"部分"[2]。他坚持从自己的那扇窗户来看世界，因而，把自己的灵魂、生活方式和对事物的理解，融入诗中。这就是他所声言的"写诗似乎不单单是技巧和心智的活动，它和诗人的整个生命有关"[3]的实践。他的写作，其实是对80年代风行的"自发性"写作的偏移与抗辩，是平淡的形式与深藏的唯美倾向的结合[4]。90年代以后，他的主要力量似乎放在小说写作上[5]，但也继续写出有特色的诗作，如《机场上的黑暗》《打鸟的人》等。

　　于坚[6]70年代初开始写诗，1979年在正式出版刊物上发表诗作。在80年代初的新诗潮中，曾是"大学生诗派"的主要成员。与韩东、

---

　　[1] 冷霜认为："在相当多的诗人那里很难出现这种清晰。但是……他为这个清晰付出了一些代价，就是某种狭隘。"（《在北大课堂读诗》，长江文艺出版社，2002年，第258-259页）

　　[2] 韩东写于1985年的诗的题目。其中说："我有过寂寞的乡村生活／它形成了我性格中温柔的部分／每当厌倦的情绪来临／就会有一阵风为我解脱／……"

　　[3] 引自《中国当代实验诗选》（唐晓渡、王家新编），春风文艺出版社，1987年。

　　[4] 韩东后来谈到80年代的"第三代诗"时说："第三代诗歌中真正有意义的诗人正是那些对'第三代诗歌'这一概念进行背叛的人"。《韩东散文》，北京，中国广播电视出版社，1998年，第128页。

　　[5] 著有《我的柏拉图》等短篇，和长篇小说《扎根》。

　　[6] 于坚（1954— ），生于云南昆明。1970年开始，当过近10年的工人。1984年毕业于云南大学中文系。1973年前后开始新诗写作，诗作发表要迟至1979年。1984年与韩东等创办《他们》。著有诗集《诗六十首》《对一只乌鸦的命名》《一枚穿过天空的钉子》《诗歌·便条集》《于坚的诗》等。另著有随笔集和诗论集《棕皮手记》《棕皮手记·活页集》。

丁当等创办民间诗歌刊物《他们》。他曾将自己 80—90 年代的写作区分为三个阶段：早期，80 年代初以云南人文地理环境为背景的"高原诗"时期；80 年代中期以日常生活为题材的口语化写作时期；90年代以来"更注重语言作为存在之现象"的时期。诗之外，也写有不少随笔和诗学论文。他对诗歌在当今社会中的地位和价值有极高认定，于自己的写作也有极高抱负①。于坚的"高原诗"，写他的故乡云南的自然山川。在这些神秘的高山大河面前，诗的高傲的叙述者②也会"显得矮小"（《高山》），但高原似乎也赋予他即使"在没有山岗的地方 / 我也俯视着世界"（《作品 57 号》）的习惯。这个时候，诗中会流露难得的温情与敬畏。但在大多数情形下，于坚在处理他所涉及的"人生"和"世界"时，最常见的则是那种"局外人"的"俯视"视角。这种视角的确立，主要来自他对自身社会地位（"站在餐桌旁的一代"）的意识。这促使他努力越过各种屏障，"到达"事物的"本真"形态，并对世俗的日常生活、事件处理，有一种从表面上看来坦然的关注。

> 它抓住的不是一个名字　一串思想
> 不是一些句号或者问号
> 它抓住一个躯体　血肉之躯
> 有坚硬的部分　有柔软的部分
> 　　　　——于坚《作品 108 号》

"拒绝隐喻"也是于坚的主张，这与他及其同道者的诗回到"日常生活"的要求相关。事实上，于坚诗歌取材、诗题上的"系列"与"符号"方式（《作品 ×× 号》和《事件》系列），也可理解为这种取向的表现形态之一。虽说"拒绝隐喻"等只能在相对的，特别是在与诗歌潮流的"争辩"的意义上来理解，但由此也形成了一种朴素、直接的口语写作，并形成一种重视"语感"的诗风。《尚义街六号》

---

①于坚："在这个时代，放弃诗歌不仅仅是放弃一种智慧，更是放弃一种穷途末路"；"诗是存在之舌，存在之舌缺席的时代是黑暗的时代"（《于坚的诗·后记》）。
②陈超说，于坚"牛气冲天"，他"眼神固执而明亮，看起来更多地具有高原土族人特征"（《打开诗的漂流瓶》，河北教育出版社，2003 年，第 308 页）。

等作品曾产生广泛影响，展开了当代诗歌前此所未见，一时令人讶异的创作方式。不过，他的出色作品，大抵包含较复杂的情绪意向，如《感谢父亲》《避雨之树》《弗兰茨·卡夫卡》《怀念之二》等。其中，有对普通人生活情境的同情和从生活现象中发现温暖、朴素的诗意，但也多少意识到平庸对人的精神的损耗和压抑，因而静观与激情、淡漠与痛苦、排斥"意义"和追寻"意义"的矛盾交织其间。于坚和其他诗人的写作，揭示了"渺小、平庸、琐碎的个人生活细节的文化意义和用它构建诗歌空间的可能性"①。

80—90 年代，于坚的写作并未发生明显的"转型"和"断裂"的变化。不过，90 年代在诗艺上，他的多种创新实验取得的进展令人瞩目；他也把这称为进入"更注重语言作为存在之现象"的时期。《对一只乌鸦的命名》《啤酒瓶盖》《0 档案》《事件》系列、《飞行》等作品，对僵化的文化、意义系统以冷静、精细的解剖方式，做出了强烈的反叛与拆解；在诗歌体制、形式上，也不断修改、挑战有关诗歌的想象，为诗歌写作的当代拓展注入活力。《0 档案》在 90 年代诗歌，是受到广泛关注的重要作品。它以戏仿的手法，"深入呈现了历史话语和公共书写中的个人状况"，显示了现代社会的这一境况："档案所代表的世界里，不经过监视、审核、控制的个人生命与经验是病态的、危险的、具有颠覆性的，它必须被否定，被删去。"②它的实验性质，也在诗的"本体"的层面上，引发相异理解和评价的争论。

吕德安③最初没有被列入"他们"的行列，在 80 年代中期，他和福州的金海曙等一些朋友组织了名为"星期五诗群"的社团，在韩东的邀请下，也在《他们》上发表作品，因而 90 年代再提"他们"时，

---

① 王光明《现代汉诗的百年演变》，石家庄，河北人民出版社，2003 年，第 621 页。
② 奚密《诗与戏剧的互动》，《诗探索》1998 年第 3 期。
③ 吕德安（1960—　），生于福州。毕业于福建美术工艺学校。80 年代初开始写诗，也画画。90 年代初曾一度旅居美国。著有诗集《南方以北》《顽石》等。关于他与《他们》的关系，吕德安说，在筹备《他们》第 2 期时，"韩东向我约稿，写信说，我们诗刊现在拥有目前 9 个第一流的诗人，就差你一个。想必在那之前他读过我的诗。我认为'他们'的诗人在当时诗歌表达上比较清晰，干练，词句不夸张，透过诗，能感到作者自身的生活经验和态度，……我想开始也不是有意打出什么美学旗帜，不过后来作者的趣味越来越一致。我没参加编辑，对诗刊的运作不清楚"。吕德安 1998 年的访谈，引自网刊《橄榄树》。

有时也会把他看作"他们"中的一员。在深层缘由上，"以平凡而简洁的态度让诗歌与生活处于正常的关系中"[①]的方式，也确与"他们"的主张有相通之处。吕德安 1983 年前后的诗，如《沃角的夜》《父亲和我》《吉他曲》等，写他小时候生活在福建海边小镇（马尾）的感受。有单纯、质朴的谣曲格调，节奏舒缓，也多采用反复的句式。它们处理的是个人生活日常情境，重视细节。这和当时"朦胧诗"（及其仿作）的大多数对复杂、紧张的崇尚，反差明显；在当时，坚守这样的"传统"反倒现出"新异"[②]，但那也许不过是"太高傲了以至不屑于先锋"[③]。早期的诗，都与他的故乡福建马尾镇有关。写对故乡及大自然的不能自已的迷恋。平易的叙述语调之间，偶会有不期而至、恰到好处的暗示与"提升"。但总的看来，他对涉及的对象，往往保持一种沉静的谦恭。

　　我们刚从屋子里出来
　　所以没有一句要说的话
　　这是长久生活在一起
　　造成的
　　滴水的声音像折下一条细枝条

　　像过冬的梅花
　　父亲的头发已经全白
　　但这近似于一种灵魂
　　会使人不禁肃然起敬
　　　　——吕德安《父亲和我》

---

①《中国现代主义诗群大观 1986—1988》，"星期五诗群"的"艺术自释"，第 118 页。

②"在我诗歌创作的某个时期，我的灵感主要来源于小时候我在那里生长的小镇。那时期，有人称我是家园诗人，歌谣诗人……也许在那种称呼背后隐藏着某种成见，即我是一个感情过时的诗人。而我当时却偏偏相信自己的感情并努力朝着它的方向奔去……"（吕德安《天下最笨拙的诗》，见黑大春编《蔚蓝色天空的黄金》，第 206-207 页）

③陈超《打开诗的漂流瓶》，河北教育出版社，2003 年，第 306 页。

吕德安的这种质朴和平易，体现了他对过度修辞的警觉。他的诗常写到自然物象，如石头、池塘、山坡、水井、海、树等，它们虽然可以看作是对人的生活、命运的隐喻，但并不以明确的"喻象"形态出现。这与吕德安那种"对现实的竭力求近"①的追求相关。1993年和1998年发表的长诗《曼凯托》《适得其所》，是他90年代的重要作品。

　　80年代中期，南京除了"他们"外，尚有其他的诗歌社团，但影响不大，没有留下更多的痕迹。不过，这个地域（扩大而言可包括至江苏等更大范围）的与"他们"在诗歌倾向有所区别的诗歌活动，一直延续下来。到了90年代后期，围绕《北门杂志》《南京评论》等刊物，出现诗歌志趣相近的诗人的"集结"。他们有叶辉、庞培、朱朱、黄梵、代薇、赵霞、沈娟蕾（木槿）、马铃薯兄弟等。有的其实已有颇长的诗龄（如叶辉），有的则开始写作不久。他们重视诗的生活地域（江南都市）的色彩情调、诗的高贵质地的培养和在提升日常生活上的洞察力、想象力。

　　朱朱②的诗有优雅、细致的风格，作品中常透露对生活和诗艺的孤傲。近来的组诗《清河县》，有一种他过去的写作不常见的幽默、嘲讽的叙述风格，80年代中期，叶辉③曾与人组织"日常主义"诗群。他发表的诗不多，也只出版过一册只收二三十首作品的诗集。《在乡村》《小镇的考古学家》《反方向》《一个年轻木匠的故事》《合上影集》等，语言冷峻，"真实"与虚构生活情状交织，并常以"碎片"方式呈现。他对日常事物有深入探究，时或透露对虽熟悉然而陌生的生活的困惑。诗中有一种隐秘的悲哀：这多半是来源于对时间所见证的生命的琐屑、偶然的宿命的感受。

---

　　①"我觉得我的每首诗都是对现实的竭力求近。这个现实，有时是一棵树，一种声音，一片雪的飘落，一次做爱，一幅画线条的运动，人的步行，石头，坐姿……"（同上注）

　　②朱朱，1969年生于江苏扬州，1991年毕业于上海华东政法学院。著有诗集《枯草上的盐》等。现居南京。

　　③叶辉，1964年生于江苏高淳。著有诗集《在糖果店》。

## 五、"海上"与上海诗人

上海的"新生代"诗歌没有出现四川那种声势，对20世纪80年代诗歌进程的影响也不及《他们》的明显。但是，在80年代中期的诗歌展开中，他们显示了另一重要向度：关注城市中人的生活与精神处境和诗艺上重视控制的"古典主义"趋向。从这一趋向上观察，80年代中期上海诗歌与后来《倾向》所表示的"知识分子精神"，有更紧密的关联。

此时生活在上海的年轻诗人有孟浪、刘漫流、王寅、陆忆敏、陈东东、宋琳、张真、默默、郁郁、冰释之、京不特、张小波等。他们在当时写出的《朗诵》《罗伯特·卡巴》《远离》《雨中的马》《点灯》《风雨欲来》《美国妇女杂志》《朋友家里的猫》等作品，被看作这一时期"实验诗歌"的"代表性"作品的一部分。这些作者80年代中期大多就读（或已毕业）于这座城市的几所著名大学①。一些人也在《他们》上发表诗作，因而有时会被归入《他们》之中。组织的诗社（文学社，或诗歌刊物，或同人诗集）有《海上》《大陆》《撒娇》等。因而有了"海上诗群""撒娇派"的名目。"撒娇派"②类乎四川的"莽汉主义"，却缺乏"莽汉"的野性与酣畅；这可以看作与地域文化相关的美学趣味差异。最重要的"诗群"是"海上"。诗刊《海上》从1984年到1990年共出版4期。1990年终刊号名为"保卫诗歌"，扉页引用的是里尔克的话："哪有什么胜利可言，挺住就是一切！"这个"挪用"，显然寄托着对特定时代中诗歌"责任"的理解。他们也重视诗对"日常生活"的处理，但与"口语""平民化""生活流"等倾向，保持着明确的距离。作品普遍带有更多的"知性"色彩和矜

---

① 孟浪1982年毕业于上海机械学院。宋琳、刘漫流、张小波毕业于华东师范大学。王寅、陈东东、陆忆敏、京不特毕业于上海师范大学。张真毕业于复旦大学。

② 京不特撰写的《撒娇宣言》称："活在这个世界上，就常常看不惯。看不惯就愤怒，愤怒得死去活来就碰壁。……光愤怒不行。想超脱又舍不得世界。我们就撒娇。""撒娇派"的根据地在上海师大。除出版刊物外，还在1985年、1986年两次举行"撒娇诗会"。参见《中国现代主义诗群大观1986—1988》，第175-176页。

持的“贵族”气息①。知识分子在文化危机中的承担与责任的问题，是他们所关注的。与《他们》一样，“海上”的诗人后来“在各种可能的场合分别声明，《海上》不是指一个流派或团体”，“他们只是一个个‘个人’，互相之间只是一度存在着有限的、以尊重个性、文责自负的精神为前提的、有保留的、甚至是冷淡的合作”。这当然是确实的。不过，也“确实”“存在着某种程度的‘一致性’”②。“海上”这一名称，来源于“上海”的“被推了过来”所暗示的孤独：或者正向岸靠近，或者正在远离，而诗，是他们脚下的船，一种“恢复人的魅力”的手段。这是一种揭示城市人“逃离”或“自救”的心态和体验的写作③。他们的一些作品，写城市日常生活的荒诞，人的孤独。死亡是他们经常涉及的主题。另外，怀旧作为一种“逃离”或“自救”的方式，也普遍出现在他们的作品中。在处理这些带有“绝望”色彩的题材时，幽默、反讽是降低外在的尖锐程度的方法之一。与此有关联的是，稍后在上海还出现了更明确表现人在城市中的困境的“城市诗”。宋琳、孙晓刚、张小波等一度致力于这方面的实验，出版了《城市人》诗歌合集。

孟浪④的诗收在《本世纪的一个生者》《连朝霞也是陈腐的》等集子里。80年代中期曾一度到深圳，与徐敬亚、曹长青等合编《中国现代主义诗歌大展1986—1988》。后来到了国外，与贝岭编辑在海外出版的思想文化刊物《倾向》。宋琳⑤、张真后来也旅居国外。

---

① 陈超：他们的诗“常常稍带些野性式的‘知’性色彩”（《以梦为马》，北京师范大学出版社，1993年）；程光炜：“与四川的倾向于硬朗和粗野的诗风比较，‘海上诗人’的审美态度中有一种符合这座大都市性格的矜持和少许贵族气息，但难免也有些暧昧。”（《中国当代诗歌史》，中国人民大学出版社，2003年，第295页）其实，“海上”诗人的“野性”色彩并不怎么明显。

② 高庄《〈海上〉：1984—1990》，《倾向》1997年夏季号。

③ 参见孟浪、刘漫流为“海上诗群”撰写的“艺术自释”。《中国现代主义诗群大观1986—1988》，第70—71页。

④ 孟浪（1961— ），生于上海，原名孟俊良。著有诗集《本世纪的一个生者》《连朝霞也是陈腐的》。

⑤ 宋琳（1959— ），生于厦门，毕业于上海的华东师范大学中文系。现居法国。著有诗集《城市人》（与孙晓刚等合著）、《门厅》。

王寅和陆忆敏是一对"诗人夫妇"①。虽说他们曾一度参与诗社的创办，其实80年代后期到90年代，并"没有出没于任何团体任何流派，也不在任何的阵营里"。王寅②将自己的写作限制在一个有限的、甚至是封闭的区域里；这虽说是不少"新生代"诗人的共同点，但王寅表现得更加自觉。他早期的诗，如《与诗人勃莱一夕谈》等，有一种与自然、与神秘事物交流的飘逸，并用平静的语调，来处理在既往诗歌中的"重大"题材。但王寅并非取消诗对精神深度的探索，含蓄、感应在那里是一种"飞翔"的延伸的手段。八九十年代之交，"王寅开始下降，下降到尘世的皮肤上，下降到痛苦的黑色火焰中"③；诗中出现于他来说陌生的急促、尖锐、痛楚的词语和节奏："城市等待着不期而至的雨点／打湿花园和／上帝的绷带"（《与奥西波夫精神病院不辞而别》）；"看哪，灵魂终于出窍了，教父／这一切已无法挽回"（《灵魂终于出窍》）；"你将如何倾听时针的暴动／如何应付纸中的火"（《神赐》）；"被绳索锁住的呜咽／穿过恐惧／终于切开夜晚的镜面"（《送斧子的人》）……这种对怪诞、黑暗的袭击所做出的激烈反应，虽说并未持续很久，但无疑给此后他"回归"优雅的诗，增加了"黑暗"的浓度。

## 六、海子与"诗人之死"

"朦胧诗"退潮之后，新诗潮的中心转移到了南方。在"南方"的诗歌社团、宣言风起云涌的时候，北方（主要是北京）的青年诗歌活动与写作，却呈现相对沉寂的局面④。一方面是北岛等朦胧诗诗人在自身艺术上遇到调整上的难题，他们中的一些人，且先后移居国

---

① "这是一对诗人夫妇，从照片上看，也是一对'标致人儿'，同为60年代生人，80年代初同窗于上海师范大学中文系，写作同样优雅精粹的诗篇，同样不介入任何貌似文学实质非文学的活动。"崔卫平《文明的女儿——陆忆敏的诗歌》。

② 王寅（1962—　），生于上海。1984年毕业于上海大学中文系。

③ 刘翔《隐者、精灵或默诵祷文者——王寅和他的诗歌世界》，《北回归线》网刊第2期。

④ 从徐敬亚等编的《中国现代主义诗群大观1986—1988》一书中可以看到，北京的诗社和作者，除"圆明园诗群"外，主要仍是"朦胧诗"的一群。当时就读北京大学的西川，是以"西川体"的名目参加这一诗歌大展的。

外①。而年轻的后来者在寻求艺术创新的道路上，似乎有更多的障碍需要解决。

当然，北京20世纪80年代中后期并不缺少值得注意的诗歌写作与活动。牛波、马高明、邹静之等都有佳作发表。作为诗歌群体，则有活动于80年代中期的"圆明园诗群"。其"成员"有黑大春、雪迪、刑天、麦城、大仙。他们的聚合，有"在北岛们的'今天'离散之后"，"幻想着扛起'今天'一样的旗帜，重振新诗②的抱负。黑大春③的诗自称、也被称为"新浪漫主义"④，有的评论家还在"浪漫主义"之前加上"最后"的定语（后来，它也戴在海子等人的头上）。黑大春最初写作受到《今天》诗人的影响，不久就有了改变。在他的诗里，时间主要不是指向现在，而是指向过去：对虚拟的空间的追忆。因而，他的"浪漫主义"包含两个方面的内容。一是对失落的"家园"（黑大春写有《家园歌者》组诗）的追慕；另一是企图"恢复""诗"与"歌"原初的那种一体的联结，"把诗歌从印刷品的棺材里解放出来"⑤。他因此将自己定位在类乎"行吟诗人"的角色上（另一位在此时做如此定位的诗人是俞心焦）。设计"诗歌方式"与"生活方式"一体的联结，也是这个"诗群"令人注意的特征。由此，他们寻找到能暂时⑥满足这种"浪漫"想象的"栖居地"——北京西北郊那个荒废了近100年的皇家园林。当时的圆明园那种荒郊野岭状貌，成为"家园"废墟的"实体"（其实也是喻象）进入他们的写作中，也给他们提供实践"回归"的生活方式与诗歌方式的条件，并艰难地维持有关艺术神圣的想

---

① 江河写诗渐少，他和北岛、顾城、杨炼等在80年代后期先后移居国外。杨炼在80年代中期虽然有令人瞩目的作品发表，但其影响，或与其写作倾向相近的写作，主要出现在四川。

② "圆明园诗群·艺术自释"，《中国现代主义诗群大观1986—1988》，上海，同济大学出版社，1988年，第105页。

③ 黑大春，原名庞春清，1960年生于北京。著有诗集《圆明园酒鬼》《食指 黑大春现代抒情诗合集》。

④ 黑大春的"诗体日记片断"的第1则为"新浪漫主义"（《蔚蓝色天空的黄金·诗歌卷》，第115页）；苇岸的论黑大春的文章题为《最后的浪漫主义者——诗人黑大春》（《诗探索》1995年第1辑）。

⑤ 参见黑大春《自传》，《蔚蓝色天空的黄金·诗歌卷》，第139–141页。

⑥ 90年代以来，圆明园不断进行有争议的"修复"与重建，原来令人神往的荒废景象也已不复存在；"家园"怀恋者不大有可能再以它为想象的"栖居地"。

象①。黑大春最为读者熟悉的作品是《圆明园酒鬼》《东方美妇人》等。诗的情绪狂放，悲怆，具有歌唱的语调节奏。《俪歌其二》写道：

> 于是，那匹识途的骆驼，眼含时光的沙砾
>
> 带我一路走回已沦为一片灰烬的城郭
>
> 当我眼望着意外的景色又那么似曾相识
>
> 谁能对我说清那些雾，那些旧辙
>
> 何年？我们曾一度相依为命的生活
>
> 何地？我们曾再度生子并劈柴生火

海子去世时，年仅25岁。1989年3月26日，"在山海关至龙家营之间的一段火车慢行道上"，他卧轨自杀②。在7年的创作史上，留下了几万行诗。完整的有三百首抒情诗，三部长诗《土地》《弥赛亚》《遗址》，一幕诗剧《太阳》和一部幻想、仪式剧《弑》，还有大量

---

① 黑大春1983年住进圆明园。1989年以后，来自全国各地的一批画家也来到这里，出现了有名的"圆明园画家村"（1996年被有关当局关闭）。关于这个阶段的生活和写作状况，黑大春的描述是，"在圆明园这个唯一富有荒野自然风光和历史文化背景的非公园化场所"，"我们"（诗人、画家、歌手）频繁、无拘无束地聚会，饮酒、朗诵诗、唱歌。"整夜整夜地饮酒背诵勃洛克、狄兰·托马斯和古典诗词；争论着他首先提出的'纯诗'美学诗观，直到马蹄敲打柏油路的清脆黎明……"1984年秋天，"我索性""搬到了圆明园福海中的三仙岛上——一座被野菊簇拥的废弃的土屋。冬天又迁至依旧因袭着农桑气息的北远山村。在那儿，我完成了诸多以废墟、田园为主题的诗篇"（《蔚蓝色天空的黄金·诗歌卷》黑大春《自传》）。他的友人的描述是，"他的食品和衣物有很多是朋友送给艺术的，看到他宗教般的献身精神，朋友们就感到自己应该为艺术做点什么。……他决不为了正常生活而把精力和生命浪费在自己不喜欢的事情上。因此他不去工作，不去看领导的脸色。不去出卖自己属于艺术的生命，宁可流浪，宁肯拥抱死亡。他忍受着巨大的屈辱和贫困，在诗歌的天国里挣扎，在心灵的世界里流浪"（隐南《春天的酒鬼》，载"民刊"《大骚动》第1期，1991年）。

② 海子（1964—1989），原名查海生，生于安徽怀宁县高河查湾，在农村长大。1979年15岁时考入北京大学法律系，大学期间开始诗歌创作。1983年秋毕业后在北京的中国政法大学哲学教研室任教。自杀时，"身边带有4本书：《新旧约全书》、梭罗的《瓦尔登湖》、海涅达尔的《孤筏重洋》和《康拉德小说选》。他在遗书中写道：'我的死与任何人无关。'"（西川《我们时代的神话：海子》）1999年，由崔卫平编的《不死的海子》（北京，中国文联出版社）一书，收入了海子去世10年来，批评家、友人对他的研究、怀念的文章，包括奚密、崔卫平、朱大可、余虹、麦芒、程光炜、燎原、西渡、张清华、邹建军、谭五昌等。

的未及展开的断章、札记。他的名篇《亚洲铜》《阿尔的太阳》写于1983—1984年间，但是在生前，有的作品虽收入一些诗选，个人诗集从未"正式"出版①。他的诗歌生命，表现为如骆一禾所称的那种"冲击极限"和"在写作的速度与压力中创造"、将生命力化为"一派强光"的情形②。他"单纯，敏锐，富于创造性，同时急躁，易于受到伤害，迷恋于荒凉的泥土"，"所关心和坚信的是那些正在消亡而又必将在永恒的高度放射金辉的事物"③，如同他所热爱的德语诗人荷尔德林那样④。一般认为，海子的诗作（连同诗歌道路）可以划分为两个部分（阶段）：抒情短诗（阶段）与"史诗""大诗"（阶段）。他的短诗单纯、简洁、流畅、想象力充沛。少年的乡村生活经验，在诗中组织为一个质朴、诗化的幻象世界；它们常由麦子、村庄、月亮、天空、少女、桃花等带有"原型"意味的意象构成。浪漫、梦幻中的飞翔；但是，固执地"用斧头饮水"，"在岩石上凿出窗户"的眺望者（海子《眺望北方》），越来越现出无法消解的"疼痛"的悲剧命运。他逐渐放弃其诗歌中"母性、水质的爱，而转向一种父性、烈火般的复仇"；但他的利斧没有挥向别人，"而是挥向了自己"⑤。

---

① 生前海子自印的诗集有《小站》、《河流》、《传说》、《但是水，水》、《如一》、《麦地之翁》（与西川合著）、《太阳·断头篇》、《太阳·诗剧》。去世之后，经友人整理出版的诗集有《土地》、《海子、骆一禾作品集》（周俊、张维编）、《海子诗全编》（西川编），和属于"蓝星诗库"的《海子的诗》。

② 骆一禾《冲击极限——我心中的海子》，《骆一禾诗全编》，上海三联书店，1997年。文中指出，海子"从1986年起，他的写作从晚七时至早七时，如此循环往复"。

③ 西川《怀念（一）》。收入《让蒙面人说话》时，题目为《我们时代的神话：海子》（上海，东方出版中心，1997年）。

④ 海子在《我热爱的诗人——荷尔德林》中说，"荷尔德林的诗，是真实的，自然的，正在生长的，像一棵树在四月的山上开满了杜鹃"；"看着荷尔德林的诗，我内心的一片茫茫无际的大沙漠，开始有清泉涌出，在沙漠上在孤独中在神圣的黑夜里涌出了一条养育万物的大河，一个半神在河上漫游，唱歌……"《海子诗全编》，第915页。他把他所敬佩的诗人称为"诗歌王子"和"太阳王子"，他们是"雪莱、叶赛宁、荷尔德林、坡、马洛、韩坡、克兰、狄兰……席勒甚至普希金"。《海子诗全编》，第896页。

⑤ 西川《死亡后记》，《让蒙面人说话》，第216页，上海，东方出版中心，1997年。西川在另一地方说："海子的创作道路是从《新约》到《旧约》。《新约》是思想而《旧约》是行动……《新约》是爱，是水，属母性，而《旧约》是暴力，是火，属父性。"（《我们时代的神话：海子》，《让蒙面人说话》，第180页）

春天，十个海子低低地怒吼

围着你和我跳舞，唱歌

扯乱你的黑头发，骑上你飞奔而去，尘土飞扬

你被劈开的疼痛在大地弥漫


在春天，野蛮而悲伤的海子

就剩下这一个，最后一个

这是一个黑夜的海子，沉浸于冬天，倾心死亡

不能自拔，热爱着空虚而寒冷的乡村

———海子《春天，十个海子》


海子虽然写出不少出色的抒情短诗，但他的理想不是成为感性的、由天赋支持的抒情诗人。可能意识到飞翔的单纯抒情不可能持久[①]，他有理由选择"转变"。他认为，"伟大的诗歌"不是感性的、抒情的诗歌，而是"史诗"，或他所称的"真诗"和"大诗"。后者，他以但丁、歌德、莎士比亚为榜样[②]。为此，海子"不辍地研究史诗和文人史诗的各种文体，搜集他家乡的故事、传说以提炼大诗所需的事件'本事'，他结合了伟大生命的传记及范畴史以为构造因素，锤炼了从谣曲、咒语到箴言、律令的多种诗歌语体的写作经验"[③]。他期望并经历了"从抒情出发，经过叙事，到达史诗"的"转变"[④]。在这一方面，成果是多部长诗，以及诗剧、诗体小说，主要是《海子诗全编》中称为《太阳·七部书》的那些作品[⑤]。在这些作品中，他探求着激情与理性、个人的体验与人类文化精神的结合，并集中到对"真

---

①在中国新诗史上，这种幻梦、飞翔的抒情，都不可能长久坚持。这便有了徐志摩20年代后期诗风的变化，也有了何其芳30年代后期的"转变"。他们的"转变"不完全能由"时代"的因素来解释。

②参见海子《动作》、《诗学：一份提纲》（收入《海子诗全编》）等文。

③骆一禾《冲击极限——我心中的海子》，《骆一禾诗全编》，上海三联书店，1997年，第858页。

④西川《我们时代的神话》。

⑤海子在遗书里，把他的长诗的篇目列出，并冠以《太阳》的总名。《海子诗全编》即按这一体例编纂。

理"、对永恒的思索与追问的焦点上来。不过，对于海子的长诗，不少诗人、批评家持怀疑、批评的态度。对海子的人与诗都抱有好感与尊敬的读者，有时也会弄不明白，这究竟是属于已被取代而消亡的艺术，还是那种"不是一种终结，一种挽歌，而带有朝霞艺术的性质"的事物？他的挚友相信它们属于后者，但也指出他所取的"途径"的"危险"："激情的方式与宏大构思之间酝酿着根本的悲剧，也酝酿着'冲击极限'的宿运。"① 另外，海子的那种倚重天赋、自觉、激情和写作上的"加速度"的方式，在后来也受到一些诗人的质疑②。

在海子自杀两个月后，他的挚友和诗歌同道者骆一禾③病逝，年仅28岁；未来得及与西川一起将海子的诗稿整理完毕。骆一禾最初写的是青春的诗。在《美丽》《先锋》《为美而想》等诗里，有对爱、青春、生命的满怀喜悦的肯定与赞美。它们透露着对青草"新生时候的香味"的"一种早早的感觉"。敏感，但不夸张：如树木的碧绿，枝条延伸披离般在"一汪春天"里自然生长。和海子一样，骆一禾也不会满足于这样的写作。在对诗的高迈、宽阔的追求上，同样十分看重长诗的写作；《世界的血》和《大海》是他精心构撰的两部作品；它们也建立在对于世界、人类、民族历史命运的总体把握之上。由于他和海子的紧密关系，批评家自然会将他们放在一起比较，指出海子诗的"灼热"，骆一禾的"沉静的智慧"；或者海子是个人化的，狂热的，对以知识论为基础的现代文明甚至人类肉身绝望，骆一禾则"沉

---

① 宋琳(1959— )，生于厦门，毕业于上海的华东师范大学中文系。现居法国。著有诗集《城市人》（与孙晓刚等合著）、《门厅》。迄今，比较深入评论海子长诗的论述，仍只有骆一禾为海子长诗《土地》出版所写的"代序"——《我考虑真正的史诗》。

② 臧棣在多处地方表达这种看法。参看他为赵野诗集《逝者如斯》（北京，作家出版社，2003年）撰写的序《出自固执的记忆》。

③ 骆一禾，1961年2月生于北京。1979年进入北京大学中文系，1983年毕业后，到北京《十月》文学杂志任诗歌编辑，后主持《十月》的《十月之诗》栏目。"1989年5月14日凌晨因长期用脑过度和先天性脑血管畸形而出现大面积脑出血。在北京天坛医院昏迷18天之后，于5月31日13点31分去世，时年28岁。"（西川《深渊里的翱翔者：骆一禾》）去世后，长诗《世界的血》出版。上海三联书店1997年出版了《骆一禾诗全编》（张玞编），收入全部短诗，长诗《世界的血》《大海》和诗论数篇。

毅、谦抑地对待人类智慧、传统"①。

在80年代后期，骆一禾对于诗歌理想形成了完整的看法。对于诗人的任务和中国诗歌的前景，提出"修远"这一命题。这意味着漫长、艰苦求索、沉潜坚韧，也意味着向上、辽阔、追求高度和飞翔。对于因新诗基础薄弱，也意识到时间并不宽裕，而诗歌之途又崎岖狭隘而充满焦躁心理的诗界，这是值得重视的意见。骆一禾的诗歌理念带有明显的"古典"性质，他怀有对人类精神、艺术的"伟大的传统"的"共时性"信仰：

> 这是不可篡夺的但丁
>
> 但丁不为真实所限，他永远青翠
>
> 不是真实，但丁的密林是真实的极限
>
> 比黑暗更黑暗
>
> 但丁指出了面目可憎
>
> 但丁从未说完
>
> 但丁使孤独达到了万般俱在
>
> 使其中占据的，必为他所拥有
> > ——骆一禾《为了但丁》

这使他在考虑当代诗歌革新问题时，关注提取、激活"传统"的生命。也使他形成了"诗歌行动"的说法，重申成就宽广的诗歌必定以诗人的人格为后盾②，是人的生命的整体律动。对于80年代诗歌曾有的"自我"的自大和对"孤独"的玩味的偏向，他强调一种与人的整体生命，与人的历史情境联结的诗歌③。他不崇拜突发式的、一蹴而就的热烈辉煌，这意味着不断的建设。在自我与历史，艺术与技巧，影响与独创，概括与具体等关系上，不想采取那种为时期风尚左右的

---

① 前者为西川评语，见《怀念·二》，后者为陈超评语，见陈超《打开诗的漂流瓶——现代诗研究论集》。

② 在《海子生涯》中，骆一禾引用波兰诗人密茨凯维支谈拜伦的话来谈海子："他是第一个人向我们表明，人不仅要写，还要像自己写的那样去生活。"《骆一禾诗全编》，第869页。

③ 骆一禾《美神》，《骆一禾诗全编》，第842页。

极端之间的摆动，而愿意从呈现人的生命整体质量的前提出发，来辨析种种矛盾因素可能获得的平衡。

戈麦[1]写作的时间只有短短的四年（1987年底至1991年9月）。与海子的同样的短暂写作生涯一起，被称为诗歌的"超速写作"。戈麦的许多作品，表达了他对这个世界，对人性，也对自己的深刻的失望，有浓重的厌世色彩。

> 那个在我多少世纪以后才能出现的后裔，你万
> 可不必为我流动复仇的血液
> 世界从属于物质，仇恨和情欲同出于人的臆想
>
> 我仍要感谢那些暗示过我的幻象，漆黑的圣水、
> 移动的白杯
> 但我是有意放过。我就要在烈火中化为灰烬
> 现在我用迷惘的目光寻求高天的光明
> 我找到了，长长地叹出了最后一声
> ——戈麦《狄多》

因着20世纪末一连串的诗人死亡事件（海子、骆一禾、戈麦、顾城，以及后来徐迟、昌耀的相继自杀），"诗人之死"在90年代是被广泛谈论的话题。除去有关事件发生的具体原因的猜测、分析不论，诸多论述，在与19世纪末以来国外诗人自杀现象联系起来之后，大多集中在这些现象所可能蕴含、呈示的"形而上"意义层面，即个体生命价值、意义与所处的时代的关系上：在一个没有"远方的东西"的生活里，他们是在与我们"共同分享了对于遥远的热爱"[2]；"一

---

[1] 戈麦，原名褚福军，1967年生于黑龙江萝北县。1989年毕业于北京大学中文系。曾在中国文学出版社任编辑。1991年9月24日"自沉于北京西郊万泉河，未留任何遗言，并毁弃了大部手稿"（《戈麦生平年表》，《彗星》，漓江出版社，1993年，第230页），生前自印的诗集有《核心》《我的邪恶，我的苍白》《彗星》。去世后，出版有诗集《彗星》《戈麦诗全编》。

[2] 引自西川。见《当代诗歌承担了什么？》，《2000中国新诗年鉴》，广州出版社，2001年，第468页。

种深刻的危机早已潜伏在我们所驻足的这个时代，而海子的死把对这种危机的体验和自觉推向极致"；"海子的自杀昭示了个体生命存在的悲凉意味"，对于"中国知识界来说，无异于一个神示。也许从此每个人的生存不再自明而且自足了"[①]。在海子死后的几年里，诗界出现了"海子热"，出现大量仿制的海子抒情诗。后来，在昌耀、徐迟等诗人自杀后，有批评家引用了晚年昌耀的诗，来阐述"浪漫的骑士"如何失去了他的时代，而他的"敏锐与激情"又怎样"反而变成了一把自我伤残的刀子"[②]：

> ……我也渴望过灵魂出窍的战斗，
> 像赤裸的剑与勇士垂世的英名共存。
> 不幸今日阵亡者视死如归的疆场，
> 龟的对阵却是隔着双层甲壳的肉搏，
> 咬啮或者舐舐只余龟板背后的沉寂。
> ——昌耀《两只龟》

对"诗人之死"这种现象的另方面的阐释，则从诗人与语言的关系展开[③]。因而，认为在嘉许海子式的"热烈、急迫、专注和迷醉"的写作给诗歌带来的"巨大改观"之外，还应关注、探讨这种写作"对生活和诗歌的剥夺和替代"的这一面[④]。对"诗人之死"的谈论的另外不同意见，是质疑"诗歌烈士"的阐释方向："海子，戈麦，尤其是顾城他们的死谈不上'崇高''圣洁'，他们的死是非常具体的"；"死是人家的选择，你凭什么一口咬定是为诗歌献了身？死本是走向无，有人偏要给死加上个意义……既然凡·高没有'殉画'，茨威格

---

① 吴晓东《诗人之死》，《阳光与苦难》，上海，文汇出版社，1999年，第232页。

② 王光明《现代汉诗的百年流变》，河北教育出版社，2003年，第604-605页。

③ 有批评家不同意"诗人之死"的时代悲剧、个人悲剧的这种理解，认为"一种语言越是接近整体的成熟，越是要求它的操作者付出个体的代价，……而诗人作为一种语言的最权威的操作者,他付出的代价尤其悲壮和惨烈"；因而诗人选择死，是他"无法回避他所陷入的语言的命运"，他需要用"全部生命"去偿还那天赋的"语言之债"。见臧棣《犀利的汉语之光——论戈麦及其诗歌精神》（戈麦诗集《彗星》附录）。

④ 陈东东：《有关我们的写作》，《诗歌报》1996年第2期。转引自王家新、孙文波编《中国诗歌90年代备忘录》，人民文学出版社，2000年，第252页。

没有'殉文'，保罗·策兰和普拉斯没有'殉诗'，为什么中国诗人一去世就是'殉'呢？"①；"有帮人好像专等着诗人进棺材，然后，好用伟大和颂歌繁殖烈士"②。

八九十年代以"诗人之死"所概括的，其实是若干很不相同的涉及个体生命的事件。不过，在大众传媒引导的讨论中，"被当代历史所赋予的、放大了的诗人的身份"，将这些事件"上升、繁衍为硕大的社会文化象征"，而遮掩了其中所具有的"丰富的意味与提示"③。比如，就顾城来说，"诗歌天才"的"血腥和残酷"是否就理所当然地拥有豁免权，就是一个值得深究的问题。

## 七、女诗人和"女性诗歌"

将性别作为诗歌史的分类方式之一，主要基于女诗人在 20 世纪八九十年代取得的突出成绩这一事实；这从诗集出版状况中也可以得到说明④。当然，人们在使用"女性诗歌"概念的时候，显然存在不同的理解。在一些时候和一些人那里，"女性诗歌"就相当于女诗人的诗。从较为严格的意义上说，女诗人写作上表现的"性别经验"和诗歌的"性别"特征，应是"女性诗歌"的基本条件；因而不是所有

---

① 伊沙、颜峻的观点，见 1994 年 3 月出版的民间诗刊《锋刃》。
② 钟鸣《旁观者》第 2 卷，第 693 页。
③ 戴锦华主编《书写文化英雄》，南京，江苏人民出版社，2000 年，第 104 页。
④ 除了郑敏、陈敬容等老一辈诗人外，这 20 年间出现的女诗人，有傅天琳、舒婷、王小妮、唐亚平、翟永明、陆忆敏、张真、伊蕾、小君、小安、童蔚、虹影、宇向、海男、唐丹鸿、张烨、穆青、周伟驰、周瓒、蓝蓝、千叶、沈娟蕾、莱耳、巫昂、鲁西西、丁丽英、尹丽川、安琪、吕约、赵霞等。80 年代中期以来，出版多种"女诗人"和"女性诗歌"的诗集和诗歌丛书，如《中国当代女诗人诗选》（贵州人民出版社，1984 年）、《中国当代女青年诗人诗选》（长江文艺出版社，1988 年）、《中国当代女诗人抒情诗丛》（沈阳出版社，1992 年）、《苹果上的豹·女性诗卷》（北京师范大学出版社，1993 年）、诗歌丛书《中国女性诗歌文库》（春风文艺出版社，1997 年）、诗歌"民刊"《诗歌与人：2002 中国女性诗歌大扫描》等。在《中国女性诗歌文库》的《总序》中，主编谢冕认为，从中国新诗史看，"女性诗歌""量与质并重而高水平的突起"，是 20 世纪 70 年代末以来近 20 年的事；这期间，在诗歌领域中，"女性作家的创造力和总的成果超过了，至少是毫不逊色于男性作家"。他主编的"女性诗歌文库"收入傅天琳、海男、翟永明、蓝蓝、林雪、唐亚平、王小妮、阎月君等人专集。

的女诗人的写作，都可以归入这一范畴之中①。在90年代，"女性诗歌"及其写作者的规模与成绩，是80年代所不能相比的。但是，诗界在使用"女性诗歌"的概念时，反倒更为谨慎、节制。其中原因之一是，诗人和批评家不愿意将"女性诗歌""表述为一个孤立存在的、高高在上的运动主体"，而可能把诗人、诗歌文本当作"另一意义上的'副本'或'注脚'"。如何以有效而充分的"诗学考虑"来定义"女性诗歌"，成为人们关注的更优先的问题②。

傅天琳③的诗虽具有通常理解的"女诗人"的特色，但人们一般不会把她的写作归入"女性诗歌"的范围。写诗之前，她在果园劳动了19年。出版于1981年的第一本诗集《绿色的音符》，便几乎都与果树、果园工人生活有关，其间包含了因家庭出身问题而受到不公正对待的怨诉。这个诗集的不少作品，属于情景的即兴感触，留有素材未经规整的痕迹，使用的是以自然物象隐喻社会政治的当代诗歌习见的方法。后来的诗，离开对命运的自我陈述，进入较为开阔的世界。其中有不少有关母亲、孩子的生命的双重体验。也有不少记游诗，写到大海、大兴安岭森林，以及出访国外因文化差异引发的纷繁的感受。初期的诗，语言、意象都单纯，对词语、句式、诗境常做"净化"的处理：这与当时所持的年轻女性天真的视角有关。后来艺术方法的变化，是在坚持情绪化语调的基础上，加强在语言和意象构成上的巧思。语词的别出心裁的搭配，有时会遮盖实质上缺乏激情的弱点。如：

夏天自一滴鸟语飘飘而至
现在是雨季
小矮人戴着白色的大斗笠

---

① 在80年代中期，支持并阐释当代崛起的"女性诗歌"的批评家唐晓渡认为，"真正的'女性诗歌'"，"追求个性解放以打破传统的女性道德规范，摒弃社会所长期分派的某种既定角色，只是其初步的意识形态；回到与深入女性自身，基于独特的生命体验所获取的人性深度而建立起全面的自主自立意识才是其充分实现"（《女性诗歌：从黑夜到白昼》）。

② 参见唐晓渡《谁是翟永明？》，收入翟永明诗集《称之为一切》，沈阳，春风文艺出版社，1997年，第3页。

③ 傅天琳（1946—  ），四川资中人。1978年开始发表作品。著有诗集《绿色的音符》《在孩子和世界之间》《音乐岛》《红草莓》《太阳的情人》《另外的预言》《结束与诞生》等。

小土屋开始读书

并制作过冬的皮袄

　　　　——傅天琳《音乐岛》

在你的弦上摘了一颗

我就成为你的歌谣

红草莓的歌谣

…………

多汁的太阳滴出怀念

古典的少年维特似的

怀念中的红草莓

　　　　——傅天琳《红草莓》


在 80 年代，"女性诗歌"通常与翟永明、陆忆敏、王小妮、唐亚平、伊蕾这些名字联系在一起；翟永明的《女人》（组诗）及其序言《黑夜的意识》①，陆忆敏的《美国妇女杂志》，常被看作中国当代"女性诗歌"②开端的"标志性"作品。"当取消了任何人的指点而径直走到窗口，从一个从未呈现的女性群体中辨认自己时，一个成熟的女性视角就这样悄悄形成了"③，而有了这样的发问：

　　①在这篇文章里，翟永明阐释了她当时的写作的基本"意图"："每个女人都面对自己的深渊——不断泯灭和不断认可的私心痛楚与经验……这是最初的黑夜。它升起时带领我们进入全新的、一个有着特殊布局和角度的、只属于女性的世界。"《诗刊》（北京）1985 年第 11 期。

　　②唐晓渡评论翟永明组诗《女人》的文章，在 80 年代最早使用"女性诗歌"的概念。见《女性诗歌：从黑夜到白昼》，《诗刊》1986 年第 6 期。

　　③崔卫平《苹果上的豹·女性诗卷》编者序言。陆忆敏的《美国妇女杂志》第一段是，"从此窗望出去 / 你知道，应有尽有 / 无花的树下，你看看 / 那群生动的人"。因此崔卫平有"径直走到窗口"的说法。不过，中国当代"女性视角"的获得，并非"取消了任何人的指点"。柏桦在一篇文章中谈道：钟鸣 80 年代初编辑的《外国现代诗选》，翻译介绍了英国狄兰·托马斯、美国史蒂文斯和西尔维亚·普拉斯的作品，"尤其是普拉斯在这本诗集里予以突出地位，无疑她已在中国诗坛起作用了，翟永明受到她一定的影响……"（见《今天》1994 年第 4 期，香港，牛津大学出版社）。崔卫平后来在评述陆忆敏的诗时也指出，"普拉斯所挟带的死亡风景所造成的直接效果之一，是帮助年轻的中国诗人们进一步恢复和建立个人的主体意识，因为死亡是存在于个人内部不可剥夺的证明，除此而外，她如焚的心灵和如焚的感官也帮助了女诗人们恢复和建立女性主体意识，在'受伤害'的身体方面，女性找出了自身存在不可剥夺的证据"（《陆忆敏的诗歌》）。

谁曾经是我

谁是我的一天，一个秋天的日子

谁是我的一个春天和几个春天

谁？曾经是我

　　　　——陆忆敏《美国妇女杂志》


　　随后，作为"女性诗歌"重要"事件"和文本的，还有唐亚平、伊蕾、张烨、海男等的诗的面世以及由此引起的争论。这导致在80年代后期，出现了"女性诗歌"的热潮①。在此期间，"女性诗歌"一个突出特征，是"'黑夜'以及与'黑色'相关的语象在她们手里被做了集束性的、刻骨铭心的、有时近于夸张程度的使用"②。另外，"自白"的叙述方式，也被看成"女性诗歌"最显要的特征。唐亚平③的主要作品有组诗《黑色沙漠》（内含《黑色沼泽》《黑色金子》《黑色洞穴》《黑色睡裙》等短诗）。"最关心的是活个女性的样子出来"与"想占有女人全部的痛苦和幸福"④的愿望，使她有意识地"反叛"传统女性诗歌的柔弱，以带夸张的嘲讽语调来维护女性尊严意识。伊蕾⑤反响最大、争议最多的作品是《独身女人卧室》。她将自己的写作追求概括为"情绪型、未来型、悲剧型"⑥。对受压抑、禁锢的女性的内心情绪、渴望的宣泄，使她的作品具有率直、诚挚的素质。

　　王小妮⑦的写作开始于朦胧诗时期，她对"新诗潮"的参与，使她被列入朦胧诗诗人的行列。80年代初的诗，部分取材于"文革"中

---

①1985—1989年，《诗刊》《人民文学》《诗歌报》先后以大幅版面刊出翟永明、伊蕾、唐亚平、海男等的作品。《诗刊》还开辟了《女性诗歌笔谈》专栏。

②李振声《季节轮换》，第218页。

③唐亚平（1962— ），四川通江县人。1983年毕业于四川大学哲学系。著有诗集《蛮荒月亮》《月亮的表情》《黑色沙漠》等。

④唐亚平语，见《当代青年诗人自荐代表作选》，周俊编，南京，河海大学出版社，1989年，第51页。

⑤伊蕾，原名孙桂贞，1951年生于天津。80年代末曾就读于北京大学作家班。出版的诗集有《独身女人的卧室》《爱的火焰》《女性年龄》《爱的方式》等。

⑥《独身女人的卧室·后记》，南宁，漓江出版社，1988年。

⑦王小妮（1955— ），吉林长春市人。"文革"后期曾在农村插队，1981年毕业于吉林大学中文系。1975年开始发表诗作。著有诗集《我的诗选》《我悠悠的世界》等。

曾经劳动过的东北农村生活，着重展现事物和情景所产生的印象和感觉。作者当时曾说："我总希望人们立刻感到我的原始的冲动和情绪。"①诗中出现的土地、大山、石匠，常常是物象与感觉的交叠。这种感受和把握对象的方式，在她稍后写城市生活的作品（《我感到了阳光》《风在响》《假日、湖畔、随想》）中，有更多的发挥。被称为"感觉主义"或"印象主义"的这种把握方式，其印象、感觉常常包含明确的思想主旨；这是朦胧诗一代的基本诗歌特征。

80年代中期以后，王小妮的写作与诗界的"运动"、潮流较少发生直接关联，写作的变化也很明显，以至有"全然换了一个人"的感觉："它是一种精神上的再生，它使得她在陷入日常生活的种种琐事之后还能保持自己独立的天地，在结束青春期写作之后还能继续并永远地写下去。她此后写下的诗，好像是对着空空的墙壁说话，好像是在读出墙壁上的影子，这些影子寂寞、幽深，若隐若现，仿佛它们不在场她也会念出声来。"②她曾以《重新做一个诗人》为题，分别写了随笔和诗。诗中说：

有人说这里面
住着一个不工作的人。
我的工作是望着墙壁
直到它透明。
…………
海从来不为别人工作
它只是呼吸和想。

——王小妮《重新做一个诗人》

"只为自己的心情去做一个诗人"的念头，虽说也略带"理想化"与

①《我要说的话》，见《青年诗人谈诗》，北京大学五四文学社，1985年。
②崔卫平为《当代诗歌潮流回顾·苹果上的豹》（女性诗卷）所写的《编选者序》，北京师范大学出版社，1993年。

"姿态化"①，但在把诗歌的"责任"过分提升的当代中国，这样的表述和写作实践，对于诗与生活的关系，诗歌写作在人生活中的位置，以及诗人社会、文化角色的认定等问题上，提供了有价值的启示②。王小妮的诗，语言、句式与诗歌意象，和所表达的日常生活情景建立一种相称的、融合的平衡。她从"平凡的生活提炼出温暖的诗意，可是这种温暖不仅仅是一种简单的抒情的抚慰。而且在某些时候，她的诗歌也显示出某种冷峻，这是对生活的某种洞察"③。一些具有深沉、尖锐的情感内涵的题材，却能以安静、节制的语言方式予以呈现（如她90年代重要的作品《和爸爸谈话》），这表明了诗艺在沉稳道路上的成熟。

陆忆敏的诗被收入各种诗歌选本④。在"女性诗歌"普遍呈现内心激情倾泻的80年代，陆忆敏对限度的自觉，以及简洁、平静与优雅的文体，给人印象深刻。她的诗名并不为许多人知晓，却也有不少

---

①在今天，人们已意识到，写作与发表从来就是一种"社会行为"，而每一"个人"也都在享用着"公共"的话语空间。

② 王光明在他的论著中，以王小妮"重新做一个诗人"的论题，阐发了90年代在社会转型与诗歌探索的交会点上，中国诗歌的"作诗姿态、想象方式、抒情观点和阅读期待的自我调整问题"。见《现代汉诗的百年演变》，河北人民出版社，2003年，第613页。该书认为，王小妮的"只为自己的心情"写诗的说法，是"反对诗歌成为一种社会职业而作为一种内心需要"。其实，王小妮也不一定是在"反对"什么。至于写诗是否应该或是否可以成为一种"社会职业"，那是因人而异的事情，要看不同诗人的不同生活条件。不过，在大众消费文化成为主流的时代，写诗谋生的可能性大为减少，想拿它作为"社会职业"也已不大可能。

③2004年，在王小妮获得第二届华语文学传媒大奖的年度诗歌奖之后，唐晓渡所做的评论。

④陆忆敏，1962年生于上海，1984年毕业于上海师范大学。收入陆忆敏诗的选本有：《中国当代实验诗选》（唐晓渡、王家新编，春风文艺出版社，1997年），《灯芯绒幸福的舞蹈·后朦胧诗卷》（唐晓渡编选，北京师范大学出版社，1992年），"民刊"《象罔》第4期"陆忆敏专集"，《当代诗歌潮流回顾·苹果上的豹》（崔卫平编选，北京师范大学出版社，1993年），《后朦胧诗全集》（万夏、潇潇编选，四川教育出版社，1993年），《中国诗选》（闵正道、沙光编，成都科技大学出版社，1994年）。

知音①。她的诗歌风格的形成，基于她与世界的关系和对语言的态度："将自我的遭遇、命运，看成一种经常演出的历史"，而"把控制、有限度的承受，看作是对尊严的维护"②。"死亡"是八九十年代诗歌，尤其是"女性诗歌"经常触及的主题。陆忆敏80年代中期也写作了一组与此相关的诗，她将其命名为"夏日忧伤"。将死亡作为可以平静接受的，仅属于个体之物，这种表达在当时表现了异于他人之处："我黯然回到尸体之中／软弱的脸再现辉煌"，

> 我希望死后能够独处
> 那儿土地干燥
> 常年都有阳光
> 没有飞虫
> 干扰我灵魂的呼吸
> 也没有人
> 到我的死亡之中来死亡
> ——陆忆敏《梦》

她的诗，大多取材于个人日常生活的细节；表达的也多与个人生命相关的喜悦、悲伤。此后，她还写了《室内一九八八》（组诗）等作品，但数量一直不多。

---

①批评家崔卫平认为："就诗歌方面所取得的成就而言，就本世纪最后20年内对于现代汉诗写作的可能性和潜力进行探索和建树而言，陆忆敏无疑是一位'显要人物'和'先驱者'。"（《陆忆敏的诗歌》）凌越："陆忆敏不是最有名的女诗人，对于一个'未出过诗集，未参与过任何社会与诗歌创作有关的活动，发表的作品极为有限（见陆忆敏自撰简历）'的诗人而言，这是再自然不过的事。然而，那些真正懂得诗的人，对于陆忆敏从来就怀有很深的敬意。"（《热烈而节制的古典情怀》）

②崔卫平《陆忆敏的诗歌》。这篇文章还指出："陆忆敏的诗中没有那种恶狠狠的、险象丛生的意象和言辞，她更宁愿采撷日常生活的屋内屋外随处可见的事物：阳台、灰尘、餐桌、花园、墙壁、屋顶，等等，她有着一份在女诗人那里并不多见的与周围世界的均衡感和比例感，因而她能够举重若轻。许多句子像是信手拈来，可以想见她写得不吃力。从形式上讲，她的诗比较接近中国古典诗歌中的长短句——词，上下行字数参差不一，段落的划分也比较随意，语言的行进随着呼吸起伏，有很强的节奏感，能吟能诵。"

翟永明①80年代初开始发表诗作。1984年组诗《女人》（及其后组诗《静安庄》）的发表，是当时"先锋"诗歌写作的一个"事件"。她"从对自己的强烈关注出发，成为新一代女性的代言人"；由是，有了"第三代诗歌"中的"女性诗歌"②。80年代的这些作品，在诗歌素质上，与当年另一些轰动一时的"女性诗歌"区别开来③：对个人经验的深入捕捉，激情与神秘幻象的交缠，语言与内心经历的呼应，当时难得的反观、自我质询的尖锐，和对建构的非理性世界实行的控制。这种区别特别表现在反宣泄的"写作行为"的理解。在十多年之后（1996年），翟永明在一首以《木兰诗》为"本事"的诗中，"揭露"了其中的"秘密"：

> 她们控制自己
> 把灵魂引向美和诗意
> 时而机器，时而编针运动的声音
> 谈论着永无休止的女人话题
> 还有因她们而存在的
> 艺术、战争、爱情——
> ——翟永明《编织和行为之歌》

在《女人》发表之初，虽然翟永明自己连同众多批评家，都愿意把她的写作联结于有关"女性主义"的思潮，以证明其价值，但不久，翟永明就对此持长期警觉的态度。她希望拥有的是一个"极少主义的

---

①翟永明，1955年生于四川，1980年毕业于成都电讯工程学院。1981年开始发表作品。著有诗集《女人》《在一切玫瑰之上》《翟永明诗集》《黑夜中的素歌》《称之为一切》《终于使我周转不灵》。另有随笔、散文集《纸上建筑》《坚韧的破碎之花》。现居成都。

②韩东《翟永明·新女性》，《翟永明诗集》，成都出版社，1994年，第267页。在这篇文章中，韩东指出："特别需要一提的是翟永明诗中的那种自毁的激情。它使女性身份的确认没有仅仅停留在暴露阶段。"

③在这一方面，陆忆敏当时的"女性诗歌"写作，与翟永明有更多的相通之处。

窗户"①。在她看来，身份、主义不可能回避，也要继续在写作中贯注其性别经验。但是，诗、文学更不可或缺。这是因为她对个人生活经验的质量、深度，以及对词语的获取能力具有自信，有一种不事声张，但也有时乐于流露的"高贵的"骄傲。因此，在20多年的写作生涯中，极力避免（自己，或他人）为自己的诗歌写作做出某种标签式的概括，也不参与诗歌的集团活动，不会刻意地追求诗中的历史感、时代感②。她费力但好像是成功地维护着那个"二维的，极少主义的限制"，因而也保留着更多的与个人生命、语言相关的神秘性。她不是那种"眼观六路"的诗人，而是"独自清醒"，执着自身经验挖掘的那种"近视者"③。

80年代和90年代前期，是翟永明的组诗写作时期。除《女人》（1984）、《静安庄》（1985）外，接着是《人生在世》（1986）、《死亡的图案》（1987）、《称之为一切》（1988）、《颜色中的颜色》（1989—1990），后来又有《咖啡馆之歌》《莉莉和琼》《道具和场景的述说》《十四首素歌——致母亲》等。这种体式的持续运用，源于她对世界（也包括内心世界）的性质、形态的理解，也源于对戏剧这一艺术形式的爱好。"戏剧"是她的诗的结构的"潜中心"：场景的设置，多个层面的对比、冲突，特别是中国传统戏曲（于她而言，大概就是川剧了）那种时空交错、情景变幻，与人生、与诗歌想象之

---

①"一次我置身于一个四方的、极少主义的窗户，发现窗外那繁复的、琐碎的风景被这四面的框子给框住了，风景变得平面的、脆弱而又易感，它不是变得更远，而是变得更近，以致进入了室内，就像某些见惯不惊的词语，在瞬间改变了它们的外表。"（翟永明《面对词语本身》，《现代汉诗：反思与求索》，北京，作家出版社1998年，第254页）陆忆敏在她的《美国妇女杂志》一诗中写道："从此窗望出去……"在阐释中，这面窗户似乎成了一种"女性视角"的指称。但是，翟永明（其实也包括陆忆敏）都在警惕这个窗户成为某种"主义"的框子。

②参见翟永明、周瓒《词语与激情共舞——翟永明书面访谈录》，《作家杂志》（长春）2003年第4期。在《献给无限的少数人》中，翟永明说："我写作，并不与时下的倾向有关，也不与当前迫切的哲学思潮有关，它们只是个人在词语和纸背中向外注视着一个变化的时代……"（《称之为一切》，第216—217页）。《十四首素歌——致母亲》（1996）："从她的姿势／到我的姿势／有一点从未改变：／那凄凉的、最终的／纯粹的姿势／不是以理念为投影"。

③翟永明诗《蝙蝠》："在夜晚 蝙蝠是一个近视者／把自己纳入孤独的境地／不停留在带蛛网的角落／不关心外界的荣辱／它独自醒着／浑身带着晦涩的语言。"

间的关联，为她所关注。

　　"完成以后又怎样"的自我提问，使翟永明不断追求"变化"。这种变化贯穿她不同年份的写作中，最显著的则发生于90年代初写作《咖啡馆之歌》及以后。对此，她的概括是："我完成了久已期待的语言的转换，它带走了我过去写作中受普拉斯影响而强调的自白语调，而带来了一种新的细微而平淡的叙说风格。"①她的诗从侧重于内心剖析，转向对"外部"生活、细节的陈述。词语色调，诗的结构、体式，也更灵活多样，增添了过去诗中较少见的幽默、嘲讽、戏仿等"喜剧"因素。这一变化，也可以看作与90年代发展起来的诗歌"综合"素质取同一步调。它增强了窥视"世界真相"的更多可能性，也增强了诗叙述上的张力。这在《脸谱生活》《道具和场景》《十四首素歌》等作品中，有出色的呈现。读者会隐约感到，有一种"古典"的气质在增强，不仅指（古典小说、戏曲的）词语运用的频率，而且涉及那种美、生命"荒凉"的情调、境界的浓度。

　　90年代之后的女诗人中，如虹影、蓝蓝、唐丹鸿、童蔚、尹丽川、穆青、吕约、赵霞等，都写出一些出色的作品。蓝蓝②幼年生活在山东渤海边和豫西山区。80年代开始写作。农村，大自然、土地、村庄是她的诗的取材中心。作品常表现对生命、自然的亲切和热爱。唐丹鸿生活在成都。从她的诗中，翟永明看到"比我小一代的"诗人所发出的"新一代的声音"：《机关枪新娘》《植物神经紊乱》《用你的春风吹来不爱》。"词语组合突兀，意象怪诞纷繁，神经质般的幻觉和沉湎其中的堕落快感"，它们不是"那么完美"，但"活力顿现"；重要的正是其中对女性个体的"内心孤僻，无奈却真实的意义"的探索和揭示③。

　　但从整体印象看，80年代的那种"女性诗歌"热潮，倒是没有继续。其实，一些女性诗歌写作者对"热潮"的真实程度，也是心存疑虑。

---

　　①《〈咖啡馆之歌〉及以后》，《称之为一切》，第214页。
　　②蓝蓝，原名胡蓝蓝，1966年生于山东烟台，1988年毕业于郑州大学。曾参与编辑《大河》诗刊。著有诗集《含笑终生》，《情歌》等。
　　③此段引文，均来自翟永明评论唐丹鸿的文章《三天宽的歌喉》，《翼》第3卷（2000年4月）。

她们认为，"对于女性写作的乐观化描述"，基本上来自"一部分男性"；他们出于"种种显而易见的心态与理由"，会把当前的女性写作的成就、繁荣夸张。在她们看来，女性写作仍是"分散的，零落的，微弱的，像是随时都会被淹没的"①。基于这种估计，一些女性诗歌写作的实践者，以沉稳的执着，开始做一些探索、培植的扎实工作。其中之一是创办能把"同道者"汇聚的诗歌刊物《翼》②。它由周瓒、穆青、与邻、翟永明等创办；至今仍在耐心地继续着。她们的勇气，来自这样的信心：

> 如果没有我们的声音
> 就没有合唱，如果
> 没有歌曲，就没有开花的树林
> ——萨福③

---

① 《翼》（北京）创刊号《前言》，周瓒执笔。创刊号在扉页引用了埃蒙娜·西苏的话："期待是绝对必要的。"

② 创刊于1998年5月。主要撰稿者有翟永明、尹丽川、周瓒、穆青、与邻、唐丹鸿、张耳、蓝蓝、丁丽英、童蔚、巫昂、沈睿、赵霞、曹疏影、吕约等。该刊也以很大篇幅刊载译诗和诗歌评论。

③ 萨福的这几行诗，被引用在《翼》的第3卷的里页。

# 第十三章 90年代的诗

## 一、"90 年代诗歌"的概念

相对于 20 世纪 80 年代，90 年代的诗歌出现了一些重要变化，以至在当代诗史的范围内，可以将它作为一个"阶段"看待。这种变化，与中国社会在此期间的"转型"有关，也是朦胧诗以来诗歌艺术演化的结果。这一说明，提示了本书使用的"90 年代诗歌"的含义，即它基本上是为了有助于对诗歌现象的描述，而做出的时间段落的划分。这一划分，虽然多少带有诗歌史"时期"的意味，却并非严格的时期概念；在很大程度上说，它带有近距离观察时，作为一种时间尺度的"权宜"性质。

"市场经济"为主导的"散文化"现实，加速了诗歌"边缘化"的进程[①]，也复杂化了诗人与"现实"之间的关系。其实，在整个 20 世纪的历史语境中，诗歌的边缘化已是基本事实。这种"边缘化"意

---

[①] 以对"地下诗歌"这一概念的理解发生的变化，也可以看到诗歌被迫退缩的"边缘化"的趋向。相对于将"地下诗歌"做政治的、意识形态的"对抗"性质的理解，90 年代中后期，有的诗人、批评家已把它看成"一个与任何政治概念无关的称谓"，"从最严格的角度说，诗歌从来就是地下的。它仅仅意味着，诗歌（诗人）认清了自己的地位和前途，它（他）知道自己没有任何实力与这个时代的其他事物一较长短……"敬文东《指引与注视》，北京，中国文史出版社，2001 年，第 2 页。

味着"诗歌传统中心地位的丧失，暗示潜在的认同危机，同时也象征新的空间的获得，使诗得以与主话语展开批判性的对话"①。不过，情况还有所区别。那种与中国现代社会变革，与现代政治关系密切的诗歌，有时会处于相当"中心"的位置；从文类上说，某些时候且具有超过小说的"风光"。最为靠近的一个事实，是"文革"后期和"新时期"之初诗歌的突出地位。有了这样的比照，90年代诗歌的"坠落"，受到的漠视就更为醒目②。诗歌读者日减；在社会大众的文化消费中所占分量本来极小的"诗歌消费"，也与优秀诗人的写作脱节③。因而，从90年代诗歌的"存在方式"的基本征象看，它确在朝向写作、阅读的"圈子化"的方向转移。对于90年代文学，一些批评家也表示不满，但对诗歌写作的不满几乎是批评界的"共识"。90年代的诗歌既不能满足大众的文化消费，也难以符合对抗"现实"的那种批判性功能的预期。一些在80年代积极支持朦胧诗和"新生代"诗歌探索的批评家，对诗歌现状和前景也十分忧虑④。这种情形，导致新一轮的新诗"信用危机"的出现，新诗的价值、"合法性"的问题再次

---

① 奚密《从边缘出发》，广东人民出版社，2001年，第1页。

② 戴锦华指出，"毫无疑问，七八十年代之交，诗歌与诗人群体出演着最重要的文化英雄的角色。……但进入80年代以来，诗歌与诗坛开始经历一个持续的边缘化的过程。从某种意义上说，80年代诗人群体'提前'经历了1993年前后知识分子群体所经历的'坠落'体验。"戴锦华主编《书写文化英雄——世纪之交的文化研究》，南京，江苏人民出版社，2000年，第75页。

③ 1998年中国作协主办的《诗刊》，通过"民意调查"所列出的"最受欢迎的中国诗人"50人的名单，是一个能说明这种"脱节"的实例。见《诗刊》1998年第9期《中国新诗调查报告》。

④ 在《有些诗正离我们远去》（《诗刊》1997年第1期），《丰富又贫乏的年代——关于当前的诗歌随想》（《文学评论》1998年第1期）等文章中，谢冕批评80年代后期以来，诗歌"因为强调诗人的个体意识而不加分析地排斥并反对'代言'"，"对于社会重大问题的'躲避'"，使诗"成为理所当然的象牙塔内的自我呻吟"的"不可原谅的误差"。孙绍振在《"后新潮"诗的困窘与出路》（《文论报》1993年3月20日）、《向艺术的败家子发出警告》（《厦门文学》1997年第10期）、《"后新潮"诗的反思》（《诗刊》1998年第1期）等文章中，也对朦胧诗以后的"新诗潮"诗歌的"照搬西方诗歌"、内容过分"私人化"及"人格与诗格的双重虚假"等现象，做出严厉批评。

提出①。

诗歌的"边缘化"的现象，在90年代引发对朦胧诗热潮的温暖回忆和因"好景不再"的深刻失落。这期间，诗人的身份、职业、经济来源等也发生了微妙的变化。在90年代，那种当代意义的"专职诗人"已很少，在职业上，或者是"自由撰稿人"（由于诗歌"获利"以维持生计的可能性不大，他们又往往从事其他文类写作），或者同时从事商业经营，而更多的是从事大学教员、报刊编辑、记者、公司机关文职雇员的工作。他们与国家、"体制"的关系，也发生了重要的变化。有关的一种描述是，"从一体化的体制内的文化祭司，到70年代末至80年代末的与'体制'和'庞然大物'既反抗又共谋又共生的文化精英，到90年代以来身份难以指认的松散的一群人"②。在市场经济的社会场域中，由于诗歌写作难以维持生计，也相当程度失去80年代初的那种"好名声"，"专业"的诗歌写作者迅速减少。诗人在现代社会的"业余"身份，此时成为"通例"。从"文学"的范围观察，小说、随笔等的写作显然具有更大的诱惑力——这不仅是"利益"上的，而且是"角色"更替上的。从前诗人的那种"立法者和代言人"的角色迅速"褪色"，在90年代，"继之而起占据公众视野，

---

① 与"古典"的"断裂"使新诗失去其应有的"文化资源"，是新诗"合法性"至今仍存在问题的基点。20世纪90年代，这一问题较早由一些西方汉学家提出。澳大利亚国立大学的中国文学教授威廉·兼乐在1990年的一篇书评中认为，"汉语不再可能写出伟大的诗篇了。过去40年没有真正能传世的汉诗，在那以前的半世纪也没有什么值得一提的作品"，"即使是那些受过古典教育的人也发现几乎没办法用白话创造勉强称得上好的诗歌"。美国哈佛大学宇文所安教授在此时间也指出"现代汉诗"的双重不足，一方面比不上中国古典诗，一方面比不上欧美诗，"失了根"的"现代汉诗"变成不中不西的赝品。（转引自奚密《现代汉诗的文化政治》，贺照田主编《学术思想评论》第5辑，辽宁大学出版社，1999年，第10—11页）在国内诗歌界，90年代提出这一问题的最重要文章，是郑敏的长篇论文《世纪末的回顾：汉诗语言变革与中国新诗写作》（《文学评论》1993年第2期）。其基本观点是，由于以白话为媒介的新诗，由于否定、遗忘、背弃了古典语言和文学传统，新诗至今没有出现世界级的诗人和作品。针对这种看法而提出的"反驳"，主要是以现代性的框架来清理新诗历史，认为新诗的评判标准，"是其自身的历史提供的"，新诗"有能力为自身制定规则和标准"。参见臧棣《现代性与新诗的评价》（收入《现代汉诗：反思与求索——1997年武夷山现代汉诗研讨会论文汇编》，北京，作家出版社，1998年）。

② 周瓒的评述。转引自《在北大课堂读诗》，长江文艺出版社，2002年，第424页。

成为立法者和时代代言人的是批评家和小说家"①。比起20世纪另外的时间来，八九十年代诗歌写作的精神与艺术探索对各文类（包括艺术门类）产生重要启示与影响，但这并不妨碍诗在文学界越加受到忽视的速度。对于这样的"败局"，好在有的诗人和诗评家还不那么不安（或者是出于自我安慰）："当诗歌走到一个'边缘'，它会发现那里正是它本来的位置——而在这之前它与时代的纠葛与混战倒成为不可理解的了。"②是否有大量读者也不再重要，因为他们的写作是为了"献给无限的少数人"③。

在90年代，诗歌批评既由诗评家（唐晓渡、陈超、程光炜、耿占春、崔卫平、吴思敬、王光明、刘翔、敬文东、张清华、沈奇、陈仲义、杨远宏等）承担，"诗人批评"也成为引人瞩目的现象。许多诗人在诗歌理论、新诗史、诗歌批评上，投入很大精力④。这自然是诗歌界的一个"传统"。以中国新诗而论，除了朱光潜、沈从文、李健吾等之外，从事诗史和诗歌批评的出色者，多数也是诗人，或有诗歌写作经验的批评家，如闻一多、朱自清、废名、梁宗岱、胡风、艾青、吴兴华、何其芳、袁可嘉、唐湜等。这大概是，"由于在公众场合，作家出于对生命和世界的敬畏对自己写作的核心部分往往讳莫如

---

① 西川《生存处境与写作处境》，贺照田主编《学术思想评论》第1辑，第193-194页。其实，由于"文学"整体地位的削弱，小说家、批评家在80年代前期的那种"立法者""代言人"的身份也已相当窘迫，也已极大地失去昔日的光环。

② 王家新《回答四十个问题》。相似的表达还有："诗是否被重视于诗和诗人来说都不重要，写作首先是写作者的个人必需，他把诗写下来了，他也就完成了。……在这个时代里，一个诗人受到重视会是一个很大的丑闻，实因如今成功首先就意味着不道德，这会让他处在一个尴尬和可怜的境地，如果在内心深处他想要对得起诗人之名的话。"（陈东东《既然它带来欢乐……陈东东访谈录》，载《诗生活》网刊）

③ "这是又一个世纪末，我们必须习惯读者的分流，必须将阅读空间让位于电视、报纸、公众话语、畅销书、发迹史，甚至小说。诗歌将习惯于这样的位置：在某些人那里什么都不意味，而在另外的人那里，却充满了意义。或者说，在大众无动于衷的地方，诗歌仍会得到某些人的厚爱。"（翟永明《献给无限的少数人》，《称之为一切》，沈阳，春风文艺出版社，1997年，第212页）

④ 如西川、王家新、臧棣、钟鸣、欧阳江河、柏桦、于坚、韩东、张枣、萧开愚、陈东东、孙文波、周伦佑、西渡、黄灿然、姜涛、桑克等，都有不少诗歌批评和诗歌史的著述。

深"，而批评家往往找不到通向诗人的"暗道"①。八九十年代"先锋性"诗歌写作的"晦涩难懂"所导致的阅读、批评的"失效"，让诗人觉得只有自己出面，才能把事情说清楚；对一般的读者和批评家的不信任，又是这些孤傲、但内心也不免脆弱的写作者的"共识"②。八九十年代诗人在时间上的焦虑，产生强烈的"文学史意识"，又诱发他们参与诗歌史建构的急迫心理。自然，这也与这个时期诗人的"身份"相关。身兼学者、批评家的情形（不少人在大学或研究机构从事诗歌、文学的教学、研究工作），已经不是个别的现象。既写诗，也讲述诗歌理论，评点、阐释自己与他人作品，同时又匆忙急迫地建构诗史的秩序与等级：诗人决定"自己来操办一切"③。

虽然诗人大多意识到 90 年代诗歌写作出现的变化，但是，如何估计这种变化，是否出现诗歌的时期转型，依然存在争议。一种意见认为，90 年代诗歌的艺术路向，已由《他们》等为代表的"第三代诗"

---

① 参见西川《生存处境与写作处境》，《学术思想评论》（贺照田主编）第 1 辑，第 183 页。

② 欧阳江河："没有好的诗歌评论出现的话,好的诗歌,根本就是一种生锈的现实。我觉得好的诗歌评论家太少了。无论是现在知名的如唐晓渡的评论家，还是一些诗人写的评论，我觉得都还不够好。"（2002 年 10 月 31 日在北京大学的演讲"站在虚构这边"，《方位》2003 年第 2 期，北京大学五四文学社编）柏桦在《书城》访谈回答"你喜欢什么样的诗歌批评家"时说："我对批评不太感兴趣，没有特别觉得好的。因为我写诗，像一个工匠一样亲手写，我就知道写诗的个中情况，按照自己写诗的经历去写。批评家是外行，他搞一个说法来说，也没什么意思。"西川在《生存处境与写作处境》一文中说："一个诗人，一个作家，甚至一个批评家，应该具备与其雄心或欲望或使命感相称的文化背景和思想深度，他应该对世界文化的脉络有一个基本的了解，对自身的文化处境有一个基本判断，否则最好不要开口说话。"陈东东在访谈时说："真正好的诗评只能出自诗人之手，但最恶劣的诗评也只有诗人才会去炮制。写作利益或诗歌政治，常常令诗人在评论文章里胡说八道。"萧开愚："……当代中国诗歌的批评状况一塌糊涂，没有一个职业诗歌批评家写出过一篇有益的，有见解的，有信息量的，令人耳目一新的，或是文采斐然、脍炙人口的诗歌批评文章。"（《文学批评，关于文学的文学》，贺照田主编《学术思想评论》第 2 辑，辽宁大学出版社，1997 年）

③ 陈东东《片面的看法》，载《标准》1996 年春创刊号。文章描述了这样一种图景："诗人们是自己来操办一切的。诗人既是诗篇的作者，又是编者和出版者……又是热心和够格的读者，当代诗人还是自己诗歌的批评者，而且充任过几回自己诗歌的批评者……""现在，诗歌看起来就像是一门只有诗人才真正关心、才真正说了算的学问和专业。诗人填补了新空白的写作成果被自制读物以学报或内部简报的方式报告给同行，然后回收同行的评价。"

所确立,90年代是它的延伸①;可能出现一些变化,但拒绝有关"转型",以及将90年代作为诗歌时期的观点。与此相对立的看法(在90年代很长时间里,它成为"主导性"意见)则认为,八九十年代之交诗歌出现深刻"断裂"。有关诗歌发生"断裂"的认定,并不是"时候"的"历史叙述",在90年代开端,一批活跃诗人就根据自身的历史意识与写作境遇,进行"转型"的设计和调整。他们从理论与写作实践上,刻意突出与80年代"第三代"诗的差异②。对80年代后期的诗歌某种情况("日常性",以及"生活流""平民化""口语""文本意义"放逐等的绝对化强调)的反省,是"转型"提出的最初根据。稍后,则主要援引当时政治事件与社会转型所产生的强大心理压力。"中断""终结""从头开始"等标示时间"断裂"刻度的用语,经常出现在他们此时描述精神和写作状况的文章中。诗歌如何处理复杂化的经验,如何恢复"向历史讲话"的能力,是他们不断提出的主要问题。这包括:"跌落"的,留心生活细节、阴影、皱褶的诗歌,与精神探索、历史承担之间的关系;诗人在"自觉于诗歌的本体依据,保持个人乌托邦自由幻想的同时",如何"完成诗歌对当代题材的处理"③;等等。诗歌关注生存场景的"及物性"被着重提出,针对的是80年代有关"纯诗"、诗歌"不及物性"及"零度意义"的主张导致的"文本失效"征象。但此时提出的"及物性",也划出了它和"抗议"诗歌的界限:"转型"的社会生活和诗人的诗歌认知,已破坏有关诗歌巨大"政治能量"的幻觉④;不再可能返回诗人身份、自我形象与诗的"叙述人"之间的"浪漫主义"式重合的情景,而"向着诗

---

① 比如"民间"阵营的诗人在后来的论争指出,"叙事""日常性""反讽"等诗歌观念与艺术方法,在80年代的《他们》等的"第三代诗"中已经确立;并不是90年代才开始出现。

② 从90年代开始就持这样的认识的诗人,主要是出生于60年代,在80年代前期开始诗歌写作的部分诗人和批评家,如西川、王家新、欧阳江河、陈东东、孙文波、臧棣、萧开愚、张曙光,以及批评家程光炜、唐晓渡等。

③ 陈超《求真意志:先锋诗的困境和可能前景》,《最新先锋诗论选》第1页,石家庄,河北教育出版社,2003年,第1页。

④ "抗议作为一个诗歌主题,其可能性已经被耗尽了,因为它无法保留人的命运的成分和真正持久的诗艺成分,它是写作中的意识形态幻觉的产物,它的读者不是个人而是群众。然而,为群众写作的时代已经过去了。"欧阳江河《站在虚构这边》,第53页。

人的个性收缩"①。在他们看来，结论只能是：

> 这一行必须重新做起
> 学会活着，或怎样写诗
> ——张曙光《责任》

"转型"的提出与推动，在90年代初，主要体现在当时出版的诗歌民刊（《倾向》《反对》《九十年代》《现代汉诗》《南方诗志》《北回归线》等）中②。这一观念得到某种程度的"确认"，既依靠写作上大面积的可标识的艺术特征的出现，也依靠实践者构撰的一组"关键词"的"自我叙述"③。这些"关键词"涉及写作身份、立场、诗歌修辞、风格诸方面，如"知识分子写作""个人写作""中年写作""日常性""叙事性""及物性""综合"等④。对这些概念的阐释，诗歌"转型"的强调者的做法是，不仅当作个别诗人，或某一"诗

---

① 臧棣《后朦胧诗：作为一种写作的诗歌》，《中国诗选》（第1辑），第354页。

② 将这种有关"转型"的写作与理论做了集中展示的，是出版于1994年的《中国诗选》（沙光、闵正道编，第1辑）。

③ 姜涛在《叙述中的当代诗歌》（《诗探索》1998年第2期，收入《中国诗歌90年代备忘录》）中指出："在某种意义上，当代诗歌写作的历史进程是伴随着对其自身的叙述和命名展开的……诗歌批评者与诗歌实践者们不断彼此抛掷着花样繁多的诗学词汇，以期廓清自身、指明方向、获取写作的合法性身份。一方面，在诗人那里，事先发布的写作纲领和宣言执行了自我叙述的功能……而另一方面，在诗歌批评与研究者那里惯常见到的是一种分类学模式……"

④ 对这些命题的阐述与讨论，在90年代一直持续进行。同样的词语，由不同使用者进行的阐释会有差异，而不同阶段的理解也有不同。对这些诗学概念、命题进行论述、建构的，除诗人外，还有诗评家程光炜、陈超、崔卫平、李震等的参与。参见陈均《90年代部分诗学词语梳理》（《中国诗歌90年代备忘录》，人民文学出版社，2000年，第395—404页）和《在北大课堂读诗》中的"90年代诗歌关键词"（长江文艺出版社，2002年）。对于是否可以用这些"术语"来描述90年代诗歌的美学特征，显然存在不同看法。一种意见是，"或许可以大胆地假设，90年代诗歌的本质不在其叙述中的叙事性、及物性或本土化等写作策略，而恰恰存在于写作者对这些策略的扰乱、怀疑和超越之中"（姜涛《叙述中的当代诗歌》）。另一种意见认为，对中国诗歌在90年代的变化，"如果非要动用'转型'这样的概念的话，那么我认为90年代诗歌完成了一个极其重要的审美转向：从情感到意识。换句话说，人的意识，特别是自我意识，开始成为最主要的诗歌动机"（臧棣《90年代诗歌：从情感转向意识》，《郑州大学学报》1998年第1期）。

群"的美学个性看待，而且赋予诗歌时期的"范型"意义①。与80年代前期"第三代诗"质疑、离弃朦胧诗的现象相似，推动诗歌进入90年代"时期"的诗人和诗评家，也在论述这一"范型"意义的基础上，将"意识"与"事实"，"可能的方面"与"历史的方面"交错、混杂，现象、实践的方面也因此迅速"历史化"②。这种"构造"的性质，当然不是八九十年代的新事物，它贯穿20世纪新诗的过程。

在90年代末以后，有关"90年代诗歌"的看法呈现更复杂的情况。一些当初强调"中断"的诗人，对自己的看法有所修正。另一些诗人和批评家，虽然可能承认"90年代诗歌"的说法，但倾向于将这个"时期"的特征，看作80年代诗歌的成熟与深化③。

## 二、诗歌民刊与"活跃诗人"

在20世纪90年代的"活跃的诗人"④，如果按照诗人"代际"分类方法，则有这样几个部分。一是"老一辈"诗人，如郑敏、牛汉、昌耀等。他们的写作并不一定与这期间涌动的诗歌潮流有密切关联，但是，"潮流"并非"成就"的必要标志。二是在80年代已初步确立自己写作风格，并产生一定影响的"新诗潮"作者，如翟永明、于坚、韩东、西川、陈东东、王小妮、欧阳江河、柏桦、吕德安、梁晓明、钟鸣等。其中有的诗人的写作，在90年代以后取得长足进展。

---

①在90年代末，一种值得重视的意见是，"如果说先锋诗写作在90年代确实经历了某种'历史转变'的话"，那么，"其确切指谓应该是一部分诗人的'个人诗歌知识谱系'和'个体诗学'的成熟"。这里并不承认一种普遍的诗歌艺术"范型"的转变。唐晓渡《90年代先锋诗的几个问题》，《山花》（贵阳）1998年第8期。

②臧棣在1993年的论文中，明确地把90年代初开始，与朦胧诗、第三代诗有别的"相对独立的个人写作的诗歌"作为一个阶段提出："从一种更宏大的批评构想出发，我有更多的理由把朦胧诗、第三代诗和90年代初的个人写作的诗歌视为中国现代诗歌（现代诗歌下面有着重点）这一系谱的三大来源。"（《后朦胧诗：作为一种写作的诗歌》）

③唐晓渡："如果说先锋诗写作在90年代确实经历了某种'历史转变'的话，那么在我看来，其确切指谓应该是相当一部分诗人的'个人诗歌知识谱系'和'个体诗学'的成熟。"《90年代先锋诗的几个问题》，《山花》（贵阳）1998年第8期。

④"活跃的诗人"与"有成就的诗人"可能是重叠的，但也可能并不完全一致。关于后者的较为有效的"判定"，也许需要更多的时间才能获得。

三是虽然 80 年代开始发表作品，但创作个性明显确立在 90 年代的诗人。他们有张曙光、孙文波、臧棣、黄灿然、西渡、杨键、叶辉、郑单衣、伊沙等。还有就是，主要在 90 年代中期以后，众多年轻的诗人开始受到注意[①]。他们大多出生于 60 年代末至七八十年代。许多人也以小型"民刊"作为聚合、联结的方式。他们接受了 80 年代朦胧诗、第三代诗，以及 90 年代诗歌的艺术经验，但也表现了相当程度的距离与间隔。另外，80 年代后期以来，一些诗人移居海外，如北岛、杨炼、严力、张枣、多多、萧开愚、宋琳等。他们的写作，自然也是 90 年代诗歌的重要组成，特别是多多、萧开愚、张枣等，对 90 年代的诗歌进程，都有不同程度的影响。

在 90 年代，专门的诗歌刊物（《诗刊》《星星》《诗林》《诗选刊》《诗潮》《诗歌月刊》等）仍在继续出版。一些综合性的文学、文化刊物，也会辟出一些篇幅支持诗歌写作（《山花》《人民文学》《花城》《大家》《作家》《上海文学》《天涯》等）。而"民办"的诗刊、诗报，在支持诗歌探索、发表新人作品上，是"正式"出版刊物所无法比拟的；在很大程度上成为展现最有活力的诗歌实绩的处所。"民刊"也曾有创办大型的、全国性的诗刊的尝试（如 90 年代初的《现代汉诗》），但后来主要向着小型化，同人化的方向发展[②]。八九十年代之交，诗界表面上沉寂而落寞，但由于这时的一些严肃的"民刊"

---

① 多种版本的新诗年鉴选入他们的作品，并出版了专收他们诗作的选集，如《时间的钻石之歌》（程光炜、肖茗主编，长江文艺出版社，2000 年）、《中国第四代诗人诗选》（龚静染、聂作平编，四川文艺出版社，2000 年）。

② 对于 90 年代的诗歌"民刊"的情况，西川的《民刊：中国诗歌小传统》一文有较全面描述：90 年代，"诗人们对一种强大的精神存在的期盼迎来了一些全国性的民间诗刊的创立，其中首推《现代汉诗》。《现代汉诗》由芒克、唐晓渡统领，在全国各地轮流编辑。《现代汉诗》颁发过两次空头奖项，一次在 1992 年，获奖者为孟浪，第二次在 1994 年，获奖者为西川。此外，创刊于 90 年代初期的民间诗刊还有：四川的《象罔》《九十年代》《反对》，北京的《发现》《大骚动》，上海的《南方诗志》，天津的《葵》，深圳的《声音》，河南的《阵地》，新疆的《大鸟》等刊物。中国社会的转向加速了中国诗歌的转向，到 90 年代中期，民间诗刊日益向着小型化、私人化发展，刊载于这类诗刊的作品，其道德意识、政治意识让位于更精致、更温柔的文学，于是在江浙一带又出了《阿波利奈尔》和《北门杂志》。这两本杂志为更多小型杂志带了个头：北京大学创办了《偏移》《翼》，上海创办了《说说唱唱》，四川、上海和北京的部分诗人一起创办了一份小杂志，名字就叫《小杂志》"。

的创办，在有效地酝酿着能量的积聚与展开。这些刊物主要有《倾向》（上海）、《反对》（成都）、《九十年代》（成都）、《现代汉诗》（北京等）、《象罔》（成都）、《发现》（北京）、《南方诗志》（上海）、《北回归线》（杭州）、《大骚动》（北京）、《声音》（深圳）、《阵地》（河南平顶山），以及在海外出版的《一行》《今天》《倾向》等①。90年代中后期，上述刊物有的已停办，有的仍在继续，但又出现更多的自办诗刊。它们有的具有鲜明的个性，有的则更多承担作品的汇集、发表的职责。90年代中期以后的诗歌"民刊"，主要有《北门杂志》（江苏）、《阿波利奈尔》（杭州）、《标准》（北京）、《偏移》（北京）、《东北亚》（黑龙江）、《葵》（天津）、《锋刃》（湖南）、《小杂志》（北京）、《说说唱唱》（上海）、《翼》（北京）、《新诗人》（广州）、《诗镜》（四川）、《朋友们》（北京）、《下半身》（北京）、《诗江湖》（北京）等。

　　90年代初自办"民刊"中，由芒克、唐晓渡发起，各地诗人参与轮流编辑的《现代汉诗》，是作为大型诗刊设计的；它标示的宗旨，一是"促进和发展现代汉诗"，另一是"汇集和发掘各种风格各种流派的优秀作品"。这是一份曾产生较大影响的刊物，也坚持了较长的时间。其办刊方针、诗歌理想，来自于当代对于文学的"全国性"的"一体化"的设计，这种包容、汇集各种风格、各种流派的愿望，很快便遭遇到阻力。在出版了9期之后停刊②。

　　《北回归线》也是90年代初期的重要诗歌"民刊"。它们虽创办于不同地域，却存在密切联系。《北回归线》1988年12月创刊于浙江杭州，由王建新、梁晓明、耿占春、刘翔等主编。本省诗人作品在刊物中虽占有一定分量，但其眼光、抱负是"全国性"的。撰稿人（诗作和评论）主要有梁晓明、孟浪、严力、王寅、王家新、陆忆敏、西川、陈东东、翟永明、萧开愚、刘翔、耿占春、潘维、余刚、万夏、蓝蓝、

---

①1990年夏末，《今天》复刊。由北岛主编。"复刊号"刊登多多、杨炼、张枣、北岛等人的诗作。

②《现代汉诗》的"办刊宗旨"，刊于1991年2月创刊号。创刊号在北京出版。到1995年，共出9期，是"民刊"中坚持时间较长的一种。除诗作外，还发表诗歌批评文章。并曾举行两届的"现代汉诗奖"评选，由孟浪、西川分别获得。

女真、徐敬亚、唐晓渡、陈超、周伦佑、陈仲义等。该刊的编者刘翔认为，这份刊物的主要精神是为着创建"真正意义上的现代诗"，是"重现和提升人的根本精神"；它的作品中所发出的声音更多的是"一种希望、一种引领与上升"。《北回归线》90年代中期以后一度停刊，到了新的世纪重又出现，并仍坚持其"新理想主义"的美学思想。《阵地》的创办要晚一些，由居住在河南平顶山的森子、海因、蓝蓝等为核心。它也刊发各地诗人的作品，但也可以看到《阵地》在一个时期的诗歌写作上，有实践孙文波、张曙光等提倡的"叙事性"的自觉倾向。

在诗的传播上，除了个人的阅读以外，90年代后期，一些诗人在城市里的书店、咖啡馆、茶室等处所，举办小型诗歌朗诵会。不少大学也定期举办诗歌节等活动。而"网络诗歌"的兴起，更引起广泛注意。说它已改变了对诗歌的理解，改变了诗的写作方式可能为时尚早，不过，至少是拓展、改变了诗歌的存在、传播方式。在网络上发表作品、观点的便捷，报刊等媒介无法比拟。在"发表"上出于各种原因实行的垄断，得到某种程度的打破。一些出色、但也可能被埋没的诗人，由于网络上的推介，他们为人们所了解，也是功绩之一。当然，网络的"民主"和"高速度"，也催生、繁殖无数的诗和诗人。某种艺术考虑会湮没其中而失去其可能的价值，或者在迅速传播与复制中，转化为另一种快速消费的"时尚"。在速度、数量、无数嘈杂的声音成为"诗歌生活"的重要现象的时代，人们发现，这时，当一个"合格"的诗人和一个"合格"的读者，不是更容易，而是更加困难。

在概略评述90年代"活跃诗人"的写作情况时，这里采用的是借助诗歌"民刊"的方法。但不是说存在若干以"民刊"为中心的诗歌群落，更不意味着涉及的诗人与这些刊物之间，一定具有"实质"意义的关系。说起来，这不过是在描述分类上一种可行但权宜的方法。另外，在90年代继续"活跃"，写出重要作品，且对诗界保持重要影响的一些诗人，因为在此前的章节中已经涉及，这里将不再辟出专门章节 ①。

---

① 这些诗人主要有昌耀、牛汉、郑敏、多多、翟永明、于坚、韩东、吕德安、杨炼等。

### 三、《倾向》与《南方诗志》

《倾向》虽不属这里所说的时间范围，但它作为一种"追述"的"起点"，常被放置在20世纪90年代的诗歌脉络中。大约在1987年前后，有的诗人开始了对"秩序""节制"等的强调，并提出有关诗歌创造与人类精神反思、建设关系的"知识分子写作"的命题[1]。1988年秋天，西川、陈东东、老木创办的，"以知识分子态度、理想主义精神和秩序原则为宗旨"的诗刊《倾向》[2]在上海出版。《倾向》的《编者前记》倡导诗歌写作的"秩序"原则，以及作为"引导人类走向光明的灯盏"的诗人所应具有的"使命感与责任感"。这是一种混合着"古典精神"与启蒙的英雄意识的诗歌倾向[3]。在《倾向》停刊后，陈东东在上海创办《南方诗志》[4]，其总体风格、诗歌精神，可以看作《倾向》的继续。

《倾向》等提出的诗歌命题中，最重要的是"知识分子精神"（"知识分子写作"）。在90年代，它被不断阐释，其内涵在不同时间、

---

①1987年8月，西川、陈东东、欧阳江河参加《诗刊》召开的第7届"青春诗会"（河北北戴河），提出诗歌的"知识分子写作"。后来（1993）西川回顾说："我提出了'诗歌精神'和'知识分子写作'等概念……一方面是希望对于当时业已泛滥成灾的平民诗歌进行校正，另一方面也是希望表明自己对于服务于意识形态的正统文学和以反抗的姿态依附于意识形态的朦胧诗的态度。"《答鲍夏兰、鲁索四问》，见1994年7月出版的《中国诗选》，后收入西川随笔集《让蒙面人说话》，诗集《大意如此》等书中。

②《倾向》共出3期。1990年9月和1991年8月，分别出2、3期，第2期为"纪念海子、骆一禾专号"。主要撰稿人有西川、欧阳江河、张真、王家新、陈东东、钟鸣、柏桦、翟永明、黄灿然、贝岭、张枣等。1993年11月在海外创刊的文学人文季刊《倾向》，与"民刊"《倾向》没有直接关系。

③《倾向》第1期"编者前记"表示了他们对"秩序"的强调，指出这种"原则""乃是对于'艺术自觉'的归纳。它首先是对自由的节制"。"《倾向》的诗作者们所倡导的知识分子精神，更多地体现在他们的使命感与责任感上。须知，拥有灵魂与智慧的知识分子永远是少数。他们高瞻未来，远瞩过去，不以任何方式依附于他人。……作为一个知识分子的诗人，恰恰是引导人类走向光明的灯盏。虽然使命感与责任感并不是知识分子精神的全部，但这二者无疑至关重要；对于诗人来说，这二者又是首先针对诗歌本身的。因此，《倾向》的诗作者们事实上是把他们的知识分子精神上升为一种诗歌精神了。"这种从宗教的意义来定义诗歌的倾向，普遍存在于八九十年代的先锋诗人之中。

④《南方诗志》1992年9月出第1期，共出版5期，至1993年秋被迫停刊。撰稿者有西川、陈东东、萧开愚、孙文波、王家新、朱朱、黄灿然、庞培、钟鸣、欧阳江河、唐丹鸿、王寅、余刚等。

不同阐释者那里，发生多种变化与偏移。刊物《倾向》的"编者前言"突出的是诗人的责任感、使命感，并将它与艺术自觉的"秩序"加以连接。在西川、陈东东等人那里，偏重的是诗歌的"古典主义"旨趣，其指向是针对当时"自发性"写作对诗歌品质产生的损耗。后来在90年代初的历史语境中，欧阳江河试图将之发展为针对诗歌与历史关系的具有普遍性的命题；这时，社会、文化转型中诗人"边缘人"身份、诗歌写作的"工作的和专业"的"性质"得到讨论①。而在王家新的写作与论述中，"知识分子写作"是一种"承担"的诗学，它强调了这样的"诗歌立场"或"文化理想"，"如何使我们的写作成为一种与时代的巨大要求相称的承担，如何重获一种面对现实、处理现实的能力和品格"，重获一种"文化参与意识与美学批判精神"②。在这里，"伦理"和"美学"之间的紧张关系，在新的层面上再次浮现；诗人和批评家从现实写作，也从新诗历史中，看到这之间总也纠缠不清的紧张关系③。

"知识分子写作"在90年代，主要是一种探索性的，具有不同理解的表达。不过，到了90年代后期的诗歌论争中，它常被从具体语境中抽离，转化为一种与"民间"对立的有关"身份"、写作方式的概念。一时间，众多诗人便都被分门别类地归入这一阵营里。其实，在下面涉及的诗人那里，他们之间的"异"，比起之间的"同"要更显著。在有关"知识分子写作"、诗歌伦理与承担、诗的时代感和历史感、语言与现实等诸多问题上，在他们诗艺的具体展开方向上，都有明显的差别，甚至"对立"。

西川④大学时代开始写诗。80年代的作品带有"古典主义"的特征，

①欧阳江河《'89后国内诗歌写作：本土气质、中年特征和知识分子身份》。
②王家新《阐释之外：当代诗学的一种话语分析》，《文学评论》1997年第2期。
③耿占春称之为"一场诗学与社会学的内心争吵"（《一场诗学与社会学的内心争吵》，《山花》1998年第5期）；程光炜指出，"知识分子写作"是充满"悖论意味"的写作（《90年代诗歌：另一意义的命名》，《学术思想评论》第1辑）。在《'89后国内诗歌写作》一文中，欧阳江河也意识到这一问题的复杂性，而解释说，诗人中的知识分子的提法，"从某种意义上讲这是不得已的"。
④西川（1963—  ）原名刘军，祖籍山东，生于江苏徐州。1985年毕业于北京大学英系系。现任教职于北京的中央美术学院。出版有诗集《中国的玫瑰》《隐秘的汇合》《大意如此》《虚构的家谱》《西川的诗》，随笔集《让蒙面人说话》等。

这些"描述自然、农业、爱情、愿望的诗篇"①，重视抒情的纯净性和语言、节奏的形式感；在一些作品中，表达对于"超验"、对"无法驾驭"的"隐秘"的兴趣与敬畏：

> ……在这青藏高原上的
> 一个蚕豆般大小的火车站旁
> 我抬起头来眺望星空
> 这时河汉无声，鸟翼稀薄
> 青草向群星疯狂地生长
> 马群忘记了飞翔
> 风吹着空旷的夜也吹着我
> ——西川《在哈尔盖仰望星空》

90年代，以《致敬》《厄运》《芳名》《近景与远景》这些组诗，以及《虚构的家谱》《另一个我的一生》等短诗而论，西川的诗歌显现了某种显著的变化。这是"将个人遭遇展开，联通他人与时间"的变化，是"主体单一性"发生分裂，并看到了"生活与历史、现在与过去、善与恶、美与丑、纯粹与污浊处于一种混生状态"，且不把这种"混生状态"进行"缩减"、提纯的变化。因而，在艺术上，便发生"从具有唯美气质的高蹈抒情，转向一种包容复杂异质性成分的综合技艺，从结构的整饬转向结构的瓦解"②；即作者所称的熔叙事性、歌唱性、戏剧性于一炉的"综合创造"③。

"变化"自然明显存在，但也不是如作者当时想象的那么大。在80年代就逐步确立的诗歌信念、技艺特征，发生不断延展和修整。这些诗歌信念、技艺的基点，包括对伦理、精神价值，对超越性尺度的关怀，对诗歌创作的广阔文化背景的重视，以及并不展示生活情境与

---

① 西川《虚构的家谱·简要说明》，《虚构的家谱》，北京，中国和平出版社，1997年，第1页。
② 姜涛《被句群囚禁的巨兽之舞》，见《在北大课堂读诗》，长江文艺出版社，2002年，第232页。
③ 西川《大意如此·自序》，湖南文艺出版社，1997年。

细节，而是从体验出发，借助冥想、回忆、虚构、穿越，来表现带有"哲理"意味的思考的诗歌方式。另外，在诗的展开方式上，词、意象经常不是基点，"'句群'或'段落'的写作"①成为一个重要特征。同样，虽然随着诗向世界的多方面开放，事物的黑暗被关注，包容了"不洁"的成分，加入了反讽、"伪哲学"与"伪经书"等"非诗"因素，但对基本文化价值的坚守，"博学多识"为想象力所焕发的智慧，使叙述者"先知身份"的姿态，没有受到削弱，反倒更加突出。

"灵魂不是独自出行的，而是伴随着其他灵魂一道前往的"——这些"其他灵魂"，存在于西川的由"书本的世界"所构成的"家谱"中，这供给了他从事不同时空沟通、汇合的主要"源泉"。因而，夸张地说，在西川的一些重要的作品中，"相形之下，现实世界仿佛成了书本世界的衍生物"②：

> 一个个刀剑之夜、贩运之夜
> 死亡也未能阻止喘息的黎明
> 我虚构出众多祖先的名字，逐一呼喊
> 总能听到一些声音在应答；但我
> 看不见他们，就像我看不见自己的面孔
> ——西川《虚构的家谱》

在海子死后，西川为海子诗文的整理、出版，付出巨大劳作。他还翻译了庞德、博尔赫斯、巴克斯等人的作品，也写有不少诗学论文和随笔。

王家新③80年代初的诗就为读者所了解，有的时候，他还被列入

---

① 崔卫平《超度亡灵》(西川诗集《隐秘的汇合》代序)，《隐秘的汇合》，北京，改革出版社，1997年，第5页。
② 西川《大意如此·自序》。
③ 王家新(1957——)，湖北丹江口人。1982年毕业于武汉大学中文系。大学时期开始诗歌写作。1992—1994年旅居英国，现任职于北京教育学院。著有诗集《纪念》《游动悬崖》《王家新的诗》，及诗论、随笔集《人与世界的相遇》《夜鹰在它自己的时代》《对隐秘的热情》等。

"朦胧诗人"的行列①；早期的创作，也的确受到当时朦胧诗诗风的影响。80 年代中期，曾写作一些带有禅道境界的作品，如组诗《中国画》，以及《空谷》《醒悟》《蝎子》《加里·施奈德》等，捕捉一些微妙情境，营造冥想的气氛；虽说它们与生存经验相关，但也是对 80 年代中期热闹一时的"文化热"的趋奉。这种写作只持续短暂时间：正如有的论者所述，他"本质上"不是个"散淡的人"。

王家新诗的个人风格的建立，并产生较大影响，是在 80 年代末至 90 年代初。这期间，他发表了《瓦雷金诺叙事曲》《帕斯捷尔纳克》等作品。他的家乡湖北丹江口地处陕、豫、鄂三省交界，据说，其"地域性格及语言，较多承传了秦汉文化的源流，而楚文化的空气极为稀薄"，"北方儒家深挚执着的文化人格较之楚文化的绚丽浪漫，更能深刻地左右他的思想行为"②。虽然在《一个劈木柴过冬的人》《词语》中，王家新也表达了对诗歌技艺，对如"刀锋深入、到达、抵及"的词语的倾慕，但他并没有充分的耐心去精致琢磨。他不是一个"技巧性的诗人"，而是靠"生命本色"写作，其基本特征是"朴拙、笨重、内向"③。有不同的诗人，有的让读者记住的是劳作的成果，写作的人则在诗中涣散、消失。有的通过语言的材料，不断塑造"写作者"的形象，创造出的"身影"代替了个别的文本。王家新显然有些偏于后者。

命运、时代、灵魂、承担……这些词语是他的诗的情感、观念支架，他将自己的文学目标定位在对时代、历史的反思与批判的基点上。这个"时代主题"，常以独白与倾诉的略显单纯的方式实现，在诗中形成一种来自内心的沉重、隐痛的讲述基调。写社会"转向"作用于个人的生命体验的诗作，大多以他与所心仪的作家（叶芝、帕斯捷尔纳克、布罗茨基、卡夫卡……）的沟通、对话来展开。当"大师"的文学经验能够包容、转化他的生活经验的时候，王家新似乎更能找到合适的诗歌方式：

---

①1986 年的现代诗大展，和徐敬亚等编的《中国现代主义诗群大观 1986—1988 》一书，王家新都被列入"朦胧诗派"之中。

② 程光炜《王家新论》，《程光炜诗歌时评》，第 169 页。

③ 程光炜《王家新论》，《程光炜诗歌时评》，第 175 页。

这就是你，从一次次劫难里你找到我
检验我，使我的生命骤然疼痛
从雪到雪，我在北京的轰响泥泞的
公共汽车上读你的诗，我在心中

呼唤那些高贵的名字
那些放逐、牺牲、见证，那些
在弥撒曲的震颤中相逢的灵魂
那些死亡中的闪耀……
　　　　　　——王家新《帕斯捷尔纳克》


　　王家新将90年代初旅居国外的经历，写进《伦敦随笔》《挽歌》
等作品中，他还尝试写作一种介于诗与散文之间的作品，他称之为"诗
片断系列"（《词语》《另一种风景》《游动悬崖》）。除了诗歌写
作外，还写了大量诗学论文，对当代诗歌现象和诗歌问题进行思考，
并积极参与当代诗歌批评与历史建构的活动。

　　欧阳江河①1979年开始写诗。1983—1984年间写的长诗《悬棺》，
显示了他的才华和诗歌写作上的雄心，它的庞杂、晦涩也引起不少争
议②。他的写作在写出《汉英之间》《玻璃工厂》的1988年前后，取
得明显进展；但像那些被认为有着"知识分子写作"身份的诗人那样，
90年代初这个时间对他们具有特殊的意义。这时，欧阳江河提出、谈
论"中年特征"和"知识分子立场"的问题。一方面，这是他开初就
确立的诗学追求的合理延伸。写《悬棺》的时候，就清楚地表明他与"青
春期"写作无涉，他的写作（诗与诗论）是建立在比谁都稳固的智慧
与学识的基座上。为了做出这一证明，他有时未免走得过远。另一方面，
则是对时代和诗歌写作出现的深刻变化的体验：看到生命的无意义的

────────────

　　①欧阳江河，原名江河，1956年生于四川泸州。1975年中学毕业后有到农村插队、
在军队服役的经历。1979年开始诗歌写作。90年代初曾旅居美国。著有诗集《透
过词语的玻璃》《谁去谁留》，评论集《站在虚构这边》等。
　　②作者后来显然对《悬棺》还颇为看重，它收入1997年版的诗集《谁去
谁留》中。

方面和写作对于世界的"无力感"。这并不意味着欧阳江河失去关注"现实"的热情和否定诗歌对世界的检讨与质询。只不过他同时对这种检讨、质询的位置和成效感到疑惑，也清醒意识到这种力量也会成为"时尚"，转化为检讨、质询的对象。因而，在"现代诗"的理解上，他"强调的是词与物的异质性，而不是一致性"[①]，是在对"现实"的编织中来探索当代人的生存处境。

> 那么，这就是我看到的玻璃——
> 依旧是石头，但已不再坚固。
> 依旧是火焰，但已不复温暖。
> 依旧是水，但既不柔软也不流逝。
> 它是一些伤口但从不流血，
> 它是一些声音但从不经过寂静。
> 从失去到失去，这就是玻璃，
> 语言和时间透明，
> 付出高代价。
>
> ——欧阳江河《玻璃工厂》

90年代以后，欧阳江河主要的作品，如《计划经济时代的爱情》《傍晚穿过广场》《1991年夏天，谈话记录》《咖啡馆》《感恩节》《那么，威尼斯呢？》《时装店》等，它们处理的经验、事实，如他所说，"大致上是公共的"[②]：广场、餐馆、电影院、时装店、海关、国际航班……这与他的"跨界"（国别的，文化体验的，工作专业的）的生活经历有关，也为他关注时事、政治、全球化语境中的文化现象的诗歌主题所推动。欧阳江河诗歌风格，"以一种极端的'差异链能指'的形式

---

[①] 欧阳江河《谁去谁留·自序》，《谁去谁留》，长沙，湖南文艺出版社，1997年，第4页。

[②] 同上注，第5页。欧阳江河认为，90年代以来，"国内诗人笔下的场景大多具有""中介性质"，如他和翟永明写到的咖啡馆、图书馆，"还有西川的动物园，钟鸣的裸国、孙文波的城边、无名小镇，萧开愚的车站、舞台。这些似是而非的场景，已经取代了曾在我们的青春期写作中频繁出现的诸如家、故乡、麦地这类"场景。参见《'89后国内诗歌写作：本土气质、中年特征和知识分子身份》。

出现"①，是"利用诗歌'修辞'展开或是隐藏自己思辨的锋芒"②。"他的价值和成就，主要体现在惊人的修辞能力上。他的诗歌技法繁复，擅长于在多种异质性语言中进行切割、焊接和转换，制造诡辩式的张力，将汉语可能的工艺品质发挥到了炫目的极致。"③这为他赢得声誉，也使他受到责难。炫技式词语的运用既表达了经验的复杂，表现了处理这种经验时的智慧，也可能导致晦涩，以及批判向度的削弱。这种交错的情形，就连对他的写作充分推崇的论者，有时也会感到忧虑④。欧阳江河诗的数量不多，90年代末以来就更少。那可能是出于保持写作水准的顾虑，但部分原因与他对当今"诗坛"的失望有关⑤。

陈东东⑥1981年进大学学习时开始写诗。在80年代末，与西川等提出诗歌的"知识分子精神"。十年之后，在"先锋诗界"划分"阵营"的运动中，他被分派了"知识分子诗人"（"知识分子写作"）的角色；

---

① 陈超《打开诗的漂流瓶》。

② 程光炜《欧阳江河论》，《程光炜诗歌时评》，第187页。

③ 姜涛《失陷的想象》，《在北大课堂读诗》，长江文艺出版社，2002年，第69页。

④"在他操作词语的游戏时，他是冷静的……而在他的锋刃之间，你又感到他在隐隐之中的执着和深沉。充分的修辞使诗人的表达更有节奏、更趋内敛，然而，它又使人想到，修辞会不会损害思想，在多大程度上损害思想？"程光炜《写作的寓言》（《透过词语的玻璃·代序》），《透过词语的玻璃》，北京，改革出版社，1997年，第8页。

⑤"一个人人都是诗人的时代，一个把写诗当闲扯、当登记注册、当随地大小便的时代，不是正在到来吗？总不至于让我为建造诗歌的公共厕所而振臂一呼吧。借用费耶诺德的说法，怎么都行：以骂为文为诗，以反常为常态，以野史为正史，以下作为上乘。只要你对世界说OK的时候别人还来不及卡拉。但这不是真的。十年前张枣写过一句诗：男孩亮出性器比孤独。十年后，中国新一代诗人们又在比些什么呢？比收视率、点击率、发行量、曝光率？比谁的春更青，谁的湖更江，谁的垃更圾，谁的流更下？请不要曲解、不要打断我的发问，我对新一代人没有不恭的意思，尽管我并没有脱帽致敬。我的追问、我的怀疑是根本上的：世界这样，而我们的诗歌却那样。"欧阳江河《世界这样，诗歌却那样》，《书城》2001年第11期。

⑥ 陈东东，1961年生于上海。1984年毕业于上海师范大学中文系。著有诗集《明净的部分》《词的变奏》《海神的一夜》《即景与杂说》等。80年代中期，参加了上海诗歌"民刊"《海上》《大陆》的活动。1988年，与西川等创办《倾向》诗刊。1992年《倾向》停刊后，编印诗刊《南方诗志》。

但他好像并不乐意①。这很自然：任何有自信心的诗人，在通常的情形下，都会强调（也常常夸大）他的独特性——只有文学史家、批评家，或出于职业习惯，出于"不懂诗"，或出于无奈，热衷于将诗人归类。陈东东对诗歌有一种清澈、明净的追求，对自己的写作，他使用了"弃绝"和"逃逸"这样的词语："它是一种想要让灵魂出窍、让思想高飞、让汉语脱胎为诗歌音乐的梦幻主义，一种忘我抒写的炼金术。"靠词语虚构所创造的"另一个世界"，是"以对照的方式对抗诗人不能接受的丑陋现实，以改变事物意义向度的方式改变事物本身"②。早期的诗，如《远离》《从十一中学到南京路，想起一个希腊诗人》《独坐载酒亭。我们该怎样去读古诗》《雨中的马》等，虽以上海大都市为背景，却蕴含古典诗歌的韵味。梦幻、追忆、唯美，"避开了每一处繁华之地／更接近水，或得病的风景"。因而"明净"中也有些许迷恋檐雨、暗影、旧宅、落叶、残菊的"颓废"③。想象、描述具体、细致，"观察水的皮肤／触摸树的纹理／倾注于四叶翅膀的蛇蛉"（《八月之诗·让我》）。而对诗的节奏的"音乐性"的追求，在词的选择，章句的安排上，陈东东在当代诗人之中是用力最多的之一。

"时间"当然也在陈东东的诗中留下清楚的刻痕。这指的是90年代的社会变迁以及个人的生活遭遇等方面。这种"变化"不是改变他基本的诗歌方式；或者说，新的经验仍基本上被纳入确定的诗歌轨道里，即关于回忆，关于梦，关于时间，为人的存在提供梦想的。不过，"现实"的景观确在有的诗里被更多关注（如长诗《炼狱故事》和有

---

① "我觉得把'民间'或'知识分子'这样的词加在我们的'写作'前面没什么特别的诗学意义，就像有人非要在李清照的写作前面加上'女性'这样的词，非要在李白的写作前面加上'唐代'或'古代'这样的词，都属脱裤子放屁之举。1988年编《倾向》时我提到过诗人的'知识分子精神'，它不应该和'知识分子写作'混为一谈，就像'知识分子写作'不该和所谓的'知识写作'混为一谈。"《既然它带来欢乐……陈东东访谈录》，载《诗生活》网刊。

② 《明净的部分·自序》，《明净的部分》，湖南文艺出版社，1997年，第2页。

③ 这是一种相似的归纳。"典型的南方气质：湿润，秀雅，细腻，敏感，多疑而不失飘逸。"（钟鸣《扩散的经验》，陈东东诗集《海神的一夜》代序）"……追求干净，文字上略为带点南方花园的湿润和病态、幻想的性质。"（程光炜《岁月的遗照·导言》）

关"噩梦"《解禁书》<sup>①</sup>）异质的成分（经验、意象、语调、气氛……）在诗中的加入和形成的冲突，可以清楚辨认。而原先的轻盈、舒缓，有时也变得匆促、急骤。

> 他听到空中催促的声响。
> 他看见出血的秋山在死去。
>       ——事物的马蹄已踏弯灵魂，
> 而黄昏的斜坡上站满了骨头。
>
> 季节在鞍上挥鞭，一棵树落叶纷扬。
> 那曾经有过的缓慢时日
> 加快了速度。
>       ——在季节的驱策下，
> 落日重新规定着方向。
>       ——陈东东《秋歌十五》

短诗而外，组诗是陈东东所乐于采用的形式：想象有了回旋的伸展空间。他还写有随笔等散文作品，如《词·名词》《地址素描或戏仿》《流水》等。

黄灿然<sup>②</sup>的诗在90年代形成自己的特色。在广州读大学时开始写诗。在相当的一段时间里，他的创作表现了鲜明的浪漫抒情的基本特征。诗涉及怀念、纯朴、永恒等主题，不少作品与对家乡的思念有关；具有动人的忧郁、内省的抒情基调，但表达清晰，显示良好的控制力。

---

① 写于90年代后期的《解禁书》，显然存在作者的"传记性的背景"。对这部作者认为"意义相当特殊"的作品，陈东东说："我注意到有过跟我相似经历的那些诗人全都沉默，没有用诗章去处理他们的那种遭遇。我很能理解……但是我意识到，要是我的诗艺并不能处理那些令人憎厌的经验，我也就不必继续我的诗歌写作了。……既然写的是《解禁书》，我的诗歌观念也不妨又一次解禁。难度在于把噩梦嵌进诗行使之成为诗。不过我做到了。被嵌进诗行，噩梦就像好像不再，或只不过是一场噩梦……"（《既然它带来欢乐……陈东东访谈录》）

② 黄灿然，1963年生于福建泉州。1984年就读于暨南大学新闻系。现居香港。著有诗集《世界的隐喻》等。

90 年代中期以后，题材选取比以前开阔，容纳了更广泛的日常事物，用语更为朴素、精确。主要作品有《那始终是一个温柔的地方》《献给约瑟夫·布罗茨基的挽歌》《有毒的玛琳娜》等。在 90 年代，黄灿然是十分关注诗歌文体和诗歌音乐性的诗人。在一个时期，他很重视排比、复沓、韵脚等因素，创作了许多八行体、十二行体、十四行体的组诗。对于诗的音乐性，他后来的认识和探索方向，有了较大的调整①。

## 四、《反对》与《象罔》

20 世纪八九十年代之交，在四川创办的诗歌"民刊"主要有《象罔》《反对》《九十年代》等。《象罔》的创办，源于那种打破"无所适从"的"空洞"感觉的努力。这一刊名，据说是"代表着一种尺度感，一种真正的现实和选择，或许仅仅是一份彷徨"②。它由钟鸣、赵野③、向以鲜等创办，到 1992 年初，共出版 12 期④。编有柏桦、钟鸣、陆忆敏等的诗歌专辑。《反对》出版于 1990 年 1 月，由萧开愚、孙文波等创办。刊物创办者注意到 90 年代"历史语境"和他们这些写作者自身的变化（由青春期进入"中年"；"中年写作"的说法在这里首先提出）。"反对的目的，是一切为了把新内容和新节奏创造性地带进诗。反对的另一重要含义：自相矛盾，强调诗人和诗歌有深度地向前发展。"⑤"自相矛盾"的说法，是对于 90 年代诗艺复杂、综合趋向的最初表示。与此同时，萧开愚、孙文波还编有诗歌年刊《九十年代》，其宗旨与风格与《反对》无异。

---

① 黄灿然说，"我多年来的创作一直很关注音乐性，但这种音乐性仅仅……是对音乐和歌曲的模仿"，而现在，"我感到了把语言中的音乐独立处理的重要性"，这是一种"基于词语本身的音乐"。见《全新的开始》，《蔚蓝色天空的黄金——当代中国 60 年代出生代表性作家展示》，黑大春编，中国对外翻译出版公司，1995 年，第 146 页。

② 钟鸣《关于"象罔"》，赵野诗集《逝者如斯》，北京，作家出版社，2004 年，第 133-134 页。

③ 赵野，1964 年生于四川古宋，毕业于四川大学外文系。80 年代初开始写诗。著有诗集《逝者如斯》。

④ 除诗作外，也刊登诗评、随笔、摄影作品。

⑤《反对》创刊号"前言"。《反对》主要撰稿人有萧开愚、张曙光、孙文波、欧阳江河、西川、朱永良、陈东东、王家新、王寅、钟鸣等。《九十年代》自 1989 年 12 月至 1993 年 3 月，共出版 4 卷。

张曙光①在八九十年代的大部分时间里，并未跻身热火朝天的诗歌派别、诗歌运动之中。也许是身处北方边隅，或是生性使然②。大学时期开始写作，当时也发表一些作品。但受到注意，要迟至90年代初；那时，"民刊"《反对》《九十年代》《阵地》等登载了他的一些诗作。后来，在讨论90年代诗歌"转型"时，他的诗有时成为例证，用以说明诸如"个人写作"和"叙事性"③的含义。大约从写《1965年》（写于1984年）开始，张曙光就形成了关注"个人日常经验"，主要采用"陈述"语调，讲究具体、结实的倾向。他对矫正当代中国诗歌经验"精确性"严重不足的缺陷有充分的自觉。相比而言，他的诗没有复杂的技巧，某个场景，某一回忆，一些"言论"，靠联想、思索和语调，加以组接。诗意连贯、自然，并注重深思、冥想氛围的营造；诗具有一种由语调所支撑的整体感。雪在他的诗中不仅是布景。它既是经验的实体，也是思绪、意义延伸的重要依据：有关温暖、柔和、空旷、死亡、虚无等。死亡也是经常触及的"主题"。在若干作品里（《疾病》《西游记》《公共汽车上的风景》），他表达了对"当下"生活的不信任和是否可能把握"现实"的疑问。在张曙光的诗中，通过写作让已逝的事物复活，抓紧"记忆"，是生活的"失败者"渴望获救的凭借，以维持关于自我、生命的自足的幻觉。这样，时间在他的诗里，是基本的支撑点。

---

　　① 张曙光（1956— ），黑龙江望奎县人。"文革"中曾下乡插队。1982年毕业于黑龙江大学中文系。后在哈尔滨的出版社、报社任职。著有诗集《小丑的花格外衣》。译有叶芝、里尔克、米沃什等的作品。

　　② 这里的行文，也使用了张曙光诗中常用的连接词"或"。有批评家注意到他的这一用词习惯，认为这是表现了张曙光在处理时间上的"延宕"（冷霜，见《在北大课堂读诗》，第310页）。但也可以理解为一种"怀疑主义"的犹豫（"庄重而严肃的意义／或者没有意义"）。关于张曙光与诗歌"江湖"的关系，他自己解释说："我确实或多或少地与诗坛（这如同武侠小说中的江湖一样，既实在又虚妄）保持一定的距离——这一半是由于我的性格使然，一半是我相信艺术家靠作品决定成败的老话……"（《关于诗的谈话》，《语言：形式的命名》，人民文学出版社，1999年，第257页）

　　③ 张曙光说，在80年代，他"确实想到在一定程度上用陈述话语来代替抒情，用细节来代替意象。就我的本意，我宁愿用'陈述性'来形容这一特征"（《关于诗的谈话》，《语言：形式的命名》，第236页）。

或者诗歌所做的一切，就是
为了使那些事物重新复活
死去的时间和声音，以及
那一场雪，用那些精心选择的词语
或旧事物美丽而温暖的意象
　　　　——张曙光《得自雪中的一个思想》

由"那一年""那一天""那时""后来""以后好些年"等所
引领和扩展的诗行，表达对"时间"所给予的温暖的感谢，也表达面
对时间的压力所产生的恐惧。珍惜"一个眼波一片微笑，甚至／几片
枯萎变黄的叶子"（《为柯克》）的叙述者，在气质上可能更接近"怀
疑主义和精神的漫游者"（《阿什贝利》）。时间在不断榨干鲜活的
记忆，使它空洞化，让尤利西斯乘坐的船只变成"破旧的木船"，让
生动的脸模糊，让照片泛黄，而月亮也成了"旧时代磨光的纪念品"：

……我们的全部问题在于
我们能否重新翻回那一页
或从一片枯萎的玫瑰花瓣，重新
聚拢香气，返回美好的时日
　　　　——张曙光《尤利西斯》

与此相关的疑惑是，像一个保姆，"用经验的奶瓶喂养着我们，
领我们／在存在的草地上游戏"的寻找比喻的写作，"是否真的那么
重要"（《关于比喻》）？这种质询、自省具有尖锐的性质。但尖锐
是内在的，含蓄的，"并不愤怒"；"几乎和你一样平和，只是更加
困惑，和茫然"，"仿佛在荒凉的小站登上火车，远离家园／贪恋着
沿途的景色，却不知道会驶向哪里"（《大师素描·拉金》）。

孙文波[1]在80年代曾是"四川七君"的一员。在90年代，参与

---

[1] 孙文波（1959—　），四川成都人。当过知青，服过兵役。现居北京。1985年
开始写诗，也从事诗歌批评写作。著有诗集《地图上的旅行》《给小蓓的俪歌》《孙
文波的诗》等。另出版有评论集《写作，写作》。

多种诗歌"民刊"的创办[①]。他80年代的创作，虽也有一些好作品，总体而言并未形成自己的特色。后来他对此有所"反省"，并确立了"从身边的事物中发现需要的诗句"[②]的基本写作路向：

> 其实还是说说看得见的事物好一些。
> 绵绵的雨丝，泥泞的道路，以及
> 树的霉暗，瘟疫袭击的人群……
> 　　　——张文波《枯燥》

对日常生活，准确说是"身边的事物"的讲述和从诗学理论上概括的"叙事性"，构成90年代孙文波写作的基本要素。他的诗具有亲切、坚实的道德感等可信赖的特征。当代社会的诸多方面的情境与细节，是孙文波诗的最通常的"入口"，构成他那些重要作品（《在无名的小镇上》《聊天》《散步》《铁路新村》《南樱桃园纪事》《节目单》）的主要"元素"。他的一些诗，也因此被称为"风俗诗"。但他不是"日常经验"的崇拜者。强烈而执着的历史关怀和人文视角，对生活与自我的严格审视，提升了"日常经验"的诗意质量。90年代的大多数时间里，孙文波身在"异乡"的北京。但他与这个城市，从整体精神上并没有产生亲和感，常说自己是个"异乡人"。其实不仅北京，甚至他的家乡成都也是这样，"是城市加速了我们流亡的性质"（孙文波《搬家》）。历史与现实的颓败之处给他印象深刻（记忆对他来说已不是经常有用的慰藉），这使他的诗，在反讽、自嘲中有"潮湿的黑暗"的潜流，有漂泊的孤独感和辛酸，但有时也会是"恶毒"的悲观主义。

> 我记得你曾说我像猴子，
> 贪食、懒惰、写诗赚取别人眼泪。
> 现在不啦！我已从现实学会蔑视现实。
> 　　　——孙文波《在梦中见到祖父》

---

①　如《红旗》（1990）、《九十年代》（1990—1991）、《小杂志》（1997—1998）。

②　孙文波写于90年代的《改一首旧诗》中的句子。

孙文波是朴实、谦逊的诗人。一般来说，长处总也会包含不足[1]。他的艺术的主要之点，是叙述中对词语的选择、安排、控制所形成的缩放有致的节奏和语调，是"叙事"过程中想象提升的分寸感。他有时也意识到写作风格的某种单一性，而尝试更大的概括力，如《祖国之书，或其他》这类作品，不过，它们在孙文波的创作中，尚属特例。

柏桦、张枣、钟鸣等在80年代初就写出一些令人印象深刻的诗作，并被看作"第三代"诗歌的主要"成员"。但或"游离"于诗界，或由于一度搁笔，或是评价理解上的分歧，他们再次受到注意已是90年代稍后的时间。将他们放在一起谈论的根据之一是，他们彼此似乎都引为"知音"：不仅是现代诗写作所呈现的"对话"结构性质，而且具有中国传统文人的那种人际交往与心灵默契的含义[2]。他们的写作有一些相通之处。比如在一个"个人主义"的时代，对美的关注和寻找，以及诗歌从"表达"到"交谈"的"范式"的转换。不过，他们之间的差异也很明显，尤其是柏桦，并非专注于诗歌技巧实验的诗人，其写作带有更明显的"即兴"的爆发的素质。

提起张枣[3]，有些读者想到的是80年代初的那些句子："只要想起一生中后悔的事／梅花便落了下来……"（《镜中》）80年代中期，张枣赴德国求学，并在那里的大学任职。他的诗延续了早期的"古典"特征：对"小事物"在观察上多角度的变化，对词语（声音、色泽、

---

①"他身上体现了多种美德：劳动是一种美德，成功是一种美德。他在比他年龄大或者小的诗人面前都像一位兄长，都能保持雅量和宽怀。他对自己的诗非常自信，但同时又付之以艰苦的劳动来使自信能够名副其实……"（付维的评价，见柏桦《左边》，第183-184页）"在成都写诗的朋友当中，他们说欧阳江河是一个筋斗云接一个筋斗云地写，说孙文波是一锄头接一锄头地写，他是一种非常沉稳的、非常勤奋的人。"（胡续冬，见《在北大课堂读诗》）

②张枣1995年8月在德国南德电台一次访谈中说道："……我的那些早期作品如《何人斯》《镜中》《楚王梦雨》《灯芯绒幸福的舞蹈》等，它们的时间观、语调和流逝感都是针对一群有潜在的美学同感的同行而发的，尤其是对我的好友柏桦而发的，我想引起他的感叹，他的激赏和他的参入。正如后来出国后的作品，尤其是《卡夫卡致菲丽丝》……与我一直佩服的诗人批评家钟鸣有关，那是我在十分复杂的心情下通过面具向钟鸣发出的……"转引自Susanne Cosse《一棵树是什么？》，《语言：形式的命名》，人民文学出版社，1999年，第344页。

③张枣，1962年生于湖南长沙。1978年就读于湖南师范大学外语系，1986年获四川外语学院英美文学硕士学位，同年起旅居德国。1996年获德国图宾根大学文学博士学位，并在该校任教。著有诗集《春秋来信》等。

质地等）细致、柔韧性质的发掘与精心安排；节奏、韵律上的关注。诗的取材虽然是日常事物，却常有梦幻式的推演。在"语势"（90 年代流行的一个诗学语汇）上，不是呈现柏桦那样的突兀、急促，而是表现了对于智慧、新颖，表现了对美的期待的耐心。90 年代以后，张枣的"抒情方式"趋向复杂。主要的一点，如他在评论现代诗人策兰时所说的，以"对话式"取代独白式的抒情。张枣认为，"对话是一个神话，它比流亡、政治、性别等词更有益于我们时代的诗学认知。不理解它就很难理解今天和未来的诗歌"①。"抒情方式"的这种转化，在 90 年代的中国诗人那里当然不限于张枣；但他更为自觉。对话的对象可能是友人，是亲属，是某个诗人，某一文本的意象，"自我"的虚拟或拆分，或确定的、想象中的"知音"读者。于是，诗中常漂浮着类似于隐秘的信息。它的传递得到一些读者会心的领悟与参与，而因时空际遇的限制和对想象方法的陌生，却对另外的读者②产生阻隔；正如有批评家所言，这种抵达"知音"的想望本身就会包含失败的悲剧。张枣的诗数量并不多。重要作品还有《楚王梦雨》《何人斯》《灯芯绒幸福的舞蹈》《秋天的戏剧》《云》《卡夫卡致菲丽丝》《跟茨维塔伊娃的对话》等。

在十四行组诗《跟茨维塔伊娃的对话》的第二首中，张枣写道：

诗，干着活，如手艺，其结果
是一件件静物，对称于人之境，
或许可用？但其分寸不会超过
两端影子恋爱的括弧。……

钟鸣应该十分认同对诗的这一理解。在他的皇皇巨著《观察者》中，贯串着对当代诗歌，以至对 20 世纪中国新诗某些特质（自我沉迷；姿态化；对"大事物"的耽好；意识形态功能幻觉；单一性的解决方案；

---

① 参见 Susanne Cosse《一棵树是什么？》，《语言：形式的命名》，人民文学出版社，1999 年，第 344 页。
② 如诗人桑克所称的"初级阅读者"的困惑。见《对六部诗集的随意阅读与刻意批评》。

只有蓝图，没有工艺；等等）的批评性洞察。钟鸣[1]70年代在北方服兵役时开始写诗。大学时期再次"为诗歌迷狂"，同时参与80年代初的大学生诗歌运动。1982年，创办有影响的诗歌民刊《次生林》和《外国现代诗选》。80年代的写作以诗歌为主。他对自己早期的作品显然不满意，它们很少收入他公开出版的诗集中。80年代后期，精力放在随笔上，出版了多部随笔集，受到好评。《旁观者》是他最重要的作品集：由自传、文学批评、"见证式"的当代诗史、诗歌作品、对自己作品的诠释，相关的手稿图片等组成。一些人的印象是，钟鸣在历史叙述与文学批评上的光彩，似乎超过他的诗作[2]；从中可以看到作为一位诗人、批评家的开阔、敏锐的素养和识见。

与他的随笔写作一样，钟鸣可以称为"学者型"诗人。他将日常的观察、现实经验，与广泛的阅读所储存的学识交叉、联通。这一诗歌方向，即使从诗题上也可以看出[3]。80年代后期的一个时间，醉心于被称为一种"文本式抒写"的路向，"以语言自身来洞开和生成"诗的世界[4]。扩大诗的"文化边界"的追求，导致有些作品过于晦涩芜杂。总的说来，钟鸣厌烦浅薄的浪漫抒情，而对"繁复"的美学信念更为倾心。《中国杂技·硬椅子》是被一些批评家和作者本人重视的作品；其中包容了繁复的"心理学""社会学"内涵。借虚构的"中国椅子"，"探讨一个中国主题——色情与政治、伦理和书写的扭曲、

---

① 钟鸣，1953年生于四川成都。1970—1975年曾在北方服兵役，其间去过越南战场。1982年毕业于西南师范大学（重庆）中文系。1989年，与赵野、向以鲜合办诗歌民刊《象罔》，于1990年停刊。著有诗集《中国杂技：硬椅子》，随笔集《城堡的寓言》《畜界，人界》《徒步者随录》，和三卷本的《旁观者》。现为私立的鹿野苑石刻艺术博物馆馆长。

② 但钟鸣可能不希望读者产生这样的印象。在诗集《中国杂技：硬椅子》的《自序：诗之疏》中写道："……随笔之于我，则只是一种半为诗歌半为它自己的永恒的训练而已。如果，我们把诗看作是人类记忆的一种特殊方式，那它就应该伴随我们终生。"北京，作家出版社，2003年，第20页。

③ 如《凤兮》《羽林郎》《匪茜之歌》《赛留古》《耳人》《尔雅，释君子于役》《将军和密探》《珂丁诺夫》《谐谑曲·胖僧》《蹴鞠小考》《安妮，或我在密室中》等等，和以"曼德尔施塔姆"为题的组诗，其构思，都与某种阅读相关。敬文东指出，他"把书卷与现实一起叫到了一个临界点上，指挥它们共同交融，组成了活生生的次生现实"。《椅子和树——诗人钟鸣论》，《新文学》第一辑。郑州，大象出版社，2003年。

④ 李振声《季节转换》，第203-204页。

人民的力量和权威的微妙关系、人类经验的隐私领域与脆弱性……"①因而，它成为进行复杂的本文分析的"典型"对象②。

思考时代、现实生活和与此相关的人的命运，是钟鸣专注的观察点；以俄国诗人曼德尔施塔姆为总题的组诗（《曼德尔施塔姆在彼得堡》等）有清楚的表明。在处理与"时代"的关系上，钟鸣坚持一种谨慎的间隔（审察的，自省的，诗歌美学尺度的）。他厌烦那种挥霍，讥讽那种"会跳跃，却不知道怎样落地"③、不能"返回"的诗歌。

> "请保持距离"，太阳对夸父说，
> "那就是保护你的尊严！"火球开始
> 西沉，"当心，残屑会刺伤你！"
> 站在背面的月亮说——还没说完，
> 便从更幽暗的核桃树垂直跌落。
> ——钟鸣《追太阳的人》

钟鸣90年代以后的作品，措辞、色调、节奏更形式多样。优雅与活泼，高贵与俚俗，严肃与怪诞有时会调和，或混杂地呈现。作品中存在的散文化倾向，也有了改善。他的主要作品还有《鹿，雪》、《凤兮》、《匦酉之歌》、《胖僧》、《红胡子》（组诗）、《感伤的旅行》（纪事诗）等。

## 五、实验者与《发现》

"实验"是20世纪80年代"新诗潮"诗歌的最主要特征。90年代诗歌继续了这一趋势。由于历史上的原因，新诗写作的可能性在过去很长时间里，并未得到充分认识与开发。80年代以来，那些有潜力且有抱负的新诗写作者，看到了实验、创造的空间。在90年代，诗界活跃的诗人，在诗的取材、体式等方面，都有许多创新。他们的写

---

① 柏桦《左边》，第188页。

② 钟鸣的1987—1997年的自选诗集便以这首诗为书名(北京，作家出版社2003年)。他在自选诗集中附录了美国、德国汉学家对这首诗的分析文章，自己也对此做了细致解读。敬文东的长篇研究论文《椅子和树——诗人钟鸣论》的立论，《中国杂技·硬椅子》一诗是重要依据。

③ 钟鸣诗《感伤的旅行》。《中国杂技：硬椅子》，第154页。

作，不断在改变对新诗的想象，调整关于诗歌的"定义"。西川的《致敬》，于坚的《0档案》《事件》，昌耀90年代后期的诗，陈东东的《即景与杂说》《夏之书》等，都表现了实验上的极大"幅度"。当然，"实验"的广度与细微之处，要更加多样和深入。涉及的，有诸如诗歌处理"现实"的方式、写作者在诗中的"位置"、句式与章法、节奏与韵律等方面。

萧开愚[①]80年代中后期虽然与四川的"非非""莽汉""整体主义"诗人有密切交往，但他的名字没有位列这些派别的花名册上，也可以看作是个"游离分子"。在1986年"现代诗大展"的"群落"归属上，称自己为"'无'派"：这既可以理解为他此时对"超现实主义"的"无意识的自由"[②]的向往，也可以看作对不愿归属任何派别，或无派可归的表态。在若干场合，他表示对诗的"当代性"的重视。这一语词虽然可能包含多层含义，但对当代社会生活变动的敏感和寻求在诗歌语言强度上对这种体验的把握，是其中重要一点。在80年代后期的诗歌语境中，他是几个最早产生"转型"意识的诗人之一。在90年代成为诗歌"关键词"的"中年写作"，就为他所首创[③]。与

─────────────

① 萧开愚（1960—   ），四川中江人。毕业于医科院校。80年代中期开始写诗。1992年移居上海。1997年以后旅居德国。1986年起，自印过《植物，12首》《汉人，27首》《前往和返回》《地方志》《向杜甫致敬》等诗集多部。"正式"出版的诗集有《动物园的狂喜》《学习之甜》《萧开愚的诗》等。

② 萧开愚对"'无'派"的"艺术自释"，《中国现代主义诗群大观1986—1988》，第305页。

③ 最早见于"民刊"《大河》1989年第7期上的《开阔、抑制、减速的中年》一文。后来，他对此做了这样的解释："90年代的开端突出了它沉重分量中的道德观和社会责任感的比重"，"我在《大河》诗刊发表了一篇文章，提出'中年写作'，探讨摆脱孩子气的青春抒情，让诗歌写作进入生活和世界的核心部分——成人责任社会。……中年的提法既说明经验的价值，又说明突破经验的紧迫性，中年的责任感体现在解决具体问题的能力上，而非呼声上。"（《90年代诗歌：抱负、特征和资料》，《学术思想评论》第1辑，1997年）2003年的一篇访谈中，他对此的说明又略有不同："他（指萧开愚）说1988年他28岁，已结婚生子，觉得自己是中年人了，'但我没说中年写作。有中年的感觉，我觉得中年人应该是比较负责任，有一种处于工作中的那种态度，尽量有活力，精力饱满，视野更开阔。我没有进行理论化，这是欧阳江河他们做的。我很不习惯把对诗歌的想法理论化，诗是理论的天敌。这并不是说我讨厌思辨的东西进入诗歌，也不是说我没有思辨的能力。'"（飞沙《诗是太昂贵的东西——近访萧开愚》）

此相关的还有诗的"及物性"的说法。这些都在强调在一个变化了的社会文化语境中，步入"中年"的写作者告别"青春抒情"、承担"中年"的责任的意识。当然，类似"中年写作"的说法，也暗含回顾诗歌道路时，对于"经典化"写作目标的抱负与焦虑；这一心理因素，在已届（或即将）"中年"的那些诗人中普遍存在。

不过，萧开愚并不想将这些作为"原则"，来拘束其"变动不拘的写作活力"。他始终是一个诗歌实验、艺术革新的热心者。受到庞德提出的"日日新"的启发，对形式和风格的创新抱有极大热情；各个时期，甚至同一时期的不同作品，写作变化幅度很大。当然，这些"革新"的成效目前尚难以估计①。这种变化，既表现在各个不同阶段，也出现在同一时期的不同作品中。早期的一些短诗，有一种清新、典雅的传统风格。80年代末至90年代中期，诗风有明显改变，反讽的叙事和戏剧性的分量加重，并贯穿着对社会发言的主题倾向。这类作品有《向杜甫致敬》《国庆节》《动物园》《中江县》《嘀咕》《傍晚，他们说》《艾伦·金斯堡来信》等。1997年旅居德国之后，作品（《安静，安静》等）更注重对人的本性，对自然、命运、自我的发掘，而技艺的多向度探索也更自觉。实验涉及范围广泛，如现实生活场景与超现实想象的处理，反讽叙事对抒情的改造，俚俗口语、四川方言的运用，句式、节奏、体式的变换……②其中，有的富于韵律、语词讲究，有时是犀利的揶揄与嘲讽，也有对于"现实"的厌弃与绝望。近来的不少作品，在修辞方式上增加适度的"喜剧"因素。这种让诗呈现"轻盈"体态的追求，并非纯粹出于"炫技"的乐趣，其动机主要还是来自"一种更为内在的需要"：为总体上那种尖锐、沉重的经验和意识，

① 张曙光、程光炜等都指出这一点。程光炜说他是"一个形式最多、变化也最大的书写者"，他的"写作是开放的、扩张性和创造性的"，不过他也有所担心，"写作形式和角度的大幅变动，是否会造成作品质量的不够平均……"（《〈岁月的遗照〉导言·不知所终的旅行》）。周伟驰认为，萧开愚"是少数到了这个年纪还能继续创作并且不断变化、不断尝试，保持旺盛创作力且水平呈上升趋势的诗人之一"，他的"'诗歌频谱'很广（可能是他那一代最广的），一种固定的风格很难束缚住他"（《诗歌中的语言游戏——关于萧开愚的一辑诗歌》，载民刊《新诗》2002年8月第2辑萧开愚专辑）。

② 萧开愚的诗歌实验，得到一些青年诗人的响应。90年代后期在上海主办的"民刊"《说说唱唱》（丁丽英、鲁西西、千叶、李建春等），与其存在一定的联系。

那种对"自我"的精神内省，寻找准确、有力的表现，以达到"令人震撼的强度"①。正如萧开愚所言："我曾担心，现代诗一旦消除了破碎感，同时也就消除了现代感，而我深信诗的触须不能关联诗之外的现实，就等于自残。"②萧开愚的探索，重视与"传统"建立有效联系，寻找与自己的心理气质、艺术道路合拍的艺术经验。在一些作品中，可以看到某些他所心仪的中外诗人（比如卞之琳③）文本的"身影"。从90年代后期开始，他和臧棣、孙文波合编、出版了不定期的，发表诗作和评论的《中国诗歌评论》④。

1991年初出版的诗歌"民刊"《发现》，为当时已毕业离校（西川、臧棣、戈麦、西渡、清平）和仍就读（恒平、麦芒）的北大青年诗人创办。创刊号刊载有西川、臧棣、戈麦、西渡、清平⑤、恒平⑥、麦芒等的作品。"发现"的名称，来源于他们对新诗写作的基本认识：对存在、语言和新诗可能性的发现、探索的信心和勇气。第3期（1992年底）辟有对戈麦的纪念专辑。后来由于成员的离散和发生的分歧，在出版3期后遂告停刊⑦。在《发现》的"发刊词"（臧棣执笔）上，提出他们对诗歌的基本理解。他们认为，诗歌写作是一种手艺式的"劳作"，而且是有关语言的劳作。诗歌被界定为语言的探索，他们期望在诗人与语言之间建立一种平等的关系。在对新诗的前景上，他们表现了一种探索的信心和勇气。他们的探索，显然更多联系着新诗传统

---

① 参见张曙光《动物园的狂喜·代序》，北京，改革出版社，1997年。

②《新诗》2002年8月第2辑萧开愚专辑《附记》。

③ 如《安静，安静》《自昨天》《柏林之刺》《天鹅——回赠臧棣》等，可以见到对卞之琳诗的句式和时空组织方式的运用。

④ 已出《语言与形式》《从最小的可能性开始》《激情与责任》各集。人民文学出版社出版。

⑤ 原名王清平，1962年生于江苏苏州，1987年毕业于北京大学中文系，后任人民文学出版社编辑。

⑥ 蔡恒平，1966年生于福州，1983—1991年就读于北京大学中文系。著有诗歌、小说合集《谁会感到不安？》。

⑦《发现》停办后，"其成员并没有按照同一个方向发展自己的诗艺，个别诗人在创作观上还发生了某种分歧"（程光炜《中国当代诗歌史》，第377页）。第4期出版时已是2003年2月，"本期同人"署麦芒、清平、西渡、臧棣。事实上，西川在诗歌的某些重要问题上，与臧棣等并不相同，甚至戈麦的诗歌观念也与臧棣、西渡等有不少差异。

中"学院派"的脉络，特别是30年代卞之琳所开启的工作。他们的"兴趣正愈益集中到试图探求事物的内部的奥秘"。《发现》的诗人以及执着于现代汉语能力的发现的诗人，其努力"不可或缺"，但也"并不是唯一"的[①]。

臧棣[②]虽然在90年代诗歌论争中，也被归入"知识分子写作""阵营"，他也撰文阐述诗歌是"一种特殊的知识"，但是在这一问题上，他的看法显然与王家新等有明显区别。对臧棣的诗（尤其是90年代以后），这样的描述可能离"事实"不会太远："探索性的、尊重文学传统并且将写作行为定位于'对语言的可能性的发现'之上的。"[③]臧棣认为，"每一个时代的诗歌写作，其实都是处理它所面对（经常是有意选择）的其自身的诗歌史的问题"[④]。他的写作始终呈现的"实验"（或"探索"）色彩，正根源于一个雄心勃勃的诗人与"自身的诗歌史问题"之间的"紧张"关系上。虽说多数有抱负的诗人，都会面临"自身的诗歌史问题"，但像他这样自觉（有时且相当偏执）的并不很多。这显然和他一边写诗，一边从事新诗批评和诗歌史考察有关。通过自己和同代人的写作，追问"诗是什么"，在诗歌史的链条上试图重新定义新诗（"试图显示什么是我们这一代人所理解的诗歌"），发现于"当代"有效的写作方式。

在一篇短文里，臧棣有这样的判断，"90年代的诗歌主题实际只有两个：历史的个人化和语言的欢乐"[⑤]。这样描述90年代优秀诗人的写作是否合适另当别论，但用来指认他自己的诗，则相当恰当。"历

① 张清华《语言的蝴蝶——关于〈发现〉的片言只语》，《上海文学》2004年第4期。

② 1964年生于北京。1983年考入北京大学中文系。后在该校读研究生，先后获得文学硕士、博士学位。曾一度在中国新闻社工作。大学就读期间，开始诗歌写作。曾参与创办"民刊"《发现》《标准》。著有诗集《燕园纪事》《风吹草动》《新鲜的荆棘》。编选《里尔克诗选》《北大诗选》等多种选集。

③ 周瓒《论当代汉语诗歌的书写者——臧棣》，《当代作家评论》（沈阳）2001年第5期。

④ 臧棣《人怎样通过诗歌说话》，《风吹草动》，中国工人出版社，2000年，第2页。

⑤ 臧棣《90年代诗歌：从情感转向意识》，《郑州大学学报》1998年第1期，另见王家新、孙文波编《中国诗歌90年代备忘录》，人民文学出版社，2000年，第246页。

史个人化"这个耳熟能详的词语，已被普遍用来描述 90 年代文学写作的重要走向，但谈到臧棣的诗，则有一些"特殊之处"需要辨析。"个人化"不仅意味着"历史"只是个人经验的"历史"，也不仅指"历史"被扩散、投射至个人生活、意识、情感的各个角落，还意味着这一"个人"的"诗歌书写者"的身份。因而，必须在对语言的可能性的发掘，必须通过精湛的技艺，诗歌"才能更好地与时代发生关联、同时代进行巧妙的周旋"①。在具体的意识倾向和措辞风格上，则强调与中国新诗"宏大"的主流格调偏离的"专注于'小'"和"从容于'精细'"②。这种论说，联系他对词语、技巧的"沉醉"，都容易被从"技巧至上"上加以批评。但在他看来，"精细"，对技艺的执着，有助于提供以"诗歌的方式"看待世界的可能，有助于"不断地在我们的'已知'中加进新生的'无知'"，展现诗歌对生活"纠正"的能力。这里，他重视的是诗歌"书写者"在对待、处理"历史"的主动姿态：

> 也许我有点自负，我的使命
> 就是把被怀疑的一切压缩成可爱的深渊
> 的确，舞刀弄剑使我对人生有了不同的感觉
> 我已习惯于让历史尊重那致命的一击
> ——臧棣《咏荆轲》

臧棣的一些诗，具有清晰、简洁的形态，表现他对现代汉语在声音、词义、句法上的"可能性"发现的敏感。他确定地要离开或改造新诗强大的浪漫抒情传统。早期的"象征主义"的那种重视幻象、感悟的诗风，也有向着更重视"观察""智性"倾斜的情况；诗呈现了由怀疑、

---

① 张桃洲《穿梭于地面的技艺——臧棣诗歌论》。载《新诗》（民刊）2003 年第 4 辑。

② 在一篇访谈中，臧棣认为他是一个"比较关注'小'事物的诗人"，"我对现代以来的'宏大'叙事有疏离感"。他提出一种肯定存在争议的看法："从新诗历史上，凡是偏于'大'的想象力的诗歌，最后都堕落为一种空洞的叫嚣与虚假。反而像卞之琳这样专注于'小'的诗人，最后反倒是给我们留下了一笔真实的遗产。"又说："诗歌应尽可能关注事物细微的一面，从容与'精细'，才能给我们带来'惊喜'。"见《诗歌就是不·魅》，《新诗》（民刊）2003 年第 4 辑。

辩诘、改写、翻转、分裂、自省等因素所组织、推演的"对话"结构，或者说一种具有很大"包容量"的反讽性修辞。其结果不是简单更换"答案"，借着诗歌独特的视域、想象方式，自然、社会与人性的黑暗然而也"可爱"（部分来自语言操练所引起的"乐趣"）的"深渊"的隐秘，得到揭发和审视，在一些出色的作品里，经验的复杂性被屡屡探及。

作为一个固执的探索者，臧棣的诗歌道路自有其"风险"；他的作品也受到来自两个极端的评价。身处特定社会历史和诗歌语境，在语言的"游戏性"与语言游戏之间，在抒情性与"智性"，在"以小见大""少就是多"与"小"就是"小"之间，在诗人与文本之间，在粗粝的活力与精致圆润之间，其意义、价值的判定从来并不稳定。困难在于，过于偏激与销蚀锋芒，都可能是问题；而所有的试验者都难以做到万无一失。臧棣90年代中期以后的作品，艺术水准更为一致、纯熟；对事物、语言内在隐秘也有更多令人惊讶的发现。不过，90年代早期的那些略显"古典"色彩的作品，也不是后者所能替代的。比如《孩子·麦子·人子：一首挽歌》《咏荆轲》《唤醒伐木者》《石头记》《最珍贵的礼物》……那可能是因为，除了机敏、柔韧、出人意料之外，还显得充沛，甚至深沉（尽管他推崇的是清澈的"深"，而不是浑厚的"沉"）：

　　群山升起，夕光成长为一棵树
　　亮媚的枝丫转瞬间被纷纷折断，进入收藏
　　夜色迅速降临：缺少顿号，也没有边角
　　它染黑了拍岸的浪花，以及浪花

　　在我们心中所溅起的某种情感
　　回忆是如此充沛，因为它懂得黯然神伤
　　精通深深地触及，甚至熟悉
　　怎样垒起一个水池来储存它自己的潮湿
　　　　　　——臧棣《在埃德加·斯诺墓前》

西渡[①]也是进入大学之后开始写诗。早期的写作，受到海子诗风的影响，它们有一种"唯美"的抒情倾向，虚拟的自然意象，是他对高贵、纯洁的生活、心灵的想象性寄托。在求学期间，他和戈麦合办《厌世者》的"民刊"。这一命名，表现了他们对世俗生活和流行文化价值观保持距离，甚至厌弃的态度。与这一态度相称的，是创作于90年代初的一组作品，它们是组诗《献给卡斯蒂丽亚》、十四行组诗《诱惑与自由》等。写于1992—1993年间的共5首的《挽歌》，是他"向青春告别之作"[②]，也预示着西渡的诗开始经历缓慢的转变。在停笔几近两年之后，从《寄自拉萨的信》开始，他意识到在写作上进入一个过去未曾涉猎的"开阔地"。他的视野、想象力，更多地进入他以前忽略、弃置不取的日常生活情景。在《从天而降》《阜成门的春天》《定惠寺》《一个钟表匠人的记忆》等，虽然仍保持严谨、典雅的修辞习惯，但主观性抒情受到抑制，诗中呈现的复杂经验、显明的反讽色彩、冷静的"叙事"风格，构成西渡诗作新的面貌。

80年代后期到90年代一段时间，北京大学的诗歌活动与写作，表现得比较活跃。80年代初，与全国各地的大学一样，新诗潮也在这所学校的学生中获得热烈响应：组织诗社、创办诗刊、自印诗集的风尚也不例外。但在80年代的大多数时间里，这些并未引起更多的关注。80年代后期，西川、海子等的作品在刊物上发表，一定程度改变了这种情况。到了90年代后期，遂有了"北大诗歌""北大诗人"等含义模糊且存在争议的称谓出现[③]。这一命名，与下面的现象有关：多位诗人的写作逐渐被诗界认可，且得到较高评价；这些诗人的写作对当代的诗歌进程产生影响。其次是，毕业于北京大学的诗人海子、骆

---

① 西渡（1967—　），生于浙江浦江。1989年毕业于北京大学中文系。大学期间开始写诗。著有诗集《雪景中的柏拉图》《草之家》，诗歌评论集《守望与倾听》。戈麦去世之后，编辑了《戈麦诗全编》。与臧棣合编《北大诗选》。

② 西渡《草之家》，北京，新世界出版社，2002年，第207页。

③ 90年代后期以来，一些诗歌研究论文与诗歌史著作，开始使用"北大诗歌""北大诗人"这样的称谓。如程光炜《中国当代诗歌史》（中国人民大学出版社，2003年）第12章第4节的标题为"北大诗歌及其他"，该书使用了"北大诗人群"的说法。向卫国《边缘的呐喊》（作家出版社，2002年）第5章有"北大诗人"一节。但这种说法也受到质疑，有的"北大出身"的诗人也不同意这一说法，表示不愿忝列其间。

一禾、戈麦八九十年代之交的相继去世所产生的震动。而这所学校在纪念百年诞辰时（1998）对80年代以来的"校园诗歌"的整理、编纂，也起到一定作用①。90年代有关"北大诗歌"以及"校园诗歌"的谈论，不仅在显示一种在当代受到忽视的诗歌精神氛围与创作倾向，并促使人们关注诸如诗歌与学院、诗歌与知识，以及学院与诗歌创造力、创新精神的关系等长期以来存在争论的问题②。在谈及"北大诗人"和"北大诗歌"的时候，有些评论文章和选本，列举的作者主要有海子、西川、骆一禾、臧棣、戈麦、西渡、阿吾、清平、恒平、周伟驰、胡续冬、姜涛、冯永锋、周瓒、冷霜、王雨之等。

## 六、"游离"与"偏移"

20世纪八九十年代诗界的运动、派别的存在状况，使得不属某一派别者，倒像是特例。延续着80年代后期对"被埋葬"的精英的"发掘"，在90年代后期，对诗界"边缘"与"游离"者价值的发现，成

---

① 主要成果是臧棣、西渡编的《北大诗选》（中国文学出版社，1998年）。该书由在北大任教的谢冕、孙玉石、洪子诚作序，收入70年代末以来在北大上过学的近80位作者的诗作。编者的目的，是把80年代在北大读书的诗人的创作汇总，"放置在当代诗歌史中去衡估它的位置和成就，并间接地提出它所包含的某些文学史问题"（《北大诗选》，第457页）。后来，臧棣在答《南方周末》（广州）编者问时说："北大诗歌的确有自己的传统。但是，以我的观察，这个传统不是写作程序上的传统，或是写作风格上的传统。北大出身的诗人，像海子、西川、骆一禾、陶宁、白玄、清平、西渡、麦芒、蔡恒平、徐永、戈麦、林东威、李保军、田晓菲、雷格、橡子、孙承斌、熊挺、周伟驰、胡续冬、姜涛、冷霜、冯永锋、周瓒、陈均、王璞、曹疏影等，他们具体的写作倾向差别很大，但都在某种程度上和一种北大的诗歌氛围有关。……还有一个传统，也值得一提，就是对于诗歌问题，北大出身的诗人很少说蠢话。"但在同时，他也不同意"北大诗歌"的提法，认为它不存在。见《答南方周末——亲历者的20年》，《南方周末》2002年2月18日。西川等也曾表示不同意"北大诗歌"（"北大诗人"）的说法。

② 关于诗歌与知识、与学院的关系问题，在当代的相当长时间里，一直是作为负面因素来处理，指出学院给诗歌写作带来封闭狭隘、"学生腔"、形式主义等。随着近年来一些现代诗人（闻一多、冯至、卞之琳、穆旦、郑敏、杜运燮等）在诗歌史上地位的提升，以及有关20世纪20年代清华大学、30年代北京大学、40年代西南联大的"学院诗歌"研究的开展，"十七年"中确立的这种观念发生了变化。有的批评家认为，"在当代中国的文化结构中，学院（包括它向诗人提供的教育背景）恰恰是诗歌变革的真正场所"（臧棣《北大诗选·跋一》）。但这仍是当前诗歌界存在争议的问题。

为一件重要工作。其目的，当然是对"潮流"与"运动"可能产生的遮蔽的警惕，不过，复杂性在于，这种"发掘"有的时候其实也是诗界权力之争的运动所实施的某种策略。但无论如何，在一个"运动"、纷争不断，并相当影响着诗歌评价的环境中，重视那些与"潮流""运动"关系不甚密切的写作者，肯定有它的积极意义。在 90 年代的不同时候，像柏桦、陆忆敏、胡宽、郑单衣、王小妮、杨健、小海、杨黎等，都曾被有的批评家（诗人）作为受忽略的诗人谈论。如果范围再扩大的话，昌耀等在一段时间的遭遇，也属于这样的性质。但昌耀与"先锋"诗界的利害无关，因而没有被引入有着激愤情绪的语境之中。

柏桦[①]在一段时间"赞美者和公正谈他的人却甚少"的原因，他的朋友钟鸣有过一些分析[②]。柏桦一直以"抒情诗人"的形象出现；后来也自嘲地说："我的作品仍回响着陈旧的象征主义的声音（甚至浪漫主义的声音？）。"[③]大学时代开始写诗。80 年代初，在四川与欧阳江河、翟永明、张枣、黄逸林等有密切的诗艺交往。他的朋友称他"机敏细致"，极有诗歌天赋，具有"将迷离的诗意弹射进日常现实深处的本领"[④]。写于 1981 年的《表达》常被看作他的"代表作"。连同《夏天还很远》《悬崖》《望气的人》等，有一种"幻美"的"挽歌气质"，流动着"南方式的多愁善感和厌烦"[⑤]。批评家普遍认为，

---

① 柏桦，1956 年 1 月生于重庆。1982 年毕业于广州外国语学院英语系。曾在中国科学技术情报研究所重庆分所、西南农业大学、四川外语学院、南京农业大学任职。现居成都，为自由职业者。著有诗集《表达》《望气的人》《往事》，自传《左边——毛泽东时代的抒情诗人》。

② 钟鸣语。谈到对柏桦"赞美者和公正谈他的人却甚少"的原因时，他揣测说："是个性偏离太远了吗？是人们还习惯用手遮住太刺眼、太伤自尊心的东西？还有，恐怕地缘政治即使在它的反叛者那里，也固执遵守着缄默的法则。"《旁观者》第 2 卷，海口，海南出版社，1998 年，第 680 页。

③ 柏桦《左边——毛泽东时代的抒情诗人》，第 184 页。

④ 张枣为柏桦的《左边》一书所写的序（《消魂》）。张枣在这里提出，如果北岛是"朦胧诗"的主要代表的话，柏桦"无疑是 80 年代'后朦胧诗'最杰出的诗人"。

⑤ 钟鸣、陈超、程光炜等的评论。陈超认为，柏桦"有如老式衰落王公及文士意识，加上波德莱尔式的'游荡孤魂'的早期象征主义的殉情者"；他寻找的是"旧时代那个怪癖缠身的'内在的自我'"（《打开诗的漂流瓶》，第 301—302 页）。程光炜："他的作品里混淆着唐后主李煜和晚唐温、李二人的气味。……分明透露着'梦里不知身是客'的刻骨铭心和心灰意懒相交织的亡国之音。"（《岁月的遗照》，第 13 页）

从中可以看到波德莱尔和晚唐温、李的影子。

　　陌生的旅行

　　羞怯而无端的前进

　　去报答一种气候

　　克制正杀害时间

　　夜里别上阁楼

　　一个地址有一次死亡

　　那依稀的白颈项

　　将转过头来

　　　　　——柏桦《悬崖》

　　在自传性著作《左边——毛泽东时代的抒情诗人》一书里，柏桦把这称为"下午"的性格、气质。"孕育着即将来临的黄昏的神经质的绝望、啰啰唆唆的不安、尖锐刺耳的抗议、不顾一切的毁灭冲动，以及下午无事生非的表达欲、怀疑论、恐惧感。"[1]他的写作，表现为一种"天赋"式的冲动和挥发；这与他的朋友（如张枣、钟鸣等）在诗艺上着力与讲究，终成两途。柏桦诗歌对象是"幻象化"[2]的，即使是《琼斯敦》那样有明显事实印记的作品也不例外。他的诗情具有一种孤单者的敏感和"神经质"的盲目力量。80年代末那些语句突兀、急促，因自省、焦虑而显得"面部瘦削"的作品，令人印象深刻："不幸的肝沉湎于鱼与骄傲／不幸的青春加上正哭的酒精"（《未来》）；"疲倦还疲倦得不够／人在过冬"（《衰老经》）；"这是温和，不是温和的修辞学／这是厌烦，厌烦本身"（《现实》）；"示威的牙齿啃着难换的时日／男孩们胸中的军火渴望爆炸"（《琼斯敦》）……从诗歌的艺术经验而言，他在语言上实施的"暴力"，对于写诗歌深厚的陈词滥调淤积物，发生某些"爆破"的震惊效果。

-------

　　①《左边》，香港，牛津大学出版社，2001年，第2页。

　　②欧阳江河。钱文亮也指出："抒情式诗人既不把过去的事情也不把现在发生的事情对象化，他走进去或现在发生的事情里并与之融合。"《在北大课堂读诗》，第279页。

柏桦虽然写过，"必须向我致敬，美的行刑队／死亡已整队完毕／开始从深山涌进城里"（《美人》）。不过，"美"在他那里，不是意味着平衡、整一、秩序，更主要的特征恰恰是诗质的分裂、冲突与"反和谐"。在一些诗里，令人困惑的不仅有关"伦理"与"美学"的撞击，而且发生于其中的道德指向本身；尤其是那种有关献身、同时也是毁灭的激情性质的辨认。它们"有时候体现为对某些残忍的超道德事态做出抒情反应和美学处理的能力，有时候又混合着对权力的奇特渴望及对权力所带来的灾难的近距离审视、做证，还有的时候仅仅是从人生的极端事件向美的组织、美的单元的一种过渡"[1]；也可能还有其他的种种状况。但其实，种种"貌似脱离事理的虚无的翱翔"，"最终有能落实和复原到生命实在的事理中"。90 年代初开始，他有近十年时间没有发表新作。

胡宽[2]一直生活在西安。1995 年因病去世之后，牛汉、徐放、胡征（他的父亲，"七月派"诗人）为他编了《胡宽诗集》，收入 1979年至 1995 年的诗作。诗集序言认为，胡宽"是一位被埋葬了的诗人"：20 年里，他"顶着孤独、贫困、歧视"，"在一种纯封闭的状态下默默地写作"，但是，生前他的作品"几乎没有得到任何公开形式的发表、评价和舆论的认可"；这一事实，说明我们的"这个诗坛是如此的狭隘和短视"[3]。批评家将胡宽称为"渎神者"：以一种独特的"平民口语"，"不避丑陋和粗野，直面人性的缺陷和伪善，直抵一个坦白而敞亮的、真诚而鲜活的世界"[4]。对抗一个由金钱、物欲、权势和权力话语所构成的世界，是胡宽诗的持久主题；语言、意象和诗体形式也具有与

---

[1] 欧阳江河《柏桦诗歌中的道德承诺》，《站在虚构这边》，北京，生活·读书·新知三联书店，2001 年，第 227 页。

[2] 胡宽（1952—1995），生于四川重庆。父亲胡征因作为"胡风反革命集团"成员而受到迫害。"文革"中曾在军队服役。70 年代中期开始文学写作。《胡宽诗集》由漓江出版社于 1996 年出版。

[3] 李震《胡宽，一个渎神者的神话——序〈胡宽诗集〉》。

[4] 同上注。李震认为，胡宽写于 80 年代初的《土拨鼠》等作品，在对人类文化和人性的批判上，在想象力的诡奇和开阔上，绝不逊于艾伦·金斯堡的《嚎叫》；而这时，"四川莽汉主义的李亚伟还没有写《中文系》和《硬汉们》，同时距于坚的《O 档案》的写作还有整整 10 年。因此这首诗的自发性和原创意义必将使它成为中国诗歌史中的一块重要碑石"。《胡宽诗集》，第 4-7 页。

此相称的粗野、不羁、挑战"规范"的特征。《土拨鼠》《死城》《广告与诚实》《阉人节》《护身符》等作品，都表现了他狂放的想象力和实验精神。下面的这些句子，可以看作他的诗歌"宣言"：

您的孙子
能够问心无愧地劳动
咬人和玩火
用年轻的血制造的刺
越过时代设置的符号
荒诞　锐利
　　　　——胡宽《献给我的婆婆》

灰娃[①]从1972年开始写诗。但发表作品，是在80年代中期，第一本诗集《山鬼故家》的出版，则迟至1997年[②]，这时她已70岁。从1966年开始，灰娃开始患有精神分裂症。这一精神疾患，和她与生活环境无法取得协调有关。她的写作，在很大程度上，是"为了躲闪和逃避当下现实的空洞"，找到"美的出口"来宣泄她的焦虑和忧伤，达到"自救"[③]。《山鬼故家》集中的作品，始自70年代初，并延续至八九十年代。其中，一部分是对构成她生命的"废墟"和"深渊"的现实历史的质问，更多的则是对童年短暂的北方（陕西秦川一代）乡村生活的回想。下卷中的《野土九章》，和《故土》《哭坟》等，复活乡间那些永恒的仪式习俗，那些"朴素、美丽的灵魂"。比较起来，真切、诚挚的诗情在后面这些作品中，有更具体的表达。这是因为，她的"诗中的生命时间似乎只有过去——它们被幻化为一个完整的'前生'——同灵魂世界的永恒相对视"。

你像村道上那个朝山进香的人

---

① 灰娃（1927—　），生于陕西农村，1939年到延安儿童艺术学园学习、工作。1960年毕业于北京大学俄语系。
② 北京，人民文学出版社，1997年。
③ 王鲁湘《向死而生》，收入《山鬼故家》，北京，人民文学出版社，1997年。

裾裸挎肩尘土落满

一路跪行日晒雨淋忍着饥渴

告诉我 你的路哪里是尽头


笨拙 倏忽 我要归去

我将飞回我们磨坊顶上那颗星

讲述你富饶而苦旱的原委遭遇

春去秋来夜夜在你头上守望你

　　　　　——灰娃《故土》


　　流传在互联网上的《诗坛英雄座次排行榜》①中，郑单衣②入选的理由是，"在一个抒情逐渐萎缩的年代，一个诗人用力于抒情的勇气、毅力、信心就足以让我们尊敬"。当诗界的风向转到以"叙事"、反讽、"互否"、冷静（或放纵）等修辞方式来应对新的经验的时候，古典式的"抒情"是否仍具有生命力？郑单衣的回答自信而坚定。

　　郑单衣80年代初在大学求学时开始写作，并参加当时的大学生诗歌运动。不过很快就进入"孤独"的写作生涯③。90年代末移居香港。他的一些作品被收入若干诗歌合集中，待到2003年，才有个人诗集"正式"出版④。诗中有一种"女性"气质⑤。诗的叙述者，敏感、脆弱、悲观、病态，有着生命的多种创伤，但也坚忍，不断地"挖自己肉里

---

　　① 作者署名"百晓生"，后转载于《文友》（西安）等刊物。

　　② 郑单衣1963年生于四川自贡。1981年起就读于西南师大化学系，参加当时的大学生诗歌运动，并开始发表诗作。现居香港。著有诗集《夏天的翅膀》。

　　③"我那个趋于安静且对世界充满了不信任的自我总是牢牢地，要把我的生活限制在少数几个朋友之间。少数，少到刚好构不成运动。外省的孤独……"郑单衣诗集《夏天的翅膀》自序《写作，无时态的告慰》。

　　④ 1993年上海文艺出版社出版的《当代青年诗人十家》中，收入孙悦、西川、陈东东、陈鸣华、欧阳江河、郑单衣、柏桦、海子、韩东、翟永明的诗。"当代中国60年代出生代表性作家展示"诗歌卷《蔚蓝色天空的黄金》（黑大春编，中国对外翻译出版公司，1995年），收入陈东东、戈麦、海子、黑大春、黄灿然、蓝蓝、吕德安、西川、俞心焦、郑单衣作品。郑单衣自印有多种个人诗集。

　　⑤以至有的批评家误判了他的性别，说美国"自白派"女诗人西尔维亚·普拉斯"直接启悟了翟永明、唐亚平、伊蕾、陆忆敏、海男、郑单衣等为数不少的'第三代'女性诗人"。李振声《季节转换》，上海，学林出版社，1996年，第217页。

埋得太深的绿树与星空"①。"现实"、外在的世界对他来说是"异域"，"唯有诗歌才能把我从这种后工业时代的静态的、闪闪发光的死亡状态中拯救出来。"郑单衣的诗交织着相对抗的元素：沉默，对安静、对美的向往和守护，与尖锐、焦灼、对毁灭的渴望。有一种爆发式即兴抒情的诗歌方式，压抑于禁闭、孤独的"自我"中的"疯狂生长"的情绪和想象力，寻找着扩张的途径，并往往形成激烈、极端的，与柏桦相近的修辞："一年的面粉发呆／在细细的麦秆里讪笑"；"植物集体拜火／而鱼群钻研冶金／最后竟烧红了骨头"；"不死。不死就是广泛的沉默／就是改造、洗头、高音喇叭"……对于他的诗，一种精到的评语是："执拗地向生命情感的深度大步推进，企图达到现代批判精神和古典抒情气质、难以压抑的激愤和异常纯净的语象、永恒的爱的价值和世俗生活题材之间的内在和谐。"②

　　杨键③的"诗龄"应该也不算短，却也是在 90 年代末才得到重视。这期间，他的诗，入选多种诗歌选本④，并出版了第一本个人诗集⑤。不少诗人、批评家，都不吝给予极高的赞语⑥。自然，批评家的赞誉在侧重点上并不很一致。一种看法是强调他的生活方式与诗歌方式之间的关系：诗与生活不再是分离的，不外在于生活；诗是他觅"道"、载"道"的工具。这种"古老""守旧"的诗歌理想，在

---

① 郑单衣组诗《时间的迷雾》中的句子。
② 朱大可《燃烧的迷津》。
③ 杨键，1967 年生于安徽，80 年代中期开始诗歌写作。
④ 包括由杨克主编的《1998 中国新诗年鉴》《1999 中国新诗年鉴》，程光炜、肖茗主编的《时间的钻石之歌》，龚静染、聂作平编的《中国第四代诗人诗选》。
⑤《暮晚》，"年代诗丛"第 2 辑。河北教育出版社，2003 年。
⑥ 柏桦："这是一位生活在马鞍山的神秘诗人，他对无常的高超把握，看似平和，却在极强的爆发力中点醒，震惊世人，有一种挡不住的英雄气概。"韩东："这些天来我逢人便说杨键，使用了一些很大的词来表达我的感受，比如'伟大''唯一''真正和本质的''超乎其上'。""杨键因其卑微而伟大，因其软弱而有力，因其置诗歌写作于虚无的境地而成就了辉煌质朴的汉语诗歌。"刘翔："杨键是一个越来越出色、越来越显出其重要性的诗人。"庞培："其作品博大恢宏，修辞质朴，常以灵魂的归宿和神秘东方为主题。对中国佛教的多年的研究赋予他的诗歌一种沉思、痛悔，甚或讥讽的调子。作品反映了一种对黎明世界的统一秩序的渴望。"

最近的一段时间里是被普遍离弃的对象，现在似乎重新得到肯定[①]。赞誉的另一侧重点，是他作为一个佛教徒，在诗中所表达的虔诚的宗教感：对"空寂"的认同；对"一个山水的教师／一个伦理教师／一个宗教的导师／我渴盼着你们的统治"（《命运》）的期待；对"一个常、乐、我、净的世界"（《构筑》）的信仰，和对慈悲、柔和的"出尘的心境"的唤醒。有的批评家则把他与杜甫联系在一起，称他为"草根诗人"："写下他目睹的真实的残酷的一切，写下他的忧愤、悲悯与痛苦，写下那些震撼我们灵魂与视觉的诗句。"[②] 所有这些因素，可能都存在于杨键的人与诗之中。

90 年代对被遮蔽诗人的"发现"，可以见到这样的迹象：在诗歌观念、艺术方法（譬如抒情性、语言的质朴……）等方面，似乎是在追回 80 年代以来过分放逐的东西；或者也可以看作一种必要的调整。另外，"游离"的诗人，在"诗歌地域"上，一般属于"外省"范围：较容易出现的"孤独处境"，或者会有更多的"愤愤不平、怒气冲天，或标榜一个诗歌主张，或推出一种艺术主义"；但也"反而不会陷入'北京、上海式'的艺术陷阱"（"流于浮泛，依赖于诗歌集体，自己真正的艺术个性却没有建立起来"）[③]。

80 年代朦胧诗退潮以后，"先锋"诗界的艺术创新总是伴随着急迫的"规范"意识。运用理论"立法"的策略，使某些艺术倾向、艺术方法（诸如"日常性""口语""叙事性""中年写作""反讽""反抒情"等）和诗歌展开方式（结社、发表、流通、阐释）转化为诗歌

---

① 朦胧诗之后，"先锋"诗界在诗歌观念上实行的变革之一，就是强调诗歌写作本身的"自足性"，"诗到语言为止"是当时影响至深的看法。

② 李少君《草根诗人杨键》，《那些消失了的人》，海口，南方出版社，2004 年，第 59 页。李少君在这篇文章中还指出："是的，杨键自己就是一个每月生活费仅 300 元的下岗工人，过着异常艰苦节俭的生活，基本只吃素食，但他并不怨天尤人，牢骚满腹，仅仅关心自己的那点悲苦，他的目光投向很远很宽广的世界，他的胸怀关注的是这样一些景象和人群：急剧变迁、支离破碎的乡村，江淮大地上的现实，小学校、农民、厂矿、垃圾场，他的目光所及，是'振聋发聩''思维混乱'的拖拉机，'破碎'的山河，'手上抓着命运的蓝灯'的扳道工，'背着孩子进城找工作的乡村妇女'，'两个蹲坐在石头上吸烟'的民工……在诗里，杨键刻意地压制自己的情感波动，他的悲愤、苦闷乃至绝望，都没有一点痕迹，但越是这样，他那些压抑之下的低吟长叹就越震撼我们的灵魂，并使我们战栗。"

③ 程光炜《时间的钻石之歌·序》，武汉，长江文艺出版社，2000 年。

"原则"。诗界一度"阵营化"的现象的加剧，推动这些艺术倾向、方式的观念化演变速度。这种"制度化"现象，为新诗历史中所罕见。它们很快成为"传统"，也成为似乎是难以逾越的屏障。后者可能导致的，一是使某种艺术趋向与方法得到大面积复制，另一是限制了对变化、差异的发现与辨别的敏感。

在 90 年代中后期，诗界的"后来者"首先要面对这种过早凝结的"传统"压力。即使是那些抱有谦虚态度的写作者，也意识到打破这种"固化"趋势，必须对他们当代的艺术"师长"有所拒绝。"偏移"（如果不是"反对"的话）是他们中一些人用来表达这种谨慎态度的用语。这种"偏移"，包括"制度化"的艺术观念、方法，包括诗歌运动方式和因急迫的文学史意识导致的策略性写作，也包含对自身的诗歌技艺的调整、反省①。

在 90 年代中后期，诗界对主要在 80 年代末和 90 年代才开始诗歌写作的诗人的成绩，有了较多的关注。他们显示了若干新的面貌。有的批评家认为，他们中大多数人，在知识结构、诗歌素养和写作准备上，"绝不逊于已经为人承认的前几代诗人"，"这决定了 21 世纪的中国新诗可能会有不同于前几个时期的面貌和发展过程"②。在各种年度诗歌选本③中，他们的作品得到较广泛的展现。另外，还出版了专门收集他们诗作的选集，如《时间的钻石之歌》《中国第四代诗人诗选》《中间代诗全集》等。被若干选本和批评家所多次提及的这些诗人，有庞培、森子、王艾、桑克、杨键、沉河、姜涛、叶匡政、高晓涛、杨晓民、胡续冬、韩博、哑石、席亚兵、林木、徐江、雷平阳、余怒、周瓒、冷霜、鲁西西、丁丽英、蒋浩等。

---

①《偏移》也是一份诗歌刊物的名字，由姜涛、冷霜、周伟驰、胡续冬、蒋浩等于 90 年代中期创办。该刊第 8 期（1999 年 12 月）的《序言》（胡续冬执笔）讲到办刊的几点"宗旨"：第一，对诗歌写作（包括发表、阐释等）已形成的倾向、成规保持"既有所介入又有所疏离"的"偏移"姿态；第二，充分开掘与自身成长相关的因素，也警惕由于不切实际的文学史臆想，而制定激进的阶段性、策略性写作目标；第三，对自身的技艺积淀采取"偏移"态度，拓宽可能的作为自己的"学徒期"的遥远边界。

② 程光炜《时间的钻石之歌·序》。

③ 如杨克主编的各年度的《中国新诗年鉴》《90 年代实力诗人诗选》。

## 七、“民间”的集合与诗歌论争

20世纪90年代末发生的诗界论争，以“知识分子写作”与“民间写作”对立的方式出现。与朦胧诗时期不同，冲突主要发生于80年代被称为“新诗潮”的诗界内部。这一诗界中的矛盾当然不自今日始。一个明显的征象是，从80年代中期以来，有关诗歌时期与诗歌“范式”的划分与命名（新诗潮/后新诗潮；朦胧诗/后朦胧诗；朦胧诗/第三代诗；现代主义诗歌/后现代主义诗歌；第三代诗/90年代诗歌；青春期写作/中年写作；北方/南方；北京/外省……）就包含多种交错、混杂的分歧；诗人之间、不同诗歌社团、“圈子”之间的矛盾也时有显露。

不过，以这样的“营垒”划分形态和激烈的论争方式出现，其直接原因，则来自90年代中期出现的“诗歌秩序”的建构，和由此引发的“对诗歌象征资本和话语权力的争夺”①。针对1997年前后诗选、个人诗集的编选、出版情况②，以及与“90年代诗歌”话题相关的诗歌史叙述形成的诗歌“谱系”，一些在这种秩序建构中被忽略、遗漏

---

① 姜涛《可疑的反思及反思话语的可能性》，《中国诗歌九十年代备忘录》，人民文学出版社，2000年，第137页。

② 在90年代前期，“新生代”（或“第三代”，或“后朦胧诗”）诗人的个人诗集很难获得“正式”出版的可能。当时出版的，主要是多人合集，如1993年由万夏、潇潇主编的《后朦胧诗全集》（上、下两卷，四川教育出版社），1993年由谢冕、唐晓渡主编的《当代诗歌潮流回顾·写作艺术借鉴丛书》（共6册，北京师范大学出版社）。到了1997年之后，情况发生了变化。以丛书形式出版的诗集有“坚守现在书系”（门马主编，收欧阳江河、翟永明、西川、萧开愚、陈东东、孙文波个人诗集，北京，改革出版社，1997年）；“20世纪中国诗人自选集”丛书（包括西川、欧阳江河、陈东东、王家新个人诗集，湖南文艺出版社，1997年）；“中国女性诗歌文库”（谢冕主编，收翟永明、王小妮、唐亚平、海男、林雪、蓝蓝、阎月君、傅天琳等个人诗集，沈阳，春风文艺出版社，1997年）；“90年代中国诗歌”丛书（洪子诚主编，收臧棣、张枣、孙文波、张曙光、黄灿然、西渡个人诗集，北京，文化艺术出版社，1998年）；诗歌选集《岁月的遗照》（程光炜编选并撰写导言，属洪子诚、李庆西主编的“90年代文学书系”中的一种，北京，社会科学文献出版社，1998年）；1997年人民文学出版社出版了《西川诗选》。除了“中国女性诗歌文库”之外，入选这些诗集、诗选的，主要是后来被称为“知识分子写作”的诗人。

的诗人和批评家，对此强烈不满。指出1998年3月在北京由北京作协等召开的"后新诗潮研讨会"，"仅以'知识分子写作群体'作为'后新诗潮诗歌'的指认"，而"排除了'他们''非非'以及其他坚持民间写作立场的诗歌成就"；而程光炜①编选的"90年代文学书系·诗歌卷"《岁月的遗照》，"不仅排除了'后新诗潮'最具影响力（至少在青年诗歌界）之一的伊沙的存在，即或是无法避开的于坚、韩东的存在，也仅只是作为一种不得已而为之的附庸与陪衬入选"②，包括"90年代诗歌"概念的提出，这都是对诗歌的"历史真相"的严重遮蔽与歪曲，是"知识分子诗人"借助"庞然大物"（文化霸权）压抑、"抹杀第三代诗歌运动的实绩"。为呈现历史"真相"，他们编辑出版新诗年鉴③，出版《他们》的十年诗选④，在诗歌讨论会上对"真相"

---

①程光炜这个时间，发表一系列文章，如《90年代诗歌：另一种意义的命名》（《山花》1997年第3期）、《不知所终的旅行：90年代诗歌综论》（《山花》1998年第8期）、《我以为的90年代诗歌》（《诗歌报》1998年第3期）等论文。程光炜指出，他所称的"90年代"阐述他对"90年代诗歌"的看法，并做出类似诗歌史性质的描述。由于是一种"近距离"的观察，他的描述所存在的见识与矛盾，都有待进一步的讨论与澄清。他所称的"90年代诗歌"的含义"集中为两点：一、它是相对于散文化现实的、个人性的、能达到知识分子精神高度的一种写作实践。二、它是一种充分尊重个人想象力、语言能力和判断力的创造性艺术活动（《我以为的90年代诗歌》，《诗歌报》1998年第3期）"。从这样的理解出发，他将张曙光、欧阳江河、王家新、翟永明、西川、陈东东、萧开愚、柏桦、孙文波、臧棣，以及王艾、钟鸣、张枣、黄灿然、王寅、海男、吕德安等的写作，理解为"90年代诗歌"的主导性脉络。

②沈奇《秋后算账——1998：中国诗坛备忘录》，刊于《诗探索》1999年第1辑，中国社会科学出版社1999年3月，收入《1998中国新诗年鉴》（杨克主编，广州，花城出版社，1999年）。作者在文章中称，在1997年夏天于福建武夷山召开的现代汉诗诗学国际讨论会上，他在发言中，就将以于坚、韩东、伊沙为代表的一脉诗风，称为"现代汉诗中最为深入而坚实可信的言说"，而指出后来被称为"知识分子写作"的一脉，是"高蹈的、抒情的、翻译性语感化的，充满了意象迷幻、隐喻复制、观念结石以及精神的虚妄和人格的模糊，失去了对存在发问、对当下发言的尖锐性，也失去了进入新人类文化餐桌的可能性"的诗。

③《1998中国新诗年鉴》（杨克主编，编委有韩东、于坚、谢有顺、李青果、温远辉等，花城出版社，1999年），年鉴封面署有这样的广告语："艺术上我们秉承：真正的永恒的民间立场"。该年鉴对作品的编选，显示了与《岁月的遗照》等选本大相径庭的面貌。

④《他们1986—1996》（《他们》十年诗歌选，小海、杨克编，南宁，漓江出版社，1998年）。

遮蔽者展开批评①，发表一系列论战性质的文章②。与"90年代诗歌"概念的提出者在处理八九十年代诗歌关系上强调"断裂"相反，"民间"一脉强调的是历史连续性。在此基础上，组织起了另一诗歌"谱系"：总在"民间"的，"由日常语言证实的个人生命的经验、体验、写作中的天才和原创力总是第一位的""第三代诗歌"，"是对胡适们开先河的白话诗运动的承接和深化"，"是白话文运动之后的第二次汉语解放运动"，而"将名垂青史"③。针对"民间"一派的批评和攻击，被指认为"知识分子写作"（和并不属于这一群）的诗人和批评家也发文予以回应④。"边缘中的边缘"的诗界，在一个时间里，终于不再寂寞而喧哗起来。

　　诗人自己热衷于诗歌史的叙述与建构，是80年代以来的一个小"传统"。在这个过程中，"遮蔽""抹杀""压抑""真相""埋

---

① 1999年4月16—18日，由中国社科院文学所、北京市作协等联合主办的"世纪之交：中国诗歌创作态势与理论建设研讨会"，因为是在北京平谷县的盘峰宾馆召开，故称"盘峰诗会"。会上发生尖锐冲突、争辩。后来（1999年11月12—14日），由《诗探索》编辑部和《中国新诗年鉴》编委会，于北京昌平龙脉宾馆召开"99龙脉诗会"，是论争的延续。但这次会议，被称为"知识分子写作"的一派没有出席，而让"对手"感到"无限的空虚"。参见孙基林《世纪末诗学论争在继续——'99中国龙脉诗会综述》，《诗探索》1999年第4辑。
　　② 论争中"民间"一派发表的重要论争文章有：于坚《穿越汉语的诗歌之光》《诗歌之舌的硬与软——关于当代诗歌的两种语言向度》《真相——关于"知识分子写作"和新诗潮诗歌批评》，沈奇《秋后算账——1998：中国诗坛备忘录》，谢有顺《诗歌与什么相关》《内在的诗歌真相》，沈浩波《谁在拿90年代开涮？》，韩东《论民间》。
　　③ 于坚《穿越汉语的诗歌之光》，《1998中国诗歌年鉴·代序》。沈奇《秋后算账》："《今天》移师海外后，《他们》便成为从80年代中期持续深入至世纪末的一方重镇"，它的存在，"不仅有力地改变了朦胧诗后诗歌的发展格局，于诗学和诗歌作品都提供了富有影响力的经典文本，还以其既具凝聚力、号召力，又具延展性的艺术气质，滋养了当代小说和散文的新的生长"。
　　④ 回应于坚、沈奇、谢有顺等的文章，主要有张曙光《90年代诗歌及我的诗学立场》、孙文波《我理解的90年代：个人写作、叙事及其他》、唐晓渡《致谢有顺君的公开信》、西川《思考比漫骂更重要》、程光炜《新诗在历史脉络中》、周瓒《"知识实践"中的诗歌"写作"》、陈超《关于当下诗歌论争的答问》、臧棣《诗歌：作为一种特殊的知识》、西渡《写作的权利》、桑克《诗歌写作从建设汉语开始：一个场外的发言》、王家新《知识分子写作：或曰"献给无限的少数人"》《从一场——细雨开始》、姜涛《可疑的反思及反思话语的可能性》、杨远宏《暗淡与光芒》等。这些文章，大多编入《中国诗歌九十年代备忘录》一书（王家新、孙文波编，人民文学出版社，2000年）。

葬"等词语，是一组具有高度尖锐性质、使用频率很高的语词。虽说文学史从某种意义上，经常表现为遮蔽与发现、埋葬与挖掘的交错更替，但在"当下"就表现得如此急迫强烈，相信为其他"文类"（小说、散文、戏剧等）所无。这反映了在大众消费文化盛行的今日，诗歌（诗人）生存空间狭窄的困窘，也与挥之不去的"诗歌崇拜"[①]，与诗人文化英雄的自我想象有关。但从积极方面理解，在把"当代"（"进行时"）作为"历史"叙述对象的情况下，提供多种叙述加以比照，总应是"利多于弊"。而对依凭强大体制的"话语霸权"保持警惕、质疑，无疑也值得重视[②]。只是在今天，需要面对、质疑的"体制"的"庞然大物"，有"政治地理赋予"的"文化中心"格局，有学院的学术秩序，还有市场化过程中文化市场、大众传媒为核心的文化体制，后者在今日拥有的"超级权力与暴力因素"，也已暴露无遗。因而，当原先的"边缘艺术家"开始加盟大众传媒与文化工业系统时，他们所申明的"民间"，"犹如大众文化、大众传媒之'大众'，既凸现了社会变迁或断裂的意义，又借助着这类语词在昔日主流表达中的意义，获取着多重合法性论证"[③]，在抗争的同时，又实现着与"时代"的共谋。

这次论争并不是没有提出有价值的话题。比如，诗人的身份，诗与现实、与当代生活关系，汉语写作与全球化语境，语言和写作行为的权力特征，文学经典与文化传统……扩大来看，论争也隐含知识分子在90年代分化现象的"症候"[④]。不过，一开始就出现的"运动"

---

① 有关当代中国的"诗歌崇拜"现象的研究，可参阅奚密《从边缘出发》第7章《当代中国的"诗歌崇拜"》，广东人民出版社，2000年。

② "那些僵硬的'本本主义'的大学诗歌教授、诗歌评论家、中文系以及诗歌选本之类的诗歌权威"，"已经丧失了对诗歌的直觉力，如果不依赖某种意识形态、知识体系，依赖某种现成的、流行的、既定的美学规范，依赖西方诗歌的语言资源，他们就完全不能区别好诗和坏诗。"（于坚《穿越汉语的诗歌之光》，《1998中国诗歌年鉴》，第8-9页）

③ 戴锦华主编《书写文化英雄》，江苏人民出版社，2000年，第79页。

④ 有一种值得讨论的看法是，所谓"知识分子写作"与"民间写作"，"前者的姿态，似乎更近似于六七十年代之交，欧洲知识分子'退入书斋，以书写颠覆语言秩序'、以文本作为'胆大妄为的歹徒'的选择；而后者选取某种甘居边缘的态度，以文化的放纵与狂欢的姿态挑战或者说戏弄权力。从某种意义上说，'书斋'间的固守与'边缘'处的狂欢，正是90年代知识分子或曰文化人的两种最具症候性的姿态"。戴锦华主编《书写文化英雄》，第93页。

的方式（建立高度意识形态化立场，简化历史复杂性以划分对立营垒①、以"本质主义"的想象来扩展分歧，不加隐蔽的权力欲望），使讨论难以有效展开，当然也无法继续。因而，不久大规模硝烟便已飘散。然而，"虽漫不经心但无处不在的持久战"仍在。这一切，使旁观者眼中原本庄严的诗界，变得含混，"破碎成个人野心、集团偏见和众数蛮力的三岔口"②。

论争中，伊沙、沈浩波、侯马、徐江③等，都标明属于"民间立场"。他们先后毕业于北京师范大学。虽然诗歌观念与写作倾向上有相近的一面，但之间也有很大的不同。伊沙最为人知的作品是《饿死诗人》《结结巴巴》《车过黄河》。对他的诗的评价有很大的反差。肯定者认为他是"后新诗潮""最具影响力"的诗人。他的诗坚持世俗生活取材，以口语写作，对政治威权、社会习俗、话语系统，包括诗歌的"浪漫"精神与修辞，保持着旺盛而持久的批判活力，常出现具有"爆破力"的尖刻调侃与嘲讽。这是伊沙的诗，在读者中具有广泛的影响。

由于在一个时间里，诗界被虚构为两大阵营，这引发了"阵营"之外写作者的忧虑与不满，诸如"另类"和"第三条道路"的说法，或其他的群体性概念相继出现。还在1999年4月的"龙脉诗会"上，车前子、莫非、树才等，就对"知识分子"与"民间"的论争发表激烈批评④。后来莫非、树才、林童、谯达摩、马永波等出版年度选集《九人诗选》，并打出"第三条道路写作"的旗号，以"澄清"被论争"所

---

①"一边是默默的工作、原创力、智慧、独立清洁的精神和对汉语出神入化的造化之功。一边是'圈子知识气候'、普遍的平庸、萎缩、僵硬、小聪明、没有生殖器官的令诗歌受害蒙辱的垃圾。一边是被可怕的沉默所遮蔽，一边却是在文化霸权庇护下的厚颜无耻的堕落和喧嚣。"（于坚《穿越汉语的诗歌之光》）

②姜涛《现场与远景》，《新诗人》（民刊）第3期，2001年4月。

③伊沙，1966年生于四川成都，1989年毕业于北京师范大学。著有诗集《饿死诗人》《结结巴巴》《伊沙这个鬼》《我终于理解了你的拒绝》《伊沙诗选》《我的英雄》等，以及随笔集《一个都不放过》、小说集《俗人理解不了的幸福》。沈浩波，1976年生于江苏泰兴，著有诗集《一把好乳》。在2000年，与朵渔、尹丽川、巫昂等，组织"下半身"诗群，并出版《下半身》诗刊。侯马，1967年生于山西新绛，出版的诗集有《顺便吻一下》《精神病院的花园》。

④他们把"世纪末"诗坛论争比喻为"人吃人"，强烈反对诗歌中的"秘密行会"。参见孙基林《世纪末诗学论争在继续——'99中国龙脉诗会综述》，《诗探索》1999年第4辑。

混乱"的诗界。其后，又有诗歌代际划分的概念提出，如"70年代出生诗人"①。到了2001年，另一代际概念"中间代"推出②。据策划者的解释，"中间代"指的是介于"第三代"与"70后"之间的诗人。他们出生于60年代，"在80年代末登上诗坛，并且成为90年代至今中国诗界的中坚力量"，但许多人被诗界所无视与忽略。这一"群体"，是在已有一批优秀诗人的情况下的"后续整合"③。在出版的《中间代诗全集》中，入选的诗人有80余位④，其中有不少曾被列入（自己申明，或批评家的归类）各种"诗群"和"派别"（"知识分子写作""民间写作""第三条道路"等）之中。这一命名的意义可能是：提供了一个机会，"让一代诗人对自身诗歌写作"做"现身说法"与"自我证明"，并以"运动"的方式表达对新诗永无休止的"运动"的厌倦，力图让一些未被卷入"运动"而"被屏蔽在人们视野之外"的优秀诗人的创造得以彰显⑤。诗人们之所以焦躁不安，是意识到这个时代留给诗歌的空间已经不多，也不再那么相信"时间"的公正。他们这样做也是迫不得已。他们从"历史"中吸取的经验是，诗人可能会有许多偏执，但以"公正"面目出现的诗歌史，偏见也不可避免，甚至更多。

---

① 黄礼孩编辑出版了民刊《诗歌与人》2000卷《中国70年代出生的诗人诗歌卷》。2004年，海风出版社出版《70年后诗集》（康城、黄礼孩、朱佳发、老皮主编）。

② 《诗歌与人：中国大陆中间代诗人诗选》（安琪、黄礼孩编）。2004年，由福州的海峡文艺出版社出版两巨册的《中间代诗全集》（安琪、远村、黄礼孩主编）。

③ 《中间代诗全集》序言《中间代》（安琪）。

④ 列入《中间代诗全集》的诗人有侯马、哑石、远村、朱朱、格式、余怒、徐江、谯达摩、杨晓民、吴晨骏、道辉、叶匡政、黄梵、周瓒、潘维、叶辉、莱耳、沈苇、非亚、马永波、宋晓贤、伊沙、马策、周伟驰、桑克、蓝蓝、树才、朱文、赵丽华、汪剑钊、西渡、中岛、林童、海男、清平、千叶、森子、臧棣等80余人。

⑤ 叶匡政《中间代诗全集·后记》。

下卷　台港澳当代新诗

# 第十四章　台湾新诗发展的背景和进程

## 一、背景

　　近代以来，在帝国主义殖民势力不断弱肉强食的入侵下，中国的澳门、香港、台湾先后受到葡萄牙、英国、日本的殖民统治。完整、统一的中国，在封建社会末期，于自己南部疆域出现了领土的局部割裂。持续半个世纪到一个世纪以上的外来殖民统治，使台湾、香港、澳门无论在政治、经济还是文化上，都呈现与祖国社会并不一致的发展。社会的割裂带来文学的分流。建立在共同中华文化基础之上并作为中国文学一部分的台湾、香港、澳门文学，在迥异于祖国大陆的社会环境中，呈现与祖国文学并不完全相同的形态和进程。历史的这一曲折，是台湾、香港、澳门文学发展的特殊背景，对中国文学的整体建构，是一种窒碍；但随着历史发展而走向新的整合，在同质异态的社会环境中发展的台、港、澳文学，又是对中国文学的一种丰富。

　　台湾文学发展的复杂背景，主要来自台湾社会的特殊历史遭遇。一方面，无论考古发现、文献记载，还是家族血脉和人文亲缘，都证明台湾自古以来就是中国的一部分，和祖国大陆有着密切的关系。特别自明末以来，持续不断的闽粤移民，在开发台湾的同时，也将中华文化延播入台，成为台湾社会建构和发展的基础，使台湾无论生产方式、生活方式、社会结构、民俗信仰乃至语言形态和文化心理，都与祖国大陆一致。台湾文学的发生和发展，也是以中华文化和中国文学为母体和典范，表现出鲜明的民族共同性。20世纪20年代在台湾发生的新文学运动，从根本上说，仍是由于五四新文学运动的推动，并作为这一运动的组成部分发展起来的。正如台湾老一代作家黄得时在《台湾新文学运动概观》一书中所说："台湾的文学运动，最初是从语言改革（提倡白话文）出发，继而抨击旧文学，最后才真正推行新文学作品的产生。"因此，台湾另一位新文学运动的发难者张我军说："台湾文学乃是中国文学的一支流。"[①] 这一情况，在台湾战后回归祖国的文化重建中，有了进一步加强。特别是40年代末国民党迁台，大批文人随之进入台湾，改变了台湾文坛的结构。诗坛的情况也一样，在相当长一段时间内，来自祖国大陆的诗人，成为推动台湾诗歌发展的活跃力量。他们所受的"五四"以来新诗的哺育，使当代台湾诗歌的发展，更密切地与"五四"新诗传统沟通起来，成为中国当代新诗在祖国大陆以外的重要一翼。文学渊源的这种密切关系，中华文化的深厚传统与强大力量，始终是台湾文学和台湾新诗发展的基础和动力。

另一方面，自17世纪以来，台湾一直是海外殖民者骚扰和掠夺的目标。这种坎坷的遭遇，使台湾曾经两度受到荷兰和日本的殖民统治。尤其是后一次，从1895年至1945年，长达半个世纪的日本殖民统治，使台湾一直处于与祖国漂离的异族政治、经济、文化的压迫和包围之中。1949年以后，海峡两岸的严峻对峙，使刚刚回归祖国的台湾，又再次陷于和祖国大陆疏隔的状态。两岸不同的社会性质、经济结构、政治制度和意识形态，使台湾走上了与祖国大陆不同的发展道路。这种由于历史造成的疏离和阻隔，形成了当代台湾文学发展的特殊社会环境，带来了台湾文学在发展进程与表现形态上和祖国大陆文学的差异。再一方面，长期以来，台湾文学不断面临外来异质文化的包围与压迫，构成了台湾文学发展的特殊文化环境。近一个世纪以来，它受到两次外来文化的猛烈冲击。一次是日据时期殖民统治者带来强制性的文化同化，目的是灭绝中华民族文化，代之以日本文化，有着与军事侵略俱来的文化吞并的性质；但同时，它又从反面激发了台湾人民的民族意识。台湾19世纪末的汉学运动和20世纪二三十年代提出的

---

① 张我军：《请合力拆下这座败草丛中的破旧殿堂》。

乡土文学口号，便是与异族文化的侵入相抗衡的民族文化意识的表现。第二次是五六十年代西方文化的涌入，尤其是西方文化的消极因素，造成了对传统民族文化的极大破坏。另一方面，台湾60年代的经济起飞，实现了由农业社会向工商社会的经济转型，社会的都市化和中产阶层在人口比重上的激增，使西方文化中具有现代意义的文化思潮，成为社会发展的必然要求。外来文化的涌入，使传统文化在几乎无法设防的状态下受到强大的冲击的同时，客观上也孕育、形成了对于台湾文学发展具有革新意义的现代意识，使台湾文学在东西方文化的碰撞和交融中，获得了新的变革的机遇。

这一社会发展的复杂背景，使台湾文学尤其是台湾诗歌一直处在传统精神、本土意识和现代观念三种文化思潮的冲撞、对峙、抗衡、交融和转化之中。传统的民族文化思潮，是植根于台湾社会历史土壤之中的主导文化发展的基础和动力；本土文化思潮则是随同闽粤移民携带而来的闽南文化、客家文化在台湾的本土化体现，是中原文化的一种亚文化形态，它在深层结构上与母体文化是一致的。因此，它们在外来文化的冲击下，都表现出一致的内聚力，抑制着外来文化的侵蚀，同时也更新着自身某些与时代发展不相适应的陈旧观念。外来文化的消极方面带来社会盲目崇仰西方的恶劣习气，但其某些积极的文化成果触发着台湾文学现代观念的形成，拓展文学的全球意识，使文学向着表现人的内心层面突进一步。而它孤绝的荒谬意识和反传统的艺术方式，又使受到这一影响的台湾文学和诗歌，产生了脱离现实和背弃传统的倾向。本土意识和传统思潮一起，在抑制这一错误倾向时，特别强调了对本土社会、人生深切关怀的现实主义态度和批判精神，但同时也流露某些过于极端的偏狭意识。半个世纪以来，台湾当代诗歌的发展，几乎都可以从传统精神、本土意识和现代观念三者之间的纠葛、冲突、互补和转换中，寻找出它们发展的内驱力和演进的轨迹。

当代台湾新诗是"五四"以来新诗发展在20世纪50年代以后向台湾的分流。它一方面体现在由祖国大陆到台湾的诗人所带来的新诗的艺术传统和经验上，另一方面表现为对中国新诗之一翼的日据时期台湾诗歌传统的接续上。当代台湾新诗发展的这两个"根球"，都共同地根源于"五四"新诗的传统。

台湾新诗产生于20世纪的20年代中期，是台湾新文学运动中最早显示出实绩的部分。从1921年开始，台湾文化协会及《台湾》《台湾民报》等报刊，在介绍五四新文学运动的情况及新文学作家和作品时，新诗的理论和作品，包括胡适、郭沫若、刘半农、俞平伯、康白情、冰心、徐玉诺、西谛（郑振铎）等人及其诗作，也陆续介绍到台湾。一批曾经在祖国大陆生活、学习过的文学青年，成为台湾新文学的倡导者和实践者，他们最早尝试的文学形式也是新诗。从20年代中期到战后台湾光复，台湾新诗经历了起步、繁盛和挫折三个阶段。1924年台湾最早的白话文杂志《台湾民报》开始逐期发表施文杞、杨云萍、张我军等人的诗作；次年，发表新诗的园地扩展到刚刚创刊的台湾第一个文学杂志《人人》；1925年，张我军大部分写于北京的诗集《乱都之恋》在台北出版，这是台湾的第一部诗集，也是第一部新文学的作品集。1926年，《台湾民报》举行第一次全岛性的新诗征集和评选，征得新诗50首，成为台湾首次有一定规模的新诗创作活动。台湾的新诗由此发轫，在"五四"新诗的影响下，由理论的倡导到艺术的实践，逐渐发展起来。进入30年代，台湾的新诗创作走向繁盛。这一时期，专门的文学杂志逐渐增多：《南音》（1923）、《台湾文学》（1933）、《台湾文艺》（1934）、《先发部队》（1934）、《台湾文学》等杂志，为台湾新诗的创作提供了充分的发表园地。一时间新诗作品的数量遽然大增。经常在报刊上发表新诗的作者达50多人，开始出现了一些有一定特征的诗人群、诗社和不同风格的作品，如郭永潭、吴新荣等为代表的富有地域特征的盐分地带诗人群，以杨炽昌为首的留学东京受日本超现实主义诗风影响的风车诗社。一些比较重要的诗人如赖和、杨华、杨守愚、陈虚谷、王白渊、陈奇云等，也开始引起社会的注意。他们的创作奠立了台湾新诗以现实主义为主导的传统和多元文化的艺术基础。这一繁盛时期在1937年日本对华的侵略战争全面爆发后，即宣告结束。为配合侵华战争，台湾的殖民统治者加紧严厉的控制和压迫，全面查禁中文报刊，取缔汉文教学，一些具有爱国主义思想和民族意识的诗人、作家受到迫害。新诗创作遂此受到严重挫折。

　　经历着这一短暂繁荣时期的台湾新诗创作，在艺术主张上，深受

"五四"新诗理论的影响。台湾新文学最早的倡导者和新诗实践者张我军在《诗体的解放》①一文中，批评旧诗"语言形式的贫乏、内容的贫乏"和"旧诗人巴结日本殖民者"的丑恶行径，认为诗是"诗人的呼吸其物，是诗人的生命的血肉其物"，提倡"有什么题目做什么诗，要怎么做，就怎么做"。台湾的另一位新诗的倡导者陈逢源则进一步强调，诗要有"时代性"和"社会性"，诗人"要做会鼓舞民气的诗"，"创作最平易而且最率直的平民诗"②。这些理论倡导，都可以看到"五四"时期抒写真性情的艺术观念和"为人生"的文学主张。

在创作实践中，台湾重要诗人则表现出强烈的民族意识和关怀底层人民疾苦的社会责任感。被誉为台湾新文学奠基者的赖和（1894—1943，台湾漳化人），称自己的诗是"吹奏激励民众的进行曲"。他在控诉日本退职官员廉价批购土地而造成农民流离失所的《流离曲》（1930），为纪念"雾社起义"而写的长诗《南国哀歌》（1931）等，都以其鲜明的民族意识和关怀民生的人道思想，抒写日本割据下台湾人民的痛苦心声和大无畏的抗争精神。台湾新诗奠基期的另一个卓越诗人杨华（1906—1936，台湾屏东人），多次因参加抗日活动而被日本殖民当局传讯、拘押。他写于狱中题为《黑潮集》的五十多首小诗，把个人坎坷的命运和不屈追求，放在台湾的历史的"黑潮"中来表现，从而揭示出一个不甘蹂躏的民族，对于异族压迫的勇敢抗争和对未来的自信。

这一时期的台湾新诗在强调社会写实的倾向同时，有一部分诗人还受到现代主义的影响。30年代初留学日本的杨炽昌（1908—1994，台南市人），在当时日本文坛"超现实主义旋风"的推动下，于日本《椎木》《神户诗人》《诗学》等刊物上发表不少超现实主义的诗作。1935年回台后，即将法国的超现实主义理论和作品引入台湾，联合了张良典、林永修、李张瑞等人成立风车诗社，创办《风车》诗刊，提出"主知的'现代诗'的叙情，以及诗必须超越时间、空间，思想是大地的飞跃"③的观念，认为这样的作品，既能克服写

①《台湾民报》3卷7期，1925年3月。
②《对台湾旧诗坛投下的巨大炸弹》，《南音》1卷2期，1936年1月。
③杨炽昌《诗人之感觉》，《台湾新闻》1935年7月3日。

实主义诗风对事实的过分泥滞，"引发日人残酷文字狱"；又能"隐蔽意识的表露"，"稍避日人的凶焰"①。这样的意图，使之在引进超现实主义时也发生了若干变异。在涉及台湾社会以及殖民地人民的心态时，也表现出某些现实主义的素质和悲愤难抑的社会意识。他们注重的"知性的叙情"和意象的经营，拓宽了台湾新诗的艺术视野和表现方式，丰富了台湾新诗的艺术积累。

当代的台湾新诗就是在这一基础上，曲折跌宕地向前发展的。社会的现实环境，新诗的历史传统，以及外来文化思潮，它们之间不断地摩擦、冲撞，既造成台湾新诗窘迫的困境，也带来台湾新诗发展的机遇。

## 二、进程和特点

战后半个多世纪台湾新诗的发展，大致可以划分为互有交错的四个阶段：

一、40 年代后期到 50 年代初期，回归祖国后诗坛的短暂复苏和陷入政治抨制的沉寂时期；

二、50 年代初期到 60 年代中期，现代主义诗歌运动活跃的时期；

三、60 年代中期到 70 年代，现实主义思潮勃兴和现代主义诗歌审思、调整时期；

四、80 年代以后，浪漫、写实、现代和后现代等不同艺术倾向多元并立的时期。

在这一波澜起伏、曲折跌宕的发展中，当代台湾诗歌表现了不同于前期诗歌发展，也迥异于大陆诗歌进程的一些重要特点：

第一，从诗人的身份背景看，五六十年代的台湾诗坛主要由两部分诗人组成：一部分是从日据时期新诗各个发展阶段中走过来的老一辈诗人和战后才成长起来的本省籍诗人，另一部分则是在祖国大陆已开始创作的诗人及来台后才开始创作的大陆籍诗人。他们带来了不同的人生经历和艺术经验，拓展了对社会、人生不同观察、思考、体验、传达的角度。从台湾文学的历史上看，文坛的构成是影响文学发展的

---

① 《杨炽昌访问记》，《台湾文艺》第 102 期。

重要因素之一。台湾文学的几次重大转折，几乎都与文坛结构的变化分不开。这一时期祖国大陆诗人的加入，不仅改变了以往台湾诗坛单一的构成成分，而且成为推动当代台湾诗歌发展的重要力量。

从年龄上看，当代台湾诗坛大致由五个世代的诗人组成。第一个世代，是在三四十年代就开始写诗的老一辈诗人，如来自大陆的纪弦、钟鼎文、覃子豪等和本省籍的巫永福、吴瀛涛、陈秀喜、林亨泰、詹冰、锦连、桓夫等；他们带着更为复杂的一份人生经历和艺术经验，为台湾新诗的发展起了引导作用。第二个世代，是在50年代初踏上诗坛的战前出生的一代。如大陆来台的杨唤、郑愁予、方思、余光中、周梦蝶、洛夫、痖弦、张默、商禽、辛郁、管管、罗门、蓉子等，以及本省籍的白萩、黄荷生、赵天仪、李魁贤等。他们同样有过的跌宕人生经历和与台湾当代新诗同时起步的艺术经验，使他们富于开拓精神地成为推动当代新诗发展的中坚力量。第三个世代是在战时或战后初期出生，却在台湾的文化背景下成长的一代，如岩上、林焕章、杨牧、朵思、罗英、敻虹、席慕蓉、罗青、萧萧、苏绍连、吴晟、黄进莲、詹澈等。他们大都在60年代以后才跨入诗坛，未及赶上前期的现代诗高潮，在艺术上却接受了现代诗的营养滋润，或在对现代诗弊端的反省中，表现出更多关注传统和切近现实的精神。第四个世代，是五六十年代以后出生，大都在"乡土文学论争"期间或之后才跨入诗坛的年轻一辈，如简政珍、冯青、杜十三、白灵、渡也、陈义芝、向阳、苦苓、夏宇、初安民、刘克襄、陈克华、林燿德、许悔之等。他们普遍受到比较完整的高等教育，在他们跨进社会时，台湾已经经过经济转型进入正向资讯工业提升的时代，因此，他们的创作在艺术上也表现出更多的学院派的"精英文化"意识和富于实验精神的"后现代"文化色彩。第五个世代则是70年代以后出生的更年轻的诗人。他们是在"解严"和政党政治的背景下，经历了文化思潮在意识形态上的分化，表现出向政治靠拢或与政治背离的两极走向。这几个世代的诗人，互有交错地在台湾新诗不同的发展阶段，担任主角，带着他们自身的人生经验与艺术趋向勾勒出台湾诗歌发展的大致轮廓。

第二，在台湾诗歌的发展中，社团扮演了重要的角色。诗人个人在诗歌运动中的作用，不仅是由他自身的创作，更多的则是由艺术趋向相近的诗人所组成的诗歌团体和他们协力创办的诗刊体现的。因此，在某种意义上，台湾的诗歌运动史与台湾诗歌社团的纷繁起落分不开。50年代初期开始的现代主义诗潮，是由围绕在纪弦创办的《现代诗》周围的诗人群和后来成立的"现代派"为发端，又由覃子豪、余光中等成立的蓝星诗社和洛夫、痖弦、张默等创立的创世纪诗社互相牵制而成三足鼎立之势，波浪起伏地向前推动的。60年代中期以后现实主义诗潮的勃兴，也首先体现在由台湾省籍诗人成立的笠诗社的创作路线，以及稍早的葡萄园诗社和稍后的龙族诗社、主流诗社、草根诗社等的理论宣言和艺术趋向上。没有了这些诗社所形成的集体力量，诗人个人的作用将变得单薄而微弱；离开了对这些诗社的论析，台湾诗歌运动的潮流变换，将无从说起。

　　第三，在台湾诗歌运动的发展中，传统、现代与本土三股诗潮——三种诗精神的对峙、交融和转换，显得特别突出。最早影响台湾诗歌发展的，是现代主义诗潮。它一方面是对当时台湾政治现实的规避和反拨，另一方面又是对于世界文化诗潮的吸收和介入。因此它一开始便表现出对于现实的"超越"倾向和对于传统的反叛色彩。在推动台湾诗歌艺术发展的同时，也带着与生俱来的脱离现实和背弃传统的弱点。它的充分发育同时也是这些矛盾充分暴露的过程。因此在它的每一进程中，总是伴随着传统的艺术思潮对它的不解和越来越尖锐的批评。传统的思潮在台湾的诗歌发展中突出地表现为两个方面的特征：一是在内容上对于关怀社会、人生的现实主义精神的强调；二是在形式上对于民族传统继承和发展的重视。它从50年代现代主义诗潮开始，就在对现代诗的不断批评中增强自己，直到70年代初期，形成了一个强大的批评浪潮，促使了台湾现实主义诗潮的勃兴。它不仅体现在包括"笠"在内的一大批新兴诗社的创作路线中，还渗透到现代主义的诗潮，使它出现了以关怀现实和重认传统为目标的自我省思和调整。在这一对现代诗潮的批评中，本土思潮与传统思潮取同一态度，但更多地体现为对本土社会、人生的现实关怀。它与同样倡导现实路线的其他诗社，如"龙族""大地"等不同，对于民族文化传统的承接，则表现出较为淡漠的态度。在后来的发展中，由于政治的介入，在强调本土倾向和自主意识时，则演化为政治上的分离主义。

第四，在中国当代新诗的整体格局中，台湾新诗有着不容忽视的位置。首先，1949 年以后的海峡两岸严峻对峙，发展成为政治制度、经济体制和意识形态有所不同的两种社会。"五四"以来的中国新诗也随之出现了在这两个不同社会分流的现象。在中国当代新诗的整体格局中，台湾新诗是不可或缺的一个组成部分。其次，台湾与祖国大陆有所不同的政治、经济环境，导致台湾当代新诗与祖国大陆诗歌不同的进程和形态。当现代主义诗歌在祖国大陆受到遏制时，在五六十年代的台湾却发展成为一个蔚为壮观的诗歌运动。到 60 年代中期，现代主义诗潮在台湾逐渐消退，却在 70 年代后期的祖国大陆诗坛，重又勃发起来。而五六十年代在祖国大陆有着充分发展的现实主义诗歌潮流，却在 60 年代中期以后的台湾逐渐勃兴。到 80 年代以后，两岸都呈现了某种艺术上多元并立的趋向。台湾诗歌与祖国大陆诗歌这种呈逆向而动却又互相趋近的进程和形态，提供了各自不尽相同的艺术经验。再次，半个世纪以来台湾诗歌的发展，数十个诗歌团体的林立，百余种诗歌刊物的出现，数以千计个人诗集的出版，一大批取得成就的诗人的创造，对于中华民族文学是一份有价值的积累。诸多方面的因素，都表明了它在中国当代诗歌整体格局中的特殊位置和意义。

# 第十五章　现代主义诗潮及诗人

## 一、现代主义诗潮的发展及其论争

台湾新诗从 20 世纪 50 年代初期开始，进入了一个以现代主义诗潮为主导的新的发展时期。

在此之前，台湾诗坛在战后有过一个短暂复苏重又陷入沉寂的阶段。抗战胜利以后，台湾回归祖国。半个世纪来受到异族统治的台湾，随着光复后民族意识的高涨，掀起一个中华文化的复兴热潮。一批大陆作家、诗人，也来到台湾参与文化重建。但是此时主要接受日语教育长大的战时一代台湾诗人，普遍面临重新学习祖国语文的困境；而更老一辈能够运用中文写作的诗人，大都转向更为紧迫的文化工作。二三十年代卓有影响的诗人王白渊、杨云萍等参与发起成立台湾文化协会，创办《台湾文化》，吸收了诗人吴新荣、杨守愚、洪炎秋、刘庆瑞、黄得时等参加撰稿。相对说来，新诗创作反而不多。唯有 1942 年成立的诗歌团体银铃会，在战后继续出版油印的诗刊《绿草》（1947 年后改名为《潮流》），其成员张彦勋、詹冰、林亨泰、锦连等接续了日据时期台湾新诗从对客观事物的感受出发，以平实的笔触回馈现实的写实主义诗风。当时能够发表诗歌的正式刊物主要有 1945 年创办的《新新》杂志，1946 年 3 月创办的《中华日报》文艺栏，以及 1947 年创刊的《新生报》副刊《桥》。但是，在"二二八"事件发生以后，许多台湾诗人、作家受到迫害、压制，先期来台的大陆诗人、作家也纷纷返回原籍或转向学校教书。在晦暗的政治环境中，一度期盼复苏的台湾诗坛重又陷入缄默。紧接着国民党自大陆迁台，在政治上采取了更加严厉的控制政策，鼓吹"战斗文艺"，诗坛更加一片荒芜。台湾诗评家萧萧在《现代诗史略述》中曾十分感慨地说，那时能够发表"以抒情为正宗的新诗"的地方，除了覃子豪、李莎、钟鼎文、葛贤宁等于1951年11月起，借《自立晚报》副刊创办的《新诗周刊》外，再也没有了。

在这个充满政治噪音的沉寂时期，值得一提的大陆来台诗人有钟鼎文和杨唤。

钟鼎文（1914—2012）30年代在上海中国公学就读时，就以番草的笔名在《现代》上发表诗作而被视为现代派的一员，早期的诗交织着都市的潇洒和梦幻般的愁怨。抗战全面爆发以后，记者生涯和战争现实使他的诗风转向写实，出版了诗集《三年》（1940）。1949年来台后以其诗龄和资望为诗坛所重，曾参与发起成立蓝星诗社，不久后又宣布退出。著有诗集《行吟者》（1951）、《山河诗抄》（1956）、《白色的花束》（1956）等，这些可能杂有部分大陆时期作品的诗集，描述抗战时期的军旅人生，继承了中国边塞诗的某些特征。而裹挟在政治风波跌宕中的经历，使他在一部分作品中寻求表现超越具体政治的关于生命、人生和世界的悲慨与哲思。如《仰泳者》以宇宙为背景，表现人类的痛苦和追求；《人体素描》则从人体的每一器官，表现它所给予我们的启迪。在风格上，也由灵气、直感的"诗"，转向雍容、铺排的"赋"。

杨唤（1930—1954），本名杨森，辽宁兴城人。1947年在青岛《青报》任校对和副刊编辑时，开始写诗；1949年到台湾后，在新诗创作同时，还以金马的笔名写作儿童诗。1954年因车祸丧生后，他的诗作方由现代诗社结集为《风景》（后重编为《杨唤诗集》）出版。杨唤的诗作，早期受绿原的影响。坎坷的人生体验，使他的诗有着强烈的现实主义精神。受到广泛称扬的《二十四岁》是作者的"自画像"：二十四岁是"白色小马般的年龄。/发绿的树般的年龄。/微笑的果实般的年龄。/海燕的翅膀般的年龄。"这是诗人所赞颂的一种应有的充满了希望、诱惑和活力的人生——美的人生。然而，"小马被饲以有毒的荆棘。/

树被施以无情的斧斤。/果实被害于昆虫的口器。/海燕被射落在泥沼。"意象的对比和情辞的跌宕，使"应有的人生"转化为灾难吞噬了的"现实的人生"。美的毁灭和希望的失落成为一个残酷的存在。无疑这是诗人自己生命的写照，也是对这个扼杀青春和生命的社会的控诉。面对这一严酷的现实，杨唤不甘失落地呼唤自己："Y·H！你在哪里？Y·H！你在哪里？"可以把作者另一首诗《我是忙碌的》，看作对自己呼唤的回答。诗人是忙碌的："我忙于摇醒火把，/我忙于雕塑自己，/我忙于摇动行进的鼓钹，/我忙于吹响青春的芦笛，/……我忙于把发酵的血酿成爱的汁液"，直到最后，生命美好的完成，如一册诗集，"而那覆盖我的土地，/就是那诗集的封皮"。他仍然不幸而又幸运地为自己短暂的一生做了预言。杨唤曾说："诗，是不凋的花朵。但，必须植根于生活的土壤里。"杨唤的诗就表现着一个从心灵到现实都压上重重痛苦和寂寞的青年诗人，对于生活委屈、愤懑、嘲讽、反抗和充满坚定、自信与期待的情绪。

在这样几代沉寂的背景上，现代主义诗歌在五六十年代的台湾获得较为充分的发展，其原因是多方面的。从历史渊源上看，台湾的现代诗运动，是中国新文学史上现代主义思潮的承续。一般认为纪弦于1953年在台湾创办的《现代诗》，是承接戴望舒《现代》的精神的。李欧梵说："诗比小说抢先一步成为台湾现代主义的主流，原因很明显。纪弦为戴望舒所主持下的气数不佳的《新诗》杂志的同人之一，在1953年创办的《现代诗》杂志，显然又使20世纪30年代那点微末的遗绪复活起来。"[①]余光中也认为，1956年纪弦组织"现代派"提出的"现代诗人六大信条"，"读起来真像是其先驱者宣言的承续"[②]。在50年代普遍被切断与"五四"新文学联系的台湾文学，诗歌的这份历史渊源，使它一开始便获得一定艺术积累的基础。

当然，现代诗在台湾能够发展成为影响广泛的文艺运动，还有更重要的社会原因。第一，50年代台湾社会具有西化倾向。陈映真认为：西化是这一时期台湾精神生活的焦点和支柱。西方文化思潮的大

---

① 李欧梵《中国现代文学的现代主义》，载《现代文学》第14期，1981年6月。
② 余光中《中国现代文学大系·总序》，巨人出版社，1972年。

量涌入，在使台湾文化成为西方文化附庸的同时，其积极一面却在客观上造成了一个广泛而充分地接触和吸收西方文化有益成分的机遇和环境。第二，从文化环境上看，台湾当局禁绝了"五四"以来新文学的联系，被迫切断自己新文学脐带的台湾作家，尤其是新进的一代，余下的只有向"后"看——研究古典，或者朝"外"看——从世界文学去寻找滋养，如叶维廉所说："古代已经离我们很远了，而现实世界已经支离破碎——我们的希望要放在哪里呢？"于是，"在离开母体文化的背景下，很容易就进入一个内心的世界，去肯定一个主观的世界"①。现代主义也就成为大家追逐的方向。第三，台湾的政治现实和地理现实，不仅使随军流台的老一代文人，也使在台湾长大的新一辈作家，普遍存在一种漂泊心态。而这种漂泊心态又一直是近代以来台湾文学的传统母题。由台湾特殊的历史命运所造成的疏离感和孤寂感，与现代主义表现内心世界的孤绝的主题很容易产生感应。于是，余光中说："以表现个人的内在世界为能事的意识流小说和超现实诗，似乎为作家提供了一条出路，不，'入路'。从这条路进去，作家找到了一个现实与梦交织的世界，一切事物解脱了逻辑的因果，不同的时间与空间压缩在同一平面上。"②这个世界也就是现代主义的世界。

作为运动的现代主义诗潮，在五六十年代的台湾，经历过两次高潮。第一次是以纪弦1953年2月创办的《现代诗》为发端，到1956年纪弦发起成立"现代派"为巅峰；第二次是以1959年《创世纪》改组扩版为标志，到60年代末《创世纪》停刊为落潮。在这期间，"现代派"、"蓝星"和"创世纪"是三个影响最大、创作实绩最丰富的诗社。

"现代派"正式成立于1956年，但一般认为它的活动始于《现代诗》的出版。1953年，当纪弦在他的成功中学教职员宿舍里编辑这份自己既是社长兼发行人，又是编辑和主要撰稿人的诗刊时，同时还揭出"现代诗社"的招牌。很快，在这份薄薄的32开的现代诗刊周围，聚集起台湾最早的一批现代诗作者。在《现代诗》创刊的《宣言》

---

① 杜南发《叶维廉答客问：关于现代主义》，《中外文学》第10卷第12期。1982年5月。

② 余光中《中国现代文学大系·总序》，巨人出版社，1969年。

中，最值得注意的是纪弦对于传统（中国古典和西洋古典）的态度：
"用白话或口语写了的本质上的唐诗宋词元曲之类，我们不要"，"同样的是，凡是贩卖西洋古董到中国市场上来冒充新的……我们也一概拒绝接受"。纪弦提出，我们"要的是现代的"诗，"唯有向世界诗坛看齐，学习新的表现手法，急起直追，迎头赶上，才能使我们的所谓新诗到达现代化"。《现代诗》初为月刊，后改为季刊。到了1956年1月出满12期时，纪弦在台北发起召开现代诗人第一届年会，正式宣布成立"现代派"，最初加盟者83人，后又增至102人，成为台湾现代诗最具声势的一个团体。发起人纪弦，并由叶泥、郑愁予、罗行、杨允达、林泠、小英、季红、林亨泰、纪弦担任筹备委员；其他成员还有李莎、白萩、方思、辛郁、季红、彩羽、梅新、张拓芜、黄荷生、楚戈、锦连、秦松、黄仲琮（羊令野）、蓉子、罗门、罗马（商禽）等。在这次大会上，纪弦发展了《现代诗》"宣言"上的观点，把它概括为"现代派六大信条"，刊登在作为"现代派诗人群共同杂志"的《现代诗》第13期封面上，并写了《现代派信条释义》一文加以阐述。他所提出的六大信条是：

第一条：我们是有所扬弃并发扬光大的包容了自波德莱尔以降一切新兴诗派之精神与要素的现代派之一群。

第二条：我们认为新诗乃横的移植，而非纵的继承。

第三条：诗的新大陆之探险，诗的处女地之开拓。新的内容之表现，新的形式之创造，新的工具之发现，新的手法之发明。

第四条：知性之强调。

第五条：追求诗的纯粹性。

第六条：拥护自由与民主。

严格说来，这六条只是宣言，即使包括纪弦的"释义"，也不具备严密的理论素质。在这六条中，首先提出的是对现代诗艺术走向的规定。纪弦认为："正如新兴绘画之以塞尚为鼻祖，世界新诗之出发点乃是法国的波德莱尔。象征派导源于波氏，其后一切新兴诗派无不直接间接蒙受象征派的影响。"纪弦将自己倡导的"现代派"纳入"总称为'现代主义'"的世界诗歌运动中，企图扬弃"它那病的、世纪末的倾向"，发扬其"健康的、进步的、向上的部分"[1]。在信条的三、四、五条中，标举了"现代派"的具体艺术追求，即创新、知性和纯诗。在当时，这些追求对提高诗的艺术素质，有着积极的意义。引起争论并且成为日后人们指责焦点的，是所谓"新诗乃是横的移植，而非纵的继承"。无论从理论上还是从文学发展的事实上看，这些提法显然都是错误的。当纪弦将"横的移植"作为"基本的出发点"去追求创新时，给台湾诗坛带来的已不仅是更新诗的观念、扩大诗的表现领域和艺术方法的积极的一面，还带来对外来观念与形式生硬搬用的背弃传统、背离现实的另外一面。当时，这一观念相当广泛地影响着台湾现代诗的发展，确实反映了台湾现代诗一个时期的总的取向。在50年代的台湾，"西化"体现在社会生活的政治、经济到文化的各方面。纪弦不过是把这一事实在诗坛上以明白无误的语言表露出来而已。

事实上，"现代派"只是一个松散的"联盟"，诗人之间只是"一个精神上的结合"，而"没有什么严密的组织"。集合在这面旗帜下的诗人都强调表现诗人个性，没有谁会认真遵照这些"信条"去写诗。即使纪弦自己，他的创作也常常与自己倡导的理论相悖。因此，30年后洛夫在评说"现代派"的功过时认为，它的意义不在于第一、二条的宣言，而在于提出了"新诗现代化"这样一个"庄严的口号"，"其严肃性即在于它那破旧创新、绝对开放的精神"[2]。这种精神确实给当时台湾沉闷的诗坛带来活跃的生机，拓宽了诗的灵视，大大提高了诗歌自身的艺术素质和表现能力。但是，"创新"又是一个必然受到它所表现的内容和民族心理所制约的实践。"现代派"所提出的"横的移植"也并非一句空洞的口号，而是包括"创新"在内的一个总的艺术取向。它完成了现代主义艺术思潮在台湾诗歌中比较充分的发育，也留下台湾诗歌在一个时期割断传统、脱离现实所造成的一系列"后遗症"。

1959年《现代诗》自第22期起，纪弦不再负责编务而交由黄荷

① 纪弦《现代派信条释义》，参见《现代诗导读·理论、史料篇》，故乡出版社，1979年。
② 洛夫《诗坛春秋三十年》，《中外文学》第10卷第12期，1982年5月。

生主编，刊物内容也渐与"现代派"当初的主张无关。在各方面的批评下，纪弦于1962年春宣布解散"现代派"，《现代诗》也于1964年2月出版了第45期之后停刊，直到1982年以后复刊。但这一有重要影响的诗歌团体实质上已经消亡。

稍晚于《现代诗》出现的另一个重要诗社，是1954年3月成立的蓝星诗社。发起人有被称为台湾诗坛"三老"的覃子豪、钟鼎文（不久后即宣布退出）和后起的余光中、邓禹平、夏菁；后来又加入了蓉子、罗门、黄用、吴望尧、周梦蝶、敻虹、向明等；经常在"蓝星"主办的刊物上发表诗作的还有白萩、辛郁、叶泥、彭邦桢、阮囊、叶珊等。据余光中后来的追述，"蓝星"的结合，"是针对纪弦的一个'反动'。纪弦要移植西洋的现代诗到中国的土壤上来，我们非常反对；我们虽不以直承中国的传统为己任，可是也不愿贸然做所谓'横的移植'。纪弦要打倒抒情，而以主知为创作的原则，我们则倾向于抒情"①。这些分歧，使"蓝星"从中国新诗发展中的那股现代潮流里，"摄取了'现代'派较温和的一面，合并大陆当时较抒情的'新月派'的风格，倡导了与'现代派'不同的诗型"②。这"对当时冲劲十足、睥睨诗坛的'现代派'形成一种制衡力量"③。"蓝星"也因其比较稳健的风格而获得比《现代诗》《创世纪》等更为广泛的读者。

不过，"蓝星"是个比"现代派""创世纪"更具"沙龙"色彩的松散的、"不讲组织"的诗社。它不仅没有如"现代派"那样的纲领和领袖，而且同人之间除大体一致的抒情倾向外，诗观和风格也颇不一致。"夏菁深受荻瑾生、佛洛斯特与其他美国诗人的影响；吴望尧表现了由中国传统抒情诗到达达主义的各个风格，惯用具有超现实主义的激情而施以古典的抑制；覃子豪的句法基本上是纯中国的，但对题材的处理倾向于法国的象征主义……"④这种不一致还表现为他们在同一时期各自主持几种不同的"蓝星"诗刊。最先是覃子豪借《公

---

① 余光中《第十七个诞辰》，《现代文学》第46期，1972年3月。

② 笠诗社《中国现代诗的历史和诗人们》，《华丽岛诗集》后记。见《现代诗导读·理论、史料篇》，故乡出版社，1979年。

③ 洛夫：《诗坛春秋三十年》，《中外文学》第10卷第12期，1982年5月。

④ 余光中英译《中国诗选·序》，美国新闻处，1961年。

论报》副刊主编《蓝星周刊》（1954—1958）；1957年夏天，《蓝星诗选》季刊出版，主要编辑人仍是覃子豪。同时，余光中、夏菁、吴望尧和后来的罗门、蓉子等，又轮流主编《蓝星诗页》（月刊），余光中还负责《文星》和《文学杂志》上的诗栏。因为力量分散，刊物的影响相对小了，倒是不断出版的"蓝星诗丛"和"蓝星丛书"，先后印行50多种诗集、诗论集和散文集，引进了不少新人。因此，洛夫曾说："蓝星同人个人的成就大于他们对诗坛集体的影响。"1963年覃子豪病逝，而同人中出国的出国，"退隐"的"退隐"，在罗门、蓉子夫妇编完《蓝星：1964》诗选之后，也就宣告"星"散。直到1982年才又重新恢复《蓝星诗刊》的出版，诗社随之也恢复活动，但影响已不如前。

把50年代的台湾现代诗运动，推向60年代而形成第二次高潮的，是创世纪诗社。

创世纪诗社成立于1954年10月，由当时在海军服役的洛夫、张默和稍后加入的痖弦发起，出版《创世纪》诗刊。不过，在"现代派"和"蓝星"最活跃的50年代，"创世纪"的影响并不大。在它自称为"试验期"的头五年，提倡所谓"新民族诗型"。在由洛夫执笔的社论①中，对"新民族诗型"的基本要素做了规定。后来，洛夫对这些要素做了这样的归纳："一是艺术的——非纯理性的阐发，亦非纯情绪的直陈，而是美学上直觉的意象之表现，我们主张形象第一，意境至上，且必须是精粹的，诗的，而不是散文的。二是中国风的，东方味的——运用中国文学之特性，以表现东方民族生活之特有情趣。"②不过，"创世纪"当时的阵容显然远不及"现代派"及"蓝星"强大，其主要成员洛夫、痖弦等的创作，也还处于探索阶段。因此，"新民族诗型"在当时还是"只有概念，而无精密的设计，只有主张，而无实现这一主张的方法"③，所以影响甚微。

到了50年代末，台湾现代诗的第一个浪潮已经涌过。表面上看来，"现代派"和"蓝星"都已失去原先的冲劲和势头。但是从创作实践

① 见《创世纪》第5期社论：《建立新民族诗型的刍议》，1956年2月。
② 洛夫《诗坛春秋三十载》，《中外文学》第10卷第12期，1982年5月。
③ 洛夫《诗坛春秋三十载》，《中外文学》第10卷第12期，1982年5月。

上看,50年代前期倡导现代诗的诗人,大都在这一时期才真正进入"现代"的精神层次。这可以由以下事实看出:纪弦离开他极度张扬的浪漫情绪的告白,进入静观、知性的领域,是在50年代中后期创作的《存在主义》《阿富罗底之死》等一批剖析现代工业都市的作品出现以后。覃子豪1956年出版的诗集《向日葵》,还未摆脱以抒情为正宗的、既重象征表现又交织古典严谨的浪漫矜持,只有在50年代末创作的《瓶之存在》那批作品出现后,才标志他作为"现代"诗人的成熟。余光中称自己"现代时期"的作品大多集中在1960年出版的诗集《钟乳石》中。痖弦甚至不把他1957年以前的作品收入他诗集的"正编"。洛夫也自称是在1958年完成《投影》《我的兽》之后,才开始进入现代诗的创作。因此,50年代末诗社表面的沉寂,并不能淹没诗人创作对"现代"精神进一步把握的实质。这为现代主义诗歌运动的第二次高潮准备了基础。

1959年4月,《创世纪》诗刊进行扩版改组,广泛吸纳了"现代派"和"蓝星"的一些成员,以壮大阵容;同时抛弃"新民族诗型"的主张,转而提倡诗的"世界性""超现实性""独创性""纯粹性",认为梦、潜意识、欲望是探索人性最重要的根源,诗人不仅要有向上飞翔的超现实的能力,还要有往下沉潜的深入梦幻的对等过程。在艺术上则强调以"直觉"和"暗示"为前提的语言和技巧的多种实验,包括声音与色彩的交感,外在形式与内在秩序的矛盾和调和,想象与听觉的开启和切断,象征的运用和捕捉,以及张力、歧义、矛盾情境的酿造,等等。"创世纪"把50年代由"现代派"的"主知"和"蓝星"的"抒情"互相牵制的现代诗运动,推向了以"超现实主义"为特征的另一个高潮。为此,"创世纪"的诗人认真做了三个方面的工作:一、译介了超现实主义的一些经典文献。二、从理论上对中国的超现实主义进行阐释,企望将它与中国的禅、道沟通起来,以寻求超现实主义的"中国化"和"广义化"。三、认真地进行创作实验,在强调直觉、感性、潜意识和意象的经营上,努力把握超现实主义的艺术本质。这些努力,扩大了中国现代诗的艺术经验,但同时也放大了现代诗在50年代本已存在的弊端。因此,"创世纪"也就代替了"现代派"成为批评的主要对象。批评者尖锐地指出:"自从超现实主义的一些观念输入我们的诗坛以来……诗思的质变使诗的语言忽然有了一个巨变。经验的绝缘化便产生了晦涩的问题。前一时期的一些新古典倾向，例如纪弦理论上的主知主义和方思创作上的主知精神，到了这个时期，便在新起的反理性浪潮中淹没了。放逐理性，切断联想，扼杀文法的结果，使诗境成为梦境，诗的语言成为呓语，甚至魇呼，而意象的滥用无度，到了汩没意境阻碍节奏的严重程度。"[1]

"创世纪"在台湾活动时间较长。但到 60 年代中期以后也因主要成员或离开台湾或停止创作而逐渐从峰巅上滑落，台湾现代诗的第二浪也逐渐式微。"创世纪"成员除写诗外，还擅长理论，同时也热心举办各种诗歌活动，编辑出版了台湾 50 年代、60 年代、70 年代诗选，为台湾诗歌发展做了许多有益的工作。

在五六十年代台湾现代诗的兴起和发展中，除了上述三个诗社外，还有羊令野与罗行相继主编的、以联络各派诗人为目标的诗刊《南北笛》（1958 年创刊），陈敏华、古丁主编的风格明朗的诗刊《葡萄园》（1962 年创刊）等。

台湾现代诗从它出现之日起，便一直处在尖锐的批评和论争之中。虽然每次论争的起因、涉及的范围不同，但论争的焦点，往往都归结到现代诗与传统、现代诗与现实这两个根本问题上。

这些论争，有两种类型。一是来自现代诗内部不同诗歌社团的意见分歧。当纪弦以"昭告天下"的方式提出"现代派六大信条"作为"新诗再革命"的方向和内容时，在当时的诗歌界、文学界乃至文化界，都引起强烈的反响。次年，覃子豪在他主编的《蓝星诗选·狮子星座号》上发表了《新诗向何处去？》的长文，批评纪弦提出的"信条"，认为"中国新诗应该不是西洋诗的尾巴，更不是西洋诗的空洞的渺茫的回声"，"中国新诗之向西洋诗去摄取营养，乃为表现技巧之借鉴，非抄袭其整个的创作观"。覃子豪问道："若全部为'横的移植'，自己将植根于何处？"他并且有针对性地提出"目前新诗方向"的"六项正确原则"，强调现代诗对于人生的体验、发现和理解，在民族气质、性格、精神的表现中完成诗人的创造，而不是盲目移植西

---

① 余光中《第十七个诞辰》，《现代文学》第 46 期，1972 年 3 月。

方的东西。这年10月出版的《蓝星诗选·天鹅星座号》还发表了黄用、罗门的文章，以及余光中翻译的史班德的《现代主义运动已经沉寂》的文章，针对纪弦的观点提出批评。纪弦也在同年的《现代诗》等刊物上发表了《从现代主义到新现代主义》《对于所谓六原则之批评》等文章，反驳"蓝星"诗人的批评。这一论争一直延续到1958年底。关于这场争论，痖弦认为是"蓝星"诗人"对于纪弦切断中国诗的传统表现强烈的抗议"。它无疑地对于纪弦提出的"横的移植"的浪潮，起了某种遏制作用。

另一次现代诗人内部的论争发生在洛夫和余光中之间。1961年，洛夫在《现代文学》第9期上发表了《天狼星论》，在肯定余光中诗的成就同时，对长诗《天狼星》的不够"虚无"和"过于可解"提出非议。余光中即在同年12月10日出版的《蓝星诗页》第37期上发表了《再见，虚无！》作为答复。论争表面上是涉及一部作品的评价，实质上则反映了现代诗内部"同源异向"的分歧，是"创世纪"对"蓝星"所持的比较温和、稳重的路线的不满，也是"蓝星"对转向倡导"超现实主义"的"创世纪"的发展路线的批评。余光中在这篇文章的最后说："如果说，只有达达主义与超现实主义才是现代诗的指南针，与此背向而驰的皆是传统的路程；如果说，必须承认人是空虚而无意义才能写现代诗，只有破碎的意象才是现代诗的意象，则我乐于向这种'现代诗'说再见。"这场争论促进了余光中风格的变化，也开始显示现代诗内部对所持的诗歌观念和路线的反省与修正的迹象。

来自现代诗外部的批评则要尖锐和激烈得多。首先是1959年7月台湾的现代文学研究者苏雪林教授在《新诗坛象征派创始者李金发》一文中，借评价李金发，抨击现代诗是"随笔乱写，拖沓杂乱，无法念得上口"。它最先引起覃子豪的反驳，覃子豪发表了《论象征派与中国新诗》一文，肯定象征派在中国出现的历史意义，并纠正苏雪林的盲视和偏见，认为台湾的现代诗是"接受了无数影响而兼容并蓄的综合性的创造"。这场争论尚未拉下帷幕，在同年11月20—23日，专栏作家言曦（邱楠）连续发表了四篇《新诗闲话》，又于翌年1月8日—11日发表了四篇《新诗余谈》，在此前后，另一个专栏作家也发表了《四谈现代诗》和《所谓现代诗》等文。这些文章，同样站在传统诗观的立场上，以戏谑讽刺的语气批评现代诗的空洞、晦涩、难懂，指斥现代诗移植了当年法国思想界的幻灭、厌世、怀疑、悲观、绝望的颓废情绪和病态呻吟，是背叛时代的"反动行为"。这些责难引起了现代诗人一致的反驳。台湾的一些重要文艺刊物，如《现代诗》《创世纪》《蓝星诗页》《文星》《文学杂志》《笔汇》《现代文学》等都卷入了争论。余光中的《文化沙漠中多刺的仙人掌》、白萩的《从〈新诗闲话〉到〈新诗余谈〉》、黄用的《从摸象说起》等文，都鲜明有力地阐明了现代诗人的观点。由于批评者所持的诗歌观念陈旧，对现代诗的了解也有限，只纠缠在现代诗的某些表面现象上，并未能切中要端，争论也就很难产生实际的影响。

对现代诗带有"清算"性质的大规模批评，发生在 70 年代以后。这一方面是因为现代诗在经过"超现实主义"的洗礼之后，自身固有的问题暴露得越来越明显。另一方面则是钓鱼岛事件之后，岛内普遍高涨的民族意识反映到文学上来，要求清算文学的"西化"倾向，而现代诗是"全盘西化"的典型。这样的批评在某种程度上便越出了文学的范畴，带有浓厚的社会批评和政治批评的色彩。

这场批评风潮始于关杰明 1972 年 2 月发表在《中国时报》"人间"副刊的三篇文章：《中国现代诗人的困境》《中国现代诗的幻境》《再谈中国"现代诗"》。这位当时任教于新加坡大学英文系的剑桥文学博士，就他读过的三部台湾现代诗的选集：《中国现代诗选》（英文，叶维廉编译）、《中国现代文学大系·诗卷》（洛夫等主编）、《中国现代诗论选》（张默编），表示了沉痛的失望："中国作家们以忽视他们传统的文学来达到西方的标准，虽然避免了因袭传统的危险，但所得到的，不过是生吞活剥地将由欧美各地进口的东西拼凑一番而已。"接着，1973 年 8 月，刚从美国回台湾任台大数学系客座教授的唐文标，把他在美国时应杨牧主编《现代文学》"现代诗回顾专号"之约所写而未被刊用的《诗的没落——台港新诗的历史批判》一文，交给尉天聪、何欣主编的《文季》发表，同时又为《龙族》"评论专号"（1973 年 7 月）和《中外文学》2 卷 3 期（1973 年 5 月）写了《什么时候什么地方什么人——论现代诗与传统诗》和《僵毙的现代诗》

等文，对现代诗进行否定式的全面清算，呼吁把"1956年后，诗坛开始了一个所谓抽象化的写法和超现实主义的表现"，"——予以扫除"，①并采取逐个点名批判的方法，要求这些现代诗人，"请他们站到旁边去吧，不要再阻拦青年一代的山、水、阳光"②，甚至宣称："20世纪不是诗的世纪"，诗人"在历史上扮演着大骗子的角色，散布着麻醉剂、迷幻药。"③从对现代诗的全盘否定，走向了人身攻击和诗的虚无主义。这些文章的发表，自然引起诗歌界的震动。评论家颜完叔把它称为"唐文标事件"，并以此为题在《中外文学》2卷6期（1973年11月）上发表长文，从文学的观点指出唐文标"以偏概全"的错误。同期还有余光中、周鼎的反驳文章。作为对这一事件的激烈反应，《创世纪》和《中外文学》都在1974年6月分别推出了"诗论专号"和"诗专号"，集中发表了现代诗人和评论家余光中、洛夫、大荒、辛郁、黄进莲、杨牧、颜完叔、姚一苇、陈芳明、掌杉、翁文娴等的文章，从不同角度回答唐文标的批评。洛夫在为《创世纪》所写的社论中提出"反对粗鄙堕落的通俗化，反对离开美学基础的社会化，反对没有民族背景的西化，反对30年代的政治化"，以作为对这一批评的回应。

与这一系列批评具同等重要意义的，是60年代中期到70年代出现的"笠"及一些青年诗人成立的诗社和出版的诗刊，它们所取的是与现代诗不同的艺术主张和创作路线。这些不同方向的艺术选择，不仅在批评的价值上，而且在建设的意义上，对现代诗的缺失进行了从理论到实践的修正和补充。

发生在70年代对现代诗的批判，是在一个特定的社会思潮背景下出现的。70年代初期，在思想文化上出现一个要求削弱西方影响、寻找自己文化民族归宿的思潮。在这一背景下重新提出的现代诗问题，从涉及的面和深度上看，比以往历经的论争都前进了一步。"在这个论战中，相对于'现代诗'之'国际主义'、'西化主义'和'内省'、'主观'主义，新生代提出文学的民族归宿，走中国的道路，提出了文学

---

① 见《诗的没落——台湾新诗的历史批判》，载《文季》。

② 见《什么时候什么地方什么人——论现代诗与传统诗》，载《龙族》评论专号（1973年7月）。

③ 见《僵毙的现代诗》，载《中外文学》第2卷第3期。

的社会性，提出了文学应为大多数人所懂的那样爱国的、民族主义的道路。他们主张文学的现实主义，主张文学不在抒写个人内心的葛藤，而在写一个时代，一个社会。"① 这一显示了明确的价值判断的归纳，说出了批评者的基本立场和主张的大体轮廓。

从 60 年代后期开始，特别是整个 70 年代，现代诗受到来自不同方面、不同角度的批评，因而有人将 70 年代称为现代诗的"批评时期"。但是，这并不说明五六十年代台湾的现代诗是一次错误的、毫无价值的艺术运动。实际上，通过论争和批评，现代诗的缺陷与失误被进一步揭露，而它的价值、它对台湾甚至整个中国新诗发展的积极意义，也在被逐步认识。因此，评论界的另一种观点认为，这被称为"批评时期"的十年，也可称为"现代诗的收获时期"："一种由排斥到接受，由怀疑到承认，由否定到肯定的转机，且证明中国现代诗（这里指台湾的现代诗运动——引者）30 年来的探索与追求，并不是一种浪费；当某些恶意批评家宣称现代诗的死亡时，现代诗已成了中国文学史的一部分。"②

这些论争和批评所产生的另一方面效果，是一定程度上推动现代诗人对自己诗歌观念和创作道路的省思与检讨。这种情况，在 60 年代余光中与洛夫的论争中，已开始出现。60 年代末期，台湾现代诗的一些重要诗社，已大多停止了活动，现代诗人成了"散兵游勇"。1970 年，以原"创世纪"和"南北笛"的作者为骨干，由彭邦桢、洛夫等发起成立"诗宗"社，他们就以"对现代诗的再认"和"对中国诗传统的重估"作为两大目标，表现出他们自我省思的倾向。正如痖弦在写于 1980 年的文章中所表示的："现代中国诗无法自外于世界诗潮而闭关自守，全盘西化也根本行不通，唯一因应之道是在历史精神上做纵的继承，在技巧上（有时也可以在精神上）做横的移植。两者形成一个十字架，然后重新出发。"随着诗观的转变，一部分现代诗人转向了对社会现实的关心，如早期加入"现代派"的白萩、林亨泰、李魁贤（枫堤）等，成了"笠"诗社的骨干，施善继、林焕彰等加入"龙

---

① 陈映真《文学来自社会，反映社会》，《仙人掌杂志》第 5 期，1977 年 7 月 1 日。
② 洛夫《诗坛春秋三十载》，《中外文学》第 10 卷第 12 期，1982 年 5 月。

族"；一部分诗人则努力增强自己作品的历史精神和传统意识，或者把古典的意象、句法和典故进行现代的转化，或者直接把古代的神话传说、故事、人物和场景进行再创作，使自己作品洋溢着历史的人文精神和东方的传统情调。在语言方面，也逐渐向"明朗"的方面转化。这都显示出台湾现代诗在关怀现实和认同传统上的一个新的转向。

## 二、"现代派"诗人群

早期加盟"现代派"并活跃在 20 世纪五六十年代台湾诗坛上的重要诗人，有纪弦、方思、郑愁予、林泠、羊令野、梅新以及后来分别加入"蓝星""创世纪""笠"诗社并成为中坚的蓉子、罗门、季红、商禽、辛郁、林亨泰、白萩、锦连、李魁贤等。

纪弦（1913—2013）原名路逾，祖籍陕西，生于河北，少年时期在北京、上海、扬州等地度过。1933 年毕业于苏州美专。30 年代初以路易士笔名写诗。1935 年与杜衡合办《今代文艺》，并组织星火文艺社；1936 年与戴望舒、徐迟等在上海合办《新诗》月刊，八一三事变后，回苏州与严辰等组织"菜花诗社"，出版《菜花诗刊》和《诗志》。1945 年改用纪弦笔名为报刊写稿，参与所谓"中产阶级运动"。1948 年到台湾，先在《平言日报》副刊当编辑，后任教于台北成功中学至 1974 年退休。1976 年移居美国。他大陆时期的作品编为《在飞扬的时代》（1951）和《摘星的少年》（1954）两个诗集出版；抵台后的作品在 1967 年按 5 年一集重编，分为《槟榔树》甲、乙、丙、丁、戊 5 集出版。退休后迁居美国，出版了诗集《晚景》《半岛之歌》（1993）、《第十诗集》（1996）等。此外尚出版有《纪弦论诗》（1954）、《新诗论集》（1956）和《纪弦论现代诗》（1970）等。纪弦在理论倡导上是个很前卫的现代诗人，但在创作上常与自己的理论相悖。他主张"纯诗"，但他 40 年代投身于对诗来说并不纯净的"中产阶级运动"。抵台后在"战斗诗"中也时常做些情绪狂激的呼应，这使他的相当一部分作品并不"纯粹"和"超越"。他强调"知性"，排拒抒情，但从本质上说，纪弦是个浪漫主义诗人，无论是前期还是后期，以自我为中心的情绪宣泄，是纪弦艺术个性最突出的特征。他把诗溶解于自己的日常生活和情绪之中，以抒发自己带有随意性的生活感悟和情绪。

这种主观情绪极度张扬的方式，使纪弦诗中最独特鲜明的抒情形象就是诗人自己。经常出现在他诗中的手杖、烟斗和槟榔树，几乎成了纪弦的代号。他的那首曾经为人诟病、实则包含自嘲意味的《6与7》，就是纪弦对意识到了的自己狂傲性格所做的悲剧性表白。自称手杖和烟斗已成为他生命一部分的纪弦写道："手杖7+烟斗6=13之我。"这一数字游戏式的诗句表现了他的预感，"一个天才中之天才"的诗人却是"一个最最不幸的数字"。于是他说："悲剧悲剧我来了。/于是你们鼓掌，你们喝彩。"诗人的这一预言，或许正是对自己充满戏剧性矛盾的一生的概括。纪弦在以"船"自喻的这首诗中说："船载着货物与旅客，/我的吨位是'人生'的重量。"《船》以自己生命负载人生而通过抒写自己生命来表现人生，这是纪弦创作中表现出来的一个主导方面。当纪弦以自己真切的感遇来抒写人生时，他写下了许多感人至深的作品。如表达爱恋之情的《你的名字》，揭示乡思幽情的《一片槐树叶》《萧萧之歌》，表现人生探索的《人间》《奋斗》《火葬》《稀金属》，等等，以及一些抒情写景的即兴之作。这是纪弦诗中最富魅力、最具价值的一部分。

喜欢标新立异，使纪弦在创作上具有强烈的艺术探险精神。他曾说："当我的与众不同，/成为一种时髦，/而众人都和我差不多了时，/我便不再唱这支歌了。"（《不再唱的歌》）50年代在倡导现代诗后，他企图摆脱传统诗歌的田园主题和牧歌模式，以表现工业时代的社会现实和城市精神。他以"那边"与"这边"的对立来区分"传统"和"现代"，"那边是很宁静、很闲、很可以抒情的"，是个浪漫的世纪，"这边却是效率、工业化、摇滚乐和咖啡威士忌"。这个称自己是"来自那边"的诗人感受到"被工人以及火车、轮船的煤烟熏黑了的月亮不是属于李白的"，于是他以现代诗人的名义在《诗的复活》中宣告："李白死了，月亮也死了，所以我们来了。"

对于诗的观念、诗人的态度、诗的主题和表现方式的转变，纪弦这样坚持认为："要是李白生在今日，/他也一定很同意于我所主张的/'让煤烟把月亮熏黑/这才是美'的美学。"（《我来自那边》）作为对这种现代诗风的执意追求，纪弦写于50年代中期的《存在主义》《春之舞》《阿富罗底之死》《S'EN ALL-ER》等一批作品，略为收敛起他的不可遏制的浪漫激情，在冷静的意象呈示中包蕴他对现代社会的某些剖析和体验，从而表现出艺术风格向现代主义的转变。在《阿富罗底之死》中，纪弦写道：

把希腊女神 Aphrodite 塞进一具杀牛机器里去

　　切成

　　块状

把这些"美"的要素

抽出来

制成标本；然后

　　　　　一小瓶

　　　　　一小瓶

分门别类地陈列在古物博览会里，以供民众观赏

并且受一种教育


这就是二十世纪：我们的


　　纪弦在这里揭示了传统社会向现代社会转化的不容否认的事实，对于工业时代的城市精神也做出他的探索：机械化的大生产，如何瓦解着传统的经济结构和生活方式，也瓦解着传统的温情和美。不过，纪弦这个时期的这类作品，也显示这样的迹象：诗情与意象有时主要来自理性的认知，而缺乏诗人在现代社会中复杂的体验作为根基。这就有可能把这种艺术上的探险，过多地集中于形式上，过分追求离奇出格、标新立异。在《跟你们一样》中，企图以诗行的复杂排列来造成如音乐上不和谐音的混奏效果，甚至将"A=x+y+z 而不等于 A""2=3"这样的公式一排排地写入诗中，虽表现他刻意想打破传统诗艺所做的努力，却带来一种纷纭杂乱的效果。

　　纪弦的诗中时常表现一种调侃的美学品格。这反映着以嘲弄的心态看待人生的诗人气质，也是一个自视甚高的狂傲诗人对自己时常难以狂傲的命运的痛苦所做的化解与自嘲。在《火葬》中，他用调侃的

态度来处理一个悲剧事实，将人的死亡，比喻为"如一张写满了的信笺，/躺在一只牛皮纸的信封里"，"复如一封信的投入邮筒/人们把他塞进火葬场的炉门"，"寄到很远的国度去了"。这种调侃，加深了对生命的悲剧意味的发掘。正如台湾诗人罗青所言："他的诗，早期多有向'命运开玩笑'的雅量，有'滑稽玩世'的遁逃，也有'豁达超世'的征服，嘲人时有，嘲己亦不停，时而又兼嘲人嘲己并出，变化十分丰富。晚期，则渐渐了解了与命运和平共处之道，以风趣的态度欣赏之，既不'逃遁'，亦不'征服'，以'温柔敦厚'的诗教为依归，表现了诗人与人生浑然一体的境界。"[①]

方思（1925—  ）原名黄时枢，湖南长沙人。据说他 14 岁时就开始写诗，但不轻易示人。1952 年才将历年来的重要作品发表，引起诗坛瞩目。出版的诗集有《时间》（1953）、《夜》（1955）和《竖琴与长笛》）（1958）等，此后即辍笔。方思曾翻译出版里尔克的诗集《时间之书》，他的创作也深受里尔克的影响。在宁静的思索与明澈凝练的诗行中，他表现着对宇宙与生命的顿悟和心灵对于客观物象的感应。方思说："在这静而流动的宇宙中我探求这黑色的秘密。"（《夜》）因此，他的诗在拓展的心灵空间中，蕴藉着深厚的人生哲理。这种哲思并不敷附在生活的表层，而是沉潜于诗人心灵对世界的感应中。他在《声音》中写道：

> 夜渐渐地冷了，我犹对灯独坐
> 冬夜读书，忍对一天地间的黑暗
> 仅仅隔一层窗，薄薄的纸
> 我犹挑灯夜读，忍受一身寒意
> 每一个字是概念，每一句子是命题
> 是力量，是行动，是一个生生不息的
> 宇宙
>     有热，有光

---

① 罗青《俳谐纪弦》，见《中国现代作家论》，叶维廉主编，联经出版事业公司，1976 年。

在沉寂如死的夜心，我听到一个声音
呼唤我的名字，我欲
　　　　　推窗而去

　　冷峻的夜和有光有热的宇宙，构成富于张力的对比。在这"沉寂如死的夜心"所听到的"声音"，也许是流贯于人类世代的精神上的默契与呼应，它呼唤着孤寂的寻求者打破沉寂的一次强击的行动：推窗而去。在对内心冷凝的观照中，方思回避情绪的宣泄，却有力地表现出内心的搏动。没有确指的"寒夜""声音"和"推窗"，使诗具有一种整体的哲思的暗示。余光中认为，在纪弦倡导的"现代派"中，唯方思最能体现"主知"精神。《竖琴与长笛》是方思告别诗坛的力作。这是一部包括 5 个乐章的长诗。诗人借助爱情的意象，表现他对于宇宙、人生的体验和追求，有着丰富的内涵。发表后在台湾诗坛反响强烈。此后方思移居美国，创作中断，80 年代以后才偶有作品在刊物上出现。

　　郑愁予（1933—　　）本名郑文韬，祖籍河北，生于山东。童年随军中服役的父亲转徙于全国许多地方，这段 "阅历" 对他的创作影响极大。张默、痖弦主编的台湾《六十年代诗选》称他是"在中国许多地方长大的北方人。童年在江南，在湘桂粤，在北平，在接近边塞的北方乡下，和在台湾"。1949 年随父抵台，入中兴大学法商学院。毕业后任职于基隆港码头，终日与大海、轮船做伴。他所喜欢的山川、大海、风、雨、云、雾等，常构成他诗中的意象。1968 年赴美入爱荷华大学国际写作班前，出版了《梦土上》（1955）、《衣钵》（1966）、《窗外的女奴》（1968）三部诗集。《梦土上》不仅是他前期最重要的一部诗集，也展示了他全部创作中最牵动人心的一个情结。海上漂泊的体验和对大陆童年经历的追忆，纠结在他的诗中构成时间、空间错落的悲剧，传达出恍如置身于"梦土上"的缱绻思绪。他在《想望》中写道：

　　推开窗子

我们生活在海上
窗扉上八月的岛上的丛荫
但是，我心想着那天外的
陆地——

"大陆"有他童年经历过的"边城的枪和马的故事"，有北方原
野上的高粱，有灰色的城角闪金的阁楼，有江南流水的黄昏，有黔桂
山间抒情的角笛……此时与彼时两段人生经历的时空纠结和错落，使
他的海上诗章，浸透着游子思归的情愫："漂泊得很久，我想归去了/
仿佛我不再再属于这里的一切"（《归航曲》）、"若非鸟的翅膀的惊
醒/船长，你必向北方故乡滑去"（《船长的独步》）。这种对祖国
大陆经历的追忆，带有中国传统诗词中离人思乡的悲郁情调，以及只
能在记忆中重现、然而又堪足玩味的苍凉与沉湎。他影响台湾诗坛最
大的也是这类诗篇和句子，如："趁夜色，我传下悲戚的'将军令'/
自琴弦……"（《残堡》）、"是谁传下这诗人的行业/黄昏里挂起
一盏灯"（《野店》）、"匆忙的鹌鹑们走三十里的雪路/赶年关最
后的集"（《晚云》）、"多想跨出去，/一步即成乡愁"（《边界酒店》）……
在著名的《错误》（1954）这首短诗里，诗人借倦守春闺如莲花开落
的少妇的感觉，抒情主体易位地写一个无法归抵的浪子的悲哀：

我达达的马蹄是美丽的错误
我不是归人，是个过客……

他这种抒情的气质，使人忆起早期的艾青；虽缺乏艾青的浑厚开
阔，却有艾青所没有的细致缠绵。他那以现代方式来表达流浪意绪，
又发展着40年代初辛笛诗歌的某些特征。他显然是台湾最善于表现
离人乡愁这个题材的诗人之一。郑愁予的创造，是以现代人的感觉方
式重新处理传统诗歌题材、意境、形象，用极纯粹的中国语言来写现
代人的心境。因此，诗人兼诗评家杨牧称他是"西化"的台湾诗坛中
的"中国的中国诗人"。在台湾现代诗寻求民族归属的过程中，郑愁
予是最早在传统与现代的联结中做出成绩的诗人。

除了离人思乡主题的海上诗章外，这一时期郑愁予还写了一批表现台湾高山大岳的作品，寓现代意识于地域和民俗风貌的刻画中。到了60年代中期，台湾现代诗运动由于"创世纪"的推进而走向极端，郑愁予的风格也发生变化。发表于1963年的《草生原》，是他作品并不多见的直接写现代城市弊端的一首长诗。诗人原来的单向抒情脉络向着繁复的认知层次发展，构造成一种繁响的效果。1968年郑愁予赴美留学，后任教于耶鲁大学，陆续出版诗集《燕人行》《雪的可能》《时花时节》《刺绣的歌谣》《寂寞的人坐着看花》等。

林泠（1938—    ）本名胡云裳，祖籍广东开平，出生在四川江津。童年随在军中任职的父亲四处迁徙，这段经历有如郑愁予。不过当时还未谙人世的她不能像郑愁予那样，以青春的敏感把历史变故和人生沧桑溶聚在自己诗中。因此，当15岁时她也以"流浪人"的形象来敲叩诗坛大门时，只是一种含有几分虚幻和感伤的精神的"流浪"，带有"少年不知愁滋味"的向往。

作为一个早慧的诗人，林泠的诗大部分写于初入大学的1955—1957年。这是一个十七八岁的少女的感情花季，决定了林泠诗歌的基本风貌：面向自己少女情怀的内心探索与委婉倾诉。爱情是林泠诗歌最重要的主题。作为一个知识女性，林泠的爱情诗表现了一个走向社会的现代女性的自立意识与来自东方的传统女性含蓄性格的融合。在《阡陌》中她写道：

　　你是纵的，我是横的
　　你我平分了天体的四个方位

这首以人生的偶然相逢却又是命运的必然相遇为缘头，而期待"幸福也像一只白鸟""悄悄下落"的爱情诗，并不像古老的传统婚姻那样，把爱情和幸福建立在女性对男性的委身与依附上，而是强调爱者的双方有同等的地位、权利和责任。对女性自我价值的充分肯定，是林泠诗歌的灵魂。她借诗歌探索自己、发挥自己，使自己既成为抒情的主体，又成为抒情的对象。这种自立、自尊、自强的女性自我意识，也表现在人生态度上。她曾写道："没有什么使我停留 /——除了目的 /

纵然岸旁有玫瑰，有绿荫，有宁静的港湾／我是不系之舟。"不为世俗羁绊而执着于目的的"不系之舟"，是林泠诗歌女性自觉的典型意象。

但这种现代意识，在林泠诗歌里又是以东方含蓄的审美方式来表达的。林泠常在诗中讲述自己的"故事"：一段回忆，一场感情遭遇，或者一次受伤后的微悟。但所有这些"故事"，都通过自然的或古典的意象，把最深刻感动的心事藏在胸臆深处，只呈现给我们一种象征的氛围，让读者循着她感情的轨迹去展开想象，像是一种"未竟之渡"，在作者的"不能说"里想及所欲说的心事，在不知道中知道。这种透露着少女羞涩的"不说的说"，是一种乖巧。但乖巧以幽柔温婉的方式来倾诉，就不给人以乖张、卖弄的压迫，而体现着东方女性的聪慧和含蓄。这也形成了林泠诗歌的特殊风格：现代女性的自尊与传统女性的温婉交融而成的矜持，在柔情的背后藏着执着，在矜冷的表象下蕴蓄热情。

林泠对世界的感受，还常常借助想象奇特的童话来表达，这也是诗人童心的表现。当云在天空飘荡，她说："我常常想起，想起／多年前，有个爱穿红衫的女孩／徐行过人间／以雾的姿态／雨的节奏／流泉的旋律／而随手撒落的火焰与雪花／便形成了赤道和南北极。"形象的准确，几乎是一首童幻的科学诗，而感情的真挚，又是作者不泯的童心对人生和社会的折射。在"现代派"的诗人中，林泠不是服膺主知的哲人，而是崇仰纯诗的歌者。感情和意象的清纯，使她的诗空灵和超越，但同时也透露出浅淡。50年代后期，林泠留学并定居于美国，直到1982年才有《林泠诗集》出版，是作者唯一的一部诗集。

羊令野（1923—1994），本名黄仲琮。早期曾加入"现代派"，1956年4月与叶泥、郑愁予借嘉义《商工日报》副刊创办诗刊《南北笛》，旨在联络包括"现代派""蓝星""创世纪"在内的南北各方面的诗人。羊令野童年在安徽家乡读书时就学写古诗，1948年在浙江金华以"田犁"笔名出版了新诗集《血的告示》。抵台后，主持军中报纸，仍既写古诗，又写新诗。他说："在我的诗中，尝试把许多古典的词汇赋予新的意义或新的生命，而这种'再生'的词汇，常常使整首诗的语言张力更具有韧性和弹性。同时使众多的意象达致和谐，完整地表现了我需表现的意识——周密而深广地部署一种浑然一体的境界。"①这种追求使他的诗中活跃着古代诗歌的意象，交响着排律、对偶的节奏，同时也是有一种严谨的艺术布局。作为军中的诗人，羊令野的诗歌创作具有两重性。在提倡诗的"战斗性"同时，羊令野又倾向于学佛，常将佛典入诗。据此写了他最重要的作品《贝叶》（13首），寻求生命对于尘世的超脱，反映出他在特殊的政治背景和个人经历中的复杂、矛盾的心境。羊令野的作品不多，仅诗集《贝叶》（1968）和《羊令野自选集》（1979）两种。但影响广泛，《中国当代十大诗人选集》认为："从传统中粲然走出，汲取古典诗的精华作为自身的滋养，羊令野深得个中三昧，是故他的诗的世界是隐秘的，也是开放的；是细致的，也是辽阔的。他围绕着那不绝如缕的音乐性而与时间一起飞翔。"②

### 三、"蓝星"的诗人群

蓝星诗社的重要诗人，有被台湾称为"现代诗三元老"之一的覃子豪，有沟通传统和现代、创导新古典主义的余光中，有被菲律宾授以"文学伉俪"桂冠的罗门、蓉子和以诗归禅的"孤独国主"周梦蝶，以及邓禹平、吴望尧、夐虹、向明、黄用、张健等。

覃子豪（1912—1963）原名天才，学名覃基，四川广汉人。1932年入北平中法大学孔德学院，开始接触浪漫派诗人雨果、拜伦和象征主义诗人波德莱尔、凡尔哈仑等的作品。1936年东渡日本就读于东京中央大学法科，参与雷石榆、林林、柳倩、王亚平等人倡导的新诗歌运动，并和李春潮、贾植芳等组织文海社，出版《文海》丛刊。1937年抗战全面爆发前夕回国，受当时郭沫若主持的第三厅委派赴浙江前线任《扫荡简报》编辑，并在宦乡主持的《前线日报》上主编《诗时代》周刊，后到福建永安从事文化工作。这一时期出版了诗集《自由的旗》和配画诗《永安劫后》。1947年由福建去台湾。1952年主编《新诗周刊》，次年受聘中华文艺函授学校任诗歌班主任。1954年与钟鼎文、余光中等发起成立蓝星诗社，成为台湾现代诗运动的重要人物之一。先后出

---

① 辛郁《诗人羊令野访问记》，《羊令野自选集·附录》。
② 《中国当代十大诗人选集》，源成文化图书馆供应社，1979 年再版。

版了《海洋诗抄》（1953）、《向日葵》（1955）、《画廊》（1962）等诗集。

覃子豪30年代的诗，表现一个执着的青年对于生命的追寻。在个人幽怨的吟唱中，有着对社会的不平与愤懑。写于抗战时期的《自由的旗》和《永安劫后》，发出了在民族危难时期的抗争之声，诗的风格明朗而富有强烈的现实感。到了台湾之后的创作，风格几度变化，但早期常用的象征手法仍得到继续。《海洋诗抄》是台湾现代诗最早一部有影响的诗集。诗人从各个方面表现他海上生活的体验，寄托着浪迹大海的旅人对家乡、故人以及青春、理想的怀恋和追求。诗中涌动着步入中年之境者常有的对人生的悲凉慨叹，但也不缺依然健伟的自信。

与《海洋诗抄》一样，诗集《向日葵》的主题和艺术方法，基本上仍是前期创作的延续和发展。强烈的现实意识，严肃的人生批评和执着的信念寄托，以及象征手法的运用，古典的严谨与浪漫的抒情相结合：可以看作它们共同的特征。这些作品，证实着覃子豪这一时期对诗的理解："我写诗，是抖落心灵的烦忧，和我理想追求的表现……《向日葵》是我苦闷的投影，这投影就是我寻觅的方向。"当然，《向日葵》比起《海洋诗抄》，在对人的心灵奥秘的发掘，对人生体验作更为抽象的哲理探求方面，更为明显。如《距离》一诗，表现理想与现实的关系。地球与月亮之间，既有面隔云汉的叹息，也有"永恒的遥遥相对"的心仪。诗人渴望有五个魔指"把世界缩成一个地球仪"，如寻伦敦与巴黎一样，在每一回转动中，就能使梦想实现。这种幻想，揭示了更深刻体验到的理想与现实永难统一的悲剧性命题。

《画廊》是覃子豪创作发展上具有转折意义、在思想艺术上成就最高的一部诗集。在这里，覃子豪从生活表层的人生批评，深入对生命意义的探询。《金色面具》《肖像》《构成》《瓶之存在》《吹箫者》等等，都"企图在物象的背后搜寻一种似有似无、经验世界中从未出现过的，感官所不及的一些另外的存在；一种人类现有的科学知识所无法探索到的本质"。[①] 自如自在的瓶，"挺圆圆的腹"，似坐着，

---

① 洛夫《从〈金色面具〉到〈瓶之存在〉》，《中国现代作家论》，叶维廉主编，联经出版事业公司，1976 年。

又似立着，似禅寂然的静坐，又如佛之庄严的肃立，"背深渊而面虚无，背虚无而面深渊"，"清醒于假寐，假寐于清醒"；它不是偶像，也非神祇，它是一存在，"静止的存在，美的存在"，是另一世界的存在，"显示于混沌而清明，抽象而具象的形体"，"存在于思维的赤裸和明晰"。在这里，物象（瓶）的外形与内蕴，作者的自我与非我，诗的具象与抽象，都在这种矛盾与和谐之中，统摄于诗人对存在、对生命带有某种神秘感的探询里，创造出一种近乎禅的"物我两忘"的境界。这种看似超越人生的观照，其本质仍在追求他一贯执着的生命的力量。或者说，他就是那棵树，伸向"永恒而神秘"的天空，"以生命之钥"，"探取宇宙的秘密"（《树》）。这是经历无数苦恼、困惑之后的一种理性的清朗。于是，在他的一些似乎表现着"彻悟之后的静止"的诗篇中，仍可见灵魂骚动不安的声音。正如《肖像》所写：

> 这肖像是一个诠释
> 诠释一个憔悴的生命
> 紫铜色的头颅是火烧过的岩石
> 他来自肉体的炼狱
>
> 他的灵魂在呐喊
> 我听见了声音

《画廊》出版后的第二年，正处于艺术巅峰的覃子豪因肝癌病逝。去世后由诗友筹资出版的《覃子豪全集》三册，收入他全部的诗歌、理论和译诗。

余光中（1928—2017），祖籍福建永春，生于南京。童年随父母转徙于江浙及西南。1948年入厦门大学外文系，开始发表诗作。同年秋迁居香港，次年转入台湾大学外文系，逐渐成为台湾诗坛的重要人物。1958年和1964年曾两度赴美进修和讲学，此外一直在台湾东吴大学和师范大学任教。1974年应聘任香港中文大学教授，1985年回台湾担任中山大学文学院院长。从1952年《舟子的悲歌》问世开始，半世纪来共出版诗集20余部（含各种选本），显示了他创作的丰沛成绩。

　　余光中的创作从一开始就与"五四"新诗有着较多的联系。这从他最初的三部诗集《舟子的悲歌》（1952）、《蓝色的羽毛》（1954）和《天国的夜市》（写于1954—1956年，迟至1969年才出版）中可以看出。诗的情绪、意境，甚至某些句式，往往留有影响他的前辈诗人（19世纪欧美浪漫派诗人和"五四"新诗人）的痕迹。50年代中期以后，受潮流的影响，他的艺术观和创作明显地走向"现代"。1960年出版的诗集《钟乳石》收录了这一阶段的作品。不过，较之台湾其他现代诗人，余光中的"现代"倾向并不完全背离传统。他的诗中常以传统意象（如羿射九日、杞人忧天等中国神话、传说、典故）来传达现代感兴。60年代前后，是余光中在传统与现代之间迂回选择的时期。1958年和1964年两度赴美期间，异国他乡，悠悠独处，神往于西方的诗人真正生活于西方的现实之中，才重新发现和认识民族传统。现实疏离和文化乡愁使他进入一个观念和感情互相冲撞的二元艺术世界。他创作于这时期的作品（后来结集为《万圣节》）继承着《钟乳石》的现代风格，从感觉、灵视到艺术传达更趋于现代方式。但其中存在一个难以消融的中国"情意结"。在写于1958年的《芝加哥》中，他把自己比作落入"新大陆"大蜘蛛网中的一只亚热带的"金甲虫"：

> 文明的群兽，摩天大楼们压我
> 以立体的冷淡，以阴险的几何图形
> 压我，以数字后面的许多零
> 压我，压我，但压不断
> 飘逸于异乡人的灰目中的
> 西望的地平线

这是一只西方文化"难以消化"的"金甲虫"。相反，本来朦胧的民族意识，在异域文化的映衬下，反倒警醒和清晰起来。因此，"在国际的鸡尾酒会里，/我仍是一块拒绝溶化的冰"；正因为"中国的太阳距我太远"，才宁愿保持"零下的冷和固体的硬度"（《我之固体化》）。这一中国意识，一直是余光中创作中"压不断"且溶不了的情感因素。与创作上的这种变化并行的，是这一时期对台湾现代主义思潮的再认识。1961年余光中从美返台后，发表了长诗《天狼星》，对台湾诗坛中沉湎于西方现代主义诗风的"表弟们"略有嘲谑。这首够不上"现代"标准的长诗，引发了洛夫与余光中之间的一场论争。余光中为此写了《再见，虚无！》的文章，宣布他与"恶性西化"的告别。他说："生完了现代诗的麻疹，总之我已经免疫了，我再也不怕达达和超现实主义的细菌了。"在后来发表的一系列诗歌评论中，进一步阐述他对现代诗的认识。他说："西方不是我们最终的目的，我们最终的目的是中国的现代诗。这种诗是中国的，但不是古董，我们志在役古，不在复古；同时，它是现代的，我们志在现代化，不在西化。"①又说，"我们不能想象一个完全不反传统或者反传统竟回不了传统的大诗人，同样，我们也不能想象一个不能吸收新成分或者一反就垮的伟大传统。……老实说，一个传统如果要保持蜕变的活力，就需要接受不断的挑战。用'似反实正格'来说，传统要变，还要靠浪子，如果全是一些孝子，恐怕只有为传统送终的份"②。余光中对于传统的辩证认识，极富启迪意义地一直影响到今天。

60年代中期，余光中出版了《莲的联想》（1964）和《五陵少年》（1967）两部诗集，这被评论界认为是他的"新古典主义"时期。前者是一部爱情诗集。"莲"在这里是诗人美学理想的象征：如西方诗人把水仙当作美的象征那样，这一象征的东方色彩是明显的。它包含着一个物象的层次（自然形态的莲），一个感情的层次（爱情的象征）和一个哲思的层次（中国传统儒佛思想的净化与超脱）。莲即美即爱，即怜即佛。对于莲的联想，使诗人神游在他魂牵梦绕的故国江南（他母亲和他太太的故乡），同时又找回了中国古典诗歌中最富魅力的形象和韵味，进一步达到东方传统文化所寻求的对于净化、超越的皈依。《万圣节》中苏醒的中国意识，以传统的意象得到表现。当然，余光中寻求的，是受过现代意识洗礼的"古典"和有着深厚古典背景的"现代"。这一追求，在《五陵少年》中有

---

① 余光中《古董店与委托行之间》。
② 余光中《第十七个诞辰》，《现代文学》第 46 期，1972 年 3 月。

更明显的体现。《五陵少年》是在更广阔的感情领域里，再次接触重新省认传统这一主题。作者探索了在不同时空环境中，传统与现代、东方与西方不同观念、情绪、审美追求之间排斥、吸收的复杂进程。

当然，在《莲的联想》和《五陵少年》里，余光中所回归的实际上是中国古代文化的景致，是一种感情上的趋向，而非现实的体验。而且，在这些作品里，传统的中国文化，还往往是外在的形式，传递诗人的观念与情绪。跨进到《敲打乐》（1969）、《在冷战的年代》（1969）这两部诗集时，则是诗人对现实的楔入。《敲打乐》是余光中二度旅美时期的作品。远隔重洋，回望亚洲地平线，摄入眼中的不仅是孤悬海上的台湾，而且是浓缩了整部历史的幅员辽阔的祖国时空。对于故国，渴望真正归来；然而生时不能，只得待之以死，"当我死时，葬我，在长江与黄河／之间，枕我的头颅，白发盖着黑土／在中国，在最最母亲的国度"（《当我死时》）。这种被认同又被阻隔所折磨的矛盾和痛苦，在《冷战的年代》中得到继续。在诗集的卷首中他写道："一千个故事是一个故事，那主题永远是一个主题。"无疑，这是中国人的故事和主题。不过，此时余光中已回到台湾，距离感已不存在。因此，作品更多地转向了对现实人生的剖析。在诗人看来，这并非个别人生，它映照着一部历史，而历史也并非遥远的抽象，它熔铸在每个人中："当我说中国时我只是说／有这么一个人：像我像他像你。"

70年代以后，随着人生阅历的增加，余光中的诗出现了忧患后感情趋于沉淀的趋向。他在一篇散文中说，"敢在时间里自焚，必在永恒里结晶"。"自焚"既是对现实矛盾的全身心的楔入，而永恒是在感情上、艺术上对现实人生的超越。诗集《白玉苦瓜》出版于1974年，10年间再版11次，足见它所受到的欢迎。它连同此后任教香港11年间出版的《与永恒拔河》（1979）、《隔水观音》（1983）和《紫荆赋》（1986），这4部诗集划出了余光中创作的又一个新阶段。在经历现实的困扰之后，诗人努力从更贴近现实的体验和另一个文化历史角度进入民族的时空。一方面，诗人在从甜美的乡愁转向对中国社会现实的关注中，绵细委婉的风格变为悲郁怆恸。如《公无渡河》这首从古诗翻新的作品，既是对当时渡海蒙难的死难者的哀悼，也是对现实的抗诉。另一方面，作者不再满足于以一种外化的形态进入中国古代文化，寻求把现实的人生感悟融入更为超越的历史感悟之中。在写《白玉苦瓜》的时候，余光中就提出："现代诗的三度空间，或许便是横的地域感，纵的历史感，加上纵横交错而成十字路口的现实感吧！"[1] 后来，他更明确地说："这样的做法，与其说是一种技巧，不如说是一种心境，一种情不自禁的文化孺慕，一种历史归属感。"[2] 写于1974年的《白玉苦瓜》，可以作为这种人生和艺术追求的象征与说明。白玉苦瓜是陈列于台北"故宫博物院"的一件玉雕珍品。它的母体已经久朽，而脱胎而出的艺术品成为"一个自足的宇宙"，在时光之外"仍翘着当日的新鲜"。这种艺术永恒的主题，在济慈、叶芝的笔下都出现过。但是，余光中所把握、表达的，有着实实在在、不可混淆的中国式的意绪。这来自现实的人生体验，也来自他对民族光辉而充满灾难的历史的审视。因而，与其说他咏叹的是"奇迹难信"的清莹的珍品，不如说他诗思的重点是揭示这"曾经是瓜而苦"到"成果而甘"的日磨月磋的孕育：

> 你便向那片肥沃匍匐
> 用蒂用根索她的恩液
> 苦心的慈悲苦苦哺出
> 幸呢还是不幸这婴孩
> 钟整个大陆的爱在一只苦瓜
> 皮鞋踩过，马蹄踩过
> 重吨战车的履带跃过
> 一丝伤痕也不曾留下

这是在特定时空之外成熟的新的艺术空间。诗人的感悟既是现实的，又是历史的；它化为抒情主体的一种心境、一种情态、一种由意象所内蕴的哲思的境界。

《白玉苦瓜》之后的几部诗集，明显的变化是，咏史的题材多了：

① 余光中《白玉苦瓜·自序》，大地出版社，1974年。
② 余光中《隔水观音·后记》，洪范书店有限公司，1983年。

悼屈原，歌李白，听古琴，《湘逝》拟杜甫死前的独白，《夜读东坡》伴苏轼的灵魂飞翔，《赠斯义桂》有杜甫七绝的余音，《寻你》则直接采用辛弃疾《青玉案·元夕》的句式。咏史是为了寄托人生，追求把人生体验了无痕迹地融入历史。另一个变化是从执着于儒家入世的忧患意识，逐渐趋于追求道家的旷达。诸如《磨镜》《听瓶记》《松下有人》《松下无人》之类的"超文化""超地域"的作品相对地多起来了。作者似乎更陶醉于一个近于禅思的顿悟和净化。在风格上，早年"现代时期"那种刻意锤字炼句、经营意象、剑拔弩张、出语惊人的情境，渐为恬淡、圆融的美学趣味所代替。有一个时期还追求民歌的风格韵味，如《民歌》《乡愁四韵》《车过枋寮》《摇摇民谣》等受欢迎的作品。离港返台之后，余光中还出版了《梦与地理》（1990）、《安石榴》（1996）、《五行无阻》（1998）、《高楼对海》（2000）等诗集。

周梦蝶（1920—2014），本名周起述，生于河南淅川一个普通农家。自幼丧父，生活坎坷，养成内向个性。1948年随军抵台。退伍后，在台北武昌街头摆设书摊，专卖销路不多的诗集、诗刊及冷僻哲学书籍。1962年起习佛学禅，终日默坐街头如一入定老僧，成为台湾诗坛一景。著有诗集《孤独国》（1959）、《还魂草》（1965）以及散见于各种报刊、选集的大量作品，时隔30余年，才结集为《约会》和《十三朵白菊花》。海外著名学者叶嘉莹为《还魂草》作序时，认为他是"一位以哲思凝铸悲苦的诗人"。毕生的坎坷和晚景的凄凉，使他企图从禅思和佛学中去寻求解脱；但生命的热力并未消退，这汇成他诗中一冷一热两股相反的力量的交错和转换。如在《菩提树下》中他写道："谁能于雪中取火，且铸火为雪？"火的意象，如果象征感情、欲望和追求，而雪的意象是生命在受挫后寻求的解脱，那么，周梦蝶的诗，便是将缘于自己生命追求的受挫和受挫后寻求解脱的禅思的过程，化为一种"雪中取火，且铸火为雪"的境界。这是一种矛盾的悲剧境界。生命的悲苦，即使皈依佛门，讲说禅理，也并不能真正超脱。佛家有"身似菩提树，心有明镜台"的偈语，周梦蝶却反问："谁是心里藏着镜子的人呢？谁肯赤着脚踏过他的一生呢？"冷然寂寞背后，潜藏的依然是一颗不甘冷漠的激扬的灵魂。因而，有论者认为，他的创造，"与其说是哲理诗，不若说是一本情诗集，是一份感情的折射，从另一方向横生出来。就像《菩提树下》《囚》《天问》所显示的挣扎，但其中一直要追求的统一与和谐，才是诗人矛盾底面的真正意义"①。

台湾的现代诗人中，周梦蝶是较早以东方传统的禅思和佛理，去沟通西方的现代心态和艺术传达方式的。因此，他的诗无论在结构、语言、意象或用典上，都具有浓厚的传统韵味。他以传统的空灵和脱逸，走入西方超现实主义的艺术境界。如洛夫所说，周梦蝶以禅境为诗境的艺术，"表现出一种既暧昧不可尽解而又圆融可以感悟的诗境"，暗合超现实主义的精神和手法。在沟通传统与现实的艺术创造上，周梦蝶是一个异数。

《还魂草》以后，周梦蝶的新作表现出他进一步将诗的禅境转化为生命悟境的成熟。积雨的日子，一片落叶打在肩上，他会听出这片"有三个整个的秋天那么大的"落叶在对自己说："我是你的。我带我的生生世世来为你遮雨！"（《积雨的日子》）而当两只红胸鸟不期而遇从他的生命掠过，他会感到这是久违了的旧时相识："一渔一樵。"以这样悟达的生命为诗，他诗作的哲思便不再只靠偈语式蹙眉苦思的警句，而是意象清朗的整个诗境。他重新有了对生命平等的期许和自信；这期许和自信不是浅薄的浪漫允诺，而是来自佛家万物皆归于我的禅思和理解。一只既不威武、也不绚丽的小蝴蝶，挚爱天空便渴望有一天能成为天空，它果然也就化成了天空。因为天空是它想出来的，"蓝也是，飞也是"。它小，但它的精神并不小：

　　我是一只小蝴蝶

　　世界老时

　　我最后老

　　世界小时

　　我最先小

这种凡生命皆平等的精神，在《蜗牛与武侯祠》《老妇人与早梅》

---

① 翁文娴《看那手持五朵莲花的弟子》，《中外文学》3卷1期，1974年6月。

中有同样生动的表现。小小蜗牛与为汉室奠立伟业的诸葛武侯当然不可比拟。但一只"想必自隆中对以前就开始／一直爬到后出师表之后／才爬得那么高"的蜗牛，其所付出的智仁勇精神，与成大业的武侯又有什么区别呢？同样，一位七十余岁的老妇手持一段红梅，出现在作者面前，使作者神思飞动地联想到无处不在的春色飞上伊"七十七"或"十七"的生命之中，他重新有了对青春生命的清新感受和强烈挚爱。在《九宫鸟的早晨》里，那位像"九宫鸟的回声"似的十五六七岁的小姑娘，在阳台浇花之后，"把一泓秋水似的／不识愁的秀发／梳了又洗，洗了又梳／且毫无忌惮地／把雪颈皓腕与葱指／裸给少年的早晨看"，诗人忍不住兴奋地喊道：

　　于是，世界就全在这里了

　　我们也仿佛看到，从来未曾有过真正青春的悲苦诗人，在进入几近古稀的晚境之后，才从悲苦中挣脱出来，进入了自己的青春期。

　　罗门（1928—2017）本名韩仁存，海南文昌人。1948年入杭州空军飞行官校，1949年到台湾，因腿伤退役，考进民航。1954年开始写诗，最初曾加盟"现代派"，后来投入"蓝星"，是"蓝星"中最富现代意识，也最具先锋色彩的诗人。著有诗集《曙光》（1957）、《第九日的底流》（1963）、《死亡之塔》（1969）、《隐形的椅子》（1975）、《旷野》（1981）、《明日行动》（1984）、《整个世界停止呼吸在起跑线上》（1988）、《有一条永远的路》（1990）以及各种诗选、自选集和诗论集。

　　相对说来，罗门早期主要刊于《现代诗》上的作品，如表现生命、友谊、爱情追求的成名作《加力布路斯》，对童年时代的忆念的《海镇之恋》等，都有着鲜明的浪漫情调。从50年代后期开始，他的创作朝着当时最富于冲击力的超现实主义方向发展。对生命发出的反省，对都市文明所做的批判，对人类生存层面和心象的活动世界充满知性内涵的剖析，通过作者的幻觉、梦境、潜意识的综合，构成一个"超现实"的艺术世界。《第九日底流》《死亡之塔》《隐形的椅子》中的诗，反映了这一日趋强烈的艺术倾向。

罗门认为："诗绝非第一层次现实的复写，而是将之透过联想力，导入深在的经验世界，予以观照、交感与转化为内心中第二层次的现实，使之获得更为富足的内涵，而存在于更为庞大与永恒的生命结构与形态之中。"[①] 这种诗观，提示了他追踪人类内心世界与生存境况的取材趋向，也提示了他艺术方法的超现实主义追求。罗门诗歌的主题是现代诗歌普遍涉及的对于战争、苦难、死亡的探索和反映，以及对于现代都市文明的批判。他说过，生命的最大回声是碰上死亡才响的。因此，死亡的主题在罗门诗中是一个生命存在的主题。在《麦坚利堡》一诗中，七万名二次世界大战战死者的大理石十字架，非常壮观也非常凄惨地排列在马尼拉城郊的绿坡上。这一事实，震动了诗人的心。在对死亡的思索中，他感悟到"超过伟大的 / 是人类对伟大已感到茫然"：

> 麦坚利堡　鸟都不叫了　树叶也怕动
> 凡是声音都会使这里的静默受击出血
> 空间与空间绝缘　时间逃离钟表
> 这里比灰暗的天地还少说话　永恒无声
> …………
> 静止如取下摆心的表面，看不清岁月的脸
> 在日光的夜里　星灭的晚上
> 你们的盲睛不分季节地睡着
> 睡醒了一个死不透的世界
> 睡熟了坚利堡绿得格外忧郁的草场

在对战争和死亡的苦难凝思中，诗人还透过不因战争或灾祸所造成的更为普遍的死亡，来探视、思索生命、时间和永恒。这构成了《第九日的底流》《死亡之塔》等作品的主题。

对于现代都市文明的批判，是罗门诗歌追踪人类生命主题的另一重要层面。现代都市的发展，以人的失落为代价。罗门写都市，揭示

---

① 罗门《我的诗观》，《罗门诗选》代序，洪范书店有限公司，1984 年。

的是都市文明中的丑恶、荒谬，对人的自然本性的剥夺和挤压。这承继的是艾略特的"荒原"主题，揭示社会现象的荒谬纷乱状态和人的精神深处的"荒原"意识。《都市之死》《都市的落幕式》等，罗门以写实的或超现实的方法，展览着都市的现代病：贫穷、孤独、车祸、暴力、性……罗门说："都市你一身都是病 / 气喘在克涝酸里 / 瘫痪在电梯上 / 痉挛在电疗院里 / 于癫狂症发作的周末"(《都市的落幕式》)。

罗门对诗歌语言有执着的追求。一方面，他强调语言的"现代感"，即能伴随着他对人类生命的认知主题，进入现代人官能与心态的位置。另一方面，又追求自己的独特性，能与人类生命本原相呼应的一己独特的声音。他早期的语言风格偏于意旨情感的陈述抒发，中期则转入语态缤纷的意象语。他的常为人所称道的《车祸》，以超现实主义的艺术把握方式强化车祸的悲剧和比悲剧更令人心颤的都市的冷漠：

他走着　双手翻找着那天空
他走着　嘴巴仍支吾着炮弹的余音
他走着　斜在身子的外边
他走着　走进一声急刹车里去

他不走了　路反过来走他
他不走了　城里那尾好看的周末仍在走
他不走了　高架广告牌
　　　　　将整座天空停在那里

后来，罗门寻求能与古典相融的"有深度的平易"与"繁复的单纯"。如《日月的行踪》："独坐高楼看云山 / 山看你是云 / 云看你是山……"这种变化，显示了崛起于50年代的台湾现代诗人在80年代普遍性的东方化的倾向。

蓉子（1928—2021）本名王蓉芷，江苏人，生于基督教会家庭。童年就读于江阴、扬州、上海、南京等地的教会学校。1949年到台湾，在电信局工作直至1976年退休。1950年开始写诗，出版的诗集有《青鸟集》（1953）、《七月的南方》（1961）、《蓉子诗抄》（1965）、

《童话城》（1967）、《维纳丽莎组曲》（1969）、《横笛与竖琴的响午》（1974）、《天堂鸟》（1977）、《雪是我的童年》（1979）、《这一站不到神话》（1986）和各种诗选集等。

余光中曾经这样描述台湾诗坛上这朵"开得最久的菊花"："中国古典女子的娴静含蓄，职业妇女的繁忙，家庭主妇的责任感，加上日趋尖锐的现代诗的敏感，此四者加起来，形成了女诗人蓉子。"基督教的家庭和教会学校的生活环境，宗教文学和音乐的熏陶，开启她最初的美感世界，并使她一开始就从泰戈尔和冰心的诗中得到心灵上的共鸣。这深深地影响她艺术风格的形成和发展。最初的《青鸟集》以一个静美少女的抒情形象，获得当时诗坛的盛誉。虔诚的感情，晶澈的诗句，咏叹青春的流逝和理想的追寻，回荡着童年美感经验所赋予的娴静风格。不过，离乱时代的坎坷和作为一个"平常公务员"的朝夕奔波，使早期这些作品突破传统"闺秀"诗人的柔弱纤细，增加了一种刚强英气。后一方面的素质在她后来出版的几部诗集中有明显的发展。《南方的七月》是与罗门结婚之后沉默三年的复出之作。好像受到具有强烈现代意识的罗门的影响，作品关注的世界明显扩大，努力从自我以外的现实生活开发新的感觉。《城市生活》《忧郁的都市组曲》等诗，都表现了对现代工业都会的批判性感受。不过，不同于罗门的呈示都市罪恶的方式，蓉子通过对传统和大自然的缅怀，来表达她的失望：

我们的城市不再飞花　在三月
到处蹲踞着那庞然建筑物的兽——
沙漠中的司芬克斯　以嘲讽的眼神窥你
而市虎成群地呼啸
自晨达暮
　　　　——蓉子《我们的城不再飞花》

在12首的《维纳丽沙组曲》里，当诗人回到自我的抒写时，她已经告别了少女时代的纯净，而表现着对生命、人生和包括艺术在内的世界的较为复杂的感受和认识。这是诗人从古典跨向现代，从对自然的留恋走向对城市的深入,从自我到面对现实,而又回归古典、自然、自我的一个感情内涵极其丰富的历程。未曾改变并日益成熟的,是她传递这一全新感知内容的独特方式,构成了一种从一开始就形成的具有东方古典美的娴静艺术风格。

这一艺术倾向在蓉子70年代之后的作品中有更明显的表现。《一朵青莲》中借传统的意象,表现对"一种月色的朦胧"和"一种星沉荷池的古典"境界的倾慕。《欢乐年年》12首,托十二月令以表现华夏民俗生活的风情。《那些山、水、云、树》对台湾风光的描写中传达浓郁的乡土意识和情怀。诗人的现代意识融汇在对民族生活的抒写中。在现代诗的东方化、民族化的过程中,她的艺术风格也进一步成熟。

杨牧(1940—2020),本名王靖献,台湾省人。东海大学外文系毕业,留学美国,获博士学位。中学时代即以叶珊笔名在《现代诗》《蓝星》《创世纪》等发表诗作,学生时代的诗集《水之湄》(1960)、《花季》(1963)即引起诗坛注意。此后还出版了《灯船》(1966)、《传说》(1971)、《瓶中稿》(1975)、《北斗行》、《吴凤》(1979)、《禁忌的游戏》、《海岸七叠》、《有人》等。

杨牧早期的诗深受19世纪浪漫派诗歌的影响,以温婉柔静的抒情风格,表现"少年时代的自满和自伤"。论者认为"杨牧是位'无上的美'的服膺者。他的诗耽于美的溢出——古典的憧憬、自然的律动,以及常使我们兴起对宁静纯朴生活的眷恋"(台湾《当代十大诗人选集》对杨牧的评语)。1972年以后,作者放弃了叶珊的笔名,改用杨牧,表示自己风格的转变。他从早期耽于"无上的美"转向对现实的关怀,艺术上更多注意从传统诗词中吸取神韵,并尝试在历史与传统的题材再创作中,赋予传统以新鲜的生命。最初是对古典诗歌中意象、境界的现代"转化",继而咏古托物,借传统意蕴来生发现代情绪;后来进一步将历史人物和故事按现代情绪重新处理,敷成洋洋大观的长制。从《续韩愈七言古诗〈山寺〉》、《延陵季子挂剑》《秋祭杜甫》《将进酒》《鹧鸪天六首》到诗剧《林冲夜奔》和《吴凤》,画出了杨牧融通传统精神的创作发展的轨迹。

杨牧早期的创作就隐藏着一种叙事的倾向,善于将轮廓模糊的背景事件,化为诗人具有"戏剧独白"式的情绪和语言。这一特征在后期的创作中有重要发展。《林冲夜奔》和《吴凤》都有意弥补中国诗剧和史诗的不发达。在四场的"声音的戏剧"《林冲夜奔》中，作者依照元杂剧的关目结构，把事件推到背后，每一折都从故意模糊了的情节发展中，提炼出一个特定的声音作为抒情主体：第一折是风声，偶然风雪混声。第二折是山神声，偶然有小鬼、判官声。第三折分为三段，都是林冲的内心独白。第四折又回到大自然的雪声，偶然风、雪、山神的混声。作者把握了抒情文学和叙事文学根本不同的美学使命，突出了事件所引发的情绪，发挥"戏剧独白"在介乎事与情之间的"抒情性"诗剧中的独具魅力，使四折"声音的戏剧"俨然一部交响诗般地随着剧情的发展而跌宕回应。较之《林冲夜奔》，1979年出版的《吴凤》是具有更严格意义的诗剧。作者把吴凤的自我牺牲精神作为完整的仁人风范来歌颂，使得这部诗剧具有英雄史诗的特征。但不同于英雄史诗的是，作者把吴凤写成一个凡人——真实的人。他那和基督一样拯救众生的道德勇气和献身精神，也是人的精神。只是他最后的义死阿里山对于山川灵祇和世俗人生的感化，才使他近乎神。

## 四、"创世纪"诗人群

"创世纪"活动的时间较长，曾经吸收了其他诗社的一些成员加入，较重要的诗人有洛夫、痖弦、张默、商禽、叶维廉、辛郁、管管、大荒、碧果等。

洛夫（1928—2018），本名莫洛夫，湖南衡阳人。1984年入湖南大学外文系，翌年随军到台湾，1973年从海军退役。洛夫1952年开始在台湾发表诗作，出版有诗集《灵河》（1957）、《石室之死亡》（1965）、《外外集》（1967）、《无岸之河》（1970）、《魔歌》（1974）、《众荷喧哗》（1976）、《时间之伤》（1981）、《酿酒的石头》（1985）、《因为风的缘故》（1988）、《爱的辩证》（1988）、《月光房子》（1990）、《葬我于雪》（1992）、《隐题诗》（1993）等，1996年移居加拿大，著有诗集《雪落无声》（1999）、长诗《漂木》（1999）等。

洛夫早期的诗倾向于抒情，如《风雨之夕》《石榴树》等。语言明朗，意象清晰，表现着对生活、爱情的理想化的少年情怀。这些作品，是他曾经主张的"新民族诗型"的具体实践。1958 年写作《我的兽》，自认为从此开始进入现代诗的创作时期。在此之后，用了将近5 年时间，完成了总共有 64 节、600 多行的长诗《石室之死亡》的创作，成为台湾诗坛最引起争议的一部作品。肯定者认为："就结构的庞大，气势的恢宏，与主题的严肃有力，它都可以算是一部突出的作品；而其意象的复杂与摄入，在中国现代诗坛上，更是独树一帜的。"非议者则批评其艰深晦涩的超现实主义手法和存在主义的主题。此时，洛夫的诗观已发生了从提倡"新民族诗型"到宣扬"超现实主义"的重大转化。不过，他否认自己是"超现实主义者"。《石室之死亡》写的是关于生与死同构的主题，这一主题在洛夫的创作中始终不断延续着。它探讨着人的存在，包括由此衍生出来的心物二元、自我存在、道德与历史、生命与不朽等命题。诗人繁复地运用光明与黑暗的种种相关意象，如白色、白昼、太阳、火、向日葵、子宫、荷花、孔雀以及黑色、夜、暗影、棺材、蝙蝠等，分别象征生命与死亡。他通过矛盾句法的运用，在意象的交错中，表现生与死的对立和"认同"，如长诗第 12 首写道：

> 我把头颅挤在一堆长长的姓氏中
> 墓石如此谦逊，以冷冷的手握我
> 且在它的室内开凿另一扇窗，我乃读到
> 橄榄枝上的愉悦，满园的洁白
> 死亡的声音如此温婉，犹之孔雀的前额

象征死亡的墓室却开凿出一扇生命的光明之窗，于是生命不仅衍生于死亡，连冰冷的死亡都具有谦逊和温婉的生的气息。这是洛夫服役金门时在碉堡中聆听战争的声音时对生与死的冥想，对生死同构的主题做更广阔的形而上的探索。主题本身的神秘幽奥，艺术手法的超现实主义，以及过分追求繁复意象的稠密的诗质，使这部长诗以其艰涩费解而为众多论者不断做多种诠释和解读。

70 年代以后，洛夫的风格开始出现新的转变。这是现代诗在经历了 20 年的风云之后面临尖锐批评，意识到需要在检讨与省思中修正自己路线的时候。1967年出版的《外外集》，洛夫认为它"在精神上仍是《石室之死亡》的余绪，但在风格上已较前开朗和洒脱"。到了《无岸之河》和《魔歌》，曾经从明朗走向艰涩的洛夫，"又从艰涩返回明朗"。但不是《灵歌》时期的简单重复。对于这种变化，洛夫曾有过说明："最显著的一点，即认为作为一种探讨生命奥义的诗，其力量并非纯然源于自我的内在……诗人不但要走向内心，深入生命的底层，同时也须敞开心窗，使触觉探向外界的现实，而求得主体与客体的融合。"①这种变化，是使日常生活细节进入过去一直被排拒的讲"灵性"的超凡的诗中，有时甚至故意以日常琐细来构成一种特定的情境，以表现诗人那种梦与现实交错的生命意识，如《有鸟飞过》等。在形式上，则应用与日常生活相一致的口语化和散文句法，在淡如水墨画的单纯意象中，寻求一种不落言诠的暗示。典型的如《沙包刑场》《随雨声入山而不见雨》《床前明月光》《雪》《金龙禅寺》等。与台湾的许多现代诗人一样，随着年岁的增长，也随着整个现代诗潮在70年代的东方化、民族化的趋势，洛夫从《无岸之河》开始，经过《魔歌》和《众荷喧哗》时期，直到后来出版的《酿酒的石头》等，也经历了一条相似的发展路线。青年时代"挖掘生命、表现生命、诠释生命"的强烈意识，越来越为曾经沧海的中年意识所淡化而变得有些怆然、超然，诗的情致也融入了彻悟的禅的意蕴。作品常将现代语言技巧融入古典意境，或将古代的历史素材、典故、情致，以现代意识重新处理。最突出的例子是《长恨歌》。李、杨的爱情故事在一个紧跟一个的意象暗示中浮现。情欲爱恋酿成的历史悲剧和历史阴影下的爱情不幸交融在一起，构成一幕幕极富讽喻效果的戏剧情境。传统与现代的精神，透过人物、事件、意蕴、情境乃至语言、技巧上的强烈对比，使这首长诗有很大的艺术张力。这种以现代观念和方式重新把握传统题材的创作，是70年代台湾现代诗寻求回归东方的一种普遍的实验。

痖弦（1932—  ），本名王庆麟，河南南阳人。1949年中学肄业随军到台湾，服役海军，1954年加盟创世纪诗社，成为"创世纪"另

---

① 洛夫《我的诗观与诗法》。

一位有重要影响的诗人。1965 年赴美参加爱荷华国际创作中心，嗣后入威斯康星大学获硕士学位，从创作转向对中国新诗史料的搜集和研究。1971 年退役，先后任职于幼狮文化事业公司、晨钟出版社和《联合报》，90 年代末移居加拿大。

痖弦写诗虽早，但创作时间并不长。主要作品都集中写于 25 岁（1957 年）以后的五六年间。在此之前的作品，受何其芳早期创作的影响，表现心灵对青春、爱情的追求和感情的缱绻，有一种梦幻般的情调。如发表于《现代诗》上的《我是一勺静美的小花朵》等。痖弦出版的诗集有《痖弦诗抄》(在香港发行时原名为《苦苓林一夜》)、《深渊》(1968) 和《盐》(1968)。其实，这些集子中的作品常常互见。两次出版的《深渊》，是未能在台湾公开发行的《痖弦诗抄》的增订本，而《盐》是《深渊》中部分作品的英译。1977 年和 1981 年分别出版的《痖弦自选集》和《痖弦诗集》也均是以《深渊》为蓝本增收"二十五岁前的作品"。因此，台湾有评论家认为："在诗坛上，能以一本诗集而享大名，且影响深入广泛，盛誉持久不衰，除了痖弦的《深渊》外，一时似乎尚无先例。"[1]

痖弦在述及自己的创作时说："我早期的诗可以说是民谣风格的现代变奏，且有超现实主义的色彩，在题材上我爱表现小人物的悲苦，和自我的嘲弄，以及使用一些戏剧的观点和短篇小说的技巧。"[2] 痖弦这里所说的"早期"，是指完成于 1964 年以前的那些作品。但由于 1964 年以后作者已不再写诗，这也几乎就是痖弦对自己全部创作所做的概括。与同时期接受超现实主义影响的诗人不同，痖弦没有像洛夫那样经历过专注于自我内心世界的阶段，他几乎一开始就更注重表现对客观世界的体认。一方面，他调动少年时代北方生活的贮存，把对于现代社会的荒漠意识，置于过往的生活场景中，以时空的错位，在细节的真切和情绪的恍惚中，构成一种既真且谬的情境。如《一九八〇》《土地祠》《红玉米》等。

---

① 罗青：《痖弦论》，载《书评书目》第 26 期，1975 年 6 月。
②《有这么一个人》，痖弦访问记，收录于《痖弦自选集》中。

宣统那年的风吹来

吹着那串红玉米

它就在屋檐下

挂着

好像整个北方

整个北方的忧悒

都挂在那儿


红玉米既悬挂在"宣统那年的风吹来"的屋檐下，也悬挂在"一九五八年的风吹着"的"记忆的"屋檐下；它既是一种历史的情致，又是现代人的精神象征。

痖弦题材取向的另一方面，是把对于现代的批判意识，寄寓在对异域风情的描画之中，如《巴黎》《伦敦》《印度》等。写这些诗时，作者并未到过这些地方。他并不以异域风光为描述的重点，而是摄取自己意识中对这些地域的精神认知，以寄托自己的心智。他写巴黎那"一个猥琐的属于床笫的年代"，写芝加哥的机械对传统文化的践踏和挤压，"在芝加哥我们将用按钮恋爱，乘机器马踏青／自广告牌上采雏菊，在铁路桥下／铺设凄凉的文化"（《芝加哥》）。在《妇人》中，他写崇高的艺术在现代社会中发生的变质。在对现代工业城市文明强烈的批判意识中，那个无法遏制这一进程的怀乡者，只能是一个悲哀、孤独的形象："一只昏眩于煤屑中的蝴蝶。"这一主题，在《深渊》这首诗中，表现得更为深刻。诗人以调侃的语气来表现现代人坠入"深渊"的内心隐痛：


哈里路亚！我们活着。走路，咳嗽，辩论。

厚着脸皮占地球的一部分。

没有什么现在正在死去，

今天的云抄袭昨天的云。


与这种激愤却又无可奈何的自嘲并存的，是对底层民众倾吐的可贵的同情心。他认为，"诗人的全部工作似乎就在于'搜集不幸'的努力上"，现代诗要从"人生负面及其希冀"的"痛苦中提炼喜悦"。这种认识转化为创作，就是如他所说的"表现小人物的悲苦"。在《坤伶》《乞丐》《水夫》《盐》《马戏团的小丑》《疯妇》《弃妇》等小人物画廊中，作者以简洁的细节刻画，创造一种形神兼备的戏剧情境，揭示这些人物的悲苦。切合着这类作品的题材和主题，瘂弦还把口语和民谣融进其中。张汉良和张默所编的《中国当代十大诗人选集》[①]中，对瘂弦的创作有如下评语："瘂弦的诗具有其戏剧性，也有其思想性；有其乡土性，也有其世界性；有其生之为生的诠释，也有其死之为死的哲学。甜是他的语言，苦是他的精神，他是既矛盾又和谐的统一体。他透过美而独特的意象，把诗转化为一支温柔且有震撼力的恋歌。"

张默（1931—　），本名张德中，安徽无为人。1949年抵台，创世纪诗社的发起人之一。著有诗集《紫的边陲》（1964）、《上升的风景》（1970）、《无调之歌》（1975）、《陋室赋》（1980）、《爱诗》（1988）、《光阴梯子》（1990）、《落叶满阶》（1994）等。

张默是属于在中国政局大动荡中由大陆到台湾成长起来的那个世代的诗人。历史的动荡和卷裹其间的个人身世的坎坷，形成了这一世代诗人所共有的沧桑感和孤寂的漂泊感。他们从小接受的传统文化濡染和实际遭遇中对故土的远离，使他们无奈地放逐自己的灵魂于西方的漫游中；而当这种对外来文化的漫游屡屡招来非议时，就常常流露不被理解和无所适从的烦躁、不安和焦灼。这正如张默在一首题为《豹》的诗中所说：

> 它的内心的风景，就是望不尽的天涯
> 蔓草萋萋，遮断它的瞳孔的去路
> 从空芜的背后出发
> 世界还是空芜一片

张默从1950年开始发表诗作。最初的诗写海，这是一个内地青年初临大洋时对海的礼赞与想象的浪漫情怀。后来的作品"离不开三

---

①《中国当代十大诗人选集》，源成文化图书供应社，1977年。

种'主体'：抽象的哲性、澄明的恋爱、自我的追寻"①。在50年代末推动了《创世纪》改组扩版后，也转向"超现实主义"的实验。尽管这些作品有着"从空芜的背后出发/世界还是空芜一片"的茫然，但开始摆脱了早期对于事实过于黏滞和激情泛滥的弱点，进入了对人生感遇的冷静观照和艺术净化。

严格说来，张默创作的最佳时期是在对"超现实主义"进行省思和扬弃，而提出"现代诗归宗"——归向中国传统人文精神之宗的70年代以后。痖弦在评述张默这一风格变化时说，除了诗观的成熟，"也是因为逐渐迈入中年，对生命自然，都有更深的领悟，人生的得、失、逆、顺，也都能得到哲学的疏解，而走向东方和中国，是必然的结果。"②在《无调之歌》《露水以及》等作品中，人世的沧桑感和历史在浩阔恒久的自然面前的无力感，经过诗人的艺术净化，以一种超现实的方式传达出来；在诗人超现实的观照下，却是人类无可奈何必须面对的事实。

70年代后期，乡愁是张默创作最重要的主题。作者似乎从半生的远离中突然找到了灵魂的归宿一样，在故土亲情的怀思和炙恋中，使自己的艺术潜能也最大量地释放出来。这是张默写得最多也最澄明的一个时期。历史和个人的悲剧，既炙热又冷肃地在诗人静观默思的艺术表达中，由个人人世的伤怀进入更普遍的悲抑的历史境界。感情撞击的真切，历经沧桑而悟道的超拔，都使风格转向澄明。

商禽（1930—2010），本名罗燕，又名罗砚，另有笔名罗马等。四川珙县人。15岁时加入军队，在拉夫与逃脱中转徙于西南诸省，后随军到台。1968年以上士军衔退役。当过码头工人、私宅园丁，跑过单帮，摆过牛肉面摊，也任过时尚刊物的编辑。初为"现代派"同人，后来加入"创世纪"。醉心于"超现实主义"的理论和实践，被认为是台湾最早的真正的超现实主义诗人。著有诗集《梦或者黎明》（1968）、《用脚思想》（1989）等。

商禽否认文学须有"使命"，认为新诗必须是诗。同时，又认为诗里必须有"人"，而"人"不可能是抽象的，"人"是社会的一分

---

① 李英豪《从拜波之塔到沉层》。
② 痖弦《为永恒服役——张默的诗与人》。张默诗集《爱诗》序言，尔雅出版社，1988年。

子。因而，他的坎坷流浪的生活，仍是他创作的情感基因。尽管他常以荒诞的超现实形式表现出来，但所有荒诞的内涵都指向现实。如他所曾说的，所谓超现实，就是超级的现实。《中国当代十大诗人选集》对他做了这样的评价："在暴晒现实最阴暗最凄楚的一面，他的诗可能是最透明的诠释。"他自己则说："蓬着翅羽的火鸡很像孔雀……但孔雀乃炫耀它的美——由于寂寞，而火鸡则往往是在示威——向着虚无。"（《火鸡》）生活的窒息，使他发出的"示威"和抗议，沉郁而且无声。

商禽影响最大的是《跃场》《长颈鹿》《灭火机》《鸽子》等一类散文诗作品。他以另一种愤郁然而表面冷静的态度，在"那些泪珠的鉴照中"（《灭火机》）映现自己。那个为"瞻望岁月"而逐日拉长脖子的囚犯（《长颈鹿》），"以为他已经撞毁了刚才停在那里的那辆他现在所驾驶的车，以及车中的他自己"的出租汽车司机（《跃场》），只能互相悲悯地抚慰的左手和右手（《鸽子》），都无妨视作诗人自己情感、错觉、幻觉的自我呈现。但是，在开阔的时空背景下冷静而超越的态度，又使这些成为现代人普遍的心态写照。在那首受到赞扬也遭到非议的《门或者天空》的诗里，作者以戏剧场景的形式，写一个被"没有外岸的护城河"和铁丝网所围绕的在一座孤岛上的"一个没有监守的被囚禁者"，他以手伐树，做成一扇"只有门框的仅仅是的门"。于是，他每日推"门"出去，进来……这种寂寞感，以及寻求解脱却无望的痛苦，既映现着包括商禽在内的一批离乡去台、漂泊孤岛的人的心灵，也是现代社会的人希望摆脱无法忍受的心灵困惑的超现实方式。

商禽的诗常常运用语言的歧义和意象的回旋，造成一种超现实的境界，从而在溪溪漾漾中揭示人性凄楚、荒谬的影像，如《逃亡的天空》：

死者的脸是无人一见的沼泽
荒原的沼泽是部分天空的逃亡
遁走的天空是溢满的玫瑰
溢出的玫瑰是不曾降落的雪
未降的雪是脉管中的眼泪

升起的眼泪是被拨弄的琴弦

拨弄中的琴弦是燃烧着的心

焚化了的心是沼泽的荒原

这种类似超现实主义"自动语言"的串联句法，在意象急速的跌宕转换中，构成丰富而又凄美的人生场景：荒谬的句型隐喻着的荒谬人生。但所有看似毫无联系的意象转换，又有一个遥遥的逻辑牵制着，从首句沼泽可能映现的天空推进到第二句天空的逃亡，再从天空云霞的斑斓联想到"满溢的玫瑰"……依此层层推进，看似"自动"的无理性的语言，并不自动地为一种理性规范着。只是这种理性的规范和现实主义的客观描绘不同，是超现实主义注视内心世界的一种情绪体现。

商禽后期的诗转向境界的清明和蕴藉的深沉。如《咳嗽》，其实只有一句话：忍住咳嗽坐在图书馆里，直到有人把一本历史书掉在地上，才咳了出来。句式的浅白和简短，是前期所不曾有的。但这简短突出了"历史掉在地上"这一双关语意蕴的深长。风格的变化还表现在寻求传统人文精神的现代沟通中，如《某日某巷吊旧寓》，那钢筋犹如"铁的狂草"的意象，《封神三章》中对古典小说现代意义的升华等，都表现出一个人生和艺术都历经坎坷的诗人敢于更新自己的严肃态度。

管管（1928—　），本名管运龙，山东胶县人，1949年随军去台，出版有诗集《荒芜之脸》《管管诗选》等。他是创世纪诗社另一个典型的超现实主义诗人。他的诗如他的落拓性格一样，奇崛、迷离、怪诞。对管管深有所知的台湾诗人和小说家袁琼琼曾经调侃地说："可以说管管是个写'自身'的诗人，他所写的每一行文字都可以在他自身找到栖止。作为一个人，管管是热爱万物的，但作为一个诗人，管管除了自己什么也不观看。他不写民生疾苦，不写国家兴亡，不写象牙塔内，也不写象牙塔外……读《荒芜之脸》即是在读管管。……内中除了管管以外一无所有，他可以说是当今最胆大的、也是最伟大的'肚脐眼作家'。"[①] 但是作为一个在中国动荡历史中生活过来的下级军人，

---

① 袁琼琼为管管散文集所作的序：《吾遇见一匹马》。

他的诗不能不对他自身人生经历所映射的那段历史和身临其境的底层社会生活有所反映。《弟弟之国》描写的那只陀螺："被一鞭一鞭地抽着：漂泊，漂泊，像一笔一笔的颜真卿；你是只断了线的风筝：漂泊，漂泊；漂泊着那么一种乡愁。"在荒诞里却又极现实地反映着挟裹在这历史缝隙间无可奈何的感慨。而在《月色》中，作者对那个只能在床上"收割麦子"的来自乡下的风尘女子，充满了人性同情。管管为人豪放、旷达。《七十年代诗选》对管管的小评中说他："以呼唤之姿，以快动作与大荒野大镖客的粗犷，以一种满不在乎的醉态……仰天做极凄厉之呼唤，这就是他。"洛夫也说："管管正是这么一个在本性上落拓不羁，了无挂碍，在兴趣上大来大往，生冷不忌的诗坛顽童。"这样的人生，自然会影响着他诗歌的美学品格。犷放落拓，使他常在人们意料不到之处获得题材和诗意；具有揶揄自己又嘲弄别人的名士味道，使他的诗总含一种人生的调侃；他喜欢在诗中"叙述"过程，以形成一种戏剧化的情境和高潮；但所有过程的逻辑秩序都被感受化了；而所有的感受都用直觉和象征来表达，不讲思想，不讲逻辑，有时连文字的排列都用来表现感觉，这就形成了他极怪诞的"超现实"的艺术风格。管管在一篇论及诗观的文章说："有人问孙悟空：'你阁下为什么一蹦就十万八千里？''那还不简单，我没有脐带。'"没有"脐带"并非没有传承，而是没有约束。天马行空的管管，从小上的是私塾，由小学而中学，猛背古文、千家诗等。他的"超现实主义"的诗中，常常夹杂几句古诗，语言文白并用，构成另一种风景。在近年的创作中，这种源自传统的人文素养，化入他的诗中，使他的诗逐渐澄明起来，而且渗透着禅道的传统人文意蕴。

辛郁（1933—　　），本名宓世森，浙江杭州人。1950年随军抵台，1969年退役。著有诗集《军曹手记》（1960）、《豹》（1988）、《因海之死》（1990）等。战争和离乱的人生经历，使他在精神依托上倾向存在主义哲学，而在艺术上追逐现代主义。他曾说："生活，对一个诗人来说，仍是据以创作的源头。"不过，这不是对生活的描摹，而是"意象的完成"。对诗歌艺术的这一理解，使他把自己人生经历所感受到的那份历史坎坷，化为独特的意象，满含血泪地呈现，诗中最突出的形象和抒情的核心，是诗人自己。如在《同温层·自己篇》中，为时代浪潮裹挟而沉落在历史狂流之中的诗人，虽然想以多血筋的手"奋力拼争"，却陷入"无底的河岸"，所抓住的只是"历史苍老的回响"。这种凝聚在诗人生命之中的茫然，是历史的赋予。诗人大量的作品都努力表现人与历史的命运叠合。他既沉郁地解剖自己，也冷峻地挖掘别人。如《变脸的人》中，那一张张"给血浸过"的将军的脸、"给花香过"的少女的脸、"给刀戳过给火灼过给风扭过给雨湿过"的各种各样的脸，都共同面对历史无情和人生无奈的命题。即如以意象获得盛誉的《豹》，与里尔克同名的诗不同，所描写的不是被关在巴黎植物园中的豹，而是生活在旷野之上，然而生命的禁锢并不来自外在的囚笼，而来自内在的精神，虽然蹲在"旷野尽头"，但对"许多花香"、"许多树 绿"已茫无感觉。潜在的茫然所造成的生命的失落，比显在的囚禁所带来的生命的窒息有更深刻的意义。来自作者自己生命之中的对人和历史的这份独特的观照，使辛郁的作品充满了悲剧意味，也使辛郁成为这一代陷落在历史旋涡之中的诗人的杰出代表。

# 第十六章　现实主义诗潮的勃兴和诗歌艺术的多元并立

## 一、现实主义诗潮的勃兴

20 世纪 60 年代中期以后，台湾诗歌发展进入一个转折时期。标志着这一转折的，首先是"笠"诗社的成立，及它所代表的本土意识和现实精神的发扬；其次是 70 年代以后出现的青年诗歌团体、刊物对现代诗所取的批评态度和他们新的艺术选择；最后是现代诗对自己发展路线的省思和修正。它形成一个普遍的寻求诗歌民族归宿的艺术潮流，在传统与现代、现实与对现实的超越的互相对峙、并行和融通中，向着多元的方向发展。

对于诗歌发展采取与现代诗不同方向和路线的艺术选择，较早出现在 1962 年 7 月成立的葡萄园诗社及其诗刊《葡萄园》上。它以"明朗化"作为自己的目标。在由该诗社发起人文晓村执笔的《创刊词》上，表示了他们对于现代诗的认识和态度，提出"希望一切脱离社会与脱离读者的诗人们，能够及早觉醒，勇敢地抛弃虚无、晦涩与怪诞，而回归现实，回归明朗，创造有血有肉的诗章"。

接着更具影响的是，1964 年 3 月笠诗社的成立和同年 6 月《笠》诗刊的出版。它最初由台湾省籍诗人吴瀛涛、桓夫、詹冰、林亨泰、锦连、白萩、赵天仪、薛柏谷、黄荷生、王宪阳、杜国清、古贝 12

人联名发起,成员达50余人,包括了日据时期就以日文开始创作的"跨越语言的一代",到50年代以后出生的台湾省籍的几辈诗人。它的诞生,一方面是对于60年代以后现代诗发展趋向的不满。白萩说:"由于'创世纪'的超现实主义及达达派诗作的实验并未成功,反导致诗艺的堕落和伪诗的大量出现……1965年5月创刊的笠,一开始即提倡现实主义、人生批评、真挚性,也可以说是针对当时诗坛的恶劣风气而采取对抗的意识。"[①]另一方面,是"在台湾出生的诗人语言的成熟和本土意识的抬头"[②]。台湾回归后因语言障碍和政治原因中断创作的早期诗人,到60年代已获得比较熟练运用中文写作的语言能力,而他们正视现实的创作态度使台湾文学一贯的关怀本土社会和人生的现实意识再度发扬。因此,老一辈诗人都把重新创作视为"一种精神上的回归"[③]。在这样的背景下,笠诗社所持的是一条贯穿本土意识的写实主义的创作路线。1979年6月为纪念《笠》创刊15周年出版的同人诗选《美丽岛诗集》,在序言中总结《笠》的路线时指出:《笠》是"以台湾的历史的、地理的、与现实的背景出发的,同时也表现了台湾重返祖国30多年来历经沧桑的心路历程"。"站在我们的岛上,立在我们乡土的大地上,我们拥有个人内在澄明的心灵世界,也体验群体生活中令人心酸与感动的历史的伟大形象。"因此,台湾诗评家萧萧在《现代诗史略述》中认为:"笠诗社同人的作品大致有三个特色,一是乡土精神的维护,二是即物主义的探求,三是现实人生的批评。"不过,从笠诗社成立开始就过度张扬的本土意识和本土立场,也潜藏着后来走向偏狭和极端的因素。

进入70年代以后,台湾诗坛重又出现一个诗社纷立、诗刊竞出的繁荣局面。基本上是二战以后出生的这一代年轻诗人,是在对现代诗的批评声中进入诗坛的。他们一方面吸收现代诗的艺术营养,另一方面又对现代诗做出带有一定批判色彩的不同方向的艺术选择。1971年3月成立的龙族诗社,在《龙族》诗刊的封底或封面上明白地写着

<hr>

①《近三十年来的台湾诗文学运动暨〈笠〉的位置》(座谈会纪实),《文学界》第4集,1982年10月。

②同上,分别参见羊子乔、桓夫的发言。

③同上,分别参见羊子乔、桓夫的发言。

自己的"宣言"："我们敲我们自己的锣打我们自己的鼓舞我们自己的龙。"这一"宣言"隐约地透露出他们对五六十年代"横的移植"的诗风的厌弃，以及在"龙"的象征下，对于返归中国传统的愿望。两年后，他们在《龙族》的"评论专号"（1973年7月）上，对当年正举行20周年回顾活动的现代诗提出尖锐的批评和希望："就时间而言，期待着它与传统的适当结合；就空间而言，则寄希望于它和现实的呼应。"他们肯定自己的"龙族精神，也就是开放的精神，兼容并蓄的精神。……第一，龙族同人能够肯定地把握住此时此地的中国风格，第二，诚诚恳恳地运用中国文字表达自己的思想，第三，诗固然要批判这个社会，但是，也要敞开胸怀让这个社会来批判我们的诗"[①]。同年6月成立的主流诗社，也以"缔造这一代中国诗的复兴"作为自己的使命。他们更强烈地表示了他们异于前代诗人的艺术步伐："我们否定／我们以前／所拥有的。"1972年，集中了当时各大学青年诗人而成立的大地诗社，出版《大地》诗刊。在《发刊辞》中指出："我们希望能推波助澜渐渐形成一股运动，以期20年来在横的移植中生长起来的现代诗，在重新正视中国传统文化以及现实生活中获得必要的滋润和再生。"《发刊辞》认为，在今日，"接受外来文化的刺激和影响是必然的"，但是，"现代中国文学的工作者"，"必须深深体认自诗经以降迄于当代这一脉相连的文化历史，才能在外来文化的不断刺激中知所收舍，激发创新的意识，从而创造出足以表现当代中国的作品"。在他们于1976年出版的同人诗选《大地之歌》的序言中，更明确地表示，自己诗社的创立和诗观的形成，"乃对当前诗坛的一种反动，一种修正"。"从历史中我们要求纵向继承——关怀现实的精神意识。从现实中我们要求横的剖视，我们呼吁早早扬弃'世界性'的枷锁。横的移植来的欧战后的彷徨、悲痛，宗教失落后的凄厉、苍白……都不是我们所有；我们生存的时代、地域，是20余年的宝岛的土地，这片大地滋育我们，养活我们，它所发生的问题就在你我的身旁，不断再现。因此我们要求诗人介入，付出更深更广

---

① 陈芳明为《龙族诗选》所写的序言：《新的一代新的精神》，林白出版社，1973年。

的关切。"1975年成立的草根诗社，也加入了这一潮流。他们认为，
"处在这样一个分裂的时代，我们对民族的前途命运不能不表示关注
且深切真实的反映"，"我们不认为非批评人生不可，但是认为诗必
须真切地反映人生，进而真切地反映民族"。70年代以来出现的这一
批诗社，集结了台湾战后出生的一代诗人，形成一股力量，推动了台
湾现代诗的省思和更新，也迈出了自己与传统、与现实更加密切联系
的步伐。他们对现代诗的态度，虽不一致，有的持更尖锐的批判态度，
有的则有区别地分析其成绩和不足，但都一致地意识到现代诗的缺陷。
他们所取的态度是，"既参与现代诗这棵大树的树叶修剪工作，却也
反对有人摇撼这棵大树的主干与根基。"[①] 而在诗的未来方向上，则
有比较一致的认识，"以民族传统为纵经，本土社会为横纬，从而确
定坐标的现实主义"[②]，期望在新的历史背景下，将台湾诗歌推向一
个新的阶段。

## 二、笠诗社的诗人群

"笠"的诗人包括三个世代，即所谓"超越语言的一代"，如巫
永福、吴瀛涛、陈秀喜、桓夫（陈千武）、詹冰、锦连、林亨泰、张
彦勋、潘芳格等；战后在祖国语言文化环境中成长起来的中坚一代，
如白萩、李魁贤（枫堤）、赵天仪、杜国清、许达然、林宗源、非马、
乔林、岩上等；战后出生的年轻一代，如郑炯明、陈明台、傅敏、拾虹、
李勇吉、郭成义、杨杰美、庄金国等。第一个世代的诗人在其艺术准
备时期，曾不同程度接受过日本诗歌的影响，但个人和民族共同的屈
辱经历，使他们具有比较强烈的民族意识和本土观念。其一部分和中
坚世代的诗人，都经历或参与过20世纪50年代的现代诗运动，在经
过曲折体验和省思之后，艺术观念和风格发生变化。不过，他们相对
具有比较开阔的艺术视野和多样的艺术手段。第三世代的诗人基本上
是在对现代诗的批评和70年代后民族意识萌醒的背景下走进诗坛的。
三代诗人以其不同的政治经历、文化背景、学识素养和人生体验，共

---

① 洛夫《诗坛春秋三十年》，《中外文学》第10卷第12期，1982年5月。
② 向阳《七十年代现代诗风潮试论》，《文讯》第12期，1984年6月。

同构成笠诗社的情感形态和艺术倾向。1986年笠诗社推出一套包括三个世代诗人的《台湾诗人选集》，共30册，而后于1992年又出版了"笠"诗选《混声合唱》，是对"笠"诗人阵容和成绩的两次集中的检阅。

第一个世代的诗人，大部分都曾以日文发表过作品或出版过诗集。他们透过日本文坛了解世界文学潮流，并从日本诗歌和日译作品中，接受现代诗歌的影响。这一代诗人中以巫永福和吴瀛涛诗龄最长。巫永福（1913—2008）早年留学日本，1932年就与张文环一起在日本组织台湾艺术研究会，发行杂志，写诗、小说和剧本，表现在异邦侵略夹缝中台湾社会的孤儿意识，倾诉对于祖国既挚爱、思念又怨恨的复杂感情。70年代以后担任《笠》和《台湾文艺》的发行人，设立"巫永福评论奖"，仍创作不懈。近年出版的《台湾诗人选集》以他的《永州诗集：爱》列为榜首。吴瀛涛（1916—1971）于1936年加入"台湾文艺联盟"台北支部，开始诗歌创作，1944年旅居香港时曾与戴望舒有过交往。前后出版过日文诗集《第一诗集》，中文诗集《生活诗集》《瀛涛诗集》《冥想诗集》《吴瀛涛诗集》。他认为诗"是一个人的生命过程"，又是"人类智慧极深奥的领地"。诗人的青年时代笼罩在日本殖民统治的阴影之下，作品洋溢着这一生命过程赋予的强烈的民族意识。台湾评论界认为他的诗"是从生活冥想而来，能与生命相结合的诗，这样的诗不会艰涩深奥，也不至于肤泛浅显"[1]。

稍晚于他们的詹冰和林亨泰，都在日据末期开始诗歌创作。他们较多接受日本现代诗歌的影响。詹冰（1921—　　）于1965年出版的诗集《绿血球》，大部分是写于1943—1946年间日文旧作的汉译。他以极为纯净的意象表现爱和美的主题。单纯的主题和简洁的形式，有日本小诗的痕迹。在一些作品中，他还尝试以图形或字的排列，来表现事物的形态和情绪变化，是台湾"图像诗"的滥觞。如《自画像》、*Affair* 和下面这首《雨》（竖排）：

雨雨雨雨雨雨……
星星们流的泪珠呟。

---

[1] 萧萧《现代诗史略述》，《现代诗入门》，故乡出版社，1982年。

雨雨雨雨雨雨……

雨雨雨雨雨雨……
花儿们没有带雨伞。
雨雨雨雨雨雨……

雨雨雨雨雨雨……
我的诗心也淋湿了。
雨雨雨雨雨雨……

三节诗都以两边夹排的六个"雨"字和省略号，造成视觉形象连绵不绝的雨的形态和意象。林亨泰（1924—　）也做过这样的实验，例如他的《农舍》，字数对称的排列像两扇敞开的大门和正厅上贴着的神像。又如《风景 No.2》（竖排）：

防风林　的
外边　还有
防风林　的
外边　还有
防风林　的
外边　还有

然而海　以及波的罗列
然而海　以及波的罗列

诗人利用意象的排列和诗句的隔断与延续，造成层层叠叠的防风林的视觉印象和无限扩展的心理情绪。台湾《六十年代诗选》认为，"他是在做着一种以图示诗的新方法的实验"，是台湾诗坛"新战栗的制造者"。林亨泰出版过日文诗集《灵魂的产声》和中文诗集《长的咽喉》。这两部诗集后来都编入 1984 年版的《林亨泰诗集》，此外还出版了《爪痕集》（1986）、《跨不过的历史》等。诗人善用短句和短章，直觉地表现他对生活的美的感受。他早期曾加入现代派，并作为"现代派"的主要的理论家之一出版过诗论集《现代诗的基本精神》（1968）。因此，"笠"诗人认为，当代台湾现代诗在大陆之外的另一个源头，应来自"本身即拥有现代主义之强烈主张的台湾诗人"[①]。1964年参与发起成立笠诗社后，任《笠》诗刊第一任主编，风格也倾向朴素和写实。

大多数"跨越语言一代"的诗人，重新创作时都经历过相当长时间的语言学习。日据末期曾以日文写过不少"工场诗"的桓夫（1922—2012），直到60年代以后才重新写诗并出版他的第一本中文诗集《密林诗抄》（1963），此后又出版了《不眠的眼》（1965）、《野鹿》（1969）、《剖伊诗稿》（1974）、《安全岛》（1986）和日文诗集《缠足的妈祖》（1974）等，并用陈千武的名字翻译自己早期的日文诗作重新发表。女诗人陈秀喜（1921—1991）对于日文短歌素有研究，曾以日文出版短歌集《斗室》。但因"身为一个中国人不会以中文写东西"感到"最大的羞耻"。直到1957年后才发愤学习中文。1971年出版第一本中文诗集《覆叶》，以后又出版了《树的哀乐》（1974）、《灶》（1981）、《岭顶静观》（1986）等。作者从女性的敏感出发，扩大为对现实社会的关怀和乡土风情的表现。她在诗中不止一次地呼唤："只有扎根泥土才是真的存在。"对于曾经拥有"被殖民过的痛苦"和"在浮萍中长大"的这一世代诗人，泥土的意象是对国家和民族生存之根的呼唤。

中坚世代的诗人中，影响最大的是白萩（1937—　），本名何锦荣，台中人。中学时代开始写诗。早期参加"现代派"，同时还在《蓝星》《创世纪》《南北笛》发表诗作。1964年参与发起笠诗社。先后出版过《蛾之死》（1959）、《风的蔷薇》（1965）、《天空象征》（1969）、《白萩诗选》（1971）、《香颂》、《诗广场》（1983）、《风吹过感到树的存在》（1989）、《自爱》（1990）等诗集。早期的作品，常常借助自然物景的描绘，寓我于物，或托物抒情地表现强烈的个人情绪

---

①《近三十年来台湾诗文学运动暨〈笠〉的位置》（座谈会记录），《文学界》第4集，1982年10月。

和浪漫色彩。《蛾之死》最后一节写道："我来了，一个光耀的灵魂/飞驰于这个世界之上/播散我孵育的新奇的诗的卵子"。诗人的理想，借助蛾的独白和盘托出。不过，这种浪漫情绪，受着一定的古典节制，由感情的抒发向着精神的领域升华。播散诗的卵子的蛾，"在恶毒的燃烧中死去"（《蛾之死》）；不屈于命运的瀑布，"在历史的陡坡悲壮地陨落"（《瀑布》）：表现反抗精神的悲壮情怀。《风的蔷薇》是后来风格变化的过渡。早期以长句倾泻激昂情绪的浪漫色彩，已有所冲淡，代之以单纯浓缩的语言来表现对于宇宙和人生的体认。《天空的象征》是白萩加入笠诗社后的创作。诗人将自己坚毅炽热的感情，蕴藏在直接、平易、趋近口语化的诗的语言中，以表现面对广漠宇宙的漠然无奈和充满悲剧意蕴的人生境况。如《雁》：

> 我们仍然活着。仍然要飞行
>
> 在无边际的天空
>
> 地平线长久在远处退缩地引逗着我们
>
> 活着。不断地追逐
>
> 感觉它已接近而抬眼还是那么远离
>
> 天空还是我们祖先飞过的天空
>
> 广大虚无如一句不变的叮咛
>
> 我们还是如祖先的翅膀。鼓在风上
>
> 继续着一个意志陷入一个不完的魇梦

这种坚毅精神构成的东方式的悲剧感，是白萩诗歌重要的特征。后期的创作，除了语言的变化，白萩还更多地从现实人生来吸取形象。诗集中的"阿火的世界"一辑，诗人不再寓我于物，而是借助被投入战争的阿火这一农民形象的戏剧性演出，赋予悲剧性的人生以更多自谑和愤激。失去了"母亲般温柔的胸脯"的天空，只写着"炮花、战斗机"，既"不自愿地被出生"，又"不愿地被死亡"，像"蛆虫"一样活着的阿火，只有"艰难地举枪朝着天空/将天空射杀"（《天空》之二）。作者早期关于生与死的抽象思考，转为对现实冷肃的批判。白萩也曾实验"图像诗"的写作，著名的如《流浪者》，以"一株丝杉"的特殊排列构成的图形，表现地平线上一个天涯浪迹者的孤独。

　　与白萩同时加盟"现代派"的"笠"中坚一代诗人还有李魁贤、赵天仪、黄荷生等。李魁贤（1937—　）曾以枫堤笔名出版他"现代"时期的作品《灵骨塔及其他》（1963）、《枇杷树》（1964）和《南港诗抄》（1966）。作者在台北工专化工科毕业后，曾在台湾肥料公司的南港厂任职。因此，《南港诗抄》是他希望成为一个"工业诗人"的创作。这部作品仍未摆脱早期那种善感却缺乏精神历练的抒情模式。参加"笠"诗社之后，1976年他第四部诗集《赤裸的蔷薇》出版，风格才有大幅度的变化，"从少年的懦弱和唯情主义，转位为成年的世故的批判异质的能力。"随后出版的《水晶的形成》《输血》《永久的版图》等，更进一步从嘲弄生活的尖刻辛辣，展现"赋予生存环境绝大同情的一面"[①]。李魁贤同时是"笠"诗社的重要批评家，出版了诗论集《心灵的侧影》《弄斧集》《台湾诗人作品论》等，并翻译出版了里尔克及法国诗选多种。在大学任教的赵天仪（1935—　），研究哲学，却以大量的抒情性作品成为"笠"诗社的活跃成员。出版了诗集《果园的造访》《大安溪畔》《牯岭街》《压岁钱》《小麻雀的游戏》等。他以"从乡土出发"为目标，认为诗人"重要的是扎根于自己的乡土……而创造出属于中国风的、有自己生活意识的作品"。

　　中坚一代活跃的诗人中，有一些长期旅居海外，如杜国清（1941—　），著有诗集《蛙鸣集》（1963）、《岛与湖》（1965）、《雪崩》（1972）、《望月》（1978）、《心云集》（1983）、《殉美的忧魂》（1986）、《情劫》（1990）等。他认为："抒情诗的本质在于表现出存在于某一时空亦即宇宙之间的生命的感受，或者说表现出与这种感受有关的精神活动。"[②]因此，他以"惊讶""讥讽""哀愁"为诗的三昧，表明对诗的独创性、批判性和感动性的追求。非马（1936—　）是"笠"诗社唯一不是台湾省籍的诗人。他原籍广东潮阳。在台中出生后即返回家乡，1948年抵台，曾就读于台北工专，后赴美留学。中学时代就喜欢写诗，迄今已出版了《在风城》（1975）、《非

　　① 郭成义《李魁贤的诗人与批评家的位置》。
　　② 杜国清《心云集·自序》。

马诗选》（1983）、《白马集》（1984）、《非马集》（1984）、《笃笃有声的马蹄》（1986）、《路》（1986）、《飞吧！精灵》（1993）、《微雕世界》（1998）等诗集。以平实的语言、浓缩的短句和富于张力的意象，机智地表现他对现实的关切和批判。他对于人性的理解和富于同情心的态度，以及近年作品时常表露的故国乡愁，给读者留下深刻的印象。

"笠"诗社第三代的诗人中，郑炯明、陈明台、李敏勇、拾虹等，差不多属于同一时期。他们活跃在70年代。秉承"格物致知"的观念，以接近口语的平实语言，重视对客观事实的描绘，却在现实的人生关系中，表现出诗人新的感悟。诗评家萧萧认为，较之他们前代诗人常做的"现实的描绘"，他们是"现实的探讨"。他们"对于现实的观察是为了探索现实的新的条理，而不仅以现实的写实和批判为满足。他们的观察，知性要多于感性，深度要重于广度"。郑炯明（1948—　）是其中较突出的代表，著有诗集《最后的恋歌》等。他的《误会》写一个杂技演员的倒立。作者说："我以为他是在用另一种角度／来了解世界"，然而，"他的伙伴却说：他只是想试试他的力量／能否举起地球罢了"。诗人透过杂技艺人的表演，看到的是人与世界的关系的颠倒，这是一种现实的批判，而杂技艺人的自觉，是另一种不无自嘲的对世界的征服。蕴含在这个"误会"里所构成的讽喻意味，包容的是一种人生悲剧。陈明台（1948—　）著有诗集《风景画》等。在诗歌语言上虽以平易、率真、接近其父桓夫的风格，但在把握客观事象的"诗想"上，更强调诗人主观意识的渗透。他说："不断聆听折射在寂寞心灵上那优美的回声，于是，我不休辍地唱着自我之歌。"他的诗集《孤独的位置》，曾以十种方式来写十种不同类型的现代人的孤独感。其中，包括有四个诗章的《语言问题》，表现人与人之间渴望沟通却难以沟通的现实悲剧，以一种更为深沉的心灵孤独的形式表现出来。李敏勇（1947—　）在表现人类凄苦的生存境况时，更强调一种自觉的奋发向上的力量。种子潜藏在黑暗的土层，但是坚信"一定会遇到阳光"（《种子》）。朱槿花漂泊世间，"虽寂寞但不忧伤"（《朱槿花》）。在诗集《野生思考》中，诗人透过战争和现实的悲剧，肯定的是人的存在价值。因此，他也从爱的希望中找到生的力量，

"没有窗／我们也活下来吧　依靠着／没有阳光也会萌芽的爱／我们坚强地活下来吧"（《爱》）。诗人表达来自生活底层的受压抑的生命，自信、奋发的理性的自觉，体现着"笠"诗人一贯积极、向上的情愫。相对于他们，拾虹（1945——　）诗歌的主题和个性，要更特别一些。他以自己的名字"拾虹"为题写诗，也以《拾虹》作为诗集的名字。通过关于"性"和"战争"的描写，在他们相互关联的意象中，来表现人类生存的欲望。

随着台湾社会的政治变化，90年代以后的《笠》诗刊和"笠"诗社的一些诗人，在张扬本土立场和本土意识中，含有分离主义的色彩，背离了诗社成立的初衷。

### 三、70 年代的青年诗人

20世纪70年代的台湾诗坛，又出现一个诗社纷立、诗刊竞出的高潮。仅据可查的资料，在不足10年间，由青年诗人创办的诗社、诗刊，不下40个，其数量和声势，远较50年代为甚。诗社的活跃，推出了一批青年诗人。相对于50年代出现的那一辈诗人，萧萧认为他们具有四个方面的特点：一、"从小使用白话，他们的生活语言与文学语言没有差距"；二、"从小在这个小岛上成长，他们关怀台湾的过去、现在与未来，他们向往古中国的文化，期望创造新的中国文化"；三、"他们对于战争没有完整的概念，但他们生长于农工形态转变期中，旧道德与新思想的冲击里，他们有新的压力和苦闷"；四、"普遍受过大专以上教育，知识水准提高"[1]。他们走向诗歌，正是现代诗经过将近20年的发展，有了一定的艺术积累，又相当尖锐地暴露出偏误和弊端的时候。70年代由"保钓运动"而萌醒的民族意识，强烈地震撼着他们。因此，他们在艺术观念上，普遍对现代诗采取批评态度，在创作上，则不以仅仅接受上代诗人的滋养为满足，力求在独立思考的能力、驾驭语言的方法、更新传统的观念和内在精神的提升上，突破他们的前代诗人。其中一部分，在艺术的把握方式上，继续着现代诗的方向，大部分则在对本土现实的关注中，表现出写实的风格和对传统的追索。较具代表性的诗人有：

---

① 萧萧《现代诗史略述》，《现代诗入门》，故乡出版社，1982年。

吴晟（1944—　　），出生在台湾省彰化县，高中时代向《文星》《野风》《幼狮文艺》《海鸥诗页》《蓝星诗页》投稿时，虽不免流露早熟少年的空虚和感伤，但未受当时流行的现代诗风更多的影响，一是当时生活在乡下的他，"觉得自己和自己的生活，和它们（指现代诗）隔得很远"；二是父亲因车祸突然丧生，使尚在农专读书的他，必须回家种田，严峻地面对父亲留下的土地，面对生活艰辛的一面。这样的人生际遇和生活体验，构成了后来吴晟创作题材和感情内涵上的特点。他以《飘摇里》作为自己第一部诗集的名字，表明自己早期创作诗风的动荡和变化。1972年开始写作《吾乡印象》系列作品，并于1976年结集出版。在这部确立他艺术风格的诗集里，诗人以"正直却不骄狂，谦抑却绝不是没有坚持的自尊，痛苦却基本上不是失望，愤怒却总以一种'忍抑不住'的苦口婆心去抗议"的心情，描绘自己身边的农村：人、劳动、自然环境和世代相袭的历史命运。他以自己母亲的形象为焦点，在《泥土篇》的组诗里，刻画了忍辱负重的劳动妇女的形象；借自己故乡的写照，反映发展迟滞的台湾农村的沉重和窒息："一束稻草的过程和结局／是吾乡人人的年谱。"在诗人交织着挚爱、焦灼、悲郁、愤懑和抗议的情感中，又传递出"总是要活下去"的生命的坚忍。《吾乡印象》对于台湾当时正在进行的乡土文学论争，无疑是一次有成效的实践，它的出版很快在社会上引起反响。在这些诗中，吴晟不仅带给传统的田园诗以另一种沉重的声息，而且开始触及一个新的主题：资本主义物质文明的发展对传统农村的自然生态和道德观念造成的冲击。诗人表现出在这二者之间做出选择时的极其复杂微妙的感情。虽然"不能拒绝皮鞋光亮的诱惑／却又深深爱恋／粗糙的一双泥脚／不愿和土地断绝亲缘"（《自白》）。他基本上坚持着维护传统价值观念和农村自然生态的立场，对城市消费文明在农村的渗透，表示着"忍抑不住"的挂虑和关切。这种情绪在后来的《愚直书简》和《向孩子说》等诗作中，有了更充分的表现，前者是针对当时台湾出现的抛弃家园、竞相渡美的"留洋狂潮"带有讽喻性的劝说。后者则以父亲的角色，对处于东方与西方、传统与现代、农村与城市冲突中的后代，要求坚持传统美德的谆谆叮嘱，流露对台湾社会经济转型带来的负面影响的忧虑。因此，诗中"向孩子说"的叮嘱，也扩展为对整个台湾后代的关切。吴晟的诗歌语言朴实无华，不事雕琢，这对于他所表现的质朴、沉滞的农村生活是恰当的。诗人对农村的切身体验，使他能够把丰富的生活内涵，概括在一个简洁的意象里。他写在瑟缩风中被遗弃了的束束稻草，和委顿于破落庭院角落的老人形象相对应，咏出世代相承的悲郁的命运（《稻草》）。他在一行一行拙笨的脚印所诚诚恳恳踏过的泥土上，孕育着一种坚忍强毅的精神。相对于这些作品，《愚直书简》和《向孩子说》的某些篇章，就由于缺乏形象的寄寓，而流于冗长的陈述，削弱了艺术的感染力。

　　向阳（1955—　　），本名林淇漾，著有《十行集》（1984）、《土地的歌》（1984）、《岁月》（1985）等。这位普通农家出身的诗人，从小接受古典文学的熏陶，直到进入文化学院后，才从古典诗歌与现代诗的比较中，发觉他们在音韵、节奏及文字等素质上的共同魅力。1976年，向阳在经过对于现代诗"临摹"的准备时期之后，"开始反省追索自己诗的真正形貌"，意识到"从模仿开始的路子，绝不是一个人的真正诗路"。他同时从两个不同的方向，"试验建立自己在诗创作上的坐标"。其一是自然格律，借鉴从小心仪的古典诗歌，尝试建立现代诗的新形式，这就是"十行诗"的创作；其二是运用方言写诗，希望在描绘底层人生的形状上，更深扎根于现实台湾的土壤。这两方面的努力，无论是向着"历史的中国的追寻"，还是着力于"现实的台湾的刻绘"[①]，都使向阳的创作站在70年代寻求回归传统与贴近现实的诗坛风潮的前列。作为建立现代诗新形式的"十行诗"，他不仅借鉴古典诗歌"固定行数成节，固定节数成篇的形式规范"，还吸取古诗"起承转合"的结构方式，认为这是对被讥为"有佳句而无佳篇"的现代诗，"改善漫无节制之弊"。十年来，他还把这种对传统的追寻，扩展到内容和技巧的其他层面。他借用古典诗歌的意象系统，表达现代人的感觉、心绪，在咏物诗"格物致知"的传统上，表现蕴含于传统伦理美学的诗人的人格理想，通过景物变换的描写，暗示抒情主体的内心波动，等等。这使他的"十

---

　　① 以上引文，均见向阳的《十行集》的后记《"十行"心路》。

426

行诗"创作，在当时重认传统的浪潮中，体现现代和传统从内涵到外延的"联姻"。他同一时期开始的方言诗创作，以极其不同的美学格调，大量吸收民谣、俗谚、俚语，亲切、生动地刻画乡土人物和在城市文明包围中濒临崩溃的乡村社会，从另一方向使诗人的创作楔入台湾乡土。"十行诗"和乡土诗，作为诗人相辅相成的两种艺术尝试和追求：前者心仪历史，后者归诸现实；前者推崇典雅、重视个人抒情和瞬间情绪的吐露，后者着重俚俗，长于叙事，讲究情节和事实的铺陈；前者来自传统文学的光照，后者出于现实乡土的滋润；彼此看似相互排斥，实则在诗人统一的艺术追求中共生并济。

陈义芝（1953—　），原籍四川忠县，生于台湾花莲。学生时代曾参与《后浪诗刊》《诗人季刊》的编辑。著有诗集《落日长烟》（1977）、《青衫》（1985）、《新婚别》（1989）、《不能遗忘的远方》（1993）等。童年在台湾滨海农村度过的乡野风物以及父亲讲述的大陆旧事，给他留下深刻影响；入学以后对古典文学的喜爱和研读，使"乡土"和"古典"成为他创作的两大支柱。早期的创作，如张默所说是"抒情传统的维护者"，诗人也称自己"心契在中国人的人情、秩序、美"。在承袭传统诗人对自然景物的敏感和传达古今相通的道德理想与民俗风格中，将粗糙、散乱的生活素材予以结构平稳、徐疾合度的古典规范，表现中国传统知识分子的淑世襟怀。如《怀司徒们》《蜂螫之爱情》等所抒写的既不是放浪形骸的现代浪子，也不是心如刀绞却怯于行动的"多余人"，而是淑世怜人、挚爱乡土的知识分子形象。诗人常将古典意象翻新，注入新的人文内涵。如《瀑布》，诗人写道，"白刃出匣显见是痛饮过江湖的人／辞山悲歌／不为生别离／为苍生有一张画图待经纬／轰轰然／尽一颗头颅飞掷"，跃然一个经世救国的侠士形象。陈义芝创作的另一重点是对乡土的关怀，越到后期这一特色越为明显。如果说向阳也兼具"古典"和"乡土"的两种因素，但他是将其分别盛装于"十行诗"和"方言诗"中，而陈义芝是将二者紧密融合于一首诗内。且向阳的"乡土"主要是"台湾的现实"，陈义芝的"乡土"，则还有着大陆的原乡。台湾开放探亲以后，作者有机会回到四川，在长诗《出川前记》和十首《川行即事》中，以贴近现实的宏阔历史视野，通过一个言说蜀中旧事的老人口吻，抒写一个世纪的时代风云，有着追摹杜甫的史诗风格。

罗青（1948—　　）表现出与上述不同的艺术倾向。他祖籍湖南湘潭，生于青岛，1949年未满周岁随父母到台湾。9岁习画，1966年入辅仁大学英文系后，才在绘画的同时接触现代诗。1972年出版《吃西瓜的六种方法》，所收系大学时期的诗作，表现了那个阶段新锐诗人希望突破前代诗人模式，寻求以自身驾驭语言的方式来表达独创性思考的努力。余光中称其为台湾"新现代诗的起点"。新的生活环境和文化视野，使东方和西方，传统和现代，知性和感性，交互于罗青的创作中，使他时常顿发奇想。《神州豪侠传》（1975）和《捉贼记》（1977），是他留学美国后的作品。诗人将他在第一部获得声誉的诗集中的现代情绪，超越地融入传统的题材和古典的意境中，以现代的口语和俚俗出之，构成一种亦中亦外、亦古亦今、亦庄亦谐、亦雅亦俗的特殊语调和情境，避免了重复如余光中、郑愁予、杨牧在借用传统题材和意象时所表现的"新古典主义"的路子。他后来出版的《水稻之歌》（1981）和《不明飞行物来了》（1984，诗画集），更进一步将他源自生活的情思和生命体验的玄想，或发为乡土情怀的抒写，或融入逻辑演绎的理趣，透过意象表层，都有较深的哲蕴内涵。对70年代以后处于调整和重新出发的现代诗，罗青难以把握和界定的创作，真有如"不明的飞行物来了"。他带给现代诗坛的，首先是一种新的情绪。他不像前代诗人那样，从自己漂泊的身世与典型的现代主义文学主题的切合点上，找到一个"孤绝感"，反复不断地以或冷峻峭拔或哽咽嗫嗫的语调去表现。相反，罗青在比较从容、温厚而又满怀情趣的对人生、社会、自然的观察体验中，呈现一种既实在又空灵的飘逸潇洒。这是一种既非老年情怀的落寞，又不是早熟少年故作伤感的自然情态的表露，诗的情绪和语调也由此显得比较松弛自如。其次，罗青的诗在吸取传统的题材、意境和理趣上，亦庄亦谐、亦雅亦俗地以现代口语表现现代人的情绪，又和"后现代主义"那种戏谑有某种相似之处。罗青的诗作是个过渡，是站在从现代到后现代之间的一种尝试。再次，随着诗歌情绪的放松，罗青也淡漠了现代诗极其讲究的在语言上的刻意经营。他的仿佛只是为了陈述而自然流泻出来的句子，却在整篇的结构中，在"诗想"上，形成一种张力。因此，罗青诗歌给人的感情冲击，不是在阅读过程对于佳词丽句的享受，而是在阅读之后整体的回味。最后，现代诗争论不休的主知或抒情，到了60年代"创世纪"实验超现实主义时期，更强调纯粹经验的作用。罗青的诗似乎超出这二者争论的范围，以感性和知性的结合呈现一种新的理趣。这些实践对于罗青可能才是开始，但对现代诗的发展提供了另一种方式和契机。

苏绍连（1949—　）则在另一极上进行现代诗再出发的探索。他先后参加创办《龙族》《后浪》《诗人季刊》等诗刊，作品风格屡变。但是，他一直未脱离对于"超现实主义"的试验。他主张"消除诗中的文意"，认为社会思考的习惯是散文的意义性，诗人如果为了满足读者的要求而运用散文的意义性去写诗，是违背诗的本质的反常现象。他以独特的想象和复杂的现代技巧，在诗中营造一种令人触目惊心的气氛。他的诗中有着商禽的影响。无论早期尝试古典诗的现代变奏，如《地上霜》《春望》《江雪》等，还是后来独创的四言格律诗系列，如《河悲》，或散文诗系列，如《惊心》，都以令人惊悚的效果，在表现人类受伤心灵的亘古悲哀上，对现实进行非理性的反观。与苏绍连有着相似追求的渡也（1953—　）早期的诗作，在平实的白描中，深入事实的内里揭示某些意想不到的人生奥义，表现出作者的机智。超出常规的思路和视角，也接近他所推崇的诗人商禽。但在讲求结构、布局中，尤以诗的结尾的戏剧性"高潮"的运用，而显示了他的特色。

在反叛传统的现代探索上走得最远的是夏宇（1956—　），著有诗集《备忘录》（1983）、《腹语术》（1991）、《摩擦，无以名状》（1995）等，被视为台湾后现代的代表作。夏宇的诗很难说有一个专注的主题。她说，"我只为自己而写"，"我并不怎么意识到自己是诗人。我只想做一个自由思考和生活的人"，"一个腹地广大的人"。她一方面有着从写实到现代一脉相承的真挚，另一方面又有着对写实和现代反叛的佻侂。即如爱情，在浪漫派乃至现代派的作品中，被表现为纯粹、崇高和永恒，但在夏宇的诗中以一种慧黠的佻侂，在深挚与戏谑中予以解构。她把现代人变幻不定的爱情比作长在鼻子上的一颗痘痘，"开了 / 迅即凋落 / 比昙花短 / 比爱情长"。在《今年最后一首情诗》中，写前世情人的重逢，是"城市边缘的垃圾场"上的"一具头盖骨"。然而在对历代诗人千万遍唱过的"生死不渝的轮回爱情"予以嘲讽的同时，仍有着诗人坚挚的爱，如《甜蜜的复仇》：

> 把你的影子加点盐
> 腌起来
> 风干
>
> 老的时候
> 下酒

这是夏宇"疲于抒情后"的"一种抒情方式"：反抒情的抒情，反崇高的崇高。夏宇就这样"来去自如"地出入于现实和艺术之间、现代和后现代之间。在语言风格上，她说："我不认为我的诗都是语言游戏。相对于某一层面的人格结构，可能在方法上有点倾向于'以暴制暴'"。在机智尖锐中，甚至不惜"陈词滥调"，遍布她诗中的是口语，俚俗的、琐屑的生活用语和意象，以此来反叛传统诗歌的典丽、儒雅、唯美、纯净和现代诗的直感、幻觉，扭断逻辑和语法的脖子，从而重建自己的语言规则。

# 第十七章　80年代后期以来的
# 诗坛新象

　　20世纪80年代后期以来的台湾诗歌，较之前几个时期，如有的论者所言："没有明显的诗社、没有火爆的论战、没有明显的对立主张。"[①]但这并不等于这一时期的诗歌，没有新的发展。它表现在诗对政治的参与、都市与环保的关注、女性书写以及网络诗歌等诸多方面。整体而言，这是诗坛新老交替的一个年代。辛郁在《九十年代诗选》的序言中认为："就创作来说，老一代诗人虽尚有作品发表，甚至有长篇力作如洛夫《漂木》一诗的连载，但较之七八十年代，无论质、量，都已不若七八十年代那么有冲劲，表现手法也渐入常规，少有创新。中年一代诗人则不仅屡有佳作，且在表现手法突破旧规，做了多重开拓。而年轻一代在网络上大显身手，更以诗拓宽了表演的舞台。"[②]痖弦则更重视年轻一代诗人的创造，称他们"已在试图重组世界汉语

---

①王浩威《肉身菩萨》，《台湾现代诗史论》，文讯杂志社，1995年。不过，说这一时期台湾"没有明显的诗社"出现也不尽然。80年代中期复刊的《草根》和创立的《四度空间》《地平线》等诗社对后现代诗的鼓吹和实验，1990年成立的现代诗网络联盟，1998年第一个女诗人团体女鲸诗社等，对90年代诗歌的演进都起了重要作用。详见孟樊《台湾后现代诗的理论与实际》，扬智文化事业股份有限公司，2003年1月。

②《九十年代诗选》，辛郁、白灵、焦桐合编，尔雅出版社有限公司，2001年2月。

诗的新板块，强化自己的特质之余，犹在思考诗之莽原上，谁将入主？谁与争雄？在创作上，他们对五六十年代的老现代主义渐感不耐，对乡土文学的阶段性使命也认为已告完成，他们以游目远眺替代自我的内视，他们在一个新的地平线上，寻找更新更远的火种。……这是海洋文化性格益形外向的一种发展，后现代、都市文学、魔幻写实、女性文学、爱欲解放、情色文字以及外国帝国主义文学生产的省思、后殖民论述观点的反映，都有人在做创作的实验，不只是诗语的革命，不只是形式与结构，而是一种对前一代掀起一次创造性的叛逆，是一种可喜的发展与突破"①。下面我们对这一时期若干重要诗歌现象做一简略评述。

## 一、诗对政治的参与："政治诗"

所谓"政治诗"，是台湾诗评界对这一时期诗歌创作大量介入政治的一种概括。它虽不始自这一时期，却在 20 世纪 80 年代后期以来台湾诗坛占有重要位置。关于"政治诗"，有广义和狭义两种理解。广义的"政治诗"是指诗对社会问题的关切，反映和揭露阶级的压迫和社会的不公，代表底层民众发出抗争之声，从而触及作为社会问题症结的政治。这样的"政治诗"是台湾自 20 世纪初期以来现实主义诗歌的精神和传统，在赖和、杨华、虚谷、杨守愚、郭水潭等日据时代的诗人中，都有很好的体现。它常常也被台湾诗评界概括为"社会诗"。狭义的"政治诗"是指 70 年代乡土文学论争以来出现的诗对政治的参与。从历史发展上看，1977 年出版的《仙人掌》创刊号，在"政治与文学"的专辑中，即以"诗与政治"论述了诗对政治参与这一现象；逮至 1984 年 6 月，《阳光小集》第 13 期推出 36 位诗人的"政治诗专辑"，并刊发"我看政治诗"的座谈会记录，"政治诗"已成为台湾诗坛一股重要潮流。

80 年代后期以来，台湾一些诗人的"政治诗"对丑恶的政治现象加以揭露和嘲讽。他们将关怀的层面由个人推及大众，从历史反照现实，以自然隐喻社会，表现对台湾更深刻的政治认知和社会剖析。刘

---

① 痖弦《民国纪年 1997 诗选·序言》，现代诗社，1998 年 2 月。

克襄、林燿德、陈义芝、萧萧等人的一部分"政治诗"都具有这样的特点。其中尤以詹澈最为典型。

詹澈[1]70年代开始写诗,但受到人们重视是在《西瓜寮诗抄》《海浪与河流的队伍》等诗集出版的90年代以后。他出生于台湾省彰化县,毕业于屏东农专,在乡土文学论争期间于台北参与了一段时间的社会运动之后,返回从小长大的台东农村,和父亲一起在河滩种植西瓜,并进入农会和农权组织,从推广农业新品种到维护农民权益,多次成为几万、十几万农渔民走上街头与当局抗争的组织者和指挥者。这种农业生产者、农运推动者和知识分子三者兼具的身份,使他来自自己生活实践和生命体验的诗歌创作,具有强烈的"与农共生"和为土地与农民请命的社会使命感。这也是詹澈的"政治诗"与一般从意识形态理念出发的"政治诗"根本不同的地方。然而作者并不满足于社会所给予的"农民诗人"的称号,而力图从思想到艺术突破农民视域的局限,成为"传达人与人、人与自然之间最原始的密码或语言"的"邮差"[2]。近年的创作较多地从直白的叙述走向意象的隐喻,所关注的仍是社会的政治现实和弱势群体的命运。他以"在两种海底板块之间浮起/在两种上升的力量上面/一面呐喊,一面歌唱"(《石头山》)自诩,以自己生存其间的土地的"地理学修辞"来指证现实的外在冲突和自己的内心焦虑。思想的开阔和艺术的成长,"使他一方面保持与土地关怀的联系,一方面也与多数倾向白描的其他乡土诗拉开了距离"[3]。

## 二、都市的外观与内视:都市诗

都市化是台湾自20世纪60年代以来实现经济转型的重要成果和

---

① 詹澈(1954—  ),本名詹朝立,台湾省新化人,屏东农专毕业。著有诗集《土地请站起来说话》(1983)、《手的历史》(1986)、《这手拿的那手掉了》(1995)、《海岸灯火》(1995)、《西瓜寮诗抄》(1998)、《海浪与河流的队伍》(2003)、《小兰屿和小蓝鲸》(2004)等。

② 詹澈《西瓜寮诗抄》自序:《堡垒与梦土》,元尊文化企业股份有限公司,1998年。

③ 阿钝《云母——读〈海浪与河流的队伍〉》,载詹澈诗集《海浪与河流的队伍》,二鱼文化事业有限公司,2003年。

表征之一。因此，都市诗的创作也兴起于这一时期。其重要的代表诗人如罗门等，大都是在对工业文明破坏自然和压抑人性的负面批判上，确立自己都市诗的特质的。1985年，一个以"四度空间"命名的青年诗社成立，他们以都市诗为号召，联合一代与都市一道成长起来的诗坛新人，在认同都市的基础上重新进入都市空间的诗性书写，成为80年代后期以来诗坛的重要现象。他们从理论到创作在对都市的认知和审美态度上，都明显区别于前一代的都市诗。首先他们认为，在资讯网络无远弗届的笼罩下，台湾在某种意义上已成为一座"都市岛"。因此，今日都市诗的创作所关注的已不是作为素材或题材意义上的都市表征，而是都市内在的精神和人在都市中的生活状态。林燿德认为，在越过城乡对立的题材域限之后，都市文学"主要表现人类在'广义的都市'下的生活情态，表现现代人文明化、都市化的后的思考方式、行为模式，它的多元性、多变性、复杂性"[①]。其次，所谓"都市精神"就是一种现代精神。因此台湾诗坛上所有的现代诗、后现代诗都可以含插在广义的都市诗范畴中，尤其是后现代主义的诗歌。罗青那篇最早为台湾后现代诗鼓吹的著名文章《"后现代状况"出现了》，就是为"四度空间"5位诗人的合集《日出金色》所作的序言。他在指出网络资讯发达和财富遽增带来消费膨胀这两大都市社会特征之后，强调后现代诗在对工业文明的省思同时，特别应当关注，一是对资讯乃至传媒本身可靠性的质疑，二是消费时代审美方式和艺术传播方式的改变。台湾社会都市化的转型，实际上也意味着对五六十年代台湾现代诗批评的解咒，彼时被认为是建立在农业社会基础上而备受"早熟"之讥的现代诗，由于台湾社会的都市化而获得了现实生长的土壤，变得"名正言顺"。第三，如果说，工业文明所带来的自然生态破坏、传统农村瓦解以及对人性的精神压抑，是浪漫主义、现实主义和现代主义诗歌的批判性主题，那么后现代的都市诗创作者，则首先是在认同与拥抱都市的基础上，对都市的零散、破碎和混乱进行调整、塑造和重组，从而在审美态度上有别于前代诗人的都市诗。林群盛在《那

---

① 转引自痖弦为林燿德《一座城市的身世》所写的序言：《在城市里成长》，时报出版公司，1987年。

栋大厦啊……》一诗中唱道："充塞整座大厦的心脉不正和我的心跳同频且共鸣吗？"作为都市表征的"大厦"，已经合二而一地成为诗人的血肉之躯。在这里，诗人一方面以"都市作为正文"，将都市的表征，甚至日常生活中诸如马桶、衣架、楼梯、纸篓等，都转化为诗人的"正文"；另一方面又以"正文作为都市"，将诗人从写作、出版到传播，即从生产到消费的全过程都作为一种都市现象，进入诗人对都市的观察和剖析之中。"以都市为正文"和"以正文为都市"的辩证，构成了诗人与都市的一种审美关系。

这一时期的都市诗，表现了浪漫、写实、现代、后现代的各种形貌。曾经被誉为"受薪阶层青年知识分子代言人"的林彧[①]，以十分写实的手法揭示了作为白领阶层的上班族在都市中的生活情境，为单调机械日常生活和庞大的社会机器所吞噬的心灵异化和精神痛苦。从医学院毕业的陈克华[②]，则向着社会挥舞冷凝的手术刀，在肢解"人体器官"和遍地错置的性意象中，直指都市人的零散化、虚无感，反射出上班族的沉溺与颓败，前瞻性地预警现代文明的悲剧。而被称为台湾60年代现代诗"隔代遗传"的许悔之[③]，在复苏被反复刻写而屡遭诟责的现代人疏离、孤绝的主题和意象中，将其推向后现代。张错曾以"追随现代诗传统而纯化现代传统"高度评价许悔之的创作，以其拥抱生活、拥抱欢乐的自由、乐观的人生态度，连接起前后两个世代的诗人，在抒写人文情怀和表达现代感思中，建立自己都市诗的独特性。

在都市诗创作中，揭橥大旗并切身实践的当属林燿德[④]，在他涉及广泛的创作中，都市始终是他最为集中的审视焦点。现代都市从机

---

① 林彧（1957—　），本名林钰锡，著有诗集《梦要去旅行》《单身日记》《视之谷》《恋爱游戏规则》等。

② 陈克华（1961—　），"四度空间"诗社成员，著有诗集《骑鲸少年》《我拾到一颗头颅》《我在生命转弯的地方》《与孤独的无尽游戏》《美丽深邃的亚细亚》《星球纪事》《爱陌生人》《欠砍头诗》《新诗心经》《因为死亡而经营的繁复诗篇》等。

③ 许悔之（1966—　），本名许有吉，著有诗集《阳光蜂房》《家族》《肉身》《我佛莫要，为我流泪》《当一只鲸鱼渴望海洋》等。

④ 林燿德（1962—1996），著有诗集《银碗盛雪》《都市终端机》《你不了解我的忧愁是怎样一回事》《都市之甍》《一九九〇》以及逝世后出版的《不要惊动不要唤醒我所亲爱》，另还有小说、散文、影剧、评论等数十种。

械文明到资讯文明的发展,使感应敏锐的他成为跨越现代和后现代的都市诗的历史见证者和体现者。一方面他通过日常生活中众多的"都市符证"如路牌、铜像、公园、广场、道路、建筑等来折射都市的物质存在,以及它对于生活其中的人类个体和群体精神的压迫和心灵异化,在激烈竞争、价值邅变和欲望膨胀中所产生的焦灼感和危机感;另一方面则又惊喜于现代科技文明的巨大能量,从而进一步肯定了人的自身和都市的价值。在对都市文明这种既拥抱又排拒的复杂态度中,确立自己都市诗创作的美学立场。作者对人的生命价值和宇宙规律进行历史透视和哲学思考,使其作品具有强烈的知性色彩和意象宏硕、结构庞大的充沛历史感与"崇高"的美学品格,这些都承继了现代主义诗歌的精神特征;而其站在后现代情境中的"现代"乡愁、对都市社会与历史的解构精神和拼贴手法,以及带有前瞻意识的电脑语言和科幻色彩,又使他的诗有着浓厚的后现代色彩,以"无范本,破章法,解文类,立新意"精神解构传统的文学成规和文类界限,出奇和创新,在兼具现代和后现代的双重性格中远离守旧和浮浅,走向前卫和繁复。

都市作为工业化时代的产物和载体,对都市负影响的批判,本质上也是对工业化破坏自然生态的批判。因此,都市诗的发展必然诱发对于生态环保主题的关注。它出现于五六十年代,却随着矛盾的日益加剧和人们环保意识的日益成熟而成为八九十年代诗歌创作的重要主题。所谓"环保诗"大致有两种类型:一是对都市 / 工业化破坏生态环境的揭露与批判,这类诗往往结合着"政治诗"的批判主题,成为"绿色政治"的一翼;二是对自然生态的考察和描绘,它常常融入山林田园之中,成为人与自然和谐的礼赞。这是一个不分诗人世代和诗歌社团都乐于参与的创作领域。余光中从早期的《森林之死》到晚年的《高尔夫情意结》,屡有新作表明他对这一"人类自戕"现象的高度关注。曾以长期观测鸟类迁徙而获得"鸟人"雅誉的诗人刘克襄[①],在大量

---

① 刘克襄(1957—　　),另有笔名刘资愧、李盐冰等。著有诗集《河下游》(1978)、《松鼠班比曹》(1983)、《漂鸟的故乡》(1984)、《在测天岛》(1985)、《小鼯鼠的看法》(1988)、《最美丽的时候》,以及散文、小说等多种。

生态散文的写作同时，先期以诗集《漂鸟的故乡》《在测天岛》等将生态与政治两个话题融而为一，近年更以环保诗集《最美丽的时候》，从客观层面控诉了人类不啻"慢性自杀"的长期对动物的捕杀和猎杀。诗人走入山川和自然对话的"在野外写诗"，使他获得了台湾"生态写作第一人"的称誉。

### 三、女诗人的活跃和女性主义诗歌

在台湾当代诗歌的发展中，女诗人始终是引人瞩目的存在。不过，在以男性为中心的台湾诗坛上，女诗人无论参与诗社活动、发表作品或被收入选集，都比男诗人相对要少[①]。这种情况要到 20 世纪 80 年代中期以后，随着女性主义大旗的揭橥和网络诗歌的发展，才略有改变。

女诗人的活跃和女性主义诗歌的鹊起，首先来自理论的鼓吹。1985 年，《中外文学》和《当代》先后制作了"女性主义文学专号"和"女性主义专辑"，并诱发了此后日益深入广泛的讨论，潜在于诗歌创作中的女性意识，才在理论的启蒙下萌醒起来，并做出了激烈的反应。首先，在台湾以男性视野为中心的诗学批评中，无论是正典的建构，还是诗史的叙述，女诗人一直处于对男性诗人"模仿"或"补充"的配角地位。这种被女性主义视为"阳具批评"的将女性诗人边缘化的男性霸权，遭到了尖锐的批判。1989 年，钟铃[②] 出版了《现代中国缪斯——台湾女诗人作品析论》，就企图从女性主义的视野重新建构"30 多年来女诗人作品中自成体系的文学传统"，指出这一传统既是"以继承古典文学的婉约风格为主流，而又衍生了对这一主流三种不

---

① 根据孟樊、白灵等相关文章提供的数据,历年台湾出版的各种代表性诗选中,女诗人的人数偏少。如张默、张汉良主编的《中国当代十大诗人选集》无一女诗人入选；笠诗社出版的"台湾诗人选集"30 种，女诗人仅 3 位，占 1/10；马悦然、奚密、向阳主编的《20 世纪台湾诗选》，入选诗人 50 位，女诗人 7 位，占 1/7；张默主编的《中华现代文学大系诗选（1970—1989）》入选 99 位诗人，女诗人 18 位，占 1/5；辛郁等主编的《90 年代诗选》，入选诗人 80 位，女诗人 13 位，占近 1/6。只有在《2001 网络诗选》中，入选 54 位，女性占 25 位，才与男性数量相近。

② 钟铃（1945—　），著有诗集《芬芳的海》，以及散文、小说、评论等多种。

同的反动：一是走另一极端的豪放雄伟风格；二是针对含蓄矜持的语调而走相反路线的激情告解式文体；三是针对甜美、宽容气质而走相反路线的阴冷或戏谑风格"①。值得注意的是钟铃在概括台湾80年代诗坛的潮流大势时，把女性主义作为这一时期的一种诗歌精神提出来。她所指出的"对主流三种不同的反动"，实际上正是这一时期台湾女性主义诗歌的特征和走向。

从意识形态的内涵上看，女性诗歌的"性政治"意识，既表现在对男性霸权的挑战与反叛上，也表现在女性对自身主体性和自主性的强调上。这是站在女性立场上的一体两面。弗洛伊德以无法彻底摆脱的"厄勒克特拉情结"（恋父情结），来解释父权社会中女性对于男性的依赖。其实女性的无法独立，不仅来自心理原因，更主要的还是基于社会原因。因此在男性诗歌的潜意识中，女性无论是社会角色还是家庭角色，甚至在性关系中永远居于被动的依附的地位。郑愁予脍炙人口的《错误》和《情妇》，在女性主义的眼中，是十足男权意识的代表。挑战和反叛这种男权意识的统治，是女性主体意识觉醒的表现。其作品或寓抗议于揭露之中，如林鹭的《男人》，"白天用威风的手打女人／晚上用欲望的手搂女人"，便是对男权卑劣品格入木三分的刻绘；或者在戏谑中批判，如江文瑜《男人的乳头》，在女性的凝视中，男人的"乳头"也如女人的胸罩一样摆进专柜，而且是属于"小写款式"。这种角色转换的审视（鄙视）的快意，在夏宇②的《甜蜜的复仇》里，成为对男性主导更为彻底的颠覆。在这一时期活跃的女性诗人中，夏宇诗歌的女性经验，无疑最具有典型意义。奚密认为："夏宇的诗大半以爱情为主题。但是放眼现代汉诗史，像夏宇这样彻底剔除浪漫理想主义和感伤滥情成分的诗人，并不多见。在写爱情的短暂、缺憾、禁锢和杀伤力时，诗人尖刻地批判男性中心社会对女人的恐惧和误解，以及女性之耽于感伤和逃避的倾向。如果她脍炙人口的《甜蜜的复仇》影射爱情的执着与伤痛，同时

① 钟铃《现代中国缪斯——台湾女诗人作品析论》，联经出版事业公司，1989年6月。
② 夏宇（1956—　　），著有诗集《备忘录》（1983）、《腹语术》（1991）、《抚摸，无以名状》（1995）、*Salsa*（1999）等。

也示范了女性从反面经验里发现并赋予自身力量的正面意义。"① 这意义正是女性主义诗歌在男权批判中对女性主体性和自主性的强调。相对于男性诗人（也包括受制于男权意识的一些女诗人）对女性依附性角色的刻板定位，女性诗歌的反叛便从自我肯定开始。如果说早期的女诗人对这一意识的表达还相对委婉，如50年代的林泠在《阡陌》中所写的，"你是纵的，我是横的 / 你我平分了天体的四个方位"，只求与男性平等共享；那么到了八九十年代女性主义思潮涌来时，李元贞则坦白地宣称自己"从来没有 / 崇拜过英雄 / 因为我自己 / 即英雄，不 / 应该是英雌 / 且平凡无比"。女性对自我的肯定，实质上也就是对压抑她们的男权中心的颠覆，这种颠覆，过犹不尽。

　　既然女性主义诗歌宣称"女人的身体该住女人"（赖丽玉《发声》），那么身体的解放，便也被视为女性解放的一环。或许正由于此，在台湾90年代缤纷呈现的"情色诗"中，女性诗人的开放度远较男性诗人为甚。她们从"依违于男性律动间"，揭去"遐思空间与密语帷幕"，走向"延宕的前戏"和"身体器官象征"的"肉体狂欢节"②。如果说钟铃、冯青、斯人等的情色诗，还在"遐思空间与密语帷幕"中不无浪漫地以含蓄和隐喻来享受想象中性爱的舞蹈，那么越到后来，在更年轻一辈的女性诗人如颜艾琳、江文瑜等，则更全开地直指性器的展露和性事的描述。如陈义芝所指出的：情欲是构成个人自由的元素，而情欲表现在自己的身体上。身体是自控的，社会规范是他控的。情欲的解放是从他控到自控的一个重要过程。因此当女性摆脱了生育为主的观念束缚，性享乐的舞蹈与性压抑的狂摆，便一跃而成为女性主义重要的文化课题，使情色诗成为女性诗歌合乎逻辑的发展。不过这种把性爱器官一览无余展出的性事描写，实在超出了诗歌审美所能承受的"度"，其引起不同评价和争论也在所必然。

---

① 奚密《从边缘出发》，广东人民出版社，2000年。
② 陈义芝《从半裸到全开——台湾战后世代女诗人的情欲表现》，《中华现代文学大系（二）·评论卷》。

# 第十八章　当代香港新诗的发展背景

## 一、历史情况

香港新诗的发端，始于20世纪20年代后期。彼时受到五四新文学运动的推动，香港新文学开始呈现勃发之势，新诗为其最早的实绩之一。20年代末到30年代初，较为活跃的诗人如灵谷、华胥、隐郎（1907—1985）、侯汝华（1910—1938）、陈江帆（1910—1970）、刘火子（1911—1990）、李育中（1911—2013）、鸥外鸥（1911—1995）、侣伦（1911—1988）、易椿年（1915—1937）、张弓（？—1986）、柳木下（1914—1998）等。他们的作品既发表于当时开始刊登新文学作品的香港报纸副刊和香港文学青年自己创办的杂志和辑集的书刊，如：《伴侣》《岛上》《铁马》《缤纷集》《小齿轮》《时代风景》《诗页》《今日诗歌》《红豆》等，也投稿于内地的刊物如上海的《现代》、北京的《水星》、南京的《橄榄》等。从20年代后期出发的香港新诗，表现出三个特点：一、接受了"五四"新诗写实、浪漫和现代的多种影响，呈现向不同风格发展的走向。既有"五四"时期白话诗清新抒情的写实作风，还有早期印象派如李金发等带有朦胧、感伤的情绪，特别是30年代初期，香港青年诗人不断于上海戴望舒等主持的《现代》杂志上发表诗作，表现出对中国新诗流脉中现代走向的情有独钟。二、与内地诗歌的密切联系。香港新文学的发展，本来就在中国文学的框架和五四新文学的轨迹上运行。不仅在文学潮流的沟通上融为一体，而且在作家队伍的构成上，常常互有交杂。尤其是"省港"本为一体，不少诗人往返于穗港之间，在两地居住，也在香港和内地同时发表作品，以至有的诗人连他们的身份也难以区分。

三、表现出对都市的特别关注。香港的都市文化环境，使成长于斯、歌哭于斯的早期香港诗人笔触所及，离不开都市时空。他们关于都市想象和都市书写的尝试，是"五四"新诗并不多见的一份积累；这也是香港诗人接近《现代》的原因。尤其是当时居停于香港的鸥外鸥，其从形式到内容都充满都市精神的开创与探索之作，对于香港乃至中国新诗是重要的收获。这些都深长地影响了香港诗歌后来的发展。

30年代后期以来，形势的变化使香港文学的发展经历了两次特殊的时期。

第一次是1937年抗日战争全面爆发。日寇的残暴入侵，迫使大批内地人士避难香港，其中包括许多著名作家、诗人和文化人士，如蔡元培、陶行知、郭沫若、茅盾、巴金、邹韬奋、范长江、夏衍、萨空了、金仲华、戴望舒、林语堂、欧阳予倩、蔡楚生、萧红、端木蕻良、施蛰存、郁达夫、叶灵凤、徐迟、陈残云、司马文森等。他们或借道香港，转入西南大后方，或驻足坚持，利用香港的特殊环境，宣传抗日。他们的到来，使香港文坛活跃起来，成为重要的抗日文化中心。1937年到1941年，4年间在香港出版的各种文化／文学杂志达22种之多，报纸也不断增辟新的副刊。直到1941年12月24日香港沦陷，这批文化人士才撤离香港，转入西南后方或流入南洋。少数滞留下来的，也坚持抗争。正是在日寇占领的血腥岁月中，戴望舒写下了《狱中题壁》《我用残损的手掌》《等待》等著名诗篇。

第二次是在解放战争时期。生活在国统区白色恐怖下的进步文化人再度南来。其中有郭沫若、茅盾、冯乃超、叶圣陶、郑振铎、夏衍、钟敬文、邹荃麟、臧克家、胡风、黄药眠、袁水拍、吴祖光、徐迟、邹荻帆、吕剑、黄秋耘、周钢鸣、司马文森、陈残云、秦牧、沙鸥、楼栖、章泯、韩北屏等。他们的到来，使战后香港沉寂的文坛再度活跃起来。直到1949年前后，这批文化人在有关部门的安排下陆续离港北上，参加新中国的文化建设。

两次南来的文化人中，都不乏著名的诗人。诗歌创作和活动也成为南来文化人创作和活动的重要部分。

这是香港文学发展的两个特殊时期,对香港文学有着特殊的意义。一方面,它密切了香港文学与祖国文学的关系。南来文人在香港的创作,不仅活跃了这一时期的香港文坛,整体地提升了香港文学的水平和地位,同时也使这一时期的香港文学叠印在祖国文学的发展轨迹之中;另一方面,两次内地文人南来,都在特殊的历史时期。无论抗日战争中的河山沦落、国难当头,还是解放战争中的阶级对抗、民主诉求,都使香港文学的主题和重心发生变化。它客观上中断了30年代前期正在形成的香港文学的都市特征和发展轨迹;面对庞大的内地文人成为香港文坛的主导,难以比肩的本土作家和诗人只能退居其次,甚而停止创作。而当形势变化,南来文人相继离去,又导致香港文坛一时的空疏和沉寂。

50年代香港的新诗,就是在这样一个曾经辉煌却现状沉寂的背景上出发。

## 二、文化环境

作为一座国际化的城市,香港无论在文化生态还是政治生态上,都是一个多元包容的社会。

鸦片战争以后,香港受英国殖民统治。作为殖民者统治意志的体现,以英国文化为代表的西方文化,一百多年间,便通过殖民当局推行的政治制度、经济制度、法律制度和文化政策,在香港长驱直入。然而在香港,占人口百分之九十以上的是华人,香港作为一个以华人为人口主体的中国城市,是以中华文化为基础建构和发展起来的,中华文化是体现香港华人文化意识的主体性文化。于是,代表殖民统治者文化意志的西方文化和体现华人意识的中华文化,二者之间对峙、碰撞、融摄和共处,既构成了香港社会文化矛盾的基本形态,也成为香港社会特殊的文化生态环境。前者以其殖民背景获得经济的助力,后者则以其博大、深厚和源源不绝的内地支援而从不退让。它使香港这样一个华洋杂处的社会中,东方文化和西方文化既相峙又相容,还一定程度上互相吸收和融合,从而形成香港社会特殊的文化生态环境。随着香港日益国际化的发展,这一文化的多元性和包容性也日益突出。

不仅以英国文化作为西方文化的代表，战后涌入的美国文化对香港有着一定的影响；而随着国际贸易的多元化和国际人口的频繁流动，西方的其他文化以及东方的日本文化、东南亚文化、阿拉伯文化等，也都相继进入香港。而早期中华文化在香港是以岭南文化的地域形态为代表的，随着内地人口在不同的历史时期不断进入香港，也带来了中华文化各具特征的其他地域形态，如江浙文化、京都文化、闽文化等等。文化的多元性和包容性开阔了香港的文化空间，使孕育其中的文学创作有了多种面貌和多元发展的可能。

与文化生态多元化密切相关的是社会生态的多极化。香港在英国的殖民统治下，在不危及殖民统治者根本利益的前提下，有着相对的宽容度。而香港紧连内地、却又处于中国政治中心的边缘地理区位和政治区位，使香港在中国历史转折时期常常成为接纳不同政派力量的一个相对自由的空间。不仅辛亥革命时期的革命者曾以香港作为推翻清朝统治的据点，"五四"时期不满新文化运动的遗老也曾聚集香港进行反击；抗日战争和解放战争期间内地进步文化人士大量转移香港避难抗争，而中华人民共和国成立前后也有一批文化人士退居香港。五六十年代香港文坛的左、中、右划分便是这一政治背景下的产物。

香港文化生态的多元化和社会生态的多极化，在一定程度上，给香港文学带来一个相对宽松、自由的发展空间。首先，香港文学呈现与中国文学既建立在共同的中华文化基础之上又有着不同形态的发展进程。一方面香港新文学的发生是"五四"新文学的影响和推动，在某些时期（例如抗战期间）香港文学曾经叠合在中国文学的发展轨迹之中；另一方面，香港特殊的地域政治和文化形态，又使香港文学逐渐脱离中国文学的轨迹，发展出自己独特的文学形态和文学运动方式。特别是随着都市的发展而形成自觉的都市文学品格，丰富了20世纪中国文学的都市经验，成为中国文学整体格局中的一个特殊部分。其次，文化的多元存在，特别是西方文化在香港拥有的地位，使近半个世纪来的香港文学广泛接触外来文化，吸收和借鉴，在表现香港的都市经验中，形成了多样的风格。香港诗歌对现实的关注和批判，是祖国内地诗歌写实与浪漫传统的延续；而其意象超拔、语言灵变的都市想象和书写，受到从现代主义到后现代的世界艺术思潮的影响。它们共同构成了香港诗歌的丰富性。最后，文化的多元性与社会的多极化，使战后香港文坛出现了不同背景的分野和对立，给香港文学的发展带来不利因素；但不同倾向和派别的文学分野，也为不同风格的艺术提供了各自展示的舞台。社会生态上的包容性，客观上也为文学的发展提供了一个相对宽松的生存与发展的环境。

# 第十九章 50至70年代前期的香港诗歌

## 一、诗坛的沉寂与重组

进入 20 世纪 50 年代，香港诗坛也和整个香港文学一样，面临沉寂与重组。这主要是 40 年代后期曾经活跃在香港的南来诗人，如戴望舒、臧克家、力扬、吕剑、沙鸥、邹荻帆、袁水拍、林林、韩北屏、陈敬容、金帆、陈残云、黄婴宁、楼栖、芦荻等，均陆续返回内地。薛汕主编的《新诗歌》（丛刊）和黄婴宁主编的《中国诗坛》也已停刊或迁回内地。左翼文化人创办的报纸刊物和社团也多被停刊或取缔，培养香港文学青年的达德学院已被关闭。香港文坛和诗坛顿时空寂下来。

与左翼文化人北返的同时，一批文化人士南来香港，填补了文坛这一空疏。朝鲜战争爆发后，美国加紧了对亚洲的控制，在亚洲基金会的经济支持下，成立人人出版社和友联出版社，先后创办了《人人文学》《中国学生周报》《海澜》等刊物。而左翼文化人士在《大公报》《文汇报》和新创办的《新晚报》副刊也重新活跃起来，使 50 年代的香港文坛和诗坛，形成左右对峙的局面。尽管 50 年代的第三波南来诗人，其创作水平和艺术影响远不能与 40 年代后期南来的这批诗人相比，但这一时期的香港诗歌，仍然获得多元的发展。

这一时期香港的诗坛，主要由 1950 年前后从内地来港的诗人和香港本土背景下成长起来的诗人两部分组成。前者在50年代前期起着主导作用，后者则从50年代后期逐渐成长为香港诗坛的中坚。从艺术倾向上看，南来诗人以其在内地的人生经历和文学经验，较多地承继着"五四"以来新诗写实和浪漫的传统；而本土诗人在香港开放的文学环境中，受到西方现代文学思潮的冲击，较多地表现出对现代主义诗歌艺术的钟爱和探索。当然这种划分只是大致而言，不能一概而论。比如曾经主编《文艺新潮》而被视为这一时期香港现代主义文学主要倡导者的马朗，是1950年才从上海移居香港的，亦属南下作家之列。而曾经以犀利的现实批判锋芒，剖析香港都市社会的舒巷城，则从小在香港长大，30年代后期就开始在香港写诗，是典型的本土作家。这种交错说明了香港诗坛多元化的艺术存在复杂的社会文化背景和诗人精神个性的原因。

50年代初期南来的诗人中，力匡、何达、马朗的成就和影响最大。力匡以及曾经受到冰心扶植的女诗人李素，和以写小说为主兼及诗的徐訏、徐速、夏侯无忌（孙述宪）等，围绕《人人文学》和《海澜》等刊物，形成了50年代初期香港诗坛最早的一个诗人群落。1955年8月由林仁超、慕容羽军、卢干之、吴灞陵等成立的"新雷诗坛"，曾借《华侨日报》副刊编辑"新雷诗坛"专页，并以"雅集"形式举办了多次新诗讲座，也是以南来诗人为主的较早的一个诗歌团体。在时代大潮冲击下漂落香港的历史失落感和充满"重门关锁"的怀旧思乡的缱绻情绪，使这群南来诗人的诗笼罩着一种悲慨郁结的氛围；与这一抒情格调相一致的是在形式上大多选取"五四"新诗较流行的四行一节，隔行押韵，带有宣叙意味的"半格律体"。代表另一倾向的何达，则从新中国的革命和建设中汲取诗情，以欢快、高昂的激情和明朗、自由的节奏，延续着抗战以来自由的传统。他把自己作为一个时代音符"倾泻着我的响亮的生命"的朗健诗风，与新中国诗歌所倡扬的革命英雄主义和革命浪漫主义有着更多直接的联系。

1955年8月，王无邪、昆南、叶维廉等合办的《诗朵》出版，其主要作者还包括刚在诗坛崭露头角的杜红（蔡炎培）、卢因、蓝子（西西）等。这是香港本地第一个现代诗刊，也是香港本土诗人第一次带有流派性质的集结。半年之后马朗主编的《文艺新潮》创刊。这本坚持了3年多、出版15期的综合性的文学杂志,在诗人马朗的主持下,"以诗的收获最大"。连同以后出现的《新思潮》、《好望角》、《香港时报》副刊"浅水湾"以及《中国学生周报》所编的《诗之页》等,从理论和创作在更为广阔的背景上推动了香港现代诗的发展。其中除了马朗、李维陵和贝娜苔(杨际光)等稍为年长,曾经有过一段内地的人生经验和创作经历外,王无邪、昆南、叶维廉、卢因、蔡炎培、金炳兴、西西、温健骝、李英豪等,都是在香港文化教育背景下成长起来的二十岁左右的文学青年。以这些充满创造活力和艺术潜质的现代主义探索者构成香港现代主义诗人的基本阵营,极具潜力地把香港的现代主义艺术一直推展到七八十年代。同时在李维陵、叶维廉、李英豪和金炳兴关于现代主义文学运动的理性思考中,较早地对于现代诗存在的不足进行审思。它奠定了香港现代诗的基础,也深长地影响着香港现代诗的后来发展,对推动香港文学走向艺术的自觉,都具有重要的意义。

## 二、写实与浪漫传统的延续
### ——力匡、何达、舒巷城的诗

力匡、何达、舒巷城是从20世纪50年代开始就活跃在香港的诗人。他们的政治倾向、艺术风格和面对现实的关注重心各有不同,但在继承"五四"以来新诗以写实或浪漫的方式关切社会人生、抒发时代心绪的传统上,成为这一时期香港诗坛的突出代表。

力匡(1927—1992),本名郑健柏,笔名百木等。原籍海南文昌,生于广州。抗战期间曾随家人避难香港,香港沦陷后返回广东乡下,1952年于中山大学历史系毕业后移居香港。在中学任教的同时,参与过《人人文学》和《海澜》的创办,并一度出任主编。著有诗集《燕语》(1952)、《高原的牧铃》(1955),诗论集《谈诗创作》(1957),另有其他小说集出版。1958年移居新加坡,80年代以后,有新作复见于香港文坛。是50年代香港寂寞的诗坛中,颇受年轻读者喜爱的一位诗人。

力匡的诗,并不以对现实的敏锐反映见长,而以浪漫情怀的抒发打动读者。梁秉钧曾经指出,他作品中那种回忆的气氛、温柔的调子、亲密的语气以及大部分整齐的段落,有着何其芳《预言》的温馨的回响①。这主要是指《燕语》和《高原的牧铃》那些受到当时青年喜爱的情诗而言。这是一个交错在历史大转折之中的爱情悲剧。被呜咽的深圳河隔开了的恋人已"再也不会回转",使悲郁满怀的诗人在期待与失望吟唱中,充满了对往昔岁月不无感伤的美丽回忆和思念。诗人常常借助爱的失灭勾起的对往昔的怀念,充满了深切的悲郁情调。然而,如果略去诗篇背后的爱情"本事",我们从力匡诗歌文本所感受到的是那一个时代涌入大量内地移民的香港社会,普遍弥漫的一种感伤和失落的情绪。读者从力匡的失意中感受到的是自己的失意,因此力匡的诗也成为这一时期香港社会情绪的概括和倾诉。在《重门》中他唱道:

> 然而我是这岛上的旅人,
> 我是孤独寒冷得不到暖和,
> 我怀念在北国的冬天晚上,
> 纸窗内有温热明亮的炉火。

> 失望于又一次寻觅自己归来,
> 白发阍人已把重门关锁。

这种离乡别亲,把自己拒绝于重门之外的岛人心态,是那个处于历史巨大转折而又不愿认同时代变迁,将自己放逐于孤岛的内地"难民"典型的心态。既怀恋而又无法(或不肯)回归,便如在《无题》中所说的:"只有那不肯沉默的心仍地絮聒,叙说着过去美丽的事情。"依靠回忆来抚慰感伤的心灵,正是在这点上,力匡的歌唱成为这特定人群的歌唱。

力匡也有部分作品触及矛盾重重的社会现实,反映了在社会底层苦苦挣扎的一份人生及心底不平的呼声。在失却浪漫的《理想》中,诗人所祈祷的只是"男人不用谄媚来换饭吃, / 该上学的孩子不拿马

---

① 也斯《从缅怀的声音里逐渐响现了现代的声音》,《焚琴的浪子》序,素叶出版社,1982 年。

票兜售，/ 年轻的女人不在路灯下卖笑，/ 生病的老妇不睡在街头。"这样的"理想"所折射的正是不理想的现实；因此，诗人所谓的"理想"，也就变成对现实的揭露和抗诉。

力匡的诗大多是对内心情感的倾诉，即使如《理想》中对现实的揭露，也是透过自己主观情感的祈望来折射。他并不常用隐喻、象征和意象等更趋近现代的手法；凄婉的情绪和亲切的语调以丰富的想象使情感剖白的直抒，具有传统的古典歌剧咏叹调的韵味。在诗体形式上，习惯沿用"五四"以来较为流行的半格律体，在全诗的结构上常用复沓回环，使层层递进的情绪增强音乐感。有时他也尝试十四行诗的写作，不过并不严格按照十四行诗的格律规范，只在三节四行之后，以最后一节的两行做结，提升诗的情感和主题。实际上是只有十四行的诗，而非"十四行诗"。

50 年代围绕在《人人文学》《海澜》等刊物的诗人，还有在抗战期间曾得到冰心扶持，助编过《妇女新运》的李素（1910—1986），出版了《远了，伊甸》（1957）、《生之颂赞》（1958）、《街头》（1959）等诗集；以小说著名的徐讦和徐速，也活跃于诗坛，前者出版了诗集《轮回》（1953）、《时间的去处》（1958）、《原野的呼声》（1977），后者出版了诗集《去国集》；以齐桓的笔名写小说、以夏侯无忌的笔名发表诗和散文的孙述宪（1930—　），出版了诗集《夜曲》（1954）。它们构成了 50 年代初期香港诗坛虽无明确组织，却互有联系的一个方面。

50 年代，香港诗坛的另一方面力量，以何达和舒巷城为代表。

何达（1915—1994），本名何孝达，曾用叶千山、陶融、洛美等数十个笔名。原籍福建闽侯，生于北京。抗战全面爆发后，历经辗转从北京经武汉、桂林来到昆明，1942 年考入西南联大历史系，抗战胜利后转入清华大学社会学系。毕业后于 1949 年来港。出版了《洛美十友诗集》（1969）、《生命的升腾》、《何达诗选》（1976）、《长跑者之歌》（1980）、《兴高采烈的人生》（1988）等。

何达成长于抗日的烽火岁月。从北京历经大溃退中的武汉、桂林，到大后方的昆明，再于战后返回站在民主运动前哨的清华园，何达经历了从抗日民族战争到解放战争的一系列历史事变，感染了这个被他称为"不是沉思默想的年代，不是低吟漫唱的年代，而是一个骑马打枪的年代"①的时代激情。他说："我成长在抗战的年代，为了抗战，必须明朗，而抗战的诗总是明朗的。""这样的诗，应该是极其干净极其精简的，不能没有目标，不能浪费子弹。"②对诗的这一审美认识和追求，在进入西南联大以后，受到闻一多、朱自清的鼓励。朱自清《论朗诵诗》中曾引何达的作品说明诗有两种：宜"看"的诗和宜"听"的诗。而朗诵诗是"一种听的诗，是新诗中的新诗"，"它活在行动里，在行动里完整，在行动里完成"。这成为何达毕生对诗的最高追求。他决心如闻一多所说的"用生命去写诗"，把自己和自己的诗融汇在千千万万的群众斗争中。

1949 年何达来到香港。此时香港的社会环境和文坛气氛，大大迥异于学运高潮的昆明和北京。对于一个只有在群众斗争中才能充分发挥自己艺术天分的诗人，面对商业化的香港社会，无疑要感到窒息。但不甘窒息的何达从新中国的诞生中获得了新的诗情。他 50 年代以后的大部分作品，主要不是从香港的社会现实，而是从新中国的革命和建设来点燃自己创作激情的火花。

在抵港不久发表的《我的感情激动了》，他欢呼自己的创作激情像工厂一样冒烟了，发电了，问候一切从集中营、从阴暗的角落"为了斗争而流亡失散的朋友们"，其欢乐的情绪便来自对刚诞生的新中国的热望："让我们像工厂一样建设我们的国家。"《水》中所写的实际上是内地农业合作化运动中改造自然的一个动人场面。这使何达的诗充满了乐观主义情绪。即使在为萧红骨灰移灵广州而写的《送萧红》中，也有抑制不住的快乐："今天是一个好日子，/我要送一个远行的人。/送一个远行的人，/到一个使她快乐的地方；/送一个体弱的人，/到一个医治疗养的地方。/送一个寂寞的人，/到一个充满温暖的地方；/送一个有才华的人，/到一个施展身手的地方……"

何达创作激情的另一个来源在于当时风起云涌的民族解放运动。他说："自从 50 年代开始，地球上出现了多少新的国家。许多民族，就

---

① 何达《学诗四十一年》，见《何达诗选》，文学与美术出版社，1976 年。
② 何达《学诗四十一年》，见《何达诗选》，文学与美术出版社，1976 年。

在侵略者的炮火中、屠刀下，坚强起来，一个个举起了独立的旗帜。这些旗帜，召唤着多少新生的力量，鼓舞着多少奋发的人民。"[①] 这一时期他写了许多国际题材的诗歌，如《给亚洲》《亚洲的呼声》《越南的少女》等。在《难道我的血里有非洲的血统》中他自问：

难道我的血里有非洲的血统？
为什么我的心，
终日地响着非洲的鼓声？

中东战争时，他说："我每天早晨洗脸，好像脸盆里，就是尼罗河的水。我把尼罗河的水，亲着我的脸。我的心，挂念着苏彝士的烽火。"

这一切，形成了何达诗歌的艺术个性。他称自己"是属于大众的，自然应该写大众的诗"。因此他鄙弃那只写"身边琐事"的"小我的情怀"，追求主题的博大和情感的宏阔。为适应诉诸听觉的朗诵的需要，何达诗歌的语言明朗、简洁、犀利，有着鼓点一般明快的节奏。这种对于崇高、美好、乐观的理想追求，使何达在一些触及香港社会现实的作品中，也努力透过光怪陆离的社会表象，发掘人性美好的一面。例如《在火光中》，诗人面对香港仔油库房一场伤及500多船户和1700多受灾者的大火，选择表现的不是揭露大火背后的社会矛盾，而是歌颂在大火中人们互相呼唤、扶持、救助的"人性的美丽"和"人性的坚强"。

这是何达诗歌艺术个性的感人之处，但同时也是何达诗歌的不足所在。和40年代站在学生运动的前列不同，何达这些表现中国建设和世界革命的作品，毕竟是站在中国和世界的革命和建设之外，他所认识的中国社会现实，难免空泛、肤浅。他"做每一件事情都给他一个快乐的理由"的主观态度，有时只是诗人的一厢情愿，遮蔽了诗人更深刻去认识并不快乐的复杂现实的眼睛。作为一个以朗诵诗为自己毕生艺术追求的诗人，他努力使自己的作品以"声音"的方式发表在群众的聚会上。除了利用各种机会在香港朗诵外，1976年他应邀参加

①何达《学诗四十一年》，见《何达诗选》，文学与美术出版社，1976年。

451

爱荷华"国际写作中心"时，曾在美国20多个城市做了42场朗诵和演讲，以后又应邀到伦敦、柏林、巴黎、日内瓦和意大利朗诵和演讲。1979年以后，他曾两次回到内地在十几个城市中做了40多场报告和朗诵。但即使如此，这些以艺术欣赏为主的朗诵会，与40年代他在游行行列中所做的具有很大鼓动力的朗诵，有着根本的不同，并不可能如朱自清对朗诵诗所要求的那样，在唤起听者的"行动"中共同完成一首诗。这不能不说是诗人的一种不幸，也是何达后期诗歌达不到前期作品那种力量的原因之一。

舒巷城（1921—1998），原名王琛泉，祖籍广东惠阳，香港出生。30年代后期以王烙笔名在香港发表诗歌、小说。香港沦陷后，作者辗转内地，足迹遍及贵阳、昆明、上海、东北、天津、北京、南京等地，1948年底返港定居。以小说名世，同时出版诗集《我的抒情诗》（1965）、《回声集》（1970）、《都市诗抄》（1972），以及收到《香港文丛：舒巷城卷》（1989）中的早期诗作。

舒巷城在1950年复出诗坛时，已有相当丰富的人生阅历和成熟的艺术准备。他精通中英文，喜欢音乐和诗画，能为粤剧谱曲填词。抗战期间开始写诗，曾与朋友合编过一本油印诗集《三人行》；流浪内地时几乎每到一地都有诗作留下。这些作品直到1989年出版《香港文丛：舒巷城卷》时才编为一辑"十年片断"（1939—1948）披露，让我们看到诗人早期曾经受过从新月诗人闻一多、徐志摩到臧克家和艾青影响的痕迹。回港以后的诗作，前期以《我的抒情诗》为代表。漂泊江湖的人生倦旅归来，他的诗常从大自然摘取意象，以真诚和轻盈的语言，传递着对人世温暖的关爱和憧憬。有轻盈的牵念（如《一家人》），也有热切的期待（如《幻想》《春天之歌》等），这形成了舒巷城诗歌的抒情性。然而正如作者所说，"因为我活在人间而非天上"，"更无法做一个'不食人间烟火'的诗人"，人世的磨难和不平，使他即使在轻盈的抒情中，也掩不住现实的沉重。他常以社会批判的眼光来审视大自然，使自然的意象社会化，形成了他诗歌抒情性与批判性相结合的特点。他写风，写雾，写海边的岩石、灯塔和海鸥，借助这些意象，寓寄的是深广、忧愤的人生感悟和历史沧桑。诗人曾借市场上一条怀念海洋的鱼的口吻说："人们关心我的价钱 / 不

管我的眼泪和悲伤。"鱼的忧愤,实质上是人的忧愤。而在《童话》中,诗人所写的并不完全是"童话":

你知道吗
一只流浪的木马会想家。

诗人的思想穿透力常常透过感性意象达到背后的理性空间,以此来提升作者从人世关怀出发的理性思考。在《复活》中,诗人写道:

你知道吗
我从一个闪着幸福与微笑的
婴孩的瞳孔
看见一百年前被打得遍体鳞伤
然后被埋葬的春天

历史的沧桑感,使舒巷城的诗歌在轻盈中透出凝重。何达曾以"举重若轻"来概括舒巷城这一时期诗歌的艺术风格[①],指的也正是这种在轻盈的形式中蕴含思想内涵的凝重。

从《回声集》开始,舒巷城逐渐把自己诗歌的观照视野由较多从自然意象出发的人生感遇,集中到现实的都市环境中。后来出版的《都市诗抄》更集中表现了诗人这种创作发展,成为舒巷城影响香港诗坛的重要作品。

和前期作品的轻盈与温馨不同,舒巷城的都市诗,以冷峻的现实批判精神,剥析着现代都市社会的贫富不均、物欲横流、拥挤污秽和人际关系的冷淡隔膜,以及都市发展对传统农村和大自然的瓦解与破坏。在诗人笔下,都市处处是险境,"酒吧吐出一片片割肉的音乐",而"在街角的那边 / 一家吸血的当铺 / 向他张开手臂"(《街》),穿越斑马线,"线外 / 是不能失足峭壁深渊 / 在那喧哗的 / 车辆的丛林中 / 连患着大肠热的巴士 / 也杀气腾腾"(《斑马线》),而《赛

___

① 何达《举重若轻的诗人》,《海洋文艺》第 1 卷第 2 期,1974 年 6 月。

马日》："骑师们骑着马/而马群骑在他的背上。"所谓都市的《繁华》，是以一部分人的穷困为代价的：

> "羊毛出在羊身上"
> 繁华是一把金剪刀
> 它不会错过
> 即使你伤口上的一根羊毛

诗人敏锐地捕捉、概括这些现象，剖析背后的原因，给予针砭和申诉。这样，前期的舒巷城诗歌中的抒情因素，几乎都被道德批判的讽喻和抨击所代替。只有在怀念童年的失落和自然的失落中，才可能看到氤氲在回忆中的温馨情怀。如《街上的蝴蝶》《茶寮》等。作者正面写酒吧、夜总会、赛马日、巴士和计程车这些都市景物，又将其放在传统和自然的怀念与对比中，以增强诗的谴责力量。如《都市人》中写碧流清溪、红花绿树，这些均已远不可及；都市人的风景"也不过是明信片、邮票"；而在昔日的《洗衣街》，抬头是一座"高到快要碰到喷射机的大厦高楼"，但"闹市声中没有捣衣声/没有潺潺的水流/而携篮/向小溪或者山涧/或者向河边的石级走去的/浣衣妇/更加没有了"。

　　舒巷城的都市诗，以批判现实主义的精神暴露和谴责现代都市的罪恶，实质是暴露和谴责那个造成贫富悬殊、两极分化的不公的社会。这一方面表现出诗人爱憎感情鲜明的道德立场，另一方面在某些作品中也存在从维护传统的立场来抨击都市的现代进步，难免有着某种片面和狭隘。都市诗是舒巷城诗歌创作中本土性的体现；他对香港都市社会所做的概括和表现，是香港诗歌都市观照中较早呈现的一个重要侧面，也是舒巷城诗歌最有开创性的部分。

　　这一时期承继这一诗风的香港诗人还有柳木下、侣伦、源克平（夏果）、犁青、罗曼、海辛等。而与香港有过种种因缘的内地诗人，如冯至、艾青、绿原、田间、臧克家、林庚、卞之琳、鲁藜、秦牧、林林、李白凤、汪敬之、韩北屏、卢荻以及公刘、韩笑、张永牧、顾工等数十人，都曾在《文汇报》《大公报》《星岛日报》的副刊和 1957 年 6

月创办的《文艺世纪》上发表作品。

### 三、马朗和香港早期的现代诗人

马朗（1933—　　），本名马博良，原籍广东中山。20 世纪 40 年代后期毕业于上海圣约翰大学，曾担任上海《自由论坛报》记者和编辑。1950 年离沪来港，在警界服务。1963 年离港去美。1976 年出版诗集《美洲三十弦》，而他香港时期的作品，1982 年才结集为《焚琴的浪子》出版。

马朗的文学创作开始得很早。据称 12 岁即在上海发表作品，15 岁主编《文潮》月刊，出版过诗集和小说集，还撰写影评和电影剧本，并与当时在上海的新月诗人邵洵美和现代诗人路易士（纪弦）结为忘年交。收于《焚琴的浪子》中的第一辑作品，如《战争末期即感》《无声之歌》《雨景》《相见日》《车中怀远人》等，据诗后所注的创作年月和作者的生年推算，均写于少年时代。这些作品若非经过后来整理加工，确实让人惊异于诗人早慧的天才。它们都以十分流丽的意象和语言，表现出一个实非十二三岁孩子所能感受到的对于战争、时代、人生和爱情的复杂、深刻体验。《战争末期即感》中那种将主观的沉思和客观的描述互相穿插交叠，让"幻觉世界混淆了真实秩序，纷乱的世界不断沉思反省的声音"[1]，写出了人类对战争和未来普遍的茫然感：

今天是什么怪诞的节日
（忘了忘了）
金钱在这城市的上空叮叮当当作响
还有谁在哭吗
远远的地层下阴兵跃跃欲动
舞台上的戏子全是蠢材
第二个星球的怪物

---

[1] 也斯《从缅怀的声音里响现了现代的声音》，《焚琴的浪子》序，素叶出版社，1982 年。

耻笑伟大的地球被烽烟烧焦了

一切射杀射杀一切

明天我尚能在此散步否

连被黄沙盖罩的天也不知道


　　这些看似没有必然逻辑联系的诗句，都犹如立体派绘画一般地揭示出战争年月被谎言、金钱、仇恨和凶杀所充斥的混乱的现实。溢于言表的愤慨在绵密意象的跳跃与控制中，益显出置身其间的人的渺小和无奈。马朗早期曾受到他所仰慕的诗人如戴望舒、陈梦家、卞之琳、艾青等的影响，而在作品中留下这些前辈诗人的痕迹，蕴藉着 30 年代中国现代诗人抒情传统的温馨一面；而《战争末期即感》以冷峻与节制的"距离的组织"，显现理性批判的讽喻力量，将之放诸 40 年代成名诗人的面前，也毫不逊色。

　　马朗移居香港之后，1956 年创办了《文艺新潮》。身历中国历史巨大转折，体验着一代青年理想升华与幻灭的马朗，对身处的这个时代怀着极为复杂的态度。一方面认为这是一个"翻天覆地"的"热辣辣"的时代，另一方面则又感到这是一个"史无前例的悲剧阶段"。因此对于献身这时代的战斗者，他说"我……有两种感触，一是鼓舞和赞颂，一是悲哀和幻灭"。从上海移居香港，是他在幻灭之后企望寻求属于自己的"第三个岛屿"。然而，"那时的香港环境，是另一种被物质文明扼杀的焚琴煮鹤的时代"（《焚琴的浪子》跋）。他在初抵香港后写的《沙田一瞥》中的那只小船，或可代表他此时迷茫的心情：


雾之纱徐徐散了

橘黄的晓日轻启青峰的眉目

一只小船载着

无边的迷茫

航行到白蒙蒙幻影冉冉升降的

一片烟火里去


　　为了给自己漂泊的灵魂找到新的安顿，他重新走向文学，希望在这危机四伏、物欲横流的世界里，以现代主义的文化理想来拯救心灵。因此他在《文艺新潮》的发刊词中，把作家尊为"人类灵魂的工程师"。他这一时期的创作，也含有强烈的社会意识。自称这一时期所写的这些作品，"纯然是对这一时代最先的反响，是我的声音，也是时代的声音"（《焚琴的浪子》跋）。尽管马朗的这一抱持着社会理想的现代主义主张，不一定是所有香港现代诗人的共识，但至少在他的倡导中，香港的现代诗不同于台湾，是对时代的介入而不是规避，尽管这种介入，多少带有一点堂吉诃德式的悲哀。

最典型表现马朗这种复杂感情和现代主义艺术理想的，是《文艺新潮》创刊号上发表的"献给中国的战斗者"：《焚琴的浪子》与《国殇祭》二首。这两首实际是写于他来港之前而于1956年发表的作品，是他对于投身中国社会变革的知识分子所发出的失落与幻灭的感慨。对于这个必须以知识分子的个人主义价值观作为代价的大时代的变革，作者称之为"焚琴煮鹤"的时代。然而当他置身于"殖民地统治形式下带来资本主义社会的腐化与官僚形态，物质文明带来的精神空虚的香港"[①]，他再一次感到"焚琴煮鹤"的时代的压迫。作者以"焚琴的浪子"自况，以表白自己"去火灾里建造他们的城"的悲慨壮烈的理想。"琴"本来是用来赞美神的，然而把竖琴挂在故土树上的亡国者，余下的只有"哭泣"。这个引自《圣经》"诗篇"的题辞暗示了全诗的悲慨情绪。作者在两种矛盾的感情之间回旋。一方面是对往昔的决绝和失落的哀挽，"什么梦什么理想树上的花 / 都变成水流过脸上一去不返 / 春天在山边在梦里再来 / 他们眼眶下有许多太阳，许多月亮 / 可是他们不笑了 / 枝叶上的蓓蕾也都暗藏了 / 因为他们已血淋淋地蜕皮换骨"；另一方面则是对献身热情的赞颂，即使"穿过腥风"，踏过"乱草似横叠尸骸和交叉着烙痕的旷野"，也"以坚毅的眼无视自己"地"决然走过"。两种感情的尖锐冲突凝成作者著名的诗句：

今日的浪子出发了

---

① 洛枫《香港早期现代主义的发端》，《诗双月刊》第2卷第2期，1990年10月。

去火灾里建造他们的城……

　　"火灾的城"这一意象来自30年代路易士（纪弦）一首同名的诗。[①]
然而经马朗的点化，它已成为一种时代与个人、理性与情感冲突的典
型概括，既是这首诗的主题，也是诗人性格的写照。

　　当然马朗的诗作，并不全都有着这样强烈的政治情绪，他也有对
温馨的爱情的期待（《爱情》），对星宇的神秘的凝视（《神秘》），
对慵倦的空虚的无奈（《空虚》）和对岁月流逝的风光的写意（《忆
江南二题》）。

　　生活在现代都市中的马朗，其敏锐的艺术触角也深入都市体验中
去。不过，马朗的都市意识更多地来自他特殊的中国经验所形成的知
识分子的焦虑和不安。如香港学者陈少红（洛枫）所说，"马朗这种
焦虑和不安思绪，乃由于外在社会与世界不稳定的局面所致，例如战争，
以及资本主义城市以金钱挂帅，人们对事理漠不关心的疏离感等"，"因
此，出现于马博良笔下的都市影像，都是浮动的、惊悚的、密布危机
而又未可预言的"[②]。《北角之夜》便充满了朦胧与飘荡不定的意象：

　　　最后一列的电车落寞地驶过后
　　　远远交叉路口的小红灯熄了
　　　但是一絮一絮濡湿了的凝固的霓虹
　　　沾染了眼和眼之间朦胧的视觉

　　　于是陷入一种紫水晶里的沉醉
　　　仿佛满街飘荡着薄荷酒的溪流
　　　而春野上一群小银驹似的
　　　散开了，零落急遽的舞娘们的纤足
　　　登登声踏破了那边卷舌的夜歌

---

　　① 纪弦的诗集《火灾的城》，于1937年在上海出版。
　　② 陈少红《香港诗人的城市观照》，《香港文学探赏》，陈炳良编，香港三联书店，
1991年。

早期的都市诗大都建立在来自田园经验的对都市文明负面影响的不适与批判，表现人从自然空间进入都市空间中的孤寂与绝望。怀有太深社会使命意识的马朗一方面不无怀旧地以略带田园色彩和古典意蕴的抒情笔触，描写都市之夜迷人的景色，另一方面却又毫不留情地揭露和控诉这都市之夜有如"藏虎之门"的罪恶，"黑色的旋涡哎吐出黑色的内容／梦注射恐怖入淤塞河床的脉管"（《夜》），在这种黑色恐怖的压迫中，益显出人的孤独。如像他在《雨景》中所曾写过的，"我的寂寞／永远浸透了我的肌肤"。

五六十年代活跃在香港的现代诗人，还有王无邪、昆南、叶维廉、李维陵、卢因、贝娜苔等。

曾与叶维廉合办《诗朵》，而后又共同成为《文艺新潮》的主要作者，继而又合编《新思潮》和《好望角》的王无邪与昆南，曾与叶维廉被称为香港诗坛的"三剑客"。王无邪（1936—　），原名王松基，原籍广东，二战后定居香港。50年代初开始自习绘画，热衷于现代抽象艺术。1961年赴美攻读艺术课程，获硕士学位归来后，主持中文大学校外进修部的美术与设计课程，并一度出任香港艺术馆副馆长。50年代中期，他从美术进入诗歌创作，是香港现代诗最早的倡导者之一。在长诗《一九五七年春：香港》中，表现了现代人在都市时空中的空虚与苦闷。诗作虽不多，也未曾结集，但他对香港现代诗的推动，始终为人们所记取。

昆南（1935—　），原名岑昆南，祖籍广东恩平，生于香港。从50年代中期与王无邪、叶维廉合办《诗朵》起，一直活跃在文坛上，不仅以其积极的活动推展香港的现代主义文学，而且以其从诗、小说到翻译的创作，展示了香港早期现代主义文学的实绩。深具影响的《布尔乔亚之歌》《卖梦的人》《悲怆交响曲》等诗继承了西方现代主义对工业化社会的批判主题，既否定了传统，也贬斥机械文明。在物欲与肉欲的横流致使城市的文明成为寸草不生的荒原面前，《布尔乔亚之歌》表现了知识分子在"既不能抗拒诱惑，阻止个人的沉沦，又无法泯除自我道德意识的审判"的矛盾中，以逃避的方式，作为不甘同流合污的"清高"的自我解脱和自欺欺人的人生态度。《卖梦的人》则进一步写出了"城市人生活理想的破灭和失落，空洞的躯壳，如何贩卖灵魂"的悲剧，呈现与马朗的城市观照相异的"从外在的荒原世界，转入内心空虚、狂乱、挣扎等自我剖白"[①]。

李维陵和贝娜苔（杨际光）是香港早期现代诗人中少数有着内地人生经历和文学经验的作者。李维陵（1920—　），本名李国梁，原籍广东增城，生于澳门，战前移居香港，曾赴重庆就读于政治大学，毕业后任职于财政部关务署。1948年冬返回香港。他自幼习画，自称大半生从事绘画和美术教育。50年代中期成为《文艺新潮》的主要撰稿者，写诗和小说，均有不俗表现。或许较之当时年轻的现代诗人有更丰富的人生阅历和文学经验，他在投入现代主义的创作中，对现代主义又有着比较清醒的反省意识。发表于《文艺新潮》的《现代人、现代生活、现代文学》一文，检讨了现代主义文学的得失，指出"对现代人本质缺乏理解，对现代生活急剧的变动手足无措，对人和外界的关系惘然不知正当的处理之道"，是造成现代主义消沉的原因；认为"现代主义所能提供给人的，除了空虚苦闷的厌倦与丑恶的特别夸大以外，可以说并没有什么足以振发人心的东西"。因此"……再炫弄那些古怪的技巧已觉得无甚意义"，主张应当激勉读者"积极地正视这时代与这一世界的变革，正视人类政治与社会生活的新的发展"。李维陵对现代主义的分析，常被香港学者作为例证，说明香港的现代诗较之台湾，"本土的反省的自觉也先行一步"[②]。

## 四、参与台湾现代诗运动的香港诗人

### ——蔡炎培、戴天、温健骝的诗

20世纪50年代以来，有一批香港学生赴台就读，包括一些崭露头角的年轻诗人，如叶维廉、戴天、蔡炎培、金炳兴、温健骝、张错等。他们有的学成后返归香港，有的则长期滞留台湾和海外。如叶维廉、张错，他们的诗歌创作与活动，主要在台湾和海外。而从台湾就读归来的诗人，以戴天、蔡炎培、温健骝对香港诗坛的影响最大。

---

①详见陈少红《香港诗人的城市观照》第二节"早期现代主义的呼声：马朗与昆南"，《香港文学探赏》，陈炳良编，香港三联书店，1991年。
②温祯兆《马朗和〈文艺新潮〉的现代诗》，香港《诗双月刊》第1卷第6期，1990年6月。

蔡炎培（1935— ）笔名杜红、叶景予、易象等。原籍广东南海，1938年随母来港定居。1958年入台湾中兴大学农学院就读，毕业后返港，先后任职于《明报》和《新报》。赴台之前，就以杜红为笔名，作品屡见于《诗朵》《文艺新潮》《星岛日报》等报刊。他始于50年代中期的诗作，最初受何其芳、卞之琳和《人人文学》介绍的梁文星的影响，诗中工整的句式、起承转合的结构、意象的运用和抒怀的心境，都有着何其芳《预言》时期温馨的回响。然而，作为一个从战争离乱中成长起来的青年，他在颠沛、坎坷人生中获得的极为丰富的内心感遇和不拘形迹、疏放热情的性格，使他不可能永远将自己拘役在形式严谨的温馨抒情里。50年代后期以来，台湾现代主义对传统的重认和在张扬超现实主义同时与老庄哲学和禅佛精神相沟通所出现的多种样貌，对身在台湾的蔡炎培有一定的影响。其实，感情丰富而又歌哭随心、"血着肉着"的诗人，是使他创作实现多元的深刻原因。来自离乱年代，他不能没有对于民族、时代和历史的"情结"。早在《坐听琵琶》中他便唱过：

再过便是宋皇台，再过海心庙
啊！这些泥做的东西
我们的山川河岳震撼过
不禁纤长而冷的指触

那种对于交错在中国历史皱褶中的香港自身的关怀，跃然纸面。这种关怀进一步揳入眼前现实，在描写巴士守闸员的《老K》中，社会不幸和人生飘零都收入眼底：

你一个有巢民的后裔
如花如锦，仪态万千
墨镜呵护着，眼底尽收
昨日一场木屋区火灾

而在《吊文》中，这种关怀展示为对整个国家和民族的怆痛：

一九一一
是盐、是钢、是钵
在黄河没有流尸的那一年
你告诉我们的
然后是花、是路、是脚迹
哭过一夜的河山不是画
是诗、是血、是磨得一半的墨

从整体看，蔡炎培旷达疏放、热情浪漫的性格，使他的诗中有着许多个人至情至性之作。但在他看似游戏人生的玩野的语言外壳里，蕴藏的是一个知识分子从疮痍岁月中成长起来的对时代和社会的关切与责任。他说过："单有讽刺还是不够的，至多成为第一流的诗人而已。伟大的诗人还要有一种'同情'……这种'同情'我称它作远仁。"（《蓝色兽》序）。70年代末，他在接受访问时说过："《小诗三卷》出版以后，我希望写出《中国时间》。"（羁魂《专访蔡炎培》）事实上作者无论抒写个人浪漫的感兴、友朋至性的真实，还是现实的纷乱错落，无不定位在"中国"的时间和背景上。那个"从早到晚笃来笃去都是那个窿"的"巴士守闸员"的飘零，是"一个有巢氏后裔"的飘零；而《亚当的头》中那交织着传统与现代的"许是篷车浴血电视与玛瑙／许是纽约唐人街头南乳肉"的市井风情，是"渭城的三月，风陵渡上／有马尘之后的一个汉家的陵阙"。作者追求的是对中国社会、历史更深刻的介入。写于1976年的《清明·一九七六》和《秋思》，或许就是作者所执着的"中国时间"之作：

这是静默的革命
静默的革命在首都进行
人们以逆行的步伐挣入
长安街
在没有祭坛的场上
立起自己的碑石
　　　　泪眼已然无效

　　　　　诗的力量更渺小

　　在哭墙的那边谛听河山的血脉

　　怎样注入一个新的传统


　　虽然隔山隔水，作品深刻表现的，正是港人与内地人拥有的"同一的时间""同一的脉搏"的时代感情与历史责任。

　　作者曾说，他最初的诗的启蒙来自童年他祖母教给的歌谣和小学所读的唐诗，后来才受到现代文学的熏陶。这来自不同方面的艺术影响，构成了蔡炎培诗歌风格的特点。当然蔡炎培是很现代的，从诗人对生命的关怀、人性的探寻和都市的批判，到象征、意象和语言技巧的把握，无不表现出他突出的前卫色彩。但在作者的现代传达中，又不时交错着或许来自新古典主义影响的对传统人文精神和辞章典故的借用和衍化；而最富创造个性的是他不避俚俗和粗野地使广东方言俗语在自己诗中脱颖而出。在《离骚》这充满古典意味的著名诗篇中，作者故意插入这样的段落：


　　只在我影子的尽头有一士绅的赌徒

　　赌你老婆丢你尿壶

　　舞台旋转着！舞台旋转着！

　　猫眼石，冻过冰，快的喇

　　那闭尽在你手中的江城盗仙草

　　风已定，人未静，原来棠棣

　　做了红衣卫，电台表弟闹巴黎

　　一闹闹出巴厘岛


　　尽管有人批评这些句子太放纵，过分鄙野，但恰恰是这份鄙野和俚俗，才写出蔡炎培的个性，写出蔡炎培诗歌的"香港风"。这是蔡炎培诗歌的"文"与"野"的两面。

　　蔡炎培早期的诗作多编入《小诗三卷》，于1977年出版。80年代和90年代分别又有《变种红豆》和《蓝田日暖》等诗集出版。

　　戴天（1938—2021），原名戴成义，祖籍广东大埔，曾在内地接受教育，后随家移居毛里求斯。50年代初即从海外投诗香港发表。1956年以"侨生"身份入读台大外文系，参加台湾著名的《现代文学》杂志的创办和台湾的现代诗运动。毕业后赴美留学。60年代初返港定居，任职于美国新闻处今日世界出版社和《读者文摘》，曾与文友创办《盘古》《八方》等刊物。

戴天性格豪爽落拓，自称不参加任何文学派别团体，甚至声明自己并非诗人，也不辑集出版，"作品发在哪里，就算在哪里"。情况虽有例外，但大致反映了他随兴独行的为人性格和行文风格。诗集《峋嵝山论辩》在台湾出版时，编者在封底说明："戴天的东西散落在各处，罕有留存，要不是关心的朋友搜辑，《峋嵝山论辩》是论不成的。"1986年在大陆出版的《戴天诗选》也为周良沛所选编，1987年收入台湾东大图书公司"原创丛书"的《石头的研究》，则可能是他的自选。

叶维廉在《原版"原创丛书"的意义》中说："原创之为原创，除了要把外来的滋养化入自己的气脉外，我们还必须在摄取及呈现经验上贴近生活的根须，触及历史变动的机枢，只有这样，才能各具真声，各出其貌。"这段话亦可用来评价戴天整个的创作历程。戴天早期受到台湾现代诗的影响，追求"借灵性与智性的交配而以空灵为归宿"（台湾《七十年代诗选》关于戴天的评语）。他因熟谙法文而比之艾略特更接近梵乐希，对感性有着特殊的偏好。但他又寻求以知性来导引对美的感性投入，走向对于形而上的精神的超拔。这样，在戴天早期的创作中就蕴藉复杂的美感因素，既有象征主义的感伤色彩，又有超现实主义的对精神层次的自我超越。《摆龙门》和《花雕》是戴天早期受到赞誉的作品。前者调侃号称"文明"的现代人的文明的失落。在"我们把女人的双乳"和"烽火的阿尔及利亚"如"没有味的香口胶儿"一样"摆了又摆"之后，"便灰烬了"，"招手来一杯／一个透明的空虚／一个无火的燃烧"。诗人深深感慨：

那真是他妈的难堪
当我们刚刚要把
右手的文化揿平
在左手

又诞生了野蛮

在早期这种诗酒风流的百无聊赖里，诗人无法忘怀的是"这罐上袅袅走来/绿色的古代"（《花雕》）。这种对中国传统的人文关怀，是贯穿戴天诗歌创作中最深挚动人的一个情结。早在50年代的《一九五九年残稿》中他就写道：

> 我摊开手掌好比摊开
> 那张秋海棠的叶子
> 把命运的秘密公开
>
> 这条是黄河充满激情
> 那条是长江装着磅礴
> 我收起手掌
> 听到一声
> 骨的呻吟

这是诗人对自己生命最初的自白。当黄河和长江伸入诗人手掌化作一声"骨的呻吟"，那自然的意象便也赋予了历史的和文化含义，成为诗人与祖国血脉相连的象征。这种联系，既是血统的，也是文化的。于是当他感性地"横看"远远近近的人生风景时，会于"寒流汩汩"中听到"陆放翁吟着白发/和着杜甫/如江上的钓翁"（《横看》），感到那历史就郁结在"我们古典的脸上"（《圆寂》）。直到80年代，他还一往情深地写道："看见长江的时候/颈项伸长如虹吸管/摆出一个躬身去钓历史深浅的姿势"，而且要把长江"打一个蝴蝶结"，"当成庄重的礼品/送给乡情如断弦/暗地里弹尽日月星辰的异客"（《长江四贴》）。这是震响在戴天诗中的强烈的民族意识和历史情怀，往往以一种异乡漂泊客的历经沧桑和身处边缘的人文关怀，动人心魂地呈现。其中，虽可能也有戴天与台湾现代诗共同经历过的从背离传统到文化重认的启发和影响，但在戴天诗中这种曾被称为"新古典主义"的倾向，更多地则是来自他自身生命体验的情感呼唤。从小就远离家国的文化"虚位",在边缘漂泊中涌现对自身文化身份的渴求和确认。

尤为值得注意的是,戴天总把他对传统人文的关怀放在现代人生的背景上,使传统的典雅和现代的洒脱互为映照,立体地形成自己诗歌意象和题旨的多义性。他从不单纯地写历史,最多只是借古代的文化怀思浇自己现代的胸中块垒,以现代的意绪和章法,点化传统诗词的意境、情愫。即使后来题为《拟访古行》的作品,严谨庄重,也不是传统文学上的"拟古",而是拟"访"古,"访"也者,个中便有一个"现在"的立场。作品虽然从杜甫早年漫游齐鲁的几个篇章(如《望岳》《登兖州城楼》《题张氏隐居》《与任城许主簿游江南》《陪李北海宴历下亭》等)脱化而来,或增字延伸,或减字截断,但"作者的情怀,与其说寄托在词语的重铸翻新,毋宁说更寄托在中国传统美学的伸张演发上。民族文化生命,透过人文的精神境趣,结合作者的现实时空之感受与反思,出之以传统的美学笔意,似乎正是《拟访古行》诸作之由来"①。

这也印证了戴天关于诗歌生态学的理论:文学是"个人"思想、情感受外在多种因素影响的结果,而"个人"是在某个人文生态系统中生存。在这个纵深的时空人文网络中,每首诗都是构成"大生态"里的一个"小生态"。人文环境的大生态影响了戴天作品的"小生态"。而在香港诗坛占有重要地位的戴天,他作品的"小生态"又必然影响香港诗坛"大生态"的构成和变化。

作为一个身处两个世界和两种文化夹击中的现代人,戴天在他诗中常常表现一种两难的尴尬。明明有着挥拂不去的民族情结的文化底蕴,却又只能在异质文化的包围中做边缘的瞭望。因此他只能称自己是"装着零的内容"的"一个形式"。一方面,他确信,"我是一个只有记忆/而记忆只有北方"的人,然而另一方面,那念念不忘的"北方"是"只有什么也没有"的"那种霜"。这里纠结的当然不仅是现代人的无奈,而是更具有历史意味的现代香港人典型的无奈。这种尴尬,在戴天关于香港的两部长诗《蛇(一九七〇的香港)》和《一九七一所见》以及一些短诗(如《石头记》)中有更具体的表现。香港是19

---

① 黄继持《读戴天近作〈拟访古行〉及其他》。

世纪那场罪恶的殖民战争的牺牲品。殖民主义如蛇一般地吞噬着老大的帝国（香港是中国的一部分）。然而在长年的殖民统治中，香港也不同程度地受到蛇的影响。这种虽然清醒却又无法挣脱和自拔的痛苦，是戴天这些诗中最深挚也最复杂的感情。他称这种"痛"，犹如"张家小弟弟 / 蛀坏了的 / 牙"，是"一串的死"："因为我的痛苦是因为我是蛇的一部分"，"因为我的一部分是蛇"，"所以，快乐 / 不能追述 / 当年 / 所以，快乐 / 就成了蛇皮 / 成了 / 昨日的死"。这使诗人感到羞辱："我的羞耻 / 是公园里的 / 长板凳 / 是不管什么人 / 都可以搁屁股的 / 地方"；也让诗人愤慨：在每天早晨打开水喉时，"就知道 / 在滴血的远方 / 有人忍着 / 眼泪 / 有人刮着几条所谓胡子 / 用刚刚杀过人的 / 军刀 / 有人洗着叫作脸的 / 脸 / 用包过死人的 / 包尸布……"而对于无法从中挣扎也不敢抗争的人，他甚至这样自责，"有一个小孩 / 走来 / 吐一口痰 / 在我 / 脸上 / 并且说：我从没见过 / 这么丑的石像"（《石头记》）。

这些作品的沉郁和激愤，呈现了戴天诗歌风格的另一面。戴天诗歌一向以典丽和洒脱著称。传统的人文关怀，使他的诗歌有着深厚文化底蕴的书卷气，而现实人生的豪爽落拓，又使他的作品呈现现代人的率性。当面对严峻人生，他的典丽走向沉郁，率性也变得愤激。短句的快速节奏，从以往烘托思绪跳跃的率性中，走向情感激烈的讽喻、批判或调侃，而灵动的意象使这些讽喻和批判不浮于表面，深蕴在人生酸辛苦辣的不尽体味之中。

温健骝（1944—1976），广东高鹤人，在香港长大。60年代初，赴台就读于政治大学外交系，毕业后返回香港；1968年应爱荷华大学国际作家工作室邀请，赴美研读，获文学硕士学位；继而又入康奈尔大学修读博士学位。1974年返港，先后就职于《今日世界》《时代生活》编辑部和中文大学中文系。1976年因鼻咽癌英年早逝，年仅32岁。

温健骝在十三四岁时即开始发表诗作，得自当中学教师的父亲的家教，有较深厚的古典文学基础；又从小就读于英文书院，英文水平也很好。这样的文化背景，使他在台湾众多的现代诗人中，很容易就亲近了告别"虚无"而走向新古典主义的余光中。这主要表现在收于《苦绿集》中的早期作品。作者常借古诗的题意，来表达自己的现代感兴。如《归客》

《长安行》《铜驼悲》《凄凉犯》等，作者将诗题背后所蕴藉的古典意蕴，融入现代人的生活情境之中，写生离，写战死，写繁华中的孤独，写寂寞中的历史更替，忆古拟今，产生一种既相隔又相融的朦胧的诗意。为达到这种古今交错的艺术效果，作者有时故意不避陈词旧语，将旧典和新典，古诗和现代诗交错穿插，使作品呈现特殊的韵味。典型的例子如《泣柳》，"泣柳"二字系从英文 weeping willow 直译，用来描写"无皇后像的皇后像广场"那池边的几株垂柳：

> 立一列遗民的风姿
> 在这江南之南
> 风过雨过屈辱过的
> 江南
> 之南
> 江南，唉，江南
> 无北
>
> 巨厦的湿眼都问：
> 你为什么不到隋堤
> 去牵周美城的衣袂?
> 去为三月
> 瞟三百里的青瞟?

传统意象中柳的弱不禁风和临水挥泪的垂别与相思，极为贴切地传达了此时备受殖民屈辱的香港和香港人的心声。

作者这一时期的作品，关注的是交错着现实的历史的展示。在《进化》中，他写"许多个彭祖诞生以前"，"那时，达尔文的表兄弟吗／还吊着一只臂膀／在树枝上，争执着果子／和它们的女人"，而虽历经河川改道，岁月变迁，现代人也如当年"达尔文的表兄弟"那样，"呼吸着冷战的尘埃／在股票与证券间／仍争执我们的果子／仍争执我们的女人"。这种由历史体验而来的现实压迫感，表现出一个热血青年在历史与现实之间挣扎的诗人本质。因此他才会在与诗人郑愁予纵论"五四"天地浩荡的精神为今日诗坛所独缺后，写下如此感慨万千的句子：

> 不愿缄默的，依然
> 是肌肤里的血河
> 哗哗地流，那汉子
> 熟悉这样的冬天：
> 白雪覆盖着
> 龙鲸，覆盖着奔腾。

正是这精神，预示着诗人后来思想与风格的转变。

1970年前后，温健骝在海外受到一系列政治事件的冲击。思想的转变，使温健骝的文学观也发生了变化。他撰文检讨台港现代诗脱离现实、背弃传统的缺点，进而提倡"举起批判的写实主义的大旗"，以"对现实生活积极的创造和批判"，"还给历史一个清清楚楚的时代的眉目"[1]。

体现作家思想和风格转变的，是写于1970年前后的诗集《帝乡》以及1974年返港后一些未结集的作品。《帝乡》分"镜花"与"红堤"两辑，前者所写的是"反抗者的紧握如心的血拳和断链"，后者则是意在"讽世"的寓言。作者将"自己有生20多年来东漂西泊的所见，以既存的事实，感念在心，复以外界相合的寓言表之"[2]，有了一个比较开阔的世界性视野和现实参与的批判性锋芒。题材广及国际政治、港台社会、中国传统文明、统治者和抗争者等等。在形式上摈弃了诗的分行，在连排的散文形式中以浓密的诗质，发展着早期现代诗创作中的隐喻、象征和意象的艺术手段，形成整体的寓言色彩，而使作品深蕴的哲理内涵和讽世旨趣，在不落言诠的诗意扩衍中获得充分的表达。如《和平会议》写一个久久也议决不了什么的和平会议，出席的代表饿了便拿起刀子往牵进来当食物的牛羊猪身上割下一块块的肉，

---

① 温健骝《还是批判的写实主义的大旗》，见《香港文丛：温健骝卷》，三联书店香港分店，1987年。
② 温健骝《帝乡》自序，见《香港文丛：温健骝卷》，三联书店香港分店，1987年。

"血淋淋的身子看起来倒像极了牛肉排"。一位慈悲心肠的肥胖女士,为了不忍看这些低号着走来走去的受伤的动物,索性拿起一把利斧,把它们的头颅砍下来。血淋淋的和平会议并不"和平",是今天世界强权政治的象征。又如《一只膝盖》:

一只膝盖孤独地在世界上流浪。只是一只膝盖,没有大腿,小腿,甚至没有脚板,脚趾。

那次的会师,肩背,心肝,脑髓,耳目,都消腐在残烟的荒野。唯一完整的是一只顺从过污秽,血战,外援,竞争,和儿子的膝盖。

只是一只膝盖,什么也没有。

一只孤独的膝盖在世界上流浪——

诚实的生命消逝在残烟的荒野,而只有没有心肝、脑髓的卑屈的膝盖得以完整地留存;但即使留存下来也只能孤独地在世界流浪。作者对现实世界大至政治斗争小至人际关系某种存在形态和心态入木三分的讽刺,蕴含着轻蔑和批判。这一切都在寓言式的意象呈示中不言而喻。古苍梧认为:"这些诗,是由于内容上的突破而走向形式的突破的;其意义就不单在于对现实的反映,而更在于对现实的批判了。这一系列作品,就其创作观念来说,是现代主义的;但就其世界观来说,又何尝是逃避主义,何尝不是敢于面对现实的现实主义呢?"

温健骝生前虽手编过《苦绿集》和《帝乡》两部诗集,均未获出版。只在他去世以后才由友人编辑《温健骝卷》作为"香港文丛"之一出版,收作者 20 余年来所作的诗、散文、杂文和文学论文。

# 第二十章　70年代后期以来的香港诗歌

## 一、香港诗歌发展的新态势

20世纪70年代后期以来，香港社会经历了许多变化。首先，中国终于结束了长达十年的"文革"，走上改革开放的新的发展时期；其次，从60年代开始的经济起飞，带动了香港教育和文化事业的发展，使香港确立了作为国际性大都市的重要地位；最后，香港进入"九七"回归的过渡期，百余年来的殖民耻辱终将雪清，在香港各种不同倾向的社会人群中，引起十分复杂的反应。这一切都对香港诗坛发生影响，无论在诗人群体的构成、诗歌表现的重心、艺术风格的变化，还是诗对香港现实的揳入程度等方面，都表现出它自觉地建构都市文学品格的一个新的发展阶段。

首先是诗坛的构成发生了变化。随着主导五六十年代诗坛发展的那批跨越现代和当代两个时期的诗人逐渐淡出，这一时期诗坛的主体由三方面组成。

一是随着60年代"文社潮"的发展，一群在香港文化、教育背景下成长起来的青年诗人成为诗坛的中坚。这个新的诗歌世代包括60年代中期开始出现，主要于70年代活跃诗坛的西西、也斯、羁魂、黄国彬、古苍梧、陆健鸿、何福仁、关梦南、李国威、淮远、马若、叶辉、康夫、叶辞等，80年代的王伟明、胡燕青、温明、凌至江、郑镜明、陈德锦、陈昌敏、秀实、钟伟民、王良和、罗贵祥、洛枫、吴美筠等，还有90年代更年轻的一批作者，如樊善标、刘伟成、杜家祁、蔡志峰、梁志华等，数量之多，为以往香港文坛所未见。他们大都在战后出生，随同香港社会的发展一起成长，普遍在香港、台湾或国外受过较为完整的高等教育，有着比较开阔的艺术视野和对世界艺术思潮的了解，因此在创作上更多地表现出对香港现实的热切关注和艺术实验的前卫精神。

二是从内地新移民中脱颖而出的诗人。他们除少数在内地有过一小段创作经历外，大部分是抵港后才进入创作的。少数如蓝海文、陈浩泉、施友朋等60年代即已来港，大量是在七八十年代以后才进入香港的，如碧沛、黄河浪、傅天虹、张诗剑、王一桃、晓帆、秦岭雪、舒非、王心果、梦如、盼耕、李剪藕、路羽、孙重贵、谭帝森、夏智定、林子、夏萍、蔡丽双等。数量之众，堪与本土诗人相比。他们内地的文化教育背景和从内地到香港的双重人生经验，使他们更多地以社会批判的眼光揳入香港的现实，抒写自己复杂的人生感喟，表现出对新诗写实传统的继承和与内地诗坛更密切的联系。

三是在这期间自台湾、澳门或海外移居或客居香港的诗人。如来自台湾的余光中、钟铃，来自澳门的韩牧，来自新加坡的原甸，来自印尼的犁青和来自越南的陶里等，他们不同的文化背景和异地色彩，不仅丰富了香港诗歌的内涵，而且扩大了香港诗坛的空间。余光中对港台诗坛的沟通，犁青利用自身特殊地位对华文诗坛的推动，以及返回新加坡的原甸、移民加拿大的韩牧和定居澳门再移居加拿大的陶里等，在促进香港与澳门、东南亚和北美的诗歌联系等方面，都发挥了重要的作用。

这种诗坛的分野，到了90年代后期更年轻一辈的诗人，如来自内地的黄灿然、来自马来西亚的林幸谦等，与香港本土的青年诗人打成一片，已无太多隔阂。

其次，随着诗人自觉的艺术追求和群体意识的加强，这一时期诗歌社团和刊物显得特别活跃，成为联结诗人群体的核心。进入70年代以来，较为重要的诗歌刊物有延续自"文社潮"的《焚风》（1970—

1978）和《秋萤》（1970—1978，其间曾几度停刊或转换版式），黄国彬、羁魂等创办的《诗风》（1972—1984），陈德锦等青年诗人创办的《新穗》（1981—1982，1985—1986），蓝海文创办的《世界中国诗刊》（1985—　　），在原来《诗风》部分成员基础上由羁魂、王伟明等创办的《诗双月刊》（1989—1995，1997年复刊，2002年改为《诗网络》），由更年轻一辈的诗人吴美筠、洛枫等创办的《九分一》（1986—1992），傅天虹主编的《当代诗坛》（1987—　　），林力安等创办的《诗学》（1993—1995），犁青创办的《诗世界》（1995—　　），刘伟成等创办的《呼吸诗刊》（1996—　　），我们诗社编辑的《我们》（1996—　　），秀实等创办的《圆桌》（2003—　　）等。此外，这期间先后出现的一些重要文学刊物也经常刊发诗歌作品。这些刊物虽历经周折，或办或停，此起彼伏，倾向不同，风格各异，但从总体上都给香港诗歌一个比较充分地展示各自面貌的舞台。

最后，香港诗歌都市文化性格逐渐成熟。一方面是诗对香港自身关注的加强，成为这一时期香港诗坛的重要特征。本土诗人的"草根性"，使他们以自己的香港身份，来观察、思考和抒写自己文化视野中的香港经验；而另一部分以香港作为自己新的"家园"的南来诗人，也在双重人生经历的对比和映照下，把关注的重心逐渐落在自己生活其中的香港现实，抒写由此新的生存环境所获得的认知和感兴。二者共同构成了这一时期诗歌日益突出的"香港性"。另一方面，香港在与大陆、台湾、澳门以及其他各地华文诗坛的交往与对比中，获得了一种独立性格和中介地位，增强了香港诗人建设自己独特的文化性格的艺术自觉。所谓香港诗歌的独特文化性格，包含着香港承自母体文化的深厚传统和伴随经济发展所出现的香港的都市品格，以及敏锐感应现代精神的广蓄博纳的艺术开放系统。这些共同建构了香港诗歌独特的都市文化性格和艺术探索精神。

## 二、现代意识与本土关怀
### ——香港本土诗人的创作

本土诗人的成长是这一时期香港诗歌发展最重要的特征。它往往与诗刊的创办联系一起，成为一个群体，而带有某些流派特征。其中较具代表性的有：

### 1. 从现代向后现代过渡的也斯

也斯（1949—2013），原名梁秉钧，祖籍广东新会，毕业于香港浸会大学和美国加州大学，获博士学位。也斯于60年代后期出现于香港文坛，最初以诗名，继而在报刊发表散文和出版具有魔幻现实主义色彩的小说，盛名不下于诗，同时还翻译并研究中国新诗和现代主义诗学。晚年兴趣又广涉绘画、摄影、录像、电影和戏剧，并大量撰写文化评论，寻求文学与其他艺术的沟通。文化人的多重角色深刻地影响着他的诗歌创作，形成了他诗歌的独特色彩。

也斯的诗歌一开始就表现出对香港都市这一特殊文化空间的关心。他对50年代香港现代诗人马朗以及叶维廉、昆南、王无邪等的推介，首先也是着眼于发掘他们作品中的都市体验和都市精神。反诸自身，其所追求的也是具有自己独特体验的"都市书写"。其次，也斯的"都市书写"所侧重的并不是都市的外观，而是都市的精神，是人在都市空间的生存状态和精神状态。因此，他既执着于香港的"这一个"，又越出香港走向更广阔的现代人生存空间。这促使他一方面从中国新诗的历史上，借鉴三四十年代的现代诗人如何其芳、卞之琳、曹葆华、冯至、辛笛、穆旦等诗歌中的都市体验，从而一再强调"香港的新诗，即使受到现代主义的影响，仍没有脱离'五四'以来中国的新诗的传统"①；另一方面他又广泛地借鉴西方现代和后现代诗人的艺术实践，以更多样的艺术手段，形成自己都市观照的特殊角度和声音，尝试将不同艺术，特别是具有现代科技特征的声光手段，与诗沟通。这不仅使他获得融通各种艺术的更宽阔的文化视野，而且使他的诗歌从创作到发表的全过程不仅在精神内涵上，而且在艺术外观上，也包容着某些后现代的特征。

也斯曾出版诗集《雷声与蝉鸣》（1979）、《游诗》（与画家骆笑平合作，1985）、《诗与摄影》（与摄影家李家升合作，1991）、《游离的诗》（1994），此外还有《香港文丛：梁秉钧卷》（诗文集，

---

① 也斯在1985年9月22日举行的"香港的新诗"座谈会上的发言，《香港文学》第14期，1986年2月。

1989）和《梁秉钧诗选》（1996）等。诗人从关注自己生活其中的香港都市开始，逐渐扩大视野和阅历，进入邻近的澳门和中国内地的广州、肇庆等（《雷声与蝉鸣》），然后迈出国门，漫游在东洋的日本和西洋的美国与加拿大（《游诗》），而后重新回到对中国的凝注上来（《中国光影》），在不事渲染的现实注视中寻求更大空间的文化交会和精神超越（《游离的诗》）。诗人个人的人生历程，大致反映出他艺术探索逐步深入的历程。洛枫曾指出："梁秉钧（也斯）的诗，可说是体现了现代主义与后现代主义过渡的脉络。"[①] 这首先表现在现代诗人与后现代诗人对城市不同的认知态度上。伴随工业文明成长起来的现代都市，是以对自然的破坏、农村的解体和人性的困囿为代价的。浪漫主义和现实主义诗人往往从都市文明的负面现象出发，对都市持批判的态度；现代主义诗人则更多地以人的精神困囿作为反叛都市的诉由，来吐露自己的都市心声；而后现代诗人对都市的态度首先是认同，而后才进入思考，既承认它的破碎、零散、混杂，又认同它是可供调整、塑造和组合的。也斯最早的诗集《雷声与蝉鸣》，在以"雷声"和"蝉鸣"作为象征的众声喧哗和新声独扬中，寻求在抗衡直接陈说不满的现实临摹、激情汹涌的浪漫沉醉和控诉人性侵害的幽隐传达中，努力"在最猛烈的雷霆和闪电中""保持自己的声音"。这个看似只是语言表达方式的"坚持"，实际上也是对都市认知态度的"坚持"。对于都市种种错杂繁复的现象，他首先不是排拒，而是理解，然后进入其中，去发现生活本身的韵味。这就形成了也斯诗歌有别于浪漫、写实和现代的某些风格特征。他以日常生活的平白语言，在注重细节的记载中，走入事物自身，去发现日常生活繁复层面所潜隐的诗意。诗人回避直露的抒情是一种"冷"抒情，在冷峻画面中潜藏着诗人灼热注视的目光和思考。

70年代末80年代初也斯游学于美国所作的《游诗》，在两个基点上扩大了诗人的视野。其一是离开香港这一固定的视点去观察更广阔的人类共存空间。从东方到西方和从西方再到东方，立足点的不断

---

① 洛枫《香港诗人的城市观照》，《香港文学探赏》，陈炳良编，香港三联书店，1991年。

改变，实质上也是不同文化空间的不断切换和置入。其二是离开以文字作为媒介的诗，切入以图像、光影、声音、形体作为媒介的绘画、摄影、电影、音乐、舞蹈的艺术，在互相置换中重归于诗。前者是地域空间的游历，后者是艺术空间的游历，都在文化的层面上蕴含对社会和文学的新认知。在《乐海涯的月亮》《大马镇的颂诗》《从现代美术博物馆出来》等作品中，诗人将自己置身于西方陌生文化环境中对东方母体文化的怀思和反省，在感觉差距和寻求共通的体验中，形成了这些作品往返、穿插于不同文化的全球性空间意识，和跨越不同媒介的艺术实验。诗人常常借助摄影的视觉性眼光和电影的蒙太奇组合的艺术手段，剪接洒落在不同文化时空中的光斑和影像，形成共时性的空间。在对具有后现代特征的平面世界的梭巡中，寻求将传统与现代、东方与西方文化的转化和组接的可能，表现出作者企望超越"平面感"走向历史深度的追求。诗人把这种 "并不强调把内心意识笼罩在万物上，而是走入万物，观看感受所遇的一切，发现他们的道理"的审美方式，称为"发现的诗学"，以和将外在世界作为诗人内心投射符征的"象征的诗学"相区别[①]，认为这是"从中国古典山水诗和咏物诗中得到的启发，以中国文学的含蓄而富于弹性的特质，写现代都市的情怀"。

　　重返东方的《中国光影》虽是为配合梁家泰在中国旅行的 24 幅摄影作品而作，但二者各有自己独立的艺术生命。如郑敏所说，"在重记载细节，不介入等方面他受到威廉斯以来美国新现实主义、客体主义的影响……但他的境界是充满了东方色调的"，"这就是让'神'透过'形'放出一种非凡的光，使得诗中的一切具有物质的实感的部分也成为透明的和放光的"。作者自谓这种冷峻的艺术态度，是"有关切但不想鲁莽批评，有对时局的联想和担忧，感情和意见或许不够直露，但不是志在白描"。它和《游离的诗》一样，是借作者游历于不同文化空间的经验，来反省香港自身的文化身份。它以接近日常生活的文字来探讨日常生活的题材，以小见大地尝试将自己对于香港文化的研究和思考，融入诗歌，以打破情理对立的观念。

---

① 梁秉钧《游诗·后记》，《香港文丛：梁秉钧卷》，三联书店，1989 年。

也斯 60 年代曾担任后期《中国学生周报》"诗之页"的编辑，并参与创办《四季》《大拇指》等刊物。他曾为包括自己在内同一时期写诗的朋友禾迪、吴熙斌、阿蓝、李家昇、李国威、马若、黄楚乔、叶辉、关梦南等出版的《十人诗集》作序，称他们虽然风格不一，但作为战后出生、香港长大的一代，与前辈南来作家的怀乡题材不同，表现出关怀香港的"本土化"和"生活化"特征，是这一代诗人"香港性"的表现。80 年代以后，也斯由现代主义向后现代过渡，也影响了一批曾是他学生的年轻诗人，如洛枫、罗贵祥等。毕业于香港大学而后留学美国加州大学的洛枫（1964—　），以研究中国现代主义诗歌的城市观照而广泛涉及从 50 年代迄今的香港城市诗，使她的创作也有着现代主义和后现代的某些色彩。其对都市文化在肯认中思考和选择的态度，不同于现代诗人对城市的普遍排斥和抗拒。不过，女性诗人纤细、温婉的情感特征，使其诗集《距离》（1988）和《错失》（1997）中的大部分篇章，有着更多的抒情色彩。同样毕业于香港大学而后留学美国的罗贵祥（1963—　），他的诗，密布广告、影像、电影、艺术等交互混杂的都市形态，流露一种延绵无尽、反复回环的思维方式。"开放"与"封闭"，"通俗"与"高雅"，"私人"与"公众"，常常是他一面刻意辨认，一面放弃界定的观念，他析解现代主义，将之开启和重写，成为他诗歌艺术思维的特征。

2. 西西和素叶文学的诗人

西西（1938—　）本名张彦，广东中山人，生于上海，在香港长大，毕业于葛量洪教育学院。西西的文学成就主要在小说，但 50 年代后期任职《中国学生周报》"诗之页"编辑，却以诗走上文坛。她曾说，"我是以写诗的方法来写小说"，[1]"我的小说大多也有些诗的味道"[2]。诗作虽不多，仅结集为《石磬》出版（1982），但无论对她自己还是对当时诗坛，都有重要意义。

西西的诗歌，早期受力匡的影响，接触现代诗以后，即抛弃格律体，追求带有宣叙意味的自由风格。她不像某些现代诗人，追求意象峻拔、语言乖张，而只淡淡地写来，似乎直白，却以一种亲切的调子，由实入虚，由俗入雅，意象清晰，含意却朦胧。有时是直抒，如《白雪与

---

① 《西西访问记》（康夫整理），《罗盘》创刊号，1976 年。
② 西西《像我这样一个女子·附录》，台北洪范书店，1984 年。

公主》写"中年以后怕见黑发","怕见少年时的恋人",有着很深的人生感慨;有时则以童稚的口吻,带有一种童话式的怡悦和温馨,曲折幽晦地表达着内心的激烈。如《父亲的背囊》,写对亡父的思念,但并不直说,用儿女的眼光从父亲的背囊着墨。这神奇的背囊,既能给骑木马的小弟弟取出"纸包的饼干",也能为放风筝的小弟弟取出梯子打开所有的窗让他看星……所有这一切正表现父亲的辛苦、慈爱和责任感。最后写"父亲缓缓坐在一块岩石上 / 从背囊里取出 / 一群白发的朋友 / 听他们讲完一则关乎潮汛的故事",然后继续上路,"脸上绽开一个微笑 / 挥手和我划独木舟的弟弟道别"。悲郁酸辛的追忆,却以温馨万千的叙述道来。童话的手法,写的并不是童话故事,而是人间现实,喜剧效果中渗透着一丝丝隐痛。作者常以这种反衬的手法来写人生的温馨和悲凉。如《长胡子的门神》写作者即将出门远行,将家托付给门神,本来是冷峻的凄清的现实,却在"我"与门神互相叮嘱和关怀中,写得那样富于人情味:

> 三脚凳我在大前天已经修好
> 这次不会累你再摔跤
> 疲倦的时候多坐坐
> 那么重的盔甲
> 不要自己洗
> 拿到干洗店去
> 喜欢吃什么的打电话叫他们送上来

全诗没有一句孤独寂寞的话,但当到了只能对没有生命的"门神"来倾诉彼此的关怀时,那孤独和寂寞就益加深切了。

西西曾到许多地方游历,这些都成为她艺术生命的营养。特别是中国内地,大西北荒漠粗犷的自然景观和丰富的人文历史积淀,构成了西西诗作的一个新的序列。在这些作品中,她将历史和现在、想象和现实,压缩在同一个时间和空间的平面上,在不无顽皮的以现在对历史的颠覆中,充满了作者对人性的关怀。如《将军》,那忠心耿耿地统率着王的六军,一直站在战车上一千多年的"将军",却抵不住"盗墓者悄然前来"，解去手中的铜殳，拔下腰间的长剑，至此才终于发现，王的"真正的敌人"在哪里；又如《奏折》，人间的万事，或飞蝗过境、米价腾贵，或海盗抢掠、饥民流窜，到了帝王宫寝，都只剩下皇上的几字朱批：朕今大安；同样，在《雨与紫禁城》里，洪水泛滥、大河暴涨带给黎民的灾祸，只是皇宫里充满诗意的飞檐与斗拱之间可以聆听和吟咏的"淅沥"。作者有时运用诗行的造型，如《玉蜀黍》上下短句的隔开造成大河两岸遍生玉蜀黍的形象；有时利用音节的续断，如《一郎》中三字句所反复奏响的"木屐的 的的塔"的节奏，获得一种睿智的趣味，诗的生命超越在文字、音节和事象之上。

西西曾参与1978年成立的素叶出版社，并于1979年推出"素叶文丛"，1980年创办《素叶文学》。该刊虽为同人机构，除西西略为年长外，许迪锵、何福仁、张灼祥、杜杜、钟铃等大都为战后出生。香港长大的文学青年，艺术上有大抵一致的追求。但所收入和刊发的作品，则超出同人以外，包括前辈作家马朗、叶维廉和跨越七八十年代一些文学社团的活跃成员。以诗集《铜莲》收入"文丛"的古苍梧（本名古兆申，1945— ），60年代开始写诗，以清新的意象和语言，抒写着年轻人对生活的敏锐和感兴。1970年赴美国爱荷华"国际作家工作坊"学习，受"保钓运动"的影响，风格丕变，提倡"积极的写实文学"，创作了一批具有强烈反战意识的作品，如《越南三题》《关于一个高血压国家和贫血国家的故事》等。"保钓运动"退潮后一度陷入迷茫，踯躅于风雨之中，忧祸乱，悲时日，念故人，家国之思与缱绻之情融成一片，诗的内涵与手法变得更为复杂。其作品多为短章，常将古典诗歌的意境经营融入现代电影的空间创造之中，从而拓展了单纯意象的复杂意蕴。

收入"素叶文丛"的诗集尚有何福仁的《龙的访问》（1979）、《如果落向牛顿脑袋的不是苹果》（1995）、张景熊的《几上茶冷》和钟铃的《我的灿烂》（1979）等。

3. 羁魂、黄国彬和"诗风"诗人

羁魂（1946— ），原名胡国贤，祖籍广东顺德，生于香港，香港大学中文研究所毕业。学生时代就热心文学活动，曾参与创办《诗风》《诗双月刊》《诗网络》。著有诗集《蓝色兽》（1970）、《三面》（1976）、《折戟》（1978）、《趁风未起时》（1987）、《山仍匍匐》（1990）、《我恐怕在黎明前便死去》（1991）等。

羁魂最初的诗作受60年代台湾现代诗的影响，有超现实主义时期洛夫的痕迹。如在《蓝色兽》中他写道：

> 死亡给串成一束美丽的诗篇
> 赠给我一个并不算夜眠的晨
> 委实早年我就毁灭过——
> 以雪崩的姿态去毁灭太阳的结晶

诗中对立和转化的意象，表达的正是洛夫《石室之死亡》"生死同构"的主题。不过，六七十年代台湾现代诗重认传统的艺术转向，也改变着羁魂的诗风。在他稍后的创作里，既有洛夫《金龙禅寺》的"禅"、周梦蝶《还魂草》的"佛"，还有余光中告别虚无的新古典主义气息。羁魂自己总结说："从十八岁到二十三岁，《蓝色兽》许是，很'超现实'的现代加很'诗词'的古典，一同酝酿出来，那一纸'天真的押票'？"[①]这是羁魂诗歌最初的两个出发点。只是在后来的发展中，逐渐抛弃了超现实主义的虚无倾向，留下那变幻莫测的语言技巧，同时大大地发展了很"诗词"的新古典主义的一面。

这是学院派诗人常常拥有的特点。知识是他们写作的基础，也是他们认识和表达人生的背景和手段。从中文研究所毕业，曾以《朱熹诗集传研究》作为自己硕士论文的羁魂，发挥这一优势，使自己的创作一头立足于现实，一头连接到传统。在诗集《三面》《折戟》《趁风未起时》中，他力求"以古典为貌，以现代为神"，努力复活中国古代文学中那些尚富生命力的语言、辞藻、典故、意象和境界，使中国的现代诗"葆有自己的面目"。他以和杜甫同题的《秋兴八首》来寄托对同窗的怀念；在对中国史前文物的《遥远的呼唤》中，萦系着对祖国永远割舍不断的"脐带"般的深情；借《水仙》的意象，抒写自己和传统文人一脉相承的"以清溪为镜 向天地招手"的清狂性格；

---

① 羁魂《山仍匍匐》自序，山边社，1990年。

以《刺秦》的历史故事，描写古代知识分子在乱世中匡民济世的抱负和崇节尚义的精神；在《折戟三篇》中将唐代诗人杜牧"折戟沉沙铁未销，自将磨洗认前朝"的无奈与感慨，浸透在现代潦倒文人的困顿人生之中；而一首《沏》，再使一个个人们耳熟能详的古典和掌故，复活在沸沸扬扬的世俗人生的现代茶楼之中：

> 黄鹤那个楼
> 咱们千年的翰墨哪里去
> 浔阳壁上标出午夜节的特价
> 留名的本非饮者更非圣贤
> 便如此将古典典掉，以早报
> 以六安　以五加皮　以
> 小二那个店

崔颢的《黄鹤楼》、李白的《将进酒》和《水浒》中的宋江故事，都反讽地错落在"将古典典掉"的早报、六安茶、五加皮的现代调侃中。

羁魂诗歌的另一特色是对现实的关注。作为与这个城市一起成长的诗人，他对香港的观照往往浸透着强烈的历史意识。或者直接抒写香港多难的过去，如《官富场》，诗人透过纷纭如过客的种种历史现象，展示香港发展过程中复杂的背景和文化。在这里，"宋帝　来过 / 英女皇也来过……日本兵也来过"，因此这里，既留下"烽火不忘梳妆的石"，也留下"宋王望不到京华的台"，既有"清也不管英也不属的 / 特殊城寨"，也有"归不得中属不得英的本土"。诗人由此感慨万千的是香港的屈辱，"殖民 / 从海盐到鸦片到储备金 / 从行宫到渔舟到地下铁"。同样，在《屯门》中，诗人也将目光越过"四季腥臊的好一圩热闹"，眺望16世纪以来"鸦片香木逗引来的 / 葡萄那颗牙"，表现出对历史不忿的调侃和艺术概括力。再是从香港华洋杂糅、新旧并存的底层世俗人生的描写，表现社会百相背后的历史意蕴。他写《旺角街市》《庙街榕树头》，写《弄龙的老人》和《鹌鹑小贩》。擦亮在"黄昏来时带回的那层黑"中的，"有专治鸡眼痔疮顽癣梅毒"的"医"，和"善观气色推命理"的"卜"，以及"兼擅国粤欧名曲"

的过气歌星与"即做的裁缝""即炒的厨师""独战群雄的棋手""卖武药的江湖客"，等等。每一种人的背后都有一份历史，交织在一起便构成了一个迟迟不肯退席的传统杂驳的"香港"。诗人的关切仍在底层人生命运的酸辛，如他在《凿》中写的刻碑老人："是你把生命刻入／还是生命把你凿去？"即使描写香港的发展与变迁的诗篇，如组诗《上水印象》，也以乡村与都市对立的意象，来表现社会转型中"割去好一段过熟的陈腐／却遗留下另一节／怎么连接不起的／青黄"，也是一种历史观照的视野。因此相对说来，羁魂诗歌表现的更多是香港"草根性"的一面，面对其作为国际性大都市的"现代性"另一面的表现，则略嫌不足。

黄国彬（1946—    ），原籍广东新兴，生于香港，先后就读于香港大学和加拿大多伦多大学，获博士学位，返港后曾在多所大学任教。学生时代就热心文社活动，1972年发起创办《诗风》，其创作则广及诗、散文、学术评论和翻译。著有诗集《攀月桂的孩子》（1975）、《指环》（1976）、《地劫》（1977）、《息壤歌》（1980）、《翡冷翠的冬天》（1983）、《吐露港日月》（1983）、《宛在水中央》（1984）、《航向星宿海》（1993）、《披发跣足》（1993）、《微茫飘忽》（1993）、《临江仙》（1993）等十余种。

黄国彬代表《诗风》的另一种倾向：强调诗与现实的联系。如果说羁魂是从较多浸染于现代的迷失中，用传统作为调整自己的过渡，那么黄国彬则是在对现代诗"意象支离，晦涩而不可解"的批评中，以写实作为"引导他们走向外面广阔天地的途径"①。他把写实分为狭义（指艺术方法）和广义（指艺术精神）两种。他的创作也大致包容在这一分析之中。他在诗集《指环》的自序中说："环内一大千，环外一大千，神而明之，不可捉摸的圆心是诗人的想象。"《指环》分内外篇，内篇写个人生活和个人感情中的宇宙万象，外篇写社会人生。前者表现他敏锐丰富的个人感情生活，后者则传达对时代、历史、国家、民族的理性思考和殷殷关切之情。他写过许多给自己母亲、妻子、儿子和乡居生活的诗篇，在充满温馨之情的朴素语言中，于恬淡见神

---

① 黄国彬《也谈写实》，《诗风》第37期，1975年6月。

采。而当诗人转向都会的香港，谦和的秉性立即流露出讽刺和批判的锋芒，直指都市社会背弃人性和伦理的种种丑陋现象和贫富不均的社会不公。

作为一位社会感十分强烈的诗人，黄国彬说过："和自我同样重要，甚至比自我更重要的还有我民、我土，以及千千万万和自己一样平凡的人。"因此，"国家、民族、社会，以至世界向我撞击所引起的轰鸣"[1]，构成他诗歌生命最有力的强音。他为周恩来逝世写下的长诗《丙辰清明》《星诔》以丰富的历史、地理、天文的故实和史诗式的明喻，表现对这位一代伟人极尽褒荣的哀悼和人民丧失自己领袖的悲痛心情，文字古雅感人。而在写唐山大地震的《地劫》中，诗人则以极其感性的现代口语，传达出对中国历史命运忧心忡忡的关切和对吾土吾民生生死死的眷念：

> 大地遗弃出卖了他们，
> 终生信仰的大地，
> 一夜将他们埋葬，
> 埋葬从此永远失眠的灵魂。

诗人一再谴责"大地不仁，以百姓为刍狗"，在悲恸欲绝的情感中深具着震撼人心的抗议的力量。

《诗风》诗人群中比较重要的还有陆健鸿（楚狂生）和后期加盟的胡燕青、温明、凌至江等。陆健鸿著有诗集《天机》（1977），他曾以凌厉的笔触在《都市三部曲》中揭露都市社会的荒谬，是《诗风》诗人中较突出地致力于表现都市现实的一个。温明（1955—），笔名黑教徒，他曾以一批叙事长诗响应《诗风》对史诗创作的呼唤，最初以数百行的篇幅对白居易《琵琶行》和《长恨歌》重写，后来又以贯穿历史的浩大气魄写了《黄河十奏》，从史前的"夸父""北京人""大禹"，统一六国的"秦始皇"、楚汉争雄的"项羽"、盛唐的"李白""杜甫"，和欲挽颓宋的"岳飞"，直到今天的"香港人"。在以现代的

---

[1] 黄国彬《指环》自序，诗风社，1976年。

观念重新诠释历史上，努力表现出历史人文自身的独立价值和对现代的启迪。

### 4. 王良和与"新穗"的诗人

王良和（1963—　　），原籍浙江绍兴，生于香港，毕业于香港中文大学。学生时代就开始创作，出版过诗集《惊发》（1986）、《柚灯》（1991）、《火中之磨》（1994）、《树根颂》（1997）、《尚未诞生》（1999）等。

王良和在中大读书时，曾受教于著名诗人余光中。流韵所及，诗风受余氏影响较大，最初出版的诗集《惊发》，模仿的痕迹屡屡可见。"如何摆脱前辈沉重的影响"，是作者意识到的寻求自己独立艺术生命必须跨越的一重障碍。1991年出版的《柚灯》，尽管在"丰美的诗语，绵长的句法，曲折推出的诗思，有机的组织"（钟玲语）等方面仍从对余氏的师承中得到不少佳惠，但毕竟开始形成了自己以知性为中心的对生活敏锐感受和思考的抒情风格。《柚灯》基本上是围绕作者在城市边缘居住的乡间生活环境和物事所引发的各种诗思，其中有大量的咏物和个人生活的记录。尤其是一系列以"柚"为对象的作品，寄寓着他对人生的省思。由"观柚""剥柚"而"探柚"，这个观察、体验的过程，也是诗人艺术思考和升华的过程，形成了诗人以知性为中心的艺术感受和传达方式。在作者其他抒写生活感遇的作品中，也追求这种对生活抽丝剥茧式的思考和升华。

如果说在《柚灯》中，作者知性的感受和思考，还较多局限于生活的存在形态，因而也较富于感性色彩；在1994年出版的《火中之磨》中，诗人进一步深化了这种思考，而变得更具理性的严峻了。强烈的生命意识和在这世界经常寻不到均衡的生存状态，使诗人"同时尝到现实生活与艺术理想的拉扯"，因此背负着沉重的压力，寻求在诗中从混乱的挣扎中建立均衡的人生境界；有时这种源自个人的生命意识扩大为对整个人类的忧思和对宇宙未来的焦虑，从而使他在诗中扮演着一个"预言家"的角色。如他在《时光的刻刀随榄核旋转》的后记中所说："常有一个感觉，人类从诞生到毁灭的历程，类似榄核的形状……是从中间鼓胀的圆环向下收缩，徐徐转向另一个尖角，完全毁灭。这，或许是神预设的安排。"他的诗在这重重的忧思中显得深刻，也变得沉重，由较多地重视观察和发现而走向暗示和象征。这突出表现在他关于罗丹雕塑的系列作品中。他惊惧于"乌戈利诺"这暴君被困铁塔中饿死之前想吃儿子尸体的生命本能，和对儿子尚存一丝爱念的人性的冲突；慨叹"老妓女"那青春高潮已过遗下一堆松弛皮肉的生命的无奈；而对"沉思者"，他写道，"当他沉思，世界拆裂移动"，"心是神经质的地心／强大的吸力使脑袋无法／飞翔……"而"岁月开动离心器／叫嚣、狂喜、欲望、呻吟／混乱碰击，扭成万结／而他无助地静止"，"变成时间的岩石，坐在／自己嶙峋的岩石上"。在某种意义上，这也可以看作对诗人精神状态的描绘。作者借助这一尊尊雕塑所呈现的具象，深入对人性和人类命运的思考，将感性与理性，具象与抽象，抒情与省思，水乳交融地融合起来，形成艺术上的震撼力。作者对生命的认真，对亲人的挚爱，和自觉承受人类命运的心灵压力，使他以一个苦吟诗人的形象，不仅追求艺术的圆熟，也追求诗歌介入人生的沉重分量。

王良和曾五次荣获香港市政局中文文学奖，从而加入陈德锦于1982年发起成立的香港青年作者协会和《新穗》诗刊（成员皆为市政局中文文学奖和港大与中大联合设置的青年文学奖获得者）。作为青年作者协会和《新穗》诗刊的发起人，陈德锦（1958— ）出版过诗集《书架传奇》（1983）、《如果时间可以》（1992）、《秋橘》（1995）等，作者执着于从"私人书写的空间"进入对于都市人生和自然生态思考的"公共空间"，将现实感受经过心灵的重铸获得主题的蕴藉和多义。如在《风声里有秋风的脚步》中，诗人说，他高兴地找回一条腿：从电车碾过的大路上；找回一只手：在一堆文件的覆盖下；找回眼睛：从黑暗；找回嘴巴：从沉默……他将找回的四肢五官重组一个自我，于是在阳光和海浪中，"听到风声里有秋风的脚步"。都市对人性的割裂，和人在大自然中重获自我，在诗人别致构思的对完整人性的呼吁中，交错着对都市的抗议和对自然的怀恋。《新穗》的重要诗人还有：钟伟民（1961— ），出版过诗集《捕鲸之旅》（1983）、《晓雪》（1985）、《蝴蝶不哭泣》（1991）、《属于翅膀和水生根的年代》（1994）等。其成名作九百余行的长诗《捕鲸之旅》，显然受到海明威《老人与海》的影响，展示着渔人强劲的人格力量和生命尊严。余光中称其是"鲜丽生动而又感悟十足"地"洋溢着活力与无畏的进取精神"。秀实（1954— ），曾出版《山舍一年》（1979）、《诗的长街》（1983）、《海鸥集》（1988）、《茶话本》（1994）、《纸屑》（1996）、《乌图说》（1998）等。郑镜明（1955— ），著有诗集《雕》（1983）等。陈昌敏（1952— ），著有诗集《以为一下雨》（1983）、《晨·香港》（1986）。唐大江（1958— ），著有诗集《生命律》（1983）等。

## 三、人生忧乐的现实关注
### ——南来诗人的诗歌创作

20 世纪 70 年代后期以来，大量内地人南来，其中不乏文化人士和文学青年，他们在适应香港生活以后，逐步走上文坛，并在内地文学复苏与繁荣的鼓舞下，热心结社办刊，参与香港的文学建设。他们以内地教育的文化背景和由内地南来的人生经历，形成对香港的一个特殊观照视野，成为香港诗坛一股重要力量。其主要的代表有：

### 1.踏浪归来的犁青

犁青（1933—2017），原名李福源，祖籍福建安溪，1947 年来港，曾用徐彦、鲁茅、艾森华、李春等笔名于家乡和香港、菲律宾、印尼等报刊发表诗文。早年出版了童话诗集《红花的故事》（1946）、长诗《苦难的侨村》（1947）和短诗集《瓜红时节》（1948）。这些被称为有着"神童式才气"的"少年的牧歌"和"苦难的童话"，潜隐着他此后发展的一些特征。童年切身体验中的苦难现实，使他始终以博大的爱心关怀着人生、社会、国家和民族；而童年从山野自然培育起来的朴素的艺术直觉，一直成为犁青感受客观世界的重要艺术方式。50 年代由香港移居印尼的犁青，仍继续写作。出版了诗集《翡翠带上的歌声》（1952）、《在印度尼西亚》（1954）、《红溪的血浪》（1958）、《我在家乡山水间飞翔》（1959）、《赤道线上》（1961）等。1965年印尼局势变化后，被迫中断创作。80 年代返回香港定居，才重又执笔，出版了《踏浪归来》（1983）、《千里风流一路情》（1986）、《情深处处》（1987）、《犁青的诗》（1987）、《犁青山水》（1988）、《台湾诗情》（1989）、《飞翔在以色列的诗篇》（1992）、《塞尔维亚的血与火》（1993）、《犁青诗文选》（1995）等多部诗集。他还成立出版社、创办刊物，推动成立国际华文诗歌笔会。因其与内地诗坛的密切联系，大多参与南来作家的社团和活动，故放在本节叙述。

犁青在 1996 年接受塞尔维亚和法国记者访问时说："我大部分的诗都是跟自然风光或跟时事政治有关的。在前一类诗中，我追求完美的艺术；在后一类的诗中我重视哲理的通达和深度。"[①]

返港复出后，犁青写了大量"跟自然风光"有关的诗，但这并不是传统意义的山水诗。自然景物在他诗中，浸透着强烈的主体意识。如《桂林月》，他主体感受中的桂林月以多样的态貌出现，既在天上也在水底，还挂在山间。他看月亮，月亮也看他，在互相的陶醉中月与人构成一个共同的生命。在另一些山水诗里，诗人的主体性并不是一种超然物外的观照，而是诗人主体的社会意识对自然客体的介入，同样达到物我相融的境界。当他站在深圳国际大厦顶楼观看《深圳日出》，他所看到的是"中国的日 / 要跳上来了！"在整部《台湾诗情》里，绝大部分的作品都是从国家与民族统一的祈愿出发对台湾山水的观照。面对突出大海的野柳礁群，他想象那是目凝远方默默无语的少女，企望为她放个蓄满情思的飞越海峡的风筝；在《看半屏山》，他更为"太阳被劈成一半 / 月亮被劈成一半"的"无法团圆"感慨万千。犁青所追求的既是他山水诗创作中完美的艺术直觉和视觉效果，也是他时政诗创作中"重视哲理的通达和深度"。

在后一类所谓"跟时事政治有关"的诗作中，作者洋溢的激情不仅倾泻在对中国社会现实的热切关注上，而且凝注在我们这个多难星球的各个角落。犁青以博大爱心关注我们这个不幸的星球，他说："柏林墙塌倒后我在柏林，海湾战争时我在开罗，东欧火药库爆炸时我在塞尔维亚，以色列战火未灭时我在耶路撒冷，我看望挥着美国宪兵大棍的美国自由之神，也到过君士坦丁堡和墨西哥高原。我注视这风云巨变的世界新格局及其发展，我也想探索尼罗文化、波斯文化、恒河文化、黄河文化和玛雅文化。"[②] 这使他拓展了自己诗歌的世界文化空间。他以诗歌表达对这些战火燃起的人类命运的关切，在通达

---

①转引自亚历山大·彼得洛夫为犁青斯拉夫文诗集《咫尺西天》所作的序言。译文由犁青提供。

②《犁青的诗》自序，文学世界社，1987 年。

哲理的思考中做出自己爱憎分明的审美评判，并且力图通过审美传达表现不同民族和地域的文化精神。在南斯拉夫分裂前夕，他以一首倒金字塔形的"图像诗"，别具匠心地以"七国炊烟相连的近邻""六个不全是心甘情愿拼凑成的加盟共和国""五种不同的民族""四类不同宗教""三种语言""两款文字""一个联邦"，勉强地用铁把它托起来，预示这个充满危机随时可能崩塌的国家的未来。为诗人借助审美形式不幸言中的政治判断，蕴含着导致危机的复杂文化内涵。1992年在以色列出席世界诗人大会时创作的长诗《石头》，是犁青世界性主题的诗歌创作中最具哲理蕴意和深刻历史内容的一部纪念碑式的佳构。诗人以单纯而又浑厚的石头的意象，包容着丰厚的历史与现实内容。在以色列土地上随处可见的石头，既是生活的写实，也是从历史灾难深处走来的犹太民族精神的象征；它既燃烧着六百万惨遭法西斯屠杀的犹太人仇恨的记忆，也迸发着他们要求土地、独立、和平与繁荣的人性权利的呼吁。因此，渗透着诗人主体意识的"石头"，既是政治的，也是历史的、文化的。这是犁青许多国际题材诗歌的一个重要视点：他关心当前世界重大事变，但当他以审美方式表达内心的关切时，却又力图传递出这些地域和民族的文化心态和精神。他曾经以"一头自由跳跃的/发情的/雄牛"这短短的三行诗，来形容美国的高速公路，但这三行诗不同时又是美国人性格与文化精神的写照？同样，当他以直刺青天的图像诗来表现东京铁塔那刺目的形象，不也从人文景观上包含对日本经济发展和民族精神的审美概括？

在逐渐摈弃直言告白式的激情倾诉之后，以艺术直觉的瞬间感受，在不事雕饰的语言和省略逻辑关系的交代与陈述中呈现清丽的意象，从而获得浮想联翩的视觉效果，是犁青那一部分较为成功的作品，对汉诗语言特征的把握和发扬中国诗歌美学传统的优长所取得的最佳的抒情方式。当然，他并不以此为终止，而是从这里出发去熔铸现代诗的种种艺术手段。这使他的诗歌拥有着传统与现代相交错的艺术特征。

2. 傅天虹和《当代诗坛》的诗人

傅天虹（1947—　），本名杨来顺，祖籍江苏南京，江苏师院中文系毕业。少年时代过着漂泊流浪的生活。1983年移居香港，在逆境横生的底层生活中，坚持诗歌创作。著有《火花集》（1985）、《酸果集》（1985）、《傅天虹诗选》（1986）、《花的寂寞》（1988）、《香港情诗》（1989）、《夜香港》（1990）、《流入沙漠的河》（1990）、《星岛小诗》（1991）、《新作百首》（1991）、《天虹山水》（1993）等诗集多部。

人生逆旅的坎坷经历和不屈于命运的自强精神，构成了傅天虹诗歌情感和理性的焦点。他在《火浴》中曾以"腊梅花"自喻："我仍未成型/但坚信会有一季潇洒/有朔风/就有示威的腊梅花。"这也使得傅天虹的大部分作品成为他抗逆命运的个性生命体验的记录和精神映照。如洛夫所说，"他的诗都是他人生历险而来的酸苦"，"不仅是他在逆流中奋勇上游的记录，同时也是一个苦难时代的见证，一个受伤民族的见证"①。傅天虹的创作大致可分为两个阶段，前期以《酸果集》《火花集》为代表，大抵以抒写个人对坎坷命运的感遇和抗逆为内容，风格也更多是激情的直抒或与现实相对应的比喻和象征。后期的作品，则把这种自尊、自强的人格精神和力量，化为对移居香港之后新的生存环境的体验和观照。他热情地关注这个物欲横流的缤纷世界，体认那悲凉酸辣的百味人生，依然从个我出发，把个我既作为抒情的主体，也作为抒情的对象。他写自己蛰居的慈云山的木屋，"几片木板和铁皮的拼凑"，然而就在这"腾起的旋律是蚊/跳动的音符是鼠"的"窄小空间"中，"而我醺然/时有一夜躁动/黎明这小小的巢中/便闹闹地飞出了一群诗雀"。物质生活虽然困顿，精神世界却崇尚高贵，所抒的虽是个人之情，一己之志，却有着社会的普遍性。以这样的精神来观照、品评周围的人生，周围的人生便都纳入他的情感世界。他特别喜用一些卑微的意象，如小草、落叶、浮尘、残雪……但所有卑微意象都呈示生命的强劲和伟大。从来自社会底层的体验出发，所关切的亦是底层社会的命运坎坷和不平呼声。他写《夜香港》，"珠光宝气"中"连天上斜挂的月/也闪烁/一枚银币的/眼神"；写《魔方》般的香港，变幻着凶杀、色情和腐败的时空颠倒。《老乞妇》伸

---

① 洛夫《傅天虹作品座谈小叙实录》，收入傅天虹诗集《香港情诗》，百花文艺出版社，1990年。

出的手,《西洋菜女》流空的泪,《舞女之女》重蹈母亲悲剧的结局……诗人的一面是写实的、入世的,闪烁着爱憎怨怒的批判的锋芒。但它又不同于早期创作的那种激情的直接喷发和忧愤的尽情倾诉,而是寻求在含咀人生百味之后以意象的呈示寓寄更多哲理的意蕴。他形容香港的夜景,"在一杯黑色的咖啡里 / 晃动"(《小岛夜事》),以一只离岸的《船》,象征在"愁水无限"里漂泊的人生:

> 每一种形状
> 都是挣扎
> 置身不平衡的世界
> 风暴中
> 一颗沉重的泪
> 激不起回声

语言的精警,意象的蕴藉,留出了巨大的空间给读者思考。艺术风格的这种发展、变化,如台湾诗人向明所说:"他的诗声音沉潜了,情感深化了,他把控诉改做了反思,激情沉淀成反讽……他已懂得把平面的辞藻修饰,提升为意象的主体呈现,使诗突显出一种不单是目览,且可神游的纵深境界。"[1]

傅天虹在创作之余,还与龙香文学社的发起人张诗剑等,于1987年创办《当代诗坛》,并成立当代诗学会,成为联结众多南来诗人的重要刊物。都市现实的严峻,和个人人生的漂泊、挫折,使这群南来诗人大都从内心复杂的人生感遇出发,揭示香港社会的世情百态和人生百相,寄寓着他们承继自传统诗学"兴观群怨"的现实性、社会性和讽喻性,也从不愿屈服的未来追寻中,创造着超越客观现实的另一重带有理想色彩的心灵现实。其中较为活跃的有张诗剑(1938—  ),著有诗集《爱的笛音》(1985)、《流火醉花》(1997)、《诗剑集》等;王心果(1936—1996),著有诗集《风物集》(1975)、《情爱,在香港》(1985)、《香港,诱惑的红唇》(1989)、《红果实》(与

---

① 向明《与朔风抗争》,《小评天虹的诗》,金陵出版社,1991年。

红叶、秀实合著,1994)、《十二行以内》(1995);晓帆(1935—　），著有诗集《迷蒙的港湾》(汉俳,1991)、《缭绕的音符》(1992)、《南霄梦》(汉俳,1993)、《香港小夜曲》(1992)、《望海楼风情》(1993)、《短歌新曲》(1995)、《香江那片晓帆》(1997)等。还有一群活跃的女诗人,如曾获奖的林子,著有诗集《蚕痴》的舒非(1954—　），出版了《红翅膀的嘴唇》《路羽诗选》的路羽(1959—　）等。在南来诗人中,梦如和秦岭雪较具个人风格而引人注意。

　　梦如(1955—　），本名杨梦茹,祖籍福建泉州,生于印尼,1960年回国,1979年移居香港。著有诗集《季节的错误》(1991)、《穿越》(1996)等。梦如是一个以自己的心灵世界作为自己诗歌世界的诗人。当她以《季节的错误》来结集从风华少女步入成熟中岁的作品时,所展示的是已剪去"童稚的嫩绿"和"青春的火红",却还留下淡淡忧愁的"渐入中年"的心境。几乎每首诗都有一个与抒情主体相对应的显在或潜在的"你"存在,成为诗人情感的出发点和最后寄托;而所有的追寻都是一种已成失落定局的遗憾。诗人"以复眼观照世界"的艺术主张,使这些含意广泛的爱情意象,同时辐射着诗人人生经历的复杂心灵体验。然而,诗人并不沉溺在永远的哀伤之中,刻骨的恋情使她如珠贝之于大海一样,确立一个钟情女子自尊、自立的形象。她说,"我正雕塑/另一尊自己"(《雕像》),并且自诩"站成顶天立地的汉子","独臂擎起/一座天空"(《树》),实践着她"以诗的完美抗衡人世的不完美;以诗的真实抵换精神荒原的虚无"的诺言。

　　《穿越》是诗人希望"诚挚拥抱更广义的人生"的作品。把主观心灵移情于客观的物象呈示,诗人对外在世界的观照,常常有准确和惊警的发现。如她称《图钉》"突破的意义/仍在于契合",说《港》,是"魂倦时/她递来的一只臂膀",而《波纹》是以"最阴柔的力/打磨阳刚",都渗透着她对人生的认识和一以贯之的感情。《在维多利亚港观看落日》中,诗人借落日的意象写香港的回归,题材的现实性仍不以对现实的"直接拓印"为特征。她说"唐宁街和中南海的高峰会议/随便一声干咳或者/下意识的喷嚏/无不令股市伤寒",而"羽毛丰美的候鸟","蹒跚于维多利亚港的/那枚落日/何时一个角力斗栽入／历史"。联想的跳跃和意象的灵动，具有很大的历史概括力。

秦岭雪（1941—　），本名李大洲，福建南安人。1963年毕业于暨南大学中文系，1972年移居香港。著有诗集《铜钹与丝竹》（三人合集，1983）、《流星群》（1987）、《明月无声》（2001）等。日夕面对的商旅人生，并无多少进入他的诗歌视野，倒是在友情与生命的咏赞中，才放任心中激越的诗情。《将进酒》的豪爽和《我的心》的忧郁，构成他狂放与纤柔的两面。传统教育背景使他更多寄兴于悠长的历史与文化，所写虽多为名山丽水，钟情却在人文胜迹，而融入的则是阅尽沧桑的人生感慨和历史兴叹。即使对于故乡的吟咏，魂牵梦绕的也是渗透在山川风物中的民心人情、文化积淀。偶尔涉笔五光十色的香港都市生活，也充满了传统人文精神的自惜、自励与人道关怀。这也形成了他诗作常常凝聚着古典诗词的辞章、句式、典故和韵味的典雅、流丽特色。精练的构思和简洁的语言，使鲜活的意象有着更圆融的传统与现代的结合。如抒发个人情感的《影子》，诗人飘逸的联想从"水珠有风的影子／宇宙有大海的影子"开始，随着"太阳下山有月亮／月黑的晚上有灯光"等一连串的递进和铺垫之后，突然一个切入，"萤火虫睡着了／你的眼睛有钻石的光芒"，凸现一个光彩照人的现代女子形象；然后诗人倾心拜倒在她的脚下，"你在捣衣石上／你在李清照心上／五柳先生在你脚下／你在我的头上"，这个现代女子便又充满了古典韵味。而当他《回首》历史，以浩荡的气势写"黄河之水天上来"，写"多年以前那一声狼嚎／锯白了今宵月色"，对"曾经死去／无怨无悔"的历史兴叹，只落在"回首是一站站灯火／回首是一千零一个夜晚"。写情写史，纤柔与宏阔两类题材，两副笔墨，传统与现代的两种意绪重重提起却轻轻落下，都圆融在意味深长的意象之中。

3. 蓝海文、王一桃及其他诗人

蓝海文（1942—　），本名蓝田，原籍广东大埔，1963年来港定居。曾主编《文学天地》周刊，创办《诗坛》《世界中国诗刊》，成立香港诗人协会、世界华文诗人协会，并自任会长。从1965年《蓝海文抒情诗一集》至今，已出版诗集十余种。除了根据古今中外史料撰写的《中华史诗》《寓言诗一百首》《漫画诗三百首》《神话抒情诗》

等诗集外，反映现实的作品，也努力植根在中华文化的丰厚土壤之中。1990年，他提出"新古典主义"诗观，并以《第一季》（1989）、《铜壶》（1990）、《惊蛰》（1991）、《昨夜不是梦》（1991）、《花季》（1991）等诗集作为自己实践"新古典主义"诗观的代表作。他认为受到西方影响的现代诗必须"归宗"与"归真"，即返回到诗的本位和民族的本位，回到"真善美"和"诗无邪"的位置上来。作者在实践自己的新古典主义理念中，一方面努力从艺术上将西方现代诗的艺术方法吸纳在民族诗歌艺术之中。他自喻是一棵"中国的苹果树／以东方的精神／做我硕大的支柱"，让"西方的枝叶"在"归化我族"中与枫荷苹桃"一树成熟"（《苹果树》）。另一方面，他努力在作品中表现中国传统人文精神的巨大感人力量。这既是他诗歌创作的观照角度，也是他作品所企望揭示的主题。作者虽然长期居住在香港，并投身商界，但他很少触及香港都市社会的题材，大多是在抒发人生的感遇和在中国历史文化的遨游中，升华着对生活挚爱和对民族历史与命运关切的情感。就题材而言，大量是写史、咏物、记事、怀人、感时、抒怀，大致都涵括在中国古代诗词的各种题材范畴里。他曾画龙点睛地写了数十位历史人物和故事，从史迹的复述和重新诠释中，获取哲理感悟和历史慨叹。如在《孟姜女》中，将孟姜女庙与秦兵马俑并置，从而发出"筑长城的／都白骨去了／最后还是他的兵马／活着"的感慨。在另外一些咏物、怀人的篇章中，也努力将他的现时感兴贯穿其中。有时慷慨直抒，如写《唐山》，"管他／飘风旋风龙卷风／卷得走的／不叫华夏"，借"唐山"作为地震事件和海外游子对故国家园泛称的双重含义，赞美不屈的民族脊梁；有时隐喻深沉，如写从新界到九龙必经的《狮子山》，"伸伸懒腰／翘翘尾巴／一只不能不回家的／道光手上走失的／石狮子"，倾吐着对香港失陷历史和期盼回归的慨叹。

与其动辄数千行的《中华史诗》长卷相比，这些"新古典主义"之作大多篇幅短小，语言简洁、明晰，常常借用传统的意象、意境、辞章或典故，予以生发或转化；有时也融进现代诗的象征、暗喻、通感、隔断等手法。有些篇什写景咏物，意象盎然，单纯贴切，如称《帆》是"滑浪中／徐徐走过的／新月"，《木瓜》是"无论左看／右看／你都是，朴素得／不能再朴素的／女人"。但有些篇章，以史写史，就事论事，写得浅淡随意，有待更深的开掘。

王一桃（1934—　　），原名黄延寿，祖籍福建同安，生于马来西亚。1952年回国，毕业于广西师范学院中文系，1980年来港。著有《王一桃香港诗辑》（1993）、《我心中的诗》（1993）、《王一桃热带诗抄》（1995）、《香港诗人王一桃选集》（1995）、《香港火凤凰》（1996）、《王一桃诗世界》（1997）等多种。

与生俱来的漫长苦难与坎坷，差异悬殊的三种不同的人生经历，给予诗人在题材上跨越不同空间的广阔性，互为参照地成为他诗歌创作的特殊观照角度。他在国内写回忆海外生活的诗，从香港反思内地动荡的人生，又以一个内地南来者的身份倾注对于香港亦爱亦怨的复杂感情。视野的交错和时空的间隔使他的一部分诗作获得广阔自由的思考空间。为纪念抗日战争胜利五十周年创作发表的《马来西亚：三年八个月》（组诗），是诗人"热带诗作"的代表。作者将二战期间陷入日寇铁蹄之下的马来西亚这段社会史和自己的家族史（华侨史）交织起来，表现马来人民和华侨同心抗日的壮烈行为和爱憎感情。个人身份和经历的切入，使这组诗有着既宏阔又细微的多重视角和亲切的情感力量。组诗《告别昨天》《地下河之歌》等是诗人抒写大陆的另一类作品。这些大致写于内地，抵港后才整理发表的诗作，揭示"文革"期间现实的荒谬和惨痛，表现了作者"但歌民病痛，不识时忌讳"的艺术良知和勇气。

作为香港诗人，王一桃写了大量反映香港社会现实的诗。诗人对香港的钟爱，在最初的作品中，有时甚至到了爱屋及乌的程度。从对维多利亚海上日出的自然风光的赞美，到对豪华酒楼一壶热茶的社会风情的吟咏，甚至连跑马投注、炒金炒股等等，都看作"比乌托邦实在，比桃花源舒服"的理想乐土。随着对香港生活的体验日深，诗人也看到香港繁华的另一面，在《这社会太悬殊，这世界太奇特》《香港反光镜》《香港咏叹调》《天堂变奏曲》《漫画香港地》等组诗中，诗人在香港都市传奇和市井百态的人生观照中，揭示社会的两极分化、世风日下、天道不公、精神贫乏和种种令人啼笑皆非的荒谬现象，爱中有怨，肯定中有否定，礼赞中有批评，形成了王一桃香港都市诗的特殊色彩。

王一桃的诗歌形式除了少数的长篇自由体，如为迎接香港回归而写的激情洋溢的长诗《香港火凤凰》等外，大部分是抒情的短章。作者往往抓住一个典型意象，情感和思想随着意象的展开而生发和深入。李元洛曾以"凝练而奔放，平易而深沉"来概括王一桃短诗的艺术风格。"内敛的外形式和外逬的内驱力相摩相荡，构成了强烈的现代诗学所说的'张力'"①。

这一时期较少参与南来诗人社团和诗刊活动的诗人，还有黄河浪、吴正等。黄河浪（1941—　）著有诗集《海外浪花》（1980）、《大地诗情》（1986）、《天涯回声》（1993）、《香港潮汐》（1993）、《海的呼吸》（2001）等。吴正（1948—　）著有诗集《有芽的种子》（1984）、《爱的诗原》（1988）、《香港梦影》（1991）、《起风的日子》（1991）、《吴正自选诗集》（1993）、《吴正诗选》（1993）等。

## 四、余光中、原甸等在香港的诗作

20世纪70年代以来，有一批来自台湾、澳门和东南亚的诗人客居香港，并以自己的创作丰富了香港的诗坛。他们中较有影响的有来自台湾的余光中、钟铃，来自澳门的韩牧，来自新加坡的原甸和来自越南的陶里等。他们成为香港诗坛另一道风景。

余光中（1928—2017），原籍福建永春，50年代初经香港到台湾。1974年应聘香港中文大学中文系时，已是蜚声台湾的著名教授、学者和诗人，以诗、散文、翻译和评论等称誉于台湾文坛。余光中在1974—1986年于中大任教的12年间（其中一年休假回台湾师大客座），出版了《与永恒拔河》（1979）、《隔水观音》（1983）、《紫荆赋》（1986）三部诗集，并以其文学声誉、创作实践和社会活动对香港诗歌起着重要影响。

余光中来港之后的创作，在他诗歌生命中占有重要地位。60年代初，因长诗《天狼星》与洛夫发生在台湾现代诗发展上有重要意义的论争，为此余光中写了著名的《再见，虚无！》表明他对现代诗反思自省的态度，并在《五陵少年》和《莲的联想》两部诗集中开始关于"新

① 李元洛《江湖未老少年心》，《诗刊》，1993年8月。

古典主义"的探索，而在《在冷战的年代》和《白玉苦瓜》中进一步从搵进现实和重认传统的两个侧面，寻求在纵的历史感、横的地域感和纵横交错而成十字路口的现实感的三度空间中，来建构现代诗的清醒意识，而进入一个新的创作境界。在这一背景下来到香港的余光中曾说，"香港在大陆与台湾之间的位置似乎恰到好处"[1]，因为香港"和大陆的母体似相连又似隔绝，和台湾似远阻又似近邻"。所以他说，香港这十年"是我一生里面最安定最自在的时期，回顾之下，发现十年的作品在自己的文学生命里占的比重也极大"[2]。有论者认为："余光中是在九龙半岛上最后完成龙门一跃，成为中国当代大诗人的。"[3]

余光中香港时期的诗，在两个方面引起人们的重视。

其一，对大陆现实的关注。在台湾，强烈的忧患意识使余光中对中华民族命运的关切，既表现在对生于这历史中的人生剖析和历史兴叹，也强烈回响在由乡愁所激起的家国意识和民族情怀，还隐约地转化为对民族文化的孺慕和再造。而身在香港，推窗便是近在眼前的大陆，其时正是"文革"走向改革开放的历史转折期，不能不唤起余光中对大陆现实的强烈关注。抵港初期写的一批作品，如《梦魇》《故乡的来信》《小红书》《海祭》等，交错着对这段历史的慨叹。随着"文革"的结束，新时期来大陆的变化也为余光中有关大陆的诗歌形象带来一丝春风暖雨，在《苦热》《初春》等诗作中做了某些象征性的暗示。

其二，为中华民族造像。从《五陵少年》开始至《白玉苦瓜》为标志，对中国文化的历史孺慕成为渗透在余光中现代诗中的历史感、民族感的体现。来到香港之后的新作，沿着这一历史情思的脉络而日益深湛。诗人自谓这"一方面也许是因为作者对中国的执着趋于沉潜，另一方面也许是六年来身在中文系的缘故"，作品不仅数量日多，而且思想和情感益加深刻，不甘落于平面的抒写，而求其古今对照或古今互证的立体体现。《唐马》是就香港博物馆的一尊唐三彩来展开诗人的情怀，从秦月汉关大唐风，直榜今天赌马看台上"不谙骑术，只诵马经"的状态；《黄河》借六十余帧照片投辞，从一代代远祖直溯回今天"弯

---

① 余光中《与永恒拔河·后记》，洪范书店，1979 年。
② 余光中《回望迷楼——〈春来半岛〉自序》，香港出版公司，1985 年。
③ 流沙河《诗人余光中的香港时期》，《香港文学》，1988 年 12 月。

腰摇着单桨"的河汉，受黄河的哺育，也聚黄河的苦难，慨叹"生来就与黄河同在"的中华民族的命运乖蹇。而在另一些作品，如《漂给屈原》《湘逝》《梦李白》三题和《东坡夜读》等诗中，诗人从对前辈同行的吟咏中，或端肃，或谐趣，或旷达地表达了他在精神上的文化归依。这是余光中香港时期诗作最重要的收获。

余光中对香港诗坛的贡献，除了他自身创作所获得的成就外，还有以他的声誉和影响参加香港的文化活动对香港诗歌的推动，以及他个人的艺术成就对年轻诗人的艺术影响，都对香港诗歌水平整体的提高，有着深长的意义。

原甸（1940—　　　），本名林佑璋，另有笔名橹丹、司马心、万福士等。原籍福建闽侯，生于上海，60年代初开始活跃于新加坡文坛，后返京经澳门再定居香港。停笔十年后于70年代重新执笔，写诗、杂文、评论和剧本，1984年重返新加坡。出版诗集《原甸诗选》（1976）、《诗的宣言》（1978）、《水流千里》（1978）、《香港风景线》（1981）、《香港窗沿》（1983）、《掌声集》（1984）等，这些作品大都收入返回新加坡后出版的《原甸三十年集》（1990）中。

原甸在中学时期开始写诗，60年代中期返回北京后受当时中国诗坛的风气影响，作品有较强的意识形态色彩和宜于朗诵的特点。他曾以第三人称的口吻谈论自己的创作，称原甸的诗，"从实质上说，是旅居外地的马来西亚和新加坡华人诗人的作品。但由于作者现居香港，作品又常与香港的作家混合刊登，因此从文学发展的角度看，又似可看成是中国新文学在特定地区特定历史条件下的一种特殊的变化。"[1]

原甸从北京移居香港的18年时间，历经坎坷，备尝尔虞我诈的商业社会的百般滋味，但他的精神始终昂扬。一方面他哀悼"我们的诗死了"，死在办公室、检察官的利剪下，也死在赛马、六合彩、昂贵的房租和债单上；但另一方面他又宣称要把诗人这块牌子洗刷干净，让人民重新感觉它、喜爱它、拥有它。以这样的态度，他的诗也充满了高昂的理想主义色彩，一方面谴责现实的丑恶，另一方面以诗展开精神的光明一角。他以在渡轮码头摆卖"沙爹"这种南洋小食品为生

---

[1] 原甸《香港诗坛一瞥》。

而自称"沙爹诗人",企望以此证明"诗人能够劳动 / 劳动者能写诗 / 诗人劳动了 / 更能写诗"的道理。作品的自叙传色彩和以自己作为抒情主体和抒情对象的特色,是原甸这一部分带有浪漫情绪的诗作的特色。来自底层生活的切身体验,使原甸关于香港社会的诗作,具有强烈的现实批判的锋芒。他写"屋",写"租",写"炒",每一字的后面,都凝聚着香港社会繁荣背后的一串悲惨的人生,画出一幅幅都市"难民图"和无可救药的"都市病"。在"炒"的癫狂中,诗人提问,"人的道德",为什么"没有人炒"?在期待中谴责,在谴责中寄托自己的理想。从典型社会现象的捕捉入手,予以概括,将现实批判的锋芒以调侃、挪揄、反讽出之,极含悲慨愤郁之情,又以自己不堪灭失的理想光芒照耀,使原甸这部分以现实批判为基调的作品,也洋溢着诗人的浪漫情绪。

流寓异乡的漂泊人生,使原甸在作品中常常倾吐着思乡恋土的感情,如《归》《催》《月的甜与咸》《月亮新论》等。诗人怀恋家乡,这家既是作者已经扎下根了的新加坡,但诗歌意象的延伸,又何尝不是中华民族子裔对故国母土依恋的普遍象征。更能体现原甸创作中南洋生活特色的,是《孕妇岛的传说》《寡妇山》《水流千里》等长诗。前两部记叙的是流传于马六甲和婆罗洲的传说故事,表现了早年的华侨青年与南洋群岛居民生死与共的密切关系。写于70年代末的《水流千里》则是一个现实故事。从南洋青年陈明光沦落香江开始,回溯三代华工的坎坷命运和与侨居国人民共同抗击日寇的辉煌史迹。作者显然受到李季的长诗《杨高传》的影响,以民间说唱的节奏和诗体形式通过陈明光三代人的命运来展开一部曲折的华侨史。有些章节写得相当动人,不足的是陈明光及其先辈的形象缺乏个性色彩,作品作为叙述长诗的结构也不够完整,艺术感染力也就受到影响。

外来客居香港的诗人,较具影响的还有韩牧、钟铃等。韩牧(1938— ),生于澳门,50年代初移居香港,90年代后期移居加拿大。在香港四十年间,著有诗集《铅印的诗稿》(1969)、《急水门》(1979)、《分流角》(1982)、《回魂夜》(1983)、《伶仃洋》(1984)、《待放的古莲花》(1997)等。由于其创作题材不少与澳门相关,一向被视为澳门的"离岸作家"，我们将在澳门诗歌部分予以论述。钟铃（1945— ），于 1977 年由台来港任教于香港大学，1989 年返台。在港期间出版了诗集《芬芳的海》（1989）和诗文集《群山呼唤我》（1986）、《美丽的错误》（1988）等。

# 第二十一章　澳门当代新诗

## 一、背景和历程

澳门作为西方文化进入中国的最早一个地点，始于16世纪中叶。当伴随葡萄牙海上殖民势力而来的西方传教士，从这个小小半岛进入中国内地，并经这里将中国古代文化带回欧洲时，澳门在十七八世纪迅速崛起成为一个沟通东西方经济、文化的交通大港。然而，东西方的贸易在这里进行，东西方文化却只从这里"转口"。它形成了澳门"葡萄牙和中国两个社会隔墙相望、和睦相处"[①]的特殊景观。其原因是澳门自身的文化底蕴不足。文学的发展更是迟缓。直至明末清初，才有一批自称"前明遗民"的文人，如迹删、张穆、翁山、渗归、独漉等，聚集在自安南归来设道场于普济禅院的大汕和尚周围，使普济禅院成为澳门文学的发祥之地。此后，内地文人陆续来到澳门，或避难，或宦居，或观光，或课徒，都有吟咏留下。直到民初，仍有一批不服新政的人士，如汪兆镛、吴道容、张学华等遁迹澳门，作采薇之咏。流风所及，传统文学在澳门有较深的根基。20世纪20年代初新文学在包括台湾、香港的全国各地如火如荼，澳门却成立了本土作者的第一个古体诗社——雪社。这一影响直到今天，澳门能作古体诗词者，数以百计。既有政坛人士，也有商界闻人；既有前辈名家，还有童稚学子。

---

① 潘日明《殊途同归——澳门文化的交融》，澳门文化司署，1992年。

新文学在澳门的出现，要迟至全面抗战前夕。随着救亡运动的展开，戏剧、歌咏、漫画、宣传抗日的文章等新文艺形式，始现于街头和报纸副刊。抗战期间虽也有一批作家如茅盾、夏衍、张天翼、端木蕻良、杜埃、秦牧、紫风、华嘉等，途经或小住澳门，但并未留下多少作品。彼时能在《大众报》等副刊上撰写诗文和连载小说（如《侦探胆》《温柔滋味》等）的陈霞子、何文法、余寄萍等，亦都是战时由港来澳短期停留的著名报人。澳门本土作者的出现要到50年代以后。1950年出版的《新园地》和《学联报》虽为综合性刊物，但重视发表文学作品。当时在刊物上写诗的本土作者有李丹、李成俊、李鹏翥（梅萼华）等。1958年，《新园地》成为刚创刊的澳门日报副刊，是澳门最重要的文学舞台。其他的报纸如《华侨报》《市民日报》《星报》《正报》等也相继开辟副刊，刊发文艺作品。1963年，由澳门一群青年作者创办的《红豆》出版，虽为油印，且只出版14期，但作为集结澳门本土作家的第一个纯文学刊物，其影响深远，不少作者至今仍活跃在文坛上。

　　鉴于澳门的文学园地有限，自20世纪50年代以来不断有澳门作家移居香港或在香港发表作品，形成了澳门特殊的"离岸作家"和"离岸文学"现象。以诗在香港或海外成名的澳门"离岸作家"有张错、韩牧、陈德锦、钟伟民等。而据凌钝从香港报刊搜寻编辑的《澳门离岸文学拾遗》所载，六七十年代在香港发表诗作的澳门诗人有雪山草、李丹、隐兰、陶里、江思扬、汪浩瀚、刘思扬等十余人。新诗在澳门并不发达的文学中，居于主要地位。

　　80年代是澳门文学真正崛起的重要时期。究其原因，一是内地的改革开放推动了澳门政治、经济、文化的发展。中葡联合声明的发表确定了澳门进入回归的过渡期，使澳门在加强基本建设、重视华人文化和允许华人参政等方面，加快了步伐。文化的发展和文学的活跃在这一背景下被激活。二是随着经济的发展，澳门人口自80年代在十余年间激增一倍以上，大量来自中国内地和东南亚的新移民，不仅带来了资金、市场、劳动力，还带来了各种活跃的思想和文化，打破了澳门的宁静风情。社会结构的变化也反映在诗坛结构的变化上。由本土诗人、内地新移民和东南亚华人移民中脱颖而出的诗人构成澳门诗坛的主要成分，他们以各自不同的人生经历和文化背景，形成了澳门诗歌的多元景观。三是澳门社会的发展推动了澳门文学走向自觉。1984年旅港的澳门诗人韩牧率先提出"建立澳门文学形象"的呼吁，获得广泛的响应。随之澳门笔会、澳门五月诗社、澳门写作学会等文学团体相继成立，在组织创作、编辑刊物和出版作品的同时，广泛联系内地、香港、台湾和海外的作家和文学机构，参与各种跨地区和国际性的学术活动，提升了澳门文学的地位。

在80年代澳门文学的崛起中，诗歌扮演着重要的角色。它既作为一个主要的文体形式，活跃在澳门的文坛上；也在创作实践上，代表着澳门文学的艺术水平。较之散文和小说，澳门诗歌是堪与内地、台港和海外华文诗歌相提并论、接轨对话的一个领域。一方面，从诗人的阵容看，从30年代就在上海发表诗作而此时仍有作品问世的华铃算起，到正当壮年的江思扬、汪浩瀚、胡晓风、陶里、云惟利、高戈、淘空了、玉文，年轻一辈的苇鸣、流星子、懿灵和更年轻的凌钝、梯亚、王和、林玉凤、黄文辉、冯倾城、谢小冰等，还有离开澳门仍关心澳门诗坛建设的"离岸诗人"张错、韩牧、陈德锦、钟伟民等，诗家迭出。对于一个仅30多平方公里、60余万人口的城市而言，诗歌人口的比例可谓不低。另一方面，80年代中后期才开始引人瞩目的澳门诗歌，经历了从50年代至70年代的培育，又吸纳了来自内地和海外不同的艺术经验，既有对"五四"新诗艺术传统的承继，又有对西方艺术新潮的借鉴，在诗人各自不同的人生经历和文化背景上形成了多元的艺术景观。就风格而言，大致可以有如下三种划分：一、孕育于以往年代的诗人和兼擅古体诗词的作者，比较重视对于"五四"新诗传统的继承。如早年深受冰心小诗影响、中年以后倾向古典、诗风婉约潇洒的胡晓风，钟爱闻一多的诗、追求艺术纯美、诗行严谨整齐的汪浩瀚，感染于郭小川、贺敬之、何达诗风，常将现实感受升华为社会思考的江思扬，热衷现代、兼擅古体、常在一部诗集中两体并存的学者诗人云惟利（云力），创作了数千首古体诗词并以云独鹤、薄海涯等笔名发表新诗的冯刚毅等。二、接受内地以"朦胧诗"为代表的新诗潮沐浴和台港现代诗风影响的诗人，倾向于在现代人的都市生活感受中，以现代技巧表现现代精神，如来自中南半岛的诗人陶里，来自中国内地的移民诗人高戈、淘空了、流星子等。三、追索最新的艺术思潮，表现出后现代主义诗歌的某些重要特征。它主要出现在一批年轻的诗人，如苇鸣、懿灵、凌钝等的部分作品中，一些中年的现代诗人，如陶里、高戈、流星子等，也时有后现代诗作的尝试。

## 二、诗人

20世纪80年代以来，澳门诗坛出现了一批有一定影响的诗人，其中较重要的是：

陶里（1937—　　　），原名危亦健，祖籍广东。旅居中南半岛30多年，足迹遍及越南、柬埔寨、老挝和泰国，1976年回香港，1979年定居澳门。著有诗集《紫风书》（1987）、《蹒跚》（1991）、《冬天的预言》（1998）、《马交石》（1999）、《危阑高处》（2000）、《过澳门历史档案馆》（2003）和小说、散文、评论等多种。早期的诗具有浪漫主义和批判现实主义的色彩，写他在湄公河边理想的追寻和灭失，以及战争的残酷与现实的灾难。返回香港和定居澳门以后，从漂泊和战乱中归来的天涯游子，面对繁华的现代都市重寻人生的立足点，在体味远离战乱的恬静中又难免有彷徨歧路的失落和劫后人生的惆怅。这种难以一语道明的茫然心绪，使他走向了有着更广阔意象涵括力的现代主义。特别在澳门获得安定生活以后，他能够从容地审视和思考澳门这一东西文化交汇的特定的历史空间。他从现实搜入历史，在诗中形成历史与现实的同构。一方面从现实反思历史，在现实的空间做历史的梭巡和映照；另一方面又以历史反讽现实，对历史遗给现实的耻辱和畸形，做了尽情的调侃和揭露；然而在这调侃中隐藏着诗人滴血般的创痛。诗人的强烈现代意识，蕴含在深刻的历史感悟之中。一系列描写澳门题材的作品，如《水渍集》《过澳门历史档案馆》《马交谱》《亚美打利卑卢大马路向晚》等，都因其深刻历史感的现代意识和对中华文化一往情深的古典情韵，而具有内蕴丰富的文化价值和艺术感染力。在近年的作品中，陶里更多地关注个人生命的感悟和抒写。诗集《蹒跚》是继《紫风书》那些传统命题之后对个人"生命的版图"更具哲理化的开掘。他称诗是自己"伪装了的情感符号"，"处于变化急剧，讯息万绪的当代社会之中，比常人特别敏感的诗人，其情绪的动荡不安尤其激烈，促使他们不满足于传统的表现形式，促使他们不愿按照正常的思维程序和语言规范进行创作，于是作品中出现语言的无序性、事物的变形性、意象的反常性和题旨的含糊性"（《蹒跚》代跋）。诗人也常有"后现代"的艺术尝试，表现了他高扬的艺术探索精神。

和陶里同样从海外归来的诗人还有来自新加坡，任教于澳门东亚大学的云惟利（笔名云力），著有《大漠集》《白话诗话》《涛声集》等。深厚的文化素养和汉学功力，使他常在一部诗集或同一个题材上，新诗与古体并存。其诗风落拓潇洒、婉约典丽，闲适恬淡地穿梭于历史和现实之间。先返北京而后定居澳门的印尼归侨玉文（1944—　），原名吴珍妮，曾为舞蹈演员和教练，其诗作在轻灵的想象中以短句抒写心灵的现实感兴，富于现代感。

从内地移民脱颖而出的诗人中，较为引人瞩目的有高戈、淘空了、流星子、李观鼎、舒望等。

高戈（1941—　），本名黄晓峰，祖籍福建莆田。60年代开始写诗，著有诗集《梦回情天》和评论集《澳门现代艺术和现代诗评论》。高戈诗歌的观照视野比较开阔，艺术手法也较多样。从个人的情爱世界和面对的现实人生到梦回故国家园以及瞬间感悟中的邈远哲思，既有意象古雅、诗行整齐的传统写实与浪漫，也有时空错动、意象叠加、词性扭曲、通感开放和平面拼贴的现代或后现代。他的一部分作品中表现了强烈的民族文化意识及对传统的继承，诗歌的抒情形象是一个对祖国山川和历史文化充满自豪和热爱的歌吟者的形象。在另一部分作品中，诗人扮演了一个愤世嫉俗的批判者的角色。随着诗人渐渐地融入澳门社会，和对澳门文化在中西文化史上特殊地位与贡献的理性认知的深入，诗人也经历了自己情感世界从排拒到揳入的过程，在艺术上寻找将传统与现代、家园情思与都市景观熔于一炉，而在艺术形式上更倾向于现代主义。

淘空了（1943—　），本名郑卓立，原籍福建惠安，毕业于福建师范大学中文系。80年代初移居澳门。残酷的现实幻灭了诗人对生活美丽的憧憬，却激发了他与不公的人生命运抗争的奋斗精神。正是在与命运的抗争中迸发了他如鲠在喉的诗句，著有诗集《我的黄昏》（1991）、《黄昏的解答》（1995）、《黄昏的再版书》（1998）等，既作为自我的心灵慰藉，也作为自己不屈抗争的精神标志。黄晓峰在剖析淘空了的精神个性和艺术风格时说："他不顾构造词句的常规模式，诗行里充斥着撞击与叠加的诸多意象，其诗歌语言的扭曲变形往往使读者愕然吃惊。诗人独特的表现形式无疑地也使诗人自己成为他大胆试验的形式的囚徒。他的诗作充满了乡土的朴拙气，又流露出现代都市生活不可忍受的压抑感，二者往往纠缠一体，凝定为他那种特有的生僻而朦胧的风格，这也许就是淘空了的诗之本色。"（《淘空了和他的诗》）

流星子（1958—　），本名庄文永，原籍福建惠安。80年代初到新加坡，而后定居澳门。著有诗集《落叶的季节》和《澳门文学评论集》等。童年生活的艰难和长大后的越洋流浪，使作者深刻地体味到人世的苍凉、酸辛。无论是写自己从失怙到漂泊的浪子生涯，还是定居澳门后的都市人生体验，作者都善于把自己从漂泊人生和都市生存中获得酸甜苦辣的内心体验，升华为富于哲理的悲剧性审美形象。从新加坡到澳门，尽管他的诗产生在这富于独特文化风情的都市，但他苦苦思索在自己坎坷的人生体验里，感受生命难以承受的"秋天的重量"，无暇对都市生活做太多的观照。即使在一辑题为"都市之恋"的风景画里，也以来自农村而被都市视为"陌生人"的底层人生为视角，把都市作为自己心灵悲剧的影子，在风格上表现了对于现代主义的倾心和追随。

澳门本土的诗人，一直是澳门诗坛上的重要力量，其中，60年代就发表诗作的江思扬、汪浩瀚等，80年代后仍活跃在诗坛。江思扬（1949—　），本名李江，最初的创作曾受到50年代中国内地诗风和香港舒巷城、何达的影响，常把现实人生场景升华为具有深厚社会意识的思考，作品蕴含强烈的现实反讽和理性色彩。到80年代中期以后，随着澳门向现代工业社会的转型和诗潮的更迭，诗人在艺术上虽未摆脱传统的审美惯性，但在意识上表现出鲜明的现代精神。1992年出版的诗集《向晚的感觉》是他自70年代以来诗作的结集。

汪浩瀚（1950—　），本名汪云峰，最初的诗在澄明的语言中有较强的现实性和社会讽喻的特点，形式上受闻一多的影响，格律严谨，句式整齐，音韵铿锵，颇具唯美主义色彩；来自家学的古典文学修养，使他的诗在辞章、节奏、意象、情调上具有典丽的新古典主义的气息。

在澳门文化教育背景下成长起来的诗人以苇鸣和懿灵最具现代主义的特色。

苇鸣（1958—　），本名郑炜明，原籍宁波，1962年随家庭来澳，毕业于澳门东亚大学。著有诗集《双子叶》（三人合集）、《黑色的沙与等待》（1988）、《血门外，无血的沉思》（1991）、《无心眼集》（1995）、《传说》（1998）等。最初的诗集《黑色的沙和等待》，在题材上较多与他成长的澳门有关。作为一个研究澳门历史与文化的学者，他说："这小城，有很丰富很悠久的历史。更丰富更悠久的是它的历史感。"因此他所谓的"黑色的沙"是比澳门黑沙海滩更悠久的历史和更沉重的历史感。在《述怀篇》《氹仔的传奇》《铜马像下，传自金属的历史感》等诗中，历史与现实交错所构成的悲郁、愤慨被冷却成诗人无言的创痛和尖锐的反讽，沉沉地凝成这些诗篇的震撼力量。当诗人回望历史时，他的重心不在历史而在现实，如同他以诗眼看澳门、看香港、看天下、看时局、看人生时，表现出敏锐的时代感和强烈的现实参与意识。他写"一国两制"（《香港交通》）、写不幸的死难者对战犯裕仁的控诉（《挽某些鲜血》）、写美国对巴拿马的入侵（《巴拿马事件分析报告》）等等，或关切，或调侃，或反讽，有着对世界博大的人道关怀。不过，当诗人从现实返视历史或从历史透析现实时，他并不拘泥于真切具体的场景和事件，而是超越为更具哲理蕴意和人生感悟的意象。作者承认自己是"非常形式主义的"，他以"玩"形式来"反"形式。他的诗几乎没有固定的格式，也无成规的辞章和避讳的题材。他把戏剧、电影、图像这些邻近的艺术，乃至广告、规划、调查报告这些与诗毫不相干的实用文体，融进诗里，用来传达自己特殊的感受和意图。而在语言上更不论工拙、不避雅俗、不拘文白，从而扩大了诗的畛域。诗人的前卫色彩使他成为澳门诗坛跨出现代主义走向后现代的代表。

懿灵（1965—　），本名郑妙姗，原籍广东中山，在澳门出生，毕业于澳门大学政治及公共行政学系。学生时期开始写诗，1990年出版诗集《流动岛》，即在香港和台湾获得强烈反响。诗集表现了"一颗年轻的心对乡土（澳门）的深厚的爱和对国家民族某一时期所产生忧患意识"（陶里语）。读政治系的诗人以她对政治"绝不冷感"的态度，来抒写作者所说的"中国神州的变化""澳门社会的情状"和"澳门社会背景的暗流"，以及"人和世界的关系"，充满了"先天下之忧而忧"的忧患意识和"大丈夫"的英雄气概。她的另一部分作品写生活和情爱的感受，也表现出新一代的人生观和情爱观。在风格上，作者看似平直的内心独白似的抒写，有着不易一眼看出的深刻蕴意。现代主义手法的熟练运用和时而对后现代风格的尝试，使她成为澳门诗坛另一位先锋色彩浓烈的前卫诗人。

澳门更年轻一辈的诗人，如凌钝、梯亚、王和、林玉凤、黄文辉、冯倾城、谢小冰等，已经没有了本土和外来之分。即使是80年代才随父母移居澳门，但都在澳门的文化教育环境中与澳门近二三十年的变迁一同长大，认同澳门并以之作为自己的"家园"。这使他们的诗没有历史的羁绊，表现出更富于青春创造的现代精神。

## 三、"离岸"和"土生"

这是澳门诗歌特殊的两个部分。

"离岸诗人"是指从澳门移居香港或海外，并不断以其创作和活动回馈澳门的诗人。在澳门的"离岸诗人"中，以现任教于美国加州大学的张错影响最大，他有不少作品均以澳门为题材；而定居香港的韩牧与澳门文坛的关系最为密切。

韩牧（1938—　），本名何思扬，生于澳门，50年代移居香港，著有诗集《铅印的诗稿》（1969）、《急水门》（1979）、《分流角》（1982）、《回魂夜》（1983）、《伶仃洋》（1984）、《待放的古莲花》（1997）等。韩牧对澳门文学的发展始终十分关注，1984年在"澳门文学座谈会"上，率先提出"建立澳门文学形象"的呼吁，获得广泛响应。与此同时，他还致力于举办"澳门新诗月会"，推动澳门的新诗创作。他出版的诗集也多以澳门地名，如"分流角""急水门""伶仃洋"等来命名，表现了诗人对自己生身故土的怀念，也是对他自己生存位置和心态的象征。珠江口外的急水门，既是通往内地的重要水道，也是迈向世界的广阔门户。澳门在中西文化交流史上的地位和诗人介于澳门和香港两地之间的成长背景，都使诗人处在这既是"分流"又是交会的"急水门"前思绪万行。他以"急水门外一颗深埋的无名螺"自喻,写下许多关于澳门的诗。整部《待放的古莲花》中六七十首诗都以澳门为题材。他的思考既深入到历史的各个角落,他说,"占领每一个山顶和高岗／不是炮台就是教堂"(《教堂教堂》),一语中的地揭出殖民者侵略的两手;又关注着澳门社会的现实发展,欢呼"掌握在我们手中"的"船舵","对着历史又与历史疏离／驶向未来 驶向历史的反方向"(《澳门号下水》)。他常从日常生活中来升华自己的认知,作品既有强烈的生活气息,又有深沉的哲理意味。如写菜市场上的一条被剖的"鳞鱼",那一刀切开的两个伤口,裸露的是"同一个耻辱";但这一"共有的刀痕"所剖分的头和尾,是一条"不能分"的海峡。由幽微到宏硕的联想,意象生动而又蕴藉深沉,犹如他写的那盏悬挂空中的鲤鱼灯,使他想起"你的壮硕成了你的沉重／悬挂起来了 你的沉痛"(《鲤鱼》)。

1982 年韩牧出版了他为亡妻所写的一千五百行长诗《回魂夜》,在香港和澳门都引起强烈的反响。有人称"这是诗人感情的狂草,也不能不是诗人造诣的狂草"(陈不讳),有人说"这是诗,也是心头滴下的血"(陈浩泉)。长诗从诗人等待亡妻魂回写起,回忆八年前"云中的相遇"而结成爱侣,表现拮据生活的种种情意和遥隔阴阳界限的互相惦记。感情深切真挚,回肠荡气,一泻千里。诗中流露的中华民族传统的人伦观、情爱观,使这首原来标有"禁止传阅"的诗人的"私语",有着很大的典型性,不能以寻常的诗歌作品看之,也非寻常的诗人所能写出。

所谓"土生",是指在澳门出生的葡萄牙后裔,其中大部分是葡萄牙人踞澳后与东方人——主要是中国人结合而生的混血儿。他们"遗传本体十分丰富"的葡萄牙文化,又东西合璧地融进东方(主要是中国)文化之中,是澳门介于欧洲葡萄牙人和澳门华人之间的一个特殊阶层。他们大多已无法返回欧洲祖家而自称"澳门之子"。他们作为基本法所规定的"澳门永久性公民",其文学也应纳入澳门文学之中。

"土生文学"最早出现于 18 世纪的澳门,当时已有用古葡萄牙语混合东方语汇形成"土生葡语"创作的"土生歌谣"和诗篇。20 世纪中叶以后,涌现了一批成熟的"土生"作家,如江道莲、飞历奇的小说，若瑟、玛尔丁妮的散文，飞文基的剧本等，尤以诗歌最为突出。其中较为著名的诗人有若瑟（又名阿德，1919—1993），出版了诗集《澳门诗歌》《澳门，受祝福的花园》。李安乐（1920—1980）出版了诗集《孤独之路》。马若龙（1957—　），著有诗集《一年中的四季》等。这些作品热情礼赞了澳门这座"受祝福的花园"，对于"生于斯，死于斯，歌哭于斯"的这座"基督城"充满挚爱之情。在"布满美艳的鲜花"和"传遍优美的歌声"中，他们也不能不对自己族群的身世命运和存在状态，充满了探寻、询问的历史凝重感。李安乐在十四行诗《两座小屋》中写道：

> 途经那座小屋，屋里安息着
> 我深深怀念的父亲；沉思他
> 如何离开布格德阿基老村
> 来这儿，在这儿挣扎受苦？

> 途经那座小屋，屋里安息着
> 我贤淑的母亲；询问她
> 如何离开了故乡广东
> 来这儿，在这儿独受煎熬？

> 你俩的灵魂在此相遇，
> 神秘的命运把他们吸引在一起，
> 这命运也使我在此诞生。

> 也就在此地，我又倦意深沉，
> 我的乖戾已使我历尽苦辛，
> 但不知我是否也将在这里埋葬。

作品借自己父母的形象，追询和反思祖先舍弃故土漂洋东来的命运以及自己生存的困惑，极典型地表达出当前澳门"土生"的复杂心态。

东西方文化的融合，使澳门的"土生"诗歌，在吸收东西方两种不同艺术的优长上处于有利的创造地位。"土生"诗人喜欢以欧洲传统的十四行诗来表现东方的生活情调和他们复杂的心灵感喟；但当他们以中国传统的题材和意象进入西方的诗歌体式时，这些西方的十四行诗也有了中国的韵味。以现代画和现代诗领军年轻一代的"土生"诗人马若龙，在多次来内地的访问中，深爱中国文化和中国文学。他写过《中国》《李白》《唐朝的瓷器》之类诗题的作品，诗中用了许多中国传统的意象，如在《黑舌头的龙》中，他写道："我取得／象牙的坚硬／偷来樟脑的清香／我向碧玉借取她的纯洁／向墨汁求取它的才华／我要用它们来创造／一种不被禁止的鸦片。"整首诗几乎只有用中国历史和文化来对读，才能得解。因此，敏锐的葡萄牙评论家指出，他的作品"能谋求结合两种文化的素质，收集中国千百年的经验及其完美无瑕的艺术之大成，并且融入一种相反的、感知的技法和经验"。这或许正是许多土生作家所追求的新的艺术境界。

# 参阅书目

**上编：**

天　鹰：1958 年中国民歌运动，上海，上海文艺出版社 1959

骆寒超诗论集，杭州，浙江大学出版社 1991

骆寒超：20 世纪新诗综论，上海，学林出版社 2001

王清波：诗潮与诗神——中国现代诗歌三十年，北京，中国人民大学出版社 1989

金钦俊：新诗三十年，广州，中山大学出版社 1991

吕　进：中国现代诗学，重庆，重庆出版社 1991

吴开晋：新时期诗潮论，济南，济南出版社 1991

吴开晋：当代新诗论，济南，山东友谊出版社 1999

李旦初：中国新诗流派，太原，山西高校联合出版社 1992

罗振亚：中国现代主义诗歌流派史，哈尔滨，北方文艺出版社 1993

罗振亚：中国现代主义诗歌史论，北京，社会科学文献出版社 2002

苗雨时：河北当代诗歌史，北京，中国戏剧出版社 2003

游龙基：中国现代诗潮与流派，南宁，广西师范大学出版社 1993

祝注先：中国少数民族诗歌史，北京，中央民族大学出版社 1994

张德厚：中国现代诗歌史论，长春，吉林教育出版社 1995

王泽龙：中国现代主义诗潮论，武汉，华中师范大学出版社 1995

章亚昕：现代诗美流程，济南，山东文艺出版社 1996

梁　云：中国当代新诗潮论，沈阳，春风文艺出版社 1998

龙泉明：中国新诗流变论，北京，人民文学出版社 1999

龙泉明：现代诗学，长沙，湖南人民出版社 2000

于可训：当代诗学，长沙，湖南人民出版社 2000

廖亦武主编：沉沦的圣殿——中国 20 世纪 70 年代地下诗歌遗照，乌鲁木齐，新疆青少年出版社 1999

孙玉石：中国现代主义诗潮史论，北京，北京大学出版社 1999

徐荣街：20 世纪中国诗歌论，济南，山东教育出版社 2000

林焕标：中国现代新诗的流变与建构，南宁，广西师范大学出版社 2000

朱光灿：中国现代诗歌史，济南，山东大学出版社 2000

刘扬烈：中国新诗发展史，重庆，重庆出版社 2000

李新宇：中国当代诗歌艺术演变史，杭州，浙江大学出版社 2000

周晓风：新诗的历程：现代新诗文体流变（1919—1949），重庆，重庆出版社 2001

潘颂德：中国现代新诗理论批评史，上海，学林出版社 2002

王光明：文学批评的两地视野，北京，北京大学出版社 2002

王光明：现代汉诗的百年演变，石家庄，河北人民出版社 2003

常文昌：中国现代诗歌理论批评史，北京，人民文学出版社 2004

王　荣：中国现代叙事诗史，北京，中国社会科学出版社 2004

《诗刊》编辑部编：新诗歌的发展问题（第 1、2、3 集），北京，作家出版社 1959

《诗刊》编辑部编：新诗歌的发展问题（第 4 集），北京，作家出版社 1961

李　怡：中国现代新诗与古典诗歌传统，重庆，西南师范大学出版社 1994

李　怡：现代：繁复的中国旋律，北京，中央编译出版社 2001

朱自清：新诗杂话，上海，作家书屋 1947

何其芳：何其芳文集（2—5 卷），北京，人民文学出版社 1984

臧克家：在文艺学习的道路上，上海，新文艺出版社 1955

冯　至：诗与遗产，北京，作家出版社 1963

徐　迟：诗与生活，北京，北京出版社 1959

卞之琳：人与诗：忆旧说新，北京，生活·读书·新知三联书店1984

阿　垅：诗与现实（1—3分册），重庆，五十年代出版社1951

阿　垅：人·诗·现实，北京，生活·读书·新知三联书店1986

老　木编：青年诗人谈诗，北京大学五四文学社1985

胡风评论集（上、中、下），北京，人民文学出版社1985

杨　健："文化大革命"中的地下文学，北京，朝华出版社1993

王家平："红卫兵"诗歌研究，台北中华发展基金管理委员会、五南图书出版公司联合出版2002

刘　禾编：持灯的使者，香港，牛津大学出版社2001

杜运燮等编：一个民族已经起来——怀念诗人翻译家穆旦，南京，江苏人民出版社1987

蓝棣之：正统的和异端的，上海，上海文艺出版社1987

蓝棣之：现代诗的情感与形式，北京，华夏出版社1994

张德厚、张福贵、章亚昕：中国现代诗歌史论，长春，吉林教育出版社1995

杜运燮等编：丰富和丰富的痛苦——穆旦逝世二十周年纪念文集，北京，北京师范大学出版社1997

程光炜：艾青传，北京，北京十月文艺出版社1999

程光炜：朦胧诗实验诗艺术论，武汉，长江文艺出版社1990

程光炜：中国当代诗歌史，北京，中国人民大学出版社2003

唐　湜：意度集，平原社1950

唐　湜：新意度集，北京，生活·读书·新知三联书店1990

任洪渊：墨写的黄河——汉语文化诗学导论，北京，北京师范大学出版社1998

牛　汉：命运的档案，武汉，武汉出版社2000

现代汉诗百年演变课题组编：现代汉诗：反思与求索，北京，作家出版社1998

王光明：艰难的指向——"新诗潮"与20世纪中国现代诗，长春，时代文艺出版社1993

柏　桦：左边——毛泽东时代的抒情诗人，香港，牛津大学出版社2001

欧阳江河：站在虚构这边，北京，生活·读书·新知三联书店2001

陈仲义：中国朦胧诗人论，南京，江苏文艺出版社1996

徐敬亚等编：中国现代主义诗群大观1986—1988，上海，同济大学出版社1988

陈子善编：诗人顾城之死，上海，上海人民出版社1993

萧夏林主编：顾城弃城，北京，团结出版社1994

文　昕编：顾城绝命之谜，北京，华艺出版社1994

钟　鸣：旁观者（1—3卷），海口，海南出版社1998

李振声：季节轮换，上海，学林出版社1996

敬文东：指引与注视，北京，中国文史出版社2001

陈　超：生命诗学论稿，石家庄，河北教育出版社1994

陈　超：打开诗的漂流瓶——现代诗研究论集，石家庄，河北教育出版社2003

陈　超编：最新先锋诗论选，石家庄，河北教育出版社2003

洪子诚主编：在北大课堂读诗，武汉，长江文艺出版社2002

西　川：让蒙面人说话，上海，东方出版中心1997

吴晓东：阳光与苦难，上海，文汇出版社1999

奚　密：从边缘出发，广州，广东人民出版社2001

王家新、孙文波编：中国诗歌九十年代备忘录，北京，人民文学出版社2000

刘福春：新诗纪事，北京，学苑出版社2004

林　庚：问路集，北京，北京大学出版社1984

林　庚：新诗格律与语言的诗化，北京，经济日报出版社2000

沈　奇：拒绝与再造，西安，西北大学出版社1999

陈旭光：诗学：理论与批评，天津，百花文艺出版社1997

吴思敬：心理诗学，北京，首都师范大学出版社1996

吴思敬：走向哲学的诗，北京，学苑出版社2004

吴思敬编：磁场与魔方——新潮诗论卷，北京，北京师范大学出版社1993

刘　纳：诗：激情与策略——后现代主义与当代诗歌，北京，中国社会出版社1996

张德厚：新时期诗歌美学考察，北京，北京大学出版社 1995

杨匡汉：诗美的积淀与选择，北京，人民文学出版社 1987

杨匡汉：诗学心裁，西安，陕西人民教育出版社 1995

吕　进编：上园谈诗，重庆，重庆出版社 1987

吕　进：吕进诗论选，重庆，西南师范大学出版社 1995

唐晓渡自选集，贵阳，贵州人民出版社 1994

耿占春：隐喻，北京，东方出版社 1993

李　震：中国当代西部思潮论，西宁，青海人民出版社 1993

蒋登科：诗美的创造，南宁，广西民族出版社 1993

谢　冕：地火依然运行——中国新诗潮论，上海，上海三联书店 1991

谢　冕：新世纪的太阳——20 世纪中国诗潮，长春，时代文艺出版社 1993

吴开晋主编：新时期诗潮论，济南，济南出版社 1991

姚家华编：朦胧诗论争集，北京，学苑出版社 1989

徐敬亚：崛起的诗群，上海，同济大学出版社 1989

袁可嘉：论新诗现代化，北京，生活·读书·新知三联书店 1988

杜运燮、袁可嘉、周与良：一个民族已经起来——怀念诗人、翻译家穆旦，南京，江苏人民出版社 1987

卞之琳：人与诗：忆旧说新，北京，生活·读书·新知三联书店 1984

**下编：**

古继堂：台湾新诗发展史，北京，人民文学出版社 1989

刘登翰、朱双一：彼岸的缪斯——台湾诗歌论，南昌，百花洲文艺出版社 1996

沈　奇：台湾诗人散论，台北，尔雅出版社 1996

文讯杂志社主编：台湾现代诗史论——台湾现代诗史研讨会实录，台北，文讯杂志社 1996

林焕彰编：近三十年新诗书目，台北，书评书目出版社 1976

张　默：台湾现代诗编目，台北，尔雅出版社 1992

萧　萧：现代诗入门，台北，故乡出版社 1982

萧　萧：现代诗纵横观，台北，文史哲出版社 1991

李魁贤：台湾诗人作品论，台北，名流出版社 1987

痖　弦：中国新诗研究，台北，洪范书店 1981

张汉良、萧萧：现代诗导读，台北，故乡出版社 1979

洛　夫：诗的探险，台北，黎明文化公司 1979

罗　青：从徐志摩到余光中，台北，尔雅出版社 1978

林以亮：林以亮诗话，台北，洪范书店 1976

覃子豪：论现代诗，台北，蓝星诗社 1960

林燿德：一九四九以后，台北，尔雅出版社 1988

林燿德：观念对话，台北，汉光文化公司 1989

叶维廉主编：中国现代作家论，台北，联经出版事业公司 1976

龙族诗社编：中国现代诗评论，台北，林白出版社 1973

洛　夫主编：中国现代诗论选，台北，大业书店 1969

黄维梁编：火浴的凤凰，台北，纯文学出版社 1979

罗　门：心灵访问记，台北，纯文学出版社 1969

林燿德：不安海域，台北，师大书苑有限公司 1989

李魁贤：台湾诗人作品论，台北，名流出版社 1987

郑炯明编：台湾精神的崛起——《笠》诗论选集，台北，文学界
杂志社 1989

龙族诗社主编：龙族评论专号，龙族诗社 1973

侯吉谅主编：石室之死亡——及相关重要评论，台北，汉光文化
公司 1988

杨　牧：传统的与现代的，台北，志文出版社 1974

诗与台湾现实，台北，笠诗社 1991

夏济安主编：诗论，台北，文学杂志社 1959

钟　铃：现代中国缪斯——台湾女诗人作品论析，台北，联经出
版事业公司 1989

余光中：掌上雨，台北，文星书店 1964

刘登翰等主编：台湾文学史，福州，海峡文艺出版社 1991

刘登翰主编：香港文学史，北京，人民文学出版社 1999